Jürgen Trimborn

ROMY UND IHRE FAMILIE

Jürgen Trimborn

Romy und ihre Familie

Weltbild

Genehmigte Lizenzausgabe für die Verlagsgruppe Weltbild GmbH,
Steinerne Furt, 86167 Augsburg

Umschlaggestaltung: ZERO Werbeagentur, München
Umschlagmotiv: picture-alliance/KPA
Gesamtherstellung: Bagel Roto-Offset GmbH & Co.KG, Schleinitz
Printed in the EU
978-3-8289-5302-4

2010 2009
Die letzte Jahreszahl gibt die aktuelle Lizenzausgabe an.

Einkaufen im Internet:
www.weltbild.de

Ich kann nichts im Leben,
aber alles auf der Leinwand.

Romy Schneider

Ich muß immer bis zum Äußersten gehen,
selbst wenn es nicht gut ist.
Ich liebe es, bis an die Grenzen des Möglichen
zu gehen, im Beruf wie im Gefühlsleben.
Ich bedauere nichts!
Man muß viele Leidenschaften haben in seinem
Leben. Es ist zu kurz, als daß man
so etwas nur einmal erleben sollte.

Romy Schneider

Ich habe mein Schicksal selbst geschmiedet,
und ich bereue nichts.

Romy Schneider

Inhalt

Vorwort 9

TEIL I – ROSEMARIE

1 *Das schönste Kind von Berchtesgaden* 16

Magda & Wolf 40

2 *Jungmädchenabenteuer* 83

Rosa 104

3 *Schauspielerblut* 129

Mammi & Daddy 152

TEIL II – SISSI

4 *Der Traum aller Mädchen in Europa* 188

Alain 226

5 *Die Welt zu Füßen* 264

Harry & David 322

TEIL III – ROMY

6 *Die Vollblutschauspielerin* 362

Daniel 408

7 *Ich schaffe es nicht* 459

Sarah 518

Anmerkungen 539

Bildnachweis 575

Vorwort

»Verzeihen Sie, wenn ich das so simpel sage, aber das hätte alles sehr viel besser laufen können mit meinem Leben.«

Das bekennt Romy im April 1981 in einem Interview mit dem Magazin *Stern,* das rund ein Jahr vor ihrem Tod veröffentlicht wurde. Zu diesem Zeitpunkt hat die berühmte Schauspielerin bereits keine Kraft mehr, etwas zu beschönigen, keine Energie mehr, die für die Öffentlichkeit bestimmte Maske des strahlend schönen, erfolgreichen Leinwandstars aufrechtzuerhalten. Sie spricht offen von ihren Verletzungen, ihrer inneren Zerrissenheit, von ihrem Schmerz und ihren Sorgen. Liest man das Interview, so gewinnt man das Gefühl, daß hier ein gebrochener Mensch über sein Leben spricht: »Ich bin eine unglückliche Frau von zweiundvierzig Jahren und heiße Romy Schneider.«

Romy muß zu diesem Zeitpunkt bereits auf eine Scheidung, auf den Selbstmord ihres Ex-Mannes Harry Meyen und die gerade vollzogene Trennung von ihrem zweiten Mann Daniel Biasini zurückblicken, von dem sie sich enttäuscht und hintergangen fühlt. Daß ihr Sohn David zwischen die Fronten des Ehekriegs gerät und ihren neuen Lebensgefährten Laurent Pétin strikt ablehnt, schlägt ihr ebenso aufs Gemüt wie die finanzielle Misere, in die sie geraten ist, seitdem der französische Staat Steuernachzahlungen in Millionenhöhe einfordert. Auch wenn sie beruflich nach wie vor äußerst erfolgreich ist – im Privaten muß sie das Gefühl haben, daß das Glück ihr unablässig zwischen den Fingern zerrinnt. Als Romy das Interview gibt, kann sie noch nicht ahnen, daß ihr noch wesentlich Schlimmeres bevorsteht.

Romy war eine Frau, der die Welt zu Füßen lag und die eigentlich, so denkt man, alle Voraussetzungen dazu gehabt haben müßte, ein glückliches Leben zu führen. Schon als junges Mädchen wurde sie als Nachwuchshoffnung des deutschen Films gefeiert und spielte sich als Märchenkaiserin in die Herzen von Millionen Europäern. Bis heute erzielen die Wiederholungen der *Sissi*-Filme im Fernsehen Rekordeinschaltquoten, und die Deutschen konnten es »ihrer« Romy nie so recht verzeihen, daß sie diese Rolle nicht bis an ihr Lebensende weitergespielt hat. In Frankreich hatte sie es als Deutsche geschafft, zur mit Abstand beliebtesten französischen Schauspielerin aufzusteigen. Kurz vor ihrem Tod war ihre Popularität ungebrochen. Die wichtigsten Regisseure rissen sich darum, mit ihr zusammenzuarbeiten; reizvolle Drehbücher stapelten sich auf ihrem Schreibtisch ebenso wie Berge von Fan-Post. Romy war ein Idol für Millionen Kinogänger. In Frankreich war sie zudem die Symbolfigur einer ganzen Frauengeneration. Wie kam es dazu, daß Romy sich als unglückliche Frau betrachtete – sie, die eigentlich seit frühester Jugend auf der Sonnenseite des Lebens stand? Ist Romy neben allen Schicksalsschlägen und fehlgeschlagenen Beziehungen nicht zuletzt gescheitert, weil sie nie zu akzeptieren vermochte, daß das Leben nicht so funktioniert wie ein Film?

Romy war Schauspielerin mit Leib und Seele. Und als Schauspielerin war sie brillant. Brillant in den Rollen, die andere für sie geschrieben haben und in die sie sich nur hineinfallen lassen mußte. Brillant, wenn sie unter Anleitung genialer Regisseure wie Luchino Visconti, Orson Welles oder Claude Sautet zu schauspielerischen Höchstleistungen getrieben wurde. Was ihre beruflichen Entscheidungen anbelangte, hatte sie stets eine geradezu schlafwandlerische Sicherheit an den Tag gelegt. Zu ihrem Verhängnis wurde es, daß sie auch im Privaten zeitlebens versuchte, Rollen zu spielen, und nie verstanden hat, daß dies nicht funktionieren kann, weil die Menschen in ihrem Umfeld, die sie auf diese Weise zu Statisten ihrer Träume degradierte, nicht bereit waren, sich nach ihrem Drehbuch zu richten und auf Dauer die Rollen zu spielen, die sie ihnen zugewiesen hatte. Romy war ihren Emotionen und romantischen Illusionen nahezu schutzlos ausgeliefert. Doch all diese Illusionen, in die sie sich geflüchtet hatte, sind immer wieder brutal an der Wirklichkeit zerbrochen.

Keine der Rollen, die Romy sich selbst auf den Leib geschrieben hatte, konnte sie auf Dauer glücklich machen – weder die der leidenschaftlich Liebenden an der Seite von Alain Delon noch die der braven Ehefrau und Mutter an der Seite ihres ersten Mannes Harry Meyen oder die der grenzenlos großzügigen Karrierefrau, die sich darin gefällt, ihrem über zehn Jahre jüngeren zweiten Mann Daniel Biasini all seine Wünsche zu erfüllen. Zwar hat Romy alle diese Rollen bis zur bitteren Neige zu Ende gespielt, aber glücklich haben sie sie letzten Endes nicht gemacht. Die Tatsache, daß sie im Beruflichen so oft ein geschicktes Händchen bei ihrer Rollenwahl hatte, es ihr jedoch im Privaten einfach nicht gelingen wollte, sich ein überzeugendes Drehbuch für ihr Leben zu schreiben, hat Romy verzweifeln lassen. Die schlimmen Schicksalsschläge zu Beginn der achtziger Jahre, die im Unfalltod ihres über alles geliebten Sohnes David gipfelten und ihr deutlich vor Augen geführt haben, wie wenig kalkulierbar und steuerbar das Leben ist, haben dann ihr übriges getan. Doch letztlich ist sie vor allem daran gescheitert, daß sie keinen klaren Trennungsstrich zwischen ihren Rollen vor der Kamera und denen im Privatleben zu ziehen vermochte. Und daß sie aus diesem Dilemma keinen Ausweg fand, war ihr auch durchaus bewußt: »Ich habe nie aus dem Widerspruch zwischen Leben und Beruf herausfinden können.«

Viel ist über Romy geschrieben worden, seit sie im Mai 1982 an einer Überdosis Tabletten gestorben ist. Über ihre Filme ebenso wie über ihr turbulentes Privatleben. Horden von Journalisten und Schriftstellern haben sich an ihr abgearbeitet – in Deutschland wie in Frankreich. Das hat zwar dazu geführt, daß die Faszination für Romy Schneider am Leben erhalten wurde und auch fünfundzwanzig Jahre nach ihrem Tod noch ungebrochen ist, aber letztlich geriet dabei die wahre Romy zunehmend aus dem Blickfeld. Viele Autoren haben sich darin gefallen, eine geradezu mythische Figur zu erschaffen, und ihre eigenen Projektionen und Vorstellungen von Romy zum Maß aller Dinge erklärt. Romy scheint sich geradezu zur Verklärung anzubieten; es kursieren so viele unterschiedliche Bilder von ihr, daß sich die Frage stellt, welche von ihnen mit der wirklichen Romy Schneider in Verbindung gebracht werden können.

Französische Autoren sehen Romy meist ganz anders als deutsche. Feministinnen in Deutschland sehen eine völlig andere Romy als Cineasten in Frankreich. Junge Deutsche, die heute unvoreingenommen Romys französische Filme sehen, betrachten sie unter einem völlig anderen Blickwinkel als ältere, die sie vor allem aus der *Sissi*-Perspektive kennen. Jeder sieht »seine« Romy, und jedesmal ist fraglich, wieviel diese dann mit der wirklichen Romy Schneider zu tun hat. Romy ist eine ideale Projektionsfläche für die unterschiedlichsten Interpretationen, was zur Folge hat, daß das Bild, das von ihr in der Öffentlichkeit kursiert, sich immer weiter von Romy entfernt hat. Romys Leben wird auf diese Weise zu einem modernen Märchen stilisiert, zu einer Fabel mit traurigem Ende. Und in Märchen gibt es nun einmal klar verteilte Rollen – auf der einen Seite sind die Guten, auf der anderen die Bösen, auf der einen die Täter und auf der anderen die Opfer. Bei den meisten, die bislang über Romy geschrieben haben, besteht seltsamerweise Einigkeit darüber, daß Romy ein Opfer war. Beinahe gewinnt man das Gefühl, als würde um jeden Preis jemand aufgespürt werden müssen, dem man Romys Scheitern in die Schuhe schieben kann.

Romy war jedoch kein Opfer – weder ein Opfer der Männer, die sie angeblich schamlos ausgebeutet haben, noch ein Opfer der Presse oder der Filmindustrie. Und sie ist auch nicht an einer »Überdosis Weiblichkeit« gestorben, wie Alice Schwarzer es melodramatisch verkitscht hat. Trotz all der Rückschläge und Tragödien in ihrem Leben war Romy eine äußerst selbstbestimmte Frau, die sich darin gefallen hat, in der Berufssphäre wie im Privaten immer bis zum Äußersten zu gehen, die ihr Leben bedingungslos und im vollen Bewußtsein lebte, auf der Leinwand alles und im wirklichen Leben nichts oder doch zumindest sehr viel weniger zu können. Sie wollte das Leben in vollen Zügen auskosten und sich verschwenden. Sie wollte leben und spüren, daß sie lebt – um jeden Preis. Romy war eine Frau, die zeitlebens ganz bewußt mit dem Feuer spielte und schließlich von den Flammen verschlungen wurde.

Im September 2008 wäre Romy siebzig geworden. Was würde sie heute machen, wenn ihr Leben nicht im Mai 1982 ein so tragisches Ende gefunden hätte? Würde sie noch in Filmen mitspielen? Träte sie in drittklassigen Fernsehserien auf? Wäre vielleicht doch noch eine große Bühnenkünstlerin aus ihr geworden, wie sie sich das immer gewünscht hat? Hätte sie sich liften lassen, um im gnadenlosen Showbusiness unserer Tage mithalten zu können? Wäre sie vielleicht mittlerweile so oft verheiratet wie Elizabeth Taylor? Hätte sie noch ein weiteres Kind bekommen? Würde sie auf dem Land leben und ihren Enkelkindern von ihrem bewegten Leben erzählen, wie sie sich das selbst einmal ausgemalt hat? Hätte sie sich irgendwann radikal aus der Öffentlichkeit zurückgezogen – wie ihre Freundin Marlene Dietrich – und würden Paparazzi Unsummen geboten werden, um ein Photo von ihr zu erhaschen? Wir wissen es nicht. In Romys Leben wäre alles möglich gewesen. Eins ist jedoch unbestritten: Wir würden uns immer für sie interessieren, so wie wir es auch heute, fünfundzwanzig Jahre nach ihrem Tod, tun.

Romy, die so früh von uns gegangen ist, ist längst zu einer Unsterblichen geworden. Auch heute noch erscheint ihr Bild auf unzähligen Titelseiten. Immer wieder werden neue Bücher und Bildbände über sie veröffentlicht. Eine Ausstellung über ihr Leben und Werk hat viele Besucher angelockt. Ihr Leben wird zum Gegenstand eines großen Kinofilms. Angeblich enge Freunde werden in die Arena getrieben – Leute, die Romy niemals wirklich nahegestanden, sondern ihr vielleicht nur einmal die Haare geschnitten haben, aber nun um so lauter verkünden, wie Romy tatsächlich gewesen sein soll. Briefe werden veröffentlicht, die niemals für die Öffentlichkeit bestimmt waren. Und marktschreierisch versprechen Zeitungen und Magazine wieder und wieder, »Romys letzte Geheimnisse« zu enthüllen. Aber so ist das eben, wenn man zum Mythos geworden ist.

TEIL I
ROSEMARIE

1 *Das schönste Kind von Berchtesgaden*

Im Grunde genommen hat sie gar keine Zeit für ein Kind. Ihre Filmarbeit frißt sie geradezu auf, ein Engagement jagt das andere, ein Film folgt dem nächsten. Ehrgeizig, wie sie ist, tritt Magda Schneider auch nicht kürzer, als sie zum ersten Mal schwanger ist. Solange es eben geht, steht sie im Frühsommer 1938 noch vor der Kamera – für den vierten Film, der in dieser Kinosaison mit ihr in der Hauptrolle realisiert wird.

In Wien und am ungarischen Plattensee dreht sie unter der Regie von Josef von Báky die Liebesschnulze *Die Frau am Scheideweg*, die einen Monat vor der Geburt ihrer Tochter in die Kinos kommen wird. Da sich die Dreharbeiten hinauszögern, müssen Regisseur und Kameraleute zu allen möglichen Tricks greifen, um Magdas Schwangerschaft zu verheimlichen. Da sie die Geliebte eines Medizinprofessors spielt, kann man ihre verräterische Leibesfülle leicht hinter weiten Arztmänteln verbergen. Sich zu schonen, nur weil sie schwanger ist, kommt für Magda nicht in Frage. Die Karriere hat Vorrang – zeitlebens.

Am Abend des 23. September, kurz nach zweiundzwanzig Uhr, ist es dann soweit. Magda Schneider bringt im Rudolfinerhaus, dem berühmtesten Krankenhaus Wiens, ihr erstes Kind zur Welt. Den Strapazen der schweren Geburt folgt die Erleichterung, eine kerngesunde Tochter zur Welt gebracht zu haben. Zu den ersten Gratulanten gehören ihre in Wien lebenden Schwiegereltern, die Hofschauspielerin Rosa Albach-Retty und ihr Mann Karl. Magdas Gatte, der Schauspieler und Frauenschwarm Wolf Albach-Retty, glänzt hingegen durch Abwesenheit – der frischgebackene Vater will seine Arbeit nicht unterbrechen und steht in Berlin für den Film *Der Hampelmann* vor der Kamera. Er wird telephonisch über die Geburt seiner Tochter informiert. Ein Name für das Neugeborene ist schnell gefunden. Magda entscheidet sich, das Kind nach seinen beiden Großmüttern zu benennen – aus Rosa väterlicherseits und Maria mütterlicherseits wird der Name Rosemarie. Noch in der Kapelle des Krankenhauses wird das kleine Mädchen getauft, das die Welt einst unter dem Namen Romy Schneider erobern wird.

Im beschaulichen Österreich ist in diesen Tagen nichts mehr so, wie es zuvor war. Hitlers Truppen haben am 12. März, vom hysterischen Jubel vieler Österreicher empfangen, die deutsch-österreichische Grenze überschritten. Bereits einen Tag später ist das »Gesetz über die Wiedervereinigung Österreichs mit dem Deutschen Reich« verabschiedet worden, und am 15. März hat Hitler vor den Augen Zehntausender begeisterter Menschen auf dem Wiener Heldenplatz »den Eintritt meiner Heimat in das Deutsche Reich« verkündet. Damit hat der Diktator verwirklicht, was er sich schon Mitte der zwanziger Jahre in seiner programmatischen Schrift *Mein Kampf* gleich auf der ersten Buchseite zum Ziel gesetzt hat: »Deutschösterreich muß wieder zurück zum großen deutschen Mutterlande.«[1] Nach der »Machtergreifung« im Jahre 1933 hatte Hitler seine diesbezüglichen Pläne erst einmal zurückstellen müssen, um seinen Bündnispartner Mussolini nicht zu verärgern, der sich lange Zeit gegen eine Vereinigung der Alpenrepublik mit dem Deutschen Reich ausgesprochen hatte. Doch jetzt, 1938, ist Hitler endlich am Ziel und kann zuschlagen, denn durch die Annäherung zwischen Rom und Berlin ist Österreich endgültig außenpolitisch isoliert. Die ehemals souveräne Republik Österreich hört auf zu existieren, aus Deutschland wird das »Großdeutsche Reich«, Österreich wird im offiziellen Sprachgebrauch zur »Ostmark«, und aus Wien wird der »Reichsgau Groß-Wien«.

Nachträglich läßt der Diktator den »Anschluß« in Form einer Volksabstimmung legitimieren. Zahlreiche prominente Österreicher rufen in den gleichgeschalteten Zeitungen dazu auf, am 10. April mit einem »Ja für Hitler« zu stimmen, darunter auch beliebte Schauspieler wie Paula Wessely und ihr Mann Attila Hörbiger. Auch Romys Großmutter Rosa Albach-Retty plädiert in einem Zeitungsartikel für die »Heimkehr ins Reich«.[2] Durch eine Verordnung vom 3. Juli 1938 werden die sechseinhalb Millionen Österreicher automatisch zu Deutschen. Romys Eltern betrifft diese Neuregelung nicht – die in Augsburg geborene Magda hat ohnehin einen deutschen Paß, und der gebürtige Wiener Wolf Albach-Retty, der als Ufa-Star seit langem in Berlin lebt, hat in vorauseilendem Gehorsam bereits ein Jahr zuvor beschlossen, Deutscher zu werden. Romy bekommt bei ihrer Geburt automatisch die deutsche Staatsbürgerschaft.

Nach dem »Anschluß« zeigt sich schnell, daß Hitlers Expansionsdrang mit der Annektierung Österreichs bei weitem noch nicht gestillt ist. In den Tagen nach Romys Geburt herrscht bereits wieder höchste Kriegsgefahr, denn Hitler fordert mit großem Nachdruck das Territorium des zur Tschechoslowakei gehörenden Sudentenlands, dessen Bevölkerung überwiegend deutschsprachig ist. Die Politiker und Diplomaten Europas verhandeln ununterbrochen und streben mit ihrer Appeasementpolitik eine Einigung mit Hitler an. Dennoch treibt die Menschen angesichts der »Sudetenkrise« eine Heidenangst vor einem möglicherweise bevorstehenden Krieg um, die Straßen Wiens werden nachts verdunkelt. Auch Magdas Freude über ihr Kind wird durch die hochbrisante politische Zitterpartie getrübt. In einem Tagebuch, das sie im Wochenbett führt, notiert die junge Mutter besorgt: »Höchste Kriegsgefahr! Ich bin furchtbar nervös – Nachts große Zusammenkunft in München von Hitler, Mussolini, Chamberlain, Daladier – letzte Möglichkeit zum guten Ausgang. Schreckliche Stunden!«[3] Wie Millionen von Menschen in ganz Europa, so atmet auch Magda erleichtert auf, als am 30. September das Münchner Abkommen unterzeichnet wird, das Hitler die Zerschlagung der Tschechoslowakei erlaubt und den Frieden in Europa vermeintlich sichert. Nach den Aufregungen der letzten Tage beschließt Magda, Wien vorerst den Rücken zu kehren.

Schon vier Wochen nach Romys Geburt siedeln Magda und Wolf auf das Landgut Mariengrund in Schönau am Königssee über, das Magda sich drei Jahre zuvor von ihren eisern gesparten Filmgagen hat bauen lassen. Sie hat privat auf Pelze, wertvollen Schmuck und teure Modellkleider verzichtet, um sich diesen Lebenstraum verwirklichen zu können, denn schon in frühester Kindheit, als sie zum ersten Mal mit ihren Eltern in den Bergen war, hat sie sich ausgemalt, wie es wäre, einmal ein Haus an einem solch schönen Ort ihr eigen zu nennen. Mittlerweile ist die idyllische Gegend, in die Magda sich verliebt hat, das Berchtesgadener Land, weltberühmt geworden, denn nicht weit von Mariengrund entfernt, auf dem Obersalzberg, befindet sich Hitlers Domizil Berghof. Der Obersalzberg wird in den dreißiger Jahren zum Pilgerort unzähliger Hitler-Anhänger, die stundenlang dort ausharren und auf das Erscheinen des Diktators warten. Auch Magda wird als eine von Adolf Hitler ganz besonders geschätzte Schauspielerin hier zu Gast sein, ihre Tochter, herausgeputzt als Prominentenspross, im »Führersperrbezirk« mit den Kindern von Parteigrößen spielen.

1934 ist der Grundstein für Magdas Haus gelegt worden; nur ein Jahr später ist das im Stil eines oberbayerischen Bauernhofs gestaltete Anwesen fertig geworden. Mit nur fünfundzwanzig Jahren, nach drei Jahren harter Filmarbeit, ist Magda damit stolze Hausbesitzerin, kann sich aber vorerst nur selten an ihrem großzügigen Anwesen und dem riesigen Garten mit Alpenpanorama erfreuen, da sie ständig zwischen Wien und Berlin hin und her pendelt, um einen Film nach dem anderen zu drehen. Mariengrund wächst ihr dadurch aber nur noch mehr ans Herz, ist dies doch in ihrem ruhelosen, ganz auf die Karriere fixierten Leben der Ort, an dem sie durchatmen und abschalten, an dem sie einmal ungeschminkt und unfrisiert im Garten sitzen kann.

Doch selbst jetzt, nach Romys Geburt, schafft es die vom Ehrgeiz zerfressene Magda nicht, kürzerzutreten, ihren Traum vom Leben auf dem Land endlich einmal in vollen Zügen zu genießen und ganz für ihr Kind dazusein. Ihr Mann Wolf, der ohnehin nur ein sporadischer Gast in Mariengrund ist, bleibt sogar nur ganze fünf Tage bei seiner jungen Familie in Schönau, dann bricht er wieder nach Berlin auf, wo er für den Film *Hotel Sacher* vor der Kamera stehen wird. Magda hält es wenigstens die ersten Wochen im Leben ihrer kleinen Tochter zu Hause aus, bis auch sie wieder ihr hektisches Filmleben aufnimmt. Später wird sie es so darzustellen versuchen, als habe sie sich nach Romys Geburt eine längere Auszeit gegönnt, um für ihre Tochter dazusein, doch dem ist nicht so. Schon bald verhandelt sie über neue Filme, reist aus diesem Grund mehrmals nach Berlin, nimmt Werbetermine wahr und bereitet sich auf neue Rollen vor – mit der Mutterrolle jedoch wird sie nie so richtig warm. Bereits im Dezember 1938 läßt sie die nicht einmal drei Monate alte Romy für einige Zeit alleine, um an einer Tournee durch mehrere Städte teilzunehmen, mit der ihr Film *Die Frau am Scheideweg* beworben wird. Im März 1939, als Romy gerade ein halbes Jahr alt wird, reist sie zu Verhandlungen nach Berlin, und schon im April und Mai 1939 steht sie wieder vor der Kamera, dreht den Film *Wer küßt Madeleine?* und sieht Romy wochenlang nicht. Auch nachdem die Dreharbeiten abgeschlossen sind, führt sie ihr Weg nur sporadisch nach Schönau, denn bereits im Juli weilt sie erneut in Berlin, um kurz danach für mehrere Wochen nach Tirol aufzubrechen, wo schon wieder die Dreharbeiten für ihren nächsten Film *Das Recht auf Liebe* beginnen. Eigentlich ist Romys Mutter immer nur für kurze Stippvisiten in Mariengrund, während sich ihr Vater Wolf Albach-Retty, der sich ebenfalls ganz auf seine florierende Filmkarriere konzentriert, noch seltener blicken läßt. Bereits in ihrem ersten Lebensjahr bekommt Romy ihre Eltern nur selten zu Gesicht – denn selbst wenn diese zufällig zur gleichen Zeit einmal keinen Film drehen, nutzen sie ihre freie Zeit nicht unbedingt, um sich ihrer Tochter zu widmen.

Die Aufgaben der vielbeschäftigten Eltern, denen alles andere wichtiger zu sein scheint als Romy, übernehmen Magdas Eltern Xaver und Maria Schneider, die mittlerweile von Augsburg nach Berchtesgaden übergesiedelt sind und sich nun liebevoll um ihre Enkeltochter kümmern. Unterstützt werden sie durch das eigens eingestellte Kindermädchen Hedwig, das Magdas Tochter wie eine kleine Prinzessin vergöttert. Diese ist es auch, die der ständig abwesenden Magda in täglichen Briefen ausführlich über Romys Fortschritte und ihr Wohlergehen zu berichten hat. Magda bekommt alles nur aus der Ferne mit; als Romy zum ersten Mal auf den eigenen Beinen steht, als sie langsam Laufen und Sprechen lernt – immer ist ihre Mutter gerade nicht da. Im April 1939 teilt ihr ein Telegramm von Hedwig mit: »Euer Kind hat den ersten Zahn.«[4] Versäumnisse, die man durch nichts wieder aufwiegen kann.

Magda scheint erleichtert zu sein, ihre Mutteraufgaben, die Kindererziehung und die Haushaltsfragen an ihre Eltern und ihre Angestellten delegieren zu können, um sich, wie sie es schon ihr Leben lang gewöhnt ist, voll und ganz auf ihren Beruf zu konzentrieren. Schließlich hat Magda sich schon als junges Mädchen geschworen, daß Heiraten und Kinderkriegen nicht alles im Leben sein kann und ihre Karriere immer an erster Stelle kommen wird. Daß dies auf Kosten ihres Kindes geht, scheint sie wenig zu bekümmern. Der Gedanke, daß sie ihre Karriere wenigstens für kurze Zeit einmal zurückstellen könnte, um sich ihrer Tochter zu widmen, die gerade in den prägenden ersten Lebensjahren ihre Mutter brauchte, kommt ihr nicht in den Sinn. Romy von ihren Eltern aufziehen zu lassen scheint für sie die einzige überhaupt denkbare Lösung zu sein. In ihren Memoiren bemerkt Magda lakonisch: »Das Schicksal eines Säuglings- oder Kinderheims blieb ihr auf diese Weise erspart.«[5] Eine liebende Mutter klingt anders.

Zu Romys wichtigster Bezugsperson in jenen Jahren wird Magdas Mutter Maria, die zur Zeit der Geburt ihrer Enkelin neunundfünfzig Jahre alt ist und von Romy liebevoll »Omale« genannt wird. Maria kümmert sich aufopferungsvoll um ihre Enkelin und versucht ihr die Eltern, so gut es geht, zu ersetzen. Im Berchtesgadener Land geht das Leben in dieser Zeit so weiter, als wäre nichts geschehen. Daß kurz vor Romys erstem Geburtstag mit Hitlers Überfall auf Polen der Zweite Weltkrieg begonnen hat, bekommt man in der abgelegenen, idyllischen Gegend kaum mit. Hier blühen die Bergwiesen so schön wie eh und je, hier fallen keine Bomben, hier gibt es keine Luftalarme und auch die Versorgungslage ist lange Zeit noch wesentlich stabiler als in den Großstädten. In Mariengrund kann man tatsächlich noch glauben, im tiefsten Frieden zu leben – selbst jetzt, wo halb Europa in Schutt und Asche versinkt.

Auch für Magda und Wolf geht das Leben nach Kriegsbeginn erst einmal unverändert weiter. Beide drehen die gleichen Filme, die sie auch schon vor 1939 gedreht haben. An ihrer Arbeit ändert sich nicht viel, bis auf die Tatsache, daß die Dreharbeiten im Verlaufe des

Krieges aufgrund der Bombenangriffe auf Berlin immer häufiger nach Prag verlagert werden. Nach wie vor stehen sie fast pausenlos vor der Kamera – Magda ist während des Kriegs in sechs, Wolf in unglaublichen zweiundzwanzig Filmen auf der Leinwand zu sehen. Und fast immer sind es heiter-beschwingte Unterhaltungsfilme und harmlose Verwechslungskomödien, in denen sie mitwirken – kennt man einen, kennt man alle. Besondere schauspielerische Herausforderungen zu bewältigen gibt es in diesen Jahren weder für Wolf noch für Magda, die es längst leid ist, »in Schablonenfilmen Schablone zu sein«,[6] der aber kaum eine andere Wahl bleibt, als in den Filmen mitzuwirken, die die NS-Filmfunktionäre in Kriegszeiten für richtig halten, wenn sie ihre Karriere fortsetzen will. Nur selten spielt sie in ein wenig anspruchsvolleren Streifen mit, so etwa in dem 1940 in die Kinos kommenden Film *Das Recht auf Liebe,* in dem sie an der Seite des großen Paul Wegener zu sehen ist, sowie 1943 im Film *Liebeskomödie* von und mit Theo Lingen. Auch Wolf dreht fast ausschließlich Massenware; wie immer spielt er Schwerenöter und Lebemänner – mal verkörpert er im modernen Gewand einen Reitlehrer, mal im historischen Kostüm einen Rittmeister.

Die viele Arbeit und das ständige voneinander Getrennt-Sein wirken sich alles andere als positiv auf die Ehe von Magda und Wolf aus. Die beiden leben sich immer mehr auseinander, begegnen sich immer seltener. Außer ihrem Beruf gibt es nur noch wenige Berührungspunkte in ihrem Leben. Auch ihre Elternschaft stiftet keine Gemeinsamkeit zwischen ihnen, denn seit Romys Geburt kümmern sich beide kaum um ihre Tochter. Dennoch wird Magda erneut schwanger – am 21. Juni 1941 kommt das zweite Kind des Paares zur Welt, ein Sohn, der auf den Namen Wolfdieter getauft und von Kindesbeinen an »Wolfi« gerufen wird. Wie schon im Falle von Romys Geburt ist auch dieses Ereignis mit weltpolitischen Turbulenzen verbunden. Nur einen Tag nach der Geburt von Wolfdieter gibt Adolf Hitler in der Hoffnung, erneut einen »Blitzsieg« zu erringen, den Befehl zum Angriff auf die Sowjetunion.

Ist das zweite Kind ein Versuch, die in bedrohliche Schieflage geratene Ehe doch noch zu retten? Denkt Magda, daß Wolf ihr und seiner Familie mehr Aufmerksamkeit entgegenbringen wird, wenn sie ihm nach Romy noch einen Sohn schenkt? Wir wissen es nicht, Magda hat im nachhinein immer nur in Andeutungen über die Schwierigkeiten und das schließliche Scheitern ihrer Ehe gesprochen. Wenn das zweite Kind neue Gemeinsamkeiten stiften und das Paar wieder enger zusammenschweißen sollte, so geht Magdas Rechnung jedenfalls nicht auf. Denn in Mariengrund läßt sich Wolf immer seltener sehen, so als betrachte er das Anwesen nach wie vor eher als Magdas Heim, nicht als gemeinsames Zuhause. In seiner Berliner Wohnung am Kurfürstendamm, wo er alle Freiheiten hat und wo niemand von ihm verlangt, daß er sich um jemand anderen als um sich selbst kümmert, scheint er sich wesentlich wohler zu fühlen als in Mariengrund.

In die Vaterrolle schlüpft er nie wirklich, weder für Romy noch für Wolfdieter fühlt er sich offensichtlich so richtig verantwortlich. Falls er sich überhaupt Gedanken über seine Kinder macht, scheint er der Meinung zu sein, daß es ausreichend ist, wenn Magdas Familie sich um diese kümmert – er selbst ist nur äußerst selten für sie da, gibt nur kurze Gastspiele, bei denen Romy und Wolfi ihn kaum wirklich als ihren Vater wahrnehmen können. Zu Romys liebsten, aber sicherlich auch idealisierten Kindheitserinnerungen werden später die gemeinsamen Jagdausflüge mit ihrem Vater gehören, denn Wolf ist ein leidenschaftlicher Jäger. Allzuoft dürfte dies angesichts seiner immer seltener werdenden Besuche allerdings nicht vorgekommen sein – vielleicht werden die Erinnerungen an die wenigen gemeinsam verbrachten Stunden Romy gerade deswegen so kostbar.

Keine Frage, Wolf ist alles andere als ein Familienmensch, im Grunde seines Herzens ist er auch nach der Hochzeit und nach der Geburt der Kinder immer der Junggeselle geblieben, der er vorher war. Nicht nur, daß er keine wirkliche Beziehung zu seinen Kindern aufzubauen scheint, er weiß auch so recht nichts mit ihnen anzufangen, wenn er sich denn einmal mit ihnen beschäftigt. Auch wenn Magda im nachhinein Wolfs Vaterqualitäten zu verklären versuchen wird – »Wolf war ein rührender Vater«[7] –, die Wirklichkeit hat wohl anders ausgesehen. Wolfs Mutter Rosa jedenfalls hat da ganz andere Erinnerungen, obwohl sie die Angelegenheit beschönigt, indem sie verharmlosend von Wolfs »Unbeholfenheit mit Kindern« spricht. Nach Rosas Erinnerungen scheint es Wolf oftmals regelrecht lästig gewesen zu sein, sich um Romy und Wolfi kümmern zu müssen. Einmal ist er mit Romy in Wien im Prater, doch Romy, die überglücklich ist, daß ihr Vater sich endlich einmal mit ihr beschäftigt, kann nicht genug bekommen von den Stunden mit ihrem geliebten und meist nur aus der Ferne angeschmachteten »Papili«. Sie quengelt und versucht diesen dazu zu überreden, mit ihr noch die Geisterbahn zu besuchen, vorher will sie nicht gehen. Aber Wolf ist seine Tochter längst schon wieder lästig; er hat keinerlei Gespür für ihre kindlichen Bedürfnisse und will den Ausflug so schnell wie möglich beenden: »Wolf redete ihr gut zu, verlor aber bald die Geduld und drohte ihr eine Tracht Prügel an. Selbst das machte auf sie keinen Eindruck. Zuletzt blieb Wolf nichts anderes übrig, als sie halb sitzend, halb liegend über die Straße zu schleifen. Am Abend, als ich sie zu Bett brachte, entdeckte ich das zerrissene Höschen und ihren wundgescheuerten Popo. Ich schmierte ihn mit Salbe ein und klebte kreuz und quer Leukoplast darauf.«[8] Behandelt so ein liebender Vater seine Tochter? Ist Wolf tatsächlich ein Mann, den man, wie Magda es allen Ernstes macht, als »rührenden Vater« bezeichnen könnte?

Wolfdieters Geburt jedenfalls vermag die Risse in Magdas und Wolfs Ehe nicht mehr zu kitten – einer Ehe, die aufgrund Wolfs notorischer Untreue von Anfang an schweren Belastungsproben ausgesetzt gewesen ist. Magda hat schnell lernen müssen, daß der charmante Wolf zwar vielleicht ein Mann zum Verlieben ist, aber sicherlich kein Mann, der an einer treuen Partnerschaft interessiert ist. Und ihr kann nicht entgangen sein, daß Wolf ein Homme à femmes ist, ein Mann, der eine geradezu magische Anziehungskraft auf das weibliche Geschlecht auszuüben scheint, was nicht wenig mit den Rollen zu tun haben dürfte, die er auf der Leinwand in seinen Herz-Schmerz-Filmen verkörpert. Die Frauen jedenfalls machen es ihm einfach: Wer träumt nicht davon, einmal im richtigen Leben mit einem Kinostar anzubandeln, den Millionen Fans anschmachten? Der flatterhafte Wolf genießt die Aufmerksamkeit der Damenwelt in vollen Zügen. Er ist ein chronischer, fast zwanghafter Fremdgänger und braucht die ständige Bestätigung durch andere Frauen – und da Magda und er von Berufs wegen so oft getrennte Wege gehen, ist es ihm ein leichtes, seine Bedürfnisse auch zu befriedigen, sich in immer neue Affären und Liebschaften zu stürzen.

Magda kann Wolfs Untreue kaum entgehen, denn in der Filmbranche, in der Klatsch und Tratsch zum Tagesgeschäft gehören, ist dies ein offenes Geheimnis – jeder weiß von Wolfs anscheinend unstillbarem Appetit auf sexuelle Eroberungen, dem auch die Ehe mit Magda oder die Tatsache, daß er mittlerweile zweifacher Vater ist, keinen Abbruch getan haben. Regisseur Géza von Cziffra, der mit Wolf 1943 in den Prager Barrandow-Studios die Eisrevue *Der weiße Traum* dreht, erinnert sich an Wolfs erotische Eskapaden am Rande der Dreharbeiten: »Er entwickelte eine ungeheure sexuelle Aktivität, obwohl er zu diesem Zeitpunkt noch mit Romys Mutter, Magda Schneider, verheiratet war, und außerdem ein Verhältnis mit einem sehr hübschen blonden Filmstar hatte. ›Wölfchen‹, wie ihn seine Freundinnen und Freunde nannten, war schlichtweg unersättlich. Nach dem Krieg meldeten sich mehrere Damen und Herren, die angaben, uneheliche Kinder von Wolf Albach-Retty zu sein. Ganz ausgeschlossen ist das nicht.«[9]

Solche Gerüchte müssen auch Magda frühzeitig zugetragen worden sein – sei es aus reiner Bosheit, sei es aus Mitgefühl, um sie nicht im dunkeln tappen zu lassen. Nichtsahnend ist sie sicherlich nicht; Wolf lebt seine Sexualität viel zu offen aus, als daß ihr seine Seitensprünge auf Dauer verborgen bleiben könnten. Doch warum schaut Magda Wolfs Treiben so lange tatenlos zu? Warum erträgt sie jahrelang Wolfs ständige Untreue, sein ständiges Fremdgehen? Ob es diesbezüglich Auseinandersetzungen zwischen den beiden gegeben hat oder ob Magda still vor sich hin gelitten, unliebsame Aussprachen mit Wolf um des lieben Friedens willen vermieden und die ständigen Demütigungen mit stoischer Gelassenheit ertragen hat – wir wissen es nicht, denn Magda wird im nachhinein immer nur recht nebulös über ihre Ehe mit Wolf und deren unschönes Ende sprechen.

Vermutet werden kann, daß Magda sich in die unglückliche Situation fügt, weil sie schlicht und einfach den Gedanken nicht ertragen kann, Wolf zu verlieren oder ihren Kindern den Vater zu nehmen. Aber vielleicht ist ihr auch der Gedanke unerträglich, daß es ausgerechnet ihr, der Frau, der bisher alles im Leben geglückt ist, was sie sich zum Ziel gesetzt hat, nicht gelingen soll: eine glückliche, solide Ehe zu führen. Vielleicht redet sie sich insgeheim auch ein, nicht kleinlich sein zu dürfen – schließlich hat sie nach vierjähriger Liaison gewußt, wen sie geheiratet hatte. Was auch immer in ihr vorgeht, sie arrangiert sich mit der Situation und versucht den Gedanken an Wolfs Seitensprünge zu verdrängen, nur um ihre Ehe nicht zu gefährden, nur um ihre kleine Familie nicht auseinanderbrechen zu lassen.

Und Wolf? Dem scheint Magda offensichtlich längst nicht mehr soviel zu bedeuten, als daß er sich ernsthaft für ihre Gefühle interessiert, daß er sich Gedanken machen würde, wie seine ständigen Seitensprünge auf Magda wirken. Er jedenfalls hat nicht vor, sich scheiden zu lassen und etwas an seiner Situation zu ändern. Solange er seine flüchtigen Affären haben kann, die sein Ego stärken, sonst aber keine große Bedeutung für ihn zu haben scheinen, ist er mit der Situation zufrieden und stellt die Ehe mit Magda nicht in Frage. Schließlich sind Ehe und Vaterschaft für ihn der perfekte Schutzmantel, um sich in Abenteuer ohne Konsequenzen stürzen zu können – immerhin ist er ein verheirateter Mann, an den keine Frau, die sich auf eine Affäre mit ihm einläßt, ernsthaft Ansprüche stellen kann. Doch dann kommt alles anders. Aus einer von Wolfs Affären wird etwas Ernstes; er verliebt sich unsterblich, und mit einem Mal ist er sich ganz sicher, daß er die ohnehin nur noch auf dem Papier existierende Ehe mit seiner Frau beenden muß. Von einem Tag auf den anderen.

Magda fühlt sich wie vor den Kopf gestoßen, als Wolf ihr mitteilt, daß es eine neue Frau in seinem Leben gibt. Gerade noch haben ihr Mann und sie zum ersten Mal seit fast vier Jahren wieder einmal zusammen vor der Kamera gestanden, für ihren neunten und letzten gemeinsamen Film. *Zwei glückliche Menschen* heißt er ironischerweise – und Magda und Wolf spielen in ihm ein Rechtsanwaltspaar, das Scheidungsklage gegeneinander erhebt, bis es nach zahlreichen Turbulenzen, dem Familienethos der Nazis entsprechend, doch noch zum Happy-End kommt, weswegen der Streifen von Goebbels das Prädikat »volkstümlich wertvoll« verliehen bekommt. Doch das Leben ist kein Film – im richtigen Leben gibt es kein Happy-End für Magda, denn Wolf macht ihr unmißverständlich klar, daß er von nun an mit seiner neuen Freundin zusammenleben wird.

Am Rande von Dreharbeiten in Berlin hat Wolf die bildschöne, bereits zum zweiten Mal verheiratete Schauspielerin Trude Marlen kennengelernt.[10] Und ihm wird schnell klar, daß es dieses Mal mehr als nur ein flüchtiges Abenteuer ist. Dieses Mal, so fühlt er, ist er der Frau begegnet, mit der er den Rest seines Lebens verbringen will – und tatsächlich werden Trude und er bis zu Wolfs Tod zusammenbleiben. Die einunddreißigjährige Schauspielerin, die später Romys Stiefmutter werden wird, stammt wie Wolf aus Österreich, ist Tochter eines Gutsbesitzers aus Wetzelsdorf bei Graz, wo sie im November 1912 unter dem bürgerlichen Namen Gertrude Posch geboren wurde. Ähnlich wie im Falle der drei Jahre älteren Magda ist es auch Trude nicht in die Wiege gelegt worden, Schauspielerin zu werden, auch sie muß sich den Weg zur Bühne und ins Filmatelier hart erkämpfen. Noch in Graz nimmt sie Schauspielunterricht und kann bald schon Theaterengagements in Brünn, Wien und Berlin ergattern. Etwa zur gleichen Zeit, in der Magda ihre Leinwandkarriere startet, wird der Film auch auf Trude aufmerksam – als angehender Filmstar entscheidet sie sich für den Künstlernamen Trude Marlen.

1933, im Jahr als Wolf und Magda sich kennengelernt haben, gibt Trude ihr Leinwanddebüt. In der hochkarätig besetzten Liebeskomödie *Des jungen Dessauers große Liebe* spielt sie an der Seite von Willy Fritsch und Paul Hörbiger. Von nun an macht sie schnell Karriere und wird von der Presse als deutsche Antwort auf die platinblonde Hollywood-Diva Jean Harlow gefeiert – und in ihren Filmen und auf ihren Starpostkarten auch entsprechend inszeniert. Sie dreht mit den Top-Stars dieser Tage, so etwa mit Willi Forst, Hans Moser und Theo Lingen. 1936 steht sie für den Film *Der Favorit der Kaiserin* zusammen mit Olga Tschechowa und Adele Sandrock vor der Kamera, 1939 ist sie in dem Erfolgsstreifen *Paradies der Junggesellen* an der Seite von Heinz Rühmann, Hans Brausewetter und Josef Sieber zu sehen – ein Lied aus diesem Film wird binnen kürzester Zeit zum populären Schlager, den bei Kriegsausbruch ganz Deutschland singt: *Das kann doch einen Seemann nicht erschüttern*. 1941, noch bevor sie Wolf Albach-Retty kennenlernt, beginnt Trude Marlen ihre Karriere langsam wieder stärker vom Film auf das Theater zu verlagern; sie wird Ensemblemitglied des renommierten Wiener Burgtheaters und steht dort auch mehrere Male mit ihrer späteren Schwiegermutter Rosa Albach-Retty auf der Bühne.

Zur Zeit des Dritten Reichs wirkt Trude Marlen, die als Schauspielerin später zunehmend in Vergessenheit geraten wird, in insgesamt achtzehn Filmen mit. Ebenso wie Magda und Wolf steht auch sie bei den braunen Machthabern hoch im Kurs. Sie muß Hitler persönlich kennengelernt haben und sich dessen ganz spezieller Wertschätzung erfreuen, denn Wolfs neuer Freundin wird ein ganz besonderes Privileg zuteil, dessen sich nur ganz wenige Schauspieler erfreuen können – sie bekommt jedes Jahr ein Weihnachtspräsent von Hitler geschickt. Neben Hitlers Lieblingsregisseurin Leni Riefenstahl sowie den hochdotierten Filmstars Marianne Hoppe, Jenny Jugo und Margarete Slezak ist Trude Marlen die einzige Schauspielerin, deren Name auf der persönlichen Geschenkliste Hitlers auftaucht, auf der penibel festgehalten wird, wer vom Diktator mit einem Weihnachtsgeschenk beglückt wird und welche Geschenke verschickt worden sind. Neben der Parteiprominenz umfaßt diese Liste ausschließlich Personen, denen sich Hitler »aus irgendwelchen Gründen verpflichtet gefühlt hat oder die er mochte«.[11] Trude Marlen gehört ganz offensichtlich zu diesem illustren Kreis. 1935 durfte sie sich so etwa über Parfüm und ein Jahr später über einen Satz Tassen mit einem Gruß vom »Führer« freuen.[12]

Trude Marlen, die der Organisation NS-Volkswohlfahrt angehört,[13] nutzt im Frühjahr 1938 ihren persönlichen Draht zu Hitler, um auf ihre ins Stocken geratene Filmkarriere hinzuweisen und den Diktator um Hilfe zu bitten. Am 13. April 1938 schreibt sie direkt an Hitler: »Mein Führer! Ich kann das Glück noch immer nicht fassen, daß meine Heimat nun ins Reich eingegliedert wurde, und alle Worte des Dankes sind zu arm dafür. Mein Führer, ich bitte vielmals, mir nicht böse zu sein, daß ich heute mit einem Anliegen komme, aber nur die höchste Notwendigkeit gibt mir den Mut, Sie, mein hochverehrter Führer, zu belästigen. Ich habe seit über einem Jahr keinen Film in Deutschland bekommen, voriges Jahr drehte ich im Sommer das letzte Mal bei einer Wiener Firma. Ich bin seitdem vollkommen ohne Verdienst und habe die Verpflichtung, für meine alten Eltern in Graz zu sorgen. Mein Vater ist neunundsiebzig Jahre alt, und meine Mutter ist seit eineinviertel Jahren schwer krank – liegt fast gelähmt seit einem Jahr, und ich kann ihr nicht einmal einen bescheidenen Aufenthalt in einem Heilbad gewähren. Die fürchterliche Sorge um meine Eltern gibt mir den Mut, Sie, mein hochverehrter Führer, zu bitten, ob es denn nicht möglich wäre, wieder Arbeit im deutschen Film zu bekommen, da ich für meine kranke Mutter verdienen muß. Mein Führer, bitte sind Sie mir nicht ungehalten darüber, aber ich bin ganz verzweifelt und wußte mir keinen anderen Ausweg. Meine Schwester war vor Wochen bei Minister Dr. Goebbels, für mich um Arbeit zu bitten, leider ohne Erfolg. Ich bitte nicht für mich, sondern für meine alten Eltern. Ich verbleibe in tiefster Verehrung und Dankbarkeit – Ihre Trude Marlen.«[14] Trudes Intervention an allerhöchster Stelle hat Erfolg. Die »Kanzlei des Führers« leitet ihr Schreiben im Mai 1938 zuständigkeitshalber »mit der Bitte um weitere Behandlung«[15] an die Reichsfilmkammer weiter, und schon kurze Zeit später steht Trude wieder in Deutschland vor der Kamera – für den bereits im September 1938 uraufgeführten Spielfilm *Allzuviel ist ungesund;* kurz darauf beginnen bereits die Dreharbeiten zum Erfolgsstreifen *Paradies der Junggesellen.* Durch ihren guten Draht nach ganz oben kann Trude Marlen ihre Karriere im Dritten Reich höchst erfolgreich fortsetzen.

Magda kann es nicht fassen, daß Wolf ernst machen und sie tatsächlich wegen dieser Frau verlassen will, doch ihr Mann steht zu seiner Entscheidung. 1943 – Romy ist gerade erst fünf, ihr Bruder Wolfi zwei Jahre alt – verläßt er seine Frau endgültig. Auch wenn vorerst nicht von Scheidung gesprochen wird, muß Magda schnell klarwerden, daß Wolf es ernst meint. Er zieht zu Trude Marlen und läßt den Kontakt mit seiner Frau und seinen Kindern kurzerhand einschlafen. Für Magda bricht eine Welt zusammen, schließlich hat sie Wolf trotz all seiner Eskapaden immer als die Liebe ihres Lebens betrachtet und tut dies immer noch. Das Scheitern ihrer Beziehung ist ein herber Schlag für sie: »Meine Ehe mit Wolf Albach-Retty war zunächst einmal eine Zeit wie im siebenten Himmel. Um so schlimmer ist es, wenn man eines Tages durch alle sieben Himmel hinunterstürzen muß auf die rauhe Erde.«[16]

Romy und ihr Bruder Wolfdieter werden mit den Folgen der Trennung weitgehend alleine gelassen. Im nachhinein wird Magda Schneider es immer so darzustellen versuchen, als hätten ihre Kinder von der Trennung der Eltern nicht viel mitbekommen, als sei der ohnehin ständig abwesende Wolf einfach mehr oder weniger sang- und klanglos aus ihrem Leben verschwunden. Im Falle von Wolfi mag das durchaus stimmen, denn der ist mit seinen zwei Jahren noch viel zu jung, um zu realisieren, was vor sich geht. Aber Romy? Die Kleine ist mittlerweile immerhin fünf und hat schon in den zurückliegenden Jahren unter der ständigen Abwesenheit ihrer Eltern und besonders ihres über alles geliebten, geradezu angebeteten »Papili« gelitten. Kann ihr ernsthaft entgehen, welche Erschütterung die Trennung ihrer Eltern für ihre kleine Welt bedeutet? Kann das Ganze tatsächlich »schmerzlos«[17] an ihr vorübergegangen sein, wie Magda es behauptet? Zumal Magda sich durch Wolfs Weggang so aus der Bahn geworfen fühlt, daß sie ihren Schmerz und ihre unendliche Trauer kaum verbergen kann. Sie macht gerade die mit Abstand schlimmste Zeit ihres Lebens durch.

Noch jahrelang hofft sie still und heimlich darauf, daß Wolf einsieht, einen Fehler gemacht zu haben, und daß seine Beziehung mit Trude Marlen auf Dauer keinen Bestand haben wird. Es fällt ihr unendlich schwer, die Trennung zu verkraften, sich das endgültige Scheitern ihrer Ehe einzugestehen. Ein Bild aus jenen Tagen, das sich Romy unauslöschlich ins Gedächtnis eingebrannt hat, ist das von ihrer Mutter, die nach Wolfs Weggang mit tränenüberströmtem Gesicht die Anzüge ihres Mannes auf dem Dachboden bürstet, in der stillen Hoffnung, daß er eines Tages doch noch zu ihr und den Kindern zurückkommt: »Acht Jahre hat meine Mutter auf ihn gewartet und seine Ufa-Kostüme in den Schränken auf dem Dachboden gepflegt. Sie hat sich die Augen aus dem Kopf geweint.«[18] Erst viel später wird Magda eingestehen, daß die Trennung sie damals so mitgenommen hat, daß sie gar an Selbstmord dachte: »Ich habe gewartet, daß er zurückkommen würde. Und als ich sah, daß es keine Hoffnung mehr gab, hatte ich einmal schon den Revolver in der Hand. Der Gedanke an meine Kinder hielt mich zurück.«[19]

Die Abwesenheit des Vaters, die Trennung der Eltern und nicht zuletzt die hautnah miterlebte Trauer über Wolfs Weggang, die ihre Mutter lange Zeit umtreibt, sind die wohl prägendsten und traumatischsten Erfahrungen in Romys Kindheit. Magda gibt das Gefühl der Verlassenheit an ihre Tochter weiter, denn auch diese wünscht sich nichts sehnlicher als eine intakte Familie und einen Vater, der sich um sie kümmert und sie in den Arm nimmt. Die Trennung ihrer Eltern bringt Romy völlig aus dem Gleichgewicht – vielleicht fürs ganze Leben. Abgesehen von dem vagen Schuldgefühl, das die Seele eines jeden Kindes belastet, wenn ein Elternteil geht, ist Wolfs Weggang für Romy eine Wunde, die nie ganz heilt; zeitlebens wird sie sehr unsicher sein, was Liebe und Beziehungen angeht. Die Kleine spürt, wie schlimm das Verlassenwerden für Magda ist, wie tief die Wunde sitzt und wie schwer sie verheilt – gerade weil sie bis dato noch nie ein harmonisches, ausgeglichenes Familienleben kennengelernt und ihre Eltern nur ganz selten einmal gemeinsam erlebt hat, wiegt der nun erlittene Verlust doppelt. Der zum Idol verklärte »Papili« ist noch weiter in die Ferne gerückt, Romy wird ihn vorerst nur noch auf der Leinwand sehen können. Und die sitzengelassene Magda gibt sich in ihrer Enttäuschung auch keine Mühe, den Kindern den entschwundenen Vater in guter Erinnerung zu bewahren – ganz im Gegenteil. Im ersten Verlustschmerz soll sie Romy und ihrem Bruder sogar erklärt haben, ihr Vater sei tot.[20] In Romys kindlichem Seelenleben jedenfalls schlägt sich all das nieder. Schon in jungen Jahren macht sie sich keine allzu romantischen Vorstellungen von der Liebe mehr – bereits die dreizehnjährige Romy wird abgeklärt in ihr Tagebuch schreiben: »Männer bleiben ja selten treu!«[21]

Magda stürzt sich in die Arbeit. Sie bereitet sich auf ihren nächsten Film vor – immerhin hat sie ja noch ihre Karriere, an die sie sich klammern kann. Im Juni 1943 beginnen in Böhmen die Dreharbeiten für den Streifen *Die heimlichen Bräute,* in dem sie erstmals zusammen mit Rudolf Prack vor der Kamera steht. Auch jetzt bleiben Romy und ihr Bruder wieder in der Obhut der Großeltern, auch jetzt hat Magda wieder keine Zeit für sie. Es kommt ihr nicht in den Sinn, beruflich kürzerzutreten, um der unter dem Weggang des Vaters leidenden Romy beizustehen. Magdas Eltern kümmern sich weiterhin aufopferungsvoll um die Kleinen, und Romys liebster Spielkamerad in diesen Jahren wird ihr Bruder Wolfi. Als Ältere ist sie es zunächst, die den Ton angibt, die energisch bestimmt, was gespielt wird und als was Wolfi sich zu verkleiden hat – bis er lernt, sich gegen seine große Schwester durchzusetzen. Oftmals kommen die Nachbarskinder zu Besuch, und manches Mal wird Romy als Tochter von Magda Schneider, die sich der besonderen Wertschätzung Hitlers erfreut, auch zu Kinderfesten auf den nahe gelegenen Obersalzberg eingeladen, wie Romys Großmutter Rosa Albach-Retty sich erinnert: »Ein paar von Romys Spielkameraden waren Kinder von hohen

Parteifunktionären. Einmal wurde sie von Gerda Bormann, der Frau des Reichsleiters und Hitler-Sekretärs, zu einer Kinderjause eingeladen. […] Von diesem Fest kam sie sehr befriedigt heim: ›Ich habe mir die anderen sehr genau angeschaut‹, sagte sie, ›jetzt weiß ich es genau: Ich bin das schönste Kind von Berchtesgaden.‹«[22]

1944 wird die sechsjährige Romy in der örtlichen Volksschule, der kleinen Dorfschule in Schönau, eingeschult, die sie vier Jahre lang besuchen wird, bis sie auf Magdas Wunsch hin ins Internat wechselt. Im Februar 1945 wird die Ehe zwischen Magda und Wolf »rechtskräftig aus dem Verschulden des Mannes«[23] geschieden – dies geschieht in aller Stille, denn angesichts der sich immer dramatischer zuspitzenden Kriegslage interessiert sich kaum noch jemand für Filmstar-Ehen; zudem haben die Nazis, die gerade in Kriegszeiten Werte wie Ehe und Familie propagieren, kein Interesse daran, daß über die Scheidung prominenter Vorzeigepaare berichtet wird. So bleibt Magda die Demütigung erspart, daß in den Zeitungen breit über ihre gescheiterte Ehe geschrieben und sie von wildfremden Leuten darauf angesprochen wird.

Nun steht sie alleine mit ihren Kindern da. Zwar haben Wolf und sie das Sorgerecht für Romy und ihren Bruder zu gleichen Teilen übertragen bekommen, doch allen Beteiligten ist klar, daß Wolf, der ganz in seiner neuen Beziehung aufgeht, sich auch künftig nicht sehr um die Kinder kümmern wird. Nicht nur für Romy und Wolfi ist Magda von nun an ganz alleine verantwortlich, sondern auch für ihre Eltern sowie für ihre Hausangestellten und das Kindermädchen. Sieben Personen leben in Mariengrund, und die wollen versorgt sein. In den letzten Kriegsmonaten wird auch in den ländlichen Regionen die Ernährungslage zunehmend prekär, so daß es für Magda immer schwieriger wird, die Ihren zu versorgen. Doch Romys Mutter macht einfach das, was sie am besten kann – sie beißt die Zähne zusammen und kämpft. Sie hat ohnehin jetzt keine Zeit, ihre Wunden zu lekken; wie immer hat sie vor der Kamera zu stehen – bis kurz vor dem Einmarsch der Roten Armee dreht sie in Wien den Film *Ein Mann gehört ins Haus,* der jedoch erst drei Jahre nach dem Zusammenbruch des Dritten Reichs als sogenannter »Überläufer« seine Uraufführung erleben wird.

Im beschaulichen Berchtesgadener Land helfen Magda ihre stattlichen Filmgagen, ihr prominenter Name und ihr bekanntes Leinwandgesicht sicherlich so manches Mal, wenn sie loszieht, um sich bei den Bauern im Umland mit Lebensmitteln zu versorgen. Langsam, aber sicher werden auch die ländlichen, fernab der Kriegsschauplätze liegenden Gegenden von der grausamen Realität des Kriegs eingeholt. Die Fronten rücken immer näher. Ende April 1945 wird das nicht weit von Mariengrund entfernte Obersalzberg-Gebiet von über dreihundert britischen und amerikanischen Bombern aus der Luft angegriffen und binnen zwanzig Minuten in eine Mondlandschaft verwandelt – die Alliierten glauben bis zuletzt, daß die Bauten auf dem Obersalzberg Teil einer gigantischen »Alpenfestung« seien. Berchtesgaden selbst bleibt nahezu unzerstört und wird kampflos übergeben – auch Mariengrund bleibt von den Folgen des Kriegs verschont. Magdas Anwesen wird allerdings für kurze Zeit von Amerikanern besetzt, so daß sie mitsamt ihrem Anhang vorübergehend in einem nahe gelegenen Gutshof Quartier nehmen muß, bis sie Mariengrund wieder beziehen darf.

Für die frisch geschiedene Magda ändert sich mit Kriegsende alles – ihr ganzes Leben. Nicht nur, daß sie vor den Trümmern ihrer Ehe steht, auch Magdas so florierende Filmkarriere kommt mit dem Jahr 1945 für einige Jahre zum Stillstand; ihre berufliche Existenz und Zukunft ist erst einmal völlig ungewiß. Die deutsche und die österreichische Filmindustrie liegen nach dem Zusammenbruch des NS-Regimes am Boden, große Teile der Filmstudios sind dem Bombenkrieg ebenso zum Opfer gefallen wie unzählige Kinos. Wann die Produktion neuer Filme wieder aufgenommen werden kann, steht zunächst einmal in den Sternen. Woher sollen unmittelbar nach Kriegsende die Finanzmittel kommen, um einen ganzen Film zu realisieren? Woher soll das Rohmaterial genommen, wovon sollen die Schauspieler bezahlt werden? Andere Fragen sind drängender.

Theater zu spielen ist da wesentlich einfacher, denn hier kann man improvisieren. Auch wenn viele Theaterbauten durch Luftangriffe zerstört worden sind, provisorische Behelfsbühnen, im Sommer im Freien, im Winter oft auch in nur unzulänglich beheizten Räumlichkeiten, sind schnell errichtet. Sowohl auf dem Land als auch in den Großstädten wird das Theaterleben nach der deutschen Kapitulation binnen kürzester Zeit wieder aufgenommen, und die ersten Bühnen öffnen schon bald wieder ihre Pforten. Gespielt wird vor Zuschauern mit knurrenden Mägen, die auf unbequemen Stühlen sitzen. Das Theaterleben der frühen Nachkriegszeit wird überwiegend von den gleichen Regisseuren, Schauspielern und Bühnenbildnern wie im Dritten Reich bestimmt, auch viele der alten Intendanten werden bald wieder eingesetzt – wenn sie nun oft auch demonstrativ andere Stücke auf den Spielplan setzen als jene, die zur Zeit des NS-Regimes genehm gewesen sind. Zu den Theaterleuten stoßen nun verstärkt die mit einem Mal beschäftigungslosen Filmstars, die bis vor kurzem noch gutes Geld von den braunen Machthabern kassiert haben und nun froh sind, auch für ein geringes Entgelt ihren alten Beruf wieder ausüben zu können und insofern auch bereit sind, in einem wesentlich bescheideneren Rahmen aufzutreten, als sie es bis dahin gewöhnt waren.

Auch Magda besinnt sich dieser Tage ihrer Anfänge auf der Bühne und tritt schon bald nach Kriegsende wieder auf, teils vor amerikanischen Soldaten. Viel Geld bringen solche Engagements nicht ein, die Honorare sind bescheiden. Oft besteht die Gage aus ein paar Stangen Zigaretten oder Konserven, weshalb man in Künstlerkreisen auch von »Würschteltourneen« spricht. Auch bei sogenannten bunten Abenden, die sich zunehmender Beliebtheit erfreuen und bei denen bekannte Musiker und Filmschauspieler ein kunterbuntes, unterhaltsames Programm mit vielen Musik- und Gesangseinlagen darbieten, wirkt Magda mit. Eine große Mannheimer Konzertdirektion, die unter anderem Stars wie Lale Andersen und Ilse Werner unter Vertrag hat, vertritt auch Romys Mutter, die vor ihren Auftritten regelrechtes Lampenfieber hat, nachdem sie jahrelang nur in Filmen mitgewirkt hat und an den direkten Kontakt mit dem Publikum nicht mehr gewöhnt ist. Ihre Kollegin Ilse Werner erinnert sich: »Magda Schneider hatte einen ziemlichen Bammel vor ihrem ersten Auftritt als Sängerin. Sie wollte *C'est ci bon* singen. Wir alle waren uns einig, daß wir Magda Schneider helfen mußten. Ich sagte zu ihr: ›Du mußt völlig gelassen bleiben. Sing dein Lied und laß dich durch nichts aus der Ruhe bringen. Paß auf, wir singen einfach mit!‹ Alle Kollegen formierten sich zu einer Gesangsgruppe. Magda begann ihr *C'est ci bon,* und wir sangen im Chor quasi ihr Echo. Damals war das eine ganz neue Masche. Das Publikum hatte von dieser prominenten ›Hilfsaktion‹ natürlich keine Ahnung und war von Magda begeistert.«[24]

Nach den Bunten Abenden kehrt Magda im Frühjahr 1946 zum ersten Mal seit vielen Jahren wieder ans Theater zurück – sie wirkt in einer Inszenierung von Jacques Devals Lustspiel *Kammerjungfer* mit, einer harmlos-beschwingten französischen Gesellschaftskomödie. Nach Stationen in Salzburg und Innsbruck kommt das Stück im Sommer 1946 auch im Wiener Volkstheater auf die Bühne. Wenn die Kritiken zu ihrer schauspielerischen Leistung auch eher gemischt und launisch sind, ist es unbestritten, daß Magda der Star der Inszenierung ist, denn schließlich braucht man zugkräftige Namen und bekannte Filmgesichter, um die Menschen ins Theater zu locken, wie die Presse auch in Magdas Fall hervorhebt: »Es ist immer erfreulich, eine Filmdiva auch einmal ›dreidimensional‹ kennenzulernen.«[25] Da Filmangebote weiterhin ausbleiben, konzentriert Magda sich weiter auf Theaterengagements. Im Winter 1946/47 steht sie erneut im Landestheater Salzburg auf der Bühne, im Sommer 1947 spielt sie, wieder in Salzburg, in Ralph Benatzkys Lustspiel *Bezauberndes Fräulein* mit. 1948 gastiert sie an der Münchner Schaubude, wo sie gemeinsam mit ihrem ehemaligen Filmpartner Karl Schönböck im musikalischen Lustspiel *Das Ministerium ist beleidigt* auf der Bühne steht.

Auch in diesen frühen Nachkriegsjahren wachsen Romy und Wolfdieter also weiterhin so gut wie ohne Mutter auf, da Magda ständig unterwegs ist. Nach wie vor sind es Magdas Eltern, die sich um die Erziehung der Kinder kümmern. Dieses Mal bleibt Romys Mutter keine große Wahl, schließlich ist ihre Familie auf das Geld, das sie mit ihren Engagements verdient, angewiesen, um über die Runden zu kommen. Wolf weigert sich über Jahre, Alimente zu bezahlen, da er angibt, nach Kriegsende ohne Engagement zu sein.[26] Und Magda schafft es tatsächlich, mit ihren Bühnenengagements alle über Wasser zu halten, obwohl Wolf sie und ihre gemeinsamen Kinder nach wie vor im Stich läßt. Es findet sich sogar das Geld, um ein neues Kindermädchen zu engagieren, das sich erinnert: »Den Vater hab' ich nie gesehen.«[27] Und auch Magda gibt meist nur kurze Gastspiele in Mariengrund, was sie später nicht daran hindern wird, allen Ernstes zu behaupten: »Ich bin im Grunde genommen das, was man einen ›Familienmenschen‹ nennt. Meine Familie geht mir über alles.«[28] In dem Umstand, daß sie so selten einmal Zeit für Romy und Wolfdieter hat, meint sie im nachhinein sogar einen Vorteil sehen zu können: »Zwischen meinen Kindern und mir hat es nie den tötenden Alltag gegeben. Jeder der seltenen Tage, die wir zusammensein konnten, war dadurch ein Festtag.«[29] Auf die Idee, daß ihre Kinder vielleicht auch den Alltag gerne mit ihr erlebt, daß sie gerne eine ganz normale Mutter gehabt hätten, an die sie sich jederzeit mit ihren Sorgen und Nöten hätten wenden können, kommt Magda nicht.

In beruflicher Hinsicht läuft in diesen Jahren für Magda alles äußerst unbefriedigend. Sie ist verbittert darüber, daß viele andere Stars von einst schon längst wieder vor der Kamera stehen und im Kino der Nachkriegszeit Fuß gefaßt haben, während niemand sie für neue Filme engagiert. Bereits im Mai 1946 ist im russischen Sektor Berlins die Klappe für den ersten deutschen Nachkriegsfilm gefallen, Wolfgang Staudtes *Die Mörder sind unter uns* – ein Film, der Hildegard Knef zum Star macht. Sie ist zweifellos die größte schauspielerische Entdeckung der Stunde Null und verleiht dem deutschen Kino der Nachkriegszeit ein neues Gesicht. Staudte hat sich für eine bislang unbekannte Schauspielerin entschieden, weil ihm klar war, daß ein Film, der glaubwürdig sein und der deutschen Nachkriegswirklichkeit gerecht werden soll, neue, unverbrauchte Gesichter benötigt, unvorbelastete Darsteller, die keine Erinnerungen an die Zeit vor 1945 heraufbeschwören, sondern die das Potential haben, die Stars von morgen zu werden.

Da es jedoch an neuen Gesichtern à la Knef mangelt, die deutsche Filmindustrie aber schneller als erwartet wieder auf die Beine kommt, greift man bald auch schon wieder auf die Stars zurück, die vor kurzem noch Karrieren unterm Hakenkreuz gemacht haben, so etwa in dem ersten Film, der nach dem Krieg in der amerikanischen Besatzungszone gedreht wird und in dem wiederum Hildegard Knef die Hauptrolle übernimmt – *Zwischen gestern und morgen.* Eine ganze Reihe gestriger Stars erlebt in diesem Film ihr Nachkriegscomeback, neben Victor de Kowa und Winnie Markus wirken etwa Sybille Schmitz, Willy Birgel und Viktor Staal mit, allesamt beliebte alte Ufa-Stars. Die Kritiker erkennen in der Wiederbelebung der Aushängeschilder des NS-Kinos jedoch durchaus ein grundlegendes Problem des deutschen Films – insbesondere dann, wenn die Mitläufer von einst, wenige Monate zuvor noch Großverdiener unter Hitler, nun teils Verfolgte des NS-Staats verkörpern, wie es in *Zwischen gestern und morgen* der Fall ist. Ein Kritiker der *Weltbühne* findet dazu deutliche Worte: »Es ist eine Schande, daß ausgerechnet diese folgsamen Werkzeuge der Reichsfilm- und Kulturkammer, die diensteifrigen Marionetten des Propagandaministers sich erlauben, verfolgte Juden und Widerstandskämpfer zu spielen. Sie sollten sich schämen!«[30]

Und auch gegen Magda, die im Dritten Reich einen Film nach dem anderen gedreht und Stargagen kassiert hat, gibt es Vorbehalte. Die Filmindustrie hat sie vorerst abgeschrieben, während unzählige ihrer einstigen Kollegen schon bald wieder in neuen Produktionen auf den deutschen und österreichischen Leinwänden zu sehen sind. 1947 und 1948 kehren etwa Johannes Heesters und Marika Rökk, Heinz Rühmann und Ilse Werner, Hans Albers, Theo Lingen und Hans Moser zurück vor die Kamera. An ihre Seite treten die neuen

Stars, die Publikumslieblinge von morgen – Sonja Ziemann und Maria Schell, Peter Alexander, Lilo Pulver und Horst Buchholz. Für Magda jedoch soll es ganze acht Jahre dauern, bis sie, an der Seite ihrer Tochter Romy, wieder an ihre alten Filmerfolge anknüpfen kann. Diese ihr unendlich lang erscheinende Zeit wird sie später im Rückblick »die große Pause«[31] nennen. In den deprimierenden Jahren werden ihre Gedanken oftmals an ihre scheinbar beendete Filmkarriere und an ihre gescheiterte Ehe zurückschweifen – die beide einst so hoffnungsfroh begonnen haben.

Magda & Wolf

Für die deutschen Kinogänger sind Romys Eltern, Magda Schneider und Wolf Albach-Retty, neben Willy Fritsch und Lilian Harvey *das* Leinwand-Traumpaar der dreißiger Jahre. Daß aus der Zusammenarbeit im Filmstudio schnell auch eine private Liaison hervorgeht, wie die Filmzeitschriften ihren geneigten Lesern schon bald freudig vermelden können, steigert die Publikumssympathien für Magda und Wolf noch einmal erheblich. 1933 stehen die beiden zum ersten Mal gemeinsam vor der Kamera, in der turbulenten Verwechslungskomödie *Kind, ich freu' mich auf Dein Kommen*.

Der heiter daherkommende Streifen, bei dessen Dreharbeiten in den legendären Ufa-Studios in Neubabelsberg Magda sich unsterblich in den charmanten Wolf verliebt, ist ein regelrechtes Politikum – wenn auch erst beim Blick hinter die Kulissen. Als Regisseur ist Kurt Gerron engagiert, der seit langem eine bekannte Größe im deutschen Filmgeschäft ist. Seit Mitte der zwanziger Jahre hat er sich einen Namen als Regisseur gemacht, daneben ist er aber auch immer wieder als Darsteller in Erscheinung getreten, so etwa im Marlene-Dietrich-Klassiker *Der blaue Engel* oder im Gute-Laune-Streifen *Die Drei von der Tankstelle*. Doch als im Februar 1933 die Dreharbeiten zu *Kind, ich freu' mich auf Dein Kommen* starten, sind die Tage von Gerrons Karriere in Deutschland bereits gezählt, denn Gerron ist

Jude. Goebbels' Mannen drängen im Wahn, den deutschen Film so schnell wie möglich »judenfrei« zu machen, nachhaltig darauf, daß er die Regie am Film abgeben muß – die Ufa kommt diesem Wunsch willfährig nach. Gerron, der am 1. April 1933, dem Tag des ersten vom NS-Regime initiierten »Judenboykotts«, mitten bei den Dreharbeiten und damit vor Wolfs und Magdas Augen mit der Aufforderung »Alle Juden verlassen das Studio!« vom Produktionsleiter der

Ufa vor die Tür gesetzt wird,[32] flieht mit Frau und Eltern vor den braunen Schergen nach Paris und läßt sich schließlich, wie so viele vor den Nazis geflohene Schauspieler und Regisseure, in Amsterdam nieder. 1941 fällt er hier der Gestapo in die Hände, die ihn über das niederländische Durchgangslager Westerbork ins Konzentrationslager Theresienstadt deportiert. Hier zwingt ihn die SS dazu, einen vorgeblich dokumentarischen Film über das Leben im Lager zu drehen, der die Weltöffentlichkeit über die Wahrheit der Konzentrationslager täuschen soll. Nach Abschluß der Dreharbeiten wird Kurt Gerron nach Auschwitz deportiert, wo er im Oktober 1944 ermordet wird.

Ersetzt wird er bei der Regie des Films durch zwei Männer, die als fraglos linientreu gelten und die beide stramme Karriere im Dritten Reich machen werden. Einerseits durch Erich von Neusser, der bereits 1932 als Aufnahmeleiter des nationalistischen Kriegsdramas *Morgenrot* und 1933 als Produktionsleiter des deutschtümelnden Heldenepos *Flüchtlinge* seine Loyalität mit der NS-Bewegung unter Beweis gestellt hat. Andererseits durch Hans Steinhoff, der mit *Hitlerjunge Quex* noch im gleichen Jahr einen der ersten nationalsozialistischen Propagandafilme drehen wird und von dem gemunkelt wird, daß er das NS-Gedankengut bis ins Mark verinnerlicht hat – O. W. Fischer soll einmal über ihn geäußert haben: »Er ist brauner als Goebbels und schwärzer als Heinrich Himmler.«[33] Steinhoff steigt als Parteimitglied der NSDAP zum Starregisseur des Regimes auf und dreht einen Prestige-Streifen nach dem anderen. Bis zum Schluß bleibt er der NS-Bewegung treu verbunden und soll Schauspielern, die sich skeptisch über den vielbeschworenen deutschen Kriegsgewinn äußerten, mit Denunziation gedroht haben. In den Wirren der letzten Kriegstage wird Steinhoff bei einem Flugzeugabsturz ums Leben kommen.

Nicht nur Gerrons Karriere ist mit seiner Absetzung als Regisseur von *Kind, ich freu' mich auf Dein Kommen* beendet, auch die Drehbuchautoren Franz Arnold, Heinz Gordon, Max Jungk und Emeric Pressburger werden künftig nicht mehr für den deutschen Film arbeiten. Bei den Schauspielern ist die Lage sehr unterschiedlich. Magda Schneider und Wolf Albach-Retty können ebenso wie ihre am Film beteiligten Kolleginnen Ida Wüst und die gerade debütierende Grethe Weiser unbehelligt weiterarbeiten – alle vier werden auch in Zukunft vor allem in unpolitischen Unterhaltungsfilmen vor der Kamera stehen. Einige der anderen Darsteller werden dagegen in expliziten Propagandafilmen mitwirken, so etwa Karl John, der 1941 im Fliegerfilm *Stukas* spielen wird, Fred Goebel, der 1939 und 1940 als Schauspieler in den ersten antisemitischen Streifen *Robert und Bertram* und *Die Rothschilds* mitwirken wird, oder Gerhard Dammann, der 1941 im NS-Drama *... reitet für Deutschland* auf der Leinwand zu sehen sein wird.

Aber nicht alle von Magdas und Wolfs Darstellerkollegen aus diesem Film können ihre Karrieren so ungehindert fortsetzen. Otto Wallburg etwa, der in *Kind, ich freu' mich auf Dein Kommen* den Konsul verkörpert, verliert nach Abschluß des Films sein Ufa- und die meisten seiner Theaterengagements und flieht über Frankreich in die Niederlande. Wie Kurt Gerron wird auch er nach der deutschen Besatzung des Landes über das Lager Westerbork zunächst nach Theresienstadt und dann nach Auschwitz deportiert, wo auch er im Oktober 1944 ermordet wird. Auch für Julius Falkenstein, ebenfalls Jude, endet seine einst so vielversprechend begonnene Schauspielkarriere schon bald, denn er wird kaum noch für Filme engagiert werden – »tragende Rollen« darf er auf Weisung des Ufa-Vorstands nicht mehr spielen. Im Dezember 1933 stirbt er an den Folgen einer Gehirnhautentzündung. Damit bleibt ihm das Schicksal vieler Leidensgenossen erspart, wie etwa das des ebenfalls in *Kind, ich freu' mich auf Dein Kommen* mitwirkenden Paul Otto. Dessen jüdische Abstammung bleibt lange Zeit unbemerkt, so daß er seine Karriere unterm Hakenkreuz zunächst fortsetzen kann und sogar von Hitler mit dem Titel »Staatsschauspieler« bedacht wird. Doch als 1943 durch Zufall bekannt wird, daß er Jude ist, ist ihm klar, daß dies sein Todesurteil bedeutet. Um der drohenden Deportation zuvorzukommen, wählt er gemeinsam mit seiner Frau den Freitod.

Die Schicksale der am Film Beteiligten führen deutlich vor Augen, daß Magda Schneider und Wolf Albach-Retty wie all ihre Kollegen, die im Dritten Reich Karriere gemacht haben oder ihre Filmlaufbahn fortsetzen konnten, nicht im luftleeren Raum gelebt und gearbeitet haben. Beide haben sehr schnell und sehr früh zur Kenntnis nehmen können und müssen, was Hitlers Machtergreifung und Goebbels' Bestreben, den deutschen Kulturbetrieb »gleichzuschalten« und »judenfrei« zu machen, für Kollegen, mit denen sie teils schon seit Jahren zusammengearbeitet haben, tatsächlich bedeutet. Das Schicksal der von den Nazis Verfolgten und Verfemten ist gerade für Menschen, die in der Filmbranche arbeiten, nichts Abstraktes, nichts, was man in Gedanken wegschieben oder übersehen könnte. Was den jüdischen oder den aus politischen Gründen unliebsam gewordenen Kollegen widerfährt, ist in den ersten Wochen und Monaten nach Hitlers »Machtergreifung« Tagesgespräch.

Beide, Wolf wie Magda, kennen aus ihrem Arbeitsumfeld unzählige Menschen, die 1933 mit einem Mal vor dem Nichts stehen. Für drei von Magdas wichtigsten Regisseuren etwa ist plötzlich kein Platz mehr in Deutschland – sowohl Max Ophüls als auch Anatole Litvak und Joe May müssen emigrieren. Viele ihrer Schauspielkollegen, mit denen sie vor der Kamera gestanden hat, verlassen Deutschland fluchtartig; hinzu kommen Drehbuchautoren, Kostümbildner und Kameraleute, mit denen sie zusammengearbeitet hat. Auch Magdas jüdische Schauspielagentin, die neben ihr Stars wie Camilla Horn, Wolfgang Liebeneiner und Gustav Diessl vertrat und Magda gute Dienste am Anfang ihrer Filmkarriere geleistet hat, muß vor den Nazis flüchten. 1933 emigriert sie nach Großbritannien und wandert dann nach Amerika aus. In Hollywood wird es ihr wie so vielen deutschen Emigranten nicht gelingen, im Filmgeschäft Fuß zu fassen. Deshalb widmet sie sich der Herstellung von Polstermöbeln, um sich über Wasser zu halten, während ihr einstiger Schützling Magda Schneider in Deutschland Stargagen kassiert.[34]

Bei Wolf sieht es nicht anders aus. Viele seiner Kollegen, mit denen er in den letzten zwölf Monaten vor Hitlers Ernennung zum

Reichskanzler noch gemeinsam vor der Kamera gestanden hat, müssen oder wollen das Land verlassen, so etwa Conradt Veidt, Rosa Valetti oder Blandine Ebinger, außerdem Otto Wallburg und Fritz Grünbaum, der nach Österreich flieht und Anfang 1941 im KZ Dachau ermordet werden wird. Auch ein anderer Mann, dem Wolf ganz am Anfang seiner Bühnenkarriere am Wiener Max-Reinhardt-Seminar vorsprach und der ihm überhaupt erst den Weg zu seiner Schauspielkarriere geebnet hat, erleidet unter den Nazis ein schlimmes Schicksal: Burgschauspieler Ernst Arndt, Wolfs Entdecker, wird 1942 im Alter von einundachtzig Jahren im Vernichtungslager Treblinka ermordet – während sein einstiger Schützling in Stimmungsfilmen wie *Sieben Jahre Glück* oder *Zwei glückliche Menschen* vor der Kamera steht.

Haben sich Magda und Wolf für das Schicksal ihrer bedrängten und verfolgten Kollegen, die plötzlich aufgrund des Rassenwahns der Nazis als Aussätzige gelten, überhaupt interessiert? Haben sie auch nur einen Gedanken daran verschwendet, was Hitlers »Machtergreifung« für diese Menschen bedeutet? Hat für sie jemals etwas anderes als ihre Karriere gezählt? Daß Magda oder Wolf sich auch nur für einen der bedrängten Kollegen eingesetzt hätten, ist nicht überliefert. Solidaritätsakte, und seien sie auch nur aus persönlichen Gründen motiviert gewesen, sind von ihnen nicht überliefert.[35] Ebensowenig ist bekannt, daß sie, die als Kinostars des Dritten Reichs gutes Geld verdienten, Kollegen, die aus Deutschland fliehen mußten, finanziell unterstützt hätten. Daraus kann man nur schließen, daß sie entweder das Schicksal dieser Menschen verdrängt und bewußt ignoriert haben, oder aber, daß sie es akzeptiert haben, was diesen Menschen kurz nach der »Machtergreifung« widerfährt. Offenbar erachten Magda und Wolf es zu keinem Zeitpunkt für notwendig, auf Distanz zum NS-Regime zu gehen. Wie so viele ihrer Kollegen, die nicht aus politischen oder rassischen Gründen gezwungen sind, das Land zu verlassen, und den geforderten »arischen Abstammungsnachweis« erbringen können, fügen sie sich willfährig in die neuen Verhältnisse ein, die von nun an in Deutschland herrschen.

Viele Filmstars legen sich in diesen Tagen Scheuklappen an. Einige treten aus Verblendung, aus Opportunismus oder Überzeugung der Partei bei, in der Hoffnung, daß das Mitgliedsbuch der NSDAP ihrer Karriere förderlich sein wird, wie etwa Willy Fritsch oder Elisabeth Flickenschildt. Einige lassen sich ganz demonstrativ für Propagandazwecke einspannen und bereitwillig zu Aushängeschildern des NS-Regimes machen, so etwa Leni Riefenstahl, Heinrich George oder Emil Jannings. Andere setzen ihre Karrieren erfolgreich fort, obwohl in Filmkreisen bekannt ist, daß sie wenig von den Nazis halten, wie etwa im Falle von Hans Albers oder Johannes Heesters. Wieder andere hoffen, daß sie den braunen Spuk möglichst unbeschadet überstehen, zum Beispiel Theo Lingen und Hans Moser, die beide mit jüdischen Frauen verheiratet sind und für ihre »Mischehen« Sondergenehmigungen erteilt bekommen haben. Vom NS-Regime vereinnahmt werden sie alle, wenn auch der Grad der Vereinnahmung von Fall zu Fall sehr unterschiedlich sein kann. Doch hätte keiner von ihnen im Dritten Reich Karriere machen können, wenn er sich nicht auf die eine oder andere Weise mit den braunen Machthabern arrangiert hätte. Wie sieht es bei Romys Eltern aus?

In Filmkreisen ist es kein großes Geheimnis, daß Magda und Wolf dem NS-Regime alles andere als ablehnend gegenüberstehen. Sie haben sich auch nicht in die »innere Emigration« begeben, sondern konnten ihre Karrieren unbehelligt fortsetzen. Magda hat bereits vor 1933 in ihren Filmen einen Frauentyp verkörpert, der sich problemlos in die Vorstellungswelt der Nazis integrieren läßt. Sie kann nach 1933 die gleichen Rollen spielen wie vor der »Machtergreifung« – bodenständige, patente Frauen, die ihren Partnern treu zur Seite stehen.

Aber auch fernab ihrer Rollen hat Magda kein Problem damit, sich der neuen Zeit anzupassen und sich voll und ganz in den NS-Kulturbetrieb zu integrieren. Ab 1933 unterzeichnet sie ihre Briefe mit dem nun üblichen »Mit deutschem Gruß« und »Heil Hitler!«.[36] Nach 1945 wird sie, wie viele ihrer Kollegen und Kolleginnen, behaupten, sich nie für Politik interessiert zu haben. Doch vor 1945 hatte sie wie viele ihrer Schauspielkollegen keinerlei Bedenken, sich im Glanz der neuen Machthaber zu sonnen, wenn Hitler etwa einen seiner Künstlerempfänge in der Berliner Reichskanzlei gab.

Und der Diktator, der Magda Schneider bereits Anfang der dreißiger Jahre in München auf der Bühne gesehen hat und als Operettenstar schätzte, ist durchaus angetan von Magda, wie er ihr ausdrücklich versichert. So ist es auch zu erklären, daß Romys Mutter sogar noch im Kriegsjahr 1941 von Hitler im intimen Rahmen seines Privatdomizils Berghof empfangen wird – überlieferte Filmaufnahmen von dieser Begegnung zeigen eine fröhlich lachende Magda Schneider neben einem sichtlich gutgelaunten Hitler. Anders als bei den mittlerweile eingestellten Künstlerempfängen der Vorkriegszeit, bei denen teils Hunderte Künstler eingeladen wurden, handelte es sich hier um ganz gezielte Einladungen – wer auf dem Obersalzberg empfangen wird, der erfreut sich der ganz besonderen Gunst und Wertschätzung des Diktators. Neben Magda Schneider, der es im Dritten Reich nicht gerade schadet, daß sie beim »Führer« so hoch im Kurs steht, lädt Hitler nur absolut regimekonforme Künstler hierhin ein, so etwa seine treu ergebenen Günstlinge Leni Riefenstahl, Veit Harlan oder Emil Jannings. Kein Wunder also, daß Magda ihre kompromittierenden Zusammentreffen mit Hitler in ihren Memoiren kurzerhand unter den Tisch fallen läßt. Magda Schneiders Witwer Horst Fehlhaber besteht heute auf der Version, daß Magda die Einladung auf den Berghof nur widerwillig angenommen habe und ihr erst gefolgt sei, nachdem Eva Braun sie zuvor sechs Mal eingeladen hatte und sie bereits sechs Mal wegen Krankheit abgesagt hatte,[38] eine weitere Absage aber nicht akzeptiert worden wäre. Sollte diese zweifelhafte und bislang durch nichts zu belegende Version stimmen, würde das ein völlig neues Licht auf Magda Schneiders Nähe zum Diktator werfen, denn in diesem Falle wäre Magda einer der ganz wenigen Menschen gewesen, die außerhalb der höchsten Parteiführung und dem allerengsten Kreis um den Diktator von der im Dritten Reich streng geheimgehaltenen Existenz von Hitlers Geliebter Eva Braun wußten, um die eine regelrechte Mauer des Schweigens gebildet wurde und die sich stets in ihre Privatgemächer zurückzuziehen hatte, wenn Besuch auf dem Obersalzberg angesagt war, der nicht zum Hofstaat des Diktators gezählt wurde.[39] Sollte Magda Schneider tatsächlich, wie ihr Witwer behauptet, Eva Braun gekannt haben und von ihr persönlich auf den Berghof eingeladen worden sein, so würde dies bedeuten, daß sie zum innersten Zirkel um Hitler gezählt worden ist, was wiederum verständlich macht, warum Magda in ihren Memoiren kein einziges Wort zu ihrer Beziehung zum Diktator verliert.

Weniger zurückhaltend ist sie im nachhinein, wenn es um ihre Tochter Romy geht, die Anfang der vierziger Jahre zum Spielen auf den Obersalzberg eingeladen worden ist. 1982 erinnert sie sich in einer *Bild*-Serie anläßlich des Todes ihrer Tochter munter an die reizenden Kindergeburtstage im Haus des Hitler-Sekretärs Martin Bormann im »Führersperrbezirk« – offensichtlich nicht ohne Stolz, sich so nah im Dunstkreis der braunen Machthaber bewegt zu haben: »Sie wissen: Martin Bormann war der Sekretär Hitlers und der mächtigste, meistgefürchtete hinter den Kulissen des Dritten Reichs. Die Bormanns hatten acht Kinder, also gab's viele Geburtstage.«[40]

Romy selbst hat später offensichtlich nur sehr zaghaft die Auseinandersetzung mit ihrer Mutter über deren Rolle im Dritten Reich gesucht. In ihrer Sucht, um jeden Preis ein harmonisches Verhältnis zu ihrer Mutter aufrechtzuerhalten, vermied sie es anscheinend weitgehend, Magda nach ihren Begegnungen mit Hitler zu befragen – zumindest ist wenig über entsprechende Gespräche bekannt, in denen die Tochter ihre Mutter mit Fragen nach ihrer Einstellung zum NS-Regime konfrontiert hätte. Doch Ansätze zu entsprechenden Gesprächen hat es offensichtlich durchaus gegeben, wie Romys zweiter Mann Daniel Biasini sich erinnert. Ihm gegenüber hat Romy offenbart, daß sie ihre Mutter wiederholte Male mit der Frage konfrontiert habe, weshalb sie sich Mitte der dreißiger Jahre ausgerechnet ein Haus in der Nähe von Hitlers Domizil hat bauen lassen – Magda soll sich sämtlichen unbequemen Nachfragen ihrer Tochter jedoch entzogen und lediglich erklärt haben, daß sie der »Atem der Zeit« damals in die Nähe des Obersalzbergs habe ziehen lassen: »Ich habe sie oft gefragt, wie es denn kam, daß wir uns ausgerechnet Ende der dreißiger Jahre in Schönau bei Berchtesgaden niedergelassen haben. [...] Ihre Antworten waren immer weit hergeholt und völlig nichtssagend.«[41] Doch wenn aufgrund von Magdas Verweigerungshaltung auch nie wirklich ein Dialog zwischen Mutter und Tochter über dieses Thema zustande gekommen ist, so hat Romy das Verhalten ihrer Mutter zur Zeit des Dritten Reichs doch durchaus auch weiterhin noch beschäftigt. Alice Schwarzer gegenüber soll Romy gar geäußert haben: »Ich glaube, daß meine Mutter ein Verhältnis mit Hitler hatte!«[42] Angesichts der Tatsache, daß keinerlei Hinweise, Dokumente oder ernstzunehmende Aussagen existieren, die belegen, daß Hitler je mit einer Frau sexuelle Kontakte hatte,[43] und die meisten Hitler-Biographen dies auch bezweifeln, erscheint dieser Verdacht zwar absurd, aber dennoch ist er sehr bezeichnend für das Mutter-Tochter-Verhältnis im Hause Schneider. Auch wenn mit Sicherheit auszuschließen ist, daß Magda Schneider jemals die Rolle in Hitlers Leben gespielt hat, die Romys Phantasie ihr im nachhinein andichtet, so gibt der geäußerte Verdacht dennoch sehr anschaulich Auskunft darüber, wie tief verwurzelt Romys Mißtrauen ihrer Mutter gegenüber zeitlebens war. Um so erstaunlicher ist es, daß sie die Rolle ihres Vaters zur Zeit des Dritten Reichs offensichtlich nie wirklich reflektiert hat.

Dabei ist der Fall Wolf Albach-Retty noch wesentlich klarer als der Fall Magda Schneider. Der gebürtige Österreicher ist von Beginn an eingefleischter Anhänger der nationalsozialistischen Bewegung und begeistert von der Idee einer Vereinigung seiner Heimat mit dem Deutschen Reich. Schon sehr früh entscheidet er sich dazu, seiner Gesinnung auch offiziell Ausdruck zu verleihen. Seine Mitgliedschaft in der NSDAP (Ortsgruppe Berchtesgaden) beantragt er aufgrund der von 1933 bis 1939 geltenden Aufnahmesperre in die Partei zwar erst 1940,[44] aber anderen NS-Organisationen gehört er schon wesentlich früher an. Seit dem 1. Mai 1933 ist er so etwa

Förderndes Mitglied der SS, am 1. September 1933 tritt er zudem freiwillig der Deutschen Arbeitsfront bei.[45] Die SS nimmt ihn 1933 unter der Mitgliedsnummer 76430 als eins von insgesamt einhundertsiebzigtausend fördernden Mitgliedern auf – solche unterstützen die SS finanziell, teils mit beträchtlichen Summen, bekommen ein eigens für sie entworfenes, mit den Runen der SS und dem Aufdruck FM versehenes Abzeichen, mit dem sie ihre Geisteshaltung öffentlich zur Schau stellen können, und werden durch die *FM-Zeitschrift* über die Aktivitäten der SS informiert. Auch sonst richtet Wolf sein Leben von nun an ganz im Sinne der neuen Machthaber aus – selbst der Rechtsanwalt, von dem er sich nun vertreten läßt, muß linientreu sein – Alfred von Seefeld ist Mitglied des Nationalsozialistischen Rechtswahrerbunds (NSRB) und wird 1952 Hitlers Lieblingsregisseurin Leni Riefenstahl bei ihrem Spruchkammerverfahren in Berlin verteidigen.[46]

Keine Frage also – Romys Vater ist eingefleischter Anhänger von Hitlers Ideen. Wie seine Frau Magda unterzeichnet auch er seit 1933 seine Korrespondenz meist ganz demonstrativ mit »Heil Hitler« oder mit der Formel »Mit deutschem Gruß! Heil Hitler!«[47] – obwohl dies von ihm als österreichischem Staatsbürger niemand verlangen könnte und es ihm freistünde, vorerst die althergebrachten Grußformeln zu verwenden. Aber Wolf will offenbar seine Sympathien mit Hitlerdeutschland kundtun, zeigen, daß er ein leidenschaftlicher Verfechter der »großdeutschen Idee« ist, daß sein Herz stärker an Nazi-Deutschland als an seiner zunehmend in Bedrängnis geratenen Heimat Österreich hängt – vielleicht auch aus reinem Opportunismus, da er weiß, daß er in Deutschland bei der Ufa die besseren Gagen erhält als in seiner wirtschaftlich stark angeschlagenen Heimat. Jedenfalls entschließt er sich dazu, 1937, ein Jahr vor dem »Anschluß«, die deutsche Staatsbürgerschaft zu beantragen. Ab sofort muß er aufgrund der im März 1934 verfügten »Anordnung über Gastspielreisen ins Ausland« als frischgebackener »Reichsdeutscher« beim Präsidenten der Reichsfilmkammer um Erlaubnis bitten, wenn er in seinem Geburtsland Österreich filmen will.

Über solche Ergebenheitsbekundungen gegenüber dem NS-Regime ist Propagandaminister Goebbels hoch erfreut. Von anderen Schauspielern, etwa der Schwedin Zarah Leander oder dem Niederländer Johannes Heesters, verlangt Goebbels solche Schritte vergeblich. Obwohl er sie unter Druck setzt, ihnen vorhält, daß sie schließlich ihr Geld in Deutschland verdienen, lehnen beide es strikt ab, die deutsche Staatsbürgerschaft anzunehmen.[48] Doch was Heesters und die Leander standhaft verweigern, dazu sind andere um so willfähriger bereit. Neben Wolf Albach-Retty entscheidet sich etwa auch der Südtiroler Luis Trenker, der im Dritten Reich eine steile Karriere macht, 1940 demonstrativ gegen die italienische und für die deutsche Staatsbürgerschaft. Wolf betrachtet sein Geburtsland Österreich, solange es noch nicht von den Nazis vereinnahmt worden ist, fortan als Ausland. Als er einen Vertrag für den Film *Die Puppenfee* unterzeichnet, der ursprünglich in Berlin und München gedreht werden soll, dessen Dreharbeiten dann aber überraschend nach Wien verlegt werden, so daß Albach-Retty eine Sondergenehmigung für die Ausreise nach Österreich anfordern muß, schreibt er speichelleckerisch an Hans Weidemann, den Vize-Präsidenten der Reichsfilmkammer: »Ich möchte Sie, sehr geehrter Herr Vizepräsident, bitten, zur Kenntnis zu nehmen, daß ich ohne mein Wissen einen Abschluß getätigt habe, der mich im Ausland zu drehen verpflichtet, ein Umstand, der mich veranlaßt hätte, diesen Film nicht anzunehmen.«[49] Daß Wolf seiner Heimat abgeschworen hat und sie als »Ausland« bezeichnet, wird von den Nazi-Behörden wohlwollend zur Kenntnis genommen – die entsprechenden Passagen in Wolfs Schreiben sind unterstrichen.

Solche Bekenntnisse zum Regime kommen gut an und werden belohnt. Und Wolf hat sich nicht lumpen lassen. Er ist freiwillig deutscher Staatsbürger geworden, förderndes Mitglied der SS. Er tritt der Deutschen Arbeitsfront und später auch der NSDAP bei und heißt mit diesem politischen Bekenntnis die Weltanschauung der braunen Machthaber gut. Und das, obwohl er mit eigenen Augen gesehen hat, was die »Machtergreifung« Hitlers für seine jüdischen oder andersdenkenden Kollegen bedeutet – schließlich wurde Kurt Gerron vor seinen Augen als Jude diffamiert und aus dem Studio geworfen. Doch die Untaten des Regimes und sein abstruser Rassenwahn hindern Romys Vater nicht daran, zum Parteigänger der Nazis zu werden. Solche Willfährigkeit wird belohnt – Wolf wird in Hitlers Liste der »gottbegnadeten Künstler« aufgenommen. Als »Gottbegnadeter«, der dem deutschen Kulturleben im Krieg unbedingt erhalten bleiben soll, darf er weder zum Wehrdienst noch zum »Künstlerkriegseinsatz« eingezogen werden. Wolfs Linientreue hat sich also bezahlt gemacht. Während Millionen seiner Altersgenossen in Hitlers Krieg kämpfen und ihr Leben lassen, darf er einen Gute-Laune-Streifen nach dem anderen drehen und die Deutschen ganz im Sinne von Goebbels' Ablenkungsstrategie für ein paar Stunden in eine heile Welt entführen.

Und auch finanziell macht es sich durchaus bezahlt, sich mit den Nazis zu arrangieren, sich zu »Vasallen einer blutigen Macht« zu machen, wie Klaus Mann es einmal formulierte. Die Stars des NS-Kinos werden von den braunen Machthabern teils fürstlich entlohnt. Die meisten Stars lassen sich kaufen, machen das, was Goebbels will, solange nur die Gage stimmt. Da die im Land verbleibenden Schauspieler sich bewußt sind, daß die Nazis sie nach dem Exodus vieler Filmkünstler im Jahre 1933 brauchen, und Filme für die neuen Machthaber zudem Prestigeprojekte sind, verstehen sie es hervorragend, ihre Gagen immer weiter in die Höhe zu treiben. Auch Magda und Wolf können nicht klagen, wenn sie auf ihre Gehaltsschecks schauen, und kämpfen selbstbewußt für immer höhere Gagen.

In der Frühzeit des NS-Regimes, als die später von Goebbels genehmigten Stargagen innerparteilich noch kritisch diskutiert werden, ist Magda wegen ihrer hohen Gagenforderungen und der »überenergischen Wahrung ihrer Interessen«[50] schnell ins Kreuzfeuer der Kritik geraten. Der Chef der Filmgesellschaft Neues Deutsches Lichtspiel-Syndikat wendet sich diesbezüglich im März 1935 mit einer Beschwerde über sie an den Präsidenten der Reichsfilmkammer und fordert diesen auf, sie zur Ordnung zu rufen, weil sie ihm gegenüber zu hohe Gagenvorstellungen geäußert habe: »Frau Magda Schneider hat meines Wissens über einhunderttausend Reichsmark in einem Jahr verdient. Die Stargagen haben sich seit Anfang 1933 seit dem Verschwinden der Nichtarier in einem Ausmaß entwickelt, das zu ernsten Bedenken für die gesamte Filmindustrie Anlaß gibt und geeignet erscheint, bei Außenstehenden den Eindruck zu erwecken, als ob die deutsche Filmwirtschaft nur dazu da sei, einige wenige Darsteller mit Geld zu überschütten.«[51]

Doch solche Gagendiskussionen werden bald ad acta gelegt, denn Propagandaminister Goebbels, der sich selbst zum »Schirmherr des deutschen Films ernennt, findet, daß die Aushängeschilder des NS-Kinos durchaus großzügig entlohnt werden sollen – Zuckerbrot und Peitsche sind die Mittel, mit denen das NS-Regime seine Künstler behandelt. Auf der einen Seite gibt es gute Gagen, Steuerbegünstigungen und großzügige Geschenke, zudem dürfen die Schauspieler sich immer wieder im Glanz der braunen Machthaber sonnen, denn die Nazis schmücken sich gerade in den ersten Jahren der Diktatur nur allzu gerne mit »ihren« Stars. Doch im Gegenzug erwarten die Förderer von ihren Künstlern auch absolute Loyalität. So dürfen selbst große Stars am Kriegsende bestimmte Rollen nicht mehr ablehnen, die ihnen von der Filmindustrie angetragen werden, außerdem werden sie zur Truppenbetreuung oder zu Propagandazwecken herangezogen. Das ist der Preis dafür, daß sie jahrelang fürstlich entlohnt worden sind und sich zahlreicher Privilegien erfreuen durften.

Wie viele andere Stars plagen Magda und Wolf selbst in Kriegszeiten vor allem Fragen der Gagengestaltung. Die Publikumslieblinge wissen, daß das Regime sie gerade jetzt braucht, um auch in Kriegszeiten die Fassade der Normalität aufrechtzuerhalten. Auch wenn sie sonst vollkommen angepaßt sind und brav so funktionieren, wie Goebbels es von ihnen erwartet – wenn es um ihre Gagen geht, trauen sie sich zu widersprechen und selbstbewußt Forderungen zu stellen, um möglichst vorteilhafte Verträge auszuhandeln oder für kriegsbedingt zustande gekommene Drehpausen entschädigt zu werden.[52]

Magda, die Mitte der dreißiger Jahre teils Gagen von fünfunddreißigtausend Reichsmark pro Film kassiert hat, sieht sich nach Kriegsausbruch ungerecht behandelt, da sie plötzlich mit Gagen von zwanzigtausend Reichsmark abgespeist wird. Während des Krieges kämpft sie erbittert darum, wieder ihre alte Gage zu erhalten. Ihre Film-Firma, die Berlin-Film GmbH, schreibt im April 1942 diesbezüglich in Magdas Auftrag an den Sondertreuhänder der Arbeit für die kulturschaffenden Berufe: »Frau Schneider hatte bis zum Jahre 1939 eine Gage von RM 30 000,- pro Film erhalten und hat seinerzeit bei einer Verpflichtung für die Ufa ihre Gage freiwillig auf RM 20 000,- herabgesetzt. Frau Schneider möchte jetzt wieder zu ihrer Vorkriegsgage aufrücken.«[53] Doch dem wird nicht stattgegeben, lediglich eine Anhebung auf fünfundzwanzigtausend Reichsmark Pauschalgage pro Film wird angesichts der sich zuspitzenden Kriegslage genehmigt.

Wolf Albach-Retty hat mehr Glück; ihm gelingt es, seine Gage im Laufe des Krieges immer weiter in die Höhe zu schrauben – und das, obwohl seine Pauschalgage vor dem Krieg bei nur zwanzigtausend Reichsmark pro Film lag und er damit damals zehntausend Mark weniger an jedem Film verdiente als seine Frau. Doch seinen Anträgen auf Gagenerhöhung wird im Laufe des Kriegs stets kommentarlos zugestimmt. Wolfs Parteimitgliedschaft dürfte bei seiner Gagengestaltung durchaus eine Rolle gespielt haben, denn auch in Kriegszeiten werden linientreue Parteigenossen besonders belohnt. Im April 1942 wird so seine Pauschalgage auf fünfundzwanzigtausend Reichsmark pro Film erhöht,[54] und im August 1943 wird dann nochmals eine Erhöhung auf dreißigtausend Reichsmark pro Film bewilligt.[55]

Mit ihren Gagen liegen Magda und Wolf im Mittelfeld, etwa gleichauf mit Stars wie Winnie Markus und Gustav Knuth, Carl Raddatz und René Deltgen. Nach den Listengagen gehören sie also nicht zu den Top-Verdienern des Dritten Reichs – Spitzenstars wie Marika Rökk, Heinrich George oder Heinz Rühmann erhalten am Kriegsende siebzig- bis achtzigtausend Reichsmark für jede Produktion, die österreichische Mimin Paula Wessely steht mit einer Gage von einhundertzwanzigtausend Mark pro Film unangefochten an der Spitze. Zu bedenken ist jedoch, daß Magda und Wolf im Gegensatz zu den ganz großen Stars, die verhältnismäßig wenige Filme drehen, für einen Streifen nach dem anderen vor der Kamera stehen – Magda wirkt während des Dritten Reichs in dreißig, Wolf gar in über vierzig Filmen mit. Allein durch die Vielzahl ihrer Filme gehören also auch Romys Eltern zu den Spitzenverdienern des Dritten Reichs. Wer sind die beiden? Woher kommen sie?

Die familiären Unterschiede von Magda und Wolf könnten größer nicht sein. Während Wolf aus einer berühmten Schauspielerdynastie stammt, ist Magda beileibe kein Schauspielerblut in die Wiege gelegt worden. Ihr Weg zur Bühne und zum Film ist hart erkämpft – wie alles in ihrem Leben.

Romys Mutter ist 1909 in der kleinen, heute zur Stadt Augsburg gehörenden Gemeinde Pfersee zur Welt gekommen, die damals vor allem von größeren Industriebetrieben – Spinnereien, Webereien und chemischen Fabriken – geprägt war. Ihr Vater Xaver, zum Zeitpunkt ihrer Geburt einunddreißig Jahre alt, ist gelernter Installateur und besitzt ein eigenes kleines Geschäft. Ihre Mutter Maria, ein Jahr jünger als ihr Mann, ist, wie es in diesem Milieu üblich ist, Hausfrau, kümmert sich um die Kinder, um Magda und ihre früh verstorbene Schwester. Das Milieu, in das Romys Mutter hineingeboren wird, ist katholisch-bodenständig, getauft wird sie auf den Namen Maria Magdalena Schneider. Als Kind wird sie Lena, Lina oder Leni gerufen, erst später nennt sie sich Magda.

Sie wächst in behüteten Verhältnissen auf. Auch wenn das Geschäft des Vaters nicht so viel abwirft, daß es für große Sprünge reicht, so legen ihre Eltern dennoch Wert darauf, daß Magdas schulische Ausbildung durch zusätzlichen Geigenunterricht ergänzt und sie schon früh Mitglied eines Gesangsvereins wird. In der Klosterschule, die sie besucht, kommt sie zum ersten Mal mit der darstellenden Kunst in Berührung. Sie liebt es, bei den jährlichen Weihnachtsaufführungen in andere Rollen zu schlüpfen, und entdeckt ihr schauspielerisches Talent, an das sie fortan fest glaubt. Jetzt weiß sie, wohin sie will.

In Magdas Familie gilt Theater als etwas Halbseidenes, etwas, was bei den bodenständigen Schneiders mit Hautgout betrachtet wird. Als Magda ihren Eltern gegenüber zum ersten Mal ihren Traum eingesteht, Schauspielerin werden zu wollen, stößt sie auf völliges Unverständnis. Die Schneiders begreifen schlicht und einfach nicht, was in ihrer Tochter vorgeht. Niemand nimmt sie ernst – Schauspielerin, das sei doch kein Beruf, »so jemanden« wolle doch niemand in seiner Familie haben. Nein, was die Schneiders sich für ihre Tochter wünschen, ist eine gute Partie.

Und bis es soweit ist, soll Magda, dem Willen ihrer Eltern und den Gepflogenheiten der Zeit entsprechend, zum Unterhalt der Familie beitragen. Widerspruch wird nicht geduldet, individuelle Lebensträume sind nicht gefragt. Nach dem Abschluß der Schule lassen die Schneiders ihre Tochter zur Stenotypistin ausbilden; bald findet die Sechzehnjährige Anstellung im Büro einer Augsburger Getreidehandlung, wo Magda, die ungebrochen von einer Bühnenkarriere träumt, todunglücklich ist: »Wenn es einen Beruf gibt, der meiner Natur und meinem Wesen genau entgegengesetzt ist, dann ist es der einer Stenotypistin. Die Arbeit in dem engen Büro lag mir überhaupt nicht. Immer brav an einem Schreibtisch oder einer Maschine sitzen, immer Korrespondenzordner wälzen, Geschäftsbriefe schreiben und ablegen, immer nur tun, was einem gesagt wird.«[56]

Magda ist nicht bereit, sich damit abzufinden, daß der triste Alltagstrott im Büro alles sein soll – oder daß es ihr einziger Lebensinhalt sein soll, auf den richtigen Mann zu warten. Nein, sie weiß, daß ihr wahres Talent woanders liegt, und ist fest entschlossen, einen Weg zu finden, ihren Lebenstraum auch zu verwirklichen. Doch noch wagt sie es nicht, offen gegen das aufzubegehren, was ihre Eltern als richtig für sie befinden – dies wäre undenkbar für eine Heranwachsende in diesen Tagen. Es bedarf eines Umwegs, einer Hilfestellung von außen. Erst müssen andere auf ihr Talent aufmerksam gemacht werden.

Magda beginnt, selbst kleine Theaterstücke zu schreiben und mit den Mitgliedern ihres Gesangsvereins aufzuführen. Natürlich schreibt sie sich die Hauptrollen selbst auf den Leib. *Sie* will der Star der Inszenierungen sein, schließlich muß sie den Rest der Welt von ihrer Begabung überzeugen, wenn sie ihrem Traum ein Stückchen näher kommen will. Und ihre Aufritte in Laienaufführungen bleiben tatsächlich nicht unbemerkt, das Augsburger Stadttheater wird auf sie aufmerksam. Da es der Chordirektor jenes Hauses ist, der Magdas Bühnentalent als erster erkennt, ist es jedoch nicht ihre schauspielerische Begabung, die fortan gefördert werden soll; vielmehr beabsichtigt man, ihre bereits vorgeschulte Stimme weiter auszubilden. Magda ist fest entschlossen, sich nun voll und ganz auf ihre Gesangsausbildung zu konzentrieren. Und jetzt, wo ernst zu nehmende Außenstehende – Profis ihres Fachs – Magdas Talent bestätigen, lenkt auch der gestrenge Vater ein und erlaubt es seiner Tochter, den ungeliebten Job als Stenotypistin nach nur wenigen Monaten wieder an den Nagel zu hängen.

Magdas Traum verlagert sich. Nicht mehr Schauspielerin will sie nun werden, nun träumt sie von einer Karriere als gefeierte Sängerin. Die ehrgeizige junge Frau macht es sich zum Ziel, am Augsburger Konservatorium aufgenommen zu werden, und arbeitet unermüdlich daran, ihren Gesang zu perfektionieren. Und tatsächlich wird ihr Fleiß mit einer Zusage belohnt. Magda ist überglücklich, weil sie zum ersten Mal in ihrem Leben das Gefühl hat, auf dem richtigen Weg zu sein. Wie eine Besessene absolviert sie ihre Stimmübungen, studiert neue Gesangsstücke ein und erarbeitet sich ein Repertoire. Ihre Hoffnungen auf eine glanzvolle Zukunft scheinen durchaus berechtigt. Ihre Lehrer halten große Stücke auf sie, glauben, daß sie es schaffen kann.

Doch der Einbruch der Wirklichkeit droht alle Bühnenträume jäh zunichte zu machen. Die mit einem massiven Anstieg der Arbeitslosigkeit einhergehende Weltwirtschaftskrise, die das von den Folgen des Ersten Weltkriegs gebeutelte Land besonders schwer trifft und Deutschland an den Rand des Ruins treibt, hat auch dramatische Auswirkungen auf das Leben der siebzehnjährigen Magda: »Mein Vater verlor sein ganzes Geld. Wir mußten uns einschränken. Und eines Tages eröffnete mir mein Vater schweren Herzens, daß er für mein Studium nicht mehr aufkommen könne.«[57]

Die junge Frau ist verzweifelt. Aber sie ist auch kämpferisch, will sich nicht unterkriegen lassen, sich nicht mit der deprimierenden Situation abfinden. Ihr Selbsterhaltungstrieb ist stärker als ihre Verzweiflung und ihre Niedergeschlagenheit. Doch was um Himmels willen soll sie tun? Das einzige, was Magda jetzt noch davor bewahren könnte, wieder in den Brotberuf zurückkehren zu müssen und sich eine Anstellung als Stenotypistin zu suchen, wäre ein Engagement am Theater, denn nur so würde sie ihre Ausbildung weiter finanzieren können. Aber auch das ist ein höchst schwieriges Unterfangen, denn die Theater leiden in besonders starkem Maße unter der Wirtschaftskrise. Niemand hat mehr Geld für Theaterkarten. Unzählige Bühnen schließen, Tausende Schauspieler stehen auf der Straße. Doch Magda gibt sich kämpferisch, um keinen Preis der Welt ist sie bereit, von ihrem Traum Abstand zu nehmen.

Und ihr Eifer und ihre Beharrlichkeit werden tatsächlich belohnt. Auch ihre Kühnheit. Sie meldet sich in der Ballettschule des Augsburger Stadttheaters an, ohne einen blassen Schimmer zu haben, wovon sie das Ganze bezahlen soll. Wiederum trainiert sie hart und unerbittlich, steht von morgens bis abends an der Stange, bis ihre Bewegungen immer geschmeidiger werden. Hin und wieder werden die Ballettschülerinnen als Komparsinnen und Kleinstdarstellerinnen in Opern und Operetten eingesetzt – Magda steht in Giacomo Meyerbeers Oper *Die Afrikanerin* zum ersten Mal auf der Bühne des Stadttheaters Augsburg. Wenn ihre Rolle auch winzig ist, so blüht sie dennoch auf – endlich hat sie die Chance, aufzutreten und vor einem größeren, zudem auch noch zahlenden Publikum auf der Bühne zu stehen, Teil einer Inszenierung zu sein.

Endlich wird der Intendant auf sie aufmerksam und fordert sie zum Vorsingen für die nächste Saison, die Spielzeit 1929/30, auf. Magda wählt nichts Einfaches. Sie will zeigen, was sie kann, daß sie sich etwas zutraut. Sie entscheidet sich für das Couplet *Spiel' ich die Unschuld vom Lande* aus der *Fledermaus* von Johann Strauß. Ihr Vortrag ist so gut, daß sie vom Fleck weg als zweite Soubrette engagiert wird – Magda kann ihr Glück kaum fassen. Sie hat es geschafft, sie hat sich ganz alleine durchgeboxt, gegen alle Widrigkeiten und Widerstände. Eben war sie noch die bettelarme Siebzehnjährige, und plötzlich verfügt sie über ein monatliches Einkommen von einhundertfünfzig Reichsmark, das es ihr erlaubt, ihre verarmten Eltern finanziell zu unterstützen: »Alles war auf einmal herrlich. Mit einem Dreijahresvertrag in der Tasche erschien mir die Zukunft ungetrübt und rosarot.«[58]

Wie an einem Stadttheater dieser Größenordnung üblich, wechseln kleinere Rollen sich mit größeren Auftritten als Solistin ab. Magda steht schon bald in den angesagten Opern, Operetten und den gerade so beliebten Revuen auf der Bühne. Schnell wird man auch außerhalb der Provinz auf die junge Schneider aufmerksam – bereits im Frühjahr 1930 wird sie zu einem Gastspiel am renommierten Münchner Theater am Gärtnerplatz eingeladen, dem wichtigsten deutschen Operettentheater in diesen Tagen. Magda ergreift die Chance, die sich ihr auftut, mit beiden Händen und gibt alles. Ihre Kritiken sind glänzend, einige Rezensenten feiern sie bereits als den neuen aufgehenden Stern am Operettenhimmel.

Ein verlockendes Angebot aus München läßt nicht lange auf sich warten. Magda nimmt Abschied von ihrer schwäbischen Heimat und vom Augsburger Stadttheater, verläßt ihre erste Wirkungsstätte ohne Wehmut und macht sich auf, Operettenstar an der Isar zu werden. Das Schicksal meint es gut mit der ehrgeizigen jungen Frau, gilt München doch als wichtigstes Sprungbrett, um später einmal in den führenden deutschsprachigen Theatermetropolen Wien und Berlin Fuß fassen zu können. Auch hier arbeitet sie wieder unermüdlich, manches Mal steht sie bis zu achtundvierzig Mal in einem Monat auf der Bühne, in Nachmittags- und Abendvorstellungen. Sie gibt bis zur Erschöpfung alles, ist »bienenfleißig«, wie sie es nennt, und glaubt unerschütterlich an ihre ganz große Zukunft als Bühnenstar.

Magda Schneiders Rollen werden größer; schon in ihrer ersten Münchner Saison spielt sie die Prinzessin Mi in Franz Lehárs Operette *Das Land des Lächelns* und die Juliette in Lehárs *Der Graf von Luxemburg*. Sie steht in Paul Abrahams *Victoria und ihr Husar* wie in Emmerich Kálmáns *Csárdásfürstin* auf der Bühne. Einer ihrer großen Verehrer in diesen Jahren wird niemand anders als Adolf Hitler, der sich 1913 in München niedergelassen hat und als Operettenfan regelmäßig in der ersten Reihe des Gärtnerplatztheaters sitzt, Magda im Anschluß an die Vorstellungen riesige Blumenbouquets schickt und sie einmal auch auf einer Silvesterparty persönlich kennenlernt. Später, zum »Führer« aufgestiegen, soll er Magda Schneider am Rande eines Künstlerempfangs in der Reichskanzlei gestanden haben: »Ich hoffe, Sie wissen, daß ich damals in München nur Ihretwegen ins Theater gegangen bin.«[59]

Es folgen erste Auftritte in Wien, und auch die Leute vom Film werden langsam, aber sicher auf sie aufmerksam. Die Ufa bittet sie zu Probeaufnahmen nach Berlin – doch diese fallen nicht zur Zufriedenheit des renommierten Studios aus, so daß Magda nicht unter Vertrag genommen wird. Aber auch die anfängliche Pleite beim Film kann ihre Karriere zu diesem Zeitpunkt nicht mehr stoppen. Denn die ehrgeizige junge Frau wird zu ihrer großen Freude wenig später doch noch für das Kino entdeckt. Joe May, einer der erfolgreichsten und bedeutendsten Filmpioniere Deutschlands, der seit 1914 eine eigene Filmfirma besitzt und in den zwanziger Jahren eine Reihe höchst spektakulärer Monumentalfilme realisiert hat, wird auf die Zweiundzwanzigjährige aufmerksam und engagiert sie für den Film *Zwei in einem Auto*, einem Musiklustspiel nach einem Drehbuch von Ernst Marischka – jenem Marischka, unter dessen Regie Magda und ihre Tochter Romy ein Vierteljahrhundert später *Sissi* drehen werden.

Im Sommer 1931 steht Magda zum ersten Mal vor der Kamera. Der in Paris gedrehte Streifen kommt gut an; die Zuschauer schließen die junge Frau schnell ins Herz, und auch die Kritiker loben ihren frischen, ungekünstelten Charme und ihre »natürliche Anmut«. Jetzt geht es Schlag auf Schlag. Direkt im Anschluß dreht Magda den Film *Ein bißchen Liebe für Dich*, den endgültigen Durchbruch bringt dann die Liebesschnulze *Fräulein, falsch verbunden:* »Es wurde ein überzeugender Erfolg, und von dieser Stunde an war es für mich klar, daß ich ganz beim Film bleiben würde.«[60]

Magda gibt ihre Theaterkarriere auf und wird für viele Jahre keine Bühne mehr betreten. Der Film bringt die höheren Gagen und die größere, deutschlandweite Popularität – und die Gunst und Anerkennung des Massenpublikums ist es, die viele Theaterschauspieler lockt. Schnell wird Magda auf einen bestimmten Rollentypus festgelegt – meist spielt sie Mädel von nebenan, die sich gegen alle möglichen Alltagswidrigkeiten durchzukämpfen haben, bis sie beim obligatorischen Happy-End mit dem privaten Glück belohnt werden und einem Mann in die Arme sinken dürfen. In ihrem ersten Film verkörpert sie eine Telephonistin, im zweiten eine Sekretärin und im dritten eine Warenhausangestellte. Im Gegensatz zu den glamourösen, der Wirklichkeit entrückten Leinwandgöttinnen oder den männermordenden Vamps à la Marlene Dietrich und Brigitte Helm stehen Magdas Filmfiguren mitten im richtigen Leben; sie sind angepaßt, maßgeschneidert liebenswürdig und dem Mann eine gute Kameradin. Magda ist in ihren Rollen nicht aufreizend verführerisch, sondern brav und adrett, wirkt immer auch ein bißchen altjüngferlich. Magdas »pfiffiger Charme«, ihre »betörende Natürlichkeit«, ihre »herzliche Frische« sind gefragt – all das sind Attribute, mit denen sie in der Presse bedacht wird. Sie ist das Mädel, mit dem sich die Millionen kleinen Ladenmädchen, die Sekretärinnen und Hausfrauen, die im Kino sitzen, identifizieren können.

Nachdem Magda Schneider einmal beim Film Fuß gefaßt hat, jagt ein Engagement das nächste. Allein in den ersten beiden Jahren ihrer Filmkarriere steht sie für rund fünfzehn Produktionen vor der Kamera – jedesmal in Hauptrollen. Das zeugt zwar durchaus davon, daß Magda beliebt ist und beim Publikum gut ankommt, aber ebenso davon, daß niemand sie als wirklich großen, zugkräftigen Star, als »Leading Lady«, betrachtet. Der Markt würde es nicht verkraften, große Stars in derart vielen Filmen einzusetzen – wirkliche Stars verheizt man nicht. Das Publikum muß dem neuesten Streifen seines Leinwandlieblings entgegenfiebern; bei Magdas überproportional großer Leinwandpräsenz besteht jedoch eher die Gefahr, daß die Kinogänger ihrer überdrüssig werden. Mit anderen Worten: Magda dreht Massenware, schnell heruntergedrehte Filme ohne künstlerischen Anspruch, Filme, die unterhalten wollen. Was sie deutlich mehr interessiert als die Frage, ob ein Film, für den sie engagiert werden soll, etwas taugt oder nicht, ist die Größe ihrer Rolle. Um dies einschätzen zu können, entwickelt sie eine einfache Methode: »Sie schnitt von allen Drehbuchseiten, auf denen Szenen mit ihr standen, die obere Ecke ab – so sah sie auf einen Blick, wie groß ihre Rolle war und ob sie durch den Film ging.«[61]

Vor allem sind es heitere musikalische Lustspiele, beschwingte Filmoperetten und seichte Alltagskomödien, für die Magda engagiert wird und mit denen sie sich allmählich einen Namen macht. In der Frühzeit des Tonfilms erfreuen sich Streifen, die von mitreißender Musik, schmissigen Schlagern und opulenten Tanzeinlagen leben, besonderer Beliebtheit. Magda kommen hier die in der Frühzeit ihrer Berufslaufbahn mit eiserner Disziplin absolvierten Gesangs- und Ballettstunden wahrlich zugute. Die Filme, in denen sie mitwirkt, sollen vor allem gute Laune verbreiten und für zwei Stunden vom Alltagstrott ablenken – und Anfang der dreißiger Jahre ist angesichts der enormen wirtschaftlichen Schwierigkeiten, der stetigen politischen Unsicherheit und der immer höher steigenden Arbeitslosenzahlen Zerstreuung im Kino gefragt; nicht umsonst werden Streifen wie *Der Kongreß tanzt* oder *Die Drei von der Tankstelle* zu durchschlagenden Erfolgen.

Schon die Titel von Magdas Filmen sprechen für sich: *Ein bißchen Liebe für Dich, Das Lied einer Nacht, Sehnsucht 202, Glück über Nacht* – allesamt Filme, die die Zeit nicht überdauern werden. Nur einmal steht Magda in einem wirklich bedeutenden Streifen vor der Kamera, in Max Ophüls' Arthur-Schnitzler-Verfilmung *Liebelei,* in der sie zugleich ihre mit Abstand beste schauspielerische Leistung erbringt. Die Dreiundzwanzigjährige ist überglücklich, daß ihr mit der Rolle der Christine endlich einmal eine Charakterrolle zugetraut wird, daß sie endlich einmal »tragisch« sein darf, wie sie es sich schon lange gewünscht hat. Zudem ist der Film hochkarätig besetzt, es wirken Stars wie Luise Ullrich und Gustaf Gründgens, Olga Tschechowa, Paul Hörbiger und Wolfgang Liebeneiner mit. Doch das Schicksal des Films steht unter keinem guten Stern – 1932 gedreht, startet *Liebelei* kurz nach Hitlers »Machtergreifung« in den deutschen Kinos. Beim Publikum kommt der Streifen zwar hervorragend an, doch die sich gerade formierenden Nazi-Behörden halten rein gar nichts von ihm. Kurz nach seiner Leipziger Uraufführung und der wenig später stattfindenden Berliner Premiere Mitte März 1933 erfolgt das Verbot des Films durch die neuen Machthaber. Max Ophüls muß mit seiner Familie Deutschland verlassen, er flieht zunächst nach Frankreich, später nach Los Angeles. Und das Werk des 1931 verstorbenen Arthur Schnitzler wird als »jüdische Dekadenzliteratur aus Österreich« diffamiert; seine Bücher werden zwei Monate später auf den Scheiterhaufen der Nazis verbrannt.

Ein so hochwertiger Film wie *Liebelei* bleibt die Ausnahme in Magdas Karriere, gleich danach geht es schon wieder mit seichten Alltagskomödien weiter. Und dennoch ist das Mitwirken an diesem Streifen nicht unwichtig für sie, denn es bringt ihr Angebote aus Paris und London ein, worauf sie ein Filmlustspiel in England und eins in Frankreich absolviert. Wiederholte Angebote, in Hollywood zu drehen, lehnt Magda jedoch aufgrund ihrer Heimatliebe ab, wie sie auch nach 1945 noch stolz bekennen wird. Und noch einen anderen Grund hat es, daß sie Deutschland nicht den Rücken kehren will, um in Amerika ihr Glück zu versuchen – bei den Dreharbeiten zu *Kind, ich freu' mich auf Dein Kommen* hat sie sich unsterblich in ihren Filmpartner Wolf Albach-Retty verliebt. Sie ist sich sicher: Wolf ist die Liebe ihres Lebens.

Der im Mai 1906 als Wolfgang Helmut Walter Albach in Wien geborene Wolf ist im Gegensatz zu Magda Sproß einer alten Schauspielerdynastie. Er muß sich den Weg zur Bühne und zum Film nicht erst mühsam gegen den Widerstand seiner Eltern erkämpfen, das Schauspielerblut ist ihm sozusagen in die Wiege gelegt.

Seine Mutter Rosa Albach-Retty ist Schauspielerin mit Leib und Seele. Bereits ihr Vater und ihre beiden Großväter waren Schauspieler, so daß Wolf schon früh Bühnenluft zu schnuppern bekommt. Rosa versucht, ihrem über alles geliebten Sohn, den sie zärtlich »Wolfi« nennt, ihre Liebe zum Theater zu vermitteln; sie nimmt ihn mit ins Burgtheater, an dem sie engagiert ist, doch die große Affinität zur Bühne und zur Schauspielerei, die im Hause Albach-Retty herrscht, will sich erst einmal gar nicht so recht auf Wolf übertragen – der Funke springt nicht über. Ganz im Gegensatz zu seiner späteren Frau Magda, deren Kindheit und Jugend voll und ganz von ihren Bühnenträumen bestimmt war, interessiert sich Wolf in seinen frühen Jahren so gar nicht fürs Theater. Ganz im Gegenteil, wenn seine Mutter ihn in Vorstellungen mitnimmt und er stundenlang ruhig sitzen muß, langweilt er sich zu Tode – genauso, wenn er sich die alten Schauspieleranekdoten anhören soll.

Rosa erinnert sich später daran, auf wie wenig Gegenliebe ihre Versuche gestoßen sind, Wolf die Schauspielerei und das Theater nahezubringen: »Meinen Bemühungen, ihn für Musik und Dichtung zu interessieren, war leider kein Erfolg beschieden. Mit sieben Jahren habe ich ihn zum ersten Mal in die Oper mitgenommen. Man gab die *Meistersinger von Nürnberg*. Schon während des Vorspiels merkte ich, daß er dauernd gähnte, und kaum war nach dem ersten Akt der Vorhang gefallen, rutschte er von seinem Sitz und sagte laut: ›Mir is fad, gemma ham!‹«[62]

Viel mehr als für das Theater interessiert sich Wolf für die Gruselgeschichten, die ihm das Dienstmädchen der Albach-Rettys in breitestem Wiener Dialekt erzählt, und für alles, was mit Rädern, Autos, Motoren und Technik zu tun hat. Als kleiner Bub ist sein sehnlichster Berufswunsch Straßenbahnfahrer – stundenlang kann er am Fenster der elterlichen Wohnung stehen und die vorbeiziehenden Straßenbahnen beobachten. Auch jedes Auto zieht seine Blicke auf sich. Alles, was mit Motoren und vier Rädern zu tun hat, begeistert ihn – eine Faszination, die sein ganzes Leben lang bleiben wird.

Rosa akzeptiert es schnell, daß ihr einziger Sohn ihre Liebe zum Theater nicht teilt, wie sie überhaupt Wolfs ganzes Leben lang alles akzeptiert und goutiert, was er macht, ohne ihn je zu kritisieren oder zur Ordnung zu rufen. Mutter und Sohn haben von Beginn an ein auffallend lockeres, freundschaftliches Verhältnis zueinander. Rosa will Wolf nicht strenge Mutter sein, sondern – wie sie es bei ihrer eigenen Mutter erlebt hat – eher eine Freundin, an die er sich vertrauensvoll wenden kann. Der Sohn spricht seine Mutter von Kindesbeinen nicht mit »Mama« oder »Mutti« an, sondern nur mit »Roserl«.

Wolf genießt es, daß seine Mutter ihn an der langen Leine läßt, daß sie seinen Wünschen so oft nachgibt und er weiß, wie er sie um den Finger wickeln kann. Rosa läßt ihm wesentlich größere Freiheiten, als die meisten von Wolfs Schulkameraden und Altersgenossen dies zu Hause erleben, so daß er oftmals von diesen beneidet wird. Er kann sich Dinge leisten, die er sich vielleicht nicht unbedingt erlauben könnte, wenn er nicht in einer Schauspielerfamilie aufwachsen würde. Schon auffällig früh entdeckt er, was ihn neben allem Technischen noch interessiert – die Frauen. Auch diese Faszination wird ihn sein ganzes Leben begleiten. Später wird er als notorischer Schürzenjäger von sich reden machen. Bereits der vierzehnjährige Wolf schleicht sich nachts aus dem Haus, um die Nacht mit einer Zirkusartistin zu verbringen. Seinen sofort gefaßten Beschluß, das Elternhaus zu verlassen und zum Zirkus zu gehen, können ihm Rosa und ihr Mann Karl zwar gerade noch einmal austreiben; seine Leidenschaft, mit dem anderen Geschlecht anzubandeln, ist jedoch von nun an nicht mehr zu bremsen. Rosa und Karl nehmen seine Eskapaden gelassen hin.

Sosehr Wolf sich auch für Technik und Frauen interessiert, die Lehrer und der Lehrstoff langweilen ihn unendlich, er geht äußerst ungern zur Schule und ist ein schlechter Schüler. Seine Mutter erinnert sich: »Meinen Sohn durch die Mittelschule zu lotsen war

Schwerstarbeit. Nicht nur für seine bedauernswerten Professoren, die sich mit ihm ebenso redlich wie erfolglos abmühten, sondern auch für mich, die ihm dauernd in den Ohren lag: ›Lern was, Bildung hat noch keinem geschadet.‹«[63] Da Wolf so gar keinen Spaß am Lernen hat, verwundert es seine Eltern sehr, daß er sich plötzlich dazu entscheidet, Chemie zu studieren. Doch der Wunsch, Chemiker zu werden, ist nur eine Eintagsfliege, und Wolf bricht das Studium nach kürzester Zeit wieder ab, um seinen staunenden Eltern zu eröffnen, nun doch lieber Schauspieler werden zu wollen.

Rosa ist zwar – so stellt sie es zumindest im nachhinein dar – auch vorher durchaus schon Wolfs schauspielerische Begabung aufgefallen, dennoch trifft sie der neue Berufswunsch ihres Sohns unvorbereitet. Aber natürlich freut sie sich, daß er nun doch noch in ihre Fußstapfen treten will, und auch ihr Mann Karl, ein promovierter Rechtsanwalt, der das Theater leidenschaftlich liebt und es nie bereut hat, sich für das Leben an der Seite einer Schauspielerin entschieden zu haben, stellt sich nicht gegen Wolfs Entscheidung. Obwohl Rosa eine erfahrene Schauspielerin ist und mit unzähligen Theatergrößen von Josef Kainz bis Alexander Girardi auf der Bühne gestanden hat, ist sie unsicher, wie es um Wolfs Talent bestellt ist, und fürchtet, im Falle ihres Sohns voreingenommen zu sein. So rät sie Wolf, sich an ihren Bühnenkollegen Ernst Arndt zu wenden, der seit 1910 am Wiener Burgtheater engagiert ist und nebenbei im renommierten Reinhardt-Seminar unterrichtet. Wolf spricht dem Mann, der 1938 als Jude vom Burgtheater ausgeschlossen und 1942 im Vernichtungslager Treblinka ermordet werden wird, vor und wird zu seiner großen Freude gleich am Reinhardt-Seminar angenommen: »Endlich eine Schul', in der mir das Lernen Freude machen wird.«[64]

Und tatsächlich stürzt Wolf sich in der Folgezeit zum ersten Mal so richtig ins Lernen. Er scheint das Schauspielerblut seiner Mutter, seines Großvaters und seiner beiden Urgroßväter tatsächlich geerbt zu haben. Rosa ist selig, daß ihr Sohn die Schauspielertradition ihrer Familie nun in der bereits vierten Generation fortsetzt. Zwei Jahre lang dauert Wolfs Ausbildung am Reinhardt-Seminar; die Abschlußprüfung besteht der Zwanzigjährige 1926 mit Bravour. Gleich wenden sich Theaterchefs aus Frankfurt am Main, Leipzig und dem tschechischen Troppau an Wolf und offerieren ihm Engagements an ihren Häusern. Obwohl Rosa selbst als blutjunge Frau gleich am Deutschen Theater Berlin und damit an einer der renommiertesten Bühnen Deutschlands angefangen hat und sich nicht, wie noch ihr Vater, in jahrelanger Mühsal an einem Provinztheater nach dem anderen durchschlagen mußte, ist sie im Falle ihres Sohnes davon überzeugt, daß es ihm guttun würde, das Handwerk von der Pike auf zu lernen, und findet, daß die Provinz für ihn die beste Schule sei. Doch Franz Herterich, der neue Direktor des Burgtheaters, ist anderer Ansicht und bietet Rosas Sohn sofort ein Festengagement an der »Burg« an. Wolf ist Feuer und Flamme und reüssiert in der Folgezeit als jugendlicher Liebhaber am Wiener Burgtheater.

Zunächst wird er freilich in kleineren Rollen eingesetzt – so spielt er etwa den Schüler in Goethes *Faust*. Vereinzelt steht er bereits auch schon mit seiner berühmten Mutter auf der Bühne, die nun doch froh ist, daß Wolf in Wien geblieben ist, weil sie ihn so noch länger in ihrer Obhut hat, er nach wie vor zu Hause wohnen kann und sie zudem seine künstlerische Entwicklung hautnah miterleben darf. Doch nicht immer ist es einfach, wenn Mutter und Sohn gemeinsam auf der Bühne stehen. Im Privaten ist Rosa nachgiebig und läßt ihrem Sohn vieles durchgehen, aber im Beruflichen erwartet sie von ihm strengste Disziplin – so wie sie es einst von Josef Kainz gelernt hat, der ihr den Rat mit auf den Weg gegeben hat: »Ein Schauspieler muß hart zu sich selbst sein.« Als Wolf mit Rosa auf der Bühne steht, lernt er seine Mutter zum ersten Mal von einer ganz anderen Seite kennen – erstaunt stellt er fest, daß sie »streng und sehr kritisch«[65] sein kann. Daß Rosa ihn kritisiert, ihm offen sagt, was ihr an seinem Spiel und der Gestaltung seiner Rolle nicht gefällt, stört ihn anfangs sehr. Er fühlt sich so manches Mal auf den Schlips getreten, muß dann aber doch kleinlaut eingestehen, daß seine Mutter so gut wie immer recht in ihrem Urteil hat.

Er lernt Rosas in vielen Jahren erworbenes Urteilsvermögen in Schauspielfragen zu schätzen und respektiert fortan ihre Meinung. Jede neue Rolle, ob am Theater oder später beim Film, wird er von nun an bis ins kleinste Detail zunächst mit ihr durchsprechen; bis zu seinem Tod wird Rosa seine wichtigste Ratgeberin bleiben. Und Wolf macht seinen Weg. Seinen ersten größeren Bühnenerfolg feiert er gemeinsam mit seiner Mutter – er spielt den Philipp in Arthur Schnitzlers Komödie *Komtesse Mizzi oder Der Familientag* und wird von der Wiener Presse für seine »große Spielfreudigkeit« und sein »bemerkenswertes Talent« gefeiert. Noch Jahrzehnte später bekennt Rosa Albach-Retty voller Stolz: »Diese Rezension habe ich jahrzehntelang aufbewahrt. Ich gestehe offen: Sie war für mich wichtiger und machte mich glücklicher als die schönsten, jemals von der Kritik mir zugedachten Komplimente.«[66]

Wolf wird es leichtgemacht, ohne daß er sich sonderlich anstrengen müßte. Er ist als Schauspieler zwar fraglos begabt, aber die Tatsache, daß er ein blendend aussehender junger Mann und zudem der Sohn einer berühmten Mutter ist, erleichtert ihm so manches. Und Wolf ist sich dieser Vorschußlorbeeren auch durchaus bewußt und scheut sich nicht, davon zu profitieren. Den prominenten Namen seiner Mutter nutzend, nennt er sich fortan Wolf Albach-Retty – später, wenn er in Nazi-Deutschland die Aufnahme in die Reichsfilmkammer beantragen wird, nennt er auf dem Fragebogen nicht das renommierte Reinhardt-Seminar, an dem er tatsächlich ausgebildet worden ist, das aber nach Max Reinhardts Vertreibung aus dem deutschen Kulturleben bei den Nazis in Ungnade gefallen ist, sondern schreibt: »Ausgebildet von Rosa Albach-Retty«.[67]

Früh zieht es Wolf zum Film – ein Medium, das seine Mutter noch nie interessiert hat und das sie auch zeitlebens nie als ebenbürtig mit dem Theater anerkennen wird. Wahre Kunst gibt es für Rosa Albach-Retty nur auf der Bühne; die Zahl der Filme, für die sie im Laufe ihres Lebens vor der Kamera steht, ist bescheiden. Sie wird erst drei Jahre nach dem Leinwanddebüt ihres Sohns in ihrem ersten Film mitwirken, in Georg Jacobys *Geld auf der Straße*. Ihre Ausflüge zum Film bleiben jedoch auch in der Folgezeit eher die Ausnahme. Zeitlebens wird sie sich immer in erster Linie dem Theater verpflichtet fühlen, auch wenn sie bis Mitte der fünfziger Jahre in insgesamt fünfzehn Filmen auf der Leinwand zu sehen ist – meist in kleineren Nebenrollen. Ihr Medium bleibt immer das Theater.

Doch der technikbegeisterte Wolf hat da ganz andere Ansichten als seine diesbezüglich konservative Mutter. Er liebt das Kino und träumt von einer Karriere als Filmschauspieler – wohl nicht zuletzt deshalb, weil der Film die größere Popularität und das größere, leichter verdiente Geld verspricht. Bereits 1927, kurz nachdem er festes Ensemblemitglied des Wiener Burgtheaters geworden ist, wirkt er in einem ersten Film mit – in dem deutschen Stummfilm *Das grobe Hemd* gibt er sein Leinwanddebüt. Auch in der Folgezeit spielt er parallel zu seiner Theatertätigkeit immer auch noch in Filmen. Dies bringt ihm zwar ein willkommenes Zubrot zu seiner Theatergage ein, ist aber kaum dazu geeignet, seinen Ruhm als Schauspieler zu mehren, denn alle Streifen, für die Wolf in dieser Zeit sowohl in Österreich als auch in Deutschland vor der Kamera steht, geraten schon wenig später wieder in Vergessenheit. 1931 wirkt er zum ersten Mal in einem Tonfilm mit, in dem schwelgerischen Streifen *Wiener Zauberklänge*.

Doch jeder neue Film, für den er engagiert wird, bringt die Hoffnung mit sich, mit der nächsten Rolle vielleicht doch den ganz großen Durchbruch zu schaffen und zu einem Leinwandstar aufzusteigen. Während Theaterkarrieren oft etwas mit Durchhaltevermögen und Disziplin zu tun haben, wie man bei Wolfs Großvater Rudolf Retty sehen kann, der sich jahrzehntelang mit wechselnden Engagements und Gastspielreisen über Wasser halten mußte, bis er mit einer Festanstellung am Deutschen Theater Berlin belohnt wurde, haben Karrieren beim Film häufig sehr viel mit Glück und Zufall zu tun. Oftmals reicht es, zum richtigen Zeitpunkt am richtigen Ort zu sein und den richtigen Leuten aufzufallen. Genauso ergeht es auch Wolf – denn für den Film, mit dem er einem breiteren Publikum bekannt wird, war er ursprünglich gar nicht eingeplant.

Für die männliche Hauptrolle in der Tonfilmoperette *Zwei Herzen und ein Schlag* ist eigentlich Willy Fritsch vorgesehen, einer der großen Publikumslieblinge dieser Tage. Er und Lilian Harvey, die zu diesem Zeitpunkt längst schon mit Hollywood liebäugelt und von der deutschen Presse als »das süßeste Mädel der Welt« gefeiert wird, sind von der Ufa konsequent zum Traumpaar des deutschen Films aufgebaut worden und haben zu dem Zeitpunkt bereits sechs Filme miteinander gedreht. Die beiden befinden sich auf dem Gipfel ihrer Popularität, sie gelten als die zugkräftigsten Stars der Weimarer Republik. Zudem sind ihre Filme, die meist gleich in drei Sprachversionen – in Deutsch, Englisch und Französisch – gedreht werden, regelrechte Exportschlager; kein Wunder, daß die Chefs der Ufa einen Film nach dem anderen mit ihnen planen und daß Fritsch erneut als Filmpartner der Harvey auserkoren worden ist.

Doch im November 1931, als die Dreharbeiten für *Zwei Herzen und ein Schlag* in Neubabelsberg beginnen sollen, kommt schließlich alles anders, als von den Ufa-Gewaltigen geplant – Willy Fritsch wird kurzfristig krank und fällt für diese Produktion aus. Fieberhaft wird nach einem Ersatz für ihn gesucht, doch jedem der Beteiligten ist klar, wie delikat diese Aufgabe ist, schließlich wollen die Kinogänger wieder einmal ihr »Film-Liebespaar« auf der Leinwand sehen und werden noch lange nicht jeden Schauspieler an Lilians Seite dulden. Auch die Harvey selbst ist sich dessen bewußt und lehnt einen Filmpartner nach dem anderen ab – da sie einen Starvertrag hat und eins der Zugpferde der Ufa ist, hat sie Mitspracherecht bei der Auswahl ihrer Partner.

Einen ganzen Tag lang schließt sie sich mit zwölf Schauspielern ein, die ihr als Filmpartner vorgeschlagen worden sind, und absolviert mit ihnen Probeaufnahmen. Das Studio wird hermetisch abgeriegelt; alles findet unter größter Geheimhaltung statt. Unter den Kandidaten befindet sich auch der von Talentjägern der Ufa entdeckte Wolf Albach-Retty – er ist fünf Jahre jünger als Willy Fritsch und in Deutschland bislang so gut wie unbekannt. Als Lilian sich nach getaner Arbeit gemeinsam mit Regisseur Wilhelm Thiele die

Probeaufnahmen anschaut, fällt ihre Wahl spontan auf Wolf: »Den möchte ich haben!« Damit ist es beschlossene Sache, daß der fünfundzwanzigjährige Österreicher anstelle des großen Willy Fritsch in dem neuen Film an ihrer Seite zu sehen sein wird. Zumindest in der deutschen Fassung, denn in der französischen Sprachfassung, die zeitgleich gedreht wird, weil Synchronisationen zu diesem Zeitpunkt technisch noch nicht möglich sind, wird Henry Garat an ihrer Seite zu sehen sein, der schon in den französischen Fassungen von *Die Drei von der Tankstelle* und *Der Kongreß tanzt* ihr Filmpartner war – da Lilian fließend Englisch, Französisch und Deutsch spricht, kann sie auch in den Auslandsversionen ihrer Filme die weibliche Hauptrolle übernehmen.

Welch eine Chance für Wolf. Er kann sein Glück kaum fassen. Sofort greift er zum Hörer und ruft seine Mutter in Wien an: »Stell dir das vor, Roserl! So eine Chance!«[68] In *Zwei Herzen und ein Schlag* hat Wolf den smarten Viktor zu spielen, einen eleganten Oberkellner des Riviera-Hotels, der mit der reizenden, aber höchst kapriziösen Jenny (Lilian Harvey) verheiratet ist, die unter dem Namen Ria Bella als Chansonette auftritt. Da Viktor den künstlerischen Ehrgeiz seiner Frau nicht so recht ernst nimmt, beginnt diese mit einem reichen Herzog zu flirten, der sich unsterblich in sie verliebt hat und ihr verspricht, ihre Karriere großzügig zu fördern. Es kommt zum Ehekrach, beide denken an Scheidung, bis es nach vielen Mißverständnissen doch noch zum Happy-End kommt – Jenny sieht ein, daß die Liebe doch wichtiger ist als die Karriere. *Zwei Herzen und ein Schlag* ist eine ganz typische Ufa-Produktion dieser Jahre – ein heiter-beschwingter Film, der in diesen krisengeschüttelten Zeiten für zwei Stunden vom Alltag ablenken und die Menschen auf andere Gedanken bringen soll.

Die deutsche Version des Films erlebt seine Uraufführung im Februar 1932 in Berlin. Wie immer, wenn ein neuer Streifen mit Lilian Harvey präsentiert wird, ist das Premierenkino von unzähligen Menschen umlagert, und die Hauptdarsteller präsentieren sich im Blitzlichtgewitter ihren Fans. Doch im Gegensatz zur französischen

Fassung, in der mit Lilian Harvey und Henry Garat ein eingespieltes und beim Publikum beliebtes Paar präsentiert wird und damit alle Erwartungen erfüllt werden, hält sich die Begeisterung des deutschen Publikums doch eher in Grenzen, denn die Kinogänger wollen Lilian Harvey nun einmal an der Seite von Willy Fritsch sehen – und die Ufa bemüht sich, diesen Wunsch so schnell wie möglich auch zu erfüllen. Bereits sieben Monate nach der Premiere von *Zwei Herzen und ein Schlag* ist der nächste Harvey-Fritsch-Film auf den deutschen Leinwänden zu sehen – *Ein blonder Traum.* Es wird der letzte gemeinsame Streifen des deutschen Film-Traumpaars sein, denn kurz danach wechselt die Harvey nach Hollywood, um dort – allerdings mit eher mäßigem Erfolg – ihr Glück zu versuchen.

Auch wenn Wolf Albach-Rettys Ufa-Debüt damit weit hinter den Erwartungen zurückgeblieben ist – in Deutschlands größtem Filmstudio schiebt niemand ihm die Schuld dafür in die Schuhe. Keiner konnte erwarten, daß Wolf in seinem ersten größeren Film gleich mit einem Mal den ungekrönten König des deutschen Unterhaltungsfilms vom Thron stößt, denn in der gleichen Liga wie Willy Fritsch spielt er noch lange nicht. Dennoch nehmen die Ufa-Gewaltigen durchaus die guten, vielversprechenden Kritiken, die Albach-Retty eingeheimst hat, zur Kenntnis: »Lilian Harveys neuer Partner Wolf Albach-Retty, charmanter Bursch, zurückhaltend, behauptet sich neben der Harvey mit Erfolg«, heißt es da etwa. Oder: »Lilian Harvey hat mit Wolf Albach-Retty einen neuen, sympathischen Partner.«[69]

Die Ufa erkennt durchaus das Potential, das in Wolf steckt – er ist ein halbwegs guter Schauspieler, er sieht gut aus, hat ein umwerfendes Lächeln und das Zeug dazu, zum neuen Frauenschwarm aufgebaut zu werden. Man bietet ihm nach der Feuerprobe an Lilian Harveys Seite gleich einen mehrjährigen Vertrag an, was davon zeugt, daß man beabsichtigt, ihn konsequent zum Star aufzubauen. Und wenn Albach-Retty auch nie den Popularitätsgrad eines Willy Fritsch erreichen wird, so steigt er in der Folgezeit dennoch langsam, aber sicher in die Spitzengarnitur der männlichen Ufa-Darsteller auf.

Wolf zögert keine Sekunde, die Chance, die sich ihm mit einem Mal auftut, auch zu nutzen. Er beschließt, seine Bühnenkarriere an den Nagel zu hängen – das Stück, bei dem ihn die Talentjäger der Ufa in Wien auf der Bühne gesehen haben, bleibt für mehr als drei Jahrzehnte, in denen er sich ganz seiner Filmkarriere widmet, seine letzte Rolle am Burgtheater – erst 1959 wird er ins Ensemble der »Burg« zurückkehren. In Wien macht Wolf sich mit dieser Entscheidung freilich keine Freunde. Dort fragt man sich, wie man angesichts der Unsicherheiten und der Schnellebigkeit des Filmgeschäfts so dumm sein kann, eine sichere Burgtheaterkarriere aufs Spiel zu setzen – hier schwingt natürlich auch der Vorwurf des Undanks mit; immerhin hat die »Burg« ihm einst eine riesige Chance gegeben, als ihm gleich nach dem Abschluß des Reinhardt-Seminars ein Engagement angeboten wurde.

Nicht nur die Kollegen vom Burgtheater, auch Wolfs theaterbegeisterte Mutter Rosa ist alles andere als glücklich über den Entschluß ihres Sohns, dem Theater den Rücken zu kehren. Da sie aber durchaus weiß, wie fasziniert Wolf vom Film ist, wie sehr es ihn lockt, rasch berühmt zu werden und eine Menge Geld zu verdienen, stellt sie sich wie immer voll und ganz auf die Seite ihres Sohns. Als der Direktor des Burgtheaters sich weigert, Wolf ziehen zu lassen, und unerbittlich auf die Einhaltung der Verträge pocht, wirft Rosa ihr ganzes Gewicht und ihre Berühmtheit in die Waagschale, um Wolf den Weg zu ebnen und ihm seinen Herzenswunsch zu erfüllen – immerhin ist sie seit 1928 Ehrenmitglied der »Burg« und hat entsprechenden Einfluß. Die noch von Kaiser Franz Joseph zur Hofschauspielerin ernannte Rosa Albach-Retty, die als eine der bekanntesten Schauspielerinnen ihrer Zeit gilt und seit 1903 zum Ensemble des Burgtheaters gehört, nimmt kurzerhand Kontakt zum österreichischen Bundeskanzler auf, der auf ihren Wunsch hin dann tatsächlich zugunsten Wolfs interveniert. Nur eine Woche später wird der Vertrag zwischen dem Burgtheater und dem angehenden Filmstar Wolf Albach-Retty einvernehmlich gelöst.

Noch im gleichen Jahr, kurz nach seinem Ufa-Debüt an Lilian

Harveys Seite, steht Wolf für ganze vier Filme vor der Kamera – man sieht ihn in *Mädchen zum Heiraten* als Filmpartner von Renate Müller, in *Der schwarze Husar* und *Das schöne Abenteuer* sowie in der deutsch-ungarischen Produktion *...und es leuchtet die Pußta*. Er verdient gutes Geld, wesentlich mehr als zuvor beim Theater. Endlich kann er seiner lebenslangen Leidenschaft für teure und exklusive Autos frönen – der frischgebackene Filmstar kauft sich von seinen ersten Filmgagen einen Mercedes 4,5 Liter Kompressor, den er schon wenig später durch eine noch teurere Maybach-Limousine ersetzt. Auf der Flucht vor autogrammwütigen Fans begeht der leidenschaftliche Autofahrer so manche Temposünde; wird er von Polizisten angehalten, nutzt er seinen Charme und seine Leinwandprominenz, um so manchem eigentlich verdienten Strafzettel zu entgehen.

Ebenso wie seine spätere Frau Magda wird auch Wolf schnell auf einen bestimmten Rollentyp festgelegt. Da er blendend aussieht, hat er in den meisten seiner Filme den Charmeur und Herzensbrecher zu spielen – aus dem jugendlichen Liebhaber am Theater wird der Filmstar, auf den die Frauen fliegen. Immer häufiger sieht man ihn in eleganten Anzügen, im Smoking oder im Frack auf der Leinwand, er steigt neben Stars wie Johannes Heesters, Victor de Kowa und Willy Fritsch zum neuen Prince Charming des deutschen Films auf. Auch nach der »Machtergreifung« der Nazis kann er die gleichen Rollen spielen wie zuvor – vor allem Lustspiele und romantische Komödien sind es, in denen er eingesetzt wird. Das populäre Unterhaltungskino vor und nach 1933 weist mehr Kontinuitäten als Unterschiede auf, denn auch Goebbels ist sich bewußt, daß gerade in Zeiten des politischen Umbruchs Filme vonnöten sind, die das Publikum vom Alltag ablenken. Niemand käme auf die Idee, Wolf in Propagandafilmen schneidige Helden verkörpern zu lassen – auch nach 1933 spielt er charmante Draufgänger und Lebemänner. Nicht selten wird dabei gerade auf seinen Wiener Schmäh gesetzt, so etwa in Filmen wie Georg Jacobys *G'schichten aus dem Wienerwald,* in *Rendezvous in Wien* oder in *Hotel Sacher*. Er ist und bleibt der Star, den die weiblichen Kinogänger anschmachteten und angesichts dessen die männlichen Kinogänger sich wünschen, einmal so elegant und formvollendet zu sein wie er – und einmal einen solchen Erfolg bei Frauen zu haben wie er.

Und nicht nur auf der Leinwand kann Wolf reihenweise Erfolge bei Frauen verbuchen, seine früh geweckte Leidenschaft, mit dem anderen Geschlecht anzubandeln, erweist sich als geradezu unstillbar. Die flüchtigen Affären scheinen Wolf die Selbstbestätigung zu geben, die er offensichtlich braucht – das Flirten und das Erobern sind ihm in Fleisch und Blut übergegangen. Schon immer hatte er einen Schlag bei Frauen, wie seine Mutter Rosa Albach-Retty sich erinnert: »Die Damen haben es unserem Sohn zeitlebens leicht gemacht. Und er konnte schwer nein sagen.«[70] Jetzt, wo er ein berühmter Filmschauspieler ist, macht es ihm seine Popularität natürlich noch viel leichter, Frauen zu becircen und mit Verehrerinnen anzubandeln. In der Filmbranche ist es kein großes Geheimnis, daß Wolf auch in seinem Privatleben ein Herzensbrecher und Draufgänger wie aus dem Buche ist und im richtigen Leben mindestens ebensoviel Erfolg bei Frauen hat wie in seinen Filmen.

Statt sich fest zu binden, hat er zahlreiche wechselnde Affären – seine Mutter mischt sich nicht in sein Liebesleben ein, macht ihm keine Vorschriften und verzichtet auch darauf, die jungen Damen, die sich unsterblich in ihren Sohn verliebt haben und sich Hoffnungen auf eine gemeinsame Zukunft machen, davor zu warnen, daß er es vielleicht nicht ganz so ernst meint wie sie selbst. Auf Wolfs Wunsch hin empfangen Rosa und ihr Mann des öfteren dessen aktuelle Geliebte zum Essen, selbst wenn die Eltern ahnen können, daß ihr Sohn die jeweilige Dame schon bald wieder verlassen wird. Rosa akzeptiert den Lebenswandel ihres Sohns und bleibt auch in den Liebesdingen seine engste Vertraute – so manches Mal ist sie es sogar, die die Blumen und Geschenke für Wolfs Geliebte organisiert. Ihrem »Bub«, wie sie ihn zu nennen pflegt, bringt sie stets grenzenloses Verständnis entgegen.

Dennoch freut sie sich von ganzem Herzen, als es mit einem Mal doch noch so aussieht, als wolle Wolf sich endlich einmal etwas ernsthafter binden. Als er und Magda Schneider sich im Frühjahr 1933 bei den Dreharbeiten zu ihrem gemeinsamen Film *Kind, ich freu' mich auf Dein Kommen* in Berlin kennenlernen und sich Magda ganz fasziniert von ihrem charmanten, unbekümmerten und immer gutgelaunten Filmpartner zeigt, ist es wiederum seine Mutter Rosa, die Wolf als erste ins Vertrauen zieht. Noch von den Dreharbeiten ruft er sie aufgeregt in Wien an: »Roserl, ich bin sehr glücklich. Ich hab' die Frau fürs Leben gefunden!« Rosa, die in den zurückliegenden Jahren schon so manche Frau in Wolfs Leben kennenlernen durfte, erwidert scherzend: »Schon wieder?« Aber Wolf ist sich ganz sicher: »Diesmal ist es ernst. Sie ist bildhübsch, gescheit, lieb und sehr seriös!«[71] Als Rosa Albach-Retty den Namen Magda Schneider hört, atmet sie erleichtert auf – immerhin gilt Magda in Filmkreisen als solide und bodenständig; sie hat den Ruf einer hart arbeitenden Frau. Rosa ist äußerst angetan von Wolfs Wahl, goutiert, daß die beiden sich 1934 verloben, und hofft im stillen, daß ihr Sohn diesmal endlich an eine Frau geraten ist, die es versteht, seine Leidenschaft zum Herumvagabundieren zu zügeln.

Doch auch Magda wird schließlich an Wolfs notorischer Untreue scheitern – zehn Jahre wird die von Beginn an nicht immer einfache und oft spannungsgeladene Beziehung halten, und auch das nur, weil Magda lange dazu bereit ist, Wolfs Eskapaden mit anderen Frauen zu dulden, um ihn nicht zu verlieren und ihre Partnerschaft und später ihre Ehe nicht zu gefährden. In den ersten vier gemeinsamen Jahren mag der freiheitsliebende Wolf erst mal gar nicht an Hochzeit denken; noch erscheint es ihm zu früh, sich fest zu binden. Da Magda und er durch ihre wechselnden Filmengagements oft getrennt voneinander sind und nicht selten in unterschiedlichen Städten arbeiten, kann er vorerst mehr oder weniger sein gewohntes Junggesellenleben weiterführen, ohne daß Magda allzuviel davon mitbekommt. Die Tatsache, daß die beiden sich so selten sehen, wirkt sich nicht gerade stabilisierend auf ihre junge Beziehung aus.

Der Öffentlichkeit gegenüber spielen Wolf und Magda dennoch stets das glückliche, perfekt harmonierende Paar – wofür es auch einen guten Grund gibt. Nachdem bekannt geworden ist, daß das Filmpaar Wolf Albach-Retty und Magda Schneider auch im Privaten gemeinsame Wege geht, werden die beiden immer häufiger zusammen in Filmen eingesetzt. Die Verbindung zwischen Magda und Wolf kommt wie gerufen, nachdem das bisherige Leinwand-Traumpaar Lilian Harvey und Willy Fritsch, das in den zurückliegenden Jahren für volle Kinokassen gesorgt hat, durch Lilians Weggang nach Hollywood Geschichte ist. Händeringend wird nach Ersatz gesucht, und Magda und Wolf werden in der Folgezeit konsequent als das neue Traumpaar des deutschen Kinos aufgebaut. Nach dem Erfolg von *Kind, ich freu' mich auf Dein Kommen* sieht man sie bereits 1934 im musikalischen Lustspiel *G'schichten aus dem Wienerwald* wieder zusammen auf der Leinwand. Und ein Jahr später kommen gleich zwei Streifen mit ihnen in die Kinos, die Komödie *Die Katz' im Sack* und der Skilehrer-Schwank *Winternachtstraum*. Die Rechnung geht auf. Jeder neue Film mit den beiden lockt die Menschen in Scharen in die Kinos, so daß man sie 1936 gleich in drei Filmen gemeinsam sehen kann, in *Geheimnisse eines alten Hauses*, in *Rendezvous in Wien* und in *Die Puppenfee*. Daneben arbeiten beide natürlich auch noch mit anderen Filmpartnern zusammen – Magda etwa spielt an der Seite von Heinz Rühmann, Hans Söhnker und Leo Slezak. 1935 ist sie zusammen mit dem italienischen Star-Tenor Benjamino Gigli zu sehen, in Ernst Marischkas *Vergiß mein nicht*. Wolf steht mit Publikumslieblingen wie Käthe von Nagy und Hilde Hildebrand, Maria Andergast, Anny Ondra und Olga Tschechowa vor der Kamera. Doch am erfolgreichsten sind und bleiben die Filme, in denen Magda und Wolf gemeinsam zu sehen sind. Bis zu ihrer Hochzeit im Jahr 1937 drehen sie sechs Filme zusammen – ausschließlich seichte Unterhaltungsstreifen. Die Kritiken für all diese Streifen sind brillant. Kein Wunder: Joseph Goebbels hat die kritische Berichterstattung abgeschafft; mittlerweile gibt es nur noch »Filmbesprechungen«, in denen die Journalisten die neuesten deutschen Produktionen nach strengen Vorgaben aus dem Propagandaministerium zu loben haben. Weder Romys Eltern noch einer der anderen Stars der Goebbelschen

Unterhaltungsfabrik haben schlechte Kritiken oder negative Presse zu fürchten.

Daß die Presse nicht schreiben darf, was sie will, hat durchaus auch seine Vorteile für die Beziehung von Magda und Wolf, denn unerwünschter Klatsch über Filmstars ist in der gleichgeschalteten Presselandschaft des Dritten Reichs undenkbar. Ein bestimmtes Star-Image aufzubauen ist unter solchen Bedingungen natürlich wesentlich einfacher als in einer freien Presselandschaft. Ein gutes Beispiel hierfür ist die Karriere des Holländers Johannes Heesters. Der Operettentenor dreht erst 1936 seinen ersten Film in Deutschland, zu einem Zeitpunkt, als die braunen Machthaber die Presse schon längst fest im Griff haben. Da die Deutschen bis dato rein gar nichts über Heesters wissen, übernimmt die Ufa sofort die totale Kontrolle seines Images. Und weil Heesters auf der Leinwand den romantischen Herzensbrecher spielen und von möglichst vielen Kinogängerinnen angeschmachtet werden soll, erfährt das Publikum bis Kriegsende nicht, daß Heesters in Wirklichkeit verheiratet ist und zwei Töchter hat. Das Propagandaministerium beschließt schlicht und einfach, daß Frau und Kinder nicht zu seinem Image passen – Privatphotos von Heesters werden nicht abgedruckt. Die Nazi-Presse läßt Interviews mit ihm veröffentlichen, in denen er zu beteuern hat, daß er keine Zeit zum Heiraten habe.[72] Ähnlich handhabt man es auch bei Frauenschwarm Hans Albers – daß er seit langem mit der Schauspielerin Hansi Burg liiert ist, die Deutschland als Jüdin Richtung Schweiz verlassen mußte, wo Albers sich fortan heimlich mit ihr trifft, erfährt im Dritten Reich niemand. Die NS-Presse verschweigt, daß der blonde, blauäugige Albers als Aushängeschild des deutschen Films mit einer Jüdin liiert ist und stärkt so gleichzeitig sein Leinwandimage als draufgängerischer Junggeselle.

Auch Romys Vater profitiert davon, daß die Nazis keine Skandalberichte über ihre Stars zulassen, denn so kann niemand etwas über seine zahlreichen Affären in der Presse lesen, und kein Enthüllungsjournalist hat die Chance, Wolfs ausschweifendes Liebesleben zum Gegenstand seiner Berichterstattung zu machen. Und nur so ist es wohl auch zu erklären, daß es trotz Wolfs Eskapaden nie zu einem öffentlichen Skandal gekommen ist, der Magda bloßgestellt und gedemütigt hätte. Was wiederum nicht heißt, daß es nicht hinter den Kulissen zu so manchen Turbulenzen gekommen sein dürfte.

Denn nicht immer lassen sich die abgelegten Geliebten so einfach abspeisen oder akzeptieren es widerspruchslos, daß Wolf sich von einem Tag auf den anderen nicht mehr bei ihnen meldet. Einige der Frauen sinnen auf Rache – und im Dritten Reich gibt es viele Möglichkeiten, sich zu rächen. Meist reicht es, bestimmte Verdächtigungen auszusprechen. Es ist nicht unwahrscheinlich, daß es eine abgelegte Geliebte ist, die Wolf Ende 1935 bei den Nazi-Behörden denunziert, um ihn in Schwierigkeiten zu bringen. Am 26. Dezember 1935 jedenfalls schreibt eine gewisse Frau Schulze an den Präsidenten der Reichsfilmkammer: »Der Filmschauspieler A. Wolf Retty [sic] wohnt bei Juden, das vereinbart sich absolut nicht mit den Gesetzen des Führers. Adresse: Kurfürstendamm 63 bei Leberecht.«[73] Solche Denunziationen fallen meist auf fruchtbaren Boden. Die Reichsfachschaft Film bittet Wolf wenige Tage später um Aufklärung: »Nach einer bei uns eingelaufenen Mitteilung sollen Sie bei den Juden Leberecht wohnen. Wir bitten Sie, sich hierzu zu äußern.«[74]

Mit beigefügter Bestätigung von Mathilde Lebrecht (nicht Leberecht), daß ihr Haushalt »rein arisch« sei, bemüht Wolf sich, die Angelegenheit umgehend aus der Welt zu schaffen: »Die Wohnung Lebrecht hat ein Bekannter für mich in meinem Auftrage ermietet, nachdem ihm seitens der Vermieterin auf ausdrückliches Befragen versichert worden war, daß es sich um einen rein arischen Haushalt handele. Ich selbst habe diese Wohnung bisher weder gesehen noch betreten, da ich seit zwei Monaten eine Vertragsverpflichtung in Wien zu erfüllen habe. Die Vermieterin, Frau Lebrecht, ist mir bis zum heutigen Tage persönlich unbekannt geblieben; ich habe mir jedoch aufgrund Ihrer Anfrage eine eidesstattliche Versicherung geben lassen, die ich in der Anlage zur gefälligen Kenntnisnahme beifüge. Ich glaube, damit meine Sorgfaltspflicht hinreichend erfüllt zu haben. Heil Hitler! Wolf Albach-Retty.«[75]

Wenige Tage später wendet sich bereits schon wieder eine andere Frau – ein Fräulein Strutz – ebenfalls an die Reichsfachschaft Film und bittet um Mitteilung der Privatadresse von Wolf Albach-Retty, die ihr auch tatsächlich umgehend bekanntgegeben wird.[76] Eine weitere abgelegte Geliebte, die Schritte gegen den Schauspieler in Erwägung zieht? Seine Liebschaften scheinen Wolf langsam, aber sicher zum Problem zu werden, was auch der Reichsfilmkammer, die auf ein skandalfreies Privatleben ihrer prominenten Mitglieder pocht, nicht entgehen dürfte. Schon früh läßt man ihn wissen, daß man mit ihm über seine in Aussicht stehenden Filme, über seine Gage, aber – ungewöhnlicherweise – auch »Ihre Freizeit« reden möchte.[77] Den Termin für die verordnete Aussprache schiebt Wolf so lange wie möglich hinaus, schützt immer wieder seine Arbeitsüberlastung vor, bis er sich bereits den Zorn der Reichsfilmkammer zuzieht, die immer nachhaltiger auf eine baldige Aussprache drängt. Da die Besprechung mündlich stattgefunden hat und kein Protokoll hierüber existiert, wissen wir nicht, was mit Wolf Albach-Retty vereinbart worden ist oder was man ihm von seiten der Nazi-Behörde nahegelegt hat. Hierüber läßt sich nur spekulieren. Hat man dem notorischen und eigentlich bindungsunwilligen Junggesellen angesichts seiner Frauengeschichten vielleicht nahegelegt, endlich zu heiraten, um so wenigstens nach außen hin das Bild eines in geordneten Verhältnissen lebenden Mannes zu vermitteln und dadurch auch weniger angreifbar als bisher zu sein?

Am 11. Mai 1937 jedenfalls geben sich Magda Schneider und Wolf Albach-Retty das Jawort auf dem Standesamt von Berlin-Charlottenburg. Wie alle neu vermählten Paare erhalten auch sie bei dieser Gelegenheit ein ledergebundenes Exemplar von Hitlers *Mein Kampf* überreicht, das in diesen Jahren das früher übliche Bibel-Präsent abgelöst hat. Drei Monate später heiraten Magda und Wolf auch kirchlich in St. Bartolomä am Königssee; anschließend findet ein rauschendes Fest statt. Als gemeinsamer Familienname wird »Albach« festgelegt, doch behalten beide auch nach ihrer Eheschließung die Namen bei, unter denen das Publikum sie kennt – Wolf führt weiterhin den Künstlernamen Albach-Retty und Magda fungiert auch als Ehefrau weiter unter ihrem Mädchennamen Magda Schneider, was ihr im Juni 1937 vom Berliner Polizeipräsidenten auf Antrag erlaubt wird.

Nach der Eheschließung stehen Magda und Wolf nur noch ganze zweimal gemeinsam vor der Kamera – 1938 in *Frühlingsluft* und 1943 in der Ehekomödie *Zwei glückliche Menschen*. Daß sie vor dem Zeitpunkt ihrer Heirat so häufig und danach nur noch selten zusammen engagiert werden, erscheint auf den ersten Blick höchst merkwürdig, ist aber letztlich leicht erklärbar. Propagandaminister Goebbels hält wenig davon, daß Ehepartner ständig miteinander arbeiten – so versuchte er anfangs sogar, die Zusammenarbeit von Marika Rökk und ihrem Ehemann, dem Regisseur Georg Jacoby, zu unterbinden, da er nicht wollte, daß die Rökk ständig nur unter der Regie ihres Mannes vor der Kamera steht. Doch trotz eines vom Propagandaministerium erlassenen Verbots zur Beschäftigung von Eheleuten[78] bleiben Goebbels in diesem Fall weitgehend die Hände gebunden – die Rökk ist einer der größten Publikumslieblinge, ihr Mann und sie sind ein perfekt aufeinander eingespieltes Team, das einen Kassenschlager nach dem anderen produziert. Per Sondererlaubnis darf Rökk trotz Goebbels' Vorbehalten so immerhin in acht ihrer fünfzehn Filme, die sie im Dritten Reich dreht, unter der Regie von Georg Jacoby vor der Kamera stehen.

Doch Magda und Wolf haben trotz ihrer Popularität beide nicht den Stellenwert wie der Top-Star Marika Rökk, so daß sie von ihrer Hochzeit an aufgrund des Verbots zur Beschäftigung von Eheleuten fast nur noch mit anderen Partnern zusammen engagiert werden. Das wiederum hindert das Propagandaministerium nicht daran, immer wieder in geschönten und entsprechend bebilderten Zeitungs- und Illustriertenberichten auf Magdas und Wolfs privates Eheglück hinzuweisen, eignen die beiden sich doch ideal, um das gewünschte Bild einer vermeintlich harmonischen, skandalfreien Prominenten-Ehe zu zeichnen; schließlich ist Bodenständigkeit eine Star-Eigenschaft, die die Nazis ganz besonders schätzen. Selbst als es um die

Ehe von Romys Eltern schon nicht mehr sonderlich gut bestellt ist, erscheinen entsprechende Artikel in den Filmzeitschriften, die Magda und Wolf im harmonischen Einvernehmen zeigen. Als sich die beiden 1943 trennen und im Frühjahr 1945 nach nur achtjähriger Ehe scheiden lassen, ist dies hingegen keine Schlagzeile wert – die immer dramatischer werdende Kriegslage hat das Interesse an Meldungen über das Privatleben von Filmstars verständlicherweise gen null sinken lassen.

2 *Jungmädchenabenteuer*

Ein tiefer Einschnitt in Romys frühe Jahre. Sie ist zehn, als ihre Mutter sich entschließt, ihre Tochter künftig in einem Internat unterrichten zu lassen. Magdas Eltern sind mittlerweile im fortgeschrittenen Alter – Maria ist siebzig, ihr Mann Xaver ein Jahr älter. Will Magda ihnen die Erziehung von gleich zwei Kindern nicht weiter zumuten? Oder ist sie der Meinung, daß es Romy guttun würde, häufiger mit gleichaltrigen Kindern zusammenzusein? Denkt sie, daß ihr eine bessere Ausbildung ermöglicht werden sollte, als dies in der kleinen Dorfschule von Schönau möglich ist? Oder ist Romy ihr einfach nur lästig?

Was auch immer die Gründe für Magdas Entscheidung sind – ihre Tochter Romy, deren frühe Jahre in erster Linie durch die ständige, schmerzhaft empfundene Abwesenheit der Eltern geprägt gewesen ist, muß sich unweigerlich zurückgestoßen, ja abgeschoben fühlen. Gerade nachdem ihr geliebter »Papili« nach der Scheidung von Magda immer mehr aus ihrem Leben verschwunden ist, hat sich Romy fieberhaft an ihre Mutter geklammert, all ihre kindliche Liebe auf sie projiziert und sie zum Zentrum ihrer kleinen Welt gemacht. Jedes Wiedersehen mit Magda wird von ihr ungeduldig herbeigesehnt und von einem regelrechten Freudentanz begleitet: »Die Mami kommt, die Mami kommt! Heut kommt die Mami!«[79]

Daß die innig geliebte, meist aus der Ferne angeschmachtete Mutter sie nun nicht mehr bei sich haben will, daß sie das Haus ihrer Kindheit verlassen soll, um fortan wie ein Waisenkind ganz unter fremden Menschen zu leben, muß die zehnjährige Romy insofern zutiefst verstören und verunsichern. Wie gerne bliebe sie in ihrer vertrauten Umgebung, in Mariengrund, dem Haus ihrer Kindheit, bei ihrem Bruder Wolfi, bei den Großeltern, den Tieren, die sie so mag, den Nachbarskindern, mit denen sie so gerne spielt. Und natürlich bei ihrer »Mammili«. Doch die seit ihrer gescheiterten Ehe und ihrer gestrandeten Filmkarriere zutiefst verbitterte Magda duldet keinen Widerspruch und weist jegliche Sentimentalitäten zurück. Romy bleibt nichts anderes übrig, als sich der Entscheidung ihrer Mutter zu beugen und zu sehen, wie sie mit der neuen Situation zurechtkommt. Ausharren, bis es vorüber ist. Je stärker Magda sie zurückstößt, desto mehr versucht Romy, zu gefallen, zu funktionieren, wie es von ihr erwartet wird. Vielleicht liegt es ja an ihr, daß ihre Mutter sie so abweisend behandelt – früh eingeimpfte Schuldgefühle, mit denen sie allein gelassen wird. Sorgen, über die sie mit niemandem reden kann.

Zunächst besucht Romy auf Magdas Wunsch hin das Internat Schloß Ort in Gmunden, idyllisch auf einer Halbinsel im Traunsee gelegen. Ungefähr ein Jahr bleibt sie in dem Institut im Salzkammergut, bis Magda aufgrund von Romys Schwierigkeiten im Fach Mathematik dringend ein erneuter Schulwechsel ans Herz gelegt wird; wiederum entscheidet sie sich für eine Schule im benachbarten Österreich.

Am 1. Juli 1949 steht Romy zum ersten Mal vor dem furchteinflößenden, siebengeschossigen Internat Schloß Goldenstein, das in der kleinen Gemeinde Elsbethen südlich von Salzburg liegt und im kargen Bau einer mittelalterlichen Raubritterburg untergebracht ist, deren Anfänge auf das 13. Jahrhundert zurückgehen. Nichts ist hier wie in der putzigen kleinen Dorfschule in Schönau, die Romy jahrelang besucht hat. Sie ist eine von rund fünfzig Schülerinnen, die hier mehr dressiert als erzogen werden. Den Mädchen Disziplin beizubringen ist das oberste Ziel. Zucht und Ordnung werden großgeschrieben. Für Romy, die in Mariengrund bei altersmilden Großeltern und sie vergötternden Kindermädchen aufgewachsen ist, die in Berchtesgaden als Tochter Magdas und Wolfs wie eine kleine Prinzessin behandelt worden ist, kann der Unterschied zu ihrem bisherigen Leben kaum größer sein.

Geleitet wird der 1877 aufgenommene Schulbetrieb in Goldenstein von Nonnen, Augustiner-Chorfrauen, die das Mädchenpensionat während der Nazi-Zeit geschlossen hatten und nach England geflohen waren. Seit Herbst 1947 läuft der Schulbetrieb wieder. Daß Magda sich ausgerechnet für dieses Institut unter katholischer Leitung entschieden hat, scheint eine trotzige Reaktion auf die Trennung von Wolf zu sein, denn Romy wird fortan ebenso wie ihr Bruder

Wolfi demonstrativ nicht im protestantischen Glauben der Rettys, sondern im katholischen Glauben der Schneiders aufgezogen. 1946 wird sie die erste heilige Kommunion empfangen und drei Jahre später gefirmt werden.

Die Kinder werden in Goldenstein gedrillt. Die Anforderungen im Unterricht sind hoch, aber auch in den Zeiten außerhalb der Schulstunden bleiben sie nicht sich selbst überlassen. Der Tagesablauf ist streng reglementiert. Morgens um halb sieben werden die Mädchen mit dem rüden Kasernenhofkommando »Aufstehen, Waschen, Anziehen« geweckt – zusammen mit fünfzehn Mitschülerinnen schläft Romy im Rittersaal der Burg. Komfort gibt es in dem alten, zugigen Gemäuer nicht; die Mädchen müssen sich mit eiskaltem Wasser waschen, um den Tag anschließend mit einer Gesangsstunde zu beginnen. Der Vormittag ist dem Unterricht gewidmet, an den Nachmittagen folgen Handarbeitszeiten und Bastelstunden. Nur ein einziger Nachmittag pro Woche bleibt zur freien Verfügung – an ihm können die Kinder ins nahe gelegene Kino in Elsbethen gehen oder sich bei schönem Wetter im riesigen Schloßgarten vergnügen. Dort klettert Romy gerne in die Bäume, um ihren Träumen nachzuhängen, bis abends pünktlich um acht Uhr nach einer spärlichen Mahlzeit das Licht in den Schlafsälen gelöscht wird.

Regelmäßig werden sogenannte Exerzitien-Tage durchgeführt, an denen vom frühen Morgen bis in die Abendstunden ein peinlich einzuhaltendes Schweigegebot gilt. Dazu kommen die gefürchteten Silentium-Stunden, in denen die Mädchen mit dem Bauch auf dem eiskalten Steinboden der Kapelle liegen müssen, um sich voll und ganz auf Gott zu konzentrieren. Solche bigotten Methoden gelten in Goldenstein bezeichnenderweise als geeignet, Kindern Gottesfürchtigkeit einzutrichtern. Jeden Sonntag wird von den Mädchen erwartet, daß sie im Sonntagsstaat in der kleinen Kapelle zur heiligen Messe erscheinen. Außerdem haben sie einmal in der Woche die Beichte abzulegen.

Romy leidet in der unterkühlten Atmosphäre still vor sich hin. Es gibt in Goldenstein wenig, was ihr Freude bereitet. Neben dem

Turnunterricht, der im Sommer ins Freie verlegt wird, mag sie vor allem den Zeichenunterricht – einerseits, weil sie hier ihrer blühenden Phantasie freien Lauf lassen kann, andererseits weil sie eine Jungmädchenschwärmerei für ihre Zeichenlehrerin, Schwester Augustina, hegt: »Wir haben eine schicke Klassenlehrerin. Ich habe sie wahnsinnig gern.«[80] Da diese sie außerdem in Englisch und Musik unterrichtet, strengt sie sich auch in diesen Fächern besonders an und bekommt dementsprechend gute Noten, während sie die Mathematik nach wie vor abgrundtief haßt.

Zuwiderhandlungen gegen die strenge Schulordnung und den Internatstrott werden von den Augustinerinnen umgehend bestraft. Platz für Rebellion und Aufbegehren gibt es nicht. Die Mädchen werden strikt an der Kandare gehalten, absoluter Gehorsam wird erwartet. Alles wird kontrolliert, inspiziert – ob das Bett richtig gemacht und die Wäsche akkurat in den Schrank eingeräumt worden ist, auch ob sich in der sorgfältig zu säubernden Haarbürste wirklich kein einziges Haar mehr finden läßt. Wenn etwas nicht zur Zufriedenheit der Nonnen ist, hagelt es Tadel, Rügen, Ermahnungen. Die lebhafte und nicht gerade zur Ordnung neigende Romy kann sich nur schwer in die strengen Regeln einfügen, weshalb ihr des öfteren mangelnde Disziplin und unangemessene Wildheit attestiert wird. Als sie einmal übermütig das Treppengeländer herunterrutscht, muß sie zur Strafe für einige Zeit im dunklen, zugigen Flur stehen. Bei größeren Verfehlungen, wenn etwa der Schrank nicht ordentlich eingeräumt worden ist, werden die sehnsuchtsvoll erwarteten Ausflüge gestrichen. Und als sie ein anderes Mal von den Ordensschwestern dabei erwischt wird, daß sie ihr Karl-May-Buch in schwarzes Umschlagpapier eingeschlagen hat, um auch in der langweiligen morgendlichen Gesangsstunde ihr Buch weiterlesen zu können, droht beinahe ein Schulverweis, den letztlich nur die Prominenz von Romys Mutter verhindert.

Ständige Versprechungen, sich zu bessern, sich zukünftig tadellos zu verhalten, sind notwendig, um die Schwestern zu besänftigen. Doch Vorbehalte bleiben, schließlich wächst Romy, auch wenn sie in den Klassenbüchern unter dem Namen Rosemarie Albach-Schneider geführt wird, ohne Vater auf. Und anders als bei vielen Kindern in dieser Zeit, die auf ihren Vater verzichten müssen, weil er entweder im Krieg gefallen ist oder sich in Kriegsgefangenschaft befindet, ist Romy ein Scheidungskind, was in einem von katholischen Ordensschwestern geführten Mädchenpensionat in dieser Zeit beinahe zwangsläufig dazu führt, sie mit Argwohn zu betrachten – der eines Tages auch auf höchst befremdliche Art und Weise zum Ausdruck kommt. Romy, die davon träumt, im weihnachtlichen Krippenspiel das kleine Jesus-Kind in die Krippe legen zu dürfen, wird bitter enttäuscht, als die Präfektin sie unsanft auf den Boden der in Goldenstein geltenden Tatsachen zurückholt: »Du trägst ihn nicht! Du bleibst eh nicht mehr lange hier. Du wirst ganz bös enden. Bei dir ist all mein Beten verloren. Hast nicht mal eine richtige Familie, und blöd bist du auch. Kannst froh sein, daß du überhaupt hier sein darfst.«[81]

Die »Frau Präfektin«, Mutter Theresia, wacht über allem; sie ist die respekteinflößende Direktorin des Hauses, die nie davor zurückschreckt, hart durchzugreifen und auf ihre Autorität zu pochen. Sie ist überzeugt davon, daß Mädchen in diesem Alter eine starke Hand brauchen, und tritt den Kindern gegenüber mit großer Distanziertheit auf, weil sie meint, sich so besser durchsetzen zu können. Wenn man Romys Tagebuchaufzeichnungen aus jenen Jahren liest, in denen sie auch die »vielen, vielen Strafstunden«[82] nicht zu erwähnen vergißt, fühlt man sich unweigerlich an den 1958 entstandenen Streifen *Mädchen in Uniform* erinnert, in dem Romy neben Lilli Palmer die Hauptrolle der Manuela von Meinhardis spielt, die als junges Mädchen nach dem Tod ihrer Mutter von einer herzlosen Tante in ein Mädcheninternat gesteckt wird, in dem ähnlich wie in Goldenstein Zucht, Ordnung und Drill an oberster Stelle stehen und in dem die Mädchen mit »Jawohl« zu antworten haben, im Gleichschritt marschieren und zum Appell antreten müssen – und auch hier wird jedes Fehlverhalten mit drakonischen Strafen belegt, die es ohne Wehleid zu ertragen gilt. Der einzige Lichtblick in diesem tristen Internatsalltag ist die von Lilli Palmer gespielte und bei allen Mädchen höchst beliebte Lehrerin Fräulein von Bernburg, die sehr zum Verdruß der brillant von Therese Giehse verkörperten Mutter Oberin freundschaftlich mit ihren Schülerinnen umgeht. Doch noch ist es kein Film. Noch ist es Romys Leben.

Ihre Eltern lassen sie in den Goldenstein-Jahren nahezu völlig alleine. Ihr Vater, zu dem seit der Scheidung der Eltern nur noch ein notdürftiger Kontakt besteht, besucht sie kein einziges Mal im Internat. Nach wie vor ist ihm alles andere in seinem Leben wichtiger als seine Tochter. Seit 1948 steht Wolf wieder vor der Kamera, nachdem das durch seine NSDAP-Mitgliedschaft bedingte und eigentlich bis 1950 geltende Auftrittsverbot wieder aufgehoben worden ist. Bereits im Herbst 1945 hatte Wolf vergeblich die provisorische österreichische Staatsregierung gebeten, ihn von der Eintragung in die Liste der Nationalsozialisten auszunehmen, da sein 1937 gestellter Antrag auf die deutsche Staatsbürgerschaft angeblich »unter dem Zwang beruflicher und damit wirtschaftlicher Zwänge« und auch sein Beitritt zur NSDAP lediglich aus Gründen der Erhaltung seiner Existenz erfolgt seien, der Nationalsozialismus jedoch stets seinem »innersten künstlerischen und persönlichen Wesen« widersprochen habe, wobei er in seinem Gesuch geflissentlich unter den Tisch fallen läßt, daß er vor Eintritt in die NSDAP bereits 1933 Förderndes Mitglied der SS geworden ist sowie der Deutschen Arbeitsfront beigetreten ist: »Ich habe die Zugehörigkeit der NSDAP, der ich vor 1940 in keiner Form, auch keinem Wehrverband, angehörte, stets als Formsache aufgefaßt« – angeblich sei ohnehin jedem bekannt gewesen, daß er alles andere als ein Sympathisant der Nazis gewesen sei. Wie viele ehemalige Nazis scheut auch Romys Vater nicht davor zurück, trotz seiner Mitgliedschaft in der NSDAP allen Ernstes eine »Gegnerschaft« zum braunen Regime zu behaupten, was er absurderweise nicht nur durch seine angebliche »Freundschaft mit Juden«[83] zu belegen versucht, sondern auch dadurch, daß er das Parteiabzeichen nie getragen und keinen Hakenkreuzwimpel an der Stoßstange seines

Autos befestigt habe. Perfiderweise schreckt der einst so angepaßte und linientreue Wolf Albach-Retty nicht einmal vor der Behauptung zurück, daß er die ihm »schlecht erscheinenden Maßnahmen des damaligen Regimes offen und scharf« kritisiert und keine Gelegenheit verpaßt habe, »mich zu einem freien und unabhängigen Österreich zu bekennen und die Widerstandsbewegung zu unterstützen«.[84] Die zuständigen Behörden fallen auf diese dreisten Lügen nicht herein, weisen Wolfs Gnadengesuch im Dezember 1945 zurück und registrieren ihn aufgrund des Verfassungsgesetzes vom 8. Mai 1945 in der Liste der Nationalsozialisten. Erst im Juni 1948, zwei Jahre nachdem Romys Vater wieder die österreichische Staatsbürgerschaft beantragt hat, wird Wolfs Nachsichtsgesuch stattgegeben, weil er der Kategorie der »minderbelasteten Künstler«[85] zugeordnet worden ist, so daß er wieder als Schauspieler arbeiten kann.[86]

Gleich 1948 wirkt er im österreichischen Film *Alles Lüge* mit, im darauffolgenden Jahr steht er gleich für zwei Produktionen vor der Kamera, wiederum in Österreich für den Film *Der bezaubernde Schwindler* sowie für die deutsch-österreichische Co-Produktion *Gefährliche Gäste*. Wesentlich schneller als seiner ehemaligen Frau Magda ist es ihm also gelungen, nach Kriegsende wieder beim Film Fuß zu fassen. Insofern hat er erneut ein gutes Argument, sich nicht um Romy und ihren Bruder kümmern zu können. Seine zweite Frau Trude Marlen, die er 1947 geheiratet hat und mit der er zusammen in Wien lebt, sieht es zudem offensichtlich nicht sonderlich gerne, wenn er sich noch mit den Kindern aus erster Ehe beschäftigt. Obwohl er zu diesem Zeitpunkt immerhin noch gemeinsam mit Magda das Sorgerecht über Romy hat, begnügt er sich damit, ihr pro forma hin und wieder zu schreiben. Jeder noch so nichtssagende Brief, jede kurz angebundene Geburtstags- oder Weihnachtskarte wird von seiner Tochter sehnsüchtig erwartet und mit Herzklopfen geöffnet – Hauptsache der geliebte »Papili« hat sie noch nicht ganz vergessen. So kann sie sich in der Illusion wiegen, daß er sich eines Tages um sie kümmern wird. Jede noch so banale Nachricht von Wolf nimmt sie als Beweis dafür, daß er doch noch an sie denkt, daß er sie doch noch liebhat.

Manchmal kommen auch Päckchen von ihm, Bonbonnieren, ein Nachthemd; einmal läßt er ihr zum Fasching leihweise ein Teufelskostüm aus dem Fundus des Wiener Burgtheaters zukommen, was bei Romys Mitschülerinnen zwar für ein großes Hallo sorgt, bei den gottesfürchtigen Ordensschwestern jedoch eher Kopfschütteln hervorruft. Daß Romy sich auch einmal über seinen persönlichen Besuch freuen würde und daß sie unglaublich stolz wäre, wenn ihr berühmter Vater in Goldenstein auftauchen würde, kommt ihm nicht in den Sinn. Statt dessen arrangiert er selten genug Treffen im nahe gelegenen Salzburg, wo er mit seiner Tochter im Kaffeehaus zusammensitzt und ihr, kurz nach ihrer Kommunion, eine Kette mit einem Kreuz schenkt – ein Geschenk, das Romy gleich stolz ihren Mitschülerinnen präsentiert. Als Wolf einmal einen Film in Salzburg dreht, läßt er Romy erneut zu sich kommen; das Treffen dauert nur wenige Stunden und stellt eine einzige Enttäuschung für sie dar. Eine Mitschülerin erinnert sich: »Sie hat eine Wut gehabt, daß seine zweite Frau, Trude Marlen, immer dabei war. Die hat die nie allein gelassen. Romy wollte immer mit ihrem Papi allein sein. Das ist nie gegangen!«[87] Auch wenn Wolf sich seiner Tochter gegenüber unmöglich benimmt, wenn er sie vernachlässigt, wie er es zuvor immer getan hatte, auch wenn er sie immer wieder vor den Kopf stößt und keinerlei Gespür dafür hat, was ihr fehlt – nichts hindert Romy daran, ihren »Papili« abgöttisch zu lieben, ihn zum Märchenprinzen zu stilisieren. In ihr Tagebuch klebt sie liebevoll Bilder von ihm und schreibt voller Stolz daneben: »Das ist er, mein Papa! Fesch! Gelt!?!«[88] Sie schwärmt, wie Millionen Backfische von Filmstars schwärmen, nur daß der Star in diesem Fall ihr Vater ist – für sie selbst ebenso unerreichbar wie für alle anderen.

Ebenso unerreichbar für die kleine Romy bleibt nach wie vor ihre Mutter – in vier Internatsjahren kommt Magda gerade zwei- oder dreimal zu Besuch. Und dies, obwohl das Internat nur fünfundzwanzig Kilometer von Mariengrund entfernt ist. Später wird sie erklären, daß sie zu müde gewesen sei, sich um ihre Tochter zu kümmern, wenn sie einmal einen freien Tag hatte. Außerdem sei es in Zeiten der Besatzungszonen schwierig gewesen zu reisen – daß sie schon vor der Goldenstein-Zeit Theaterengagements in Salzburg, Innsbruck und Wien absolviert hatte, Reisen von Deutschland nach Österreich also durchaus möglich waren, wie auch ihre Besuche bei den Salzburger Festspielen beweisen, läßt sie dabei ebenso unter den Tisch fallen wie die Tatsache, daß es umgekehrt für Romy in all den Jahren schließlich auch keine Schwierigkeiten gab, in den Sommer- und Winterferien nach Berchtesgaden zu reisen. Natürlich hätte sie Romy öfter besuchen können, wenn sie es denn nur gewollt hätte. Doch wieder einmal ist anderes wichtiger. Mit geradezu verbissener Ambition versucht sie, ihre ins Stocken geratene Karriere wieder in Schwung zu bringen, und lebt, wie sie es bislang immer gehandhabt hat, nur für ihren Beruf. Wieder einmal ist sie zu beschäftigt, um sich um ihre Tochter zu kümmern, und läßt Romy im Stich – das Internat ist für Magda die ideale Lösung, um sich das ihr unbequeme Kind erst einmal aus den Füßen zu schaffen. Obwohl sie weiß, daß ihre Tochter sich in einer schwierigen Phase befindet, daß sie mütterliche Zuwendung brauchte, hat sie keinerlei Bedenken, Romy ohne regelmäßige Besuche in Goldenstein zu lassen – froh darüber, daß die Ordensschwestern ihre Mutterpflichten übernehmen: »Das war wirklich gut, denn mit Romy mußte man sich individuell beschäftigen. Es war ihre schwierigste Zeit.«[89] Auf die Idee, daß Romy eine »schwierige Zeit« durchmacht, weil sie sich nach der traumatischen Trennung ihrer Eltern ins Internat abgeschoben und alleine gelassen fühlt, kommt Magda erst gar nicht. Romy wartet. Hofft, daß ihre Mutter ebenso wie ihr Vater eines Tages Zeit für sie haben wird.

Doch die Zeichen stehen schlecht für sie. Zumal es bei Magda abgesehen vom beruflichen Kampf auch noch im Privaten einschneidende Veränderungen gibt, die Romy wieder einmal an die dritte Stelle rücken lassen. In Magdas Leben gibt es einen neuen Mann; seit kurzem ist sie mit dem schwerreichen und umtriebigen Kölner Gastronom und Hotelier Hans Herbert Blatzheim liiert. Ihre freie Zeit verbringt sie lieber mit ihm als mit ihrer Tochter. Während die anderen Schülerinnen des Mädchenpensionats einmal im Monat nach Hause zu den Eltern reisen dürfen, bleibt Romy beinahe immer im Internat zurück, wenn sie nicht hin und wieder von den Eltern von Schulkameradinnen eingeladen wird oder eine Freundin von Magda in Salzburg besuchen darf, die ihr darüber hinweghelfen soll, daß ihre Mutter sich so wenig Zeit für sie nimmt: »Marianne ersetzt Mammilein so ein bißchen« – so als könne in dieser wichtigen Lebensphase irgendwer oder irgendwas die Mutter ersetzen. Wie gerne würde sie diese Wochenenden wie alle ihre Mitschülerinnen auch mit ihren Eltern oder doch zumindest mit ihrer Mutter verbringen. Ihre Sehnsucht nach Mariengrund ist so groß, daß sie ihren Bruder, der nicht im Internat sein muß, zutiefst beneidet: »Wolfi hat es gut. Der ist immer noch zu Hause. Ich habe richtige Sehnsucht, mal wieder hinzukommen.«[90]

Doch Romy darf zu ihrer Enttäuschung nur in den großen Sommer- und den Weihnachtsferien nach Hause reisen. Und auch dann ist es selten so, wie sie es sich zuvor in ihrer Phantasie ausgemalt hat. Als sie im Dezember 1949, kurz vor Weihnachten, zum allerersten Mal nach Mariengrund in die Ferien reisen darf und sich nach ihren ersten sechs Monaten im Internat auf ihr Zuhause, auf ein gemütliches Zusammensein mit Magda, Wolfi und den Großeltern gefreut hat, wird sie wieder einmal vor den Kopf gestoßen. Ohne sie auf die Situation vorbereitet zu haben, stellt ihre Mutter sie vor vollendete Tatsachen. Hans Herbert Blatzheim ist anwesend, um das Weihnachtsfest mit den Schneiders zu verbringen. Romy mag den einschüchternden, polternden Mann, den sie und ihr Bruder mit »Onkel Herbert« anzusprechen haben, auf Anhieb nicht; er ist ihr zutiefst zuwider. Dennoch ist sie freundlich und höflich zu ihm, macht, wie man es ihr beigebracht hat, brav ihren Knicks – und gute Mine zum bösen Spiel. Sooft es geht, zieht sie sich mit ihren Großeltern in die Küche zurück, denn die bodenständigen Schneiders wissen mit dem parvenühaften, weitgereisten Geschäftsmann, der sich großspurig als größter deutscher Gastronom bezeichnet und verlangt, daß alle nach seiner Pfeife tanzen, ebensowenig anzufangen wie ihre Enkelin. Doch auch wenn alle im Haus Blatzheim als Eindringling empfinden, niemand traut sich, Magda seine Meinung zu sagen.

Romy hat mit dem neuen Mann an Magdas Seite wohl das größte Problem – schließlich träumt sie heimlich immer noch davon, daß ihre Eltern eines Tages wieder zusammenfinden könnten. In ihrer Vorstellungswelt kann einfach kein anderer Mann den Platz ihres geliebten »Papili« einnehmen. Doch mit dem Auftauchen Blatzheims muß auch Romy klarwerden, daß dieser Traum ausgeträumt ist, daß ihre Eltern nie wieder zusammenkommen werden. Romy bleibt nichts anderes übrig, als sich mit der neuen Situation zu arrangieren. Niemand fragt sie danach, was sie fühlt und empfindet, am wenigsten ihre Mutter, die von ihrer Tochter schlicht und einfach erwartet, daß sie den neuen Partner an ihrer Seite kommentarlos akzeptiert – nicht nur als ihren zukünftigen Mann, sondern auch als Vaterersatz. Bald schon werden Romy und ihr Bruder den ungeliebten Blatzheim »Daddy« nennen. Jahre später, wenn es zum Streit mit ihrem Stiefvater kommen wird, wird Romy nur noch distanziert von »Herrn Blatzheim« oder »dem zweiten Mann meiner Mutter« sprechen.

In Magdas Leben jedenfalls steht Blatzheim von nun ab an erster Stelle. Als Romy in den nächsten Sommerferien nach Hause kommt und sich auf ein Zusammensein mit ihrer Mutter freut, reisen Magda und Blatzheim zu den Salzburger Festspielen ab. Romy und ihren Bruder mitzunehmen, sich bei diesem Ausflug mit ihren Kindern zu belasten, kommt Magda nicht einmal in den Sinn. Wie sie es von Beginn an gewöhnt ist, lädt sie Romy und Wolfdieter bei ihren Eltern ab. Doch wie bei ihrem Vater, findet Romy auch selbst angesichts solcher Lieblosigkeiten von seiten ihrer Mutter immer wieder neue Entschuldigungen. Aus Gründen des Selbstschutzes versucht sie sogar für die ausbleibenden Päckchen noch eine logische Erklärung zu finden: »Mammi würde ja sicher auch öfter was schicken, wenn nicht die Grenze dazwischen wäre. Was nach Österreich eingeführt wird, muß ja alles verzollt werden.«[91]

Freundschaften mit ihren Mitschülerinnen zu knüpfen fällt Romy in Goldenstein zunächst schwer. Meist finden sich die Mädchen in Cliquen zusammen, doch Romy liegt es viel mehr, sich voll und ganz auf einige wenige Menschen zu konzentrieren – tiefe Freundschaften sind ihr wichtiger als oberflächliches Beisammensein. Zudem fehlt ihr nach den zahllosen Zurückweisungen durch ihre Eltern die notwendige Selbstsicherheit, sich in einer größeren Gruppe zu behaupten. Angesichts der anderen Mädchen, die Eltern zu haben scheinen, die sich Zeit für sie nehmen, die ihre Kinder häufig besuchen, ihnen regelmäßig schreiben und Päckchen schicken und ihre Kinder zu lieben scheinen, fühlt Romy sich wie eine Außenseiterin – was ihre Sehnsucht, auch eine ganz normale, intakte Familie zu haben, wie sie sie nie kennengelernt hat und nie kennenlernen wird, um so mehr zu einem lebensbestimmenden Thema macht.

Dennoch sehnt Romy sich nach einer Vertrauten, einer vielleicht eher mütterlichen Freundin, der sie alles anvertrauen kann – daher vermutlich auch ihr pubertäres Schwärmen für ihre Zeichenlehrerin Schwester Augustina, die Romy vier Jahre lang in Goldenstein betreut und unterrichtet hat. Diese erinnert sich: »Romy war eher einsam. Sie war unausgeglichen und mit sich selbst unzufrieden. Oft ging sie in die Klosterkapelle zum Beten. Genaugenommen hatte man bei ihr immer den Eindruck, sie verberge etwas oder leide in ihrer tiefsten Seele, sie zeigte selten ihre wirklichen Gefühle.«[92] Dabei gibt es durchaus eine ganze Reihe von Mädchen, die ihr schmeicheln, die alles dafür geben würden, mit ihr befreundet zu sein – immerhin ist sie die Tochter berühmter Eltern. Doch Romy braucht lange, um Anschluß zu finden und sich allmählich zu öffnen. Schließlich entwickelt sich eine Freundschaft zu zwei gleichaltrigen Mädchen, Margot und Monika. Doch letztlich bleibt sie auch jetzt noch eine Außenseiterin – allein mit ihren Wünschen, Ängsten und Sehnsüchten, die sie niemandem anvertraut. Zumindest niemand anderem als ihrem Tagebuch. An ihrem dreizehnten Geburtstag beginnt Romy, regelmäßig Tagebuch zu führen.

Da die Briefe nach Hause den Ordensschwestern vorgelegt werden müssen und vor dem Absenden genauestens gelesen werden, um angeblich »unberechtigte Klagen« zu vermeiden, ist Romy froh, wenigstens ihrem Tagebuch all das anvertrauen zu können, was ihr auf der Seele liegt und worüber sie mit niemandem reden kann und will: die große Sehnsucht nach den Eltern, die Einsamkeit, die sie verspürt, die kleinen und größeren Internatssorgen, ihre Hoffnungen, ihre Ängste, ihre Träume – all das, was ihre kleine Welt in diesen Tagen ausmacht. Zwar wird es nicht gerne gesehen, daß die Mädchen Geheimnisse haben und Tagebuch führen, aber zumindest diese kleine Freiheit wird ihnen gestattet. Beinahe täglich widmet sich Romy fortan ihrem Tagebuch, dem sie den Namen »Peggy« gibt und das sie mit »Liebes Tagebuch« oder »Mein Schatz« anredet.

Peggy wird zur wohl wichtigsten Verbündeten von Romys Kinder- und Jugendjahren. Sie wird nicht petzen, wird niemandem etwas darüber verraten, was in Romy vorgeht. Hier kann sie, die nach außen hin immer angepaßt und selten einmal rebellisch ist, ihrem Ärger über die Präfektin und die Ordensschwestern Luft verschaffen, hier kann sie über ihre Mitschülerinnen herziehen und sie »dumme Puten« nennen, kann schreiben, daß sie es kaum erwarten kann, das Internat bald wieder verlassen zu können, und daß ihr die ständigen Maßregelungen auf den Geist gehen: »Mir ist alles wurscht!!! Man wird sowieso nur dauernd angeschrien und angefaucht, heiligenmäßiger zu sein! Ach! Ich bin soooo wie ich eben bin!«[93]

Mit großer Ernsthaftigkeit hält sie all ihre harmlosen, oftmals naiv anmutenden, verspielten Kleinmädchenphantasien fest. Am 11. November 1951 notiert sie etwa: »Ach! Jetzt hätte ich gute Lust, heute nacht durchzubrennen, ha! Das wäre fein, so ein kleines, nettes ›Jungmädchenabenteuer‹ zu machen, ich brächte es fertig, auch so, daß es niemand merkt!! Oh, dann würde ich nach Paris oder Mexiko fahren und in einem Theater als Cowboy auftreten!«[94] Aber auch all die Dinge, mit denen sie alleine gelassen wird und über die sie mit keinem anderen reden will, finden ihren Niederschlag in Romys Tagebuch. Im Dezember 1951 etwa spricht sie ihre vier Monate zuvor gestorbene Großmutter direkt an und läßt sie wissen: »Omale, heute habe ich Deinen schönen warmen Rock an! So schön warm ist er. Schick mir noch einen! Ach, Gott. Du bist ja nimmer.«[95]

Und auch zum Errichten von Luftschlössern eignen sich die Tagebuchseiten hervorragend. Die Illusionen, denen sie sich immer stärker hingibt und die sie in ihrem Tagebuch akribisch festhält, werden bald zu Romys Lebenselixier. Gerade weil ihr die Wirklichkeit so ernüchternd erscheint, flüchtet sie sich zunehmend in Träume und Phantasien von einer schönen, einer strahlenden Zukunft. Nur ihrem Tagebuch vertraut Romy an, daß es ihr sehnlichster Wunsch ist, einmal eine berühmte Schauspielerin zu werden. Aus ihren unbestimmten Phantasien und Träumereien kristallisiert sich dieser eine Wunsch immer stärker heraus und stellt bald alle anderen Lebensträume in den Schatten. Ja, Romy will Schauspielerin werden, wie ihre Eltern, wie ihre Großmutter Rosa, wie ihre beiden Urgroßväter und gar schon ihr Ururgroßvater es war. Sie ist fest entschlossen, eines Tages die Familientradition fortzusetzen, spürt, daß sie Schauspielerblut in den Adern hat. Dessen ist sie sich schon auffällig früh bewußt. Bereits im allerersten Tagebucheintrag der dreizehnjährigen Romy schreibt sie von ihrem »Theaterblut«.[96] Auch in der Folgezeit kreisen ihre Gedanken um herbeigesehnte, erträumte Filmerfolge; immer wieder träumt sie sich selbst an die Stelle der Darstellerinnen auf der Leinwand – »denn Filmschauspielerinnen sind ja schließlich sehr nett«.[97] Wohl nicht zuletzt ihr zumindest unbewußt vorhandenes Gefühl, nicht geliebt zu werden, nicht genug Aufmerksamkeit geschenkt zu bekommen, läßt sie in der Hoffnung schwelgen, daß sie dereinst alle lieben werden, wenn sie erst eine gefeierte Schauspielerin ist.

Obwohl ihr Berufswunsch sich immer mehr verfestigt und ihr Denken immer stärker in Beschlag nimmt, ja geradezu zu einer Obsession für sie wird, traut sie sich nicht, ihre Mutter in ihre Zukunftsträume einzuweihen: »Wenn es nach mir ginge, würde ich sofort Schauspielerin werden. So wie Mammi. Aber mit ihr habe ich noch nie darüber gesprochen. Darüber spricht man bei uns zu Hause gar nicht.« Bei den wenigen Begegnungen mit ihrer Mutter in den vier

Goldenstein-Jahren ist es offensichtlich kaum zu den üblichen Mutter-Tochter-Gesprächen gekommen, bei denen man sich wirklich austauschen würde – schon gar nicht über Magdas Beruf. In ihrer Freizeit will Romys Mutter nichts von ihrer Arbeit wissen, bei gemeinsamen Bergtouren ist Magda, sehr zu Romys Ärger, nicht dazu bereit, ihren Kindern etwas von ihrem Beruf zu erzählen. Da sie trotz aller nach außen hin demonstrierten Verbundenheit nie eine wirklich herzliche, intensive Bindung zu ihren Kindern aufgebaut hat, besitzt sie kein Gespür dafür, daß es Romy und ihren Bruder interessieren könnte, was sie vom Film und von der Bühne zu erzählen hat, und daß es normal wäre, sie an ihrem Leben teilnehmen zu lassen. Egoistisch wie immer zählt alleine ihr Ruhebedürfnis – enttäuscht hält Romy in ihrem Tagebuch fest: »Mammi wollte ganz privat sein in Berchtesgaden und von Filmen nichts hören und sehen.«[98]

Daß Romy sich nicht traut, mit ihrer Mutter über ihren Herzenswunsch zu sprechen, sagt ebenso viel über das Verhältnis zwischen Mutter und Tochter wie die Tatsache, daß Magda trotz ihrer eigenen Geschichte nicht von sich aus begreift, was in ihrer Tochter vor sich geht. Hatte Magda nicht selbst schon in ihrer frühesten Kindheit von einer Karriere als Schauspielerin geträumt und sich diese auch gegen allerhand Widrigkeiten erkämpft? Ging in ihr einst nicht dasselbe vor wie jetzt in ihrer Tochter – abgesehen davon, daß Magda das Kind eines Installateurs ist und Romy zwei Schauspieler zu Eltern hat, so daß es bei ihr noch viel naheliegender ist, von einer Schauspielkarriere zu träumen? Selbst wenn andere Romys Träume als Versponnenheit einer Heranwachsenden abtun würden, müßte nicht zumindest Magda sie verstehen und instinktiv spüren, wovon ihre Tochter träumt? Müßte nicht sie jetzt die engste Vertraute Romys werden? Aber Magda läßt auch diese Chance, endlich ein inniges Verhältnis zu ihrer Tochter aufzubauen, ungenutzt verstreichen. Sie hat wieder einmal anderes im Kopf, ist zu beschäftigt mit ihrem eigenen Leben, als sich ernsthaft mit den Sehnsüchten der Tochter auseinanderzusetzen. Sie ahnt nicht einmal, daß Romy voller Stolz im Kino sitzt, wenn ein Film mit ihrer Mutter läuft – so wenig weiß sie von ihr. Rückblickend gesteht sie ein: »Ich weiß nicht, ob Romy im Kino gelegentlich einen Magda-Schneider-Film gesehen hat.«[99]

Doch aller Ignoranz der Mutter zum Trotz kann Romy es kaum erwarten, ihr Leben endlich in die eigenen Hände zu nehmen und die Tristesse von Goldenstein hinter sich zu lassen. Die Pubertät macht sie ungeduldig. Am liebsten würde sie die Schule sofort beenden und gleich vor der Kamera stehen. Sehnsuchtsvoll verfolgt sie in den Filmzeitschriften die Karriereanfänge von Johanna »Hannerl« Matz, die 1951 als Neunzehnjährige ihr Filmdebüt gibt. Ausgerechnet an der Seite von Romys Vater Wolf Albach-Retty, zudem noch in der Neuverfilmung jenes Streifens, in dem ihre Mutter 1931 zum ersten Mal vor der Kamera gestanden hat – *Zwei in einem Auto* von Ernst Marischka. Warum nur kann bloß nicht auch sie das Glück haben, für den Film entdeckt zu werden – und dann noch an der Seite des geliebten »Papili« zu drehen? Vielleicht würde er ihr wenigstens dann die Aufmerksamkeit schenken, die sie so sehnlich vermißt.

Außer ihrem Tagebuch weiß niemand etwas von Romys Schauspielträumen. Doch irgendwie ahnen – bis auf ihre Mutter – dennoch alle, daß es sie ins Rampenlicht zieht. Schon in Mariengrund hat sie es früher geliebt, sich mit den Sachen ihrer Mutter zu verkleiden, und auch in Goldenstein gibt es immer wieder Gelegenheit, in andere Rollen zu schlüpfen und ein Gefühl dafür zu bekommen, wie es ist, auf der Bühne zu stehen und vor Publikum zu spielen. Denn bis zu fünf Mal im Jahr werden im Internat Theateraufführungen organisiert. Zu Romys großer Freude ist es ausgerechnet ihre Lieblingsschwester Augustina, die die Theatergruppe leitet. Von Beginn an wirkt Romy bei jeder Inszenierung mit, meist ist sie es, die die Hauptrolle ergattert – einmal etwa schlüpft sie in die Rolle des Mephisto in Goethes *Faust*. Gespielt werden vor allem Stücke, die den katholischen Ordensschwestern für ihre Zöglinge als sittlich geeignet erscheinen – hin und wieder werden auch Stücke auf englisch einstudiert, um die Sprachbegabung der Kinder zu fördern.

Jedesmal, wenn ein neues Stück vorbereitet wird, wenn Romy ihre

Rolle zu lernen hat und mit großer Begeisterung Zeichnungen für Theaterplakate, Programmzettel und Kulissen anfertigt, blüht die sonst eher stille und verschlossene Romy auf. Bei der Aussicht, bald wieder auf der Bühne zu stehen, bekommt sie glänzende Augen und wirkt wesentlich fröhlicher und aufgeschlossener als sonst. Ihr Kummer, ihre schlechte Laune und ihre Unausgeglichenheit sind dann mit einem Mal wie weggeblasen, und sie versteht es, mit dem Enthusiasmus, mit dem sie ans Werk geht, ihre Mitschülerinnen mitzureißen. Plötzlich entwickelt sie einen Ehrgeiz, den sie beim Rechenunterricht oder in den verhaßten Handarbeitsstunden nicht an den Tag legt. Schließlich wird hier auch ihr »Theaterblut« geweckt. Doch leider hat selbst das geliebte Theaterspiel eine traurige Seite für sie – zu den Aufführungen werden stets die Eltern der Mädchen als Publikum geladen. Fast alle kommen, um voller Stolz ihren Töchtern Beifall zu spenden, nur Romys Eltern erscheinen zu keiner einzigen der Vorstellungen. Lediglich Schwester Augustina gegenüber spricht Romy von ihrer Traurigkeit, die sie ihren Mitschülerinnen gegenüber zu verbergen sucht: »Die Mammi hat ja keine Zeit!«[100] In ihrem Tagebuch beklagt sich Romy: »Schade, daß Mammi nie Zeit hat, um zur Premiere herzukommen und mich zu sehen! Die Eltern von den anderen sind immer da.«[101]

Mehr noch als das Theater interessiert Romy jedoch das Kino – sie liebt es, sich im Dunkel des Kinosaals in fremde Zauberwelten entführen zu lassen, wird geradezu süchtig nach immer neuen Filmen, die sie die graue Alltagswirklichkeit von Goldenstein wenigstens einmal für zwei Stunden vergessen lassen. Am einzigen freien Nachmittag in der Woche fährt sie am liebsten gemeinsam mit ihren Freundinnen per Bus nach Salzburg, um sich im dortigen Kino Mirabell Filme wie *Das doppelte Lottchen* anzuschauen, jenen Streifen, der die mit Romy gleichaltrigen Zwillingsschwestern Jutta und Isa Günther berühmt macht. Aber selbst solche Ausflüge, denen Romy ungeduldig entgegenfiebert, sind in Goldenstein nichts Selbstverständliches; als sich Romy eines Tages beim Mittagessen versehentlich Milch aufs

Kleid gekleckert hat, traut sie sich erst gar nicht, die Ordensschwestern um Erlaubnis für einen Ausflug nach Salzburg zu bitten, da er ihr wegen einer solchen Banalität ohnehin verboten worden wäre.

Natürlich lieben auch Romys Mitschülerinnen das Kino, lesen genauso gerne wie Romy in den Filmzeitschriften und träumen wie so viele Mädchen in diesem Alter davon, einmal ein Filmstar zu werden und in wunderschönen Kostümen vor der Kamera zu stehen und von umwerfend gutaussehenden Männern umgarnt zu werden. Doch für Romy hat die Filmleidenschaft natürlich noch eine ganz andere Bedeutung, denn keine ihrer Mitschülerinnen kann seine Eltern auf der Leinwand sehen. Mangels genügend neuer Filme kommen in den frühen Nachkriegsjahren oftmals die als unbedenklich eingestuften Unterhaltungsfilme des Dritten Reichs als Neuaufführungen in die Kinos, darunter auch viele Streifen, die Romys Eltern in der Zeit vor 1945 gedreht haben. Zudem ist Magda 1950 in ihrem ersten Nachkriegsfilm *Die Sterne lügen nicht* wieder auf der Leinwand zu sehen, und auch Romys Vater filmt kontinuierlich; 1948 hat er zum ersten Mal seit Kriegsende vor der Kamera gestanden – für den österreichischen Film *Alles Lüge*. Seit 1949 wird er auch wieder in Deutschland engagiert, sein erster deutscher Nachkriegsfilm ist Géza von Cziffras Gesellschaftskomödie *Gefährliche Gäste*. Letztlich ist die kinobegeisterte Romy vor allem ein Fan ihrer Eltern. Ebenso wie viele ihrer Altersgenossinnen sammelt sie eifrig Photos und Zeitungsausschnitte von Filmstars und klebt sie in ihr Tagebuch, nur daß in ihrem Fall die von ihr am meisten bewunderten Stars ihre Eltern sind – fern und unerreichbar wie Stars nun eben mal sind.

Doch ihre Mitschülerinnen ahnen natürlich nicht, daß Romy zu ihrem Vater so gut wie gar keinen Kontakt hat und daß Magda, wenn sie einmal Zeit für ihre Tochter hat, kein Bedürfnis verspürt, mit Romy über ihre Filmarbeit zu sprechen. Nein, natürlich gehen alle davon aus, daß Romy als Tochter von Wolf Albach-Retty und Magda Schneider bestens informiert ist, wie es beim Film zugeht; dabei hat sie zu ihrem großen Verdruß bislang noch nie ein Filmstudio von innen gesehen. Aber da alle sie mit neugierigen Fragen nach ihren Eltern und nach anderen berühmten Filmstars löchern, will Romy sich nicht die Blöße geben, einzugestehen, daß ihre Eltern sie nicht an ihrem Leben teilhaben lassen und sie eigentlich rein gar nichts über die Welt des Films zu berichten weiß – außer dem, was ohnehin alle aus den Filmzeitschriften wissen. Sie sieht in ihrer Not keinen anderen Ausweg, als einfach zu flunkern, Geschichten zu erfinden, wie es beim Film zugeht, wie die Dreharbeiten ablaufen und wen sie schon alles kennengelernt hat. Die Mitschülerinnen hängen an ihren Lippen und saugen begierig alles auf, was Romy erzählt, nicht ahnend, daß diese ebensowenig wie sie selbst weiß, was beim Film abläuft. Als sie einmal von einem ihrer seltenen Besuche in Mariengrund nach Goldenstein zurückkehrt und bestürmt wird preiszugeben, wen sie alles getroffen hat, erzählt Romy ihnen kurzerhand, daß sie sogar schon einmal Stars wie Rita Hayworth oder Gary Cooper begegnet sei. Die Wirklichkeit sieht freilich völlig anders aus. Selbst wenn einmal ein Kollege Magdas in Mariengrund vorbeischaut, hält Romys Mutter es nicht für nötig, ihre Tochter vorzustellen – Romy sieht die Prominenten immer »nur von weitem«.[102]

Die Tatsache, daß sie trotz ihrer berühmten Schauspieler-Eltern so wenig über die Arbeit hinter der Kamera weiß, daß sie eigentlich keine Ahnung hat, wie ein Film entsteht, aber aufgrund ihrer Flunkereien von ihren Mitschülerinnen nun als bestens informierte Kino-Expertin angesehen wird, entfacht ihre Phantasie nur noch mehr und vergrößert ihre Sehnsucht, eines Tages auch einmal in einem Film mitzuwirken. Jeder neue Streifen, den sie im Kino sieht, bestärkt sie in ihrem Wunsch und Willen, Schauspielerin zu werden. Schon für die Dreizehnjährige steht ganz klar fest: »Jedesmal, wenn ich einen schönen Film gesehen habe, sind meine ersten Gedanken nach der Vorstellung: Ich muß auf jeden Fall eine Schauspielerin werden! Ja! Ich muß!«[103]

Es wird alles schneller kommen, als sie es sich je erträumen könnte. Im Juli 1953 beschließt Magda, die vierzehnjährige Romy im Internat abzumelden, nachdem sie die Prüfungen zum sogenannten

»Kleinen Abitur« bestanden hat. Während viele ihrer Mitschülerinnen, darunter auch Romys Freundinnen Margot und Monika, weiter in Goldenstein bleiben, um ihr Abitur zu machen, hat Romy für Magdas Geschmack anscheinend genug gelernt. Die Chance, eine wirklich gute Schulbildung zu erlangen, die für ihr weiteres Leben wichtig sein könnte, ist ihr damit genommen. Doch Romy selbst denkt in diesem Moment natürlich nicht so weit. Sie ist sprachlos vor Glück, Goldenstein verlassen zu können – froh, daß »die blöde Schule«[104] endlich vorbei ist. Sie kann es kaum erwarten, daß das schwere Tor des Internats zum letzten Mal hinter ihr ins Schloß fällt. Alles liegt schon bald hinter ihr. Vier Jahre harten Lernens, vier Jahre strengster Disziplin. Romy atmet erleichtert auf.

Die Ordensschwestern organisieren eine festliche Abschiedsfeier, zu der sogar der Erzbischof von Salzburg anreist. Die anderen Mädchen, die zeitgleich mit Romy die Schule verlassen, werden von ihren Eltern abgeholt; Romys Mutter jedoch bleibt wieder einmal fern und schickt statt dessen den Chauffeur von Hans Herbert Blatzheim, der Romy nach Mariengrund holt. Erneut ist ihr anderes wichtiger als ihre Tochter. Während Magda bereits eigenmächtig Berufspläne für Romy geschmiedet hat und nach wie vor nichts von Romys wahren Träumen ahnt, träumt Romy ungebrochen von ihrer Zukunft als Schauspielerin. Der Abschied von Goldenstein ist für sie insofern mit der Verheißung verbunden, endlich ein bißchen mehr von der Welt kennenzulernen. Ihr Kopf ist voller Träume, ihr Herz voller naiver Erwartungen, was die Zukunft bringen wird. Noch ist Romy ganz Kind, und sie ahnt nicht, wie schnell sie sich von ihrer Kindheit wird verabschieden müssen. Keiner kann zu diesem Zeitpunkt wissen, daß sie in noch jüngeren Jahren als Schauspielerin debütieren wird als ihre Mutter und ihre Großmutter Rosa.

Rosa

Ein klingender Name, gerade im titelseligen Wien. Hofschauspielerin Professor Rosa Albach-Retty, Ehrenmitglied des legendären Burgtheaters. Romys Großmutter.

Schon in frühester Kindheit wird Rosa neben den Eltern Magda Schneiders zu einer wichtigen Bezugsperson der kleinen Romy. Rosa Albach-Retty erinnert sich: »Immer wenn ihre Eltern in Wien filmten, war sie bei uns. Oft viele Wochen lang. Hier bekam sie ihre ersten Zähnchen, hier hörte ich sie zum ersten Mal ›Mama‹ und ›Papa‹, ›Oma‹ und ›Opa‹ sagen.«[105] Wenn sie bei ihr weilt, erzählt Rosa ihrer Enkelin, der Tochter ihres einzigen, über alles geliebten Sohns Wolf, mit Vorliebe Märchen – die gleichen, die ihre Mutter ihr einst in ihrer eigenen Kindheit erzählt hat. Romy hängt an ihren Lippen und ärgert sich, wenn ihre Oma abends zu den Vorstellungen ins Burgtheater muß, weil sie dadurch oft bis zum nächsten Tag warten muß, um zu erfahren, wie die Geschichten weitergehen. Aber Rosa versteht es, Romys Wut auf das Theater zu mildern, indem sie damit beginnt, von ihrem Bühnenleben zu erzählen, aber auch von ihrem Vater und ihrem Großvater, die ebenfalls auf der Bühne gestanden haben. Natürlich gibt es da einiges zu berichten. Und Romy hört mit Begeisterung zu.

Rosas Großvater Adolf Retty, also Romys Ururgroßvater, war es, der die Schauspielerdynastie begründete. Eigentlich war der Sproß einer ursprünglich italienischen, dann über Österreich-Ungarn nach Deutschland ausgewanderten Familie Professor für Literatur und Latein an einem Königsberger Gymnasium. Nur durch einen Zufall fand er den Weg zur Bühne.

Eines Tages studierte der frankophile Retty mit seiner Klasse Molières *Tartuffe* ein. In letzter Minute fiel der jugendliche Hauptdarsteller aus, und Adolf Retty sah keine andere Möglichkeit, die Aufführung zu retten, als selbst einzuspringen – den Rollentext kannte er ohnehin auswendig. Retty war als Molières Heuchler und Schmarotzer so überzeugend, daß der Direktor des Königsberger Stadttheaters ihn gleich nach der Vorstellung beiseite nahm und ihm frei heraus erklärte, daß es eine Verschwendung von Talent sei, wenn er weiter Lehrer bliebe, und bot dem Verdutzten kurzerhand einen Dreijahresvertrag an seinem Haus an.

Rosas Großvater fühlte sich geschmeichelt und zögerte nicht lange, das Angebot anzunehmen. Auch seine Frau, eine gebürtige Berlinerin und Tochter eines königlich-preußischen Hofjägers, die es der

Liebe wegen nach Königsberg verschlagen hatte, war Feuer und Flamme, daß ihr Mann seinen bürgerlichen Beruf nun an den Nagel hängen würde, denn als Gattin eines Lehrers scheint sie sich auf Dauer doch etwas gelangweilt zu haben. Und Bühnenträume waren ihr zudem nicht fern. Immerhin war ihre Schwester einst eine gefeierte Opernsängerin in Berlin – bis sie eines Tages, unter nie geklärten Umständen, ermordet und ihre Leiche in die Spree geworfen worden war.

Vielleicht hätte das traurige Schicksal der Schwester ihr Warnung genug sein sollen, denn auch mit Adolf Retty sollte es kein gutes Ende nehmen. Das konnte sie freilich noch nicht ahnen. Sie war hoch erfreut, daß endlich etwas Aufregendes in ihrem Leben passierte. Ihren Sohn riss sie mitten in der Nacht aus dem Schlaf: »Rudolf, dein Vater wird Schauspieler! Endlich kommt Leben in die Bude!«[106] Und anfänglich wurden ihre Hoffnungen auch durchaus erfüllt. Die Rettys waren mit einem Schlag eine bekannte Familie in Königsberg, fünf Jahre lang reüssierte Adolf als Heldendarsteller am hiesigen Stadttheater, bekam bald schon Angebote aus Berlin und anderen Städten, die er aber alle ablehnte.

Doch dann geschah das Unvorhersehbare. Eines Abends verschwand Adolf Retty spurlos. Er spielte wie gewohnt seine Vorstellung, verließ das Theater – und wurde nie wieder gesehen. Seiner Familie blieben nur Spekulationen über sein weiteres Schicksal. An ein Gewaltverbrechen mochte niemand so recht glauben, vielmehr vermutete man, daß das Familienoberhaupt, das immer eine große Affinität zu Frankreich und in den Wochen vor seinem Verschwinden sein Französisch aufgebessert hatte, sich schlicht und einfach in den Zug nach Paris gesetzt hatte, um dort sein Glück zu versuchen. Doch alle Nachforschungen verliefen im Sande; Adolf Retty blieb für alle Zeiten wie vom Erdboden verschluckt, so daß Rosa ihren Großvater nie kennenlernen sollte. Zunächst erfuhr sie nicht einmal etwas von seiner Existenz, denn Adolf Retty wurde fortan in der Familie totgeschwiegen. Lange Zeit hielt Rosa den zweiten Mann ihrer Großmutter für ihren leiblichen Großvater – von dessen Existenz und seinem abenteuerlichen Verschwinden hörte sie erst viele Jahre später, als sie selbst schon beim Theater war und Kollegen ihr die entsprechenden Anekdoten erzählten.

Für Adolf Rettys Sohn, Rosas Vater, war das spurlose Verschwinden seines Vaters von einem Tag auf den anderen verständlicherweise ein traumatisches Kindheitserlebnis – schließlich war er gerade erst einmal elf Jahre und befand sich damit in einem Alter, wo ein Junge in ganz besonderem Maße seinen Vater braucht. Wie sein Verhältnis zum zweiten Mann seiner Mutter sich gestaltete, wissen wir nicht, nur, daß das Verschwinden seines leiblichen Vaters keineswegs seine schon früh geweckte Begeisterung für die Bühne getrübt hatte. Auch Rudolf Retty ging zum Theater; er wurde Heldendarsteller wie einst sein Vater und nahm Engagements in verschiedenen Städten an.

Bald schon lernte er seine spätere Frau Käthe kennen, die Tochter eines deutschen Schauspielers und einer aus dem holländischen Brabant stammenden Sängerin. Käthe hatte bereits als Siebzehnjährige ihr Debüt auf der Opernbühne gegeben. Als sie Rudolf Retty heiratete und 1874 ihre Tochter Rosa geboren wurde, hängte sie ihren Beruf jedoch an den Nagel – auch wenn sie sich ihr Leben lang ihre Leidenschaft für die Musik bewahren sollte: »Sie hatte einen herrlichen Koloratursopran. Nach meiner Geburt verließ sie die Opernbühne und widmete sich nur noch mir und meinem Vater. Ich bin nie ohne ein Lied von ihr eingeschlafen und nie ohne ein Lied aufgewacht.«[107]

Rosas Kindheit ist vor allem durch häufige Ortswechsel geprägt. Ihren Geburtsort Hanau am Main verlassen ihre Eltern bereits wenige Wochen nach ihrer Geburt. Die Rettys leben immer gerade dort, wo Rudolf ein Engagement ergattern kann. Mal spielt er in Posen, mal in Danzig oder Stettin, in Breslau oder Braunschweig. Hinzu kommen verschiedene Gastspielengagements, und in den Sommermonaten tritt er an Kurtheatern an der Ostsee auf – in Lübeck, Heringsdorf oder auf Rügen. Rudolf Retty ist ein regelrechter Hans Dampf in allen Gassen. Rosa erinnert sich: »Meinen Vater sah ich damals selten. Er war ein unerhört fleißiger und begabter Mensch. Heute würde man sagen, ein Allroundtalent. Er ist in Opern und Operetten, in Tragödien und Komödien aufgetreten. Er besaß einen sehr schönen Bariton und konnte hervorragend tanzen. Obendrein war er ein gesuchter Regisseur. Wenn ich mit ihm sprechen wollte, mußte ich ins Theater gehen oder auf Sonntag vormittag warten.«[108]

Abgesehen von dem ständigen Herumvagabundieren, den damit verbundenen häufigen Schulwechseln und der nicht immer einfachen Konfrontation mit immer neuen Lehrern und Mitschülern, verlebt Rosa eine glückliche, unbeschwerte Kindheit und Jugend. Ihre Eltern sind zwar nicht wohlhabend, aber da Käthe Retty sich aufs Sparen und auf eine geschickte Haushaltsführung versteht und Rudolf Retty immer noch etwas dazuverdient, indem er Artikel für verschiedene Tageszeitungen verfaßt, können die Rettys sich immerhin ein polnisches Dienstmädchen leisten, das zu ihrer großen Freude dazu bereit ist, jeden Umzug mitzumachen, zudem besitzen sie einen eigenen Konzertflügel. Und Käthe gelingt es, daß am Monatsende immer noch genügend Geld für Rosas Klavierstunden da ist, die diese schon in frühester Kindheit bekommt. Meist sind es die Kapellmeister der Theater, an denen ihr Vater gerade engagiert ist, die sie unterrichten.

Romys Großmutter, von ihren Eltern zärtlich »Roselchen« gerufen, interessiert sich anfänglich wesentlich mehr für die Musik als für die Schauspielerei, will also eher der Mutter als dem Vater nacheifern. Seit ihrem vierten Lebensjahr übt Rosa Tag für Tag bis zu vier Stunden am Klavier und träumt, seit sie Clara Schumann in Berlin hat spielen sehen, von einer Karriere als Konzertpianistin. Ihre Mutter verfolgt die musikalischen Ambitionen ihrer Tochter natürlich mit größtem Wohlwollen und unterstützt sie mit vollen Kräften. Die beiden verbindet von Anfang an kein typisches, konservatives Mutter-Tochter-Verhältnis, wie es zu dieser Zeit eigentlich üblich ist. Käthe will ihrer Tochter nicht strenge Erzieherin, sondern vielmehr eine Freundin sein. Rosa spricht ihre Mutter ausschließlich mit Vornamen an, nennt sie »Käthchen« – so wie sie es dann später auch selbst handhaben wird, denn auch ihr Sohn Wolf wird sie nie »Mutter«, sondern immer nur »Roserl« nennen.

Trotz der tatkräftigen Unterstützung der Mutter enden Rosas Träume von der Pianistenkarriere noch in der Kindheit. Im Alter von neun Jahren absolviert sie in Danzig einen einzigen öffentlichen Auftritt, und obwohl niemand an ihrer großen musikalischen Begabung zweifelt, endet das Debüt, an das sie viele Hoffnungen geknüpft hat, in einem Alptraum. Sie verspielt sich, woraufhin der ganze Saal, wie sie sich zeitlebens erinnern wird, in Lachen ausbricht – dies bleibt der erste und letzte Auftritt Rosas als Pianistin. Noch ahnt niemand, daß sie später auf ganz anderem Gebiet reüssieren und einmal eine der bekanntesten Schauspielerinnen ihrer Zeit werden wird.

1887, als Rosa gerade dreizehn ist, gelingt es Rudolf Retty nach langen Jahren mit wechselnden Engagements an Provinztheatern, endlich eine Festanstellung als Schauspieler und Regisseur zu bekommen – das renommierte Deutsche Theater in Berlin nimmt ihn unter Vertrag. Rudolf ist sprachlos vor Glück; Berlin gilt in diesen Jahren als *die* Theatermetropole und als Sehnsuchtsziel aller Schauspielerträume. Auch Rosa fällt ein Stein vom Herzen, endlich muß sie nicht mehr ständig die Schule wechseln, wenn sie gerade neue Freundschaften geschlossen hat. Und plötzlich in der Reichshauptstadt zu wohnen, die gerade vom Baufieber der Gründerzeit gepackt wird und ein im Vergleich zu anderen Städten schon recht ansehnliches Verkehrsaufkommen hat, ist für die kleine Rosa schrecklich aufregend.

Finanziell geht es den Rettys seit der Festanstellung von Rudolf wesentlich besser als zuvor. Die Familie mietet eine vornehme Wohnung in der Oranienburger Vorstadt an, in einer Seitenstraße der gerade neu angelegten Chausseestraße. Zudem ist nun genügend Geld da, Rosa eine vorzügliche Ausbildung zu ermöglichen. Gegen ein stattliches Schulgeld besucht sie fortan eine Höhere Töchterschule, in der strengste Disziplin herrscht, an die Rosa sich jedoch schnell gewöhnt. Ihre Mitschülerinnen entstammen den angesehenen Kreisen Berlins, so daß Rosa bald schon etwa im Palais des Grafen Dönhoff in der Wilhelmstraße verkehrt, dessen Frau Hofdame der Kaiserin ist. Auf Empfängen trifft sie immer wieder auf hochgestellte Persönlichkeiten dieser Tage, wird unter anderem sogar Bismarck und Moltke vorgestellt. Und durch ihren Vater lernt sie die Großen des Theaters kennen, die in Berlin engagiert sind und mit Rudolf Retty gemeinsam auf der Bühne stehen; so ist etwa Josef Kainz, gefeierter Schauspielstar und Favorit von Märchenkönig Ludwig II., ein enger Freund des Vaters.

Kein Wunder, daß das Theater unter diesen Umständen schnell zu einer festen Größe in Rosas Leben wird – und sie auch bald schon selbst auf der Bühne steht. Als die beinahe Siebzehnjährige eines Tages hinter den Kulissen auf ihren Vater wartet, kommt der Direktor des Deutschen Theaters, Adolphe L'Arronge, der als erfolgreichster Theaterleiter des wilhelminischen Zeitalters in die Geschichte eingehen wird, auf sie zu und bietet ihr eine kleine Rolle an. Schon am nächsten Tag sollen die Proben beginnen. Spontan erwidert sie, daß sie einer solchen Aufgabe nicht gewachsen sei, und lehnt ab. Schließlich will sie ja auch nicht Schauspielerin, sondern immer noch Konzertpianistin werden. Als sie zusammen mit ihrem Vater und Josef Kainz nach Hause geht, ist es Kainz, der ihr Mut zuspricht: »Du wirst sehen, Rosi, es ist gar nicht so schwer. Du mußt dich nur in die Situation hineindenken. Einfach das spielen, was du empfindest!«[109]

Einer der größten deutschsprachigen Schauspieler traut ihr zu, daß sie auf der Bühne bestehen könnte? Rosas Ehrgeiz ist geweckt. Sie stellt sich der Herausforderung, hat vor dem Probenbeginn furchtbares Lampenfieber – doch sobald sie auf der Bühne steht, ist alle Anspannung wie weggeblasen, und sie geht voll und ganz in ihrer Rolle auf. Alle sind begeistert. Kainz, der die Probe mit Kennerblick beobachtet hat, eröffnet ihr unumwunden: »Ich hab's ja gewußt, du mußt zum Theater.«[110] Das Lob des von ihr jungmädchenhaft angeschwärmten Theaterstars, den sie zeitlebens ehrfürchtig mit »Herrn Kainz« ansprechen wird, bedeutet ihr unendlich viel. Vielleicht ist sie ja doch fürs Theater geboren, vielleicht hat sie tatsächlich das Schauspielerblut ihres Vaters und ihrer beiden Großväter geerbt. Ihr Umfeld ist sich in jedem Fall schnell einig: Ja, keine Frage, Rosa ist ein Theaterkind.

Eine Schauspielschule besucht sie nie, ihre Lehrmeister sind ihr Vater – fortan geht sie stets zu den Proben der Stücke, die Rudolf als Regisseur leitet – und natürlich ihr Förderer Josef Kainz, der sie stets mit ausgesprochener Höflichkeit behandelt und sie seine Überlegenheit nie spüren läßt. Er ist es, der ihr unermüdlich Mut zuspricht und der zudem L'Arronge immer wieder vorschlägt, »die kleine Retty« doch zu besetzen. Zwei Dinge lernt Rosa von dem großen Mimen. Einerseits, daß sie vor allem auf die Natürlichkeit und Ungekünsteltheit ihrer Darstellung achten soll, was auf deutschen Bühnen zu diesem Zeitpunkt durchaus noch nicht üblich ist, worin Kainz aber zu Recht die Schauspielkunst der Zukunft sieht. Und andererseits lehrt er sie, daß man sich auch als gefeierter Theaterstar, dem das Publikum und die Kritiker zu Füßen liegen, nicht auf seinen Lorbeeren ausruhen, nicht übermütig werden darf, sondern daß man unermüdlich an sich weiterarbeiten muß, um immer auf der Höhe der Zeit zu sein. Was Kainz ihr vom Schauspielerberuf vermittelt, fällt bei Rosa auf fruchtbaren Boden. Sie lernt schnell, arbeitet höchst konzentriert, ist immer perfekt vorbereitet, und schon bald wird Rosa Retty als neues Wunderkind der deutschen Theaterszene gefeiert.

Zunächst sind es freilich noch kleinere Rollen, in denen sie auf der Bühne steht – meist als jugendliche Naive. Da sich schnell herumspricht, daß Rosa ihre Rollen in Blitzgeschwindigkeit zu lernen vermag, wird sie immer häufiger eingesetzt, wenn Kolleginnen kurzfristig ausfallen. Das Berliner Publikum schließt Rosa schnell ins Herz; es ist nur eine Frage der Zeit, daß ihre Rollen größer werden. Dichterfürst Gerhart Hauptmann persönlich regt an, daß Rosa die Rolle der Adelheid in der Uraufführung seines sozialkritischen Dramas *Der Biberpelz* spielen müsse. Auf den Rat ihres Vaters hin betreibt Rosa Milieustudien in Wedding, um die kesse Ur-Berlinerin, die freche, vorlaute Adelheid, so glaubhaft und authentisch wie möglich zu verkörpern. Rosa geht voll und ganz in ihrer Rolle auf, denkt auch außerhalb der Proben nur darüber nach, wie sie die Figur anlegen kann, und versucht so wie Adelheid zu »sein«. Bei der Premiere von Hauptmanns Stück stellt sie zum ersten Mal unter Beweis, was sie kann, wozu sie fähig ist.

Der endgültige Durchbruch gelingt Rosa dann im Februar 1893 mit der Premiere von Ludwig Fuldas Märchendrama *Talisman,* in dem sie an der Seite von Josef Kainz die Tochter eines Korbflechters spielt, der es gelingt, durch ihre entwaffnende Liebenswürdigkeit das versteinerte Herz eines Königs zu erweichen. Zum ersten Mal hört Rosa ihr gemünzte »Bravo«-Rufe und spontanen Szenenapplaus. Voller Rührung und Stolz schließt der Vater sie hinter der Bühne in die Arme, Josef Kainz und Adolphe L'Arronge gratulieren ihr enthusiastisch zu ihrem Erfolg, den auch die Kritiker am nächsten Tag bestätigen. Nur Rosas Mutter mahnt dazu, angesichts der Begeisterungsstürme nicht den Boden unter den Füßen zu verlieren: »Du hast Talent, du bist hübsch, du bist jung. Da kommt bald einer Süßholz raspeln. Aber du hast dir einen schweren Beruf ausgesucht. Du stehst erst am Anfang und mußt noch viel arbeiten!«[111] Ein Ratschlag, den Rosa immer beherzigen wird. Auf die leichte Schulter wird sie ihren Beruf nie nehmen, immer wird sie alles geben.

Jetzt geht es Schlag auf Schlag. Beruflich wie privat. Rosa ist gefragt, in jeder Hinsicht. Sie wechselt vom Deutschen Theater zunächst ans Berliner Theater und wird dann vom Lessingtheater engagiert, wo Hermann Sudermann ihr die Rolle der »Rosl« in der Komödie *Die Schmetterlingsschlacht* auf den Leib schreibt. Und auch die Männerwelt wird langsam, aber sicher aufmerksam auf die schöne junge Schauspielerin. So manch einer will ihr seine Aufwartung machen, schickt ihr Billets oder Blumengrüße in die Garderobe. Seit Frauen auf der Bühne stehen, werden ihnen im Gegensatz zu »ehrbaren«, bürgerlichen Frauen lockere Sitten und eine generelle Neigung zur Lasterhaftigkeit nachgesagt. Manche blutjunge Schauspielerin gilt der Männerwelt als Freiwild, und auch von verheirateten Miminnen kursiert das Gerücht, daß sie es mit der ehelichen Treue nicht immer so ernst nähmen und für eine außereheliche Affäre zu haben seien.

Doch Rosas Verehrer, zu denen schwärmerische Jugendliche ebenso zählen wie adlige Herren aus den besten Häusern, beißen auf Granit. Niemand soll denken, nur weil sie beim Theater ist, sei sie eine leichte Beute und für flüchtige Bekanntschaften offen; schließlich hat sie das, was sie in der Höheren Töchterschule gelernt hat, verinnerlicht und weiß, was sich gehört. So manch eine Einladung zum Souper zerreißt sie wütend – auch bei blaublütigen Verehrern macht sie da keine Ausnahme: »Das ist eine Frechheit! Wenn er mich kennenlernen will, soll er sich gefälligst bei meinem Vater vorstellen! Bringen Sie das dem Prinzen zurück!«[112]

Doch die strikte Zurückweisung ihrer zahlreichen Verehrer hat auch noch einen anderen Grund. Rosa hat in diesen Tagen nur Augen für ihre schwärmerische Jugendliebe, den Russen Kolja. Die beiden sind unzertrennlich. Wenn Rosa auf der Bühne steht, sitzt Kolja im Theater, wenn sie freihat, schauen sie sich gemeinsam die Vorstellungen von Rosas Kollegen an. Im Sommer fangen sie am Ufer des Wannsees Schmetterlinge oder gehen Hand in Hand durch den Tiergarten, im Winter liest der Fabrikantensohn aus St. Petersburg ihr aus den Werken von Puschkin, Tolstoi und Dostojewski vor und bringt ihr die russische Seele nahe. Doch es bleibt, den Moralvorstellungen der Zeit entsprechend, beim Händchenhalten mit dem schüchternen Russen. Erst als Rosa Abschied von Berlin nimmt und die beiden sich auf dem Bahnsteig tränenreich ewige Treue schwören, tauschen sie einen ersten Kuß – und das erst auf Drängen von Rosas Mutter: »Nun küßt euch doch endlich!« Schon zwei Monate später hält Kolja es vor Sehnsucht nicht mehr aus und reist nach Wien, um seiner Angebeteten einen Heiratsantrag zu machen: »Geh ab vom Theater! Werde meine Frau!«[113]

Doch Rosas Herz ist zu diesem Zeitpunkt längst schon an die Bühne verloren. Ihre Schauspielträume an den Nagel zu hängen, um sich fortan voll und ganz an einen Mann zu binden, der ihre Karrierepläne nicht zu akzeptieren bereit ist, der sie dazu drängen will, ihre Schauspielerei, ihren Beruf, ihr ein und alles, aufzugeben, anstatt sie darin zu unterstützen, erscheint ihr undenkbar. Sicherlich hat sie in diesem Moment auch das Leben ihrer Mutter vor Augen, die ihre Karriere als Sängerin beendet hat, um fortan nur noch für ihre Familie dazusein. Nein, dieses Opfer, das Käthe Retty noch gebracht hat, ist Rosa nicht mehr zu bringen bereit. Diese Selbstlosigkeit darf niemand von ihr erwarten. Sie faßt einen unumstößlichen Entschluß: »Wer immer da kommen und mich heiraten wollte, ich würde das Theater nie aufgeben!«[114] Rosa bringt Kolja zum Zug nach Berlin. Es ist ein Abschied für immer.

1895 folgt Rosa einem Engagement nach Wien. Das Deutsche Volkstheater Wien hat sie unter Vertrag genommen. Natürlich wird sie von ihrer Mutter begleitet, denn es ist unvorstellbar, daß eine unverheiratete junge Frau in diesen Tagen alleine Quartier in einer fremden Stadt nimmt und völlig auf sich gestellt ist. Das Theater, an dem Rosa nun spielen wird, ist bekannt für sein hochkarätig besetztes Ensemble, zu dem neben dem berühmten österreichischen Theaterstar Alexander Girardi auch die als höchst launenhaft geltende Adele Sandrock gehört, die in den vorhergehenden Jahren zum neuen Stern an Wiens Theaterhimmel aufgestiegen ist und über deren kurz bevorstehenden Wechsel ans renommierte Burgtheater in diesen Tagen ganz Wien spricht – ebenso wie über ihre Affäre mit Arthur Schnitzler. Die junge Rosa Retty kann sich glücklich schätzen, fortan in solch einem Ensemble zu spielen – *Ein Kind des Glücks* heißt das Stück, mit dem sie in Wien debütiert.

Rosa fühlt sich in der Donaumetropole auf Anhieb wohl und beschließt, sich dort fest niederzulassen. Anfangs bekommt sie noch relativ bescheidene Gagen, aber sie weiß ihre Interessen durchaus zu vertreten. Bald schon wird ihre Gage auf das Dreifache erhöht, weil sie sich sonst die teuren, hocheleganten Bühnenkostüme, die es aus eigener Tasche zu zahlen gilt, nicht leisten könnte, die sie jedoch für die in Wien gerade so beliebten französischen Gesellschaftskomödien, in denen sie immer öfter auf der Bühne steht, zwingend braucht.

Doch Rosa spielt nicht nur Salondamen, immer häufiger sind es auch die klassischen Rollen des deutschsprachigen Theaters, in denen sie zu sehen ist – so reüssiert sie etwa in der Titelrolle von Heinrich von Kleists *Käthchen von Heilbronn*.

Die Wiener Gesellschaft goutiert den Aufstieg der jungen Deutschen. Auch in allerhöchsten Kreisen wird man auf sie aufmerksam. Erzherzogin Blanka, der Rosa verblüffend ähnelt, läßt die Schauspielerin zum Weißen-Kreuz-Ball einladen, der als eine der elegantesten Festivitäten im kaiserlich-königlichen Wien gilt. Zum Ball in den Sophiensälen wird die zwanzigjährige Rosa von ihren Eltern begleitet; ihr Kleid ist ein Traum aus weißer Seide und Silbertüll. Gerade noch ist sie der Erzherzogin vorgestellt worden, schon steht *er* vor ihr – der auffallend gutaussehende, hochgewachsene Oberleutnant Karl Walter Albach. Und sie hat nur noch Augen für ihn. Es ist Liebe auf den ersten Blick, von beiden Seiten. Kühn nimmt der fesche Karl ihre Tanzkarte und schreibt von oben bis unten nur seinen Namen darauf – so sehr ist er von der schönen Rosa angetan. Doch das wiederum erweist sich als etwas zu forsch, denn schon beim ersten Walzer stellt sich heraus, daß er ein hoffnungslos schlechter Tänzer ist und seiner Angebeteten ständig auf die Füße tritt, so daß die beiden von weiteren Tänzen lieber Abstand nehmen. Trotzdem schwebt Romys Großmutter an diesem Tag im siebten Himmel – Karl Albach hat ihr Herz im Sturm erobert.

Schon bald verloben sich die beiden offiziell. Für den fünfundzwanzigjährigen Karl hat dieser Schritt weitreichende Konsequenzen, denn jedem ist klar, daß es sich für einen hochrangigen Militär – immerhin ist er Oberleutnant im Generalstab – nicht ziemt, mit einer Schauspielerin liiert zu sein, selbst dann nicht, wenn ihr Ruf so tadellos ist wie der von Rosa Retty. Seine Entscheidung für Rosa ist damit gleichzeitig auch eine Entscheidung gegen seine glanzvoll begonnene und vielversprechend erscheinende Armeelaufbahn. Doch auch wenn seine Familie und vor allem sein Vater, ein in Niederösterreich ansässiger Notar, vehement gegen diesen Schritt protestieren – Karl entscheidet sich für die Liebe, seine Rosa will er nie wieder hergeben. Und auch Rosa wird ihre Entscheidung, Karl zu heiraten, nie bereuen, hat sie doch schließlich in ihm einen Mann gefunden, der nicht von ihr erwartet, sich von ihrer Schauspielerei zu verabschieden, nur um mit ihm zusammenleben zu können. Ganz im Gegenteil, Karl nimmt von nun an regen Anteil am Beruf seiner zukünftigen Frau und wird zu ihrer wichtigsten Stütze. Es ist eine Liebe fürs ganze Leben.

Auf die Zeit des großen Glücks fällt jedoch ein dunkler Schatten. Rosas Mutter ist unheilbar an Krebs erkrankt; für eine Behandlung ist es zu spät, die Ärzte vermögen Käthes Schmerzen nur noch mit Morphiumgaben zu lindern. Mit nur fünfundvierzig Jahren stirbt Käthe Retty, Rosas engste Vertraute, 1895 in Wien. Rudolf, der seine geliebte Frau verloren hat, gibt sein Theaterengagement in Berlin auf und zieht nach Wien, um sich fortan als Ratgeber und Manager um seine Tochter zu kümmern. Die beiden mieten sich eine kleine Zweizimmerwohnung in einer stattlichen Villa in Hietzing, im Westen Wiens – praktischerweise wohnt im Haus vis-à-vis niemand anders als Rosas Verlobter Karl, der nach dem Abschied vom Militär sein Jura-Studium wieder aufgenommen hat, um zukünftig als promovierter Rechtsanwalt zu arbeiten.

Als Rosa und Karl im Dezember 1896 nach einjähriger Verlobungszeit vor den Traualtar treten, bricht der Verkehr in Wien zusammen – so bekannt und beliebt ist Rosa Retty zu diesem Zeitpunkt bereits in der österreichischen Hauptstadt. Zahllose Menschen sind gekommen, um dem frischvermählten Paar Glück zu wünschen. Wenigstens auf der zweiwöchigen Hochzeitsreise, die die beiden nach Venedig führt, sind Rosa und Karl einmal für sich und können die Zeit zu zweit in vollen Zügen genießen, ohne daß Rosa von neugierigen Passanten angesprochen oder um ein Autogramm gebeten wird.

Zurück in Wien setzt Rosa, die nun den Namen Rosa Albach-Retty trägt, ihre Bühnenkarriere fort und spielt eine Rolle nach der anderen. Im Frühjahr 1903, zwei Jahre nachdem sie die österreichische Staatsbürgerschaft angenommen hat, erklettert sie schließlich den Theater-Olymp der k. u. k. Monarchie und wird Mitglied des

Wiener Burgtheaters – zweifellos der künstlerische Ritterschlag. Fortan steht sie neben Theatergrößen wie Hedwig Bleibtreu und dem späteren Burgtheater-Direktor Hugo Thimig, Rudolf Forster, Georg Reimers und Werner Krauss auf der Bühne, und sie spielt auch zusammen mit der legendären Katharina Schratt, der Favoritin von Kaiser Franz Joseph. Auch an der »Burg«, wie das Theater von den Wienern ebenso liebvoll wie ehrfürchtig genannt wird, heimst sie glänzende Kritiken ein; bald liegt ihr ganz Wien zu Füßen, wenn sie etwa als Rahel in Grillparzers Trauerspiel *Die Jüdin von Toledo* zu sehen ist. Aber auch außerhalb der Donaumetropole tritt sie auf, Gastspielreisen mit Josef Kainz führen sie ins benachbarte Ausland. Kritiker nennen sie die österreichische Sarah Bernhardt.

Doch nicht nur beruflich tut sich viel, auch privat stehen Veränderungen an. Zwei Jahre nach ihrem Wechsel ans Burgtheater wird Rosa schwanger. Weil bis dato immer ihr Beruf im Vordergrund gestanden hat, ist es eine für diese Zeit späte erste Schwangerschaft. Im Mai 1906 bringt die zweiunddreißigjährige Rosa ihr erstes und einziges Kind zur Welt; gegen den Rat der Ärzte hat sie sich für eine Hausgeburt entschieden. Nach siebzehnstündigen Wehen erblickt ihr Sohn das Licht der Welt, den sie auf den Namen Wolfgang Helmut Walter Albach taufen läßt – Romy Schneiders Vater. Der kleine »Wolfi« ist fortan Rosas Augenstern, voller Stolz präsentiert sie ihn ihren Kollegen im Burgtheater und führt ihn, wenn es ihre Zeit erlaubt, im Kinderwagen spazieren; so selten wie möglich überläßt sie ihn dem Kindermädchen und den Dienstboten. Fortan verzichtet sie auf Gastspielreisen, um möglichst viel für ihr Kind dasein zu können. Nahezu heilig werden ihr in den Theaterferien fortan gemeinsame Urlaube mit Karl und Wolf – stets ist St. Gilgen am Wolfgangsee das Reiseziel, wo Jahr für Jahr eine stattliche Villa mit Seeblick angemietet wird.

Dank der tatkräftigen Unterstützung ihres Mannes und der helfenden Hände des Personals gelingt Rosa das, worauf ihre Mutter Käthe noch hatte verzichten müssen – ihre Mutterschaft und ihre Schauspielkarriere unter einen Hut zu bringen. Nach der Geburt ihres Kindes geht es mit ihrer Karriere sogar noch einmal steil bergauf. 1912, ihr Sohn Wolf ist gerade sechs Jahre alt und kommt in die Schule, wird Rosa eine ganz besondere Ehre zuteil: Kaiser Franz Joseph verleiht ihr den Titel einer »Hofschauspielerin«. Mit der Ernennung sind im kaiserlich-königlichen Wien zahlreiche Privilegien verbunden – so wird die »gnädigste Frau Hofschauspielerin« fortan auf Kosten des Kaisers in einem hocheleganten Fiaker zu ihren Proben und Vorstellungen kutschiert. Die Verleihung des Titels ist zudem mit einer Audienz in der Wiener Hofburg verbunden, um sich mit einem Hofknicks persönlich beim Kaiser für die Ernennung zu bedanken. Rosa ist aufgeregt, als sie dem bereits weit über achtzigjährigen Kaiser gegenübertritt; ausgerechnet die Verkörperung von dessen Frau Elisabeth, genannt Sissi, wird ihre Enkelin vierzig Jahre später weltberühmt machen. Daß die österreichische Monarchie in nur wenigen Jahren im Strudel des Ersten Weltkriegs untergehen wird, kann zum Zeitpunkt von Rosas Audienz bei Franz Joseph noch niemand ahnen. Ebensowenig, daß Rosa die letzte österreichische Schauspielerin ist, die mit dem Titel einer Hofschauspielerin ausgezeichnet wird.

Für Rosas Ruf als Mimin bedeutet die Ernennung zur Hofschauspielerin viel. Ihr Vater schreibt ihr gerührt: »Rosi, das ist für mich die größte Freude und für Dich die größte Ehre. Dieser Titel ist das Adelsprädikat des Mimen.«[115] Rudolf Retty steht zu diesem Zeitpunkt bereits längst nicht mehr selbst auf der Bühne und ist vor allem damit beschäftigt, theaterhistorische Essays und Artikel zu schreiben. Zusammen mit seiner zweiten Frau lebt er mittlerweile in Leipzig, der Kontakt zu Rosa ist seit seiner raschen Wiederverheiratung alles andere als gut. Daß Rudolf sich so schnell nach Käthes Tod wieder neu gebunden hat, belastet das Vater-Tochter-Verhältnis ebenso wie die Tatsache, daß es ausgerechnet Rosas Jugendfreundin und Schauspielkollegin Frieda Grossmüller ist, die Rudolf geehelicht hat. Zu einer wirklichen Versöhnung zwischen Vater und Tochter soll es nie mehr kommen, denn 1913 erschießt sich Rudolf Retty. Rosa ist geschockt, als sie die schlimme Nachricht erhält. Dennoch muß sie am gleichen Abend auf der Bühne stehen, da sich so schnell kein Ersatz für sie finden läßt. Wie in Trance spielt sie ihre Rolle – nachdem der Vorhang fällt, bricht sie weinend zusammen.

Nur ein Jahr später wird der Erste Weltkrieg entfesselt, ein Ereignis, das auch Rosas Leben erschüttert haben muß – in ihren Memoiren, in denen sie ausführlich über ihre Kindheit und Jugend und über ihre Erlebnisse am Theater erzählt, erfahren wir über diese Zeit nichts. Der Erste Weltkrieg wird mit keinem Wort erwähnt. Auch die politischen Wirren und die handfesten wirtschaftlichen Probleme der zwanziger Jahre kommen in Rosas Lebenserinnerungen nur ganz am Rande vor, so als habe es für sie nie etwas anderes als Theaterspielen gegeben. Genauso sieht es mit den für ihre Wahlheimat nicht immer einfachen dreißiger Jahren aus, in denen die Republik Österreich um ihre Unabhängigkeit ringt, nach Hitlers »Machtergreifung« im Jahr 1933 aber immer stärker unter politischen Druck des Dritten Reichs gerät, das um jeden Preis seine »großdeutsche Idee« in die Wirklichkeit umsetzen will und auf einen »Anschluß« Österreichs drängt.

In vielen Lebensbereichen, nicht zuletzt im kulturellen Leben, machen sich die zunehmend massiver werdenden Vereinnahmungsversuche der Deutschen bemerkbar. Gerade die Filmindustrie der Alpenrepublik, die überwiegend von deutschem Kapital kontrolliert wird, gerät unter Druck. Da österreichische Filme nur wirtschaftlich rentabel sein können, wenn man sie auch im benachbarten Deutschland auswerten kann, knüpft das deutsche Propagandaministerium weitreichende Bedingungen an die Zulassung österreichischer Produktionen für den deutschen Markt. Dies hat zur Folge, daß auch die österreichische Filmindustrie zunehmend Stoffe auswählt, die den Nazis genehm sind. Zudem werden auch schon lange vor 1938 »nicht-arische« und politisch unliebsame Schauspieler, Drehbuchautoren und Regisseure aus der österreichischen Filmwelt zurückgedrängt und damit die nationalsozialistischen Repressionen lange vor dem »Anschluß« vorweggenommen. 1938 wird die totale »Gleichschaltung« des österreichischen Kulturlebens dann mit brutaler Kompromißlosigkeit durchgesetzt – und die Folgen dessen kann auch Rosa kaum übersehen.

Abgesehen von der Tatsache, daß die Stücke unliebsamer Autoren nun nicht mehr zur Aufführung kommen dürfen, gibt es auch und gerade am Burgtheater rasante Veränderungen. Noch am Tag vor dem »Anschluß« wird der Direktor des Hauses, Hermann Röbbeling, von österreichischen Nazis seines Amts enthoben, weil er in der Vergangenheit auffällig häufig Stücke jüdischer Autoren auf die Bühne gebracht hat. Ab sofort werden immer wieder Tendenzwerke engagiert nationalsozialistischer Bühnenautoren auf den Spielplan gesetzt – schon Ende März 1938 wird das Blut-und-Boden-Stück *Die Fahne weht* aufgeführt; wenig später erklärt man das Burgtheater zur »Stätte des deutschen Nationaltheaters im nationalsozialistischen Sinne«.[116] Fortan finden auch an der mit Reichsmitteln großzügig bezuschußten »Burg« Hunderte geschlossene Vorstellungen für NS-Gliederungen, für Mitglieder der Wehrmacht und später auch für Arbeiter der Rüstungsindustrie statt.

Und natürlich gibt es auch am Burgtheater eine ganze Reihe von jüdischen Schauspielern und Mitarbeitern, für die der »Anschluß« das Ende ihrer Karriere bedeutet. Bereits am 11. März 1938, einen Tag bevor die deutschen Truppen in Österreich einmarschieren, werden sämtliche an der »Burg« beschäftigten Juden im vorauseilenden Gehorsam »beurlaubt«. Höchst erfolgreiche und vielbeschäftigte Burgschauspieler wie Else Wohlgemuth und Hans Wengraf müssen emigrieren, Rosas Kollegin Nora Gregor kehrt erst gar nicht aus ihrem Urlaub in der Schweiz zurück und setzt sich nach Südamerika ab. Doch nicht allen Kollegen gelingt noch rechtzeitig die Flucht – »Burg«-Ensemblemitglied Ernst Arndt, einer von Rosas geschätzten Kollegen, der einst auf ihre Bitte hin ihren Sohn Wolf am renommierten Reinhardt-Seminar ausgebildet hat, wird 1942 nach Theresienstadt deportiert und anschließend in Treblinka ermordet.

Über das Schicksal ihrer jüdischen Kollegen, mit denen sie teils Jahrzehnte gemeinsam auf der Bühne gestanden hat, verliert Rosa in ihren Memoiren – sei es aus Unwissenheit, sei es aus Verdrängung, sei es aus Scham – kein einziges Wort. Schilderungen des Nazi-Terrors und des Zweiten Weltkriegs sucht man in ihren Erinnerungen vergeblich. Statt dessen erzählt sie harmlose Theateranekdoten, plaudert über die rasanten Autofahrten ihres mittlerweile zum Ufa-Star aufgestiegenen Sohns und die Rollen, die sie in diesen Jahren gespielt hat. Wie viele Schauspieler, die im Dritten Reich ihre Karriere fortführen konnten, flüchtet auch Rosa sich in verharmlosende Allerweltsgeschichten – in den meisten Fällen sollen diese von der eigenen Verstrickung ins Dritte Reich oder vom eigenen Fehlverhalten in dieser Zeit ablenken.

Und auch für Rosas auffälliges Schweigen findet sich ein guter Grund. Auch sie hat sich, wie viele ihrer Landsleute, willfährig den neuen Machthabern angebiedert und versteht sich als glühende Anhängerin Hitlers, wenn sie auch im Gegensatz zu ihrem Sohn nie in die Partei eintreten wird. Vor der Annektierung Österreichs war Rosa Mitglied der 1933 gegründeten *Vaterländischen Front*, einer Organisation aller »vaterlandstreuen« Österreicher, später avanciert die angeblich so unpolitische Grande Dame des Wiener Burgtheaters ebenso wie Wolf Albach-Retty zum Fördernden Mitglied des NS-Eliteordens SS.[117] Wie viele andere prominente Schauspieler Österreichs veröffentlicht auch Rosa Albach-Retty direkt nach dem »Anschluß« einen flammenden Wahlaufruf für Hitler und feiert in höchsten Tönen und zudem in sehr persönlichen Worten die »Heimkehr ins Reich«. Am 10. April 1938, dem Tag der Volksabstimmung, läßt sie in der Wiener *Kleinen Volks-Zeitung* folgenden Text veröffentlichen, der deutlich macht, welch Geistes Kind sie ist: »Mir hat der Sieg des Führers außer meiner persönlichen Genugtuung noch etwas besonders Freudiges gebracht. Jetzt bin ich nämlich von meinem Sohn Wolf nicht mehr getrennt; er, der vor einem Jahr deutscher Staatsbürger geworden ist, hat nun dieselbe Heimat wie ich. Mutter und Sohn sind in einem gemeinsamen Vaterland vereint. Dieses Gefühl der Freude ist kaum zu ermessen. Wie alle Menschen bin ich natürlich eine begeisterte Verehrerin des Führers, aber ich darf mich überdies rühmen, ihm besonders nahe zu sein. Dies schon dadurch, daß meine Schwiegertochter Magda Schneider in Schönau bei Berchtesgaden ein Haus besitzt. So hatte ich das Glück, den Führer oftmals in Berchtesgaden zu sehen, und bei der Olympiade war es mir vergönnt, knapp hinter ihm zu sitzen. Wer Adolf Hitler derart nahe war, fühlt doppelt die gewaltige Macht seiner Persönlichkeit.«[118]

Rosa ist also ganz offensichtlich ebenso wie ihr Sohn Wolf von Hitler und seinen Ideen überzeugt – ihre Unterstützung der Terrororganisation SS läßt daran keinerlei Zweifel. Bereits im März 1938 hat Rosa Adolf Hitler bei einem Künstlerempfang im Wiener Rathaus wieder getroffen – in ihren Memoiren wird sie später fälschlich behaupten, dies sei ihre einzige Begegnung mit dem Diktator gewesen: »Ich habe Hitler, außer im Burgtheater, nur ein einziges Mal persönlich gesehen.«[119] Doch abgesehen von den »oftmaligen« Begegnungen in den dreißiger Jahren, deren sie sich in ihrem Wahlaufruf rühmt, gibt es auch später noch weitere Zusammentreffen mit dem »Führer«. Am 11. Juli 1939 etwa besucht Hitler im Burgtheater eine Aufführung von Johann Nestroys Posse *Einen Jux will er sich machen* – Nestroys Werk wird ebenso wie das Werk Grillparzers als Beweis für Österreichs »deutsche Sendung« vereinnahmt. Flankiert von Joseph Goebbels, Martin Bormann und Reichsstatthalter Arthur Seyß-Inquart, nimmt er in der Mittelloge des Burgtheaters Platz. Am Ende der Vorstellung werden den Schauspielern Lorbeerkränze mit Hitlers Unterschrift überreicht, anschließend wird, was Rosa in ihren Memoiren verschweigt, im Hotel Imperial, im vornehmsten Haus Wiens, ein festlicher Diner-Empfang für alle Mitwirkenden der Inszenierung gegeben, an dem Rosa gemeinsam mit ihren Kollegen teilnimmt und dem Diktator erneut begegnet.

Die Anerkennung der braunen Machthaber ist Rosa durchaus nicht unwichtig – ganz im Gegenteil. Sie zeigt sich zutiefst enttäuscht, daß sie als bedeutendes Mitglied des Wiener Burgtheaters und als eine Schauspielerin, die beim »Anschluß« ihre Loyalität mit dem NS-Regime öffentlich unter Beweis gestellt hat, nicht von Hitler zur Staatsschauspielerin ernannt wird. Als ihre Kollegin Hedwig Bleibtreu 1943 ihr fünfzigjähriges Jubiläum als Burgschauspielerin feiert, nutzt Walter Thomas, der Leiter der Kulturabteilung im Reichspropaganda-Amt Wien, die Gelegenheit und versucht, in Berlin durchzusetzen, daß nicht nur die Bleibtreu, sondern auch Rosa Albach-Retty geehrt wird – daß also aus der Hofschauspielerin des Kaisers nun eine Staatsschauspielerin Hitlers wird. Er schreibt an das Propagandaministerium in Berlin: »Nun konnte vor einiger Zeit eine andere sehr bekannte und große Künstlerin des Burgtheaters, Frau Rosa Albach-Retty, ihre vierzigjährige Zugehörigkeit zum Burgtheater begehen. Ich weiß, daß Frau Albach-Retty unter diesem Schweigen der Berliner Zentrale sehr leidet. Es wäre vielleicht ein schöner Anlaß, den Tag des fünfzigjährigen Jubiläums der Frau Bleibtreu zu benutzen, um auch Frau Albach-Retty in besonderer Form noch auszuzeichnen. Da sie bereits Professorin und österreichische Kammerschauspielerin ist, würde ich hier [...] eine Auszeichnung der Frau Albach-Retty durch die Ernennung zur Staatsschauspielerin vorschlagen. Beide Künstlerinnen sind dem Führer bereits bestens bekannt und wurden beide vom Führer hoch geschätzt. Dr. Schlösser befürwortet beide Auszeichnungen.«[120]

Trotz des Verweises auf die Unterstützung des Ansinnens durch Reichsdramaturg Rainer Schlösser, einen hohen NS-Kulturfunktionär, kommt es erst einmal nicht zu der vorgeschlagenen Ehrung. Das Berliner Propagandaminsterium bezeichnet die Auszeichnung Rosas mit dem ausschließlich von Hitler persönlich verliehenen Titel einer Staatsschauspielerin als aussichtslos. Warum eine solche Auszeichnung verweigert wird, ist nicht immer zweifelsfrei zu ergründen. Der Titel Staatsschauspieler ist 1937 geschaffen worden, unter anderem ist er Heinrich George und Paula Wessely, Hans Albers und Käthe Haack verliehen worden. Doch seit Kriegsbeginn vergibt Hitler den Titel nur noch äußerst selten und stellt viele diesbezügliche Entscheidungen für die Zeit nach dem »Endsieg« zurück. Doch es kommt auch vor, daß der Diktator die vom Propagandaminister vorgeschlagene Ernennung aus persönlichen Erwägungen ablehnt; so weigerte er sich etwa, die bereits ausgefertigte Ernennungsurkunde für Zarah Leander zu unterzeichnen, da er es nicht wünschte, daß die Schwedin den Titel einer Staatsschauspielerin trägt. Vermutlich ist die vom Diktator für die Kriegszeit verhängte und nur in Ausnahmefällen durchbrochene »Titelsperre« der Grund dafür, daß Rosa Albach-Retty 1943 nicht zur Staatsschauspielerin von Hitlers Gnaden ernannt wird. Anläßlich ihrer vierzigjährigen Mitgliedschaft am Burgtheater wird sie dann alternativ mit einem Glückwunschtelegramm von Propagandaminister Goebbels geehrt.[121] Ob die Ernennung im folgenden Jahr dann doch noch erfolgt ist, kann nicht abschließend geklärt werden. In einem Schreiben der Direktion des Burgtheaters vom September 1944 jedenfalls wird Rosa als »Frau Staatsschauspielerin Albach-Retty« tituliert.[122]

Daß von seiten des Diktators in jedem Fall eine große Wertschätzung für Romys Großmutter vorhanden ist, zeigt überdeutlich die Tatsache, daß er ihren Namen – ebenso wie den ihres Sohnes Wolf – auf die Liste der »Gottbegnadeten« setzen läßt, jene Liste, in der »die fähigsten Künstler« aufgelistet werden, auf die man »bei Kriegszeiten und nach dem Kriege nicht verzichten wolle«.[123] Die auf der Liste verzeichneten Personen werden selbst nach der Ausrufung des »Totalen Kriegs« durch das Propagandaministerium vom Wehrmachts- und Arbeitsdienst freigestellt,[124] zudem wird eine Weiterzahlung ihrer Gehälter verfügt, so daß Rosa noch Geld vom Staat erhält, nachdem auch das Burgtheater im September 1944 aufgrund der von Goebbels angeordneten kriegsbedingten Schließung aller Theater seine Aufführungen einstellt.

In Wien ist es kein Geheimnis, daß Rosa den braunen Machthabern alles andere als ablehnend gegenübersteht. Selbst noch in der Zeit, als das Kriegsende bereits absehbar ist und nur noch Verblendete an den von der NS-Propaganda vielbeschworenen »Endsieg« glauben, gilt Rosa als treue und verläßliche Anhängerin des Regimes. In einer internen Einschätzung von lokalen Wiener NSDAP-Theaterfunktionären des Gau-Amtes Wien heißt es noch im Januar 1945 über Rosa Albach-Retty: »Hervorragende Schauspielerin, eminentes

Talent, große Könnerin, unerhörter Charme. Menschlich: liebenswürdig, geistreich, hilfsbereit. Politisch: absolut einwandfrei, sehr national gesinnt; immer mit den Nationalsozialisten sympathisierend, auch in der jetzigen Krisenzeit, obwohl kein Parteimitglied, immer anständige, aufrechte Gesinnung.«[125]

Trotz Rosas politischer Gesinnung kann sie ihre Bühnenkarriere nach 1945 ungebrochen fortsetzen. Da sie im Gegensatz zu ihrem Sohn nie Mitglied der NSDAP geworden ist, muß sie sich keinem Entnazifizierungsverfahren stellen. Auch den glühenden Wahlaufruf für Hitler hält ihr niemand vor, schließlich gilt die Siebzigjährige als eine der bedeutendsten Schauspielerinnen Wiens, auf die man auch nach dem Zusammenbruch des NS-Regimes nicht verzichten möchte. Raoul Aslan übernimmt nach Kriegsende die Intendanz des Burgtheaters, das nach einem Bombenangriff im April 1945 völlig ausgebrannt ist. Auf Vermittlung der russischen Kommandantur Wiens wird ihm im Gebäude des nur teilzerstörten Ronachers ein provisorisches Ausweichquartier zugewiesen, das die Ensemblemitglieder des Burgtheaters als »Exil« betrachten, letztlich aber dennoch akzeptieren, in dem Bewußtsein: »Die Burg ist dort, wo wir spielen.« Bereits im April 1945, noch vor dem offiziellen Ende des Zweiten Weltkriegs, findet dort die erste Nachkriegsvorstellung des Burgtheaters statt – freilich stehen die Schauspieler in dieser Zeit so manches Mal mit knurrenden Mägen auf der Bühne.

Und auch Rosa spielt weiter. Bereits Anfang der dreißiger Jahre hat sie das Rollenfach gewechselt. Da sie immer deutlich jünger ausgesehen hat, als sie tatsächlich war, hat sie wesentlich länger als viele ihrer Kolleginnen das Rollenfach der jugendlichen Naiven bedienen können, doch mit Mitte Fünfzig mußte auch sie sich langsam umorientieren. Von da ab sind es vor allem Rollen wie die der Marthe Schwerdtlein in Goethes *Faust* oder der Marthe in Heinrich von Kleists Lustspiel *Der zerbrochene Krug,* in denen sie glänzt. Zu ihrer Paraderolle in den dreißiger und vierziger Jahren ist die Mutter in Ibsens *Peer Gynt* geworden, aber auch als Amme in Shakespeares

Romeo und Julia hat sie unzählige Male auf der Bühne gestanden. In vielen dieser Stücke tritt sie auch noch in der Nachkriegszeit auf, hinzu kommen zunehmend typische Altersrollen.

1952, ein Jahr bevor Rosas Enkelin Romy ihre Filmkarriere starten wird, stirbt ihr geliebter Mann Karl im Alter von zweiundachtzig Jahren – über fünf Jahrzehnte sind die beiden zu diesem Zeitpunkt miteinander verheiratet. Karl, der seiner Frau all die Jahre unermüdlich den Rücken gestärkt hat und dem sie es zu verdanken hat, daß sie Karriere und Kind unter einen Hut bringen konnte, stirbt eines schweren Todes. Seine Frau sitzt an seinem Bett und hält seine Hand, als er für immer die Augen schließt. Rosa ist untröstlich und meint, ohne die Liebe ihres Lebens nicht weiter existieren zu können. Ein halbes Jahr zieht sie sich komplett von der Bühne zurück und ist für niemanden zu sprechen. Schließlich gewinnt sie jedoch wieder neuen Lebensmut, und »Frau Professor«, wie sie von allen angesprochen wird, tritt wieder auf – im Theater wie im Filmatelier.

1955 steht sie in Franz Antels Neuverfilmung des alten Ufa-Klassikers *Der Kongreß tanzt* ein letztes Mal vor der Kamera – wiederum in einer kleinen Nebenrolle. Der Film ist nie ihr Medium geworden, dieses Feld hat sie ihrem Sohn, ihren beiden Schwiegertöchtern Magda Schneider und Trude Marlen sowie ihrer Enkelin Romy überlassen. Doch als die wahre Schauspielkunst läßt sie zeitlebens nur das Theater gelten, weswegen sie die Karriere Romys, auch wenn diese unvorstellbare Triumphe als Filmstar feiern wird, nie so richtig ernst zu nehmen vermag: »Die Romy? Ja, wissen Sie, sie ist leider keine Schauspielerin geworden. Nur Filmschauspielerin.«[126]

1958 nimmt die vierundachtzigjährige Rosa nach unglaublichen fünfundfünfzig Jahren an der »Burg« im siebten Jahrzehnt ihrer Theaterkarriere Abschied von der Bühne – sie gibt die reiche Witwe Mrs. Edna Savage in John Patricks Komödie *Eine etwas sonderbare Dame*. Die Stadt Wien, in der sie seit nunmehr dreiundsechzig Jahren lebt und mit der sie sich von Beginn an sehr verbunden gefühlt hat, verleiht ihr anläßlich ihres Bühnenabschieds die Josef-Kainz-Medaille – Rosa ist die erste, der dieser neue, anläßlich des hundertsten Geburtstags ihres einstigen Lehrmeisters gestiftete Preis verliehen wird. Von nun ab zieht Romys Großmutter sich weitgehend aus der Öffentlichkeit zurück und siedelt in ein Seniorenstift für Künstler in Baden bei Wien über. Nur noch selten tritt sie öffentlich in Erscheinung, so etwa 1973, als sie als erste und bislang einzige Schauspielerin ihre siebzigjährige Zugehörigkeit zum Wiener Burgtheater begehen kann.

1975 feiert die nach wie vor äußerst agile Rosa ihren hundertsten Geburtstag – erst drei Jahre später veröffentlicht sie unter dem Titel *So kurz sind hundert Jahre* ihre Autobiographie. Am 26. August 1980, in ihrem einhundertsechsten Lebensjahr, wird sie für immer die Augen schließen – lediglich um knapp zwei Jahre wird ihre Enkelin Romy sie überleben. In Rosas letzten Lebensjahren haben Romy und ihre Großmutter kaum noch Kontakt. Da beide völlig andere Auffassungen vom Leben und vom Beruf haben, entfremden sie sich zunehmend. Während Romy mit dem Schicksal, eine »öffentliche Figur« zu sein, hadert, hat Rosa zeitlebens den Ruhm, den ihr Beruf mit sich brachte, genossen. Natürlich war ihre Popularität zu keinem Zeitpunkt mit dem Ruhm eines Filmstars zu vergleichen, dennoch war sie im theaterfreudigen Wien eine feste Größe – man denke nur daran, daß bereits 1896 der Verkehr zusammenbrach, nur weil Rosa Retty vor den Traualtar trat.

Und noch etwas trennt Romy und ihre Großmutter – während die Enkelin sich strikt gegen alle Vereinnahmungsversuche wehrt und die Gesellschaft, von der sie sich bedrängt fühlt, immer wieder mit gezielten Provokationen vor den Kopf stößt, war Rosa ihr ganzes Leben lang fest in der bürgerlichen Gesellschaft verankert, in die sie mit dem Eintritt in die Höhere Töchterschule in frühen Jahren eingeführt worden ist. Ihr Beruf hat ihr gesellschaftliche Anerkennung eingebracht, deren sie sich stets würdig erwiesen hat – exaltiertes Verhalten, Starallüren und Skandale vermied sie, im Rückblick auf ihr Leben resümiert sie: »Es war kein sehr bewegtes Leben, nein, ganz im Gegenteil – es gab keine Ausschweifungen, alles verlief sehr bürgerlich.«[127]

Romy hingegen stürzt sich in ein in jeder Hinsicht maßloses, verschwenderisches, exzessives Leben und frönt einem Lebenswandel, den ihre Großmutter nicht goutieren kann. Sie gibt ihrer Enkelin eine Weisheit aus ihrem eigenen Leben mit auf den Weg: »Als Mensch glücklich zu sein ist keine Begabung, sondern eine Sache der Selbsterziehung.«[128] Doch Rosa spürt instinktiv, daß Romy über die Fähigkeit, sich ein glückliches, ausgeglichenes Leben aufzubauen, nicht verfügt und macht sich Sorgen, daß es kein gutes Ende mit ihr nehmen wird. Geradezu prophetisch schreibt sie vier Jahre vor Romys Tod: »Ich halte es für durchaus möglich, daß meine Enkelin eines Tages seelisch in eine Sackgasse gerät, aus der sie keinen Ausweg mehr findet. Bei ihrem Lebensstil wäre das kein Wunder. Wer sich, wie sie, so hemmungslos von seinen Emotionen, Leidenschaften und Begierden treiben läßt, denkt sicher nicht daran, daß eine Kerze, die man an beiden Enden anzündet, auch schneller abbrennt.«[129]

3 *Schauspielerblut*

Die Tatsache, daß in Romys Adern Schauspielerblut fließt, daß sie einer stolzen Ahnenreihe gefeierter Theater- und Filmstars entstammt und ihr ganzes Denken und Sehnen nur darauf ausgerichtet ist, Schauspielerin zu werden, scheint ihr erst einmal gar nichts zu nützen. Ihre Mutter hat andere Pläne für sie. Was Romy sich für ihr Leben wünscht, interessiert sie nicht – ja sie ahnt nicht einmal, daß ihre Tochter gerne in ihre Fußstapfen treten würde und von einer Leinwandkarriere träumt. Sie interessiert lediglich, was in ihre eigene Lebensplanung paßt.

Da Magda beschlossen hat, im Dezember 1953 ihren neuen Lebensgefährten Hans Herbert Blatzheim zu heiraten, bereitet sie ihren Umzug nach Köln vor, wo ihr künftiger Gatte lebt. Sie beabsichtigt, sowohl Romy als auch deren Bruder mit ins Rheinland zu nehmen. Nachdem sie ihre nur vierzehnjährige Tochter von der Schule abgemeldet hat, will sie Romy, die sich in Goldenstein besonders im Zeichnen und Malen hervorgetan hat, in Köln in einer Kunstgewerbeschule anmelden; vielleicht, so Magdas Plan, könnte sie später einmal als Modezeichnerin oder Schmuckdesignerin arbeiten. Wieder einmal muß Romy sich fügen, da sie sich nicht traut, Magda zu widersprechen und eigene Wünsche zu äußern. Wieder einmal droht ihr der Egoismus ihrer Mutter einen Strich durch die Rechnung zu machen. Und wieder einmal kommt für Magda Schneider vor allem eins an erster Stelle – sie selbst.

Magda jedenfalls ist in dieser Phase überglücklich. Für sie scheint sich 1953 endlich wieder alles zum Guten zu wenden. Die Ehe mit dem Multimillionär Blatzheim wird sie materiell absichern und ihr alle finanziellen Sorgen nehmen, und auch beruflich scheint es nach Jahren der Flaute endlich wieder aufwärtszugehen, denn Magda ist zum ersten Mal seit acht Jahren wieder für einen Film engagiert worden, der ihre Karriere neu ankurbeln könnte. Ist dies etwa der langersehnte Startschuß zur Fortsetzung ihrer Filmkarriere? Bislang hat sie seit Kriegsende nur ein einziges Mal wieder vor der Kamera gestanden – 1950 für den kaum beachteten Streifen *Die Sterne lügen nicht*, mit dem sie nicht an ihre alten Erfolge anknüpfen konnte und der ihr auch keine neuen Filmangebote eingebracht hatte. Doch nun ist sie sich ganz sicher, daß es klappen wird. Ja, diesmal stehen die Sterne gut für sie. Magda kann es kaum erwarten, endlich wieder im Filmatelier zu stehen. Die fiebrige Atmosphäre im Studio, das Hineinschlüpfen in andere Rollen, das Gefühl, als Star behandelt und hofiert zu werden – all das hat Magda unendlich gefehlt.

Mit gemeinsamen, unbeschwerten Sommertagen in Mariengrund, auf die Romy sich nach ihrer Rückkehr aus Goldenstein schon gefreut hat, wird damit wieder einmal nichts. Als Romy in Schönau ankommt, ist ihre Mutter bereits abgereist und verhandelt in München über ihren neuen Film. Kurt Ulrich, Chef der Berolina und Produzent von Kassenschlagern wie *Schwarzwaldmädel, Grün ist die Heide* und *Am Brunnen vor dem Tore,* will sie nach den Jahren der Leinwandabstinenz wieder für einen Film engagieren. Magda ist fest entschlossen, diese Chance mit beiden Händen zu ergreifen. In *Wenn der weiße Flieder wieder blüht* soll die mittlerweile vierundvierzigjährige Magda erstmals eine Mutterrolle spielen. Noch ahnt niemand, daß nicht Magda Schneider, sondern ihre Tochter Romy der eigentliche Star des Films sein wird. Noch denkt nicht einmal jemand daran, daß Talent in Magdas Tochter schlummern könnte. Noch geht auch Romy davon aus, daß sie in wenigen Wochen ihre Ausbildung an der Kunstgewerbeschule beginnen wird.

Doch es wird alles anders kommen. Als Magda in München die Verträge unterzeichnet und das Drehbuch in Empfang nimmt, erfährt sie von Produzent Kurt Ulrich und Regisseur Hans Deppe, daß händeringend nach einem jungen Mädchen gesucht wird, das die Rolle des »Evchen«, Magdas Filmtochter, übernehmen könnte. Wäre das nicht etwas für ihre Tochter Romy? Schließlich ist Romy genau im richtigen Alter. Magda behagt der Gedanke erst einmal gar nicht; bisher hat sie sich noch nie ernsthaft die Frage gestellt, ob Romy das Schauspieltalent ihrer Familie geerbt haben könnte, und ist anfänglich »ganz und gar dagegen«,[130] daß ihre Tochter Filmschauspielerin werden soll. Dennoch zieht sie sich in ihr Hotelzimmer zurück, ordert Kaffee und Cognacs und liest das Drehbuch. Instinktiv erkennt sie, daß das Mutter-Tochter-Gespann im Film, mit ihr und Romy besetzt, ihrer Nachkriegskarriere den entscheidenden Auftrieb geben und sie endlich wieder einmal in die Schlagzeilen bringen könnte. Sie akzeptiert den Wink des Schicksals und unterschreibt den Filmvertrag für Romy, ohne daß diese etwas davon weiß. Erst dann ruft sie ihre Tochter an, gibt sich am Telephon aber geheimnisvoll, will nicht verraten, worum es geht: »Pack deine Koffer und mach dich hübsch.«[131]

Als Romy in München ankommt und ihre Mutter ihr eröffnet, worum es geht, kann sie ihr Glück kaum fassen. Plötzlich soll das, wovon sie schon so lange heimlich geträumt hat, so einfach und schnell in Erfüllung gehen? Und ihre Mutter, mit der sie bislang nie über ihren größten Traum auch nur hat sprechen können, ist auch noch damit einverstanden? Trägt ihr die erste Filmrolle sogar selbst an und hat sich beim Regisseur und beim Produzenten für sie eingesetzt? Romy ist begeistert: »Mammi ist prima, daß sie das für mich gemacht hat.«[132] Natürlich zögert sie keine Sekunde und erklärt sich sofort damit einverstanden, es einmal zu probieren. Hals über Kopf stürzt sie sich in eine ungewisse, aber hoffnungsfroh strahlende Zukunft. Und das alles nur vier Tage nach ihrem Abschied von Goldenstein.

Doch bevor die Dreharbeiten beginnen können, besteigt Romy zum ersten Mal in ihrem Leben ein Flugzeug und wird nach Berlin gebracht, wo in den alten Ufa-Studios in Tempelhof mit ihr und anderen Kandidatinnen für die Rolle Probeaufnahmen gemacht werden. Sie hat schreckliche Angst, alles zu verpatzen und die Rolle letzten Endes doch nicht zu bekommen. Vor allem bereitet es ihr Herzklopfen, daß sie gegen eine ganze Reihe gleichaltriger Mädchen anzutreten hat, die sie alle »schön« und »sexy« findet. In ihrem Tagebuch vermerkt sie altklug: »Es ist eine nervenaufreibende Geschichte, Filmschauspielerin zu werden.«[133] Nach vier Tagen bangen Wartens, in denen sie vor lauter Aufregung nichts essen und kaum schlafen kann, fällt endlich die Entscheidung. Per Telegramm erfahren Magda und Romy, daß sie engagiert ist, daß sie neben ihrer

Mutter in *Wenn der weiße Flieder wieder blüht* mitwirken soll. Romy schwebt im siebten Himmel. Sie wird tatsächlich Schauspielerin: »Es geht los. Ich filme! Toll, einfach toll!!!«[134]

Ihr Traum geht somit viel schneller in Erfüllung, als sie es wohl jemals zu hoffen gewagt hat. Goldenstein scheint ihr auf einen Schlag so weit weg zu sein, als läge es in einem anderen Universum. Auch wenn sie natürlich vor ihrem ersten Film aufgeregt ist und sich insgeheim fragt, ob sie denn wirklich das Zeug dazu hat, als Schauspielerin zu bestehen und die Rolle überzeugend darstellen zu können, packt sie eine fiebrige Erwartung. Doch ihre verständliche Nervosität paart sich mit dem Bewußtsein, die Aufgabe bewältigen zu können, wenn sie es nur will. So, wie es in ihrem ganzen Leben sein wird, legt sie nun bereits bei der Lektüre ihres ersten Drehbuchs eine fast instinktive Fähigkeit an den Tag, sich voll und ganz in die Figur, die sie darzustellen hat, hineinzuversetzen: »Ich kann nachfühlen, wie es dem Mädchen zumute gewesen sein muß, das ich zu spielen habe. Das Mädchen hört nämlich von ihrer Mutter, daß ihr Vater ein ganz berühmter Schlagersänger sei, von dem sie bisher nur immer ganz von weitem geschwärmt hat. Ich kann mir gut vorstellen, wie ich in einem solchen Fall reagieren würde. Ich kann das bestimmt spielen.«[135]

Zwar bekommt Romy keine Hauptrolle, denn die Stars des Films sind Magda Schneider und Willy Fritsch, aber immerhin wird sie in einer tragenden Rolle zu sehen sein – nicht einmal ganz am Anfang ihrer Karriere muß sie in einer unbedeutenden Nebenrolle vor der Kamera stehen. Gleich von Beginn an dreht sie Filme, die sicherstellen, daß man auf sie aufmerksam wird. In *Wenn der weiße Flieder wieder blüht* verkörpert sie die Tochter der Modesalonbesitzerin Therese Forster (Magda Schneider), die einst, als sie noch eine kleine Näherin war, von ihrer großen Liebe, dem damals noch erfolglosen Musiker Willy (Willy Fritsch), verlassen worden ist und nun, wenn auch recht leidenschaftslos, neu liiert ist und bald heiraten will. Nach fünfzehn Jahren kommt Willy zurück nach Wiesbaden – mittlerweile ist aus ihm ein international gefeierter Schlagersänger geworden, der sich Bill Perry nennt und mit seinem in alle Sprachen übersetzten Liebeslied Triumphe feiert: »Wenn der weiße Flieder wieder blüht, sing' ich dir mein schönstes Liebeslied.« Daß Therese damals schwanger war, daß er Vater einer fünfzehnjährigen Tochter ist, ahnt er nicht einmal. Evchen, Thereses Tochter, schwärmt wie alle Backfische für den charmanten Sänger und lernt ihr Idol bald auch persönlich kennen – erst jetzt gesteht die Mutter ihr, daß Bill Perry in Wirklichkeit ihr leiblicher Vater ist. Als Therese und ihr ehemaliger Mann sich wieder begegnen, lodern alte Gefühle auf, doch Evchen redet ihrem Vater ins Gewissen, bittet ihn inständig, das neue Glück ihrer Mutter nicht zu zerstören und nach seinem Auftritt gleich wieder abzureisen. Willy akzeptiert den Wunsch seiner Tochter, doch zuvor holt er Evchen, die wie er Sangesambitionen hegt, bei seinem Konzert noch zum gemeinsamen Duett auf die Bühne. Freilich ist der Film eine biedere und auch etwas kitschige, gefühlsduselige Schmonzette, aber gerade deshalb trifft er hervorragend den Geist der Zeit. Die Menschen wollen im Kino dem Nachkriegsalltag und den Trümmerwüsten der Städte den Rücken kehren, ihre Sorgen und Nöte vergessen und für zwei Stunden im Dunkel des Kinosaals von besseren Zeiten und anderen Welten träumen. Die verständliche Sehnsucht nach etwas Leichtem, nach gefühlvollen Geschichten, die in schönen Landschaften und unzerstörten Städten spielen, wird von den deutschen Filmproduzenten nur allzu gerne bedient. Es gibt in diesen Jahren einen regelrechten Boom von Heimatfilmen, Musikkomödien und Liebesschnulzen, also von Filmen wie *Wenn der weiße Flieder wieder blüht*.

Schon zwei Tage nachdem klar ist, daß Romy die Rolle bekommen hat, steigt die angehende Schauspielerin zusammen mit ihrer Mutter in den Zug nach Wiesbaden, wo die Außenaufnahmen stattfinden werden. Da die hessische Landeshauptstadt im Krieg weit weniger zerstört worden ist als viele andere deutsche Städte und fast alle das Stadtbild prägenden Gebäude und Straßenzüge weitgehend erhalten geblieben sind, eignet sich Wiesbaden hervorragend als Kulisse für einen heiter-beschwingten Film, der sich über die Nachkriegswirklichkeit erhebt. Im Anschluß geht es in Berlin weiter, wo die Innenaufnahmen gedreht werden. Am Filmset fühlt Romy sich auf Anhieb wohl, auch wenn die Ateliers viel größer sind, als sie sich das zu Internatszeiten in ihrer Phantasie ausgemalt hat. Sie findet alles schrecklich aufregend – das hektische Treiben, das aufwendige Make-up, die Garderoben, die eigens für sie entworfenen Kostüme, die riesigen Scheinwerfer, das Kabelgewirr, die Kamerawagen, die vielen Menschen, dann die plötzliche Stille und Konzentration, wenn die Klappe fällt und eine Einstellung gedreht wird. All das ist ganz nach Romys Geschmack. Das hier ist ihre Welt. Eine Welt, in der sie sich einen Platz erobern will: »Von mir aus könnte es jetzt immer so weitergehen.«[136]

Sie stürzt sich mit unglaublichem Ehrgeiz und großer Ernsthaftigkeit in die Arbeit. Romy wird von allen Beteiligten äußerst nett und zuvorkommend behandelt, was wohl nicht nur daran liegt, daß sie die Tochter von Magda Schneider ist, sondern sicherlich auch daran, daß sie mal ganz abgesehen von ihrem natürlichen Charme und ihrer noch sehr kindlichen Liebenswürdigkeit, der sich keiner entziehen kann, nach dem Drill in Goldenstein ein wahres Musterkind mit tadellosen Umgangsformen ist, so wie man es in diesen Tagen von jungen Menschen erwartet. Sie ist wohlerzogen, wirkt schüchtern und bescheiden – immer etwas verlegen –, und sie macht brav ihre Knickse, wenn sie jemandem vorgestellt wird. Romy will es allen recht machen und entwickelt auch im Laufe der Dreharbeiten keinerlei Allüren, was bei einem Mädchen in diesem Alter, dem mit einem Mal so viel Aufmerksamkeit geschenkt wird, durchaus verständlich wäre. Sie ist auch im richtigen Leben das vorbildliche, angepaßte junge Mädchen, das in den Filmen dieser Jahre mit Stars wie Christine Kaufmann, Sonja Ziemann und Lilo Pulver zum Idealbild stilisiert wird.

Alle am Set finden sie reizend, verhätscheln und umsorgen sie, sprechen ihr Mut zu und versuchen ihr das Gefühl zu geben, daß sie nicht aufgeregt sein muß – Romy genießt die Aufmerksamkeit, die ihr mit einem Mal entgegengebracht wird, in vollen Zügen. Plötzlich steht sie im Mittelpunkt, alle sorgen sich um ihr Wohlergehen. Und alle scheinen sie zu mögen. Als sie während der Dreharbeiten ihren fünfzehnten Geburtstag feiert, richtet man ihr ein schönes Fest aus und überrascht sie mit einer großen Torte und vielen Geschenken: »Es war mein schönster Geburtstag.«[137] Zum ersten Mal in ihrem Leben hat sie das Gefühl, daß sie wirklich wahrgenommen wird, daß ihr die Aufmerksamkeit geschenkt wird, die sie verdient. Und daß dieses wohlige Gefühl ausgerechnet mit einem Film im Zusammenhang steht, wird sie ihr ganzes Leben lang nicht mehr vergessen.

Romy im Glück. Auch ihre Mutter schenkt ihr nun endlich Beachtung. Zum ersten Mal ist Magda bei einem wichtigen Ereignis im Leben ihrer Tochter dabei. Den ersten Zahn, die ersten Schritte, die ersten Worte – all das hat sie verpaßt, weil ihr die Arbeit immer wichtiger war als ihr Kind. Doch nun ist sie da – zwangsläufig. Ob sie auch an Romys Seite wäre, wenn die beiden nicht zufällig für ein und denselben Film vor der Kamera stehen würden? Würde etwa ein Urlaub mit Blatzheim locken, wäre sie vermutlich nicht an der Seite ihrer Tochter gewesen. Aber solche Fragen mag Romy sich in diesem Moment des Glücks gar nicht stellen – die Hauptsache ist, daß ihre Mutter endlich einmal da ist. Doch selbst jetzt noch offenbart sich der nie zu kittende Spalt in der Mutter-Tochter-Beziehung, denn Romy ist zutiefst irritiert, daß alle sie loben und ihr Begabung attestieren, Magda sich jedoch, statt ihrer Tochter Mut zuzusprechen, überkritisch zeigt: »Alle waren sehr zufrieden mit mir. Nur Mammi noch nicht.«[138]

Doch nicht nur Magdas Urteil betrübt sie, noch ein weiterer Wermutstropfen trübt ihr Glück. Zunächst kann sie es kaum fassen – ihr Vater sagt sich an. Wolf will kommen, will tatsächlich bei den Dreharbeiten vorbeischauen und zusehen, wie seine Tochter ihre Sache macht. Romy freut sich unsagbar über diese Ankündigung; wie gerne würde sie dem stets so schmerzlich Vermißten endlich einmal zeigen, was in ihr steckt, was sie kann, wozu sie fähig ist. Wird er sie jetzt, wo sie in seine Fußstapfen tritt und auch Schauspielerin wird, diesmal wahrnehmen? Wendet sich jetzt alles zum Guten? Wird

Wolf sich von nun an regelmäßig um sie kümmern? Werden sie vielleicht gar einmal zusammen vor der Kamera stehen?

Doch Wolf enttäuscht sie wieder – so, wie er es schon ihr ganzes Leben lang getan hat. Auch dieses Mal kommt er nicht und sagt seinen Besuch kurzfristig wieder ab. Auch dieses Mal läßt er seine Tochter im Stich. Er ist der ewig Abwesende, der ewig Unerreichbare.

Doch Romy ist längst an die Zurückweisungen ihrer Eltern gewöhnt. So schnell wirft sie nichts aus der Bahn; zumindest nach außen hin funktioniert sie so, wie alle es erwarten. Sie gibt alles, geht voll und ganz in ihrer Rolle auf, befolgt brav und mit größter Genauigkeit jede Anweisung des Regisseurs. Und eins zeigt sich schnell: Die Kamera liebt sie und Romy liebt die Kamera. Sie ist, auch wenn sie in diesen Tagen noch ein wenig pausbäckig und kindlich wirkt, nicht nur äußerst fotogen, sondern bewegt sich auch noch völlig ungeniert vor den Objektiven und scheint beinahe im Spiel völlig zu vergessen, daß sie im Filmatelier steht, die Kamera läuft und der ganze Drehstab sie neugierig beobachtet – mit solcher Intensität fühlt sie, was sie spielt. Regisseur Hans Deppe ist verblüfft über Romys offensichtliche Naturbegabung: »Man hatte gar nicht das Gefühl, daß sie spielte. Sie war einfach da. Kein falscher Ton, keine überflüssige Bewegung.«[139]

Bevor die Aufnahmen beginnen, ist Romy ein junges, fraglos hübsches Mädchen; aber sobald die Kamera läuft, zeigt sich, daß sie das gewisse Etwas hat. Auch wenn sie über keinerlei Berufserfahrung verfügt und keine einzige Stunde Schauspielunterricht genommen hat, besitzt sie eine Leinwandpräsenz, der auch die routiniertesten Schauspieler, die ihr Handwerk perfekt beherrschen und über jahrzehntelange Berufserfahrung verfügen, nichts entgegensetzen können. Marlene Dietrich zum Beispiel hatte dieses gewisse Etwas. Als sie im Film *Der blaue Engel* an der Seite des gefeierten Oscar-Preisträgers Emil Jannings vor der Kamera stand, ahnte niemand, mit welcher Leichtigkeit sie den mit allen Wassern gewaschenen Kollegen an die Wand spielen kann. Ebenso Marilyn Monroe – als sie im Streifen *Der Prinz und die Tänzerin* an der Seite von Laurence Olivier spielt, der als einer der größten englischsprachigen Schauspieler des zwanzigsten Jahrhunderts gilt, gehen alle davon aus, daß Marilyn neben ihm kaum eine Chance haben wird. Doch letztlich wirkt jede einzelne Großaufnahme von ihr atemberaubender und hinreißender als die Szenen mit Laurence Olivier, der neben ihr völlig blaß und farblos wirkt. Und auch in Romys Fall ist allen Beteiligten gleich klar, daß sie für den Film geboren ist, daß sie das Zeug dazu hat, eine ganz Große zu werden, daß sie über etwas verfügt, was nicht mit jahrelanger Erfahrung oder schauspielerischer Brillanz wettgemacht werden kann: Ausstrahlung – eine Ausstrahlung, der sich kaum jemand entziehen kann.

Und Magda? Hat Romys Mutter schon bei den Dreharbeiten gespürt, daß Romy der eigentliche Star des Films sein wird und nicht sie selbst? Ja, davon kann man wohl ausgehen. Schauspieler spüren so etwas, zumal wenn man schon so lange im Geschäft ist wie Magda Schneider, und erst recht, wenn man zeit seines Lebens so auf große Publikumserfolge geschielt hat wie sie. Ihr muß klar sein, daß Romy ihren Weg machen wird, daß sie alle Chancen hat, als Schauspielerin zu reüssieren, und daß das Publikum sie lieben wird. Angesichts dessen, treibt Magda die Sorge um, bald zum alten Eisen zu gehören und von ihrer Tochter in den Schatten gestellt zu werden. Da die beiden nie gelernt haben, miteinander zu sprechen, ein Gespür füreinander zu entwickeln, schürt Romy die Befürchtungen ihrer Mutter noch, indem sie ihr selbstbewußt erklärt: »Ich will die Größte werden.«[140] Statt stolz zu sein, daß Romy ihre Sache so gut macht, reagiert Magda eifersüchtig; sie versucht alles zu geben, um neben ihrer jungen, schönen Tochter bestehen zu können. Magdas Filmpartner Willy Fritsch legt den Finger genau in diese Wunde und rät ihr unumwunden: »Bemühe dich doch nicht, Magda, lerne deinen Text, schau, daß du so halbwegs gut über die Runden kommst, mehr aber nicht. Es ist ja doch umsonst, denn die Romy spielt uns ohnehin alle an die Wand.«[141]

Die Filmprogrammhefte zu *Wenn der weiße Flieder wieder blüht* ziert noch eine Großaufnahme von Magda, doch die Presseberichterstattung zu den Dreharbeiten konzentriert sich schon wesentlich stärker auf Magdas Tochter, den vielleicht kommenden Star von morgen. Romy ist zudem nicht der einzige Sproß aus einer berühmten Schauspielerdynastie, der in diesem Film debütiert; in *Wenn der weiße Flieder wieder blüht* wirkt auch Götz George mit, der Sohn der Schauspieler Heinrich George und Berta Drews, der sich wie Romy anschickt, einer der Stars des deutschen Nachkriegskinos zu werden. Gegen den Nachwuchs haben Altstars wie Willy Fritsch und Magda Schneider auf Dauer kaum noch eine Chance. Auch wenn sie mit ihren berühmten Namen als Zugpferde des Films engagiert worden sind, merken bei den Dreharbeiten und der Vorführung des Films alle Beteiligten schnell, daß es die jungen, frischen, unverbrauchten Gesichter sind, die beim Publikum ankommen werden. Romy gehört die Zukunft, sie wird ihre Mutter weit hinter sich lassen.

Doch trotz der vielfältigen Anerkennung, die sie bereits am Rande der Dreharbeiten erfahren hat, trotz des Zuspruchs der Kollegen, des Regisseurs und des Produzenten wird Romy nach wie vor von der Sorge umgetrieben, daß das Publikum sie vielleicht nicht mögen könnte: »Ich würde in den Boden versinken, wenn mich die Leute fad fänden.«[142] Aber niemand findet sie »fad«, das wohl am häufigsten verwendete Adjektiv im Zusammenhang mit Romys Filmdebüt ist »reizend«. Ein Kritiker notiert: »Ob Romy Albach-Schneider eine Schauspielerin ist, läßt sich noch nicht übersehen. Hier ist sie eben reizend, ganz besonders reizend.«[143] Die Kritiker heben Romys Anmut und ihre Natürlichkeit hervor, die Wahrhaftigkeit ihres Spiels. Ihr Spiel wirkt anders, frischer als das der Ufa-Stars von gestern.

Doch wichtiger als die Kritiker sind die Leute, die Kinokarten kaufen. Produzenten können reihenweise neue Nachwuchsstars anpreisen, Kritiker Lobeshymnen auf bestimmte Darsteller schreiben, letztlich ist es das Publikum, das Stars hervorbringt, das die Macht hat, einen Schauspieler oder eine Schauspielerin groß zu machen. Und bereits das Premierenpublikum in Stuttgart ist begeistert und klatscht frenetisch – ganze vierundsechzig Mal muß sich im November 1953 der Vorhang öffnen, und keiner zweifelt daran, daß der

Applaus nicht zuletzt der reizenden Debütantin gilt. Romys bange Frage, ob die Menschen sie mögen werden, ist damit hinlänglich beantwortet. Der Film wird ein großer Publikumserfolg. Auf die Premiere folgen zahlreiche Autogrammstunden und eine Premierentournee durch die großen Städte. Ihre Autogramme unterschreibt sie schon mit »Romy Schneider«, auch wenn im Vorspann des Films noch »Romy Schneider-Albach« zu lesen ist. Romy ist zwar noch kein Star, aber zumindest hat sie unter Beweis gestellt, daß sie als Schauspielerin ernst zu nehmen ist. Sie kann es kaum erwarten, endlich wieder vor der Kamera zu stehen, und ist sich sicher, nie etwas anderes gewollt zu haben, als Filme zu drehen.

Zurück im heimischen Mariengrund erreicht Romy eine Flut von Telegrammen, Geschenken und Glückwünschen, auch die Autogrammpost türmt sich – noch liest und beantwortet Romy jeden Brief persönlich, signiert unermüdlich die erwünschten Photos. In dem bislang so friedlich vor sich hin schlummernden Schneider-Anwesen herrscht fiebrige Aufgeregtheit. Alle reißen sich um die junge Schauspielerin, wollen Interviews mit ihr, sie photographieren oder für neue Filme engagieren, denn in der Branche ist man sich längst sicher, daß Magdas Tochter nach ihrem fulminanten Debüt ihren Weg machen wird. Und Romy kann es immer noch nicht so recht fassen, daß ihr sehnlichster Traum so blitzschnell in Erfüllung gegangen ist, daß sie jetzt, wie ihre Eltern auch, beim Film ist und man tatsächlich weitere Streifen mit ihr drehen will. Noch nimmt sie den neugewonnenen Ruhm nicht als etwas Selbstverständliches hin. Zwar ist ihr Ehrgeiz geweckt und sie hat Gefallen an der Aufmerksamkeit gefunden, die man ihr plötzlich schenkt, doch noch fragt sie sich ganz schüchtern: »Vielleicht kriege ich doch wieder einen Film. Wo die Leute doch so geklatscht haben?«[144]

Ja, sie bekommt wieder einen Film. Viele neue Filmangebote folgen; alle wollen mit der Zukunftshoffnung des deutschen Films zusammenarbeiten. Romy kommt sich vor wie im Paradies. Magdas Pläne, ihre Tochter in Köln auf die Kunstgewerbeschule zu schicken, sind erst einmal vom Tisch. Mit ihrem untrüglichen Sinn fürs Geschäft merkt Magda schnell, daß mit Romy als Schauspielerin Geld zu verdienen ist – viel Geld, wenn man es richtig anstellt. Und da Romy mit ihren fünfzehn Jahren nach wie vor minderjährig ist, entscheidet Magda, in welchen Filmen ihre Tochter in nächster Zeit mitwirken wird. Und natürlich ist sie es auch erst einmal, die die Verträge unterschreibt, die Gagen aushandelt und die vorgeschlagenen Drehbücher prüft, die sich auf ihrem Schreibtisch türmen.

Der nächste Streifen, für den Romy vor der Kamera stehen wird, ist die Filmoperette *Feuerwerk,* ein weiterer Unterhaltungsfilm ohne größere künstlerische Ambitionen. Regie führt der einst von Heinz Rühmann entdeckte Kurt Hoffmann, der als versierter Lustspiel-Regisseur Erfolgsstreifen wie *Paradies der Junggesellen* und *Quax, der Bruchpilot* inszeniert hat. Als Produzent fungiert Erik Charrell, der aufgrund seiner jüdischen Abstammung nach 1933 aus Deutschland emigrieren mußte und nach seiner Rückkehr am Münchner Theater am Gärtnerplatz einen fulminanten Erfolg mit seiner Inszenierung von Paul Burkhards Operette *Feuerwerk* hat feiern können – ein Erfolg, der nun auf der Leinwand wiederholt werden soll. Für die Hauptrolle des im Zirkusmilieu spielenden Films ist Lilli Palmer engagiert, die als Kind jüdischer Eltern ebenfalls nach Hitlers Machtergreifung aus Deutschland geflohen war, kurz nachdem sie achtzehnjährig ihr Debüt als Schauspielerin am Hessischen Landestheater gegeben hatte. 1932 war sie gemeinsam mit ihrer Schwester in Pariser Nachtclubs aufgetreten, zwei Jahre später wurde sie in London für den Film entdeckt und wirkte in Streifen von Alfred Hitchcock und Carol Reed mit. 1945, nach ihrer Hochzeit mit dem britischen Filmschauspieler Rex Harrison, ist Lilli Palmer nach Amerika übergesiedelt, hat am Broadway unter der Regie von Laurence Olivier auf der Bühne und in Hollywood neben Gary Cooper vor der Kamera gestanden. Mit *Feuerwerk* dreht sie nun ihren ersten deutschen Film. Am Flughafen in München wird die Emigrantin zwanzig Jahre nach ihrem Weggang von Horden von Journalisten und einer Abordnung von Filmleuten empfangen. Bei dieser Gelegenheit wird ihr auch gleich ihre Filmpartnerin Romy Schneider vorgestellt, die ihr einen Blumenstrauß überreicht und sehr zu ihrer Belustigung artig vor ihr knickst: »Ich mußte lachen. Man knickst noch in Deutschland! In England knickst man nur vor der Königin.«[145]

Romy, die im Vorspann zum ersten Mal als »Romy Schneider« erscheint, hat dieses Mal ein Mädel zu spielen, das es sich nach der ersten Begegnung mit der schillernden Welt des fahrenden Volkes in den Kopf setzt, sein Glück als Zirkusartistin zu versuchen, um sich dann letztlich doch dafür zu entscheiden, daheim zu bleiben und mit ihrer Jugendliebe glücklich zu werden. Für ihre Rolle muß sie sogar ein wenig Ballett üben – die Ballettstunden hält ihre Mutter ab. Magda wirkt dieses Mal nicht am Film mit, sie steht zeitgleich für das Melodram *Und ewig bleibt die Liebe* unter der Regie von Wolfgang Liebeneiner vor der Kamera, so daß Romy ganz alleine zu den Dreharbeiten reisen muß, die in München stattfinden. Nach dem Krieg ist die bayerische Metropole zu einem wichtigen Zentrum der deutschen Filmwirtschaft aufgestiegen, die Bavaria in Geiselgasteig avanciert langsam, aber sicher zu einem der größten Filmstudios in Europa.

Wiederum läßt Romy sich ganz in ihre Rolle fallen; sie spielt ihre Figur mit großer Verve und enormem Einfühlungsvermögen, ahnt aber bereits, daß das tiefe Eintauchen in die Leinwandcharaktere zu enormen emotionalen Verwicklungen führen kann, daß die Schauspielerei an ihren Kräften zehren wird. Mit derartigen Fragen wird die Fünfzehnjährige nach Drehschluß allerdings völlig allein gelassen; Romy muß all ihre Gefühlsverwirrungen mit sich selbst ausmachen. In ihrem Tagebuch notiert sie: »Eigentlich ist es ein häßlicher Beruf – Filmschauspielerin. Schauspielerin! Man muß mit ganzem Herzen dabeisein. Und irgendwann einmal darf man es doch wieder nicht. Man sitzt oder man steht oder man schreit oder man weint. Man muß sich richtig gehnlassen, man muß mitleben, wenn man es gut machen will, aber man soll trotzdem Abstand von den Dingen haben, einen klaren Kopf behalten. Ich weiß, daß ich in dieser Schauspielerei aufgehen kann. Es ist wie ein Gift, das man schluckt und an das man sich gewöhnt und das man doch verwünscht.«[146]

Zu besonderen emotionalen Spannungen bei den Dreharbeiten zu *Feuerwerk* führt die Tatsache, daß Romy, die bislang noch nie einen Mann geküßt hat, nun vor laufenden Kameras und vor den Augen aller Leute am Set ihren Filmpartner Claus Biederstaedt küssen soll. Er spielt den jungen Gärtner Robert, in den die von Romy verkörperte Anna unsterblich verliebt ist. Romy geniert sich schrecklich, diese Szene drehen zu müssen. Nach ihrer behüteten Kindheit in Mariengrund und den Jahren im Pensionat, in denen sie ausschließlich mit Mädchen und Frauen konfrontiert war, ist sie zutiefst schüchtern; selbst wenn sie im Kino sitzt, wagt sie es kaum, bei Kußszenen hinzuschauen, weil es ihr peinlich ist. Auch wenn sie sich in ihrem Tagebuch voller Neugier fragt, wie es einmal sein wird, wenn reihenweise fesche Männer sich in sie verlieben – im richtigen Leben ist sie weniger keck. Wenn sie im Zug die bewundernden Blicke eines Mannes spürt, ist sie aufgeregt und nervös und weiß nicht, wo sie hinschauen soll: »Links in der Ecke sitzt ein junger Mann, der aussieht wie Pappi früher. Schwarze Augen, schwarze Haare. Er hält mich mindestens für siebzehn. Sonst würde er nicht so gucken. Hinsehen darf ich nicht, sonst werde ich rot.«[147] Und jetzt plötzlich soll sie vor der Kamera und vor den Augen unzähliger Menschen etwas spielen, wovon sie noch gar keine Ahnung hat: »Richtig Angst hatte ich. Vielleicht würde ich mich blöd anstellen und die anderen würden lachen – das wäre mir auch nicht recht gewesen.«[148] Doch der zehn Jahre ältere Claus Biederstaedt versteht es, seiner Filmpartnerin mit ein paar flapsigen Bemerkungen alle Nervosität zu nehmen: »Und dann haben wir uns geküßt und geküßt und geküßt und immer wieder geküßt. Und draußen schrien und lachten sie. ›Küssen, küssen, küssen.‹ Und wir küßten uns immerzu. Ich habe gar nicht überlegt. Ich habe auch gar nicht nachgedacht. Und plötzlich war es vorbei.«[149]

Lilli Palmer, die in *Feuerwerk* den Erfolgsschlager *O mein Papa* singt, zeigt sich begeistert von ihrer jungen Kollegin, die alles so leicht zu meistern scheint; sie schließt Romy gleich in ihr Herz und kümmert sich wie eine Mutter um sie. Besonders beeindruckt es die

Palmer, mit welcher Ernsthaftigkeit und Gewissenhaftigkeit das junge Mädchen an die Arbeit geht: »Sie war von Anfang an da. Man mußte ihr fast nichts sagen. Manchmal dachte ich, sie sei eine Traumwandlerin. Wir reden immer vom Handwerk. Sie konnte es gar nicht können, sie war zu jung dazu. Niemand hatte ihr etwas beigebracht. Es kam alles aus ihr heraus. Es klingt banal, aber so war es. Wir anderen kamen nicht aus dem Staunen heraus.«[150]

Sowohl Lilli Palmer als auch Claus Biederstaedt erweisen sich als großartige Kollegen, die sich liebevoll um die Anfängerin kümmern. Auch mit den anderen am Set, den Kameraleuten, Beleuchtern und Maskenbildnern, dem Regisseur und den Produktionsassistenten, ergibt sich während der Zeit der Dreharbeiten eine wohltuende Nähe; das Team erscheint Romy wie eine große, harmonisch zusammenarbeitende Familie, in der sie sich sicher, gut aufgehoben und geborgen fühlen kann; doch bald muß sie lernen, daß es in der schnellebigen Welt des Films meist nur oberflächliche Zweckfreundschaften gibt, die für die Zeit der Zusammenarbeit geschlossen werden, die aber nach Wochen oder Monaten der Dreharbeiten auch wieder genauso schnell enden, wie sie begonnen haben. Falls man sich nicht zufällig bei einer der nächsten Produktionen wieder trifft, reißen die Kontakte meist von einer Stunde auf die andere ab, und das Team zerstreut sich in alle Himmelsrichtungen. Für Romy, die sich so sehr nach Geborgenheit und der Sicherheit einer »richtigen« Familie sehnt, daß sie auch die Ersatzfamilie des Drehstabs und der Schauspielkollegen dankbar annimmt, ist diese Erfahrung traumatisch und läßt in ihr eine unglaubliche Leere zurück, die sie um so schmerzlicher empfinden muß, weil sie außerhalb ihrer Filmarbeit keine Freunde oder Vertraute hat, die sie auffangen würden.

Romys Eltern bleiben nach wie vor unerreichbar. Wolf ist wie immer abwesend und interessiert sich nicht für das Leben seiner Tochter, Magda wiederum, die in diesen Tagen zur Übermutter avanciert, die ihr sagt, was zu tun ist, die ihre Karriere vorantreibt und fleißig an ihrem Image strickt, vermag ihrer Tochter nicht das Gefühl zu geben, wirklich von ihr geliebt zu werden. Sie begreift auch nicht, daß es ihre Aufgabe wäre, Romy beizustehen und mit ihr über die Auswirkungen ihres frühen Ruhmes zu sprechen. Ihr angehender Stiefvater »Daddy« Blatzheim ist ihr verhaßt, ihren Bruder Wolfi und ihren Großvater Xaver, der nach dem Tod seiner Frau das Anwesen in Berchtesgaden alleine betreut, sieht sie durch die viele Arbeit nur selten. Und gleichaltrige Freundinnen und Vertraute, mit denen sie sich austauschen und all das besprechen könnte, worüber eine Fünfzehnjährige sich nun mal nur mit Gleichaltrigen austauschen möchte, fehlen ihr. Ironischerweise ist es ausgerechnet die Erfüllung ihres langgehegten Wunschs, ein berühmter Leinwandstar zu werden, die ihre Einsamkeit und Isolation noch verstärkt. Romy kann machen, was sie will: Sie ist eben keine normale Jugendliche. Sie dreht Filme, ihr Name und ihr Gesicht erscheinen auf Filmplakaten, ihre Photos werden hundertfach in den Zeitungen und Illustrierten abgedruckt – all das unterscheidet sie vom Rest der Welt und treibt sie immer stärker in das Universum des Films und läßt sie einen Streifen nach dem anderen drehen, da sie wenigstens so das Gefühl der Geborgenheit im Team erleben kann. Doch die Anerkennung, die sie in der Öffentlichkeit erfährt, ändert nichts an ihrer Einsamkeit, daran, daß sie mit allem, was sie tief im Innersten beschäftigt, alleine bleibt. Durch die kontinuierliche Filmarbeit wird sie auch in den folgenden Jahren keine Muße haben, sich einen Freundeskreis aufzubauen oder die in diesem Alter so wichtigen ersten tastenden Versuche mit dem anderen Geschlecht zu unternehmen, so daß ihr als Ersatz für ihr fehlendes Privatleben letztlich nur ihre Filmarbeit bleibt, in der sie voll und ganz aufgeht.

Wohl nicht zuletzt dieser Umstand des Alleingelassenwerdens mit einer sie emotional völlig überfordernden Situation ist es, der Romy dazu treibt, sich mit so ungewöhnlich großer Intensität und Empathie in ihre Rollen zu stürzen – was ihre Einsamkeit nur noch mehr verstärkt und die Kluft zwischen ihr und den Normalsterblichen nur noch größer werden läßt. Denn sobald die Kameras ausgehen, sobald die letzte Klappe gefallen ist, bleibt Romy alleine mit ihren Gefühlen, über die sie sich mit niemandem austauschen kann. Ein

»normales« Umfeld fehlt völlig; Romy hat keine gleichaltrigen, unvoreingenommenen Freunde, die nicht aus dem Filmgeschäft kommen, die sie nicht unter professionellen Gesichtspunkten betrachten und die die Fähigkeit hätten, sie zu erden, ihr Bodenhaftung und Selbstbewußtsein zu geben und sich mit ihrer inneren Zerrissenheit auseinanderzusetzen. Um sie herum sind nur Leute, deren größtes Interesse es ist, mit ihr Geld zu verdienen. Die Filmwelt wird zu Romys Ersatz für die Wirklichkeit – was für ihr zukünftiges Leben fatale Folgen haben wird.

Allein gelassen von denen, die die Verantwortung hätten, sich um den jungen Filmstar zu kümmern, zieht Romy sich in sich selbst zurück, so wie sie das schon in Goldenstein getan hat, als sie von ihrer Schauspielkarriere träumte und niemanden hatte, dem sie sich anvertrauen konnte – außer ihrem Tagebuch, in dem sie ihre Sorgen und Nöte, ihre Hoffnungen und Träume festhält. Doch nun sind es eben nicht mehr nur harmlose Internatsabenteuer und Kleinmädchensorgen, über die sie schreibt, nun sind es die Sorgen einer Heranwachsenden, die einerseits davon träumt, weiter schöne Filme zu drehen und beim Publikum gut anzukommen, die aber andererseits von der Aufmerksamkeit der Presse und der Öffentlichkeit geradezu erschlagen wird, ohne daß ihr jemand beistehen und erklären würde, wie sie die überschwengliche öffentliche Anerkennung mit ihrer persönlich empfundenen Einsamkeit unter einen Hut bringen soll.

Nach außen hin merkt man Romy nichts von ihren Gefühlsverwirrungen an, nichts davon, daß es sie völlig überfordert, derart im Fokus der Öffentlichkeit zu stehen, wie es seit ihrem ersten Film der Fall ist. Nach außen hin gibt sie, die nie gelernt hat, mit anderen über ihre Gefühle zu sprechen, und von ihrer Mutter vorgelebt bekommen hat, daß man seine Gefühle anderen gegenüber möglichst unter Kontrolle zu halten hat, die Selbstsichere; sie absolviert brav alle Termine, die ihre Mutter für sie vereinbart, gibt stundenlang Autogramme, knickst artig auf der Bühne von Filmtheatern, wenn ihre Filme aufgeführt werden, lächelt bezaubernd, wenn Reporter sie ablichten wollen, und dreht einen Film nach dem anderen – so, wie es von ihr erwartet wird. Doch die Selbstsicherheit ist reine Fassade – dahinter verbirgt sie ihre außerordentliche Sensibilität. Romys Tagebuchaufzeichnungen aus dieser Zeit zeugen davon, wie unsicher und schüchtern sie in Wirklichkeit ist, wie groß in ihrem Fall die Gefahr ist, an der Situation zu zerbrechen. Doch die für die Öffentlichkeit bestimmte Fassade, die nichts von ihren Selbstzweifeln, ihrer Unsicherheit, ihren Ängsten und Sorgen ahnen läßt, funktioniert – nicht umsonst ist Romy Schauspielerin. Alle lieben sie. Nur sie selbst lernt nie, sich zu lieben.

Romy bleibt nicht viel Zeit für solche Überlegungen, ein Film hetzt den nächsten. Schon wieder sitzt sie über einem Drehbuch und hat eine Rolle zu lernen – in ihrem dritten Film, der in Wien gedreht und unter dem Titel *Mädchenjahre einer Königin* in die Kinos kommen wird, hat sie die blutjunge britische Königin Victoria zu spielen. Der Streifen stellt den endgültigen Startschuß für Romys Karriere dar, die während der Dreharbeiten ihren sechzehnten Geburtstag feiert. Zum ersten Mal steht sie in einer Hauptrolle vor der Kamera, zum ersten Mal erscheint ihr Name an erster Stelle im Vorspann und auf den Plakaten, noch vor dem ihrer Mutter Magda, die sich dieses Mal wieder eine Rolle für sich selbst ausbedungen hat – sie spielt die Baronin von Lehzen, die Gouvernante Victorias. Regie führt Ernst Marischka, den Magda bereits seit den frühen dreißiger Jahren kennt. Damals arbeitete er noch hauptsächlich als Drehbuchautor und hatte das Drehbuch zu Magdas erstem Film *Zwei in einem Auto* verfaßt; Magda und er sind also alte Bekannte. Auf Anhieb erkennt der umtriebige Marischka, welches Potential in Romy steckt, und beschließt, sie erstmals in einer Hauptrolle zu besetzen. Er ist es auch, der sie wenig später mit seinen *Sissi*-Filmen weltberühmt machen wird – *Mädchenjahre einer Königin* ist sozusagen die Feuerprobe für Romy. Für die Rolle der berühmten englischen Königin war eigentlich die zwölf Jahre ältere Sonja Ziemann engagiert worden, die bereits zu einer der beliebtesten Filmschauspielerinnen der Adenauer-Ära aufgestiegen ist. Wie Romy spielt sie oft nette, unkomplizierte Mädel –

gemeinsam mit ihrem Filmpartner Rudolf Prack, mit dem sie Erfolgsstreifen wie *Schwarzwaldmädel* und *Grün ist die Heide* gedreht hat, bildet sie das Traumpaar des deutschen Nachkriegskinos. Doch Marischka hält die blutjunge Romy mit ihrer natürlichen Ausstrahlung und Liebenswürdigkeit mit einem Mal für die bessere Victoria und sagt Sonja Ziemann kurzfristig ab.

Wie später auch in den *Sissi*-Filmen konzentriert sich Marischka, den Romy artig mit »Onkel Ernst« anspricht, auch in *Mädchenjahre einer Königin* auf die Inszenierung einer rührseligen Adelsromanze, ohne sich allzusehr mit tatsächlichen historischen Tatsachen zu belasten. Ernst Marischka, der seit 1913 im Filmgeschäft ist, gilt als Spezialist für kostümrauschende, prachtvoll ausgestattete Filme, als Experte für operettenselige, wienerische Filmstoffe – und so kann man auch seinem neuen Film nicht so wirklich den englischen Hof abnehmen. Auch wenn es um das Schicksal der britischen Königin geht, bleibt immer das Gefühl zurück, man befinde sich gerade im kaiserlich-königlichen Wien – und tatsächlich wird der Wiener Prater in Marischkas Film kurzerhand zum Londoner Hydepark erklärt. *Mädchenjahre einer Königin* erzählt die Liebesgeschichte Victorias mit dem von Adrian Hoven verkörperten Prinzen Albert von Sachsen-Coburg. Nachdem die junge Prinzessin durch den Tod ihres Vaters über Nacht zur Königin von England geworden ist, beginnt sie langsam, aber sicher ihre eigenen Überzeugungen am Hofe umzusetzen – gegen den Willen ihrer Familie. Einer erzwungenen Hochzeit aus Staatsräson steht sie ablehnend gegenüber. Als ihr auf einem Fest potentielle Heiratskandidaten aus dem europäischen Hochadel vorgestellt werden sollen, ergreift sie die Flucht und verliebt sich im Hafen von Dover in einen scheinbar einfachen deutschen Studenten; erst später stellt sich heraus, daß auch dieser inkognito unterwegs ist und es sich in Wirklichkeit um den Prinzen von Sachsen-Coburg handelt und damit um einen durchaus standesgemäßen Gatten für die Königin von England. Beim Wiedersehen im Thronsaal des Kensington-Palasts kommt es zum Happy-End.

Für Marischka ist der Stoff nicht neu; er hatte das Drehbuch zu

Mädchenjahre einer Königin bereits 1936 geschrieben. Damals wurde der Stoff mit Jenny Jugo in der Hauptrolle verfilmt. Für Marischkas Karriere, die in den dreißiger und frühen vierziger Jahren florierte, nach Kriegsende jedoch ins Stocken geraten ist, stellt das Remake des Films einen Glücksfall dar, denn mit dem Publikumsrenner *Mädchenjahre einer Königin* begründet er seine Nachkriegskarriere. Marischka hat mit seinem untrüglichen Gespür und seiner vierzigjährigen Berufserfahrung von Beginn an gewußt, daß er mit Romy auf das richtige Pferd gesetzt hat, daß sie das Zeug dafür hat, die Rolle der Königin Victoria so überzeugend wie keine andere zu spielen. Und auch Romy, die es herrlich findet, eine Hauptrolle zu übernehmen, ist sich sicher: »Ich schaff's – das wär ja gelacht.«[151]

Als der Film abgedreht ist, kann sie es kaum erwarten, bis er in die Kinos kommt, und sie fragt sich immer wieder, was das Publikum sagen, was die Kritiker schreiben werden. Dieses Mal erscheint ihr die Zeit, die zwischen der letzten Klappe und der Uraufführung liegt, unendlich langsam zu vergehen. Doch sie bekommt Ablenkung. Im November 1954, nach Abschluß der Dreharbeiten und bevor der Film kurz vor Weihnachten in die Kinos kommt, bricht sie zusammen mit ihrer Mutter und »Daddy« Blatzheim zu einem längeren Italien-Urlaub auf, der sie nach Rom und Neapel, auf die Insel Capri und nach Sizilien führt. Sie ist begeistert, zum ersten Mal im Leben das Mittelmeer zu sehen, aber irgendwie kreisen ihre Gedanken dann doch immer wieder um ihren Film und die Frage, wie er wohl ankommen wird.

Doch Romy braucht sich keine Sorgen zu machen; sie besteht auch diese Feuerprobe glänzend und erfüllt problemlos alle in sie gesetzten Erwartungen. Der Film wird ein großer Kassenschlager und macht Romy endgültig zum Tagesgespräch. Die Kritiker befinden, daß sie mit ihrer ersten Hauptrolle »eine sehr beachtliche Talentprobe« abgelegt hat. Der Erfolg von *Mädchenjahre einer Königin* katapultiert Romy in eine neue Umlaufbahn ihrer Karriere und bringt sie mit einem Schlag in die vorderste Reihe. Von nun an wird sie nur noch Hauptrollen spielen, wobei ihre Mutter in der Auswahl der Stoffe nicht immer ein glückliches Händchen beweist, wie man etwa bei Romys nächstem Film sehen kann. Wiederum unter Ernst Marischkas Regie entsteht in Salzburg und Wien die operettenselige, zu Zeiten der Monarchie spielende Liebesschnulze *Die Deutschmeister.* Magda verkörpert hier eine Wiener Bäckersfrau, deren von Romy gespielte Nichte von Salzburg in die österreichische Hauptstadt kommt. Dort verliebt sie sich sofort unsterblich in einen schmucken Korporal, den sie nach zahlreichen Verwicklungen, die sie bis ins Audienzzimmer von Kaiser Franz Joseph führen, schließlich auch für sich erobern kann. Der Film, in dem neben einer Reihe Wiener Komiker auch Hans Moser mitwirkt, ist banal. Welche Rollen sie spielt, ist für Romy in diesen Jahren jedoch eher zweitrangig; wichtiger ist ihr, daß sie möglichst bald wieder vor der Kamera steht, daß möglichst wenig Zeit bis zu den nächsten Dreharbeiten vergeht. »Der Film ist wie ein süßes Gift«, notiert sie in ihr Tagebuch. »Wenn man einmal daran geschleckt hat, kann man nicht mehr aufhören.«[152]

Da die Flut immer neuer Filmangebote nicht abebbt, braucht Romy auch gar nicht ans Aufhören zu denken. Gleich nachdem *Die Deutschmeister* abgedreht ist, starten die Dreharbeiten für die Neuverfilmung des Murnau-Klassikers *Der letzte Mann.* Die Rolle des stolzen Hotelangestellten, der durch unglückliche Umstände zum Toilettenaufseher degradiert wird, die bei der Erstverfilmung 1924 von Emil Jannings verkörpert wurde, spielt im Remake Hans Albers, der große Kassenmagnet von einst. Unterstützt wird er von Romy und Joachim Fuchsberger. Die Handlung ist in die Wirtschaftswunderwelt der Nachkriegszeit verlegt worden und insofern rüschenfrei – Romy ist überglücklich, endlich einmal nicht im historischen Kostüm vor der Kamera stehen zu müssen. Auch wenn sowohl Romys als auch Albers' schauspielerisches Talent in diesem mißlungenen und auch beim Publikum durchfallenden Remake absolut vergeudet wird, wirkt die taufrische Romy auf den alten Filmhasen Albers durchaus überzeugend. Er ist altersmilde geworden und weiß, daß er niemandem mehr etwas zu beweisen braucht, so daß er Romy ihre

Chance von ganzem Herzen gönnt. Ein Jahr zuvor hat er am Rande der Dreharbeiten zu *Nachts auf den Straßen* zu seiner Filmpartnerin Hildegard Knef gesagt: »Du hast es vor dir, ich hab's bald hinter mir.«[153] Und auch jetzt, in Romys Fall, ist ihm klar, daß seiner jungen Kollegin die Zukunft gehört: »Es war nicht mein Film, es war ihr Film.«[154]

Romy ist gefragt, von Film zu Film steigt ihre Popularität, sie ist das neue Wundermittel des deutschen Kinos, ein Garant für Kassenerfolge. Aber noch ist sie nicht ganz oben. Mit ihrem nächsten Film jedoch wird sie die Spitze erreichen – zumindest die Spitze des kommerziellen Unterhaltungskinos. Binnen Jahresfrist wird sie zum absoluten Publikumsliebling und zum lukrativsten Superstar des deutschen Films aufsteigen. Mit Romy-Schneider-Filmen wird bald schon mehr Geld verdient als mit allen anderen Filmen. Ernst Marischka ist es, der ihr die neue Rolle offeriert, die sie ganz groß rausbringen soll – sie soll Sissi, die Kaiserin Elisabeth von Österreich, spielen. Marischka prophezeit ihr: »Du wirst alle jungen Mädchen Europas zum Träumen bringen.«[155] Der Rest ist Filmgeschichte. Marischka wird recht behalten. Tatsächlich wird Romy mit ihrem neuen Film Millionen von Menschen zum Träumen bringen – und in die Kinos locken. Nicht nur in Deutschland und Österreich, sondern in ganz Europa. Romy wird zum neuen Megastar des Kinos aufsteigen, was nicht zuletzt ihre geschäftstüchtige Mutter und ihren umtriebigen Stiefvater »Daddy« Blatzheim freut. Die beiden schwingen sich zu den Aufsehern ihrer Karriere auf; sie reißen sämtliche geschäftlichen Angelegenheiten Romys an sich und treffen alle beruflichen Entscheidungen, solange sie noch minderjährig ist und sich nicht gegen die Vereinnahmung durch Mammi und »Daddy« wehren kann.

Mammi & Daddy

Kurz nach der Premiere von Romys und Magdas erstem gemeinsamen Film *Wenn der weiße Flieder wieder blüht* hat Magda im Dezember 1953 in Köln Hans Herbert Blatzheim im Rahmen einer übertrieben prunkvoll ausgerichteten Zeremonie geheiratet. Fortan trägt sie den Doppelnamen Schneider-Blatzheim, fungiert aber in der Öffentlichkeit weiter unter ihrem vertrauten Künstlernamen Magda Schneider.

Das Paar, und mit ihm auch Romy und ihr Bruder Wolfdieter, pendelt zwischen Magdas Anwesen Mariengrund bei Berchtesgaden und Blatzheims Refugium in Köln hin und her. Weilt man in Köln, läßt Blatzheim sein direkt am Rhein im Ortsteil Rodenkirchen gelegenes Hotel Bellevue für Gäste schließen, damit Magda, er und die Kinder ungestört sind. Die Kinder, die Magda schon vor der Ehe dazu gedrängt hat, ihren zukünftigen Mann als neuen Vater zu akzeptieren und ihn »Daddy« zu nennen, sind alles andere als glücklich über ihren neuen Stiefvater. Besonders Romy tut sich schwer, den neuen Mann an Magdas Seite zu akzeptieren, ist er ihr doch von Beginn an zutiefst unsympathisch gewesen. Aber wie immer hat sie sich auch in diesem Punkt zu fügen.

Wer ist Blatzheim? Ein großspuriger Parvenü, ein etwas fragwürdiger, nicht wirklich durchschaubarer Lebemann, der edle Maßanzüge und teure goldene Uhren trägt, ein Mann mit einer ausgesprochenen Vorliebe für Luxus, Feinschmeckerlokale und gutes Essen, der sein Hobby zum Beruf gemacht hat, ein umtriebiger Gastronom und Hotelier, der gerne reist und Nachtclubs rund um die Welt besucht, sich an »kaum verhüllter Haut weiblicher Schönheitstänzerinnen und Entkleidungskünstlerinnen«[156] erfreut. Er ist ein typischer Wirtschaftswundermann – einer, der seinen Reichtum großkotzig zur Schau stellt. Er läßt sich in einem Rolls-Royce mit Chauffeur durch die Gegend fahren, frönt teuren Hobbys, führt Magda und ihre Kinder in noble Restaurants und Lokale aus und spendiert ihnen Italien- und Ibiza-Urlaube zu einer Zeit, als die meisten Deutschen noch nicht wieder an Auslandsurlaube denken können. Er ist Chef der Blatzheim-Betriebe, bislang ausschließlich im Rheinland tätig, doch mit seiner berühmten Stieftochter in der Hinterhand will er nach den Sternen greifen und seine Geschäfte auf ganz Deutschland ausweiten.

Den Grundstein für sein Imperium hat er in den zwanziger Jahren gelegt – mit tatkräftiger Unterstützung seines Vaters Ludwig Blatzheim. Dieser, aus einer alten wohlhabenden Kölner Familie stammend, hat seinerzeit zum Entsetzen seiner Eltern sein Studium abgebrochen, um Handelsvertreter zu werden und für die Firma Oetker Backpulver-Tütchen zu verkaufen. Da er ein cleverer, geschäftstüchtiger Verkäufer ist, bringt er es auf diesem Weg zu stattlichem Reichtum und kann sich prächtige Kutschen und bald eins der ersten Automobile Kölns leisten. Und er gründet eine Familie. Doch Ludwig Blatzheim ist viel mehr ein Lebemann als ein braver Familienvater; er liebt schöne Frauen und gutes Essen und genießt seinen früh

erlangten Reichtum in vollen Zügen. Aber er arbeitet auch hart, sitzt schon morgens früh um sieben im Büro und löscht oft erst weit nach Mitternacht das Licht. Er liebt es, Geschäfte zu machen, sein Vermögen wachsen zu sehen.

1922 beteiligt er sich finanziell am Bau des Schwerthofs in der Zeppelinstraße, direkt an Kölns zentralem Platz, dem Neumarkt, gelegen. Das Gebäude ist ursprünglich als Messehaus geplant, wird dann aber eins der elegantesten Büro- und Geschäftshäuser Kölns. Trotz der zentralen Lage findet sich kein Pächter für die im Erdgeschoß geplante Gastronomie, so daß Blatzheim senior kurzerhand beschließt: »Ich bin ein guter Kaufmann, und was ein Cafetier kann, das kann ich auch.«[157] Fortan widmet er sich voller Leidenschaft seinem *Café Schwerthof*, das er schon bald um eine Bar erweitert. Immer wieder steht der charmante Blatzheim auch selbst hinter der Theke, umschwärmt von jungen Mädchen und Frauen. So umschwärmt, daß bald seine Ehe darüber in die Brüche geht.

Doch Hans Herbert, sein 1905 geborener Sohn aus dieser Ehe, steht auch weiterhin zu seinem Vater. Es imponiert ihm, wie beliebt sein alter Herr ist, wie gut er mit Menschen umgehen kann – und natürlich auch, wieviel Geld er verdient. Hans Herbert Blatzheim beschließt es seinem Vater gleichzumachen. Auch er will es schon in ganz jungen Jahren zu Reichtum bringen. Zu dem von seinen Eltern vorgesehenem Jurastudium hat er ebensowenig Lust wie zu einer anfänglich ins Auge gefaßten Banklehre. Nein, das dauert ihm alles zu lange; er will so schnell wie möglich eigenes Geld verdienen und sein »Ziel, ein Lebemann zu werden«,[158] verwirklichen. Und tatsächlich findet der neunzehnjährige Schulabbrecher ein waghalsiges Kölner Bankhaus, das ihn ohne Abitur und ohne jegliche Ausbildung als Devisenhändler einstellt. Wir schreiben das Jahr 1923, die Zeit der Hyperinflation, der stärksten Geldentwertung, die eine Industrienation je erlebt hat. Die deutsche Wirtschaft bricht zusammen, die Arbeitslosenzahlen steigen drastisch an, die Löhne fallen ins Bodenlose, und es grassiert Armut. Aber es gibt auch Leute, die es verstehen, aus dieser wirtschaftlichen Katastrophe Kapital zu schlagen – zu ihnen zählt Hans Herbert Blatzheim. Er macht Devisengeschäfte und sitzt damit an der Quelle für die heißersehnten Dollars, mit denen man sich bald jeden Wunsch erfüllen kann.

Ein Jahr lang geht es gut, und Blatzheim junior führt ein Leben in Saus und Braus. Er legt sich ein sündhaft teures Auto zu, ernährt sich fast ausschließlich von Kaviar, Hummer und edelstem Champagner – und die Mädels liegen ihm zu Füßen. Selbst sein geschäftstüchtiger Vater ist erstaunt, wie schnell sein Sohn es zu Geld gebracht hat. Doch der Traum vom schnellen Reichtum platzt für Blatzheim wie für viele der Inflationsmillionäre wie eine Seifenblase. Die verrückte Zeit des schnellen Geldverdienens ist bald Geschichte, denn der Reichsregierung gelingt es im November 1923 durch eine Währungsreform, die Lage wieder in den Griff zu bekommen und die Wirtschaft zu stabilisieren. Mit der Zeit der Scheinvermögen und des Millionär-Spielens ist es damit erst einmal vorbei. Hans Herbert steht mit einem Mal vor einem Haufen Schulden, das teure Auto muß verkauft werden, und er ist wieder ein ganz normaler junger Mann von zwanzig Jahren, der sich – zurückgeholt auf den Boden der Tatsachen – als Lehrling in einer Margarinefabrik verdingt.

Doch das Schicksal hat anderes mit ihm vor. Nach einjähriger Lehrzeit bietet sich ihm erneut eine vielversprechende Chance, denn der mit seinem Vater befreundete, in Amsterdam lebende Multimillionär Martin Sternberg wird auf den jungen Mann aufmerksam. Sternberg ist Inhaber eines eigenen Bankhauses, Eigentümer von Luxushotels, Sektkellereien, Fabriken sowie des legendären Metropol-Theaters in Berlin – und Besitzer einer stattlichen Rolls-Royce-Sammlung. Der Herr Generalkonsul kann den aufgeweckten Hans Herbert brauchen und stellt ihn als persönlichen Assistenten ein. Dieser lernt jetzt erst so richtig das Leben im Luxus kennen, fährt plötzlich in noblen Rolls-Royce durch die Gegend, steigt, wenn er Aufträge für Sternberg erledigt, in den besten Hotels Europas ab und taucht in die Welt der Fürsten und Millionäre ein. Als Privatsekretär eines der mächtigsten Bankiers Europas wird er überall hofiert und zuvorkommend behandelt. Blatzheim, Anfang Zwanzig, genießt es, wieder mal »den großen Maxe«[159] spielen zu können, und er lernt, wie es in der Welt der Hochfinanz zugeht und wie man ein großes Unternehmen rentabel führt.

1927 kehrt Blatzheim nach Köln zurück, wo sein Vater Ludwig nach wie vor als Gastronom tätig ist. Hans Herbert steckt voller Tatendrang, schlägt seinem Vater vor, einen gemeinsamen gastronomischen Betrieb zu gründen. Der Grundstein zum Blatzheim-Imperium wird gelegt. Im September 1927 eröffnen die beiden die Bar *Charlott* in der Brückenstraße, die binnen kürzester Zeit zu einer festen Institution in Köln wird und auch weit über die Stadtgrenzen hinaus Bekanntheit erlangt. Blatzheim erinnert sich: »Es war ein gewaltiger und doch ziemlich unerwarteter Erfolg. Innerhalb eines Jahres war die *Charlott* in der ganzen Welt so bekannt, daß zum Beispiel Amerikaner, die durch Köln reisten, als erstes den Hotelportier fragten: ›Wo ist, bitte, diese Bar Charlott, von der mir meine Freunde erzählt haben.‹«[160]

Eine Kapelle spielt Tanzmusik und aktuelle Schlager, die Kellner servieren im Frack, und die bildhübschen Barmädchen sucht Hans Herbert persönlich aus. Der Gast ist König, jeder noch so extravagante Wunsch wird erfüllt – und vor allem wissen es die Gäste zu schätzen, daß die pfiffigen Blatzheims immer wieder neue Wege finden, um die Sperrstunde zu umgehen, deren Einhaltung von der Polizei im katholischen Köln streng überwacht wird. Zunächst sind es die wohlhabenden Kölner, die hier verkehren; bald schon aber reist man auch von ferne an, um sich bei den Blatzheims zu vergnügen. Viele Prominente und Wohlhabende wählen das Etablissement zu ihrem Stammlokal; sie kommen regelmäßig, wenn sie geschäftlich in Köln weilen – darunter spendable Parvenüs, die auch schon mal ein paar Tausender pro Nacht ausgeben, um sich zu amüsieren und ihre Freunde zu beeindrucken. Angesichts des durchschlagenden Erfolgs beschließen Vater und Sohn zu expandieren. Sie eröffnen, ebenfalls in Köln, die Bar *Cherie* und realisieren das ehrgeizige Projekt *Café Wien*, an dem sie sich beinahe übernehmen. Der Bau des extravaganten Etablissements im Jahr 1929 verschlingt wesentlich mehr Geld als ursprünglich geplant und bringt die Blatzheim-Betriebe erheblich ins Schlingern. Doch die umtriebigen Gastronomen bekommen gerade noch einmal die Kurve. Trotz der Weltwirtschaftskrise laufen die Geschäfte gut für sie. Gerade das neueröffnete *Café Wien* bringt viel Geld in die Kassen. Es erfreut sich größter Beliebtheit, da es eine regelrechte Erlebnisgastronomie bietet – es gibt eine vielbestaunte Voliere mit Hunderten von Vögeln, außerdem Aquarien und Terrarien, zudem eine eigene Bühne, auf der Conférenciers, Varieté-Künstler aus aller Herren Länder, Kabarettisten, Sänger, Schauspieler und Dichter auftreten. Selbst der berühmte Joachim Ringelnatz steht wiederholt bei den Blatzheims auf der Bühne. Und auch die Gäste sind hochkarätig. So ist etwa Box-Legende Max Schmeling oft zu Gast; der Europameister trainiert in einem Kölner Boxstall und wird bald als frischgebackener Weltmeister im Schwergewicht von sich reden machen.

Immer neue Unternehmungen kommen hinzu, im Jahr 1930 etwa ein Restaurant mit Rheinterrasse in Köln-Rodenkirchen, ein Gastronomiebetrieb mit dreitausend Plätzen. Schlag auf Schlag geht es weiter; die Blatzheims eröffnen den *Rheinpavillon,* die *Zoo-Terrassen,* übernehmen den *Kaiserhof,* die *Königin-Bar,* das Etablissement *Groß-Köln* – die Blatzheim-Betriebe entwickeln sich zu einem großen Konzern. Die alteingesessenen Kölner Gastronomen bekommen es mit der Angst zu tun, denn sie haben den umtriebigen und innovativen Blatzheims wenig entgegenzusetzen. Hans Herbert Blatzheim genießt es, im Mittelpunkt zu stehen, badet geradezu in der öffentlichen Aufmerksamkeit, die sein geschäftlicher Aufstieg ihm beschert, und versteht es immer wieder geschickt, sich ins Gespräch zu bringen. Zeitlebens wird er das beherzigen, was Max Schmeling ihm mit auf den Weg gegeben hat: »Die Hauptsache ist, daß sie überhaupt über dich schreiben und daß sie dann den Namen richtig schreiben. Erst wenn sie nicht mehr schreiben, dann bist du praktisch gestorben.«[161]

Vater und Sohn Blatzheim schaffen es, ihre Restaurants, Bars und Cafés wohlbehalten durch die wirtschaftlich schweren Jahre zu steuern, wenn die Geschäfte in den Jahren 1930 und 1931 auch für die Blatzheims alles andere als gut laufen. Als Folge der Weltwirtschaftskrise bleiben immer mehr Gäste weg; es wird immer schwieriger, mit den rückläufigen Einnahmen die laufenden Kosten zu decken. Die neu eingeführte Getränkesteuer macht dem Unternehmen das Leben zusätzlich schwer. Da man meint, den ohnehin arg strapazierten Geldbeuteln der Gäste nicht noch mehr zumuten zu können, halten die Blatzheims die bisherigen Preise für Bier, Wein und Schnaps trotz der neuen Steuer weiterhin aufrecht. Die Folge dessen ist ein Berg von Steuerschulden, auf deren sofortige Zahlung die Stadt Köln nachhaltig pocht. Mitte 1932 flattern die ersten Pfändungsverfügungen ins Haus: »Ich sah den Konkurs schon vor mir.«[162] Doch ein Hans Herbert Blatzheim gibt sich so schnell nicht geschlagen. Er scheut sich nicht, persönlich bei Kölns Oberbürgermeister Konrad Adenauer vorzusprechen, der ihm daraufhin tatsächlich zunächst eine Stundung der Schulden gewährt und sie dann in gesamter Höhe erläßt, so daß zahllose Arbeitsplätze gesichert werden und die Blatzheim-Betriebe durch die prominente Schützenhilfe auch die wirtschaftlich turbulentesten Zeiten überstehen.

Nach Hitlers »Machtergreifung« und dem Wiedererstarken der deutschen Wirtschaft laufen auch für die Blatzheims die Geschäfte wieder wesentlich besser. Blatzheim hat keine Probleme, sich den neuen politischen Verhältnissen anzupassen, schließlich ist der bisherige Wähler der konservativen Zentrumspartei bereits 1933, noch vor der von Hitler verhängten Aufnahmesperre, Mitglied der NSDAP geworden. Auch zahlreichen anderen NS-Organisationen gehört er an, so tritt er 1933 dem paramilitärischen Nationalsozialistischen Kraftfahrerkorps (NSKK) bei, das ihm 1938 ehrenhalber den Rang eines »Sturmführers« verleiht, 1936 wird er Mitglied der Nationalsozialistischen Volkswohlfahrt (NSV), 1937 tritt er dem Volksbund für das Deutschtum im Ausland und 1941 dem Reichskolonialbund bei, außerdem ist er Mitglied der Reichskulturkammer, der Reichstheaterkammer, der Reichspressekammer und des Reichsluftschutzbundes.[163] Sein früher Parteieintritt sowie die Vielzahl seiner Mitgliedschaften in anderen NS-Gliederungen legen nahe, daß Blatzheim nicht nur aus blankem wirtschaftlichem Opportunismus NSDAP-Mitglied geworden sein kann, sondern daß er, wenn vielleicht auch kein eingefleischter, mit allen politischen Zielen der Partei einverstandener Nazi, so aber doch zumindest durchaus ein Sympathisant Hitlers und seiner Bewegung ist.

1936 zerstreiten sich Vater und Sohn Blatzheim, der Hintergrund des Streits liegt im dunkeln. Ludwig und Hans Herbert Blatzheim gehen fortan geschäftlich getrennte Wege. Während der Vater, der ebenso wie sein Sohn Mitglied der NSDAP ist,[164] sich mit einigen kleineren Cafés und Bars selbständig macht, führt Hans Herbert Blatzheim das durch den Verkauf einiger Lokale verkleinerte Blatzheim-Imperium alleine weiter. Jetzt sind es zunehmend Nazi-Bonzen, NS-Gauleiter und Wehrmachtsoffiziere, die in den angesagten Restaurants und Bars der Blatzheim-Gruppe verkehren. Die Geschäfte laufen gut für Blatzheim, bis zum Kriegsbeginn fährt er fast jedes Jahr nach Italien in den Urlaub, bereist Nordafrika, Palästina und Indien, 1936 führt ihn seine Hochzeitsreise nach Süd- und Nordamerika.[165]

Trotz seiner Parteimitgliedschaft kommt Blatzheim immer stärker mit den Nazis in Konflikt, weil er auffällig viele Juden in seinem Betrieb beschäftigt und trotz des Insistierens der NS-Behörden auch nachhaltig für ihren Verbleib in seinem Unternehmen eintritt – so lange, bis auch seine Einsprüche ihre Deportation nicht mehr verhindern können. In solchen Fällen unterstützt Blatzheim dann oftmals die zurückbleibenden Familien, indem er die Ehefrauen der Verschleppten bei sich einstellt. Mit seinem demonstrativ judenfreundlichen Verhalten, das nicht so recht zum Auftreten eines NSDAP-Mitglieds passen will, macht Blatzheim sich bei seinen Parteigenossen beileibe keine Freunde. Auch ansonsten fällt Blatzheim wiederholt unangenehm auf. So wird er 1937 wegen Steuerhinterziehung verurteilt; ein Jahr später verhängt der Kölner Regierungspräsident eine Ordnungsstrafe von zweihunderttausend Reichsmark gegen ihn.[166]

Doch bald geht der joviale Geschäftsmann, der meint, sich von niemandem Vorschriften machen lassen und sich vor nichts und niemandem fürchten zu müssen, in seiner Überheblichkeit zu weit, und sein großspuriges Auftreten wird ihm zum Verhängnis. Als zwei seiner wichtigsten Mitarbeiter, ein Geschäftsführer und ein Pianist, an die Front geschickt werden sollen und es ihm trotz aller Bemühungen nicht gelingt, die Einberufung der beiden zu verhindern, besticht er, der den Kölschen Klüngel perfekt beherrscht, kurzerhand das zuständige Wehrbezirkskommando, das die beiden Männer daraufhin fälschlich untauglich schreibt, damit sie weiter für Blatzheim arbeiten können. Der Schwindel fliegt auf, die drei Männer kommen im August 1941 umgehend in Untersuchungshaft, und zwei Monate später wird ihnen der Prozeß gemacht. Hans Herbert Blatzheim wird »als Triebfeder des ganzen unlauteren Manövers« angesehen und von einem Feldgericht wegen Wehrkraftzersetzung zu zweieinhalb Jahren Haft verurteilt: »Ein derart unwürdiges und straffälliges Verhalten erforderte die entsprechende Sühne«,[167] heißt es in der Urteilsbegründung. Gleichzeitig schließt man ihn aufgrund seiner »niederen Gesinnung« unehrenhaft aus allen NS-Organisationen und auch aus der NSDAP aus und drängt ihn dazu, alle seine Betriebe zu veräußern. Seine Strafe sitzt er von Oktober 1941 an im Militärgefängnis Germersheim ab; ein Jahr später wird er in eine Feldstraf-Gefangenen-Abteilung nach Rußland verlegt – diese werden 1942 aufgrund der Überfüllung der Wehrmachtsgefängnisse eingeführt und sind dafür gefürchtet, daß die Gefangenen hier besonders schlecht versorgt werden. Unmittelbar nach Blatzheims vorgezogener Haftentlassung im Mai 1943 wird er im Rang eines Gefreiten als Soldat an die Ostfront geschickt, an der drei Monate nach der Kapitulation der 6. Armee in Stalingrad der Widerstand der sowjetischen Streitkräfte nicht mehr zu brechen und die Lage längst aussichtslos geworden ist. Als Mitglied der 246. Infanterie-Division wird Blatzheim schnell mit der ganzen Brutalität des Kriegs konfrontiert. Seine der Heeresgruppe Mitte zugeteilte Division ist in der hart umkämpften Stadt Smolensk stationiert, die 1941 von den

Deutschen erobert und dabei fast komplett zerstört worden ist. Bei der Rückeroberung von Smolensk durch die Rote Armee im Sommer 1943 wird Blatzheim schwer verletzt und kommt in ein Lazarett – im September 1943 wird er mit dem Verwundetenabzeichen ausgezeichnet. Die letzten eineinhalb Kriegsjahre verbringt er in einer Genesungskompanie. Nach Kriegsende kehrt er nach Köln zu Frau und Kindern zurück – Blatzheim ist mit einer Französin verheiratet und hat drei Kinder, zwei Söhne und eine Tochter.

Nach dem Untergang des NS-Regimes geht Hans Herbert Blatzheim im vom Bombenkrieg arg in Mitleidenschaft gezogenen Köln frisch ans Werk. Er ist optimistisch und fest davon überzeugt, daß es mit Deutschland und der deutschen Wirtschaft wieder bergauf gehen wird, und krempelt die Ärmel hoch. Die mit der Einführung der Deutschen Mark verbundene Währungsreform des Jahres 1948 bringt ein Ende der bis dato florierenden Schwarzmarktgeschäfte sowie der wirtschaftlichen Unsicherheiten, die ein Jahr später erfolgende Gründung der Bundesrepublik Deutschland sorgt für eine Stabilisierung der politischen Situation; die drei westlichen Besatzungszonen erlangen zwar keine Souveränität, werden aber im beginnenden Kalten Krieg als potentielle Verbündete des Westens umworben. Na also. Man ist schon wieder wer. Man wird schon wieder gebraucht. Balsam auf die Seelen der Deutschen, die sich überwiegend nicht als von den Alliierten »befreit« fühlen, sondern mit der Einstellung leben, daß man den Krieg verloren hat.

Doch jetzt geht es aufwärts, schneller als man es angesichts des am Boden liegenden Deutschlands je für möglich gehalten hätte. Von der Vergangenheit, der gerne nebulös als »jene dunklen furchtbaren Jahre« umschriebenen Zeit, schirmt man sich so weit wie möglich ab. Man stellt sich gegenseitig Persilscheine aus, die angebliche politische Unbedenklichkeit attestieren sollen. Keiner will Anhänger Hitlers, Mitläufer oder gar Täter gewesen sein, keiner will etwas von der Demütigung, Verfolgung und Deportation der Juden mitbekommen haben – mit einem Mal steht man einem Volk offenbar aufrechter Demokraten gegenüber. Alles Unbequeme wird in der Wiederaufbau-Euphorie unter den Tisch gekehrt. In einem sind sich alle einig: Man will nach vorne schauen, nicht zurück.

Auch mit den Blatzheim-Betrieben geht es schnell wieder aufwärts. Nach seinem Flirt mit den braunen Machthabern versteht Blatzheim es problemlos, sich nun auch mit dem neuen politischen System zu arrangieren. Nach Kriegsende kommt es zur Versöhnung mit seinem Vater Ludwig Blatzheim – die beiden wollen fortan geschäftlich wieder gemeinsame Wege gehen. 1948, nach dem Abschluß der Entnazifizierungsverfahren, bei denen Ludwig Blatzheim trotz seiner Parteizugehörigkeit als »politisch unbelastet« und Hans Herbert Blatzheim aufgrund seiner stärkeren Involvierung als »politisch belastet« eingestuft werden,[168] eröffnen sie mit dem *Café Wien* in Köln ihr erstes Etablissement nach Kriegsende – weitere folgen schon bald. Die Geschäfte laufen gut; Blatzheim wohnt in Kölns Nobel-Vorort Marienburg. Der umtriebige Mann ist einer der Gewinner der Adenauer-Jahre. Er gehört zur Gruppe derjenigen, die ihren alten Wohlstand über das »Tausendjährige Reich« hinwegretten konnten – das Spruchkammerurteil »politisch belastet« hat kein Einfrieren der Konten und seiner Vermögenswerte zur Folge, so daß Blatzheim auch nach 1945 über sein Vermögen aus dem 1942 erzwungenen Verkauf seiner Betriebe verfügen kann.

Eins ist den Reichen der frühen Bundesrepublik gemein: Sie wollen ihr Geld ausgeben, ihren Reichtum zur Schau stellen, zeigen, daß sie etwas »Besseres« sind, und sie frönen ungehemmt einer neu geweckten Lust am Konsum. Genuß wird großgeschrieben. Diejenigen, die es sich leisten können, führen ihre Familien oder ihre Geschäftspartner großspurig in schöne Restaurants und teure Gourmet-Tempel aus, scheuen nicht davor zurück, viel Geld für gutes Essen und edle Weine auszugeben, so als wollten sie allen demonstrieren, daß die Hungerjahre endgültig vorbei sind, daß man sich nach den Zeiten der Entbehrung endlich wieder etwas leisten kann. Die neuen Reichen der jungen Republik gebären sich schon Anfang der fünfziger Jahre so, als habe es Hitler und den Krieg nie gegeben.

Die Blatzheim-Betriebe florieren wie eh und je – schließlich ist das Rheinland durch Adenauers Entscheidung, die westdeutsche Hauptstadt an den Rhein zu verlegen, gesellschaftlich wesentlich aufgewertet worden. Zusätzlich zu den Kölner Restaurants, Bars und Cafés übernimmt Hans Herbert Blatzheim auch noch die Gastronomie der Beethovenhalle in Bonn. In dieser Funktion richtet er die Staatsempfänge der deutschen Bundesregierung aus und kommt damit verstärkt auch mit den allerhöchsten Kreisen in Berührung. Bei wichtigen Anlässen der deutschen Bundesregierung repräsentieren die Blatzheim-Betriebe die junge Republik auch schon mal auf internationalem Parkett; 1958 etwa übernimmt Blatzheim die Bewirtung des Deutschen Pavillons auf der Brüsseler Weltausstellung und richtet ein großes Essen für Bundespräsident Heuss aus. Im Kölner Traditionshaus Gürzenich, das Blatzheim seit der Wiedereröffnung 1955 ebenfalls bewirtet, ist er für das Staatsbankett zu Ehren des französischen Präsidenten Charles de Gaulle zuständig.

In den fünfziger Jahren baut sich der geschäftstüchtige Blatzheim gemeinsam mit seinem Vater ein regelrechtes Imperium auf, zu dem bald auch schon Hotels gehören; gleichzeitig avanciert er zum Präsidenten des Internationalen Hotelbesitzervereins. Auf dem Höhepunkt seiner Karriere wird der »deutsche Hilton« der Besitzer von über sechzig Restaurants, Bars, Nachtclubs und Hotels sein. Als er Magda kennenlernt, umfassen die Betriebe der Blatzheim AG ein Großvarieté, zwölf Restaurants, vier Tanzbars, ein Vergnügungslokal, zwei Bierkneipen, drei Hotels und fünf Künstlerkeller, die er unter dem Namen *Tabu* führt. Nach der Steigenberger-Gruppe sind die Blatzheim-Betriebe damit das zweitgrößte Restaurationsunternehmen in Deutschland mit geschätzten zwölf bis fünfzehn Millionen Mark Umsatz im Jahr.

Magda Schneider hat sich also einen dicken Fisch an Land gezogen. Erstmals sind die beiden sich bereits 1934 in Paris begegnet; Blatzheim, der zu dieser Zeit mit einer deutschen Schauspielerin verlobt war, soll schon damals für Magda entflammt gewesen sein, sie mehrfach ausgeführt und heftig umworben haben. Diese jedoch war gerade frisch in Wolf Albach-Retty verliebt, so daß der Gastronom aus Köln keine Chance hatte, bei ihr zu landen. Als sie sich dreizehn Jahre später wiedertreffen, sieht die Situation völlig anders aus. Magda ist nicht nur von Wolf, der Liebe ihres Lebens, geschieden, sondern steht auch noch vor den Trümmern ihrer Filmkarriere; sie muß sich mit Theaterengagements und Bühnenauftritten über Wasser halten, statt Filme zu drehen, wie sie es gerne machen würde.

Die beiden treffen sich im Oktober 1949 in Köln wieder. Hier ist Magda für einen Auftritt engagiert, bei dem sie Lieder aus ihren alten Filmen singen soll. Das Lokal, in dem sie auftritt, heißt *Atelier* und gehört Hans Herbert Blatzheim. Und dieser, gerade frisch getrennt von seiner ersten Frau, macht Magda gleich erneut Avancen. Ihren Eltern schreibt sie nach Mariengrund: »Es gibt da einen Mann … der mich liebt … Hans Herbert!«[169] Wohlgemerkt – er liebt sie! Nicht sie ihn. Hat Magda Blatzheim tatsächlich geliebt? Für die stets rational denkende Magda dürfte es wohl durchaus auch Vernunftgründe gegeben haben, sich auf eine Liaison mit dem reichen Geschäftsmann einzulassen. Schließlich ist sie geschieden und hat zwei Kinder zu versorgen; zudem muss sie für den Unterhalt und das Personal ihres großen Anwesens Mariengrund aufkommen. All das muß erst einmal bezahlt werden – und die Theaterengagements, mit denen sie ihr Leben finanziert, werden beileibe nicht so fürstlich entlohnt wie einst ihre Filmarbeit. Die Gagen, die ihr in diesen Tagen gezahlt werden, lassen keine großen Sprünge zu. Es kostet Kraft, enorm viel Kraft, sich alleine durchzuschlagen und für die Kinder zu sorgen.

Und plötzlich umwirbt sie der steinreiche Blatzheim. Wenn sie sich auf eine Beziehung mit ihm einläßt, dann ist sie auf einen Schlag alle finanziellen Sorgen los und kann sich einen Lebensstil leisten, an den in den letzten Jahren beileibe nicht zu denken gewesen ist. Kein Wunder, daß Blatzheim ihr wie ein »Fels in der Brandung«[170] erscheinen muß. Jahrelang hat sie hart kämpfen müssen und es doch nicht geschafft, beruflich endlich wieder einen Fuß auf den Boden zu bekommen; mußte sich ganz allein durch die Wirren der Nachkriegsjahre lavieren und stand nach der nie verschmerzten Trennung von Wolf ganz alleine da. Und nun hat sie plötzlich die Chance, die Frau an der Seite eines reichen Mannes zu sein. Sie muß sich nur für ihn entscheiden – und ihr Verstand sagt ihr, daß sie sich auf die Beziehung einlassen sollte. Für sie ist Blatzheim ein Mensch, der hält, was er verspricht, auf den man sich verlassen kann – »selbst in Kleinigkeiten«.[171] Nach großer Liebe oder gar nach Leidenschaft klingt das nicht. Und auch Blatzheim selbst spricht in seinen Memoiren eher abgeklärt über seine Ehe mit Magda.

Den Luxus, mit dem Blatzheim sie von Anfang an großzügig umgibt, genießt Magda in vollen Zügen. Sie scheut auch nicht davor zurück, diesen stolz nach außen zu tragen. Zu einer Einladung bei ihrer ehemaligen Schwiegermutter Rosa Albach-Retty lässt sie sich von einem livrierten Fahrer im schwarzen Rolls-Royce chauffieren. Doch die mit allen Wassern gewaschene Rosa, die von einer solchen Zurschaustellung von Luxus rein gar nichts hält und Magdas neuen Lebensstil als überflüssige Protzerei ansieht, kommentiert den Auftritt ihrer ehemaligen Schwiegertochter bissig: »Ich hab' gar nicht gewußt, daß du im Taxi kommst.«[172] Magda interessiert sich letztlich mal wieder nur für sich. Für sie hat die Beziehung zu Blatzheim ausschließlich positive Auswirkungen. Ob sie ihn nun liebt oder nicht – über Nacht ist sie finanziell abgesichert und nimmt, statt weiter mühsam für niedrige Gagen von Auftritt zu Auftritt zu tingeln, am neu erwachenden Gesellschaftsleben der Wirtschaftswunderzeit teil. Blatzheim verwöhnt sie, richtet Empfänge für sie aus, lädt sie zu den Salzburger Festspielen ein, verreist mit ihr, schenkt ihr Schmuck und teure Pelze und stellt ihr seinen Rolls-Royce zur Verfügung – plötzlich kann Magda sich wieder so fühlen wie zu den Zeiten, als sie ein vielbeschäftigter und gefragter Filmstar war. Wie ihre beiden Kinder mit dem neuen Mann an ihrer Seite zurechtkommen, scheint sie nur am Rande zu interessieren. Den Gepflogenheiten der Zeit entsprechend haben Romy und Wolfdieter sich in die Gegebenheiten zu fügen.

Obwohl Romy ihren Stiefvater von Beginn an ablehnt, sich anfangs standhaft weigert, ihn zu akzeptieren, und still vor sich hin leidet, wenn sie Zeit mit Blatzheim verbringen muß, verklärt Magda die Situation im nachhinein auf geradezu schamlose Weise – so wie sie auch ihren stets abwesenden ersten Mann Wolf allen Ernstes rückblickend als »rührenden Vater« bezeichnet hat. In ihren schönfärberischen Memoiren behauptet sie kurzerhand, Romy sei von Beginn an gut mit Blatzheim zurechtgekommen und habe sich schnell an ihn gewöhnt und ihn akzeptiert. Sie verklärt ihn als »Stiefvater und väterlichen Freund meiner Kinder«[173] und zeichnet ein völlig verzerrtes Bild von der Wirklichkeit: »Romy lernte einen Menschen kennen, der sich auch für ihre unscheinbaren Probleme interessierte, der sie ernst nahm und mit dem man über alles sprechen konnte. [...] Ein Verhältnis, wie es sich zwischen Vater und Tochter wünschen läßt, bahnte sich an. Ich konnte wirklich froh sein. [...] Er wurde ihr ein guter Freund, mit dem sie alle ihre Probleme ohne Scheu besprechen konnte.«[174] Auch Hans Herbert Blatzheim trägt diese offizielle Version in seinen Erinnerungen mit: »Von der ersten Minute unserer Bekanntschaft an mochten wir uns gegenseitig leiden. Romy war ein reizendes temperamentvolles Kind.«[175]

In Wirklichkeit macht Romy lediglich nach außen hin gute Miene zum bösen Spiel, so wie sie dies immer macht, weil sie nie gelernt hat, ihrer herrischen Mutter zu widersprechen, ihr etwas entgegenzusetzen und über eigene Bedürfnisse, Sorgen und Nöte zu sprechen. Was bleibt ihr auch anderes übrig, als nett zu lächeln, wenn Magda und »Daddy« sie zu gemeinsamen Phototerminen verpflichten, oder Reportern artig ins Mikrophon zu diktieren, wie gut sie sich mit ihren Eltern versteht, wenn Magda beim Interview mit funkelnden Augen neben ihr sitzt? Das angebliche neue Familienglück von Blatzheim als Inkarnation des Wirtschaftswunders, von Magda als altem Ufa-Star und Romy als Zukunftshoffnung des deutschen Films wird von Beginn an in die Öffentlichkeit gezerrt – paßt die angebliche Familienidylle, auf die sich die Zeitungen und Illustrierten nur allzu gerne stürzen, doch hervorragend in die Vermarktungsstrategie, die sich Mammi und »Daddy« für Romy ausgedacht haben.

Man gewinnt das Gefühl, daß sich Magda zum ersten Mal in ihrem Leben wirklich für ihre Tochter zu interessieren beginnt – nun, da Romy ihre eigene Karriere wieder zum Laufen gebracht hat und der Garant dafür ist, daß der Name Schneider in aller Munde ist. Sie konzentriert sich fortan voll und ganz auf Romy; Wolfdieter setzt seine Schulausbildung in einem Internat in Dinkelsbühl fort. Vom ersten Film an nimmt Magda Romys Karriere fest in die Hand – ja, sie hat sogar Romys ersten Filmvertrag unterschrieben, bevor sie mit ihrer Tochter auch nur darüber gesprochen hat, daß sie an ihrer Seite in *Wenn der weiße Flieder wieder blüht* mitwirken soll. Es scheint so, als ob Magda in erster Linie ihre eigenen Interessen umtreiben, daß das später gezeichnete Bild der liebenden Mutter, die ihrer Tochter einen Herzenswunsch erfüllt, nichts weiter als Fiktion ist. Vom ersten Moment an entscheidet Magda, in welchen Filmen Romy mitwirkt und in welchen nicht. Mit den Erfahrungen ihrer eigenen Filmkarriere im Rücken versucht sie von Beginn an, die Karriere ihrer Tochter in bestimmte Bahnen zu lenken und ihren Marktwert kontinuierlich zu steigern, indem sie etwa kleinere Nebenrollen für Romy konsequent ablehnt und ihre alten Beziehungen zu Ernst Marischka spielen läßt, damit Romy bereits ab ihrem dritten Film nur noch in Hauptrollen eingesetzt wird. Romys Mutter weiß aus langjähriger Erfahrung, wie wichtig es ist, auf seinen Status zu pochen und sich nicht unter Wert zu verkaufen. Romy ist nicht in der Lage zu durchschauen, wie stark sie von Magda angetrieben und zu immer neuen Erfolgen gepeitscht wird, da sich hier zum allerersten Mal beider Interessen decken; die Mutter will nicht zuletzt aus Eigennutz die Karriere ihrer Tochter vorantreiben, und die Tochter träumt davon, so viele schöne Filme wie möglich zu drehen.

Den geradezu verbissenen Ehrgeiz, den Magda in beruflichen Dingen zeitlebens an den Tag gelegt hat, überträgt sie nun auf die hoffnungsvoll beginnende Karriere ihrer minderjährigen Tochter.

Allerdings muß sie schnell merken, daß Romy mit ihrem schauspielerischen Talent und ihrer enormen Kamerapräsenz vermutlich Karrieregipfel erklimmen wird, die sie selbst nie erreicht hat und nie erreichen wird. Während Magdas Karriere hart erkämpft war, erobert Romy die Herzen des Publikums mit spielerischer Leichtigkeit. Und während man Romy längst, ohne mit der Wimper zu zukken, Stargagen zahlt, gesteht diese Magda niemand mehr zu. Das Verhältnis zwischen Mutter und Tochter hat sich überraschend schnell umgekehrt: Während Romy in *Wenn der weiße Flieder wieder blüht* nur eingesetzt worden ist, weil sie die Tochter Magda Schneiders ist, wird nun mittlerweile Magda nur noch engagiert, weil sie die Mutter von Romy Schneider ist und sich das Mutter-Tochter-Gespann gut vermarkten läßt. Doch nun ist es Romy, die die Hauptrollen spielt, während Magda in die zweite Reihe gerückt ist. Für eine Schauspielerin ist es fraglos bitter, so etwas durchmachen zu müssen. Dessen ist sich auch Romy bewußt: »Es ist auch für eine Mutter ein herbes, vielleicht sogar bitteres Gefühl, wenn sie sehen muß, daß eine Jüngere sie verdrängt, und wenn es zehnmal die eigene und einzige Tochter ist.«[176]

Doch die Neujustierung des Marktwerts von Mutter und Tochter ist eine Tatsache, die Magda akzeptieren muß und der sich auch jeder andere in der Branche bewußt ist. Eigentlich greift man mehr oder weniger nur noch auf Magda zurück, weil man weiß, daß man dadurch bessere Karten hat, an Romy heranzukommen, die als Minderjährige noch keine eigenen geschäftlichen Entscheidungen fällen darf. In Filmkreisen kursiert sogar der hämische Scherz: »Für Romy allein zahlen die Produzenten fünfzigtausend pro Film, für Mutter und Tochter zusammen vierzigtausend.«[177] Je stärker Magdas eigene Karriere abflaut und je mehr sie in den Schatten ihrer Tochter tritt, desto umfassender wird ihre Vereinnahmung Romys. Da sie ihr trotz der Erfahrung ihrer fünfzig Filme, die sie im Laufe ihrer Karriere gedreht hat, künstlerisch keine Tips und Ratschläge geben kann und sich im Filmstudio vor den anderen nur lächerlich macht, wenn sie ihrer naturbegabten Tochter Vorschriften machen will, wie man diese oder jene Szene zu spielen hat, stürzt sie sich auf anderes. Bald schon versucht sie jeden Aspekt im Leben ihrer Tochter zu kontrollieren.

Magdas Einmischungen erdrücken Romy, zwängen sie in ein Korsett, das ihr absolut keinen Freiraum läßt, sich selbst zu entwickeln. Alles, Romys ganzes Leben, wird sukzessive der Karriere untergeordnet – das ist es, was Magda zu interessieren scheint, und damit insofern auch alles, was ihre Tochter zu interessieren hat. Sie weicht ihr nicht mehr von der Seite; sie macht Romy Vorschriften, entscheidet, was gut für sie ist und was nicht, welche Filme sie dreht, wem sie ein Interview zu geben, von wem sie sich photographieren zu lassen hat, auf welchen Empfängen ihr Erscheinen notwendig ist, mit wem sie sich abgeben darf und mit wem nicht. Zudem bestimmt sie, wieviel Taschengeld ihre gut verdienende Tochter bekommt – und duldet wie immer keinen Widerspruch. Sie läßt Romy möglichst nicht aus den Augen, gibt ihrer Tochter heimlich Zeichen, wenn sie einmal nicht ihr »Sonntagslächeln« aufsetzt und vor lauter Erschöpfung einzuschlafen droht: »Mammi machte schon die ganze Zeit während der Party Zeichen mit einer Streichholzschachtel. Ich sollte mir Streichhölzer unter die Augen klemmen, damit sie mir nicht dauernd zufallen.«[178] Wie Magda Journalisten gegenüber einräumt, scheut sie auch vor drastischeren Maßnahmen nicht zurück, wenn Romy nicht spurt: »Aufpassen werd' ich immer, damit sie nicht über die Stränge schlägt. Sie ist ein nettes Kätzchen, das gelegentlich seine Krallen zeigt, aber dann kriegt sie am besten gleich a Watschen – die ist immer und überall parat!«[179]

Was soll die gerade sechzehnjährige Romy dem entgegensetzen? Sie ist voll und ganz von ihrer Mutter abhängig und befindet sich in einem regelrechten Gefühlschaos, das es ihr unmöglich macht, gegen sie aufzubegehren – einerseits ist sie gerührt, wie intensiv Magda sich zum ersten Mal im Leben mit ihr beschäftigt und sie an ihrem Erfahrungsschatz teilhaben läßt, andererseits irritiert es sie zutiefst, wie sehr ihre Mutter sie einengt, wie wenig Freiheiten sie ihr läßt. Was sie sich Magda nicht zu sagen traut, schreibt sie in ihr Tagebuch: »Ich möchte unabhängig sein, ein Leben nach meinen Wünschen führen, so daß ich tun und lassen kann, was ich will.«[180] Doch eine Rebellion gegen ihre herrische, einschüchternde Mutter wagt sie nicht. Wie immer fügt sie sich, macht brav das, was Magda ihr vorschreibt. Es dauert noch Jahre, bis sie endlich mit einem verzweifelten Befreiungsschlag aus den Klauen ihrer Mutter entkommen wird.

Magdas Kontrolle über das Leben ihrer Tochter nimmt immer extremere Formen an. Schließlich schreibt sie Romy sogar vor, was sie essen darf und was nicht. Schon zu Beginn ihrer Filmkarriere bremst Magda Romys Appetit, damit aus dem noch etwas pausbäckigen Teenager eine gertenschlanke junge Frau mit Wespentaille wird. Statt kalorienreicher Speisen verordnet sie Romy hin und wieder Joghurt, Obst und Fruchtsäfte. In Wien untersagt sie ihrer Tochter, die leckeren Torten zu essen, die diese so gerne mag: »Mammi bremst immer und sagt: Halt, sonst wirst du zu dick.«[181] Will Romy dennoch mal ein Stück Torte essen, muß sie sich heimlich in ihr Lieblingscafé schleichen, damit Magda es nicht mitbekommt. Auch Hildegard Knef erinnert sich an eine Begegnung mit der jungen Romy am Rande eines Filmballs in Hamburg. Knefs Garderobiere will der aufgelösten Romy ein Glas Whiskey zur Beruhigung in die Hand drücken, doch diese lehnt ängstlich ab: »Das darf ich doch nicht. Ich werde zu dick. Lebe tagelang von Orangensaft.«[182]

Aber nicht nur Romys äußeres Erscheinungsbild ist es, das Magda zu kontrollieren versucht, vor allem achtet sie darauf, daß ihre Tochter dem Image treu bleibt, das sich durch ihre ersten Filme schnell verfestigt hat. Magda ist lange genug im Filmgeschäft, um zu wissen, daß bestimmte Erwartungshaltungen erfüllt werden müssen, um sich eine kontinuierliche Karriere aufzubauen. Romy wird von ihrem Publikum und von der Presse als bescheidenes, bodenständiges junges Mädchen wahrgenommen, das in sehr behüteten Verhältnissen aufgewachsen ist, das immer noch brav zu Hause wohnt und trotz der erstaunlich frühen Filmerfolge kein abgehobener Star geworden, sondern nach wie vor vollkommen natürlich geblieben ist. Genau diese angebliche Normalität von Romys Leben will Magda zur Schau stellen; Romy soll als Mädchen wahrgenommen werden, dem seine Popularität nicht zu Kopf gestiegen ist, denn nur mit diesem Image eignet sie sich voll und ganz für die entrückten, heilen Filmwelten, in denen sie auf der Leinwand eingesetzt werden soll. 1956 erklärt Magda einem Reporter: »Romy ist ein junges Mädchen, genau wie alle anderen, mit dem Unterschied, daß sie mehr arbeitet, daß sie mehr Geld hat und mehr umworben wird als irgendeine andere. Dieses Kind liebt es immer noch, seine Zeit mit Spielen zu vergeuden. Und das ist auch ihr ureigenstes Recht.«[183]

Gezielt achtet Magda darauf, daß Romys Image keinen Schaden nimmt. Zu ihrer größten Obsession wird es, den Traum der Unberührtheit und Reinheit, den Zauber der kindlichen Unschuld, der in Romys Filmen beschworen wird und ihr in der Presse den Beinamen »Jungfrau des deutschen Films« eingebracht hat, auch im richtigen Leben ihrer Tochter zu bewahren. Die Adjektive, mit denen Romy in der Presse bedacht wird, sprechen für sich – keusch, rein und naiv, jungfräulich und mädchenhaft. Um jeden Preis versucht Magda dieses Bild aufrechtzuerhalten. Romy soll als herzig-unschuldiges Mädchen wahrgenommen werden, nicht als heranwachsende junge Frau. Jeder noch so kleine harmlose Flirt Romys wird von Magda im Keim erstickt. Auf keinen Fall soll es negative Schlagzeilen, Skandale oder Klatsch geben; Magda versucht alles zu unterbinden, was Romys Image schaden könnte. Romy stört es, daß sie nicht so sein darf wie andere Mädchen in ihrem Alter, daß sie davon abgehalten wird, die gleichen Erfahrungen zu sammeln wie ihre Altersgenossinnen, die nicht beim Film sind und nicht im Fokus der Öffentlichkeit stehen. Doch Magda beharrt auf ihrer Position und impft ihrer Tochter wieder und wieder ein, daß sie nur deshalb so erfolgreich sei, weil sie so ist, wie Millionen anderer Mädchen es gerne wären. Das Image vom braven, sauberen Mädel soll so lange wie irgend möglich aufrechterhalten werden, denn nur so läßt sich weiterhin viel Geld mit Romy verdienen. Hierin sind sich alle einig – Romy »taufrisch zu halten, bis sie einundzwanzig ist«.[184]

Magdas Kontrollsucht über das Leben ihrer Tochter bleibt von der Öffentlichkeit nicht unbemerkt. Immer wieder wird sie in Zeitungsartikeln als Romys »böser Wachhund« verspottet, und es heißt, Romy sei die »behütetste Jungfrau der Nation«.[185] Doch Magda läßt sich durch solche Anfeindungen nicht von ihrem Kurs abbringen, ganz im Gegenteil: »Natürlich hielt ich meine Augen offen.«[186] Selbstbewußt weist sie immer wieder darauf hin, daß es nicht zuletzt gerade ihrem strengen Regiment zu verdanken ist, daß Romy sich so hervorragend als Inkarnation der mädchenhaften Unschuld auf der Leinwand vermarkten läßt. Schließlich habe sie Romy das behütete Aufwachsen in der ländlichen Abgeschiedenheit ermöglicht und für die strenge Erziehung im Klosterinternat gesorgt, und sie achte darauf, daß Romy von allem Bösen in der Welt ferngehalten werde. Einem Reporter erklärt Magda, warum Millionen Menschen Romy verehren und lieben: »Weil sie spüren, daß hier endlich einmal ein Geschöpf vor ihnen steht, das mit dem Dreck der Welt noch nicht in Berührung gekommen ist.«[187]

Um das in der Öffentlichkeit kursierende Bild der »sauberen« Romy in genau diese Richtung zu lenken, veröffentlicht Magda 1957 unter dem Titel *Meine Tochter Romy* einen Text, in dem sie aus ihrer beschönigenden und verklärenden Sicht über Romys Kindheit und ihre Karriereanfänge berichtet.[188] Obwohl Romy während ihrer ganzen Kindheit unter der ständigen Abwesenheit ihrer Eltern gelitten hat und gerade der Weggang des Vaters ein höchst traumatisches Erlebnis für sie gewesen ist, erzählt Magda bedenkenlos das Märchen von der »ganz unbeschwerten Kinderzeit« und von den »frohen Jahren ihrer Kindheit«. Sie gibt harmlose Anekdoten über Romys Lieblingsspielzeuge und Kabbeleien mit ihrem Bruder zum besten – von den emotionalen Entbehrungen in Romys Kindheit hingegen erfährt der Leser rein gar nichts. Auch Romys Leiden in Goldenstein erwähnt sie mit keinem Wort; offenbar kann sie sich nicht in Romys Ängste und Sorgen hineinversetzen. Statt auf ihre wirklichen Gefühle einzugehen, spricht sie davon, daß diese im Internat ein ausgeglichener Mensch geworden sei, höflich, pünktlich, ordentlich: »Für

Romy waren diese Jahre eine ausgezeichnete Vorbereitung auf das Leben.«[189] Die ständig tadelnde, respekteinflößende Präfektin, die Romy in ihrem Tagebuch als »saugemein« bezeichnet hat und von der sie sich »dauernd angeschrien und angefaucht« fühlte, wird in Magdas Schilderung zur »großartigen, verständnisvollen Erzieherin«, die »bei Romy eine wahre Mutterstelle vertreten« habe. Auch von den Theateraufführungen in Goldenstein erzählt sie, so als hätte sie die Vorstellungen tatsächlich erlebt. Davon, daß die Mutter ihre Tochter in den vier Internatsjahren so gut wie nie besucht hat, erfährt man in Magdas Text nichts. Statt von Romys wirklichem Leben zu berichten, strickt Magda fleißig an der Legende der unbeschwerten, glücklichen Kindheit – aus dem ständig vernachlässigten, ins Internat abgeschobenen Kind wird in Magdas Schilderungen ein vollkommen glückliches, einfaches und unkompliziertes Mädchen, das aufgrund seiner behüteten Kindheit auch als junger Star gänzlich unprätentiös und natürlich geblieben ist. Magda ist ein alter Hase im Filmgeschäft, sie weiß ganz genau, wie das Showbusiness funktioniert und daß man der Presse Stoff geben muß, um die Berichterstattung in eine gewisse Richtung zu lenken. Und so füttert sie die Öffentlichkeit gezielt mit rührseligen Geschichten, die letztlich wenig mit Romys tatsächlichem Leben zu tun haben, aber nur um so lieber von der Presse aufgegriffen und nachgeplappert werden. Romy haßt es, daß Magda die Klatschjournalisten so schamlos mit Details aus ihrem Privatleben versorgt und Dinge erzählt, die nichts mit der Wirklichkeit zu tun haben, vermeidet es in ihrer Harmoniesucht aber, ihre Mutter öffentlich bloßzustellen: »Dabei war das gar nicht bös gemeint von ihr, sie war halt zu vertrauensselig.«[190]

Natürlich verklärt Magda in ihrem Text *Meine Tochter Romy* auch Romys Verhältnis zu ihrem Stiefvater Hans Herbert Blatzheim und zeichnet das sentimentale Bild von einem wahren Familienidyll, vor dessen Hintergrund sich Romy noch besser vermarkten lassen soll. Sie gaukelt der Öffentlichkeit ein Privatleben ohne Makel und Probleme vor – die Schneider-Blatzheims werden regelrecht zur Bilderbuchfamilie der Wirtschaftswunderzeit stilisiert. Magda übernimmt hierbei die Rolle der glücklichen, liebevollen und treusorgenden Mutter, Blatzheim die des jovialen, stolzen und verständnisvollen Vaters, und Romy ist in diesem Konstrukt die dankbare, fügsame Tochter, die ihren Eltern voll und ganz vertraut. Romy-Schneider-Homestories verkaufen sich glänzend und helfen das Bild von Romy in der Öffentlichkeit zu zeichnen, das Magda und ihr Mann als dienlich ansehen, um Romys Marktwert zu halten und noch zu steigern.

Romys Stiefvater Hans Herbert Blatzheim mischt sich an Magdas Seite immer stärker in das Leben und die Karriere seiner Stieftochter ein. Magda hat – vermutlich auf Blatzheims Betreiben – dafür gesorgt, daß seine Position noch gestärkt wird, indem sie vor der Eheschließung das Sorgerecht für Romy und deren Bruder, das sie sich seit der Scheidung die letzten acht Jahre mit ihrem Ex-Mann geteilt hat, für sich allein beansprucht hat. Wolf und sie verkehren schon seit Jahren nur noch über Anwälte miteinander, und Romy hatte ihren Vater bei den Dreharbeiten zu *Mädchenjahre einer Königin* zum ersten Mal seit langem wiedergesehen. Wie immer hatte Wolf seiner Tochter nicht sonderlich viel zu sagen, wie immer herrschte die alte Befangenheit zwischen ihnen. Wolf Albach-Retty jedenfalls hat seinerseits keine Einwände gegen Magdas Wunsch, so daß das Sorgerecht für Romy und Wolfdieter 1953, just als Romys Karriere beginnt, »dem Antrage der Mutter entsprechend im Einverständnis des Vaters«[191] auf Magda übergeht. Jetzt, wo Romy beruflich erfolgreich geworden ist, halten der besitzergreifende Blatzheim und sie diesen Schritt für sinnvoll. Der Erfolg ihrer Tochter, den sie selbst angeschoben hat und managt, soll ihr ganz alleine gehören; ihr Ex-Mann, der sie einst so schmählich im Stich gelassen hat, soll keinen Anteil daran haben – und natürlich auch nicht am Geld, das sich nun mit Romy verdienen läßt. Einem Reporter gegenüber erklärt Magda unumwunden: »Ach wissen Sie, der Herr Albach-Retty ist nur der Erzeuger von Romy, der wirkliche Vater ist Herr Blatzheim.«[192]

Dieser reklamiert tatsächlich nicht nur die Vaterrolle für sich, sondern schwingt sich zunehmend auch zum Impressario und Finanzverwalter seiner Schwiegertochter auf. Während Magda weiterhin die Filmstoffe für ihre Tochter auswählt, handelt ab Romys zweitem Film Blatzheim die Gagen seiner Stieftochter aus – und macht sich damit alles andere als Freunde. Unumwunden gibt er zu: »Mit einigen Vertretern der Filmindustrie geriet ich sofort übers Kreuz, weil ich versuchte, normale und seriöse Geschäftsprinzipien anzuwenden. Sie wollten mir einreden, die Filmbranche sei eben ein ganz anderes Geschäft. [...] Gegen solche Methoden wehrte ich mich natürlich, und zwar ausschließlich im Interesse von Romy. Denn ich wollte mir weder von ihr noch vom Vormundschaftsgericht eines Tages vorwerfen lassen, ich hätte in ihrem Interesse weniger geschickt gehandelt als in meinem eigenen.«[193]

So wie vielen im Filmstudio Magda verhaßt ist, die Romy überflüssige Anweisungen zu geben versucht, so wenig Sympathien genießt Blatzheim mit seinem rüden, polternden Geschäftsgebaren – »Hauptsache die Kohlen stimmen!«[194] – bei den Produzenten, die gezwungen sind, mit ihm zu verhandeln, wenn sie Romy engagieren wollen. Zunächst belächeln sie Romys Stiefvater noch als neureichen Emporkömmling, der keine Ahnung vom Filmgeschäft hat, doch als sie merken, daß kein Weg an ihm vorbeiführt und es alles andere als angenehm ist, mit ihm zu verhandeln, schlägt die Stimmung ins Gegenteil um, was Blatzheim hinter vorgehaltener Hand schnell den Beinamen »das Brechmittel, das Romy Schneider vertritt« einbringt.[195] Doch Blatzheim ist seit Jugendtagen ein gewiefter Geschäftsmann, der sich aufs Geldmachen versteht; insofern ist es ihm herzlich egal, ob er sich mit seinem Auftreten und seinen Forderungen unbeliebt macht, wenn nur am Ende das Geld stimmt. Alle Versuche, ihn in seine Schranken zu weisen, scheitern. Im Wissen um Romys enormen Marktwert tritt er knallhart in den Gagenverhandlungen auf und wendet Schachzüge an, die in der Filmwelt so bislang nicht üblich gewesen sind. Statt sich auf Festgagen für Romys Filmarbeit einzulassen, handelt er etwa ab dem zweiten Teil der *Sissi*-

Trilogie eine prozentuale Beteiligung an den Einspielergebnissen aus. Die wütenden Proteste der Filmindustrie können ihn nicht anfechten. Blatzheim, der mehrfach öffentlich äußert, daß er Filmproduzenten für »schlimmer als die Pferdehändler« hält, läßt sich nicht beirren und beharrt stur auf seinen Forderungen, die dann auch schließlich alle erfüllt werden: »Ich sehe mir die Bilanzen an, und ich weiß, was Romy an der Kasse wert ist. Ihr verdient mit ihr, also müßt ihr auch entsprechend zahlen. Was soll das Geschrei?«[196]

Nicht nur in der Filmwirtschaft, auch bei der Presse ist Blatzheim, der Public Relations zu seinem Hobby erklärt, bald ein höchst unbeliebter Mann, mit dem man sich am liebsten gar nicht abgeben würde, mit dem man sich aber zwangsläufig arrangieren muß, wenn man an Romy Schneider herankommen will. Seine Protestschreiben an die Zeitungsredaktionen sind gefürchtet: »Einige Journalisten bekommen gewiß heute noch eine Gänsehaut, wenn sie meinen Namen hören.«[197] In unzähligen Briefen und seitenlangen Erklärungen beschwert er sich mit erstaunlicher Energie über »falsche Berichterstattung im Zusammenhang mit Romy«, verlangt, auf das Presserecht hinweisend, immer wieder den Abdruck von Gegendarstellungen und setzt diese zur Not auch anwaltlich durch. Wenn etwa in Artikeln über Romy falsche Gagensummen genannt werden, erfundene Geschichten oder Zitate abgedruckt oder Details aus Romys Leben seiner Meinung nach falsch wiedergegeben worden sind, ist ein Schreiben von Blatzheim garantiert. Bei allem, was er als »destruktive Kritik« oder »hämische Verunglimpfungen« Romys ansieht, versucht er einzuschreiten. Es gibt von der *Bild*-Zeitung bis zum *Spiegel* kaum ein Presseorgan, mit dem der umtriebige Blatzheim sich nicht anlegt und überwirft. Überall wittert er Feinde Romys, gegen die man vorgehen muß, um ihr Image und ihre Karriere zu schützen – wobei er sich nicht selten gerade auch über Presseberichte echauffiert, in denen die Behauptung aufgestellt wird, daß er Romy geschäftlich ausnutze. Bei allen entsprechenden Aktivitäten führt Blatzheim ins Feld, daß er nur im Sinne seiner Stieftochter handele und sich schützend vor sie stellen wolle: »Ich möchte den erleben, der solche Schmierereien über sich jahrelang unwidersprochen hinnimmt.«[198] Dabei kann man mit ziemlicher Sicherheit davon ausgehen, daß Romy im Großteil der Fälle gar nicht über die Gefechte informiert ist, die ihr Stiefvater sich mit der Presse liefert, und Blatzheim wieder einmal über ihren Kopf hinweg handelt.

Nicht zuletzt, weil Hans Herbert Blatzheim seine Stieftochter selbst für seine Zwecke vermarkten will, achtet er sehr genau auf das Bild, das die Presse von ihr zeichnet. Von Beginn seiner Ehe an nutzt er die Popularität der jungen Romy in unbilliger Weise für seine eigenen Interessen aus. Der geschäftstüchtige Blatzheim, der es geschafft hat, zum zweitwichtigsten Gastronomieunternehmer der Republik aufzusteigen, ist sich bewußt, daß er mit der berühmten Magda Schneider als Ehefrau und ihrer bald noch berühmteren Tochter an seiner Seite auf dem gesellschaftlichen Parkett punkten kann. Der Glamour der beiden strahlt auch auf ihn ab, weshalb er immer wieder darauf drängt, sie zu festlichen Film-Events zu begleiten und gemeinsam mit den beiden abgelichtet zu werden. Eines der beliebtesten Photomotive dieser Tage ist das des feist und selbstgefällig in die Kameras grinsenden Blatzheim, der von Magda und Romy flankiert wird; beide lächeln nett in die Kameras oder drücken »Daddy« artig einen Kuß auf die Wange.

Schon bei Magdas und Blatzheims Hochzeit läßt der Gastronom keine Gelegenheit verstreichen, sich an Romys Seite den Kameras zu präsentieren. Bei der kurz zuvor stattgefundenen Premiere von *Wenn der weiße Flieder wieder blüht* hat er sich mit der brav auf seinem Schoß sitzenden Romy ablichten lassen. Auch als er zwei Jahre später im großen Stil seinen fünfzigsten Geburtstag feiert, zu dem er zahlreiche Freunde und Prominente wie Max Schmeling, Anny Ondra und Joachim Fuchsberger eingeladen hat, ist Romy die Hauptattraktion. Nach außen hin wird die Idealfamilie vorgespielt – der steinreiche Wirtschaftswundermann, der Ufa-Star an seiner Seite und dazu eine bildschöne, brave Stieftochter, die das Bild abrundet. Geradezu schamlos zementiert Blatzheim dieses selbstgefällige Konstrukt in der Öffentlichkeit; Magda nennt er vor anderen »Liebchen«, seine

Stieftochter spricht er mit »Möpschen« an. Die beiden lächeln strahlend zurück und geben dem Mann, der es gewöhnt ist, daß alle nach seiner Pfeife tanzen, das, was er will.

Magda und Romy werden von Blatzheim konsequent für die Interessen der Blatzheim AG eingespannt – Magda läßt er sogar in den Aufsichtsrat seines Betriebs berufen. Aber noch wichtiger sind die gemeinsamen öffentlichen Auftritte, die den Festivitäten und Neueröffnungen von Blatzheim-Betrieben den entsprechenden Glanz verleihen sollen und es dem Unternehmer garantieren, daß breit über seine geschäftlichen Aktivitäten berichtet wird – in einem Umfang, wie dies niemals geschehen würde, wenn die Reporter nicht wüßten, daß sie Magda und Romy bei diesen Veranstaltungen antreffen werden. Von der Hochzeit mit Magda bis zu seinem Tod im Jahr 1968 verlangt Blatzheim von Mutter und Tochter immer wieder, ihn bei seinen geschäftlichen Unternehmungen zu unterstützen. Als 1956 die Blatzheim-Betriebe ihr erstes Etablissement in Berlin eröffnen, sind Magda und Romy natürlich mit von der Partie und lächeln strahlend in die Kameras, so wie »Daddy« es von ihnen verlangt. Und auch noch 1965, als Blatzheim zehn Gastronomiebetriebe gleichzeitig im neueröffneten Berliner Europa-Center einweiht, verleihen Magda und Romy dem Ereignis den notwendigen Glanz und locken die Presseleute in Scharen an. Geradezu schamlos Romys Ruhm ausnutzend, läßt er sich sogar zu der Geschmacklosigkeit hinreißen, »Würstchen Romy« und »Hühnerbrüstchen à la Romy« auf die Speisekarten seiner Lokale setzen zu lassen. Keine Frage – seine Frau und besonders seine Stieftochter sind für Blatzheim die reinste Goldader. Die beiden an seiner Seite zu haben ist besser als jede Lebensversicherung.

Schon in den zwanziger Jahren hatte der publicitysüchtige Blatzheim damit begonnen, eigene Hauszeitschriften herauszugeben, die über die Aktivitäten des Blatzheim-Imperiums informieren. In den fünfziger Jahren baut er nun diese Werbemaßnahmen noch aus. Einmal im Monat gibt er die Zeitschrift *Gourmet* heraus, die ebenso wie die vierzehntäglich erscheinende *Blatzheim-Bilder-Zeitung* ordentlich Werbung für Blatzheims Etablissements macht und zunehmend der Hofberichterstattung des Hauses Schneider-Blatzheim ein Forum bietet. Im Laufe der Zeit läßt er immer häufiger Werbematerial über seine berühmte Stieftochter in seine Zeitungen einfließen, wie er auch die übrige Presse großzügig mit dem Neuesten und Allerneuesten aus dem Leben Romys versorgt, um die Maschinerie am Laufen zu halten. Selbst die gemeinsamen Urlaubsreisen nach Frankreich, Griechenland, Italien, Ägypten und Indien werden publicitymäßig von ihm ausgeschlachtet; im Anschluß an die Reisen erscheinen stets große Photostrecken in den in hoher Auflage erscheinenden Film-Illustrierten, die einerseits Geld einbringen und andererseits ihren Beitrag dazu leisten, Romy auch dann noch im Gespräch zu halten, wenn sie einmal für zwei Wochen im wohlverdienten Urlaub war. 1966 veröffentlicht er das autobiographische Buch *Was ist schon tabu?,* das neben Szenen aus seiner Kindheit und Jugend sowie unzähligen Anekdoten aus seinem Leben als Gastronom, Hotelier und Varieté-Direktor vor allem seine Rolle als Stiefvater Romy Schneiders beleuchtet – und wohl auch nur aus diesem Grund überhaupt Käufer findet.

Natürlich handelt Blatzheim nicht nur Romys Gagen aus und kümmert sich um ein nie versiegendes Interesse der Presse und Öffentlichkeit an immer neuen Romy-Storys; selbstverständlich fungiert er auch als Sachwalter ihres wachsenden Vermögens und wird nicht müde, Romy vor Augen zu führen, daß ihre hohen Gagen vor allem seinem geschäftlichen Genie zuzuschreiben sind und es keinen besseren geben kann als ihn, um ihr Geld zu verwalten. Großspurig erklärt er: »Die Gagen werden so angelegt, daß Romy zeitlebens, egal ob sie dreht oder nicht, eine Rente von achttausend Mark erhält.«[199] Der minderjährigen Romy bleibt nicht viel anderes übrig, als sich auch in diesem Punkt zu fügen und alles Finanzielle ihrem Stiefvater zu überlassen, schließlich kann sie nicht ahnen, daß der habgierige Blatzheim ihre stattlichen Filmgagen fahrlässig in riskante Unternehmungen investiert und ihr Geld vor allem zum eigenen Vorteil nutzt; so schließt er etwa eine Lebensversicherung auf seine Stieftochter ab, die ihm und Magda im Falle von Romys Ableben eine

Million Mark einbringen würde.[200] Jahre später, als seine Betriebe in wirtschaftliche Schwierigkeiten geraten, sind die Blatzheim anvertrauten Millionen dann bis auf klägliche Reste »futsch, untergegangen in Blatzheims Bankrott zusammen mit dem ganzen großkotzigen Gastronomie-Imperium«.[201] Nicht zuletzt ist es Magda vorzuwerfen, nicht dafür Sorge getragen zu haben, daß Romys Vermögen tatsächlich zukunftssicher angelegt worden ist, denn es wäre ihre Pflicht gewesen, Blatzheim im Interesse Romys auf die Finger zu schauen, statt ihm in allen geschäftlichen Dingen zu vertrauen. Doch auch hier hat sie wieder einmal ihre eigenen Interessen über die Interessen ihrer Tochter gestellt. Während Blatzheim und seine Frau sich ihrem Luxusleben hingeben, das Blatzheim nicht zuletzt durch die Gagen seiner Stieftochter finanziert, hält man Romy kurz. Lange Zeit wird sie mit einem knapp bemessenen Taschengeld abgespeist, womit Romy sich in ihrer jugendlichen Naivität erst einmal auch zufriedengibt. Im Oktober 1955, während der Dreharbeiten zum ersten *Sissi*-Film, notiert die Siebzehnjährige in ihr Tagebuch: »Ich bin versorgt, wenn ich mein Taschengeld habe. Mammi hat es neulich erst wieder erhöht. Ich bin ganz zufrieden, daß ich sonst mit dem ganzen Geldkrempel nichts zu schaffen habe. Man hat nur Ärger damit.«[202] Doch irgendwann reicht ihr das Taschengeld dann doch nicht mehr, worauf man sich darauf einigt, Romy aus ihrem Vermögen, über das sie erst bei Volljährigkeit verfügen kann, eine monatliche Apanage zu zahlen, deren Höhe in der Presse mal mit zweitausend, mal mit fünftausend Mark beziffert wird.

Auffällig ist, daß Blatzheim, der schon immer gerne auf großem Fuß gelebt hat, in den fünfziger Jahren und parallel zu den Filmerfolgen seiner Stieftochter seinen Lebensstil noch einmal erheblich aufwendiger gestaltet als zuvor. Neben seinem Haus in Köln schafft Blatzheim sich noch eine repräsentative Traumvilla am Lago Maggiore an. In dem hochherrschaftlichen Anwesen mit Seegrundstück feiert er rauschende Feste, frönt teuren Hobbys, kauft sich schnittige Sportwagen und Rennboote, leistet sich eine ganze Phalanx von Angestellten von der Köchin bis zum Chauffeur, der seinen Rolls-Royce durch die Gegend kutschiert. Wie viele Wirtschaftswundermänner stellt auch Blatzheim seinen Reichtum gerne zur Schau. Reporter, die über das aufregende Leben der Schneider-Blatzheims berichten, sind in der Schweizer Luxusvilla in Vico Morcote stets ebenso willkommen wie in Magdas Anwesen Mariengrund, das nach wie vor einer der Wohnsitze der Familie ist. Und ebenso gerne zeigt sich Blatzheim an der Seite von Filmstars wie Peter Alexander, Caterina Valente und Gert Fröbe, Nadja Tiller und Walter Giller.

Für Blatzheim ist es selbstverständlich, daß seine Frau und seine Stieftochter seine privaten Empfänge und Festivitäten ebenso mit ihrer werbewirksamen Anwesenheit schmücken wie seine geschäftlichen Repräsentationstermine. Zeit für ein Privatleben bleibt Romy auf diese Weise so gut wie gar nicht. Wenn sie nicht gerade vor der Kamera steht oder zu Blatzheims gesellschaftlichen oder geschäftlichen Ereignissen zwangsverpflichtet wird, schleifen Mammi und »Daddy« sie gnadenlos von einem Empfang zum nächsten. Kein Filmball und keine als wichtig anerkannte Party werden ausgelassen. Überall tauchen die drei auf, damit Romys Name regelmäßig in den Schlagzeilen und Klatschspalten erscheint und sie bloß im Gespräch bleibt. Zudem besteht ja, so argumentieren sie, immer die Möglichkeit, bei solchen Anlässen wichtige Bekanntschaften zu knüpfen, die sich für Romy noch als nützlich erweisen könnten. Insofern achten Mammi und »Daddy« unablässig darauf, daß sie bei diesen Auftritten in der Öffentlichkeit das richtige Kleid trägt, daß sie perfekt geschminkt und frisiert ist und sich angemessen verhält – so, wie es ihrem Image entspricht. Blatzheims Benehmen in der Öffentlichkeit hingegen läßt oftmals zu wünschen übrig, seine polternden Auftritte und seine derben Herrenwitze, die er gerne zum besten gibt, sind Romy so manches Mal höchst peinlich: »Immer ist er es, der sich schrecklich benimmt, leider auch vor Leuten!«[203]

Romy führt ein Leben unter ständiger Aufsicht und Kontrolle. Ob sie Lust zu solchen Festivitäten hat und sich auch noch in ihrer Freizeit ständig auf den Präsentierteller begeben möchte oder vielleicht lieber einmal ihre Ruhe hätte – diese Frage stellen Magda und

Blatzheim sich nicht. Und wie immer traut Romy sich nicht, den Mund aufzumachen; ohnehin würde ihr nur erklärt, daß sie nun mal »Rücksicht auf ihre Verpflichtungen« zu nehmen habe. Versucht sie einmal vorsichtig gegen die ständigen Bevormundungen aufzubegehren, hämmern Mammi und »Daddy« ihr unermüdlich ein, daß dies alles notwendig sei, wenn sie weiterhin Erfolg haben und ihren Status halten wolle. Als Hildegard Knef ihr den Rat gibt, einmal Krankheit vorzugaukeln, um einem der ungeliebten Filmbälle zu entgehen, erwidert Romy verzweifelt: »Das ist *unmöglich*. Sie würden es nie zulassen.« Um der Knef gleichzeitig ihr Leid zu klagen: »Ich werde verrückt. Sie lassen mich keinen Augenblick allein. Keine Sekunde. Keine Minute. Über alles muß ich Rechenschaft ablegen. Ich bin doch kein Kind mehr.«[204] Doch nach außen hin macht sie gute Miene zum bösen Spiel und bleibt so im goldenen Käfig gefangen, den Magda und ihr Mann um sie errichtet haben.

Was jedoch für Romys weiteres Leben noch viel schwerer wiegt als die geschäftliche Vereinnahmung durch Blatzheim und die totale Kontrolle ihres gesamten Lebens durch Mammi und »Daddy«, ist die Tatsache, daß Blatzheim, »der böse Geist ihrer Jugend«,[205] ein Auge auf seine schöne Stieftochter geworfen hat und in seiner feisten Arroganz auch nicht davor zurückschreckt, Romy unmißverständliche Avancen zu machen. Daß Blatzheim Magda nicht treu ist, daß er unablässig fremdgeht, versucht er gar nicht zu verbergen. Schließlich liebt er es, sich als »tollen Hecht« darzustellen. Es gibt immer genügend junge Frauen, die bereit sind, sich auf eine Affäre oder Liebschaft mit dem großzügigen Geschäftsmann einzulassen: »Man flüsterte sich zu – eigentlich war es schon gar kein Flüstern mehr –, daß er eine Geliebte in Brüssel unterhielt. Magda wußte wohl nichts Genaues, aber sie spürte genug, um unglücklich zu sein und ihrem Mann Szenen zu machen.«[206] Und daß Blatzheim es durchaus auch gewöhnt ist, sich von Hotelportiers Prostituierte aufs Zimmer schikken zu lassen, plaudert er gleich auf den ersten Seiten seiner Memoiren selbstgefällig aus.[207]

Daß Blatzheim auch bei Romy wiederholt Annäherungsversuche startet, daß er mit seiner Stieftochter ins Bett will, erfährt natürlich niemand. Erst zwanzig Jahre später wird Romy eingestehen: »Er hat versucht, mit mir zu schlafen. Und das nicht nur einmal.«[208] So etwas findet freilich hinter verschlossenen Türen statt; ausgerechnet in Romys ehemaligem Kinderzimmer in Mariengrund versucht Blatzheim, mit seiner Stieftochter intim zu werden. Wie immer hat Romy niemanden, mit dem sie über diese traumatische Erfahrung reden kann – ihr Bruder Wolfi ist zu jung, und ihre Mutter verschließt mal wieder vor allem die Augen. Welche Rolle Magda in diesem Kontext gespielt hat, ob sie völlig ahnungslos gewesen ist oder ob sie vielmehr vermutet hat, was hinter ihrem Rücken vorgeht, und lediglich um des lieben Friedens willen den Mund gehalten hat, wissen wir nicht. Daß sie für Romy nicht die Mutter ist, der sich eine Tochter in einem solchen Falle anvertrauen würde, liegt auf der Hand. Aber ist es wirklich glaubhaft, daß sie rein gar nichts mitbekommen hat? Später wird sie – verharmlosend wie immer – lediglich einräumen, daß ihr Mann wohl »im Grunde heimlich in Romy verliebt« gewesen sei: »Wie das bei älteren Männern so ist: Die Sehnsucht nach der Jugend brennt.«[209]

Doch wußte sie, wie weit diese Verliebtheit ging? Ahnte sie, daß ihr Mann mit ihrer eigenen Tochter ins Bett wollte? Daß er sie wiederholt bedrängte? Hat sie ganz bewußt dazu geschwiegen, um den Skandal zu vermeiden und sich zudem ihren eigenen Lebensstandard, an den sie sich längst gewöhnt hat, zu sichern? Würde sie Blatzheim zur Rede stellen, wäre es mit dem Luxusleben an der Seite des reichen Geschäftsmannes sicherlich schnell vorbei und sie stünde wieder alleine da. Bevorzugt sie es aus diesem Grund, lieber zu schweigen? Ein Einzelfall wäre das nicht, denn das Thema Mißbrauch ist Mitte der fünfziger Jahre zweifellos noch ein gesellschaftliches Tabu, das totgeschwiegen wird, so als gäbe es so etwas in den nach außen hin adretten und wohlsituierten Wirtschaftswunderfamilien nicht – Hellmuth Karasek scheint recht zu haben, wenn er die fünfziger Jahre als »eine Blütezeit der Lebenslügen« bezeichnet.[210]

Jedenfalls werden die dreisten Annäherungsversuche des Mannes, der in der Öffentlichkeit als Romys Vater und Beschützer auftritt und von Magda der Presse gegenüber als ihr »eigentlicher Vater« bezeichnet wird, zu einem Trauma erwachsen. Wie immer bleibt Romy alleine mit ihren Alpträumen, ihrem Ekel, ihren Ängsten und ihrer Verzweiflung. Wie über so vieles andere kann sie auch über die sexuelle Belästigung durch ihren Stiefvater mit niemandem sprechen; erst viel später wird sie es tun, und auch dann nur einigen wenigen engen Vertrauten gegenüber.

Das höchst merkwürdige, besitzergreifende Verhalten Blatzheims seiner schönen Stieftochter gegenüber bleibt jedoch in der Filmbranche nicht ganz unbemerkt, schließlich kommt es wiederholt auch in der Öffentlichkeit zu unschönen Eifersuchtsausbrüchen Blatzheims, die zu allerlei Klatsch führen – zum Beispiel als Romy für seinen Geschmack auf einem Filmball zu heftig mit dem bildschönen Jungschauspieler Horst Buchholz flirtet und tanzt, »daß es nur so zischte«.[211] Die anwesenden Photographen, die das attraktive Paar unablässig ablichten, sind zutiefst erfreut, und die Zeitungen berichten einen Tag später ausführlich über Romys erste Romanze. Niemand kann übersehen, daß Romy mehr als angetan von Horst Buchholz ist – auch Blatzheim, der Romy bei solchen Festivitäten keine Sekunde aus den Augen läßt. Nachdem zunächst Magda ihre Tochter vor den Augen aller zurechtgewiesen hat, daß sie nicht ununterbrochen nur mit ein und demselben Mann tanzen könne, aber vergeblich interveniert, bekommt Blatzheim einen Wutanfall. Er brüllt seine Stieftochter in aller Öffentlichkeit an und stellt die lächerliche, aber dennoch sehr bezeichnende Forderung: »Entscheide dich – ich oder er!«[212]

Daß Romy nicht ausgehen kann, mit wem sie will, daß sie sich abends nach Drehschluß nicht mit Kollegen vom Film treffen darf, wenn Blatzheim andere Pläne gemacht hat und ihr Erscheinen auf einem werbewirksamen Event für nötig befindet, ist jedem bekannt. Romys Filmpartner Karlheinz Böhm erinnert sich: »Romy wurde völlig abgeschottet von Blatzheim und durfte keinen Schritt alleine tun. Ausgehen durfte sie nur mit seiner Genehmigung. Ständig wurde sie kontrolliert – was sie natürlich sehr einsam machte.«[213] Doch Romy wird erwachsen; sie sehnt sich nach mehr Selbständigkeit, ohne von der auf ihr Image achtenden Mutter oder dem eifersüchtigen Stiefvater zur Ordnung gerufen zu werden. Zwar steht sie noch lange – viel zu lange – unter dem Pantoffel von Magda und Blatzheim, aber dennoch beginnt sie langsam aufzubegehren. Mit Magda gibt es häufiger Auseinandersetzungen, und auch die Kämpfe zwischen ihr und Blatzheim nehmen an Schärfe zu. Doch zum richtigen Krach, zum öffentlichen Zerwürfnis mit ihrer Familie, wird es erst 1958 kommen; bis dahin funktioniert sie nach außen hin so, wie es von ihr erwartet wird. Rückblickend bekennt sie, daß ihr angesichts der Übermacht von Magda und Blatzheim auch nicht wirklich eine Wahl geblieben ist: »Ich konnte nicht wählen. Ich war viel zu dumm und zu jung und viel zu stark an die Familie gebunden. Ich konnte mir ein Leben außerhalb dieser Gemeinschaft überhaupt nicht vorstellen. Ich wählte nicht. Ich kuschte, mehr oder weniger.«[214]

Alle Versuche Romys, sich der totalen Vereinnahmung durch ihre Mutter und ihren Stiefvater zu entziehen, sind auf diese Weise erst einmal zum Scheitern verurteilt. Solange sie noch nicht volljährig ist, hat sie weder beruflich noch privat eine Chance, auf ihre Selbständigkeit zu pochen und sich freizuschwimmen. Zum einen traut sie sich nicht, gegen die herrische Mammi und den cholerischen »Daddy« aufzubegehren, zum anderen glaubt sie, auf die beiden angewiesen zu sein. Magda und Blatzheim ihrerseits begreifen in ihrer Selbstbezogenheit nicht, daß Romy mit ihrem Leben unzufrieden sein könnte, und werfen ihr Undankbarkeit vor, wenn sie sich über die Vereinnahmung beklagt.

Immer, wenn sie versucht, eigene Entscheidungen durchzusetzen, malen Magda und Blatzheim ihr in den düstersten Farben aus, welch negative Folgen dies für ihre Karriere und ihr ganzes Leben haben würde, und pochen darauf, daß sie am besten wissen, was gut für Romy ist. Dem polternden Blatzheim ist es ein leichtes, Romys blauäugige »Jungmädchenargumente« beiseite zu schieben. Sein immer wieder ins Feld geführtes Totschlagargument, mit dem er jede Diskussion schnell zu beenden versteht, ist Romys Marktwert, der um jeden Preis bewahrt und geschützt werden muß. Alles, was seiner Meinung nach ihren Marktwert schädigen könnte, untersagt er seiner Stieftochter. Diese fügt sich wie immer, träumt aber insgeheim davon, eines Tages aus der Mühle, in der sie hoffnungslos gefangen zu sein scheint, auszubrechen. Schon die sechzehnjährige Romy notiert in ihrem Tagebuch: »Es wird am besten sein, wenn ich einfach auf einer Insel verschwinde, immer nur komme, um einen Film zu drehen, und dann ganz schnell wieder türme. Dann weiß ich nichts vom Marktwert und sonstigen Begriffen, die verdächtig nach Viehmarkt riechen.«[215]

TEIL II
SISSI

4 *Der Traum aller Mädchen in Europa*

Ernst Marischkas Prophezeiung, daß Romy mit der Verkörperung der blutjungen Kaiserin Elisabeth von Österreich in der Herz-Schmerz-Romanze *Sissi* alle Mädchen in Europa zum Träumen bringen wird, erfüllt sich binnen Jahresfrist. Doch in einem hat Marischka unrecht. Romy wird nicht nur zum Traum aller gleichaltrigen Mädchen, die sich ebenfalls danach sehnen, einmal ein berühmter Filmstar zu sein, zum Idol all jener Mädchen, die begierig die Filmzeitschriften wälzen und mit sehnsuchtsvollen Augen Romys Photos betrachten und sich wünschen, an ihrer Stelle zu sein – so zu sein wie *sie,* so begehrt zu werden wie *sie*. Romy Schneider ist darüber hinaus auch der Traum aller Eltern, die sich ebenfalls eine so schöne und wohlerzogene Tochter wünschen, der Traum der Schwiegereltern, die sich eine solche Frau für ihren Sohn wünschen, und der Traum der Großeltern, die über die heutige Jugend schimpfen und ihren Enkeln die strahlend reine Romy als Vorbild präsentieren. Darüber hinaus ist sie natürlich auch der Traum der Männer, die sie anschmachten, die ihr bewundernde Blicke schenken, ihr Komplimente machen und sie hofieren und die vielleicht still und heimlich davon träumen, der erste Mann in Romys Leben zu sein – denn über ihre Jungfräulichkeit diskutiert zu Romys Ärger nach wie vor die ganze Republik. Einer Freundin vertraut sie an: »Kannst du dir das vorstellen, wie das ist, wenn die ganze Nation auf deine Entjungferung wartet?«[1]

Es gibt also kaum jemanden, der zu Zeiten der beginnenden *Sissi*-Euphorie nicht seine Träume auf Romy projizieren würde. Und genau das hebt sie wohl aus der großen Schar all ihrer Mitbewerberinnen und Konkurrentinnen heraus – daß sich die Träume einer ganzen Nation auf sie projizieren lassen. Romy ist mit einem Mal allgegenwärtig, sie wird von allen geliebt. Die Zahl der Zeitungsartikel über sie steigt seit *Sissi* schlagartig an, jedes noch so kleine Detail aus ihrem Leben interessiert die Menschen – sogar über den Inhalt ihrer Handtasche wird ausführlich berichtet. Alles, was über Romy veröffentlicht wird, saugen die Menschen begierig in sich auf. Ihr Gesicht erscheint auf Filmplakaten, die oftmals so überdimensioniert sind, daß sie ganze Hauswände ausfüllen. Niemand kann in diesen Tagen Romy-Sissi entgehen. Die Hysterie um Romy ist wohl einmalig in der Geschichte des deutschen Kinos. Niemals zuvor und niemals wieder ist eine Schauspielerin so gefeiert, so in den Himmel gehoben worden wie die siebzehnjährige Romy. In der Publikumsgunst stellt sie zu *Sissi*-Zeiten alle anderen deutschen Schauspieler weit in den Schatten – auch ihre Eltern Magda Schneider und Wolf Albach-Retty, die trotz aller Berufserfolge niemals im Leben die Karrieregipfel erklommen haben, auf denen ihre Tochter sich nun befindet.

Und welche Auswirkungen hat die *Sissi*-Euphorie auf Romy? Wie geht man damit um, über Nacht zum strahlenden Kino-Idol aufgestiegen zu sein? Wie lebt es sich als Traumgestalt von Millionen von Menschen? Wie verkraftet man es, wenn man in so frühen Jahren derart angebetet wird, wie Romy es nun erlebt? Wie schafft man es angesichts eines derart überschäumenden Ruhms, seine Bodenhaftung zu behalten – so wie es Romys Großmutter Rosa zeitlebens gelungen ist? Natürlich ist Rosa Albach-Retty als Theaterstar nie derart populär gewesen wie ihre zum umjubelten Filmstar aufgestiegene Enkelin Romy. Dennoch kann sie nachvollziehen, wie es ihrer Enkeltochter nun ergehen mag, und fragt sich im Gegensatz zu Romys Mutter Magda, die sich keinerlei Gedanken über mögliche negative Auswirkungen des enormen Erfolgs auf ihre Tochter zu machen scheint, besorgt: »Wie schaut die Zukunft dieses Mädels aus? Kann ein junger Mensch so viel Lob, so viel Bewunderung, dieses ständige Im-Mittelpunkt-Stehen überhaupt verkraften, ohne größenwahnsinnig zu werden?«[2]

Romy selbst fragt sich in diesen Tagen so manches Mal, wer eigentlich der Mensch ist, den alle so anhimmeln. Der Mensch hinter dem Filmstar, hinter dem bald alles verschlingenden »Mythos Sissi«. Bislang hat sie vor allem für ihre Filme und in ihren Filmen gelebt. Für sie zählte allein, möglichst bald wieder vor der Kamera zu stehen und von Erfolg zu Erfolg zu eilen. Für ein Privatleben war angesichts der vielen Arbeit und der zahllosen Verpflichtungen auf dem gesellschaftlichen Parkett keine Zeit. Einen Freundeskreis hat Romy sich nie aufbauen können; ihr einziges Bezugsfeld ist ihre Familie. Doch reicht das auf Dauer? Wenn die letzte Klappe gefallen ist, der Maskenbildner sie abgeschminkt und die Garderobiere die Filmkostüme wieder in den Schrank gehängt hat und aus der von Millionen angehimmelten Traumkaiserin wieder die kleine Romy geworden ist – was bleibt dann übrig? Nicht viel, denn vom Leben außerhalb des Filmstudios hat sie bislang noch nicht sonderlich viel kennengelernt. Doch Zeit, hierüber nachzudenken, zu sich selbst zu finden oder auch nur zu dem Schluß zu gelangen, daß trotz aller Erfolge in ihrem Leben vielleicht etwas schieflaufen könnte, bleibt ihr nicht. Getrieben von ihrer Mutter und ihrem Stiefvater, gedrängt von Produzenten und Regisseuren, die mit Romy so viel Geld wie möglich verdienen wollen, solange sie noch so jung und schön ist und beim Publikum so hervorragend ankommt, hat sie alle Hände voll zu tun. Nach wie vor dreht sie einen Film nach dem anderen. Unermüdlich steht sie im Filmstudio und erfüllt den Millionen von Menschen, die ihretwegen in die Kinos gehen, ihre Träume.

1955 ist das Jahr, in dem sich alles in Romys Leben ändert. Bisher hat sie fünf erfolgreiche Filme gedreht und gilt als die Zukunftshoffnung des deutschen Kinos; sie wird umschmeichelt und umgarnt. Doch nun rückt sie ganz nach oben. Die Filmindustrie ist in diesen Tagen dringend auf neue Gesichter angewiesen, da die Kinogänger nicht immer die ewig gleichen Ufa-Stars von einst auf der Leinwand sehen wollen. Ohnehin hat es der deutsche Film nicht leicht. Mit den Großproduktionen aus Hollywood, die nach dem Ende des Kriegs stärker als je zuvor auf den europäischen Markt drängen, kann man nicht mithalten. Niemand in Europa hat das Geld, derartig aufwendige Filme zu realisieren, die das Zeug hätten, mit den opulenten Streifen der amerikanischen Traumfabrik zu konkurrieren. Zudem fehlen in Deutschland Regisseure von internationalem Rang, die auf einer Stufe mit weltweit anerkannten Regie-Stars wie Alfred Hitchcock und Louis Malle, Federico Fellini oder Luchino

Visconti, Michelangelo Antonioni oder Pier Paolo Pasolini stünden. Ebenso mangelt es an guten Drehbuchautoren. Gemessen am europäischen Standard hinkt die deutsche Filmindustrie hoffnungslos hinterher. Aufgrund dieser Defizite konzentriert sich der deutsche Film ganz bewußt auf Marktlücken, auf Genres, in denen man keinen Vergleich mit der internationalen Konkurrenz fürchten muß. Gerade deshalb gibt es Anfang und Mitte der fünfziger Jahre diesen unglaublichen Boom an Heimatfilmen, die unermüdlich die Illusion einer heilen Welt heraufbeschwören und zudem den kollektiven Wunsch erfüllen, »angesichts des Grauens der jüngsten Vergangenheit der als unbequem empfundenen Nachkriegswirklichkeit zu entfliehen, und in die zeitenthobene, unbelastete Welt der Berge, der Heide, der pittoresken Dörfer und der idyllischen Landschaften einzutauchen«.[3]

Die Filme Ernst Marischkas erobern dem deutsch-österreichischen Kino nach dem Krieg zusätzlich ein neues Terrain – seine Produktionen spielen nicht in der zeitenthobenen Welt der Heimatfilme, sondern in einer rührselig verklärten Vergangenheit, deren man sich nicht zu schämen braucht, die bereits so entrückt ist, daß man sie unbedenklich verkitschen und nach Belieben verfälschen kann, und die von der düsteren jüngsten Vergangenheit, der man im Dunkel des Kinos kurzzeitig entfliehen will, abzulenken vermag. Die operettenseligen Filme aus der Feder von Marischka locken Millionen ins Kino, während engagierte Streifen, die sich ganz gezielt mit der Aufarbeitung der NS-Vergangenheit auseinandersetzen, zwar von den Kritikern pflichtschuldig gelobt werden, an den Kinokassen jedoch regelmäßig durchfallen. Billy Wilder, der 1945 als Filmoffizier ins besetzte Deutschland zurückgekehrt ist, hat schon frühzeitig die Warnung ausgesprochen, daß die Deutschen nicht freiwillig ins Kino kommen würden, »um den pflichtbewußten Schüler zu spielen«. Filme, in denen die Deutschen schlecht wegkommen, haben keine Chancen bei den Kinogängern. Journalist Will Tremper findet hierfür deutliche Worte: »Wer läßt sich schon gern, wenn er am Boden liegt, zur Entspannung noch mal in den Arsch treten?«[4] Keine

Frage also – die Deutschen gehen lieber ins Kino, wenn ihnen gefühlsselige Liebesromanzen oder harmlose Heimatfilme aufgetischt werden.

Und *Sissi* ist beides – ein Film, der in herrlichen Landschaftsaufnahmen schwelgt und eine rührende, zu Herzen gehende Liebesgeschichte erzählt. Aber er ist noch mehr. Marischka läßt in *Sissi* mit großem Aufwand eine untergegangene Welt wiederauferstehen, den Prunk und Protz des kaiserlich-königlichen Wiens. Wenn man sich schon für die jüngste Vergangenheit schämen muß und die Gegenwart trotz des gerade langsam anlaufenden Wirtschaftswunders für viele noch recht trist und mühsam ist, kann man wenigstens im Kino von einer besseren Zeit träumen und sich der Sehnsucht hingeben, daß es bald auch im richtigen Leben wieder aufwärtsgehen wird. Im Kino – oder im Fußball. Der als »Wunder von Bern« gefeierte Sieg der deutschen Mannschaft bei der Fußballweltmeisterschaft hat ein Jahr zuvor die ganze Nation in einen regelrechten Freudentaumel versetzt. Neun Jahre nach Ende des Kriegs scheint der Erfolg im Fußballstadion ein ganzes Volk aus den Entbehrungen und Depressionen der Nachkriegszeit gerissen zu haben.

Sissi setzt der neuen Wir-sind-wieder-wer-Euphorie 1955 die Krone auf, denn der Film entwickelt sich schnell zum Exportschlager, der dem deutschen Film erstmals nach Kriegsende wieder zu internationaler Anerkennung verhilft. Und Romy, die sich mit ihren ersten fünf Filmen blitzschnell in die Riege der aufstrebenden deutschen Schauspielerinnen gespielt hat, gelingt mit Marischkas Erfolgsstreifen der ganz große Durchbruch. Nachdem sie ihre Sache in *Mädchenjahre einer Königin* gut gemacht und mit nur sechzehn Jahren in einer Hauptrolle bestanden hat, steht für Marischka fest, daß niemand anders als Romy die Rolle der blutjungen Kaiserin Elisabeth in seinem Film spielen kann. Dem Regisseur ist der Stoff altvertraut. Die Geschichte von der kleinen bayerischen Prinzessin Elisabeth, die durch ihre Hochzeit mit einem der mächtigsten Männer Europas als Siebzehnjährige zur Kaiserin von Österreich aufsteigt, hat Marischka bereits Anfang der dreißiger Jahre in Form einer Operette auf die Bühne gebracht – auch damals schon unter dem Titel *Sissi,* dem Kosenamen von Kaiserin Elisabeth.

Marischka interessiert sich beileibe nicht für die tatsächlichen Umstände von Sissis Leben; ihm geht es vielmehr darum, eine romantische Liebesgeschichte in prachtvollen Kostümen zu erzählen und ein verklärtes königlich-kaiserliches Österreich wiederaufleben zu lassen – Romantik und Nostalgie, große Emotionen, eine idealisierte höfische Welt im Zuckerbäckerstil, dazu idyllische Landschaftsaufnahmen. Marischka weiß, was die Menschen in diesen Zeiten auf der Leinwand sehen wollen. Anhand von Anekdoten um das österreichische Kaiserhaus strickt er sich seine eigene Geschichte zusammen und bedient sich dabei hemmungslos aller gängigen Klischeevorstellungen. *Sissi* wird auf diese Weise kaum etwas mit der historischen Wahrheit zu tun haben. In Hollywood-Manier interessieren Marischka nur die glanzvollen und strahlenden Seiten der Geschichte, nicht die tragische Realität von Elisabeths wirklichem Leben. Die dunklen Seiten ihrer Lebensgeschichte blendet er einfach aus; nichts erfährt man von den Problemen der vereinsamten, schwermütigen Monarchin, die sich nach zahlreichen tragischen Ereignissen, unter anderem dem Selbstmord ihres einzigen Sohnes, des Kronprinzen Rudolf, immer mehr abkapselte, sich skurrile Angewohnheiten zulegte, unter Zwangsvorstellungen litt und deren Leben höchst tragisch endete – 1898 wurde sie von einem italienischen Anarchisten in Genf ermordet. Die düsteren Aspekte von Elisabeths Leben kehrt Marischka unter den Teppich. Er wendet die am Ende ihres Lebens verzweifelte und todunglückliche Frau, die vom österreichischen Kaiser aus politischen Gründen geheiratet worden ist, zu einer positiven Figur, mit der sich Millionen von Kinogängern identifizieren können. Hierfür blendet er alles Negative aus und konzentriert sich auf Sissis strahlende Anfänge. In seinem Film soll man erleben, wie aus der kleinen, unbeschwert aufgewachsenen und liberal erzogenen bayerischen Prinzessin Elisabeth die strahlende Kaiserin von Österreich wird, die zu einer der populärsten Frauen Europas aufsteigt und ihren Mann, Kaiser Franz Joseph, trotz aller Schwierigkeiten und Intrigen bei Hofe innig liebt. Ein Stoff, aus dem die Träume sind – zumindest wenn man ihn so erzählt, wie Marischka es tut.

Sissi ist von Beginn an ein ehrgeiziges und höchst kostspieliges Prestigeprojekt, das seinen Gewinn nur einfahren kann, wenn Millionen von Menschen in Deutschland und Österreich den Film sehen werden und wenn man ihn möglichst auch noch ins Ausland exportieren kann. Der Erfolg von Marischkas Film, dessen sind sich alle bewußt, hängt ganz allein von Romy ab; ihr Starruhm ist es, der die Menschen scharenweise ins Kino locken soll. Und wenn die Rechnung aufgeht, dann hat Romy Schneider, die während der Dreharbeiten zu *Sissi* siebzehn wird, die Chance, mit dieser Rolle zur beliebtesten Schauspielerin Deutschlands aufzusteigen. Ernst Marischka scheut weder Kosten noch Mühen, um dem Prestigeprojekt einen würdigen Rahmen zu geben, und achtet darauf, daß dem Publikum ein handwerklich perfekt gemachter Film vorgesetzt wird, bei dem auch Zeitkolorit und Dekor stimmen – so werden Sissis Kostüme etwa von zeitgenössischen Gemälden kopiert. Drei Monate soll an Originalschauplätzen der Habsburger Geschichte in Bayern und Österreich gedreht werden, in den malerischsten Landschaften des Salzkammerguts und im Wienerwald, in der Steiermark und der Wachau, an der Donau, zudem in den prunkvollsten Schlössern, darunter auch in Schloß Schönbrunn.

Und auch die Besetzung ist hochkarätig. Kaiser Franz Joseph wird von Karlheinz Böhm gespielt – ihn für diese Rolle auszuwählen liegt auf der Hand, sind er und Romy doch erst vor kurzem von den Lesern der Zeitschrift *Der neue Film* zu den beliebtesten Nachwuchsstars gewählt worden. Karlheinz Böhm, zehn Jahre älter als Romy, ist der Sohn des berühmten österreichischen Dirigenten Karl Böhm, der gerade, nachdem er aufgrund seiner künstlerischen Tätigkeit im Dritten Reich von den Alliierten mit einem zehnjährigen Arbeitsverbot belegt worden war, wieder die Leitung der Wiener Philharmoniker übernommen hat. Seinen Sohn hat Böhm bei Kriegsausbruch in einem Internat in der neutralen Schweiz untergebracht. Dessen ursprüngliche Pläne, Pianist zu werden, scheitern an mangelnder

Begabung, woraufhin Karlheinz ein geisteswissenschaftliches Studium aufnimmt, das er aber bald abbricht, um Schauspielunterricht zu nehmen. Nach Anfängen beim Theater hat Böhm erstmals 1948 in einem Film mitgewirkt, in der deutsch-österreichischen Co-Produktion *Der Engel mit der Posaune.* Seine erste größere Rolle spielt er 1952 neben Hildegard Knef und Erich von Stroheim in *Alraune,* seine erste Hauptrolle ein Jahr später an der Seite von Margot Hielscher im Zirkusstreifen *Salto mortale.* Insgesamt hat Böhm bereits in neunzehn Filmen mitgewirkt.

Anfänglich ist Karlheinz Böhm alles andere als begeistert davon gewesen, die Rolle des österreichischen Kaisers zu übernehmen, und war schon fest entschlossen, den Film abzusagen. Nur das nachhaltige Drängen seiner Agentin hat ihn schließlich doch noch einlenken lassen: »Obwohl mir das Ganze schon damals wie eine Schnulzengeschichte vorkam, habe ich mich dann leider darauf eingelassen. Wie damals oft in meinem Leben wählte ich den bequemeren Weg – nicht den der Kunst, sondern den Weg des kommerziellen Erfolgs.«[5] Karlheinz und Romy verstehen sich auf Anhieb gut – zumindest nachdem Böhm seiner jungen Kollegin die Unsitte abgewöhnt hat, ihn fortwährend »Onkel Karlheinz« zu nennen. Die beiden lernen sich schnell als diszipliniert arbeitende Kollegen schätzen, die am Filmset gut miteinander harmonieren. Dennoch bleibt der Kontakt nach Drehschluß eher kühl und distanziert; eine wirkliche Freundschaft entsteht zwischen den beiden nie, auch nicht, als sie Mitte der fünfziger Jahre zum neuen Traumpaar des deutschen Films aufsteigen. Karlheinz Böhm erinnert sich: »Alles in allem waren wir bei ein paar offiziellen Essen zusammen, wir haben bei einer Bambi-Verleihung nebeneinander gesessen und auf dem Filmball mal miteinander getanzt. Ansonsten hatten wir ein kollegial-freundschaftliches Verhältnis. Für mich war die Romy ein nettes junges Mädchen – und sonst nichts. Und dieses nette Mädchen blieb sie auch während der ganzen Dreharbeiten.«[6]

Nicht nur die Hauptrollen sind mit Romy und Karlheinz Böhm brillant besetzt, auch bei den Nebenrollen achtet Ernst Marischka auf eine ebenso überzeugende wie prominente Besetzung. Das bewährte Mutter-Tochter-Gespann aus *Wenn der weiße Flieder wieder blüht* aufgreifend, läßt er Magda Schneider Sissis Mutter, die Erzherzogin Ludovika von Bayern, spielen; wie im richtigen Leben beginnt auch diese sich erst so richtig für ihre jüngste Tochter zu interessieren, als der österreichische Kaiser sie und nicht, wie ursprünglich vorgesehen, ihre ältere Schwester Néné zur Frau wählt. Magda zur Seite gestellt wird Gustav Knuth, der den Herzog Max in Bayern spielt, Sissis unkonventionellen Vater, der mit dem steifen Zeremoniell am Kaiserhof nur wenig anzufangen weiß und lieber auf die Jagd geht. Die Rolle von Franz Josephs Mutter, der Erzherzogin Sophie, die Sissi als Schwiegermutter das Leben schwerzumachen versteht, wird vorzüglich von der renommierten österreichischen Theaterschauspielerin Vilma Degischer verkörpert, die wie Karlheinz Böhm vom Theater in der Josefstadt kommt. Auch kleinere Rollen sind höchst überzeugend besetzt; so übernimmt der gerade zum österreichischen Kammerschauspieler ernannte Josef Meinrad vom Burgtheater die Rolle des etwas begriffsstutzigen Gendarmerie-Majors Böckl.

Doch so hochkarätig der Film auch bis in die Nebenrollen besetzt ist – sein Erfolg lastet ganz auf Romys Schultern. Sie steht im Mittelpunkt der Inszenierung. Alle anderen, selbst Karlheinz Böhm als Sissis Märchenprinz, sind der Hauptfigur der Geschichte untergeordnet und dienen letztlich vor allem dazu, Romy als angehende Kaiserin optimal zur Geltung zu bringen. Auch bei den Dreharbeiten gilt ihr die größte Aufmerksamkeit; ihr Make-up und ihre Frisuren müssen perfekt sein; ihre Kostüme sind die aufwendigsten und schönsten, die im Film zu sehen sind; sie bekommt selbstverständlich die meisten Großaufnahmen – der ganze Film ist auf ihre Person zugeschnitten. Die souveräne Romy, die es längst gewöhnt ist, Hauptrollen zu spielen, und weiß, daß wie immer ein kolossaler Erfolgsdruck auf ihr lastet, meistert die Dreharbeiten gewohnt spielerisch. Hervorragend versteht sie es, sich in den Wildfang von Prinzessin hineinzuversetzen, die, herausgerissen aus ihrer bisherigen

Umgebung, mancherlei Probleme mit den kühlen und distanzierten Umgangsformen am Wiener Kaiserhof hat und sich nach der Liebe und Aufmerksamkeit ihres vielbeschäftigten Mannes sehnt. Romy ist in ihrem Element – den Hofknicks und die Feinheiten des Hofzeremoniells hat sie schon bei den Dreharbeiten zu *Mädchenjahre einer Königin* gelernt, und doch ist dieses Mal alles strapaziöser als sonst, schon allein wegen der ausladenden Gewänder, der schweren Kronen und der sechs Kilo schweren Perücke, die Romy als Kaiserin Elisabeth auf dem Kopf tragen muß. Trotz der Strapazen wirkt sie im fertigen Film unbeschwert und locker.

Romy selbst ist immer wieder überrascht, welchen Aufwand Marischka betreibt, um die Geschichte der angehenden Kaiserin von Österreich ins Bild zu setzen. Nachdem die Szene abgedreht worden ist, in der sie in einem Traum von einem Hochzeitskleid auf einem über und über mit Rosen geschmückten Schiff die Donau hinabfährt, bis sie an der österreichischen Grenze von ihrem zukünftigen Gemahl Franz Joseph empfangen wird, notiert sie in ihr Tagebuch: »Außenaufnahmen an der Donau. Der Ernstl hat das herrlich hingezaubert. Ich fahre auf einem Donaudampfschiffahrtsdampfer die Donau hinunter, das Volk steht an den Ufern und winkt seiner zukünftigen Kaiserin zu – mir also im Film. Das muß man sich mal vorstellen. Die vielen Leute, die dort als Statisten stehen und winken und klatschen und jubeln! Die muß man dort erst einmal hinbekommen, denn freiwillig gehen ja die wenigsten, wenn nicht eine richtige Kaiserin, wie zum Beispiel Soraya, dort entlanggondelt.«[7]

Trotz aller Strapazen während der Dreharbeiten arbeitet Romy wie gewohnt hart und diszipliniert; sie erfüllt die Rolle der jungen Prinzessin auf sehr authentische Art und Weise mit Leben. Und Ernst Marischka stellt angesichts von Romys Leistung anerkennend fest: »Hier wächst eine Schauspielerin mit Profil und Format heran. Romy bringt mehr mit als ihre Jugend und ein erträglich hübsches Gesicht. Sie ist – wenn man dies von einem Menschen dieses Alters sagen kann – schon jetzt eine kleine Persönlichkeit.«[8] Dies finden auch die Kinogänger. Die festliche Premiere in München wird ein voller Erfolg, es gibt frenetischen Beifall. Die Kritiker überschlagen sich angesichts des opulenten Films mit Lob und feiern Romy als neuen Megastar des deutschsprachigen Kinos. Sechseinhalb Millionen Deutsche werden *Sissi* sehen. Der Film stellt damit sogar die Einspielergebnisse des amerikanischen Erfolgsstreifens *Vom Winde verweht* in den Schatten. In Österreich wird Romys neuer Film gar zum »Werk von öffentlichem Interesse« deklariert und in den Schulen gezeigt. Marischkas Rechnung ist aufgegangen – *Sissi* wird zu *dem* Film der fünfziger Jahre. Mit seiner Flucht in vergangene Zeiten und entschwundenen Pomp, mit seiner Hinwendung zu den unverfänglichen Seiten der deutsch-österreichischen Geschichte entspricht der Streifen dem Lebensgefühl der Fünfziger ganz offensichtlich noch stärker als die Heimatfilme, die bis dahin Millionen ins Kino gelockt haben.

In Deutschland und Österreich bricht ein regelrechter *Sissi*-Boom aus. Alle Wochenschauen, alle Zeitungen und Zeitschriften berichten ausführlich über den Erfolg des Films und mehren ihn dadurch nur noch, weil auf diese Weise immer noch mehr Menschen ins Kino gelockt werden – man muß *Sissi* einfach gesehen haben. Romys Name ist in aller Munde; Photos, die sie in der Maske und im Kostüm der Kaiserin von Österreich zeigen, werden millionenfach abgedruckt. Werbepostkarten mit ihrem Konterfei werden entworfen, und es werden Streichholzschachteln mit dem Bild der zauberhaft lächelnden Romy in Umlauf gebracht. Die Werbung offeriert Romy-Moden und Romy-Kosmetik. Eine Puppe, die Romy als Kaiserin Sissi zeigt, findet reißenden Absatz. Man kann Romys Antlitz einfach nicht entgehen. Der Slogan der *Sissi*-Werbekampagne verspricht dem potentiellen Kinogänger: »Morgen sind auch Sie in Romy Schneider verliebt.« Tatsächlich verlieben sich unzählige Menschen in Romy; die Leser von Filmzeitschriften wählen sie nach Maria Schell zur beliebtesten Filmschauspielerin. Zahlreiche Romy-Schneider-Fanclubs werden gegründet, und die Flut an Autogrammpost nimmt ungeahnte Ausmaße an. Erst kommen die Fanbriefe schachtelweise, dann kartonweise und schließlich in Waschkörben. In Köln muß ein eigenes Büro eingerichtet werden, in dem ein Sekretär Romys Autogrammpost verwaltet und bearbeitet. Magda Schneider erinnert sich: »Die Briefpost machte im geringsten Fall dreihundert Briefe pro Tag aus, meistens aber waren es etwa vierhundert, und an manchen auch fünfhundert oder sechshundert. Wenn ein neuer Film anlief, schwoll die Menge weiter an.«[9]

Und nicht nur in Deutschland und Österreich wird *Sissi* zum Massenphänomen – bald schon ist halb Europa im *Sissi*-Fieber. Die typisch deutschen Heimatfilme, die sich mit typisch deutschen Befindlichkeiten auseinandergesetzt haben, sind im europäischen Ausland verständlicherweise auf nur wenig Interesse gestoßen, doch *Sissi* löst internationale Begeisterung aus. Der Film läuft mit großem Erfolg auch in den Niederlanden und in Belgien, in Frankreich, Irland, Finnland, Dänemark und der Schweiz, in Italien, Griechenland, Spanien und Portugal. Überall werden aufwendige Werbekampagnen gestartet, überall bricht *Sissi* sämtliche Besucherrekorde und schlägt auch hier die großen Hollywoodstreifen. In Nizza etwa erzielt der Film »die größten Einnahmen seit Bestehen der Kinematographie«.[10] Der durchschlagende Erfolg im europäischen Ausland ist um so erstaunlicher, als deutsche Filme nach dem Ende des Zweiten Weltkriegs so gut wie gar nicht mehr gezeigt worden sind. *Sissi* gelingt das Kunststück, dem deutschsprachigen Kino den europäischen Markt zurückzuerobern. Romy und Karlheinz Böhm steigen auf diese Weise in halb Europa zum Leinwand-Traumpaar der fünfziger Jahre auf. In Deutschland und Österreich ist man unglaublich stolz auf die junge Romy. Der durchschlagende Erfolg von *Sissi* zeigt nachhaltig, daß man auf dem internationalen Parkett wieder punkten kann und langsam, aber sicher in den Kreis der europäischen Staatengemeinschaft zurückkehrt.

Marischka und Blatzheim, die Romys Karriere steuern und davon profitieren, daß durch *Sissi* so viel Geld in die Kassen fließt, haben allen Grund, sich die Hände zu reiben. Der durchschlagende Erfolg stellt die Weichen. Natürlich bastelt Ernst Marischka mit den atemberaubenden Einspielergebnissen vor Augen längst an einer Fortsetzung von *Sissi*. Stoff genug ist da für einen zweiten Teil, der den Namen *Sissi, die junge Kaiserin* tragen soll. Mit annähernd der gleichen Besetzung und ähnlich großem Aufwand soll der Erfolg wiederholt werden. Alle sind der Meinung, daß man unbedingt weitermachen müsse mit *Sissi* – Regisseur Marischka und Produzent Tischendorf, und natürlich stimmen auch Magda und »Daddy« Blatzheim dem Plan zu. Nur eine sieht das anders und ist wenig begeistert, ein zweites Mal in die Rolle der Kaiserin von Österreich zu schlüpfen – die siebzehnjährige Romy. Trotz des überwältigenden Erfolgs von *Sissi* will sie partout keine Fortsetzung drehen. Als sie erfährt, daß – wie immer – bereits hinter ihrem Rücken alles geregelt und abgesprochen worden ist, wagt sie zum ersten Mal in ihrem Leben zu widersprechen; sie ruft persönlich den *Sissi*-Produzenten Herbert Tischendorf an und erklärt ihm freiheraus: »Ich spiele die *Sissi II* nicht! Ich bin es wirklich leid, daß immer über meinen Kopf entschieden wird!«[11]

Doch Romy wehrt sich vergebens. Die Verträge sind längst unterzeichnet, all ihre Einwände werden mit einem milden Lächeln als Jungmädchenlaunen und Spinnereien beiseite geschoben. Wieder einmal wird sie in die Knie gezwungen: »Denn das habe ich schließlich gelernt, daß beim Film der Vertrag über alles geht.«[12] Doch die Presse hat Wind von der Sache bekommen und berichtet von Romys Protest und ihrem Unmut, in einer Fortsetzung von *Sissi* vor der Kamera stehen zu müssen. Regisseur Ernst Marischka wiegelt ab und erklärt unumwunden: »Ich nehme Romys Äußerungen nicht weiter ernst.«[13] Deutlicher kann man es kaum zum Ausdruck bringen, daß die minderjährige Romy die Marionette ist, die zwar gebraucht wird, um die *Sissi*-Maschinerie am Laufen zu halten und einen weiteren Kinoerfolg zu landen, die aber im Spiel um die Millionen wenig zu sagen hat und keine eigenen Entscheidungen treffen darf. Romy kuscht mal wieder und beugt sich wie gewohnt dem Willen der Erwachsenen um sie herum, deren erklärtes Ziel es ist, mit Romy in den nächsten Jahren so viel Geld wie möglich zu verdienen. Und auch wenn Romy lieber andere, neue Rollen spielen würde, freut sie sich im großen und ganzen doch schon darauf, bald wieder zu arbeiten. Trotz der anstrengenden Dreharbeiten zu *Sissi* kann sie es kaum erwarten, endlich wieder vor der Kamera zu stehen: »Ich könnte jetzt glücklich darüber sein, endlich einmal wieder richtig ausspannen zu können. Und in Gedanken liebäugle ich bereits mit neuen Filmprojekten. Wieso man immer unzufrieden sein muß mit dem, was man hat?!«[14]

Sissi, die junge Kaiserin ist Romys siebter Film in drei Jahren; nach wie vor bewältigt sie ein gewaltiges Arbeitspensum. Die Fortsetzung von *Sissi* erzählt von der Krönung Kaiser Franz Josephs zum König von Ungarn, die dieser in Marischkas Interpretation letztlich vor allem dem Charme seiner Gemahlin Sissi zu verdanken hat, sowie vom Alltag am Wiener Hof, von den Intrigen und Ränkespielen, denen die junge Kaiserin plötzlich ausgesetzt ist, aber auch von ihrer Einsamkeit, da ihr ständig mit Staatsgeschäften beschäftigter Mann kaum mehr Zeit für sie hat. Im Mittelpunkt des Films steht Sissis Kampf gegen ihre herrische und gefühlskalte Schwiegermutter, die Erzherzogin Sophie, der die Etikette und die Staatsräson über alles gehen und die ihrer Schwiegertochter deutlich zu verstehen gibt, daß sie lieber deren ältere und reifere Schwester Néné auf dem Thron der Kaiserin von Österreich gesehen hätte. Sissi muß schmerzlich lernen, daß ihre persönlichen Wünsche hinter den politischen Aufgaben des Kaiserhauses zurückzustehen haben; ihre romantischen Vorstellungen von der Liebe und der Ehe bekommen im eiskalten Klima des Hofes einen erheblichen Dämpfer. Die Lage eskaliert endgültig, als Sissi eine kleine Prinzessin zur Welt bringt und ihre Schwiegermutter beschließt, die Erziehung des Kindes selbst zu übernehmen. Völlig verzweifelt flüchtet Sissi zu ihren Eltern nach Bayern, wo sie dann von ihrem Gatten liebevoll zurück nach Wien geholt wird und wenigstens einen kleinen Sieg erringt, indem sie erreicht, daß sie ihre Tochter selbst erziehen darf. Der Plan, die jungfräulich wirkende Romy in diesem Film erstmals als Mutter zu zeigen, ist alles andere als unumstritten und sorgt hinter den Kulissen für aufgeregte Diskussionen, an die sich Ernst Marischka noch Jahre später zurückerinnert: »Auch als das Drehbuch schon fertig war, gab es lange Debatten, weil man Romy nicht als junge Mutter zeigen und das Kind aus dem Film heraushaben wollte. Man bildete sich ein, es würde Romys Erfolg schmälern, weil sie für das Publikum taufrisch bleiben muß. Erst nachher haben alle gesehen, welchen Erfolg Romy gerade als junge Mutter hatte.«[15]

1956, als der Film in die Kinos kommt, boomt die deutsche Kinoindustrie wie danach nie wieder. Über achthundert Millionen verkaufte Kinokarten werden in diesem Jahr abgesetzt; jeder Deutsche geht im Schnitt fünfzehn Mal im Jahr ins Kino. Das Fernsehen wird diesem Erfolg bald ein Ende machen und der Filmindustrie herbe Verluste bescheren, von denen sich der deutsche Film nie wieder erholen wird. Doch auch wenn diese Entwicklung in Amerika und England bereits vorweggenommen wurde und man damit rechnen kann, daß es auch in Deutschland zum großen Kinosterben kommen wird, wenn das Fernsehen in immer mehr Haushalte einziehen wird, verschließt man noch die Augen vor dem Kommenden und tut so, als hätte man diese Entwicklung hierzulande nicht zu fürchten. Noch feiert das deutschsprachige Kino wahre Triumphe – und Romy ist die Königin dieser Erfolgswelle. *Der Spiegel* widmet ihr gar eine Titelgeschichte. Als »Die Jungfrau von Geiselgasteig« prangt ihr Antlitz im Sommer 1956 auf dem Cover des Nachrichtenmagazins.

Romy, die zwar seit ihrem sechzehnten Lebensjahr daran gewöhnt ist, in der Öffentlichkeit Aufsehen zu erregen und von wildfremden Menschen begafft und angesprochen zu werden, erlebt auf dem Höhepunkt der *Sissi*-Euphorie noch einmal völlig neue Dimensionen des Ruhmes. »Ein seltsames Gefühl: Wenn ich jetzt auf die Straße gehe, dann stoßen sich manchmal die Leute an und sagen: ›Ist das nicht Romy Schneider?‹ Und dann gucken sie mich an. Das ist schön. Und doch wieder richtig traurig. Manchmal fühle ich mich hin- und hergerissen. Einmal bin ich stolz, daß es so ist. Und einmal wünsche ich mir, ich könnte mich mal in eine richtige Kneipe setzen und Würstel essen, ohne daß jemand zuschaut und kontrolliert, wie ich es mache und ob ich richtig und gesittet esse.«[16] Die Begeisterungsstürme des Publikums sind nun so manches Mal kaum noch im Zaum zu halten. Als sie zur Premiere von *Sissi* nach Madrid fliegt, warten rund dreißigtausend Spanier darauf, sie und Karlheinz Böhm zu begrüßen und zu feiern. In dem Moment, in dem die beiden Schauspieler das Flugzeug verlassen, bricht die Menge in frenetischen Jubel aus. Die Fans müssen von Hunderten Polizisten in Schach gehalten werden, damit Romy und Karlheinz nicht erdrückt werden. Böhm erinnert sich an das Spektakel: »Im selben Augenblick, als wir oben auf der Treppe erschienen, hörten wir das Klirren von zerbrechenden Fensterscheiben, und eine Menschenmenge wogte auf uns zu, so daß ich um unser Leben fürchtete. Die Menschen – es sollen an die dreißigtausend gewesen sein – hatten sämtliche Absperrungen der Polizei durchbrochen. Sogar auf dem Dach des Flughafengebäudes drängten sie sich. Später erfuhren wir, daß nicht eine einzige Fensterscheibe im Madrider Flughafen heil geblieben war und daß es eine Menge Verletzter gegeben hatte.«[17] *Sissi* wird in Madrid unglaubliche achtundvierzig Wochen in den Kinos laufen.

Anders als es die Unkenrufe einiger Branchenkenner prophezeit hatten, hat sich die *Sissi*-Euphorie also auch in der Fortsetzung nicht abgenutzt. *Sissi, die junge Kaiserin* lockt beinahe genauso viele Zuschauer in die Kinos wie der erste Teil der Kaiserinnen-Saga. Kein Wunder, daß sehr zu Romys Verdruß bald schon von einer weiteren Fortsetzung die Rede ist und Marischka längst einen dritten Teil plant, der den Titel *Sissi – Schicksalsjahre einer Kaiserin* tragen soll. Romy hat das Gefühl, daß die Kaiserin Elisabeth eine Rolle ist, die ihr wie ein Klotz am Bein hängt und die sie nie wieder loswerden wird, wenn sie nicht bald die Notbremse zieht. Sie träumt davon, als Schauspielerin so viele unterschiedliche Rollen wie möglich zu spielen, und fürchtet, für alle Zeit auf die Darstellung von Prinzessinnen, Königinnen und Kaiserinnen festgelegt zu werden, wenn sie nun auch noch ein drittes Mal die Sissi verkörpert und man ihr nicht die Möglichkeit gibt, unter Beweis zu stellen, daß sie auch anderes spielen kann, daß sie auf der Leinwand auch überzeugend eine moderne junge Frau von heute darstellen könnte. Sie leidet darunter, derart stark mit einer einzigen Rolle identifiziert zu werden: »Ich war plötzlich nicht mehr Romy, sondern nur noch Sissi, die jungfräuliche Königin des deutschen Films.«[18] Und genau das ängstigt sie und bestärkt sie in dem Gefühl, um jeden Preis aus der *Sissi*-Mühle ausscheren zu müssen.

Doch das ist leichter gesagt als getan. Unabhängig davon, daß Mammi und »Daddy« sowie Marischka und die Produzenten sie mit großem Nachdruck dazu drängen, ein drittes Mal als Sissi aufzutreten und das Publikum es geradezu erwartet, daß sie ein weiteres Mal für diese Rolle zur Verfügung steht, fehlen überzeugende Angebote, um sich als Schauspielerin neu zu positionieren. Natürlich werden unzählige Drehbücher eingereicht, und darunter sicherlich auch manche, die vielleicht ihren Vorstellungen von einer guten, modernen Rolle entsprechen könnten; nur bekommt Romy diese nie zu Gesicht, da alleine ihre Mutter und ihr Stiefvater die Angebote sichten und entscheiden, in welchen Filmen Romy auftreten soll und in welchen nicht. Und da Magda und Blatzheim den Marktwert Romys bewahren wollen und darauf achten, daß Romy ihrem Image treu bleibt, werden alle anderweitigen Rollenvorschläge abgeblockt. Und genau hier setzt der Teufelskreis ein: Da es ausschließlich die banalen, kostümrauschenden Filme nach den immer gleichen Strickmustern sind, die von Romys Eltern akzeptiert werden, wenn nur die Gage stimmt und möglichst auch noch eine Rolle für Magda abfällt, werden von den Produzenten bald nur noch solche Vorschläge eingereicht, von denen man annimmt, daß sie bei Magda und Blatzheim auf Interesse stoßen.

Auf diese Weise wird Romy immer stärker auf ein bestimmtes Rollenklischee festgelegt – eine Erfahrung, die auch ihr Kollege Karlheinz Böhm machen muß, der durch sein Mitwirken bei *Sissi,* das ihn neben dem unschlagbaren O. W. Fischer zu einem der beliebtesten männlichen Filmstars Deutschlands gemacht hat, als Schnulzendarsteller abgestempelt wird: »Für mich als Schauspieler – und das gilt in einem noch viel extremeren Ausmaß für Romy Schneider –

hatten die *Sissi*-Filme eine vernichtende Wirkung. Auf der einen Seite erhielt ich soviel Angebote, daß ich mich nicht mehr retten konnte, aber sie gehörten alle zum gleichen Genre. Ich weiß nicht mehr, wieviel Prinzen, Fürsten, Könige und Kaiser ich damals hätte spielen sollen.« Böhm, der sich durch seinen Popularitätsschub eine Vielzahl interessanter Rollen erhofft hatte, wird bitter enttäuscht: »Tatsächlich passierte eher das Gegenteil. Die Regisseure, die in der damaligen Zeit eine gewisse Qualität repräsentierten, stellten den Schauspieler Karlheinz Böhm als einen Schnulzen-Kaiser-Darsteller und Operettenhelden hin, was natürlich eine deutliche Abwertung bedeutete. Wirklich gute Angebote kamen nicht mehr.«[19] Auch die zehn Jahre jüngere Romy erkennt schnell die Gefahr der Festlegung und spürt instinktiv, daß die Überfigur Sissi trotz des gigantischen Erfolgs, den sie durch Marischkas Filme für sich verbuchen kann, für sie als Schauspielerin eine Sackgasse sein könnte, aus der sich so schnell kein Ausweg finden läßt. Mit größtem Unbehagen stellt sie fest, daß ihr ein Abonnement auf historische Liebesgeschichten droht: »Seit *Sissi* soll ich, wenn es nach ihnen ginge, alle sentimentalen Liebesgeschichten der letzten acht Jahrhunderte spielen.«[20]

Obwohl sie von Millionen Kinogängern angehimmelt und von vielen Gleichaltrigen und sicherlich auch von so manchem Kollegen für ihren *Sissi*-Ruhm beneidet wird, fühlt sich Romy nicht wirklich wohl in ihrer Haut, was sich darin äußert, daß die zuvor immer so unprätentiöse und unkomplizierte Schauspielerin sich mit einem Mal Starallüren zulegt. Zuvor war Romy von Kollegen und Produktionsmitarbeitern immer dafür gelobt worden, daß die Zusammenarbeit mit ihr höchst angenehm ist, daß ihr der Ruhm nicht zu Kopf gestiegen und sie trotz ihres ungeheuren Erfolgs ein netter, umgänglicher und bescheidener Mensch geblieben ist. Doch der Widerwille, mit dem sie ein weiteres Mal als Sissi vor die Kamera tritt, die ständigen, nicht nachlassenden Gängelungen durch ihre Mutter und ihren Stiefvater, das völlige Fehlen eines Privatlebens und zudem die mentale Überforderung mit der Situation, daß ihr plötzlich ganz Europa zu Füßen liegt und die Welt sich geradezu um sie zu drehen scheint – all das erklärt ihr zunehmend launisches Verhalten. Aufgrund ihrer inneren Zerrissenheit, einerseits nach außen hin den selbstbewußten Star mimen zu müssen, tief im Innern aber völlig verunsichert und verängstigt zu sein, tritt sie am Filmset so manches Mal herrisch und ruppig auf. Ein Produktionsmitarbeiter wird sich später zurückerinnern: »Sie hat mit dem Personal – Garderobe, Maske – ein härteres Verhältnis gehabt. Sie war da nicht so beliebt, weil sie die natürlich gescheucht hat.«[21]

Dies deckt sich mit den Erinnerungen von Karlheinz Böhm: »Ich hatte immer den Eindruck, daß sie schon als sehr junges Mädchen von ihrem Stiefvater Blatzheim und ihrer Mutter Magda Schneider zu einem Filmstar erzogen wurde – etwas, das mir zutiefst zuwider war. Ich habe mich in meiner ganzen Karriere immer dagegen gewehrt, wie ein Filmstar behandelt zu werden. Romy Schneider sagte mir einmal, sie hielte das für einen Fehler. Es gehöre zum Image, daß man in einer bestimmten Weise im Atelier auftritt; auch das Verhalten drumherum sei ja letzten Endes schon Theater. Ich habe das nie so empfunden, und diese Seite gefiel mir nicht. Aber wenn man ihr einmal privat begegnete, merkte man: So war sie eigentlich gar nicht; es waren ihre Mutter und ihr Stiefvater, die sie dazu erzogen, die sie zu einem Filmstar machen wollten, was ihnen dann ja auch absolut gelungen ist.«[22] Romy wird rückblickend eingestehen: »O ja, ich habe es schon manchmal sehr genossen, für alle im Studio die Prinzessin zu sein. Ich war nie das sichere junge Mädchen, für das alle Welt mich hielt. Im Grunde genommen war ich zu dieser *Sissi*-Zeit immer ein kleines Monster – aggressiv und herrisch zu denen, die mich umgaben. Warum? Aus Angst und Unsicherheit.«[23]

Trotz Romys Unlust, sich ein weiteres Mal die Kaiserkrone auf den Kopf zu setzen, werden die Verträge für einen dritten *Sissi*-Film unterschrieben. Die Erwachsenen um sie herum haben sie fest in der Hand und wischen ihre Gegenargumente beiseite. Mitte der fünfziger Jahre wird es von einem noch nicht volljährigen Mädchen erwartet, nach der Pfeife der Erwachsenen zu tanzen und sich zu fügen.

Romy erkennt, daß sie künstlerisch nur eigene Wege wird gehen können, wenn sie ihre Karriere möglichst bald selbst in die Hand nimmt. Und sie ist sich darüber im klaren, damit nicht bis zu ihrem einundzwanzigsten Geburtstag warten zu wollen. So beantragt sie, bereits vorzeitig mit achtzehn als volljährig erklärt zu werden – ein Wunsch, der ihr vom zuständigen Vormundschaftsgericht auch erfüllt wird. Zunächst jedoch weiß sie wenig mit ihrer neu gewonnenen Freiheit anzufangen, denn die Gagenverhandlungen und die Verwaltung ihres Vermögens überläßt Romy, die so etwas nie gelernt hat und eigentlich auch keine Lust hat, sich mit etwas anderem als mit Filmen zu beschäftigen, per notarieller Vollmacht auch nach diesem kleinen Befreiungsschlag weiterhin »Daddy« Blatzheim. Noch ist der enorme Druck, den ihr Umfeld auf sie ausübt, größer als ihr Selbstbestimmungsdrang: »Daß ich meist nicht den Mut habe, so aufzutreten, wie es manche von mir erwarten, liegt schließlich daran, daß zwei Drittel der Menschen, mit denen ich zu tun habe, dem Alter nach meine Eltern sein könnten. Das ist ein Problem – und nicht das kleinste.«[24]

Doch die Achtzehnjährige bedingt sich vor dem Start der Dreharbeiten zu *Sissi – Schicksalsjahre einer Kaiserin* wenigstens aus, endlich wieder andere Rollen spielen zu dürfen. Zwischen dem zweiten und dem dritten *Sissi*-Film steht Romy in kurzer Zeit für vier Filme vor der Kamera, in denen sie sich etwas von der *Sissi*-Hysterie erholen kann. In *Kitty und die große Welt,* einem unbedeutenden Filmchen nach einer Buchvorlage von Johannes Mario Simmel, verkörpert sie eine Genfer Friseuse, der zu Unrecht eine Affäre mit dem britischen Außenminister angedichtet wird und die sich dann schließlich in dessen Neffen, einen feschen Diplomaten verliebt, der von Karlheinz Böhm verkörpert wird. Der Neuauflage des Filmpaars Romy Schneider und Karlheinz Böhm im modernen Gewand ist an den Kinokassen nur ein mäßiger Erfolg beschieden; Romy ist dennoch froh, endlich einmal weder Ballkleid noch Krone tragen zu müssen. Gleich im Anschluß steht sie unter der Regie von Josef von Báky vor der Kamera, mit dem ihre Mutter im Frühsommer 1938 drehte, als sie mit

Romy schwanger war. Der Film *Robinson soll nicht sterben* liegt Romy sehr am Herzen. Produzent Herbert Tischendorf hat sich regelrecht von Romy erpressen lassen, ihr diese Rolle zu geben – ein kleines Zugeständnis, das Romy milde stimmen soll, um auch weiterhin für *Sissi* zur Verfügung zu stehen: »Ich hatte mir die Zusage zu Robinson schriftlich geben lassen und blieb zum ersten Male in meinem Leben hart. Ich war fest entschlossen, diesen Film durchzusetzen, und nahm alle Mühen auf mich.«[25]

Die Handlung des Films ist in den Slums von London um die Mitte des 18. Jahrhunderts angesiedelt. Romy spielt die durchsetzungsstarke, mutige Maud Cantley, die von morgens bis abends in einer Baumwollspinnerei schuftet und eng mit dem vom Hofe verstoßenen Schriftsteller Daniel Defoe befreundet ist. Dieser erzählt ihr von Robinsons phantastischer Märcheninsel, um sie wenigstens in Gedanken in eine andere, bessere Welt zu entführen. Man kann sich kaum eine Rolle vorstellen, die weiter entfernt vom süßlichen *Sissi*-Image sein könnte – statt Krinolinen und Kronen trägt Romy dieses Mal zerfetzte Lumpen. Mit ihrem hart erkämpften Wunsch, die Maud zu spielen, wird Romy recht behalten – die Kritiker sind begeistert, und Romy kann erstmals überzeugend unter Beweis stellen, daß sie mit ihrem schauspielerischen Talent und ihrer Ausstrahlung dazu in der Lage ist, einen Film zu tragen, auch wenn er einmal nicht bei Hofe spielt. Romy ist glücklich, es allen gezeigt zu haben: »Es war und ist ein herrlicher Film: Er fällt für mich völlig aus dem Rahmen, und den Leuten im Verleih trat der Angstschweiß auf die Stirn, weil sie fürchteten, dieser Film könne durchfallen, weil ich nun nicht als Traumkaiserin auftrete und weil eben nicht alles auf Glanz und Gloria aufgebaut ist. Ich finde aber, wenn ich es nicht schaffe, auch einen Film zu halten, der einmal anders gemacht ist, dann kann ich den Ofen dichtmachen. Ich habe immer erklärt: Wenn ich nur Kaiserinnen spielen kann, dann hat es keinen Sinn. Soviel Kaiserinnen gibt es ja gar nicht, die ich spielen könnte. Ich muß schließlich auch einmal etwas anderes spielen können.«[26]

In noch zwei weiteren Filmen kann Romy unter Beweis stellen, daß sie anderes zu spielen vermag als immer nur Operetten-Kaiserinnen. In der von Helmut Käutner inszenierten Filmromanze *Monpti* steht sie an der Seite von Horst Buchholz vor der Kamera – bereits zum zweiten Mal, denn Horst hatte auch in *Robinson soll nicht sterben* mitgewirkt, wo er Defoes zügellosen Sohn verkörperte, in den sich die von Romy gespielte Maude verliebt. Und Romy, die seit ihrer ersten Kuss-Szene mit Claus Biederstaedt dazu neigt, immer ein wenig für ihre Filmpartner zu schwärmen, ist sehr zum Ärger von Mammi und »Daddy« ganz hingerissen von ihrem neuen Filmpartner. Hingerissen? Unsterblich verliebt hat sie sich, und auch der schöne Horst Buchholz, der sich zu Männern und Frauen gleichermaßen hingezogen fühlt, ist ganz angetan von ihr. Die Journalisten schreiben bereits eifrig über das neue Traumpaar des deutschen Films und küren Horst und sie zum »Liebespaar des Jahres 1957«. Doch zu Romys großem Bedauern wird es ebenso wie bei ihren jungmädchenhaften Schwärmereien für Curd Jürgens und Herbert von Karajan beim Flirt bleiben, denn Magda und Blatzheim boykottieren die Romanze mit allen Mitteln und verhindern, daß es zu einer Liebesbeziehung kommt – Romy soll Karriere machen, statt sich den Kopf von Männern verdrehen zu lassen. Ihre erste Liebe wird im Keim erstickt – ihr Beruf soll ihre große Liebe sein.

Horst Buchholz, der 1933 in einfachen Verhältnissen in Berlin geboren wurde, hat nach Anfängen am Theater ab 1952 erste Erfahrungen beim Film gesammelt und gilt Ende der fünfziger Jahre als Zukunftshoffnung des deutschen Films. Er ist ein ausgesprochener Liebling der Medien und genießt seine Rolle als hofierter Jungstar in vollen Zügen. 1956 ist er als bester Nachwuchsschauspieler mit dem Deutschen Filmpreis ausgezeichnet worden, im gleichen Jahr gelingt ihm mit seiner Verkörperung des rebellischen Jugendlichen Freddy im Film *Die Halbstarken* der endgültige Aufstieg zum Star; die Rolle bringt ihm den Ruf eines »deutschen James Dean« ein. Und gerade das Unkonventionelle und Unangepaßte, das Horst auch außerhalb des Filmstudios an den Tag legt, fasziniert Romy so an ihm. Sie hält ihn für einen wahren »Pfundskerl«, der sich von nichts und niemandem Vorschriften machen läßt, der sich all das zu tun traut, was sie bisher noch nie zu tun gewagt hat: »Mir gefiel sein Mut, für sich einzustehen. Immer sagte er, was er denkt. Auch wenn es den werten Erwachsenen nicht gefällt. Ich habe einige handfeste Krachs miterlebt, in denen er ohne Rücksicht auf Verluste, voller Zorn, auspackte. Er war genau das, was ich mir unter einem Revolutionär vorstelle.«[27]

Die Presse, das Publikum und die Fachwelt waren schon bei *Robinson soll nicht sterben* gespannt auf das neue Paar, das in der ersten Zusammenarbeit gut harmoniert hatte und bei Kinogängern wie Kritikern gleichermaßen gut angekommen war. So war es naheliegend, Horst und Romy nun auch in einer richtigen Liebesgeschichte einzusetzen und damit den Versuch zu starten, aus den beiden das neue Traumpaar des deutschen Films zu machen. *Monpti* erzählt die heitere, aber tragisch endende Geschichte der Romanze zwischen einer kleinen Pariser Näherin und einem jungen ungarischen Maler, der von seiner Geliebten zärtlich »Monpti« (mon petit) genannt wird und im Pariser Künstlerviertel Saint-Germain-des-Prés vom großen Glück träumt. Doch die Tatsache, daß beide meinen, den anderen nur halten zu können, wenn sie sich in kleine Schwindeleien flüchten, läßt das junge Glück schließlich scheitern. Nach einem Streit läuft die von Romy gespielte Anne-Claire vor ein Auto und stirbt kurz darauf im Krankenhaus. Ihrem Geliebten bleibt nichts anderes übrig, als melancholisch vom verhinderten Glück zu träumen. Die Kritiker attestieren Romy, daß es ihr in diesem Film zum ersten Mal gelungen ist, ihr tatsächliches schauspielerisches Können unter Beweis zu stellen: »Für Romy Schneider ist's fast ein Debüt, so beifallsumrauscht sie seit Jahren auch ist – ein Debüt als Schauspielerin höheren Formates, als man's bisher von ihr verlangt hat.«[28]

Vermutlich auf Betreiben von Magda und Hans Herbert Blatzheim wird die erfolgreiche Zusammenarbeit von Romy und Horst Buchholz trotz der positiven Aufnahme von *Monpti* nicht weiter fortgesetzt. Damit ist nicht nur die zaghaft begonnene Romanze jäh beendet, sondern auch der Versuch der Filmindustrie ad acta gelegt, Romy und Horst zum neuen Traumpaar des deutschen Kinos aufzubauen. In ihrem nächsten Film *Scampolo* werden Romy mit Paul Hubschmid, Victor de Kowa und Georg Thomalla andere Partner zur Seite gestellt. Hier hat sie ein temperamentvolles sizilianisches Waisenkind zu spielen, das sich auf der Insel Ischia ihren Lebensunterhalt als Fremdenführerin verdient – doch »der Sprung vom Habsburger Hof ins süditalienische Elendsviertel überfordert sie und ihr Publikum«.[29] Auch wenn einigen Filmen, die Romy vor dem dritten Teil von *Sissi* dreht, Achtungserfolge beschieden sind, kann kein einziger dieser Streifen auch nur annähernd an die Erfolge der *Sissi*-Produktionen heranreichen, obwohl die beliebte Romy Schneider in allen die weibliche Hauptrolle gespielt hat. Mit ihren Ausbruchversuchen aus dem lieblichen *Sissi*-Rollenklischee stößt Romy beim Publikum, das von ihr immer nur die Sissi will, auf Unverständnis. Die andere, die neue Romy will in Deutschland und Österreich kaum jemand sehen. Romys größtes Problem ist es, daß sie mit modernen Rollen ihr eingefleischtes Stammpublikum vor den Kopf stößt, ihr es aber nicht gelingt, sich mit gänzlich anderen Rollen neue Publikumskreise zu erobern, da Kinogänger, die nichts vom kaiserlich-königlichen Kitsch halten, für den Romy steht, erst gar nicht in Romy-Schneider-Filme gehen.

Da kein einziger der vier Filme zwischen dem zweiten und dritten Teil von *Sissi* von seinen Einspielergebnissen her an die *Sissi*-Streifen heranreicht, sehen sich die Produzenten in ihrer Einschätzung bestätigt und beschließen, lieber auf Nummer Sicher zu gehen, indem sie Romy zukünftig wieder in altbewährten Rollen und Stoffen auf die Leinwand bringen wollen. Das Publikum atmet erleichtert auf, denn letztlich warten alle begierig darauf, daß Romy endlich wieder als Kaiserin Elisabeth von Österreich vor der Kamera steht und Sissis Geschichte weitererzählt wird. Auch wenn sie nach wie vor das Gefühl haben muß, daß sich die Rolle wie unlöslicher Zuckerguß über ihr Leben legt, und es sie schmerzt, daß ihre anderen Filme nicht im gleichen Maß wie *Sissi* geschätzt werden, waren für Romys Selbstverständnis und ihr Selbstvertrauen die ersten, vorsichtigen Schritte, vom *Sissi*-Image loszukommen, enorm wichtig. Zwar hatte sie mit ihren letzten vier Filmen nicht den erhofften Erfolg, aber wenigstens hat sie mit dem zeitweiligen Ausbrechen aus ihrem Image doch einmal in Ansätzen zeigen können, daß sie auch etwas anderes spielen kann als Prinzessinnen und Kaiserinnen. Allerdings werden Romy diese schauspielerischen »Abwege« von den Produzenten nur unter der Bedingung gestattet, daß sie auch weiterhin als Kaiserin von Österreich vor der Kamera stehen wird. Die Kluft zwischen dem, was Romy möchte, und dem, was die Filmindustrie und das Publikum von ihr erwarten, wird immer größer: »Meine Wünsche und Vorstellungen lassen sich nicht mit den Forderungen der Produzenten und Verleiher vereinbaren.«[30] Noch fügt sie sich ratlos der Filmindustrie. Doch diese neuen Filme, allen voran *Robinson soll nicht sterben,* den sie als ihre Gesellenprüfung ansieht, haben in ihr den Wunsch, selbst über sich und ihre Filmarbeit entscheiden zu können, noch einmal enorm verstärkt: »Ich bin der Meinung, daß die Klischierung auf ›sentimentale Königin‹ oder ›enttäuschte Kaiserin‹ das Törichteste ist, was ich auf die Dauer betreiben kann.«[31] Noch steht sie mit dieser Meinung recht allein auf weiter Flur, nur hin und wieder begegnet sie Menschen, die ihr Mut machen, die ihre Sicht der Dinge teilen und ihr den Rücken zu stärken versuchen, wie etwa der Regisseur Alfred Weidenmann, der ihr mit auf den Weg gibt: »Wehr dich, wenn es dir nicht paßt.«[32] Aber das ist leichter gesagt als getan, wenn man der Spielball weitreichender Interessen ist. Mit dem Zwiespalt, daß ihre eigenen Wünsche als Schauspielerin nicht mit den Interessen der Filmindustrie und des breiten Publikums zu vereinbaren zu sein scheinen, muß sie wohl oder übel erst einmal weiterleben. Vorerst hat sie keine andere Wahl, als ein drittes Mal resigniert zur Kaiserkrone zu greifen.

Im April 1957 können die Zeitungen endlich vermelden, daß alle Meinungsverschiedenheiten beigelegt sind und Romy bereit ist, in *Sissi – Schicksalsjahre einer Kaiserin* mitzuwirken. Dieses Mal erzählt Marischka von einer schweren Lungenerkrankung Elisabeths, die sie zu einem langen Kuraufenthalt auf den Inseln Madeira und Korfu zwingt. Dadurch ist die junge Kaiserin für geraume Zeit von ihrem Mann und ihrem Kind getrennt – bis die genesene Sissi und Franz Joseph sich endlich in Venedig wiedertreffen, wo die Kaiserin am Rande einer prachtvollen Zeremonie auf dem Markusplatz endlich auch ihre schmerzlich vermißte Tochter wieder in die Arme schließen kann. Auch der dritte *Sissi*-Teil setzt auf das Erfolgskonzept von großen Emotionen, höfischem Zeremoniell, üppigem Pomp und schönen Landschaftsaufnahmen – und natürlich auf Romy als Zugpferd des Streifens. Die Erwartungen sind wiederum enorm groß und werden erneut nicht enttäuscht. *Sissi – Schicksalsjahre einer Kaiserin* startet in einhundertdreißig großen Kinos in ganz Europa gleichzeitig. Und die Unkenrufe von Filmkritikern, daß die weitere Fortsetzung beim Publikum durchfallen und die *Sissi*-Euphorie langsam abebben könnte, bewahrheitet sich nicht. Die Einspielergebnisse sind wie gewohnt gut und brechen wiederum alle Rekorde. Das Publikum ist nach wie vor im *Sissi*-Fieber.

Und Romy schreibt brav wieder Tausende von Autogrammen, gibt ein Interview nach dem anderen und lächelt zuckersüß auf unzähligen Filmpremieren – und das, obwohl sie die Rolle längst anödet und sie fürchtet, von *Sissi* erdrückt zu werden. Zwar ist sie sich bewußt, daß sie ohne Marischkas Filme nie derart populär geworden wäre, doch spürt sie immer drängender, daß für ihre Weiterentwicklung als Schauspielerin das Zwangskorsett, in dem sie durch die *Sissi*-Filme steckt, ein großer Ballast ist, von dem sie sich nur schwer wieder wird befreien können: »Sissi hing mir wie ein Klotz am Bein. Sissi lächelte selig, wenn ich Lust hatte zu weinen und zu leiden. In Wien, Paris, Rom, wenn ich ein großes Kaufhaus betrat, ja sogar im Hotel zeigte man mit dem Finger auf mich: ›Schau, Sissi!‹ Ich kam mir wie ein österreichischer Schmarrn vor, den man verschlingen wollte.«[33]

Und nicht nur Romy hat langsam genug von *Sissi*. Auch die deutsche Presse schwenkt nun um und beginnt immer unverhohlener, sich über den »süßen, unerträglichen Kitsch« von Marischkas Filmen, aber auch über Romys Festlegung auf die Figur der Herz-Schmerz-Kaiserin lustig zu machen. Bislang ist überwiegend positiv über die *Sissi*-Filme und ihre Hauptdarstellerin berichtet worden, doch nun nehmen die negativen und abfälligen Bemerkungen deutlich zu. Bereits beim zweiten *Sissi*-Film hatte es erste kritische Untertöne in der Berichterstattung gegeben, so etwa in der *Frankfurter Allgemeinen Zeitung*, die befand: »Romy Schneider, unter hoher Perückenkrone auf fraulich zurechtgemacht, stellt ein lebendes Rührbild nach dem anderen. Es gibt mehrere männliche und weibliche Schmachteblicke der Entsagung, daß Tante Frieda voll ihre Bedürfnisse seelischer Sublimierung befriedigen kann. Romy spendet dazu den lieben Kälbchenblick.«[34]

Die Diskrepanz zwischen dem, was die deutsche Presse nicht ohne intellektuelle Arroganz über die »Unterhaltungsdutzendware« und ihre Protagonistin schreibt, und dem, was Millionen von Kinogängern in ganz Europa zu empfinden scheinen, könnte größer nicht sein. Wohl nicht zuletzt die Tatsache, daß die breiten Massen nach wie vor in die *Sissi*-Filme strömen und sich begierig auch noch einen vierten oder fünften Teil von *Sissi* anschauen würden, daß die Streifen also ganz offensichtlich den Geist der Zeit treffen und unzählige Menschen gut unterhalten, veranlaßt Intellektuelle und Journalisten anscheinend dazu, sich deutlich von Marischkas seichten Kitschfilmen und seiner »kaiserlichen Sülze« zu distanzieren. In gewissen Journalistenkreisen gehört es jedenfalls bald zum guten Ton, sich über die Trivialität und Banalität, die falsche und nur schwer erträgliche Gefühlsseligkeit der Marischka-Filme lustig zu machen, womit man sich zugleich auch über die Millionen von Menschen mokiert, die die *Sissi*-Filme lieben und also ganz offensichtlich genau solche Filme sehen wollen. Doch man will »Opas Kino« für tot erklären – und für viele ist Romy als Verkörperung der österreichischen Traumkaiserin geradezu das Symbol eines rückwärtsgewandten, altmodischen Kinos, das nicht mehr so recht in die heutige Zeit zu passen scheint.

Der Ton, in dem man über Marischkas Filme und ihre Hauptdarstellerin schreibt, wird zunehmend rauher. Auch Romy, die lange Zeit der Liebling der Nation war, ist mit einem Mal nicht mehr vor hämischen und despektierlichen Kommentaren sicher. Obwohl ihr Stiefvater ihr untersagt, die Kritiken zu ihren Filmen zu lesen, kann es Romy nicht entgehen, daß die Journalisten ihre Streifen von Mal zu Mal negativer bewerten und beginnen, sie als Sissi geradezu zu verspotten. Mit einem Mal wird der »herzigen Romy«, dem »blitzsauberen Mädel«, dem »Jungfräulein« mit der »rosenfarbenen Tugend« und dem »Grießnockerl-Charme« ein »nichtssagendes Kindergesicht« attestiert. Plötzlich gilt die eben noch so verehrte Romy als »verstaubte Kunstfigur«, der schauspielerisch keine große Zukunft mehr attestiert wird: »Sie ist eine gestrige, ja vorgestrige Mädchenerscheinung.«[35] *Der Spiegel* druckt einen Leserbrief ab, der zu dem Schluß kommt: »Als Schauspielerin ist das herzige Maderl eine glatte Niete.«[36]

Keine Frage, die Zahl derjenigen in der deutschen Presselandschaft, die Romys Karriere kritisch betrachten, wächst zusehends. Auf der in Filmzeitschriften veröffentlichten Beliebtheitsliste der deutschen Filmstars stürzt Romy plötzlich von der Spitze auf Rang zwanzig ab, was die Boulevardpresse bereits schadenfroh fragen läßt: »Romy am Ende?«[37] Auch wenn die Kritiker letztlich mehr oder weniger nur das schreiben, was Romy selbst auch empfindet, und sie insofern in ihrer Einschätzung bestätigen, daß es höchste Zeit ist, sich vom Rollenklischee der mädchenhaften und unschuldigen Prinzessin zu verabschieden, trifft Romy die Kritik hart. Sie fühlt sich gekränkt und begreift nicht, warum man plötzlich derart über sie herfällt und gar ihre Qualitäten als Schauspielerin in Frage stellt. Romy muß in diesen Tagen das Gefühl bekommen, daß die deutschen Journalisten samt und sonders gegen sie sind, daß es ihnen geradezu Spaß macht, das Ende ihrer Karriere herbeizuschreiben. Verbittert über diese Erkenntnis konstatiert die bislang stets vom Erfolg verwöhnte Romy: »Einmal bist du oben, und dann bist du unten und wirst wie eine heiße Kartoffel zertreten.«[38]

Während der Ton der Presse in Deutschland schärfer wird, feiert Romy im Ausland nach wie vor ungetrübte Triumphe – *Sissi* erobert nun sogar Amerika. Um *den* europäischen Filmerfolg der fünfziger

Jahre auch dem amerikanischen Publikum nahezubringen, stellt die Paramount einen Zusammenschnitt aus allen drei Teilen her, der unter dem Titel *Forever My Love* in die Kinos kommt und mit einigem Erfolg läuft. Im Windschatten des weltweiten *Sissi*-Erfolgs soll nun auch Romys Queen-Victoria-Streifen *Mädchenjahre einer Königin* in den Vereinigten Staaten ausgewertet werden; er wird unter dem Titel *The Story of Vicky* im Verleih der Disney-Studios laufen und in vierhundert amerikanischen Kinos gleichzeitig starten. Um Publicity für den Film zu machen, reist Romy im Januar 1958 in Begleitung ihrer Mutter zu einer dreiwöchigen Promotiontour nach Amerika, die in New York startet und, wie in den Vereinigten Staaten üblich, mit einem umfangreichen, höchst strapaziösen und minutiös geplanten Programm verbunden ist. Romy wird vom frühen Morgen bis spät in die Nacht nahezu ununterbrochen von allen nur denkbaren Journalisten interviewt und photographiert – auch die deutschsprachigen Zeitungen berichten ausführlich darüber, welch großer Wirbel auf der anderen Seite des Atlantiks um Romy gemacht wird. Unzählige Radio- und Fernsehsendungen widmen sich dem Jungstar aus Europa. Amerika ist entzückt von der jungen europäischen Schauspielerin, die sich so natürlich und unprätentiös gibt, und umgekehrt imponiert Romy die amerikanische Lebensart ungemein. Angesichts der hämischen Presseartikel in Deutschland ist sie gerührt, wie liebenswert und zuvorkommend sie in Amerika behandelt wird. Überall wird sie hofiert, kann sich vor Einladungen kaum retten und wird von Party zu Party herumgereicht; jeder will mit ihr sprechen und sich an ihrer Seite photographieren lassen. Selbst wenn sie nur mit ihrer Mutter zusammen zu einem kleinen Einkaufsbummel aufbricht, wird sie von einem ganzen Kometenschweif von Photographen verfolgt. Kaum einmal hat sie die Chance, sich auszuruhen und neue Kraft zu schöpfen: »Jetzt eine Stunde schlafen, wär' nicht schlecht. Aber ich bin ja schließlich nicht nach Amerika gekommen, um zu schlafen. Lippenstift, Puderdose, Wimperntusche heraus, und auf geht's zum nächsten Interview.«[39] Die Tour de force lohnt sich: *The Story of Vicky* bekommt glänzende Kritiken, und Romy wird in der amerikanischen Presse als die »aufregendste Schauspielerin des Jahres 1958« gefeiert.

Von New York geht es weiter nach Los Angeles und Hollywood, wo Romy zum ersten Mal die Luft der amerikanischen Filmstudios schnuppert, in denen alles viel größer ist und in denen es viel konzentrierter und perfektionistischer zugeht als in Deutschland oder Österreich. Angesichts der riesigen Aufmerksamkeit, die Romy in Amerika auf sich zieht, kann es kaum verwundern, daß es bald schon Pläne gibt, Romy auch in einem Hollywoodstreifen einzusetzen. Angebote, im Ausland zu filmen, hatte es auch zuvor schon gegeben; Filmproduzenten aus Spanien, Italien und Frankreich haben bereits mehrfach ihr Interesse bekundet, mit Romy drehen zu wollen. Bisher jedoch hat sich in dieser Richtung alles zerschlagen, da Romy im deutschsprachigen Raum zu viele Verpflichtungen hatte. Doch Amerika reizt sie. Kein Wunder, denn die Aussicht, in Hollywood zu filmen, muß für sie doch mit der Hoffnung verbunden sein, vielleicht endlich einmal andere Rollen spielen zu können und dem belanglosen Einerlei der deutsch-österreichischen Filmproduktion zu entgehen.

Nicht nur Romy ist fasziniert von der Idee, in Hollywood vor der Kamera zu stehen, auch Mammi und »Daddy« Blatzheim sind im Hinblick auf die exorbitanten amerikanischen Gagen Feuer und Flamme. Besonders Magda ist ganz euphorisch. Insgeheim träumt sie schon seit langem davon, daß Romy auch den amerikanischen Markt erobern könnte. Trotz des ungeheuren Arbeitspensums ihrer Tochter und der Menge ihrer sonstigen Verpflichtungen hat Magda in den zurückliegenden Monaten darauf gedrängt, daß Romy ihr Schulenglisch auffrischt. Für jeden drehfreien Tag verpflichtet sie eine Muttersprachlerin, die mit Romy freie Konversation übt. Magda nimmt an den Englischstunden teil – hofft sie auf ihre alten Tage vielleicht darauf, im Windschatten ihrer Tochter auch noch in Amerika vor der Kamera zu stehen? Rückblickend gesteht sie zumindest ein: »Obwohl keine konkreten Pläne bestanden, war das Englischlernen auf den Beruf ausgerichtet, wie fast alles andere auch.«[40] Der

Ehrgeiz, in Amerika Fuß zu fassen, scheint in der Mutter noch wesentlich stärker zu brennen als in der Tochter. Vor jedem Gespräch mit einem amerikanischen Journalisten impft sie Romy ein, nachdrücklich zu betonen, wie gerne sie in Hollywood arbeiten würde.

Romy absolviert Probeaufnahmen für den Walt-Disney-Streifen *Der dritte Mann im Berg,* doch die Chance, sich dem amerikanischen Publikum in dem Bergsteigerabenteuer zu präsentieren und sich zugleich vom Prinzessinnen-Image und vielleicht, mit dem Wechsel ins Land der unbegrenzten Möglichkeiten, auch von der ständigen Bevormundung durch Mammi und »Daddy« zu befreien und sich beruflich wie privat freizuschwimmen, ergibt sich nicht. Romy wird nicht engagiert, was für die erfolgsverwöhnte Neunzehnjährige eine bittere Niederlage bedeutet – die erste in ihrem Berufsleben. Andererseits atmet sie auch ein bißchen auf, denn die kalte Professionalität, mit der in der amerikanischen Traumfabrik gearbeitet wird, hat sie bei den Probeaufnahmen ebenso eingeschüchtert wie die Tatsache, plötzlich in einer Sprache agieren zu müssen, die nicht ihre Muttersprache ist. Walt Disney, den Romy gar nicht persönlich kennenlernt, bezeichnet sie bei der Sichtung der Probeaufnahmen zwar als »das schönste Mädel der Welt«; die ursprünglich für sie vorgesehene Rolle wird dann aber schließlich aus taktischen Gründen an die vier Jahre ältere britische Schauspielerin Janet Muro vergeben, die nach zwei Filmen in England auch schon zwei Streifen in Hollywood gedreht und insofern im Gegensatz zu Romy in Amerika bereits Fuß gefaßt hat. Enttäuscht über das Scheitern der ehrgeizigen Pläne verlassen Magda und ihre Tochter Hollywood – doch Romy schwört sich insgeheim, eines Tages hier vor der Kamera zu stehen.

Zurück in Europa wird Romy mit Marischkas Plan konfrontiert, auch noch einen vierten *Sissi*-Streifen drehen zu wollen – die Presse hämt bereits, daß der Film nach *Sissi – Schicksalsjahre einer Kaiserin* voraussichtlich *Sissi – Wechseljahre einer Kaiserin* heißen müsse. Angesichts der weltweiten Einspielergebnisse und der riesigen Gewinne ist man gierig geworden und will einen weiteren Welterfolg produzieren. 1958 schon soll *Sissi IV* in die Kinos kommen. Doch dieses Mal hat man die Rechnung ohne die Hauptdarstellerin gemacht. Romy ist es endgültig leid, einen realitätsfernen Streifen nach dem anderen zu drehen, immer nur in historischen Kostümen vor der Kamera zu stehen und die immer gleichen Herz-Schmerz-Dialoge in bonbonrosanen Zelluloidträumen zum besten zu geben. Ihr steht der Sinn nach anderem, sie will endlich Rollen spielen, die etwas mit der heutigen Realität zu tun haben, die sie als Schauspielerin herausfordern und ihr die Möglichkeit geben, sich weiterzuentwickeln. Romy sorgt sich angesichts der negativen Presse um ihre Zukunft und ist sich bewußt, daß sie seit langem Rollen spielt, die sich auf alarmierende Weise ähneln und sie beruflich auf der Stelle treten lassen. Nun soll Schluß sein damit. Trotz der Niederlage in Amerika und des Wissens um die Skepsis der hiesigen Produzenten, ihr andere Rollen anzuvertrauen, erklärt sie selbstbewußt: »Lieber spiele ich gar nicht als noch mehr Prinzessinnen!«

Romy hat das Gefühl, daß sie ihrer Karriere um jeden Preis eine neue Richtung geben muß. Und wenn alle anderen nicht begreifen, daß sie sich nicht für alle Zeiten in ein Klischeebild pressen lassen will, dann muß sie ihr Schicksal eben selbst in die Hände nehmen. Sie will es nicht weiter zulassen, daß ihre eigentlichen Fähigkeiten permanent mißachtet werden, nur weil sie keine adäquaten Rollen angeboten bekommt und immer dasselbe spielen soll. Auch wenn Romy noch keine Ahnung hat, wie sie dies erreichen soll, setzt sie es sich zum Ziel, die Stagnation zu durchstoßen und künstlerisch zu neuen Ufern aufzubrechen. Sie ist hungrig auf mehr und will endlich auch als Schauspielerin und Mensch ernst genommen werden. Von dem Gefühl getrieben, in den *Sissi*-Filmen nicht annähernd das geben zu können, was schauspielerisch in ihr steckt, träumt sie davon, gute Rollen in erstklassigen Filmen zu spielen, anstatt ständig nur leichte Kost und Massenware zu drehen: »Gebt mir endlich eine Rolle, mit der ich beweisen kann, was in mir steckt. Ich kann auch anderes, als ein affektiertes Mädchen mit honigsüßem Lächeln zu spielen.«[41]

Ihr Entschluß, die Krone endgültig an den Nagel zu hängen, ist unumstößlich. Bislang hat sie sich immer brav in alles gefügt, was »Onkel Ernst« von ihr wollte, was Mammi und »Daddy« als gut für sie befanden. Stets war sie die liebenswürdige Marionette, zu der ihre Mutter und ihr Stiefvater sie gemacht haben, der Star, den Millionen anhimmelten. Doch damit soll jetzt Schluß sein – Romy will das Kapitel *Sissi* ein für allemal abschließen. Sie lehnt es kategorisch ab, ein weiteres Mal als Kaiserin Elisabeth vor die Kamera zu treten, und auch als die Produzenten ihr eine absolut exorbitante Gage bieten und gar das österreichische Bildungsministerium bei ihr vorspricht und sie bittet, einer weiteren Fortsetzung von *Sissi* zuzustimmen, wird sie nicht schwach. Noch denkt man freilich, sie letzten Endes umstimmen zu können, und hofft, ihre Bedenken zu zerstreuen und sie zur Vernunft zu bringen. Mit Geld. Eine Million Mark bietet man ihr, wenn sie bereit ist, einen vierten *Sissi*-Film zu drehen. Doch Romy lehnt ab. Es ist ihr erstes Pochen auf Unabhängigkeit, das erste Mal, daß sie den Mut aufbringt, nein zu sagen.

»Daddy« Blatzheim reist eigens nach Mariengrund und zeigt Romy die Million in bar – er, für den Geld und Reichtum wohl das Wichtigste im Leben sind, denkt, Romy so ködern zu können. Doch auch beim Anblick dieses enormen Geldbetrags bleibt Romy bei ihrer Entscheidung: »Nicht einmal für sechs Millionen DM würde ich *Sissi IV* machen.«[42]

Romy ist sich bewußt, daß es einfach und bequem wäre, doch wieder einzulenken und ja zu sagen, aber sie ist sich sicher, daß sie für kein Geld der Welt ein weiteres Mal als Sissi vor der Kamera stehen will und daß niemand sie von diesem Entschluß wird abbringen können. Auch nicht der zeternde, polternde Blatzheim, der einen cholerischen Anfall bekommt und seine Wut kaum zu unterdrücken vermag, als er merkt, daß er bei seiner Stieftochter auf Granit beißt. Und auch ihre Mutter wird sie nicht umstimmen können. Magda, die vermutlich auch einer zehnten Fortsetzung von *Sissi* noch zustimmen würde, wirft ihrer Tochter Undankbarkeit vor und ist überzeugt, daß Romy den Verstand verloren hat. Sie begreift nicht, wie man freiwillig eine Rolle aufgeben kann, die einem Weltgeltung verschafft hat und die eine derart hohe Gage einbringen würde. Doch alle Argumente nützen nichts, dieses Mal kuscht Romy nicht. Sie hält dem enormen emotionalen Druck stand, den ihre Mutter und ihr Stiefvater auf sie ausüben. Der Weg, auf den Mammi und »Daddy« sie in den letzten Jahren gedrängt haben, ist nicht mehr der ihre. Romy findet, daß sie alt genug ist, ihr Leben endlich selbst in die Hand zu nehmen – und da sie vorzeitig für volljährig erklärt worden ist, kann sie niemand mehr dazu zwingen, in einem Film mitzuwirken, für den sie partout nicht vor der Kamera stehen möchte. Und sie weiß tief in ihrem Innersten, daß ihre Entscheidung richtig ist, daß sie recht hat, auch wenn kein anderer das nachvollziehen kann. Sie will – nein, sie wird es allen beweisen.

Bald platzt die Bombe. Als die Presse Romys Weigerung verkündet, ein weiteres Mal als Sissi vor der Kamera zu stehen, reagieren ihre Fans mit Unverständnis, Verärgerung und Enttäuschung. Die Wogen der Erregung schlagen hoch – Romys Absage wird zum Thema Nummer eins. Anfänglich hoffen alle, daß Romy letztlich doch noch einlenkt und sich ein weiteres Mal dazu überreden läßt, aber bald schon muß jeder einsehen, daß Romy es ernst meint, daß es wohl niemals einen vierten *Sissi*-Teil geben und man nie erfahren wird, wie Ernst Marischka die Geschichte weitergesponnen hätte. Denn daß es nach dem überwältigenden Erfolg der ersten drei *Sissi*-Teile keine andere Schauspielerin geben kann, die an Romys Stelle treten könnte, ist jedem klar – Romy *ist* Sissi. Doch nun ist der Traum ausgeträumt.

Niemand versteht Romys Entschluß so recht. So mancher Fan fühlt sich von ihr vor den Kopf gestoßen. Schließlich wird Romy von Millionen Menschen angehimmelt; sie verdient gutes Geld, eben weil das Publikum sie als Märchenkaiserin Sissi liebt. Sie brauchte nur so weiterzumachen wie bisher, und ihre Fans lägen ihr weiter zu Füßen. Was will sie überhaupt? Warum ist sie so undankbar? Warum ist sie plötzlich eine Spielverderberin, die sich weigert, den Menschen ihre Kinoträume zu erfüllen? Die Enttäuschung über Romys Entscheidung wird das deutsche und österreichische Publikum nie so recht verschmerzen. Die Menschen lieben Romy als Sissi, also soll sie auch Sissi bleiben. Ernst Marischka prophezeit ihr: »Ich werde Romy nicht zwingen, die Sissi noch ein weiteres Mal zu spielen, wenn sie nicht will. Ich möchte nur eines sagen: Romy kann in ihrem ganzen Leben spielen, was sie will – sie wird nie mehr durch eine Rolle so emporgetragen werden wie durch Sissi.«[43]

Doch das ist Romy im Moment herzlich egal, auch wenn sie trotz ihrer neu gewonnenen Zielstrebigkeit noch nicht so recht weiß, wie es nun weitergehen soll. Für sie zählt jetzt nur, daß sie endlich sich selbst gehört, daß sie das Zepter in die Hand genommen hat und selbst entscheidet, welche Rollen sie zukünftig spielen wird und welche nicht. Sie hat es satt, weiterhin bloß das folgsame Anhängsel von Mammi und »Daddy« Blatzheim oder ein Spekulationsobjekt der Filmindustrie zu sein, die so viel Geld wie möglich mit ihr verdienen will, solange sie noch jung und schön ist, und der es egal ist, ob sie sich als Schauspielerin weiterentwickeln kann oder nicht. Und sie will auch nicht dem Publikum gehören, das sie in immer nur den gleichen Rollen sehen will und ihr nicht gestattet, schauspielerisch neue Wege zu beschreiten. Ihr genügt es künftig nicht mehr, »reizend« und angepaßt zu sein; damit ist jetzt Schluß. Mit einem Mal hat sie das Gefühl, daß sie sich weiterentwickeln muß, beruflich wie privat. Der frühe, kaum zu verarbeitende Ruhm, das unablässige Filmen sowie die ständige Kontrolle durch die Erwachsenen in ihrem Umfeld haben ihr viel zu lange die Möglichkeit verstellt, zu sich selbst zu finden – als Schauspielerin wie als Mensch. Und nun ist es an der Zeit, das Versäumte nachzuholen. Daß es alles andere als einfach werden wird, vom *Sissi*-Image loszukommen, muß Romy klar sein. Keiner ihrer Filme, die sie in den letzten Jahren parallel zu *Sissi* gedreht hat, reichte trotz ihres Star-Ruhms auch nur annähernd an die Erfolge der *Sissi*-Trilogie heran. Doch ihr geht es im Augenblick nicht darum, der größte Star von allen oder die bestbezahlte Schauspielerin Europas zu sein, sondern darum, moderne junge Frauen zu spielen, die mitten im Leben stehen – Menschen aus Fleisch und Blut.

Und überraschenderweise gibt man ihr nach dem letzten *Sissi*-Teil endlich einmal auch die Möglichkeit dazu. Romy wird für die Neuverfilmung der vor Ausbruch des Ersten Weltkriegs spielenden Internatsgeschichte *Mädchen in Uniform* engagiert – erneut wird sie an der Seite von Lilli Palmer vor der Kamera stehen. Der Streifen wird der erste Film in Romys Karriere, in dem sie sich selbst als Schauspielerin ernst nehmen kann und bei dem sie das Gefühl hat, beruflich endlich auf dem richtigen Weg zu sein. Romy betrachtet *Mädchen in Uniform* als eine weitere Gesellenprüfung. Die ehrgeizige Neunzehnjährige ist überglücklich; bislang war sie zwar ein gefeierter Star, aber still und heimlich hoffte sie darauf, irgendwann einmal ernsthaften Kolleginnen wie Hildegard Knef und Ruth Leuwerik und der von ihr besonders bewunderten Maria Schell das Wasser reichen zu können. Mit den Rollen, die sie bisher gespielt hat, war dies jedoch – vielleicht bis auf die Ausnahme von *Robinson soll nicht sterben* – nicht möglich, da die Drehbücher ihrer Filme zu seicht waren, ihre Rollen keine wirklichen Herausforderungen an sie stellten und ihre Regisseure sich nicht dafür interessierten, daß sie sich schauspielerisch weiterentwickelt. Und dennoch weiß Romy ganz sicher, daß sie als Schauspielerin mal ganz groß werden könnte, wenn man ihr nur gute Rollen gibt, an denen sie wachsen kann.

Die Rolle der Manuela von Meinhardis ist eine solche Rolle, eine Charakterrolle ganz nach Romys Geschmack – wohl nicht zuletzt, weil sie sich bei den Dreharbeiten an ihre Zeit in Goldenstein erinnert fühlt und sehr gut nachvollziehen kann, welche Gefühlsregungen in dem Mädchen vorgehen, das sie zu spielen hat. Nach dem Tod ihrer Eltern wird Manuela von einer herzlosen Tante in ein preußisches Internat für höhere Töchter abgeschoben, in dem Zucht und Ordnung herrschen. Die von Therese Giehse gespielte Direktorin ist eine furchteinflößende Person – hartherzig und erzreaktionär. Ihr oberstes Ziel ist es, aus den adligen Mädchen einmal unerschrokkene Soldatenmütter zu machen. Für die sensible und verträumte

Manuela von Meinhardis ist es schwierig, sich in den freudlosen Internatsalltag einzugliedern, alles an dieser Schule schüchtert sie ein – bis auf ihre Lehrerin, das von Lilli Palmer gespielte Fräulein von Bernburg. Die junge Lehrerin, die für den Geschmack der Direktorin viel zu fortschrittliche Ansichten vertritt und eigentlich als die einzig menschliche Angestellte dieser Schule angesehen werden kann, ist der Schwarm aller Mädchen – ungeduldig wird Abend für Abend ihr Gutenachtkuß erwartet. Auch Manuela verliebt sich unsterblich in die schöne Lehrerin und versucht, deren Zuneigung für sich alleine zu beanspruchen. Das mißfällt nicht nur Manuelas Mitschülerinnen, sondern auch der Direktorin, deren scharfen Augen nichts entgeht. Unerbittlich versucht sie, der menschliche Regungen fremd zu sein scheinen, die Freundschaft zwischen Manuela und Fräulein von Bernburg zu unterbinden, was Manuela schließlich dazu treibt, einen Selbstmordversuch zu unternehmen, der in letzter Sekunde verhindert werden kann.

Romy spielt die Rolle der Manuela von Meinhardis mit fast traumwandlerischer Sicherheit. Allen Gefühlen, die sie damals in Goldenstein hat unterdrücken müssen, kann sie nun im Filmatelier freien Lauf lassen. Bei den Dreharbeiten in Berlin und Hamburg gibt sie bis zur Erschöpfung alles. Ihre schauspielerische Leistung bei dieser ersten dramatischen Rolle ihrer Karriere läßt nichts zu wünschen übrig, aber die Rolle strengt sie mental sehr an; sie vermag kaum etwas zu essen und wird während des Drehs zweimal ohnmächtig. Dennoch wirkt sie im fertigen Film umwerfend. Ihre Mimik ist sparsam und doch effektiv. Sie verzichtet auf große Gesten, und man spürt, daß sie die Rolle wirklich mit Leben zu füllen imstande ist. Romy kann in *Mädchen in Uniform* zum ersten Mal unter Beweis stellen, daß sie das Zeug dazu hat, eine große Charakterschauspielerin zu werden, wenn man ihr nur die richtigen Rollen gibt und sie vom richtigen Regisseur in Szene gesetzt wird. Egal was die Kritiker über diesen Film sagen werden, egal was das Publikum denken wird – Romy ist überglücklich, diese Erfahrung gemacht zu haben: »Ich weiß es jetzt. Wenn man es nur will, kann man alles. Geahnt habe ich das schon immer, aber seit *Mädchen in Uniform* weiß ich das! Diese ganze Angst vor Szenen, von denen man glaubt, sie niemals zu können, ganz und gar zu sprengen. Wenn man die Lungen vollpumpt, der Druck im Kopf weggeht, und man nur noch das wird, was man sein will. Und es geht. Man bricht nicht mehr im Text ab, man stockt nicht. Ich schrei, weine, tue alles, wie es sein muß, mit voller Stimme, interessiere mich für niemanden mehr. Für niemanden. Und ich bin allein auf der Welt. Ich bin frei.«[44]

Alain

Der großen Liebe im Leben begegnet man wohl nur ein einziges Mal. Ungewiß ist, ob man gleich auf den ersten Blick merkt, daß man gerade der Liebe seines Lebens gegenübersteht. Ebenso offen ist es, ob diese Liebe glücklich verlaufen wird. Für Romy ist und bleibt ein Mann die Liebe ihres Lebens: Alain Delon, der blendend aussehende und noch ganz am Anfang seiner Karriere stehende Schauspieler, der als Zukunftshoffnung des französischen Films gefeiert wird – drei Jahre älter als Romy und aus dem Holz geschnitzt, aus dem sie selbst auch gerne wäre.

1958 soll Romy in ihrem ersten ausländischen Film mitwirken, in einem Remake der berühmten Max-Ophüls-Verfilmung von Arthur Schnitzlers Drama *Liebelei*. Anfang der dreißiger Jahre hatte ihre Mutter in ebendiesem Streifen ihre wichtigste schauspielerische Leistung erbracht. Jetzt, fünfundzwanzig Jahre später, soll Romy in Magdas Fußstapfen treten und die gleiche Rolle spielen. Drei Jahre währten die Vorbereitungen für diesen Film; die ersten Gespräche wurden schon geführt, noch bevor die erste Klappe zu *Sissi* gefallen war. Nun endlich ist es soweit. Der Film wird unter dem Titel *Christine* in Frankreich produziert und in Paris, Boulogne und Wien gedreht. Regie führt der französische Regisseur Pierre Gaspar-Huit, der mit seiner Neuverfilmung nicht annähernd die Qualität seines Vorbilds erreichen wird – Ophüls' Interpretation des Themas ist um

Klassen besser. Vergeblich hatte Magda bei ihm vorgesprochen, um ihn zu überreden, die Regie des Remakes selbst zu übernehmen: »Niemals. Ich könnte es heute nicht besser machen als das erste Mal.«[45]

Es ist nicht Romys erster Paris-Aufenthalt. Drei Jahre zuvor hatte sie die Stadt erstmals mit Mammi und »Daddy« besucht und gleich alles wundervoll gefunden. 1957 war sie für die Außenaufnahmen von *Monpti* wiederum nach Paris gereist; nun soll sie erneut in der Stadt, die sie so aufregend findet, vor der Kamera stehen. Und aufregend erscheint ihr auch das, was ihr nun bevorsteht, denn schließlich soll sie in einem französischen Film an der Seite von französischen Schauspielern mitwirken. Romy beherrscht aber nur ein paar Brokken Schulfranzösisch und fragt sich bang, wie sie die Dreharbeiten und die Gespräche mit den französischen Reportern meistern soll. Aber ihr bleibt nichts anderes übrig, als ins kalte Wasser zu springen. Die Verträge sind längst unterzeichnet.

Schon einige Monate vor dem Beginn der Dreharbeiten wird

Romy von den französischen Produzenten von *Christine* für einige Tage nach Paris eingeflogen, damit die Stars des Films frühzeitig der Presse vorgestellt werden können, dabei gibt es eigentlich nur einen Star, denn der ganze Film lastet ausschließlich auf Romys Schultern und wird von ihrer Popularität getragen, dessen ist sich jeder bewußt. Der Schauspieler, der ihr an die Seite gestellt wird und den sie aufgrund ihres Mitspracherechts selbst aus einer Reihe von Photographien junger französischer Filmdarsteller ausgesucht hat, ist international noch ein gänzlich unbeschriebenes Blatt. Selbst in Frankreich haben bislang nur die wenigsten Notiz von Alain Delon genommen, da er bislang lediglich in zwei Nebenrollen auf der Leinwand zu sehen war. Die Zusammenarbeit mit Romy wird der Startschuß für seine Karriere sein. Doch noch ist eindeutig, wer der Star ist: Romy kassiert für *Christine* achthundertfünfzigtausend Mark Gage und damit das Zwanzigfache von Delon.

Wie in diesen Tagen üblich, organisieren die Produzenten für die Presse eine obligatorische Begrüßungsszene am Flughafen. Der Dramaturgie entsprechend soll Alain Romy einen riesigen Strauß Rosen überreichen und sie in Frankreich willkommen heißen. Der bürgerlichen Formen ablehnend gegenüberstehende Delon hat wenig Lust zu diesem Pflichttermin; er ist unübersehbar schlechter Laune und nicht wirklich dazu aufgelegt, sich von seiner charmanten Seite zu zeigen. Zudem hat er starke Vorbehalte gegen den Star aus Deutschland. Während er karrieremäßig gesehen noch ein Niemand ist, gilt die neunzehnjährige Romy Schneider, mit der er nun gemeinsam vor der Kamera stehen soll, als Filmstar von Weltformat – auch in Frankreich haben Millionen Menschen die *Sissi*-Filme gesehen. Rückblikkend gesteht Alain Delon: »Ich hatte mich vor ihrer schmalzigen und kaiserlichen Art gefürchtet, denn ich kannte sie ja nur als Sissi. Aber im wahren Leben hat sie mich vom ersten Blick an fasziniert, ihrer Reinheit konnte ich nicht widerstehen.«[46]

Daß es sich bei Alain um Liebe auf den ersten Blick gehandelt hat, wie er es zumindest im nachhinein behaupten wird, vermag er jedoch gut zu verbergen, denn Romy, die ebensowenig Lust auf den

Pflichttermin hat und derartige Flughafen-Empfänge abgrundtief haßt, merkt erst einmal nichts davon, daß ihr neuer Filmpartner angetan von ihr ist – ganz im Gegenteil. Als die Tür des Flugzeugs aufgeht, wird sie von ihrer Mutter ins Blitzlichtgewitter geschoben – Magda, die wie immer von »Daddy« Blatzheim begleitet wird, vergißt auch diesmal nicht, Romy Anweisungen ins Ohr zu flüstern: »Jetzt lächeln, lächle …« Als erstes fällt Romy Alain ins Auge: »Unten vor der Rolltreppe stand ein zu schöner, zu wohlfrisierter, zu junger Bursche, ganz als Gentleman verkleidet, mit Schlips und Kragen und einem übertrieben modischen Anzug: Alain Delon. Der Strauß roter Rosen in der Hand war auch zu rot. Ich fand das Ganze geschmacklos und den Knaben uninteressant.« Alains spätere Verklärungen entlarvend, fügt sie hinzu: »Auch er fand mich zum Kotzen – so drückte er sich später aus. Ein angeberisches, dummes, süßes Wiener Mädchen, ohne Pfiff. Und so was wird in Deutschland Star!«[47]

Daß die beiden Hauptdarsteller von *Christine* erst einmal rein gar nichts miteinander anfangen können, vermag niemand zu übersehen, denn beim anschließenden Abendessen im Lido verschärft sich die Stimmung zwischen den beiden eher noch. Sie wechseln kaum ein Wort miteinander, was freilich auch daran liegen mag, daß Romy nur Deutsch und Englisch spricht und lediglich ein paar Brocken Französisch beherrscht, während Alain weder Deutsch noch Englisch spricht. Nur Alains Freund, der Schauspieler Jean-Claude Brialy, der ebenfalls eine Rolle in *Christine* ergattern konnte und ein wenig Deutsch beherrscht, vermag zwischen den beiden zu vermitteln. Doch viel zu übersetzen gibt es nicht, Romy und Alain sitzen demonstrativ weit voneinander entfernt und haben sich offensichtlich nicht viel zu sagen. Romy findet den schönen, arrogant wirkenden Jüngling langweilig, Alain den Star aus Deutschland wohl zickig, und er ist genervt vom Rummel, den die Pariser Journalisten um die junge Deutsche machen, während man ihm kaum Beachtung schenkt. Beide reißen sich jedoch zusammen und begeben sich, wie es angesichts der anwesenden Pressephotographen von ihnen erwartet wird, auf die Tanzfläche. Plötzlich allein mit Romy fällt Alain nichts Besseres ein, als ihr den einzigen Satz ins Ohr zu flüstern, den er auf deutsch beherrscht: »Ich liebe dich!« – »und fand es offenbar wahnsinnig komisch, ihn mir dauernd zu sagen«.[48]

Die ohnehin schlechtgelaunte Romy fühlt sich verschaukelt und findet es absurd, daß der ihr belanglos erscheinende Kollege, mit dem sie bislang so gut wie kein Wort gewechselt hat, ihr solch ein »Geständnis« macht. Sie findet Alain unausstehlich, beachtet ihn im weiteren Verlauf des Abends nicht weiter und verläßt bald darauf das Lido. Mammi und »Daddy«, die sie begleitet haben, weil sie Romy im verruchten Paris keinesfalls ohne Aufsicht lassen wollen, lehnen sich beruhigt zurück – dieses Mal sind also offensichtlich keine emotionalen Verwicklungen zu erwarten wie im Fall von Horst Buchholz. Die drei reisen aus Paris ab, um vor den Dreharbeiten zu *Christine* Urlaub auf Ibiza zu machen; Romy soll etwas ausspannen, auch wenn das Nichtstun sie stets nervös macht und sie es kaum erwarten kann, wieder vor der Kamera zu stehen, da ihr außer dem Filmen nicht viel im Leben bleibt. Daß sich dies sehr bald ändern wird, kann sie ebensowenig ahnen, wie sie voraussehen kann, daß Paris in nicht allzu ferner Zukunft ihre neue Heimat werden wird, daß sie es schaffen wird, in Frankreich als ernstzunehmende Schauspielerin akzeptiert zu werden, so wie ihr das in Deutschland und Österreich nie gelungen ist und auch nie gelingen wird. Noch ahnt sie nicht, daß Alain ihr ganzes Leben durcheinanderbringen und ihm eine völlig neue Richtung geben wird.

Als Romy und Alain sich Monate später zu den Dreharbeiten von *Christine* wiedertreffen, wendet sich langsam das Blatt – sehr langsam allerdings. Bei den Dreharbeiten herrscht nach wie vor eine äußerst frostige Atmosphäre zwischen den beiden. Immer wieder kommt es zu Streitigkeiten. Alains Freund Jean-Claude Brialy, der auch ein lebenslanger Freund Romys werden wird, versucht mühsam zu schlichten – im Sinne aller am Film Beteiligten, denen der ständige Kriegszustand zwischen den beiden Hauptdarstellern auf den Geist geht. Romy und Alain wechseln außerhalb des Filmstudios kein Wort miteinander. Sobald die letzte Klappe für den Drehtag gefallen ist, gehen die beiden sich aus dem Weg. Doch natürlich werden Romy die Gerüchte zugetragen, die über Alain im Umlauf sind. Obwohl er noch ganz am Anfang seiner Leinwandkarriere steht, werden ihm bereits zahlreiche Affären nachgesagt, so etwa mit den französischen Filmdiven Mylène Demongeot, Jeanne Moreau, Brigitte Auber und der Chansonette Juliette Greco. Auch Edith Piaf ist ganz angetan von ihm und erklärt öffentlich, er habe »ein zu süßes Schnäuzchen«.[49] Selbst von Männergeschichten ist die Rede. Von Besuchen in zweifelhaften Etablissements. Und von angeblichen Kontakten Alains in die Unterwelt und zur Mafia, wobei niemand so genau zu sagen vermag, was an diesen Gerüchten dran ist, ob sie stimmen oder ob Alain sie vielleicht nur streuen läßt, um sich interessanter zu machen. Und nicht zuletzt munkelt man, daß Alain für seine Karriere alles, wirklich alles tun würde.

Wer ist Delon? Im November 1935 in einem kleinen Vorort von Paris zur Welt gekommen, ist ihm – anders als Romy – die Schauspielerei nicht in die Wiege gelegt worden. Er entstammt einer kleinbürgerlichen Familie; seine Mutter Edith ist berufstätig und arbeitet in einer Apotheke, sein Vater Fabien leitet ein kleines Kino. Ähnlich wie Romy lernt auch er nie wirklich ein harmonisches, normales Familienleben kennen, denn seine Eltern haben sich bereits auseinandergelebt, als Alain noch ganz klein ist. Immer wieder ist es zu Streitigkeiten um die desaströse wirtschaftliche Lage der Familie gekommen, die Mutter wirft dem Vater vor, daß er sich nicht genügend anstrengen würde, um seine kleine Familie ausreichend zu ernähren. Als Alain gerade vier Jahre alt ist, wird die Ehe seiner Eltern geschieden, etwa zur gleichen Zeit marschieren Hitlers Truppen in Frankreich ein und besetzen Paris. Seine berufstätige Mutter, die sich immer eine Tochter gewünscht hatte, zeigt wenig Interesse an ihrem Sohn und ist der Meinung, nicht genügend Zeit zu haben, um sich ausreichend um ihn zu kümmern. So wird Alain für die nächsten Jahre in eine Pflegefamilie ins nordfranzösische Fresnes gegeben. Seine Mutter heiratet ein zweites Mal, dieses Mal einen Schlachtermeister. Den

Kontakt zu Alain läßt sie zwar nicht ganz einschlafen, aber ihr scheint letztlich alles andere im Leben wichtiger zu sein als ihr Sohn.

Alain wächst unter diesen chaotischen Umständen zu einem störrischen, aufsässigen Jungen heran, der keiner Prügelei aus dem Weg geht. Schnell gilt er als schwererziehbares Kind, das seine Mitschülerinnen belästigt und sich mit seinen Mitschülern prügelt. Als seine Mutter mit dem sechzehnjährigen Alain einen Psychiater aufsucht, eröffnet dieser ihr unumwunden: »Ich kann nichts tun. Es ist sein Charakter. Ihr Sohn hat kein Herz und wird nie eines haben.«[50] Häufige Schulwechsel bestimmen diese Zeit – wie Romy wird auch er schließlich in Internate abgeschoben. Im Gegensatz zu seiner späteren Freundin hat Alain jedoch keine Lust, sich brav den Gegebenheiten anzupassen; er handelt sich immer wieder neuen Ärger ein, was zu einem Schulverweis nach dem anderen führt. Insgesamt soll Alain siebzehn verschiedene Schulen besucht haben: »Man hat mich also in Internate gesteckt. Da ich aber sehr stürmisch war, ohne Disziplin, wurde ich überall davongejagt. Überall. Ich war so etwas wie ein kleines wildes Ungeheuer.«[51] Ebenso wie Romy landet Alain schließlich in einem katholischen Internat, in dem strenge Regeln gelten und die Schüler gedrillt werden. Wie in Goldenstein steht auch hier die Vermittlung von Gottesfürchtigkeit ganz oben. Die Jesuiten-Patres beschließen sogar, Alain im Anschluß an die Schule auf ein Priesterseminar zu schicken, aber hier beißen sie auf Granit. Alain weiß mit Gott und der Religion nichts anzufangen und will lieber die große weite Welt kennenlernen, als im Internat zu versauern. Zusammen mit einem ebenso rebellischen Freund macht er das, wovon Romy immer nur heimlich in ihrem Tagebuch geträumt hat – er tritt die Flucht an. Die beiden abenteuerlustigen Jungen wollen sich bis nach Chicago durchschlagen, werden aber bereits wenige Tage später von der Polizei aufgegriffen.

Nach Abschluß der Schule drängt seine Mutter ihn dazu, in der Metzgerei seines Stiefvaters zu arbeiten, wo er beigebracht bekommt, wie man Schweine schlachtet. Der einzige Lichtblick in seinem tristen Alltagstrott sind die häufigen Kinobesuche. Am meisten liebt er die Filme mit Spencer Tracy und Humphrey Bogart; beiden Schauspielern wird er stets die Treue halten und sie auch später immer als seine Idole bezeichnen. Im Dunkel des Kinosaals spürt er, daß das schlichte Leben nichts für ihn ist. Ihm steht nach wie vor der Sinn nach Abenteuern. Noch minderjährig und mit gefälschten Papieren in der Tasche läßt er sich von der Marine anwerben. Nach der Grundausbildung wird er aufgrund seiner ständigen Seekrankheit zur Armee versetzt und verpflichtet sich für fünf Jahre als Soldat in die damals noch französische Kolonie Indochina, wo er den Vorgesetzten wegen seiner ständigen Disziplinlosigkeit auffällt. Wegen Benzinschmuggel und Waffenschieberei landet er immer wieder im Militärgefängnis.[52] Doch Alain fühlt sich mit der Waffe in der Hand zum ersten Mal als richtiger Mann und wird seinen Dienst im Fernen Osten später immer wieder als die mit Abstand schönste Zeit seines Lebens bezeichnen. Aus ungeklärten Gründen wird er frühzeitig entlassen, vermutlich weil »der schwierige Schüler von ehedem sich auch mit der militärischen Disziplin nicht anfreunden konnte«.[53] Das Magazin *Stern* wird Jahre später enthüllen, Delon sei in Saigon als »Sadist und sexuell Abartiger aus der Armee unehrenhaft entlassen worden«.[54] Mitte 1956 jedenfalls ist er zurück in Paris.

Niemandem kann entgehen, daß Alain zu einem bildschönen jungen Mann herangewachsen ist. Alain spürt die bewundernden Blicke; er ist sich seiner Schönheit durchaus bewußt und liebt es, von Frauen wie von Männern umschwärmt zu werden – und zu verführen. Er ist einer, nach dem man sich auf der Straße umschaut und bei dem viele sofort schwach werden. Einer, dem es allerorten leicht gemacht wird. Doch während Romy bereits in ganz Europa als Filmstar umjubelt wird, hält Alain sich, ohne größere berufliche Ambitionen zu entwickeln, mit Gelegenheitsjobs über Wasser; er arbeitet in den Markthallen von Paris, als Zeitungsausträger, Kellner, Verkäufer oder Botenjunge. In seiner Freizeit hängt er in den angesagten Cafés des Künstlerviertels Saint-Germain-des-Prés herum, wo ihm allerlei Avancen gemacht werden – von Frauen wie von Männern. Besonders schwule Männer entwickeln eine Vorliebe für den bildschönen Jungen. Hier lernt Alain auch den Schauspieler Jean-Claude Brialy kennen, »der aus seiner Vorliebe für gutaussehende Männer nie einen Hehl gemacht hat«.[55] Zwei Jahre älter als Delon, wird der bisexuelle Brialy bald zu einem der führenden Darsteller der Nouvelle vague aufsteigen. Soeben ist er an der Seite von Jean Marais für den Film *Alchimie der Liebe* engagiert worden, und bald wird er schon unter der Regie von Claude Chabrol, Jean-Luc Godard und François Truffaut vor der Kamera stehen. Durch Brialy eingeführt, verkehrt Alain nun verstärkt in Filmkreisen, und schon bald hat er eine Affäre mit der acht Jahre älteren französischen Schauspielerin Brigitte Auber, die 1955 in der Rolle der Fassadenkletterin in Alfred Hitchcocks Streifen *Über den Dächern von Nizza* von sich reden gemacht hat.

Brialy nimmt seinen neuen Freund im Frühjahr 1957 mit zum Filmfestival nach Cannes. Dort kommt es, wie es kommen mußte. Der schöne Alain, der in Begleitung seiner gegenwärtigen Geliebten Brigitte Auber an die Côte d'Azur gereist ist, wird beim Tanzen in einem Nachtclub auf Anhieb von einem Talentsucher aus Hollywood angesprochen. Es handelt sich um niemand Geringeren als den berühmten Henry Wilson, den mächtigsten Schauspielagenten der amerikanischen Filmmetropole. Wilsons Homosexualität ist in der Branche ein ebenso offenes Geheimnis wie die Tatsache, daß es für schöne junge Männer, die davon träumen, in der amerikanischen Filmmetropole Karriere zu machen, keinen besseren Weg als durch Wilsons Bett gibt. Der schwule Rock Hudson etwa ist eine seiner Entdeckungen. Wilson, der ein untrügliches Auge für schlummernde Star-Qualitäten besitzt, ist äußerst angetan vom schönen Franzosen und stellt seine Standardfrage, um mit Delon anzubandeln: »Hast du jemals über eine Karriere beim Film nachgedacht?« Schon wenige Tage später trifft Delon auf Wilsons Vermittlung in Rom mit dem Hollywood-Mogul David O. Selznick zusammen, als dessen rechte Hand Wilson gilt. Um seine neueste Entdeckung zu beeindrucken, sorgt Wilson dafür, daß niemand anders als sein Schützling Rock Hudson Alain am Flughafen abholt. Hudson, der in Cinecittà gerade für die Hemingway-Verfilmung *In einem anderen Land* vor der Kamera steht, ist durch sein Mitwirken am Film *Giganten*, in dem er an der Seite von Elizabeth Taylor und James Dean agierte, zum weltweit führenden männlichen Schauspieler aufgestiegen. Wie wohl von Wilson geplant, landen Rock und Alain zusammen im Bett, doch der Hollywoodstar ist im nachhinein wenig beeindruckt vom schönen Franzosen. Freunden verrät er enttäuscht: »Er hat keinen großen Schwanz.«[56]

Bei einem Abendessen mit Selznick und dessen zweiter Frau, der Schauspielerin Jennifer Jones, ist der mächtige Hollywood-Produzent der gleichen Meinung wie Wilson, der Alain längst versprochen hat, ihn in Amerika zum ganz großen Star aufzubauen. Unverzüglich sorgt Selznick dafür, daß Alain noch in Rom Probeaufnahmen machen kann, die sehr zur Zufriedenheit aller ausfallen; Alain scheint nicht nur schön zu sein, sondern auch noch das gewisse Etwas zu haben, das ihn zum Star machen könnte. Selznick bietet Alain spontan einen Siebenjahresvertrag für Hollywood an, der mit der Auflage verbunden ist, so schnell wie möglich perfekt Englisch sprechen zu können. Alain akzeptiert. Wilson reibt sich die Hände und läßt seinen neuesten Deal bereits im amerikanischen Branchenblatt *The Hollywood Reporter* verbreiten, in dem Alain gleich James-Dean-Qualitäten attestiert werden.[57]

Doch dann kommt alles anders. Nach seiner Rückkehr lernt Alain in Paris den französischen Filmregisseur Yves Allégret kennen, der ihm den Rat gibt, erst einmal nicht bei Selznick zu unterschreiben und nach Hollywood zu gehen, wo Schauspieler aus Europa momentan noch schlechte Karten haben, sich wirklich durchzusetzen. Zudem gibt er Alain zu bedenken, daß er noch keinerlei Erfahrung beim Film und noch keine Stunde Schauspielunterricht in seinem Leben genommen hat. Statt Selznicks freilich verlockendes Angebot anzunehmen, rät Allégret ihm, er solle sich erst einmal langsam eine Karriere in seiner Heimat aufbauen; nach Hollywood könne er immer noch gehen, wenn er es in Frankreich geschafft habe. Alain erscheint der Rat einleuchtend. Zudem verspürt er in seinem unbändigen Freiheitsdrang wenig Lust, sich in das starre Korsett eines Hollywood-Images pressen zu lassen und sich gleich für sieben lange Jahre zu binden. Zum Erstaunen vieler, die an seiner Stelle wohl ohne zu zögern nach Hollywood gegangen wären, schlägt er daraufhin tatsächlich das Angebot des mächtigen Selznick aus und nimmt statt dessen eine winzige Rolle in Allégrets nächstem Film an.

Und schnell zeigt sich, daß Alain richtig entschieden hat. In kleinen Nebenrollen kann er erst einmal das Filmhandwerk von der Pike auf lernen, wobei sich rasch herausstellt, daß er unabhängig von seinem Aussehen und seiner Ausstrahlung auch noch schauspielerisches Talent besitzt. 1958, als er Romy kennenlernt, hat er gerade einmal für zwei Filme vor der Kamera gestanden, beide Male in Nebenrollen – in Filmen, die vom breiten Publikum kaum beachtet worden sind. Alain wird zwar von einigen Kritikern bereits als Nachwuchshoffnung des französischen Films gehandelt, als junger Mann, der eine Blitzkarriere machen könnte; fraglos steht er aber noch ganz am Anfang seiner Laufbahn. Für die neunzehnjährige Romy ist *Christine* bereits der vierzehnte Film, und im Gegensatz zum noch weitgehend unbekannten Alain ist sie eine der populärsten Schauspielerinnen Europas. Die berufliche Kluft zwischen ihnen könnte nicht größer sein, aber auch die Kluft zwischen ihren privaten Lebensentwürfen scheint beinahe unüberwindlich. Während Romy als behütete Tochter fest in der bürgerlichen Welt verankert ist, gilt der unangepaßte Alain als ausgesprochener »Bürgerschreck«. Und während im Zuge der *Sissi*-Euphorie jeder noch so kleine Aspekt von Romys Leben in taghelles Licht gerückt worden ist, hat Delon sich früh angewöhnt, sein Leben in ein undurchsichtiges Zwielicht zu tauchen, »als Geheimagent des eigenen Lebens dem Kino ständig neue, rätselvolle Chiffren aufzwingend«.[58]

All das, was Romy am Rande der Dreharbeiten zu *Christine* über den geheimnisumwitterten Alain zugetragen wird, scheint sie in ihrer ersten Einschätzung nur noch zu bestätigen und bestärkt sie in ihrer distanzierten Haltung zu ihm. Andererseits beginnt Alain sie aber auch zu faszinieren – er ist schön wie ein Engel, scheint aber die Abgründe zu lieben und ein Leben zu führen, das sich von dem ihren, dem so behüteten und allein auf die Karriere fixierten, kaum stärker unterscheiden könnte. Alain konzentriert sich trotz seines langsam geweckten Ehrgeizes nicht nur auf seinen Beruf, sondern kostet das Leben in vollen Zügen aus – immer verbunden mit der Gefahr, auf die schiefe Bahn zu geraten: »In Paris erst lernte ich den wahren Alain kennen. Einen Verrückten. Einen blutjungen Burschen in Blue jeans und Sporthemd, einen ungekämmten, schnellsprechenden, wilden Knaben, der immer zu spät ins Atelier kam, mit einem Rennauto durch Paris raste, rote Ampeln überfuhr – einen Alain, von dem man sich die ungeheuerlichsten Geschichten erzählte.«[59]

Aber trotz ihres langsam sich steigernden Interesses an ihrem Filmpartner zeigt Romy ihm noch die kalte Schulter – wohl nicht zuletzt auch, weil sie neuen Streitigkeiten mit ihrer Mutter aus dem Weg gehen will. Denn wieder läßt Magda, die nach Romys heftigem Flirt mit Horst Buchholz mehr denn je das Gefühl hat, auf sie aufpassen zu müssen, ihre Tochter keine Sekunde aus den Augen. Doch schließlich ist Magda beruhigt; Romy scheint mit dem schönen Alain tatsächlich nichts anfangen zu können – hier besteht offenbar keine Gefahr. Alain scheint endlich mal ein Filmpartner zu sein, in den Romy sich in ihrer großen Sehnsucht nach Geborgenheit nicht gleich unsterblich verliebt und mit dem sie nicht auf Teufel komm raus flirtet. Magda beschließt, daß ihre weitere Anwesenheit bei den Dreharbeiten insofern nicht notwendig ist und reist entspannt ab.

Doch nun – endlich einmal der Kuratel der Mutter entkommen – überwindet Romy ihre anfängliche Ablehnung und die ihr plötzlich unreflektiert erscheinende Feindseligkeit gegenüber Alain. Sie gibt ihrer Neugier nach und beschließt herauszufinden, was für ein Mensch er ist, was dran ist an den Gerüchten, die über ihn und sein Liebesleben kursieren. Schnell kommen die beiden sich nun näher – und verlieben sich ineinander. Aus den Filmküssen wird ernst. Romy ist überglücklich; endlich hat sie einen Mann gefunden, auf den sie sich einlassen kann und der seinerseits auch verliebt in sie zu sein scheint. Und endlich ist niemand da, der ihr dazwischenfunken könnte. Im Filmstab kann niemand entgehen, wie verliebt die beiden sind – Romy fragt ständig nach, wo Alain bleibt, und strahlt überglücklich, wenn er das Studio betritt. Und selbst der sonst so ruppige Alain ist entspannt, fröhlich, ein wenig aufgedreht und unübersehbar glücklich, wenn er mit Romy zusammen ist.

Bald bekommen auch Magda und ihr Mann Wind von der neuen Entwicklung. Noch bevor die Schlußszenen von *Christine* in Wien gedreht werden, verpflichtet die französische Produktionsfirma Romy und Alain dazu, nach Brüssel zu fahren, um am dortigen Filmball teilzunehmen und bereits im Vorfeld Werbung für den gemeinsamen Film zu machen. Natürlich wollen auch Magda und Blatzheim sich dieses Ereignis nicht entgehen lassen; wenn sie an der Seite ihrer Tochter glänzen können, sind Mammi und »Daddy« stets zur Stelle – erst recht, wenn es sich, wie in diesem Fall, um internationales Parkett handelt und wieder einmal die Chance besteht, sich mit berühmten Filmstars photographieren zu lassen. Schon als die beiden Romy in Brüssel am Bahnhof abholen, deren strahlende Augen sehen und dann Alain Delon an ihrer Seite wahrnehmen, ist ihnen klar, was geschehen ist. Beinahe angewidert sagt Magda ihrer Tochter auf den Kopf zu: »Mein Gott, du bist ja verliebt!«[60] Und auch der heimlich selbst an Romy interessierte Blatzheim ist alles andere als begeistert und verläßt angesäuert den Bahnsteig.

Zurück im Hotel halten Magda und ihr Mann Kriegsrat. Auch wenn die über die Bemerkung ihrer Mutter verärgerte Romy abgewiegelt und den Verdacht ihrer Mutter schnippisch zurückgewiesen hat – »Mammi, mach dich nicht lächerlich!« –, reagieren Blatzheim und Magda wütend und panisch. Wenn Romy sich tatsächlich in Alain Delon verliebt haben sollte und es dieses Mal zu spät ist, eine Affäre zu verhindern, dann sehen die beiden ihre Felle davonschwimmen, denn sie durchschauen, daß sich Romy an der Seite des unangepaßten Delon kaum noch von ihnen Vorschriften machen lassen wird, was ihr Leben, ihre Karriere und auch ihr Vermögen anbelangt. Blatzheim gibt die Richtung vor – um jeden Preis muß Romy zur

Räson gebracht werden. Magda und er müssen in bewährter Weise und mit vereinten Kräften die aus dem Ruder gelaufene Situation wieder in den Griff bekommen. Beide setzen Romy unter Druck, warnen sie vor Alain und drängen darauf, sich nicht mit ihm einzulassen.

Es kommt zu dramatischen Auseinandersetzungen – es ist die erste heftige Konfrontation zwischen dem sich als Romys Aufseher gebärdenden Ehepaar Schneider-Blatzheim und ihrem Schützling. Während der Streit um Romys Flirt mit Horst Buchholz nur ein kurzes Donnergrollen war, weil Romy in altbewährter Manier schnell dazu bereit gewesen ist, um des lieben Friedens willen zu kuschen, ist sie dieses Mal fest entschlossen, nicht klein beizugeben. Alles, was sich in ihr seit Jahren an Wut über die ständige Unterdrückung und Bevormundung aufgestaut hat, bricht nun aus ihr heraus. Sie will endlich erwachsen werden, ihr Leben selbst in die Hand nehmen und schlägt alle Vorschriften von Mammi und »Daddy« in den Wind: »Plötzlich begriff ich, daß die Bevormundung ein Ende haben müsse. Irgend etwas in mir revoltierte.«[61] Sehr zum Ärger der beiden flirtet Romy vor den Augen der Gäste und der anwesenden Photographen auf dem Brüsseler Filmball ungeniert mit Alain und tanzt Wange an Wange mit ihm. Niemand kann übersehen, daß die beiden jungen Schauspieler unsterblich ineinander verliebt sind. Magda und Blatzheim sind empört und fühlen sich von Romy düpiert. Doch es kommt noch schlimmer. Alain bittet seine Filmpartnerin, sich zu ihm an den Tisch der französischen Delegation zu setzen, und Romy eröffnet Mammi und »Daddy« in neu gewecktem Selbstbewußtsein: »Ich gehe jetzt rüber zu Alains Tisch, ich will da sitzen.« Hans Herbert Blatzheim platzt der Kragen – er herrscht seine Stieftochter wutentbrannt an: »Dein Platz ist hier!« Ein letztes Mal lenkt Romy ein und bleibt brav am Tisch der deutschen Delegation sitzen. Der wirkliche Sturm wird erst kurze Zeit später losbrechen.

Da Magda und Blatzheim nicht ahnen, wie es in Romys Innerstem aussieht, und sie nicht wissen können, wie sehr ihre Tochter sich in Alain verliebt hat und wie groß ihr Drang ist, sich nicht länger von ihnen bevormunden zu lassen, interpretieren sie Romys erneutes Einlenken falsch. Sie denken, die unvernünftige Tochter wieder in den Griff bekommen und erfolgreich zur Vernunft gebracht zu haben. Doch hier irren sie sich, denn Romy ist mittlerweile fest entschlossen, sich um jeden Preis auf eine Liebesaffäre mit Alain einzulassen und gegen ihre Mutter und ihren Stiefvater zu rebellieren. Im Anschluß an den Filmball in Brüssel geht es weiter nach Wien, wo die letzten Szenen von *Christine* gedreht werden. Magda begleitet ihre Tochter, weicht ihr wie immer keinen Schritt von der Seite und macht ihrem Ruf als »böser Wachhund«, der Romys Jungfräulichkeit verteidigt, alle Ehre. Offenbar beruhigt, wie sittsam es bei den Dreharbeiten zugeht, reist Magda jedoch schon bald wieder ab und läßt Romy alleine – anscheinend in der siegessicheren Gewißheit, die Affäre mit Delon endgültig verhindert zu haben. Doch Alain ist für Romy beileibe nicht nur ein Strohfeuer gewesen. Sie ist nach wie vor unsterblich in ihn verliebt. Beide sind für die Zeit der Dreharbeiten im Hotel Sacher untergebracht. Hier wird aus dem heftigen Flirt ernst – Romy wird Alains Geliebte: »Wir waren keine Kinder mehr und wir haben das sehr schnell gemerkt.«[62]

Alain und Romy machen gemeinsam mit ihrem Freund Jean-Claude Brialy das Wiener Nachtleben unsicher, ziehen von Bar zu Bar und amüsieren sich großartig. Ohne die Aufsicht ihrer Mutter und an der Seite von Alain fühlt sich Romy frei wie nie zuvor in ihrem Leben und genießt es, Alain die Stadt zeigen zu können, in der sie geboren ist. Doch mit den unbeschwerten, glücklichen Tagen ist bald schon wieder Schluß. Die stets mißtrauische Magda kommt zu einem Überraschungsbesuch nach Wien und muß zu ihrem Entsetzen feststellen, daß aus Romy und Alain trotz all ihrer Interventionsversuche ein Paar geworden ist. Sie ist außer sich, doch auch ihr Wutausbruch vermag nichts mehr zu ändern. Regisseur Pierre Gaspard-Huit erinnert sich an die turbulente Szene: »Die Bombe platzte, als Magda Schneider eines Tages unangemeldet im Hotel Sacher auftauchte und ihre Tochter in Delons Armen überraschte.«[63]

Und dann geschieht das, was für Magda wohl noch schlimmer ist als die Tatsache, daß Romy sich auf eine Romanze mit Alain eingelassen hat: Die Presse bekommt Wind von der ganzen Angelegenheit – schneller als allen Beteiligten lieb ist. Wir befinden uns in der Zeit der aufblühenden Regenbogenpresse, der immer intimer werdenden Prominenten-Storys und der begierig verschlungenen Schlüsselloch-geschichten. Die Tatsache, daß die berühmte Filmkaiserin Romy Schneider sich in ihren feschen französischen Filmpartner verliebt hat, ist sowohl in Frankreich als auch in Deutschland und Österreich eine Top-Meldung und wird von den Reportern zu einer Angelegenheit von nahezu nationaler Bedeutung hochstilisiert. Keine Frage – für die Journalisten ist die Story ein gefundenes Fressen. Alle berichten von Romys Romanze, von der stürmischen Liaison mit Alain und der Tatsache, daß das Mädchen, das in den *Sissi*-Filmen als jungfräuliche Kaiserin die Herzen von Millionen gerührt hat, keine Jungfrau mehr ist. Der Skandal ist perfekt, und Romys Mutter kocht vor Wut, denn nun ist genau das eingetreten, was sie und ihr zweiter Mann so sehr befürchtet und mit allen Mitteln zu verhindern versucht hatten: Romys sorgsam gehütetes Image als Jungfrau des deutschen Films ist zerstört. Und das gründlich. Wie immer gilt Magdas Sorge nicht in erster Linie dem Wohlergehen ihrer Tochter, sondern vielmehr Romys Karriere und ihrem Marktwert.

Romy und Alain werden nach dem Bekanntwerden ihrer Affäre auf Schritt und Tritt von Reportern und Photographen umlagert; sie können sich nicht mehr in die Öffentlichkeit wagen, ohne abgelichtet und von neugierigen Reportern bedrängt zu werden. Da das Paar sich weitgehend bedeckt hält, brodelt die Gerüchteküche. Mit Vorliebe stochert man in Alains Leben herum und kolportiert nur allzu gerne die wilden Gerüchte, die über ihn kursieren, denn bisher weiß man so gut wie nichts über den Mann an Romys Seite. Erst durch seine Affäre mit Romy wird Alain zu einer Person des öffentlichen Interesses. Jedes noch so kleine Gerücht über Romys neuen Freund ist für eine Geschichte gut. Immer neue Spekulationen werden über die »heißeste Liebesaffäre des Jahres« in die Welt gesetzt, die von den

Journalisten schon bald gar zur »größten Liebesgeschichte des Jahrhunderts« verklärt wird.

Und die Geschichte geht – sehr zu Magdas und Blatzheims Mißfallen – weiter. Nach Abschluß der Dreharbeiten bringt Romy Alain noch zum Wiener Flughafen. Zu diesem Zeitpunkt hat sie schon längst das Gefühl, daß die bevorstehende Trennung ihr das Herz brechen wird: »Er küßte mich zum Abschied, dann drehte er sich um und ging die Treppe hinauf. Ich sah ihn da hinaufgehen, die Tür wurde hinter ihm geschlossen, ich sah sein Gesicht noch einmal hinter einer Scheibe – dann rollte die Maschine an den Start. Ich sah sie nicht mehr abfliegen. Ich konnte nichts sehen – zuviel Wasser in den Augen.«[64] Kurzerhand beschließt Romy, statt mit ihrer Mutter in die Maschine nach Köln zu steigen, wo sie sich in Blatzheims Obhut von den Dreharbeiten erholen soll, einen Flug nach Paris zu buchen. Erst als sie vom Flughafen Orly aus Alain anruft und ihn wissen läßt, daß sie ihm gefolgt ist und ihn so schnell wie möglich sehen will, realisiert sie die Tragweite ihrer Entscheidung: »Ich war ausgebrochen. Ich hatte das Band, das mich bisher an mein Elternhaus gefesselt hatte, endgültig durchgeschnitten.«[65] Endlich der Aufsicht von Mammi und »Daddy« entflohen, kann Romy zum ersten Mal durchatmen, sich voll und ganz ins Leben stürzen, ohne daß ihr noch jemand Vorschriften machen könnte, sie verspürt mit einem Mal »ein unbändiges Freiheitsgefühl« – und ein unbeschreibliches Glück. Denn sie hat sich nicht getäuscht: Auch Alain hat schrecklich unter der Trennung gelitten, auch er ist nach wie vor in sie verliebt und überglücklich, sie so schnell wieder in die Arme schließen zu können: »Wir gehörten zusammen – und jetzt waren wir zusammen.«[66]

Romys Beziehung zu Alain und ihre Flucht nach Paris müssen nicht zuletzt als ganz bewußter Befreiungsschlag gegenüber ihrer Familie angesehen werden. Mit ihrem Bekenntnis zu Alain und ihrer Entscheidung, zukünftig in Paris zu leben, hat sie diesen Bruch in ihrem nicht mehr länger zu bändigenden Wunsch nach Unabhängigkeit und Selbständigkeit geradezu forciert. Zu keinem Zeitpunkt konnte sie ernsthaft davon ausgehen, daß ihre Mutter und ihr Stiefvater sich jemals mit dieser Beziehung einverstanden erklären würden. Und doch hat diesmal nicht ihr übergroßes Harmoniebedürfnis gesiegt. Von nun an ist es ihr egal, was Mammi und »Daddy« denken, denn sie spürt, daß sie fortan ihr eigenes Leben führen muß – und daß sie dies an der Seite Alains tun möchte. Da ihr bisheriges Leben ganz auf die Karriere ausgerichtet war und ihr Privatleben bislang bis in die kleinsten Einzelheiten von ihrer Mutter und ihrem Stiefvater dominiert worden ist, war ihr ein normaler Abnabelungsprozeß verwehrt geblieben. Romy bleibt insofern gar nichts anderes übrig, als sich in Form eines radikalen Befreiungsschlags von ihrer Familie zu lösen, so wie sie sich im Jahr zuvor von *Sissi* befreit hat: »Solange ich mich erinnern kann, wurde ich geschulmeistert. Das darfst du, das darfst du nicht, das mußt du, das sollst du nicht. Es war so, als alles begann – und es hat eigentlich nicht aufgehört. Was ich mir wünsche, ist ein Leben, das mich auf die eigenen Beine stellt, das von mir gelebt und geführt wird, in dem ich tun und lassen kann, was ich will.«[67]

Magda und Blatzheim sind empört, letztlich aber machtlos. Sie müssen schnell einsehen, daß sie keine Chance haben, gegen Delon anzukommen, daß Romy ihnen endgültig entglitten ist. Dennoch versuchen sie alles, um Romy doch noch zur »Vernunft« zu bringen. Sie bombardieren sie in Paris mit unzähligen Briefen und Telephonanrufen. Besonders Blatzheim, der es nicht gewöhnt ist, daß man ihm widerspricht, kämpft wie ein Stier um Romy, denn abgesehen von der Tatsache, daß auch er ihren Marktwert durch die Liaison ernsthaft gefährdet sieht und schwindende Einnahmen fürchtet, ist ihm Delon von Anfang an ein Dorn im Auge. Magda gesteht rückblickend: »Er haßte Delon, der für ihn alles verkörperte, was unseriös, unmoralisch, gefährlich und fremd war.«[68] Blatzheim, der es offenbar nicht als unmoralisch ansah, Annäherungsversuche bei seiner eigenen Stieftochter zu unternehmen, macht sich mit einem Mal um Romys Seelenheil Gedanken und fürchtet ihren »Untergang«, wenn sie sich tatsächlich für ein Leben an der Seite des »unmoralischen« Delon entschließen sollte. In seinen Memoiren gibt der neureiche, spießbürgerliche Blatzheim seinen ersten Eindruck von Alain wieder: »Alain Delon, muffig, ablehnend, ungehobelt. Er zeigte offen seine Grundeinstellung, die er später immer wieder von neuem produzierte: einen unsagbaren Haß gegen alles Bürgerliche, gegen jede Art von Ordnung. Nicht aus Unkenntnis, sondern aus Prinzip benahm er sich schlecht und unpassend. Wenn alle anderen sich auf Smoking geeinigt hatten, dann erschien er im Wollhemd.«[69]

Doch dieses Mal fruchten all seine Versuche, Romy zu manipulieren, sie wie ein trotziges Kind zu maßregeln und ihr vor Augen zu führen, welch schlechten Einfluß Alain angeblich auf sie hat, nichts, denn Romy will sich von einem Mann, der unablässig seine Frau betrügt und sogar mit ihr selbst ins Bett wollte, nicht länger Vorschriften machen lassen. Da Romy weder einlenkt wie zuvor noch bei Horst Buchholz und dem Druck, den ihr Stiefvater auf sie ausübt, eisern standhält, kommt es zu heftigen Streitigkeiten und schließlich zum markerschütternden Zerwürfnis mit »Daddy«, den sie in der Öffentlichkeit zukünftig nur noch mit »Herr Blatzheim« oder »der zweite Mann meiner Mutter« titulieren wird. Romy hat sich um des Familienfriedens willen jahrelang mit Blatzheim zu arrangieren versucht, auch wenn sie ihn im Grunde ihres Herzens nie ausstehen konnte. Sie sieht es jedoch beim besten Willen nicht ein, auf ihre erste große Liebe zu verzichten, nur weil Blatzheim das will und sie wieder und wieder vor den negativen Auswirkungen für ihre Karriere warnt: »Ich hatte ja sogar von ihr den Auftrag, mich um ihre Geschäfte zu kümmern. Und die Liebesaffäre eines jungen Stars, die solche Ausmaße annahm, betraf nun auch die Geschäfte. Betraf die Verträge, die ich in Romys Namen unterzeichnete.«[70]

Doch zum ersten Mal in ihrem Leben stellt Romy das Private über das Berufliche. Welche Argumente Blatzheim auch ins Feld führt, er beißt sich die Zähne an ihr aus. Weder auf der Leinwand noch im richtigen Leben will sie länger das wohlerzogene, liebenswürdige Vorzeigemädel sein, das es allen recht zu machen versucht und die eigenen Bedürfnisse hintanstellt. Sie ist bereit zu kämpfen, auch wenn dies den Bruch mit ihrer Familie bedeutet oder sie auf Ablehnung beim deutschsprachigen Publikum stößt. Warum sollte sie ihr Leben noch länger nach einem Image ausrichten, das sie ohnehin loswerden möchte? Warum weiterhin alles einem Ruf opfern, der ihr ohnehin nur Filmrollen einbringt, die sie nicht mehr spielen will? Von ihrem einmal gefaßten Entschluß ist Romy nicht mehr abzubringen, und doch leidet sie darunter, daß alle Auseinandersetzungen zwischen ihr und ihrer Familie in der Öffentlichkeit ausgetragen werden und die Presse begierig jedes Detail des Familienstreits, dessen sie habhaft werden kann, publiziert: »In der Öffentlichkeit ist dieser Konflikt später leider in einer Weise hochgespielt worden, die eine Versöhnung fast unmöglich gemacht hätte.«[71]

Auch wenn Blatzheim einsehen muß, daß er Romys Beziehung mit Alain nicht verhindern kann, ist er nicht bereit, um des lieben Friedens willen einzulenken, und bleibt bei seiner strikten Ablehnung des jungen Franzosen: »Ich gebe offen zu: Ich war von Anfang an gegen diese Verbindung, von dem Augenblick an, als ich bei einem Filmball in Brüssel merkte, daß zwischen Romy und Alain etwas spielte. Ich habe Alain Delon nie gehaßt, ich war nie gegen ihn als Mensch – denn jeder muß wissen, wie er leben will –, ich habe nur gesagt: Alain Delon ist kein Mann für Romy. Eine Verbindung zwischen diesen beiden Menschen kann nicht gutgehen, weil sie von Herkunft, Erziehung und Charakter zu gegensätzlich sind.«[72] Daß Romy sich in Alain verliebt hat, gerade weil er so anders ist als sie selbst und als all die Menschen, die sie bislang umgeben und erfolgreich in ein Korsett gepreßt haben, aus dem sie sich nun mit aller Macht zu befreien sucht, begreift Blatzheim ebensowenig wie Romys Mutter.

Magda, die ihre Tochter in den entscheidenden Momenten ihres Lebens immer im Stich gelassen hat, läßt Romy auch dieses Mal alleine und schlägt sich wiederum auf die Seite ihres Mannes, denn auch sie kann nicht verstehen, wie Romy sich derart karriereschädigend verhalten kann, und verspürt eine ebenso große Abneigung gegen Alain wie ihr Mann. Daß ihre erste große Liebe nicht nur bei ihrem spießigen Stiefvater auf Ablehnung stößt, sondern auch ihre

Mutter keinen Funken Verständnis für sie aufzubringen scheint, schmerzt Romy ebensosehr wie die Tatsache, daß plötzlich auch ihr geliebter Bruder Wolfi, mit dem sie stets eine ganz besonders innige Beziehung verbunden hat, in die gleich Kerbe schlägt, wie der Rest der Familie. Auch er ruft sie in Paris an und bittet sie, vermutlich aufgehetzt von Mammi und »Daddy«, ihre Beziehung zu Alain zu beenden und nach Deutschland zurückzukehren, was um ein Haar zum Bruch ihrer bisher so harmonisch verlaufenden geschwisterlichen Freundschaft geführt hätte: »Gerade er hatte immer soviel Verständnis für meine Probleme gehabt – jetzt schien mich auch er nicht mehr zu verstehen. In diesen Wochen kam ich fast über Kreuz mit ihm.«[73] Doch auch wenn ihre ganze Familie sich im Moment gegen sie stellt, Romy läßt sich nicht von ihrem einmal eingeschlagenen Weg abbringen und pocht weiterhin auf ihre Selbständigkeit – auch und gerade in finanziellen Dingen.

Erstmals macht Romy sich, vermutlich durchaus von Alain und seinem Umfeld dazu angeregt, Gedanken darüber, was aus ihren enormen Filmgagen geworden ist, die sie bislang verdient hat. Bisher hat sie alle Gagenverhandlungen, aber auch die Verwaltung ihres mittlerweile stattlichen Vermögens »Daddy« Blatzheim überlassen und sich damit zufriedengegeben, daß er ihr eine monatliche Apanage auf ihr Konto überweisen läßt. Doch nun, wo ihr Selbstbewußtsein geweckt ist und sie sich vorgenommen hat, alle Aspekte ihres Lebens selbst in die Hand zu nehmen, traut sie sich, ihrem Mißtrauen gegenüber ihrem Stiefvater nachzugeben, Blatzheim zum ersten Mal nach ihrem Geld zu fragen und Einsicht in alle notwendigen Unterlagen und Dokumente zu fordern, die ihr Aufschluß darüber geben können, was mit ihrem Geld geschehen und wie und wo es angelegt worden ist: »Ich hab' vollstes Recht, zu wissen, was mit meinem Geld – und zwar vom ersten Film ab – gemacht wurde, und darüber zu verfügen – wie – das geht niemand etwas an.«[74] Letztlich läßt sie sich aber doch wieder von Blatzheim um den Finger wickeln – sei es aus Harmoniebedürfnis, sei es aus Einsicht in die eigene Unfähigkeit, sich um ihre Finanzen selbst kümmern zu können. Jedenfalls macht Romy letztlich wieder einen Rückzieher und läßt Blatzheim auch weiterhin ihr Vermögen verwalten: »Als wir uns wegen Alain Delon stritten, wollte sie mir die Vollmacht entziehen. Aber heute ist sie ganz froh, daß sie es trotz der augenblicklichen Verärgerung nicht getan hat.«[75]

Blatzheim redet mit Engelszungen auf sie ein, um sie zu beruhigen und ihr zu versichern, daß ihr Geld ordentlich angelegt und bei ihm in guten Händen ist. Dabei hat er, statt das Vermögen mündelsicher anzulegen, eigens eine im liechtensteinischen Vaduz ansässige Holding namens Thyrsos gegründet, die Romys Einnahmen verwalten soll und ihr eine monatliche Apanage von siebentausend Schweizer Franken überweist, ansonsten aber vor allem dafür da ist, die Gelder in Blatzheims Sinn und für seine eigenen geschäftlichen Interessen einzusetzen. Er läßt ihr Geschäftsbriefe weiterleiten, die genauestens Auskunft über den Verbleib ihres Vermögens geben sollen, für Romy aber nur Bücher mit sieben Siegeln sind. Beruhigt unterschreibt sie auch weiterhin alle Dokumente, die Blatzheim ihr vorlegen läßt, wenn er etwa Grundstücke auf Ibiza in ihrem Namen kauft oder von Romys Geld Anteile an Restaurants erwirbt, die dann dem undurchschaubaren Gewirr der Blatzheim-Betriebe einverleibt werden. Romys Entscheidung, die Verwaltung ihres Vermögens auch weiterhin ihrem Stiefvater zu überlassen, wird fatale Folgen für sie haben. Im Konkurs seiner Betriebe wird auch der Großteil ihrer Filmgagen auf Nimmerwiedersehen verschwinden. Wieviel Geld Romy jemals von Blatzheim wiederbekommen hat, ist nicht klar. Einig sind sich jedoch alle darüber, daß es nur ein Bruchteil dessen ist, was sie in den zurückliegenden Jahren verdient hat; der Rest wird spurlos auf Blatzheims Schweizer Firmenkonto verschwinden. Doch dies wird erst in einigen Jahren offenbar werden, wenn Blatzheim Pleite macht. Daß seine Stieftochter sich 1959 erstmals Gedanken um ihr Vermögen macht und Kontoeinsicht fordert, wird Blatzheim zweifellos dem negativen Einfluß Alains auf Romy zuschreiben. Ist es Blatzheim, der die in der Presse kolportierten Gerüchte streuen läßt, daß Alain nur hinter Romys Geld her sei?

Überhaupt erheben sich gegen Romy und Alain nun verstärkt Kritik und Schmähungen in der deutschen und österreichischen Presse. Die meisten Journalisten vertreten im großen und ganzen exakt denselben Standpunkt wie Romys Familie und berichten äußerst kritisch über die Liaison – so wie Blatzheim es seiner Stieftochter bereits vorausgesagt hatte. Nachdem Romy zunächst in den Zeitungen als »Jungfräulein« mit »Grießnockerl-Charme« verunglimpft worden war und durch ihre Weigerung, ein viertes Mal als Sissi vor der Kamera zu stehen, in Ungnade gefallen ist, drischt die Presse nun erst recht auf sie ein. Jetzt soll sie die Quittung für ihr »ungebührliches« Verhalten bekommen. Die einst so hofierte Romy eignet sich mit einem Mal hervorragend zum Sündenbock, der zum »Abschuß« freigegeben ist. Erbarmungslos stößt man sie vom Thron, auf den man sie einst selbst gesetzt hat. Ihren Weggang nach Paris wertet man als »Flucht«, bezeichnet Romy als »Emigrantin des deutschen Films«, wittert gar »Verrat am Vaterland« und kommentiert süffisant: »Schmollend kehrte Fräulein Schneider dem deutschen Filmpublikum ihren schönen Rücken.«[76]

Während man es Kollegen wie Maria Schell und Senta Berger, Curd Jürgens, Christine Kaufmann oder Elke Sommer nicht übelnimmt, daß sie ihre Karrieren vorübergehend ins Ausland verlegen, sieht man das bei Romy anders. Schließlich ist sie keine Schauspielerin wie alle anderen, sondern durch die Verkörperung der Traumkaiserin in *Sissi* für die Deutschen und die Österreicher zu so etwas wie einem nationalen Eigentum geworden. Insofern fühlt man sich durch ihren Weggang nach Paris vor den Kopf gestoßen und wirft ihr vor, ihre Heimat, die sie groß gemacht hat, zu verachten. Zudem stellt es für einen Großteil der Deutschen ein großes Problem dar, daß Romy sich ausgerechnet für Frankreich entschieden hat und es ausgerechnet ein Franzose gewesen ist, der ihr die Unschuld geraubt hat – man scheut im Eifer des Gefechts nicht einmal davor zurück, Romy als »Franzosenflittchen« zu bezeichnen. Während sich Deutschland und Frankreich auf Betreiben Konrad Adenauers und Charles de Gaulles auf politischer Ebene wieder angenähert haben und sich anschicken, zu den Vorreitern einer europäischen Einigung zu werden, sieht die Stimmung an den Stammtischen noch völlig anders aus. Zwar zeigen sich die französischen Medien, die ihrerseits die Verbindung ihres Vorzeige-Stars Brigitte Bardot mit dem deutschen Industriellen Gunter Sachs auf heftigste Weise torpedieren, hoch erfreut über die Romanze zwischen Romy und Alain und bezeichnen sie gar als »Europas Verlobte«,[77] doch die deutsche Boulevardpresse bedient sich ungehemmt alter Erbfeind-Klischees und stellt die Beziehung der beiden als Mesalliance und »nationale Schmach« hin. In Deutschland wird Alain zum »finsteren Verführer« stilisiert, der den Deutschen »ihre« Sissi weggenommen hat: »Sie nannten mich einen Usurpator, einen Kidnapper. Sie klagten mich an, die ›Kaiserin‹ zu stehlen. Für die Deutschen war ich nur der Entführer des süßen Kindes, der anmaßende gallische Hahn, der sich rücksichtslos seiner Beute bemächtigte.«[78] Die Presse haut in die gleiche Kerbe wie Blatzheim; aus der Deutschen liebstes Kind ist durch die massive mediale Hetze in den Köpfen vieler mit einem Mal eine »Vaterlandsverräterin« geworden.

Herbe Kritik wird auch an Romys neuem Lebenswandel geübt. Daß die so behütet aufgewachsene Tochter aus gutem Hause und geordneten Wirtschaftswunderverhältnissen mit einem Mal in »wilder Ehe« lebt und ihr Bett mit Alain Delon teilt, ohne mit ihm verheiratet oder doch wenigstens verlobt zu sein, erhitzt die Gemüter. Vor kurzem wurde Romy noch als »behütetste Jungfrau der Nation« verspottet, jetzt plötzlich wird sie von den gleichen Journalisten unbarmherzig an den Pranger gestellt, weil sie genau das nicht mehr ist und endlich ihr Leben lebt. Entrüstet wird unterstellt, daß Alain Romy, den einstmals so reinen, unschuldigen Liebling der Nation, in den Strudel seines unmoralischen Lebens hineinzieht, das man sich an den heimischen Nierentischen anscheinend mit größtem Vergnügen in den düstersten Farben ausmalt. In einem sind sich alle sicher: »Der bricht Romy eines Tages das Herz.«

Die Attacken gegen die einstmals so Beliebte werden immer heftiger. Man läßt kaum noch ein gutes Haar an der abtrünnigen Romy, wirft ihr nicht nur ihren »unmoralischen Lebenswandel« vor, sondern stellt auch noch ihren Stellenwert als Künstlerin in Frage. Romys aktueller Film *Christine* wird im Windschatten dieser Ereignisse in seltener Einhelligkeit verrissen. Alain, der in seiner ersten Hauptrolle als romantischer Leinwandliebhaber tatsächlich merkwürdig hölzern wirkt, attestiert man, daß er »wie ein uniformierter Liftboy« erscheine. Aber auch Romy muß sich harsche Kritik gefallen lassen: »Romy Schneider versteht sich schon routiniert auf äußere Wirkung, auf eine falsche Lieblichkeit, der man ansieht, daß sie ›gemacht‹ ist. Ihr fehlt das lyrisch Weiche. Selbst wenn sie bittere Tränen vergießt, spürt man die Bewußtheit.«[79] Das Publikum wendet sich, angestachelt durch die vernichtenden Kritiken und aufgehetzt durch die gnadenlos auf Romy einprügelnde Boulevardpresse, endgültig von Romy ab, die somit für Filmproduzenten zum »Kassengift« wird. Magdas und Blatzheims schlimmste Befürchtungen sind damit eingetroffen.

Die Pressekampagnen gegen Romy stoßen auf nur wenig Widerspruch. In großer Einhelligkeit verstoßen die Deutschen und Österreicher Romy aus ihrem Herzen. Nur sehr wenige haben die Courage, ihr öffentlich beizustehen – so etwa Gustaf Gründgens, der als einer der wenigen felsenfest davon überzeugt ist, daß aus Romy Schneider einmal eine gute, ernst zu nehmende Schauspielerin werden wird und der sich angesichts der Verachtung, die Romy mit einem Mal von ihren Landsleuten entgegenschlägt, empört zeigt: »Ich halte es für einen Skandal, was mit dieser entzückenden Romy Schneider geschieht. Ich kann es gar nicht verstehen. Ich finde auch die Brutalität unbeschreiblich, mit der man mit einem jungen Mädchen umspringt. Ich würde mich gar nicht wundern, wenn sie einen Knacks für das Leben bekommt.«[80]

Doch Romy ist in diesem Augenblick vielleicht zum ersten Mal in ihrem Leben egal, was die Journalisten über sie schreiben, was die Leute von ihr denken, was selbst ihre eigene Familie sagt. Dieses Mal geht es nicht um ein neues Kleid, um die Höhe ihrer Gagen, ob und wie heftig sie mit wem auf einem Ball geflirtet hat, und es geht auch um keinen neuen Film, um keine neue Rolle. Dieses Mal geht es um ihr Leben, und da will sie sich nach Jahren der Bevormundung endlich von niemandem mehr Vorschriften machen lassen, sondern zum ersten Mal ihrem Herz folgen. Und sie ist glücklich, daß sie den Absprung endlich geschafft hat, auch wenn ihr dies soviel Kritik einbringt. Soll man sie doch als Abtrünnige, Undankbare und als Verräterin hinstellen. Na und? Sie ist glücklich. Zum ersten Mal in ihrem Leben, und das ist die Hauptsache. Rückblickend bekennt sie: »Ich wollte leben, lieben, mich künstlerisch entwickeln, ein neuer Mensch werden. Vor allem aber: frei sein. Jedes junge Mädchen versucht eines Tages, früher oder später, selbständig zu werden, sich vom Elternhaus zu lösen, ein eigenes Leben zu führen.«[81] Die Konsequenzen, die dieser Schritt mit sich bringt, ist sie zu tragen bereit: »Ich hatte mein Schicksal selbst geschmiedet und ich bereue nichts. Ich wollte immer modern und hart sein – kein Traumbild vergangener glanzvoller Kaiser-Tage, sondern einfach eine junge Frau. Ich mußte davonlaufen – von Deutschland und den Millionen-Rollen. Als ich es endlich tat, warf man mit Steinen nach mir.«[82]

Auch wenn Romy versucht, die Ablehnung, auf die sie mit einem Mal stößt, nicht an sich heranzulassen, läßt sie die jüngste Erfahrung doch trotzig auf Konfrontationskurs gehen, was von ihrer Warte aus zwar durchaus verständlich ist, womit sie aber nur noch mehr Öl ins Feuer der öffentlichen Erregung gießt. Doch sie hat genug von Menschen, die ihr kein eigenes Leben zugestehen wollen, die sie als öffentliches Eigentum anzusehen scheinen und meinen, Ansprüche auf sie zu haben. Die Enttäuschung über die Reaktionen in Deutschland und Österreich lassen sie so manches Mal unklug werden und in Interviews Statements abgeben, auf die sie besser verzichtet hätte. So äußert sie sich in ihrer Verletzung etwa höhnisch über die Kitsch-Filme Marischkas und stößt damit nicht nur ihren ehemaligen Mentor, sondern auch ihr einstiges Publikum vor den Kopf, das die *Sissi*-Filme nach wie vor liebt und nun pikiert darauf reagiert, daß Romy sich über eine Rolle, die ihr Ruhm und Geld eingebracht hat, lustig macht. Doch Romy kann Fragen nach *Sissi* nicht mehr hören und bittet sich zunehmend aus, in Interviews nicht mehr auf diese Filme angesprochen zu werden, womit sie in den Augen vieler die Wurzeln ihrer Karriere verleugnet. Und auch die Tatsache, daß die von den Reaktionen in Deutschland verletzte Romy Frankreich zu ihrer Wahlheimat erklärt, läßt die Mehrzahl der Deutschen und Österreicher, die ohnehin nur wenig Verständnis für ihre Entscheidung aufbringen, nur noch mehr auf Distanz zu ihr gehen. Doch Romy bleibt dabei, ebenso trotzig wie undiplomatisch bekennt sie: »Die deutschen Filmstudios haben jetzt keine Bedeutung mehr. Meine Heimat ist Frankreich.«[83]

Hans Herbert Blatzheim unternimmt einen letzten Versuch, das nun erst recht gestörte Verhältnis seiner Stieftochter zum deutschsprachigen Publikum zu verbessern und ihr zu einem Comeback zu verhelfen. Ihm ist klar, daß Romy, solange sie ohne Trauschein mit Alain lebt, in Deutschland beruflich keinen Fuß mehr auf den Boden bekommen wird. Da sie weder bereit dazu ist, Alain aufzugeben, noch, nach Deutschland zurückzukehren, beschließt er, daß »geordnete Verhältnisse« geschaffen werden müssen und Romy zu einem Schritt gedrängt werden muß, den sie eigentlich gar nicht beabsichtigt hatte – sich mit Alain zu verloben. Blatzheim ist der festen Überzeugung, daß nur so Romys in bedrohliche Schieflage geratene Karriere gerettet werden kann. Die Beziehung zu Alain zu legalisieren scheint ihm, sowenig ihm dieser Gedanke auch behagt, der einzig mögliche Ausweg aus dieser verfahrenen Situation zu sein. Wie immer geht es ihm dabei allein um geschäftliche Interessen und um Romys Marktwert, nicht etwa darum, den familiären Frieden wiederherzustellen: »Ich wollte dem unendlichen Gerede in der Presse ein Ende machen, ich wollte verhindern, daß Romy beim Publikum ihrer Filme ›verteufelt‹ wurde.«[84] Was Romy und Alain wollen, ob eine Verlobung ihren Wünschen entspricht und in ihr Lebenskonzept paßt, interessiert ihn dabei freilich nicht. Delon hält von bürgerlichen Ritualen und Institutionen wenig und hat überhaupt nicht die Absicht, Romy zu heiraten. Seine für die Zeit noch unkonventionellen Ansichten hat er längst auch an Romy weitergegeben: »Er war mein Mann, ich war seine Frau, wir brauchten keine Papiere.«[85]

Doch Blatzheim sieht das – ebenso wie Romys Mutter und der Großteil der Deutschen und Österreicher – völlig anders. Weder in seiner noch in Magdas Vorstellungswelt, die von der bürgerlichen Spießigkeit der Adenauer-Jahre geprägt ist, kommt so etwas wie »wilde Ehe« und »freie Liebe« vor. Und so beschließt er kurzerhand, daß der als Mesalliance empfundenen Beziehung seiner Stieftochter mit Alain Delon so rasch wie möglich ein bürgerlicher Rahmen verliehen werden muß, zudem eine Verlobung Romy endlich wieder einmal positive Schlagzeilen einbringen wird, die sie nach den Turbulenzen der vergangenen Monate bitter nötig hätte. Als Blatzheim Romy im März 1959 in seine Villa an den Luganer See bittet, um sich mit ihr auszusprechen, hat er hinter Romys Rücken längst alles organisiert. Wieder einmal – ein letztes Mal – stellt er seine Stieftochter vor vollendete Tatsachen. Über ihren Kopf hinweg hat er sich mit Alain verständigt, der bereits auf dem Weg nach Lugano ist, um an der von Blatzheim beschlossenen Verlobung teilzunehmen. Der sprachlosen Romy erklärt Blatzheim: »Morgen findet eure Verlobung statt. Ich habe die Presse schon informiert. Alain wird hierher kommen.«[86] Romy mag nicht so recht glauben, daß Alain sich tatsächlich auf diese Komödie einlassen wird, zu der Blatzheim das Drehbuch geschrieben hat. Bis zur letzten Minute zweifelt sie daran, daß er tatsächlich, wie von »Daddy« angeordnet, in Lugano erscheint – doch er kommt tatsächlich. Noch Jahre später staunt Romy darüber, daß Alain sich trotz seines Hasses auf die Schneider-Blatzheims vor den Karren ihres Stiefvaters hat spannen lassen. Und seine Beweggründe liegen tatsächlich im dunkeln. Hat Alain sich auf das Spiel eingelassen, weil zumindest er sicher sein kann, daß die Verlobung mit Romy ihm positive Schlagzeilen in Frankreich einbringen und seiner Karriere neuen Auftrieb geben wird? Hat Blatzheim ihm am Ende Geld geboten, wenn er gute Miene zum bösen Spiel macht? Solche Fragen mag Romy sich jedoch nicht stellen; die letzten Monate waren aufreibend genug – und irgendwie gefällt ihr wohl auch der Gedanke, sich mit Alain zu verloben, wo sie ihn doch als die Liebe ihres Lebens betrachtet. So ganz geheuer ist ihr die Sache jedoch nicht, denn noch Jahre später wird sie sich fragen: »Ich begreife heute noch nicht, wie Daddy es fertiggebracht hat, Alain zu dieser Verlobung zu überreden.«[87]

Alain jedenfalls trifft wie geplant in Lugano ein, doch läuft noch lange nicht alles so, wie Blatzheim es im Vorfeld geplant hat. Trotz seiner Einstimmung in die Verlobung scheint Alain das Ganze als Farce zu betrachten, und er hat für Blatzheim nach wie vor nur Verachtung übrig. Alain muß der großspurige, polternde Wirtschaftswunderdeutsche beinahe zwangsläufig verhaßt sein. Romys Stiefvater steht für all das, was Alain an der bürgerlichen Gesellschaft und ihren verlogenen Moralvorstellungen nicht mag. Blatzheim ist für ihn ein »gewaltiges Arschloch«,[88] die ganze Verlobung betrachtet er abfällig als ein »Schauspiel zur Befriedigung der öffentlichen Neugier«.[89] Alain gibt sich nicht die Mühe zu verbergen, was in ihm vorgeht. Die Stimmung ist dementsprechend eisig. Es ist offensichtlich, daß hier zwei Welten aufeinanderprallen, die beim besten Willen nicht miteinander in Einklang zu bringen sind. Blatzheim erinnert sich: »Ich lernte Alain Delon ein bißchen näher kennen. Es stellte sich schnell heraus, daß mein erster Eindruck mich nicht getäuscht hatte: Uns verband nichts, aber auch gar nichts.«[90]

Schon das erste Zusammensein des jungen Paares mit den Schneider-Blatzheims gerät unter diesen Voraussetzungen zur absurden Posse. Beim Abendessen in einem vornehmen Restaurant verhält Alain sich bewußt ungehobelt. Er versucht mit allen Mitteln, Magda und ihren Mann vor den Kopf zu stoßen und seiner Verachtung ihnen gegenüber Ausdruck zu verleihen, und erreicht schließlich auch genau das, was er gewollt hat. Statt wie verabredet im dunklen Anzug erscheint er in einem einfachen, lässigen Pullover, was in den Augen Magdas und ihres Mannes einen Affront darstellt, der ebenso wie Alains sonstiges Verhalten dafür sorgt, daß Blatzheim schließlich der Kragen platzt: »Er hatte schon ein besonderes Geschick, sich unpassend zu benehmen. Während des Essens nahm er dann seine übliche Haltung an: der rechte Ellbogen fest am Tisch angeklemmt, der Kopf tief über den Teller geneigt. Und das wurde so unerträglich, daß ich nach einer Viertelstunde merkte, wie meine Frau plötzlich platzte. Nach zwanzig Minuten, noch vor dem Hauptgang, verließen meine Frau und ich das Lokal. Wir wollten uns einfach nicht auf diese Ebene begeben.«[91]

In seinen geschwätzigen Memoiren verschweigt Blatzheim wohlweislich, daß er Romy kurz nach diesem Eklat unter vier Augen angedroht hat, die ganze Verlobung am nächsten Tag abzublasen, ihr vor versammelter Presse eine Szene zu machen und damit einen riesigen Skandal zu provozieren, wenn sie weiterhin daran festhält, mit diesem ungehobelten Kerl zusammenzubleiben. Doch Romy ist zu Blatzheims großer Verwunderung nicht mehr das eingeschüchterte Mäuschen, das sich duckt, wenn »Daddy« lospoltert. Dieses Mal schlägt sie ihn mit seinen eigenen Waffen und droht ihm ihrerseits an, ihre Mutter umgehend davon zu unterrichten, daß er einst in ihrem Kinderzimmer in Mariengrund versucht hat, sich ihr sexuell zu nähern, wenn er weiterhin versuche, sich zwischen Alain und sie zu stellen. Blatzheim wird kreidebleich, und diesmal ist er es, der klein beigibt – sehr zur Verwunderung Magdas: »Am Morgen, am Tag der Verlobung, schien die Welt wieder in Ordnung zu sein. Mein Mann zeigte sich, trotz aller Wut, von seiner besten Seite.«[92]

Insofern kann am 22. März 1959 die Verlobung wie geplant in der Luxusvilla der Schneider-Blatzheims stattfinden. Magda, Blatzheim, Romy und Alain präsentieren sich den Photographen, die begierig die artig lächelnden Verlobten ablichten, die sich vor den Augen der scheinbar stolzen und glücklichen Eltern die Verlobungsringe an den Finger stecken. Wieder einmal wird der Öffentlichkeit eine Familienidylle vorgespielt, die nichts, aber auch rein gar nichts mit der Realität zu tun hat. Auf die naheliegende Frage von Reportern, ob eine baldige Hochzeit bevorstünde, die jedoch nicht in Blatzheims Planung der Scheinverlobung vorgesehen ist, beeilt sich Magda zu antworten: »An Heirat ist vorläufig nicht zu denken. Die Kinder sollen sich erst einmal richtig kennenlernen.«[93] Daß der Entschluß, sich zu verloben, nicht Alains und Romys Köpfen entsprungen ist und alle Beteiligten nur Statisten eines riesigen Schwindels sind, dessen Fäden »Daddy« Blatzheim zieht und mit dem das deutschsprachige Publikum beschwichtigt werden soll, ahnt an diesem Tag niemand. Schließlich sind bis auf Blatzheim alle Beteiligten Schauspieler und verstehen es überzeugend, die Rolle zu spielen, die »Daddy« für sie vorgesehen hat. Und Magda zeigt sich noch im nachhinein zufrieden darüber, daß wenigstens nach außen hin wieder einmal der Schein gewahrt worden ist: »Romy und Alain sahen wenigstens äußerlich wie ein Traumpaar aus.«[94]

Daß die ganze Geschichte mit der Verlobung eine von Blatzheim eingefädelte Posse war, erfahren Außenstehende ebensowenig wie die Tatsache, daß das Glück der beiden Jungverliebten hinter den Kulissen durchaus nicht so ungetrübt ist, wie es nach außen hin erscheinen mag. Schon in der allerersten Phase der Affäre, noch während der Dreharbeiten zu *Christine* in Wien, ist es regelmäßig zu teils heftigen Streitigkeiten zwischen Alain und Romy gekommen, wie sich Regisseur Gaspard-Huit im nachhinein erinnert. Die beiden sind einfach zu verschieden, als daß ihre Beziehung durchweg reibungslos und harmonisch verlaufen könnte. Beide sind extrem auf sich selbst bezogen und rechthaberisch; sie haben aufbrausende Charaktere, neigen zu starken Stimmungsschwankungen und lieben hochdramatische Szenen – Romy, weil sie es gewohnt ist, als Star behandelt und von allen hofiert zu werden, und Alain, weil er als »echter Kerl« und Macho gelten will und zu stolz dazu ist, sich von Romy herumkommandieren zu lassen. Während Romy Alain Arroganz vorwirft, gehen diesem oftmals die Launen und Starallüren seiner Freundin auf die Nerven. Auch wenn die Beziehung auf diese Weise schnell erste Risse bekommt, sind die beiden trotz aller Widrigkeiten doch noch viel zu verliebt, als daß sie sich nicht nach jedem Krach wieder versöhnen und zusammenraufen würden, zumal die beiden Schauspieler sich wohl gerade auch darin gefallen, eine Beziehung voll wilder Leidenschaften und großer Emotionen zu führen – eine Beziehung, in der so schnell keine Langeweile aufkommt und die in vielerlei Hinsicht wirklich filmreif ist.

Da Romy das Gefühl hat, Alain so zu brauchen wie die Luft zum Atmen, bleibt ihr nichts anderes übrig, als auch dessen Untreue zu tolerieren. Daß sie keine Chance hat, ihn auf Dauer an sich zu binden, wenn sie auf Treue pocht, ist ihr klar, denn Alain hat ihr schon sehr früh zu verstehen gegeben: »Ich bin kein Mann nur für eine Frau.« Er versucht ihr erst gar nicht vorzugaukeln, daß er jemals treu sein wird, sondern verweist darauf, daß die Vorstellung von Treue Ausdruck überholter bürgerlicher Konventionen ist und man sich über solche gesellschaftlichen Spielregeln hinwegsetzen müsse. Trotz seiner Verliebtheit scheint der erfahrene Delon eher an die Leidenschaft als an die Liebe zu glauben. Er fordert Freiräume für sich und gesteht diese im Gegenzug auch seiner Freundin zu, bloß hat Romy, die immer von einer großen, romantischen, alles verschlingenden Liebe geträumt hat, anfangs sicher andere Vorstellungen von einer Partnerschaft, als gegenseitig fremdzugehen.

Für Romy, die seit dem Weggang ihres Vaters und der Scheidung ihrer Eltern mit einer Angst vor ständig drohendem Verlassenwerden lebt, ist es alles andere als einfach, mit dieser Situation fertig zu werden. Anfangs mag sie sich vielleicht noch der Illusion hingeben, aus Alain mit viel Geduld eines Tages doch noch einen braven Ehemann machen zu können, der abends artig nach Hause kommt. Doch da die Realität anders aussieht und Alain oftmals eigene Wege geht, ohne ihr immer zu sagen, was er tut, muß sie sich von dieser Illusion schnell wieder verabschieden. Zwar hat sie angesichts der Untreue ihres Vaters schon als Dreizehnjährige in ihr Tagebuch geschrieben, daß Männer nur selten treu sind, doch jetzt, wo sie tatsächlich damit konfrontiert ist, daß der Mann, den sie liebt, auch noch andere Beziehungen hat, wird sie dies sicherlich so manches Mal zutiefst betrüben. Andererseits muß sie sich fragen, ob die Offenheit, mit der Alain seine Sexualität lebt, letztlich nicht vielleicht doch der bessere Weg ist, anstatt in verlogener Scheinheiligkeit an eine Treue zu glauben, die nur in der Phantasie besteht. Romy wird an ihre Mutter denken, die zum zweiten Mal brav verheiratet ist, nach außen hin immer das Bild glücklicher, harmonischer Ehen vermittelt, in Wirklichkeit jedoch von ihrem ersten wie auch von ihrem zweiten Mann ständig betrogen wird. Ist es da nicht besser, sich erst gar nichts vorzumachen?

Romy hat sich an der Seite von Alain auf ein Leben eingelassen, das sich in vielerlei Hinsicht vollkommen von ihrem bisherigen Leben unterscheidet. Nun, wo sie sich aus den Fesseln der Familie befreit hat, wirft sie geradezu demonstrativ ihre Klostererziehung, ihre moralischen Bedenken und ihre kleinbürgerlichen Allüren über Bord. Einerseits ringt sie sich dazu durch, weil ihr klar ist, daß sie Alain nur so halten kann, andererseits gefällt Romy sich trotz aller Bedenken sicherlich ein klein wenig in der Rolle, nun auch im Privaten endlich der *Sissi*-Lieblichkeit entflohen und im »richtigen Leben« angekommen zu sein. Daß sich dieses Leben doch sehr von dem unterscheidet, was sie sich einst in Internatszeiten ausgemalt hat, nimmt sie dabei in Kauf. Der Gedanke, daß sie Alain trotz aller Liebe nicht gewachsen sein könnte, daß sie die Situation überfordern und ihr die Beziehung zu ihm vielleicht nicht uneingeschränkt guttun könnte, wo er doch so wenig Rücksicht auf ihre Gefühle und Bedürfnisse nimmt und seinen Egoismus über alles stellt, kommt ihr nicht – und sie kann diesen Gedanken aus Gründen des Selbstschutzes auch im Moment gar nicht zulassen. In den letzten Monaten hat sich nahezu alles in ihrem Leben geändert. Sie hat sich ohne doppelten Boden ins Leben gestürzt, und Alain ist der einzige Rettungsanker, den sie hat. Ohne ihn würde sie sich schutzlos und zerbrechlich fühlen. Romy weiß, daß sie es gegenwärtig einfach nicht ertragen könnte, Alain zu verlieren. Seine Liebe ist alles, was sie hat.

Es ist jedoch einfacher gesagt als getan, seine Erziehung und seine Grundsätze abzustreifen, um mit einem Mal ein ganz anderes Leben zu führen. So schnell kann wohl niemand aus seiner Haut. Auch wenn Romy sich Alains Lebenswandel anzupassen versucht, ist sie innerlich noch ganz die brave, behütet aufgewachsene Bürgerstochter, die sich nach wie vor ein bißchen vor dem fürchtet, was ihre

Mutter immer als »die Abgründe des Lebens« bezeichnet hat. Wohl nicht zuletzt, um den Faden zu ihrer alten Welt nicht ganz abreißen zu lassen, beginnt Romy jetzt verstärkt damit, ihrer Mutter sentimentale Briefe zu schreiben, in denen sie eine Vertrautheit mit Magda heraufbeschwört, die es im wirklichen Leben zuvor so nie gegeben hat. In ihrer schier grenzenlosen Harmoniesucht idealisiert sie Magda, die sie in Wirklichkeit wieder einmal im Stich gelassen und sich auf die Seite des gehaßten Blatzheims geschlagen hat, in ihren Briefen zur besten Freundin und »liebsten Kameradin«, zu einem Wesen, das ihr bedauerlicherweise im wirklichen Leben fehlt. Zwar verheimlicht sie ihrer Mutter nicht all ihre Probleme, spricht in Andeutungen auch darüber, daß das Leben an Alains Seite manches Mal schwierig ist, doch letztlich sind die veröffentlichten Briefe Romys aus dieser Zeit ein verzweifeltes Buhlen um Magdas Verständnis.

Doch auf dieses hofft sie vergebens. Magda, die wesentlich konventionellere Vorstellungen von einer Partnerschaft hat, mutet die Art von Beziehung, die Romy und Alain führen, höchst merkwürdig an. Wie könnte sie hierfür Verständnis aufbringen? Für große Irritation sorgt bei ihr etwa schon die Tatsache, daß Romy und Alain in ihrer ersten Zeit in Paris in der direkt am Quai Malaquis gelegenen Wohnung von Alains Freund und Manager Georges Beaume Quartier bezogen haben, folglich also fast ständig zu dritt sind. Beaume, ein einflußreicher Filmjournalist, der bald schon auch als Romys Manager fungieren und ihr behilflich sein wird, beruflich in Frankreich Fuß zu fassen, wird schnell zu einem Freund von Romy – auch wenn die Gerüchteküche in Paris brodelt und gemunkelt wird, daß Alain und Georges, den Romy bezeichnenderweise »Georgette« zu nennen beginnt, mehr als nur eine Kameradschaft verbindet. Noch nach Romys Tod wird ihre Mutter bissig über ihn schreiben: »Er liebte Alain abgöttisch. Georges Beaume war bereit, sich an jeder Straßenecke für Alain Delon umbringen zu lassen.«[95] Romy wird alle Gerüchte, daß es sich um eine Beziehung zu dritt gehandelt hat oder Alain neben ihr auch noch mit Georges liiert war, stets konsequent als »lauter Lügen«[96] zurückweisen.

Wohl nicht zuletzt um dem Gerede über eine Ménage à trois aus dem Weg zu gehen, bezieht das junge Paar bald schon Alains neues Haus in der Avenue Messine. Doch auch hier sind die beiden letztlich selten alleine, da Alain ständig Horden von Freundinnen und Freunden einlädt. Und bei nicht wenigen von ihnen kann Romy wohl ahnen, daß sie mit Alain mehr verbindet als nur reine Freundschaft, zumal in Paris nach wie vor eifrig über Alains Liebesleben getuschelt wird. Auch wenn Romy erst einmal schockiert und abgestoßen sein mag, weil sie sich schließlich von ihrer ersten großen Liebe doch etwas ganz anderes versprochen hatte, macht sie letzten Endes gute Miene zum bösen Spiel und bekennt sich immer wieder demonstrativ zu Alain. Sie versucht, die sexuelle Libertinage, die in Paris herrscht, als neu gewonnene Freiheit zu begreifen. Sie will kein kleines Mädchen mehr sein, sondern eine Frau, die Erfahrungen sammelt und sich vor allem von nichts und niemandem mehr vorschreiben lassen will, wie sie ihr Leben zu leben hat. Zu Internatszeiten in Goldenstein hatte sie sich immer wieder neugierig gefragt, wie es wohl sein wird, wenn sie einmal verliebt und mit ihrem ersten Mann zusammen ist. Jetzt weiß sie es, jetzt ist sie mittendrin in ihren Jungmädchenphantasien – nur daß eben nicht alles so rosig aussieht, wie sie sich das als Backfisch ausgemalt hat. Romy muß lernen, daß im richtigen Leben andere Spielregeln gelten als in ihren Phantasien und auf der Leinwand. Und so findet sie sich mit der unkonventionellen Beziehung, die Alain und sie führen, ab. Schließlich kennt sie auch nichts anderes, denn sie hat von den eigenen Eltern nie eine glückliche, funktionierende Partnerschaft vorgelebt bekommen. So, als wollte sie sich selbst Mut machen und sich gut zureden, daß sie auf dem richtigen Weg ist und alles blendend läuft, schreibt sie ihrer Mutter nach Hause: »Hier lieben alle alle – ist das nicht wunderbar, Mammi?«[97]

Doch die Tatsache, daß dieses »alle lieben alle« auch bedeutet, daß Alain nicht nur mit Frauen, sondern auch mit Männern ins Bett geht, ist erst einmal zuviel für sie. Als sie ihren Freund erstmals in flagranti mit einem anderen Mann überrascht, ist sie derart geschockt, daß sie zum ersten Mal versucht, sich das Leben zu nehmen. Ihr Filmkollege Karlheinz Böhm, der sie 1960 kurz nach diesem Ereignis in Paris besucht hat, erinnert sich noch gut daran, wie Romy ihm freimütig von ihren Problemen mit Alain und ihrem verwirrten Gefühlsleben erzählt hat: »Ich habe Romy nach *Sissi* nur noch einmal gesehen: 1960 in Paris, als sie in einer sehr schwierigen persönlichen Situation war und gerade einen Selbstmordversuch hinter sich hatte. Während meines kurzen Kaffeebesuchs schilderte sie mir – in einer bei unserer Beziehung kaum verständlichen Offenheit – ihre Liebesbeziehung mit Alain Delon. Daß sie ihn mit einem Mann im Bett erwischt hätte. Delon war ja – so sagt man – bisexuell. Und Romy war sehr unglücklich darüber und wollte sich deshalb umbringen. Das alles hat sie mir erzählt. Danach haben wir uns nie wieder gesehen.«[98]

Doch auch Alains Bisexualität, aus der er nie ein großes Geheimnis gemacht hat, lernt Romy zu tolerieren. Sehr zum Verdruß ihrer Mutter, die Alain nach wie vor ablehnt. Je mehr Magda über die schwierige Beziehung Romys zu Alain erfährt, desto überzeugter ist sie davon, daß ein Mann, dessen einzige Moral es ist, sein Leben ausschließlich nach seinen eigenen Regeln zu leben und sich nicht um die Gefühle anderer zu scheren, kein Mann für Romy ist. Magda hat den Eindruck, daß ihre Tochter mit offenen Augen in ihr Unglück rennt, aber nicht fähig ist, dies zu begreifen. Sie ist überzeugt davon, daß Romy Alain hörig ist und er einen unheilvollen, geradezu hypnotischen Einfluß auf sie ausübt: »Er konnte buchstäblich mit ihr machen, was er wollte. Er tat ihr Gewalt an, körperlich wie seelisch. Was Alain Delon mit Romy machte, war im Grunde eine Gehirnwäsche. Mit Küssen und Schlägen brachte er sie dazu, an eine neue Moral zu glauben, die keine Moral war. Diese Moral hieß: Alles ist erlaubt. Männer dürfen Frauen schlagen. Männer dürfen mit Männern schlafen. Männer dürfen dafür auch von Männern Geld oder Filmrollen oder Wohnungen nehmen.«[99]

Alain, der in der Tat ein so ganz anderes Leben führt, als Romy es bisher gewöhnt war, spürt von Beginn an, daß die enorme Unterschiedlichkeit ihrer Erfahrungen und ihrer Lebensentwürfe zu ernsthaften Problemen führen könnte, daß seine Freundin sich so einfach nicht von ihren Wurzeln wird befreien können: »Sie stammt aus der Gesellschaftsschicht, die ich auf der ganzen Welt am meisten hasse. Sie kann nichts dafür, aber sie ist unglücklicherweise von ihr geprägt.«[100] Doch in gewisser Hinsicht reizt ihn Romys Unerfahrenheit in den Dingen des Lebens auch wiederum enorm: »Sie hat mich mit ihrer Reinheit erobert. Romy ist auch angesichts der schlechtesten Dinge unschuldig. Das ist eine ganz außergewöhnliche, eine so verfängliche wie überwältigende Eigenschaft, die mich nach und nach aus der Fassung gebracht hat.«[101] Ein immer wiederkehrendes Problem in der Beziehung ist und bleibt jedoch, daß es Romy oftmals nicht gelingt, ihre Eifersucht unter Kontrolle zu halten, was den freiheitsliebenden Delon zur Weißglut treibt. Doch selbst hier sind seine Gefühle zwiespältig. Einerseits haßt er Romys Eifersucht und betrachtet sie als Ausdruck einer spießbürgerlichen Moral, andererseits rührt es ihn aber auch, wie sehr Romy in ihn verliebt, wie sehr sie auf ihn angewiesen ist. So manches Mal erscheint sie ihm wie ein Kind im Körper einer Frau – einmal ist sie ganz die selbstbewußte Diva, ein anderes Mal das überforderte, verunsicherte Mädchen. Mit den beiden Seiten Romys hat Alain zunehmend seine Probleme: »Die eine Romy liebte ich mehr als alles andere auf der Welt, die andere Romy haßte ich ebenso stark.«[102]

Romy ihrerseits ist ebenfalls hin- und hergerissen. Keine Frage – natürlich liebt sie Alain, auch wenn er aus einer ganz anderen Welt stammt als sie und auch wenn er ihr so viel abverlangt. Aber ist es nicht genau das, was sie an Alain gereizt hat? Seine Unangepaßtheit, sein ungestümes Auftreten? An Alain liebt sie das, was sie auch schon an Horst Buchholz geliebt hat. Beide sind für sie »Rebellen«, »Revolutionäre«. Alain wird bezeichnenderweise als der »französische James Dean« tituliert, Horst Buchholz als »deutscher James Dean« gefeiert. Gerade weil Romy sich in ihrem bisherigen Leben sowohl in beruflicher als auch in privater Hinsicht so eingeengt und kontrolliert gefühlt und lange Zeit nicht den Mut dazu aufgebracht hat, zu rebellieren, verliebt sie sich in Männer, die sie für ihren nonkonformistischen Geist, ihr anarchisches Rebellentum und ihre spöttische Einstellung zu allen gesellschaftlichen Konventionen bewundern kann. Ebenso wie Horst liebt sie auch Alain dafür, daß er so brutal eigensinnig ist und sich von nichts und niemandem Vorschriften machen läßt, daß er vor niemandem kuscht, wie sie es so lange getan hat.

Es sind wohl nicht zuletzt diese romantischen Vorstellungen, die sie so manches ertragen lassen, auch wenn es sie tief im Innersten verunsichert oder gar verletzt. Während Alain trotz seiner Verliebtheit von Anfang an ahnt, daß er niemals dazu bereit sein wird, sich für Romy zu ändern, und er insofern vermutlich nicht bis ans Lebensende mit ihr zusammensein will und kann, wird Romy erst im nachhinein erkennen, daß die Unterschiede zwischen Alain und ihr zu groß sind, als daß den beiden eine gemeinsame Zukunft beschert sein könnte: »Und deshalb war schon am Anfang unserer Beziehung das Ende unausbleiblich. Nur wußten wir das damals noch nicht. Oder wollten es nicht wahrhaben – ich jedenfalls nicht.«[103] Noch ist es für solche Einsichten zu früh, noch kehrt sie beharrlich alle Zweifel beiseite und bekennt sich ohne Wenn und Aber zu Delon: »Alain hat meinem Leben eine ganz neue Richtung gegeben. Vor ihm wußte ich nichts. Ich liebe ihn. Und ich bin sehr glücklich und sehr dankbar, was immer auch kommen mag.«[104]

5 *Die Welt zu Füßen*

Für ihre Karriere stellt Romys Verlobung mit Alain einen tiefen Einschnitt und zunächst einmal eine äußerst negative Wende dar, da sie mit einem Mal im deutschsprachigen Raum zur Unperson erklärt wurde und es, wie sie bald merken muß, alles andere als leicht sein wird, in Frankreich beruflich Fuß zu fassen. Diese Entwicklung wird Romy sehr schmerzlich berühren, auch wenn sie nicht unmittelbar vor dem beruflichen Aus steht, weil »Daddy« Blatzheim im Sommer 1958, vor dem Bekanntwerden ihrer Affäre mit Delon und ihrem Weggang aus Deutschland, noch zahlreiche Filmverträge für sie abgeschlossen hat, die rechtskräftig sind und somit erfüllt werden müssen. Man gewinnt das Gefühl, daß Hans Herbert Blatzheim in der Panik, daß ihm nach Romys Weigerung, eine weitere *Sissi*-Folge zu drehen, seine wichtigste Einnahmequelle versiegen könnte, wahllos jeden Film angenommen hat, um die verpatzte Millionengage wettzumachen – denn Romy muß jetzt einige der belanglosesten Streifen ihrer ganzen Karriere drehen.

Finanziell jedoch lohnt sich das Ganze. Wie schon im Fall von *Christine* bringen ihr auch die jetzt anstehenden Produktionen stattliche Gagen ein. Der Preis dafür ist allerdings hoch, denn Romy hat sich schließlich gegen *Sissi* entschieden, weil sie Rollen spielen wollte, mit denen sie unter Beweis stellen kann, eine gute, wandlungsfähige Schauspielerin zu sein. Nun wird sie jedoch durch die Entscheidungen ihres Stiefvaters gezwungen, niveaulose Filme zu drehen, in denen ihr Talent verschleudert wird. So etwa in Rolf Thieles dümmlicher, pseudo-frivoler Komödie *Die Halbzarte,* in der sie eine Buchhändlerin mit lasterhaft rot geschminkten Lippen spielen muß, die um des Geldes willen ein verrucht-erotisches Theaterstück verfaßt. Der Film, in dem Romy zum letzten Mal gemeinsam mit ihrer Mutter Magda vor der Kamera steht, fällt beim deutschsprachigen Publikum vollkommen durch, denn es will von der »neuen Romy« nichts wissen. Ein Kritiker schreibt hämisch: »Man sieht keine ›neue‹ Romy, sondern nur eine anders frisierte mit einer kecken Stirnlocke über dem nichtssagenden Kindergesicht. Mit wenig Erfolg gebärdet sie sich als ein Vamplein. Sie wirkt hilflos in jeder Situation. Das Ganze ist so verkrampft, so ohne Charme, daß selbst die fanatischen Romy-Schneider-Verehrerinnen verwirrt und enttäuscht das Kino verlassen.«[105]

Auch die folgenden Filme sind nicht dazu geeignet, Romys Karriere eine neue Richtung zu geben, weil sie sehr zu Romys Verdruß alle versuchen, doch noch einmal auf der *Sissi*-Welle mitzuschwimmen. So etwa der unsägliche Kitsch-Streifen *Ein Engel auf Erden,* in dem sie den Schutzengel eines von Henri Vidal verkörperten Rennfahrers spielt – ein Streifen, der wohl getrost als der mit Abstand schlechteste Film angesehen werden kann, in dem Romy je mitgewirkt hat, und der von der Kritik als »sentimentaler Himbeerpudding«[106] verspottet wird. Oder Axel von Ambessers nostalgische Wiener-Kongreß-Schmonzette *Die schöne Lügnerin,* in der Romy wieder einmal das süße Wiener Madl spielen muß, dieses Mal eine kleine Korsettmacherin, in die sich der russische Zar verliebt – ein verzweifelter und zum Scheitern verurteilter Versuch, an die *Sissi*-Erfolge anzuknüpfen. Von Romys Kaiserinnen-Ruhm will auch Robert Siodmaks Prinzessinnen-Melodram *Katja – die ungekrönte Kaiserin* profitieren, in dem Romy erstmals neben Curd Jürgens vor der Kamera steht. Sie haßt es, diese Filme drehen zu müssen, die sie künstlerisch völlig unbefriedigt lassen. Aber die Verträge sind unterschrieben, und der habgierige Blatzheim verweist auf das, was ihn stets am meisten interessiert, auf die hohen Gagen, die man Romy zu zahlen bereit ist: »Auch wenn dir der Stoff nicht paßt, auch wenn dir die Prinzessinnen zum Halse raushängen, du wirst doch die Katja noch spielen, du wirst doch nicht so verrückt sein und siebenhundertfünfzigtausend Mark ausschlagen …«[107] Und Romy kuscht ein letztes Mal. Doch all diese Filme stellen deutlich unter Beweis, daß das deutschsprachige Kino einfach nichts mit Romy anzufangen weiß, daß Romy die Rollen, von denen sie insgeheim träumt, in Deutschland und Österreich wohl nie wird spielen können.

Also bleibt ihr nichts anderes übrig, als sich neu zu orientieren und sich dort eine Karriere aufzubauen, wohin das Herz sie geführt hat. Doch dies ist leichter gesagt als getan, denn in Frankreich sind die

Sissi-Filme zwar mit ebenso großem Erfolg wie im übrigen Europa gelaufen, doch glaubt auch in der französischen Filmindustrie erst einmal niemand, daß Romy schauspielerisch andere Qualitäten aufzuweisen hat, als sie in den *Sissi*-Filmen zeigen konnte. Zudem zweifelt man stark daran, daß Romy mit ihrem mädchenhaften Charme tatsächlich eine Chance hätte, beim französischen Publikum anzukommen, denn schließlich ist in Frankreich mit Stars wie Brigitte Bardot und Catherine Deneuve ein ganz anderer Frauentyp auf der Leinwand gefragt, als Romy ihn bislang in ihren Filmen verkörpert hat. Vom Typ wie vom Image her scheint sie nicht dafür geschaffen zu sein, emanzipierte, selbstbewußte und selbstbestimmte Frauen zu verkörpern, wie sie das französische Kinopublikum liebt. Auch ihre vorübergehende, dann aber wieder fallengelassene Überlegung, sich künftig Rosa Albach zu nennen, würde daran nichts ändern. Erschwerend kommt hinzu, daß Romy mittlerweile zwar leidlich Französisch spricht, ihre Sprachpraxis aber immer noch nicht dazu ausreicht, neben französischen Schauspielern vor der Kamera zu bestehen, daß sie also nach wie vor synchronisiert werden müßte.

Zum ersten Mal in ihrem Leben sieht Romy sich mit der Situation konfrontiert, daß weitere Filmangebote ausbleiben. Dies ist eine völlig neue Erfahrung für sie, denn seit ihrem ersten Film *Wenn der weiße Flieder wieder blüht* war eine wahre Flut von Drehbüchern und Angeboten für Romy eingegangen – in nur fünf Jahren hat sie unglaubliche sechzehn Filme gedreht. Für die deutsche Filmindustrie, die zuvor noch so begierig darauf war, Millionen mit Romy zu scheffeln und ihr wohl jede Gagenforderung erfüllt hätte, wenn sie bereit gewesen wäre, sich ein weiteres Mal Sissis Krone auf den Kopf zu setzen, ist Romy jedoch durch ihre Entscheidung, künftig in Paris zu leben, nahezu über Nacht uninteressant geworden, da jedem klar ist, daß das deutschsprachige Publikum, aufgehetzt von den Boulevardzeitungen, keine Romy-Filme mehr sehen will – ihre letzten Streifen waren allesamt Flops. Ihre Karriere in Deutschland und Österreich ist damit wie ein Kartenhaus zusammengefallen. Auch wenn sie sich nach außen hin tapfer und kämpferisch gibt, leidet Romy sehr darunter, daß aus der Heimat keine neuen Filmangebote mehr kommen und sie von den Menschen, die sie jahrelang hofiert und umworben haben, mit einem Mal so schnöde abgeschrieben wird. Dabei würde sie so gerne wieder drehen, wenn man ihr doch nur endlich eine vernünftige Rolle anbieten würde: »Für zehn Mark würde ich arbeiten, wenn ein Regisseur mir einen guten Film anbietet. Es kommt mir gar nicht auf die Gage an. Wenn in dem Film eine Rolle drin wäre, die mir künstlerisch etwas abverlangt, dann würde ich sofort unterschreiben.«[108]

Romy hat privat wie beruflich alles riskiert. Ihre Karriere. Ihren Erfolg. Die Gunst des Publikums. Und nun scheint es so auszusehen, als ob sie verloren hat. Als sie die vierte *Sissi*-Folge ablehnte, hat sie noch selbstbewußt erklärt, daß sie lieber gar nicht mehr spielen würde, als nur noch Prinzessinnen zu verkörpern, doch jetzt keine neuen Angebote mehr zu bekommen ist sehr schmerzlich für sie. Romy ärgert sich darüber, daß sich im Beruf nicht so schnell wie in ihrem Privatleben Veränderungen herbeiführen lassen. Zwar bereut sie es nicht, sich zu Alain bekannt zu haben und ihm nach Paris gefolgt zu sein, aber natürlich will sie auch wieder arbeiten, schauspielerisch neues Terrain erobern und endlich unter Beweis stellen, daß sie mehr kann, als nur Kronen zu tragen und zuckersüß zu lächeln. Doch momentan ist niemand bereit, ihr die Chance hierfür zu geben.

In ihre verständliche Wut mischt sich natürlich auch der Ärger darüber, daß ihre Mutter und ihr Stiefvater am Ende doch recht behalten haben mit ihren pessimistischen Prophezeiungen und ihrer Einschätzung, daß ihre Weigerung, den vierten Teil von *Sissi* zu drehen, beruflicher Selbstmord wäre und ihre Liaison mit Delon sowie ihr Weggang nach Frankreich katastrophale Folgen für ihre Karriere haben werden. Als sie noch unter Magdas und Blatzheims Kuratel stand, konnte sie einen Film nach dem anderen drehen und sich im überdimensionalen Erfolg der *Sissi*-Filme sonnen, doch nun scheint sie vor den Trümmern ihrer Karriere zu stehen; sie weiß nicht, wie es weitergehen soll, und ruft sich deprimiert und von Selbstzweifeln geplagt Magdas und Blatzheims ständige Unkenrufe wieder ins Gedächtnis: »Vielleicht haben sie recht, vielleicht machst du wirklich einen Riesen-Blödsinn, vielleicht wirst du wirklich todunglücklich, wie sie es dir immer prophezeit haben.«[109]

Zwischen Alain und ihr hat sich das Blatt karrieremäßig innerhalb von nur wenigen Monaten grundlegend gewendet. Während sie in *Christine* noch der große Star war, dem man exorbitante Gagen zahlte und Delon als Schauspieler von niemandem so richtig ernst genommen wurde, hat sich die Situation mittlerweile umgekehrt. In diesen Tagen muß man regelrecht das Gefühl gewinnen, daß Alains Karriere einen immensen Schub bekommt, während Romy sich auf dem absteigenden Ast befindet. Alain ist ehrgeizig und sehr bestrebt, die nächsten Stufen auf der Erfolgsleiter zu erklimmen – was ihm auch geradezu spielerisch gelingt, seit er der Mann an Romys Seite ist. Die französische Filmindustrie und das Publikum sind auf ihn aufmerksam geworden, und die Zeitungen in ganz Europa berichten über ihn und seine Romanze mit Romy Schneider.

Romy muß zusehen, wie Alain in Frankreich Karriere macht, wie er zu einem vielbeschäftigten Schauspieler aufsteigt, mit den führenden Regisseuren zusammenarbeitet und immer bedeutendere Rollen zugewiesen bekommt. Vor allem sind es Kriminal-, Gangster- und Abenteuerfilme, in denen er sich als ernstzunehmender Schauspieler profiliert, während Romys Karriere bedenklich stagniert. Dabei träumt auch sie davon, die Welt des französischen Kinos zu erobern und anspruchsvolle Filme mit engagierten Regisseuren zu drehen, die im Gegensatz zu ihren Kollegen in Deutschland nicht allein an den größtmöglichen kommerziellen Erfolg denken. Doch noch denkt in ihrer neuen Wahlheimat niemand daran, »la petite Schneider« zu engagieren: »Als Schauspielerin gab es mich nicht. Ich war bekannt als lebenslustige Begleiterin des kommenden Weltstars Alain Delon.«[110] Romy, die bisher immer im Mittelpunkt gestanden hat, muß die Degradierung zur Frau an Alains Seite zutiefst schmerzen. Zwar nimmt »Mademoiselle Delon« intensiven Anteil an der Karriere ihres Lebensgefährten und freut sich mit ihm darüber, daß er immer neue Gipfel des Ruhms erklimmt, angesichts der Tatsache, daß sie selbst jedoch keinen Weg aus dem beruflichen Tief findet, verspürt sie so manches Mal auch Neid auf sein berufliches Fortkommen: »Gereizt reagierte ich auf jede neue Erfolgsnachricht, auf jede Mitteilung über einen schönen Vertrag, den Alain erhielt.« Die bislang so erfolgsverwöhnte Romy wird in dieser Zeit immer verbitterter: »Ich war eine Schauspielerin und wollte arbeiten. Zum erstenmal in meinem Leben wurde ich eifersüchtig auf den Erfolg.«[111]

Das Ungleichgewicht in beruflicher Hinsicht führt in der ohnehin nicht immer einfachen Beziehung zwischen Romy und Alain zunehmend zu Komplikationen. Wenn Alain abends beschwingt von seinen Dreharbeiten kommt, reagiert Romy nicht selten aggressiv auf seine gute Laune, während Alain seinerseits wenig Verständnis dafür aufbringt, daß Romy sich so hängen läßt. Doch für Romy, die seit ihrem fünfzehnten Lebensjahr fast ununterbrochen gearbeitet hat, ist die plötzliche Untätigkeit ein großes Problem. In der ersten Euphorie des Verliebtseins hatte sie sich zwar vorgenommen, sich erst einmal nur auf ihr bisher so sträflich vernachlässigtes Privatleben zu konzentrieren und die gemeinsamen Zukunft mit Alain als ihren wichtigsten Lebensinhalt anzusehen, doch nun, wo Alain einen Film nach dem anderen dreht und sie selbst tatenlos und ohne erkennbare Perspektive in Paris sitzt, spürt sie, wie wichtig ihr die Arbeit als Schauspielerin doch ist, wie sehr sie es vermißt, im Filmatelier zu stehen und in andere Rollen zu schlüpfen. Zum ersten Mal macht sie eine Erfahrung, die ihr ganzes künftiges Leben prägen wird – wie schwierig, wenn nicht gar unmöglich es für sie ist, die Sehnsucht nach einem ausgefüllten Privatleben mit einer erfolgreichen Berufskarriere in Einklang zu bringen: »Ich wollte leben, mit Alain. Das hätte auch in einem Hinterhof sein können. Egal in welchem Kaff, ich wollte leben. Aber gleichzeitig wollte ich Filme drehen, denn ich liebte meinen Beruf. Aus diesem inneren Widerspruch habe ich nie herausfinden können.«[112]

Romy weiß nicht, was sie mit sich anfangen soll, wenn sie nicht filmt. Bislang ist sie von einem Engagement zum nächsten geeilt und hat beinahe ununterbrochen vor der Kamera gestanden. Die Arbeit hat sie geradezu betäubt, und da Mammi und »Daddy« ihr auch gar nicht die Möglichkeit gelassen haben, sich ein Leben abseits des Films aufzubauen und Freundschaften zu knüpfen, die nichts mit ihrem Beruf zu tun haben, hat sie diese ständige Betäubung durch die Arbeit auch dringend benötigt. Nur, wenn sie im Filmatelier stand, wenn sie von einer Filmpremiere zur nächsten, von einer Autogrammstunde zur anderen eilte, fühlte sie sich halbwegs erfüllt. Nur wenn sie in die Geborgenheit eines Filmteams eintauchen konnte, hatte sie das Gefühl, nicht allein zu sein. Doch nun kommt sie zwangsläufig zum ersten Mal dazu, Atem zu holen. Sie hat Zeit zum Grübeln – vielleicht zu viel Zeit. Plötzlich gibt es nichts mehr, was sie von sich selbst ablenken könnte. Hin und wieder begleitet sie Alain zu seinen Dreharbeiten, da sie jedoch nicht ständig in den Kulissen hocken kann, wenn er filmt, ist sie den Großteil der Zeit alleine in der gemeinsamen Wohnung und wartet auf ihn. Da kein neuer Film in Aussicht steht und auch keine Interviews und Pressetermine zu absolvieren sind, steht Alain im Zentrum ihrer Gedanken. Auf ihn ist sie völlig fixiert. Ist er nicht da, verzehrt sie sich sehnsuchtsvoll nach ihm – für den freiheitsliebenden Alain ist es sicherlich keine ganz einfache Situation, eine Frau an seiner Seite zu wissen, die sich derart an ihn klammert. Alleine mit sich selbst fällt Romy in eine Leere, vor der sie sich immer gefürchtet hat und vor der sie bislang durch ihre viele Arbeit immer erfolgreich fliehen konnte. Sie fühlt sich unglücklich und verloren; ihre Unzufriedenheit mit ihrer gegenwärtigen Situation wächst. Um die Zeit des Alleinseins so gut wie möglich durchzustehen, gewöhnt sie es sich an, immer bis weit nach Mittag zu schlafen. Alain gewinnt das Gefühl, daß seine Freundin ihr halbes Leben verschläft, doch ihr fehlt die Neugier und der Antrieb, alleine etwas zu unternehmen. Zu nichts hat sie Lust, nichts interessiert sie – die deutlichen Anzeichen einer aufziehenden Depression.

Um der großen Leere zu entfliehen und ihre Ängste zu betäuben, beginnt Romy zu trinken – Rotwein, viel Rotwein. Der Alkohol wird ihr zu einem trügerischen »Lebenselixier«, mit dem sie ihre angespannten Nerven zu beruhigen versucht: »Ganz fröhlich wird man.«[113] Und sie fragt sich, ob der Befreiungsschlag, zu dem sie sich durchgerungen hat, ihr tatsächlich so viel gebracht hat, wie sie es sich anfänglich erhofft hatte. Betrübt muß sie sich eingestehen: »Ich hatte meine Kräfte überschätzt. Äußerlich war ich zwar frei, natürlich. Ich hatte ja alle Brücken hinter mir abgebrochen, war gegen den Willen meiner Mutter und meines Stiefvaters nach Paris gefahren und lebte mit einem Mann zusammen, mit dem ich nicht verheiratet war. Aber innerlich?«[114]

Die Situation verstört Romy zutiefst. Sie schwebt zwischen zwei Welten – der, die sie in Deutschland zurückgelassen hat, und der, in der sie bisher noch nicht wirklich hat Fuß fassen können. Nicht zu wissen, wo sie sich heimisch fühlen soll, nicht zu wissen, wie es beruflich weitergehen soll, versetzt Romy in einen Zustand höchster Anspannung, der noch dadurch verstärkt wird, daß ihre Familie, die sie durchaus auch zu vermissen beginnt, immer noch versucht, sie zur »Vernunft« zu bringen: »Während der ersten Monate in Paris war ich ein Nervenbündel. Verkrampft, verzweifelt, ein Schiff ohne Steuer im Sturm. Jeden Tag wurde ich mit Anrufen bombardiert. Meine Mutter, mein Stiefvater, sogar mein Bruder Wolfi.« Alle wollen sie warnen, wollen ihr vor Augen führen, daß sie einen Fehler begangen hat und sie schleunigst zurück nach Deutschland kommen soll: »Sie alle lehnten Alain ab, warnten mich vor ihm, fütterten mich mit unangenehmen Informationen über ihn, um mich von ihm abzubringen. Aber wenn dann ein paar Tage lang keiner anrief, war ich auch verzweifelt.«[115]

Der Ton zwischen Romy und ihrer Familie wird immer gereizter; dennoch wünscht sie sich in ihrem grenzenlosen Harmoniebedürfnis sehnlichst, daß es bald zu einer Aussöhnung kommen wird und man ihre Entscheidung endlich akzeptiert. Um sich von den familiären Problemen und der beruflichen Misere abzulenken, stürzt Romy sich in Paris demonstrativ in ihr neues Leben und amüsiert sich an Alains Seite. Sobald sie mit ihm zusammen ist, geht es ihr schlagartig gut, weil sie dann nicht grübeln und nachdenken muß, sondern ganz im Hier und Jetzt leben kann. Dem Mief und der einengenden Spießigkeit Adenauer-Deutschlands entflohen, genießt Romy in vollen Zügen das Pariser Lebensgefühl. Zusammen mit Alain kehrt sie in den elegantesten Restaurants der Stadt ein; sie streifen durch die schönsten Bars, die angesagten Nachtclubs und die bevorzugten Cafés der Pariser Bohème. Ganze Nächte machen sie durch, reden, lachen, trinken, tanzen, feiern, sind ausgelassen, glücklich und leben in dem Gefühl, daß sie jung sind und ihnen die ganze Welt gehört. Mit Alain wird es Romy nie langweilig; sie lernt faszinierende und schillernde Leute kennen und führt ein freieres und unbeschwerteres Leben als früher. Sie entdeckt die französische Mode und mag die Eleganz, mit der die Pariserinnen sich kleiden; sie verkehrt in den eleganten Modeateliers, verliebt sich in die französische Lebensart und erklärt unumwunden: »Meine Heimat ist Frankreich. Ich will ganz französisch sein, in der Art wie ich lebe, liebe, schlafe und mich anziehe.«[116] Daß Romy sich mit solchen Bekenntnissen keine Freunde in der alten Heimat macht, kann kaum verwundern.

Die wohl glücklichsten Stunden in dieser Zeit verlebt Romy zusammen mit Alain auf dessen neuem Landsitz Le Prieuré in der Nähe von Tancrou in der Île de France. Immer wenn Alain nicht vor der Kamera stehen muß und es keine sonstigen Verpflichtungen gibt, die sie in Paris festhalten, fahren die beiden in dieses abgelegene Idyll sechzig Kilometer vor den Toren von Paris, das Alain sich, ebenso wie einen silbergrauen Ferrari, von seinen Filmgagen geleistet hat. Romy liebt das große, rustikal eingerichtete Haus mit der schattenspendenden Platane im Hof, den Gemüsegärten und das kleine zum Besitz gehörende Wäldchen. Hier, fernab der hektischen Großstadt, kann Romy, die sich an ihre Kindertage im idyllischen Berchtesgadener Land erinnert fühlt, ausspannen und durchatmen – und hier hat sie die Chance, ihren Alain auch einmal ganz für sich zu haben, was in Paris kaum der Fall ist. Gemeinsam machen sie Ausflüge in die Umgebung, unternehmen lange Spaziergänge durch die ausgedehnten Wälder oder fahren an Bord der *Romy,* Alains Motorboot, die

Marne auf und ab. Hier, in der ländlichen Einsamkeit, erlebt das Paar wohl seine fröhlichsten und unbeschwertesten Momente.

Getrübt wird das Glück nur, wenn Alains Freunde zu Besuch kommen, was für Romys Geschmack viel zu häufig der Fall ist, denn alleine sind die beiden wirklich viel zu selten. Fast könnte man meinen, Alain fürchte die Zweisamkeit mit ihr. Aufgrund seines blendenden Aussehens von jeher umschwärmt, wird Alain, der sich seit seinen glänzenden Erfolgen ungehemmt mit Luxus umgibt und als großzügiger Gastgeber bekannt ist, nur noch mehr umworben. Immer neue Leute tauchen in seinem Leben auf und besuchen ihn auch in Tancrou. Romys Freude wird meist getrübt, wenn Alains »Kumpel« auftauchen und die Männer mit Revolvern durch die Gegend ballern oder in beißsicheren Jacken mit den scharfen Hunden toben, die Hundenarr Delon sich zugelegt hat und vor denen Romy Angst hat. In solchen Momenten zieht sie sich meist zurück und hofft darauf, daß die Gäste bald wieder abreisen. Aber der Strom an Besuchern reißt nicht ab, bald tuschelt ganz Frankreich darüber, was sich hinter den Mauern von Alains Landsitz abspielt. Von Alains Gespielen und Gespielinnen ist die Rede, auch von Orgien und Sexpartys, die sich hier abspielen sollen. Doch das sind alles Gerüchte, Genaues weiß niemand.

Ebensowenig dringt an die Öffentlichkeit, daß Alains und Romys Beziehung immer obsessivere Formen annimmt und für beide Seiten immer kräftezehrender wird. Romy kann ihre Eifersucht auf Alain nach wie vor nicht immer zügeln, und Alain wiederum haßt es, wenn er das Gefühl gewinnt, Romy versuche ihn zu bevormunden. Immer häufiger kommt es zu heftigen Streitigkeiten; Türen knallen, Gegenstände fliegen durch die Luft, und wohl so manches Mal kommt es hinter verschlossenen Türen auch zu Szenen der Gewalt. Der zornige Delon, der vermutlich nicht zuletzt aufgrund seiner Bisexualität das Gefühl zu haben scheint, ständig unter Beweis stellen zu müssen, ein »echter Kerl« zu sein, scheut sich nicht zuzuschlagen – und Romy schlägt zurück. Ihre gemeinsame Wohnung ist alles andere als ein Hort des Friedens, doch immer wieder kommt es im Anschluß an solche Szenen zu Versöhnungen, die ebenso leidenschaftlich ausgekostet werden wie die vorangehenden Zerwürfnisse – dann nennt Alain seine Romy wieder zärtlich »mein Püppchen« und sie ihn »mein Bube«, und für eine kurze Zeit kehrt Frieden ein. Jean-Claude Brialy, der mit Romy ebenso eng befreundet ist wie mit Alain und die Beziehung der beiden von Beginn an hautnah miterlebt hat, kommt zu dem Schluß: »Die beiden waren wirklich sehr, sehr verliebt ineinander und blieben fünf Jahre zusammen. Sie waren sich ebenbürtig in Talent, Ruhm und Geld. Ihre Beziehung war sehr exzessiv. Die beiden gefielen sich in einer täglichen Schlacht: Romy war eifersüchtig und autoritär, Alain ehrgeizig und besitzergreifend. Da waren zwei Menschen, die sich gegenseitig belauerten, die manchmal sehr hart miteinander umgingen.«[117]

Trotz aller Turbulenzen kann Romy sich ein Leben ohne Alain einfach nicht mehr vorstellen und redet sich ein, daß ihre Beziehung völlig normal verläuft. Sie lieben und sie streiten sich, sie schlagen und sie versöhnen sich, so ist das eben. Romy, die bislang nie eine andere Liebe kennengelernt hat, sagt sich trotzig: »Lieber eine unglückliche Leidenschaft erleben als im Glück schnarchen.«[118] Was auch immer sich in diesen Tagen hinter den verschlossenen Türen abspielen mag, nach außen hin läßt Romy sich nichts anmerken; sie beißt die Zähne zusammen und vermeidet es, andere an ihrem Gefühlsleben teilhaben zu lassen. Über so manches, was sie in diesen Tagen an Alains Seite erlebt, wird sie wohl nie mit einer Menschenseele sprechen, sei es aus Scham über das Erlebte oder aus Trotz, weil sie der Meinung ist, daß ihr bislang immer unter Kontrolle gestandenes Privatleben, in das sich Presse und Öffentlichkeit ebenso stark eingemischt haben wie Mammi und »Daddy«, niemanden etwas angeht: »Verdammt noch mal, mein Privatleben gehört mir ganz allein.«[119] Doch die Presse sieht das anders. Gerade in Deutschland beginnt man sich zunehmend für Romys Privatleben zu interessieren. Während sich kaum jemand die Frage stellt, wie es mit der »abtrünnigen« Romy beruflich weitergehen soll, stürzt man sich geradezu mit Wollust in ihr Privatleben, liefert die aus Sicht der Deutschen skandalöse Beziehung zu Delon doch immer wieder neuen, spannenden Stoff für Schlagzeilen und Stories in den Klatschzeitschriften. Und nach wie vor mischt sich Häme in die Berichterstattung über Romy. Die Zeitungen in Deutschland beginnen bald über »die längste Verlobungszeit der Filmgeschichte« zu spotten und über die »ewig Verlobten« herzuziehen, da von einer Hochzeit schon lange keine Rede mehr ist.

Was die Zeitungen in Deutschland über sie schreiben, versucht Romy, so gut es geht, zu ignorieren, zumal nun endlich wieder ein Funken Hoffnung besteht, daß sie es doch noch schaffen könnte, beruflich in Frankreich Fuß zu fassen. Durch Alain wird Romy den italienischen Meisterregisseur Luchino Visconti kennenlernen. Zunächst sträubt sie sich vor einem Zusammentreffen mit ihm, und selbstverständlich kann sie auch nicht ahnen, welche erfreulichen Konsequenzen diese Begegnung für ihr Leben und ihre Karriere haben wird. Seit seinem dreißigsten Lebensjahr gilt der aus einem der reichsten und ältesten Adelsgeschlechter Italiens stammende, gleichwohl mit dem Marxismus liebäugelnde Visconti als einer der wichtigsten Filmregisseure Italiens. Er ist umfassend gebildet, finanziell zeitlebens unabhängig und fühlt sich der untergegangenen Welt des 19. Jahrhunderts zugehörig, die er in seinen Filmen, seinen Theater- und Operninszenierungen immer wieder auferstehen läßt. Viscontis Homosexualität ist in der Filmbranche ein offenes Geheimnis, auch wenn der Starregisseur selbst hierüber niemals öffentlich gesprochen hat. Da er sich aber nicht scheut, sich gemeinsam mit seinen Freunden und Lebensgefährten zu zeigen, weiß alle Welt über Viscontis Neigungen Bescheid, aber niemand redet darüber.

Alain ist dem Regisseur in London am Rande der Premiere von Viscontis *Don Carlos*-Inszenierung im Royal Opera House vorgestellt worden. Visconti war gleich im höchsten Maße angetan von dem so gut aussehenden und um zwanzig Jahre jüngeren Delon, der mit seiner brillanten Darstellung des ebenso perfiden wie charmanten Mörders Tom Ripley in der bald darauf in die Kinos kommenden Patricia-Highsmith-Verfilmung *Nur die Sonne war Zeuge* kurz vor seinem internationalen Durchbruch steht. Vom Fleck weg engagiert Visconti Alain für seinen nächsten Film, ein großangelegtes, neorealistisches Familienepos. Seine Neuentdeckung soll die Hauptrolle in *Rocco und seine Brüder* spielen, wovon Viscontis Produzenten alles andere als begeistert sind. Sie wollen für die kostspielige Produktion einen zugkräftigen, international bekannten Star in der Hauptrolle sehen und keinen Newcomer, den sie als schauspielerisch zu unerfahren einschätzen. Sie schlagen Visconti vor, die Rolle des Boxers Rocco mit Paul Newman zu besetzen, doch der Regisseur, der für seine sichere Hand bei der Auswahl seiner Darsteller bekannt ist, bleibt fest entschlossen und erklärt, den Film ohne Alain nicht machen zu wollen, was die Produzenten schließlich einlenken läßt. Und Visconti wird recht behalten, *Rocco und seine Brüder* wird glänzende Kritiken bekommen, der Film wird um die Welt gehen, Alain zu einem internationalen Star machen und unter Beweis stellen, daß er nicht nur gut aussieht, sondern auch ein seriöser und ernst zu nehmender Schauspieler ist. Zwei Jahre später wird die fruchtbare Zusammenarbeit von Alain und Visconti mit der Lampedusa-Verfilmung *Der Leopard* gekrönt werden, die Alain auf den Filmfestspielen in Cannes die »Goldene Palme« einbringen wird.

Für Alain bedeutet die Begegnung mit Visconti in beruflicher Hinsicht äußerst viel. Kein Wunder also, daß die beiden Männer sich auch privat schnell näherkommen und Alain Viscontis Geliebter wird: »Sicher ist, daß Delon von ihm beeindruckt – und zumindest für einige Jahre bereit war, sein Geliebter zu sein.«[120] Visconti ist fasziniert von dem schönen jungen Mann und umwirbt ihn heftig. Welche Gefühle Alain seinerseits für den Regisseur hegt, der ihm einen weiteren, enormen Karrieresprung ermöglicht, ist ungewiß. Ist Alain tatsächlich in Visconti verliebt? Oder interessiert ihn wieder einmal nur sein berufliches Fortkommen? Sucht er nur deswegen auch in den Folgejahren immer wieder die Nähe des Regisseurs, wie es Viscontis späterer Lebensgefährte Helmut Berger behauptet, der aus Eifersucht verhindern wird, daß Alain jemals wieder von

Visconti engagiert wird?[121] All das bleibt Alains Geheimnis. Daß ihn mehr mit seinem Mentor verbindet als die Zusammenarbeit an zwei Filmen, kann jedoch als unstrittig betrachtet werden; auch Romy kann das nicht übersehen haben: »Sie mußte um die Beziehung der beiden Männer voneinander wissen, jedermann wußte davon. Aber sie sprach offenbar nicht darüber, denn sie fürchtete wohl, Delon zu verlieren, wenn sie von ihm verlangte, zwischen ihr und Visconti zu wählen.«[122]

Romy, die mittlerweile ein feines Gespür dafür entwickelt hat, wenn Alain sich auf eine neue Affäre eingelassen hat, wird sicherlich von Beginn an gespürt haben, daß etwas zwischen ihrem Freund und dem italienischen Starregisseur läuft, und reagiert gerade deshalb mit heftigen Eifersuchtsanfällen. Schon als sie Alain bei den Dreharbeiten zu *Nur die Sonne war Zeuge* auf Ischia besucht, hat Alain in Vorfreude auf seine anstehende Zusammenarbeit mit Visconti ununterbrochen nur in höchsten Tönen von ihm geschwärmt. Romy, die es nicht ertragen kann, daß ihr Freund von jemand anderem als ihr schwärmt, und die zudem eifersüchtig darauf ist, daß Alain plötzlich mit so wichtigen und großen Regisseuren wie Visconti zusammenarbeitet, während sie von niemandem mehr engagiert wird, ist rasend eifersüchtig, so daß es wieder einmal zum handfesten Krach zwischen den beiden kommt: »Alain redete und redete und redete. Über ein Thema, über einen Mann, über einen Regisseur: Luchino Visconti. Ich hatte über diesen Wundermann schon in Paris so viel Wunderdinge gehört, daß es mir langsam zuviel wurde. Und Alain brachte in zweieinhalb Stunden am Hafen von Ischia das Faß zum Überlaufen. Welch ein Mann, welch ein Regisseur, welch ein Grandseigneur, und wie er dieses macht und jenes, wie er die Schauspieler führt und was für hinreißende Ideen er hat ... Ich konnte es nicht mehr hören.«[123] Alains Aufforderung, Visconti kennenzulernen, lehnt sie dankend ab. Genervt fährt Romy zurück nach Paris, denn sie kann immer noch nicht ahnen, daß Visconti einer der wichtigsten Männer ihres Lebens sein wird, daß er ihr dazu verhelfen wird, die Schauspielerin zu werden, die sie sein will.

Noch bevor im Februar 1960 die Dreharbeiten für *Rocco und seine Brüder* beginnen, überredet Alain sie dann aber doch noch, Visconti einmal kennenzulernen. Dieser verspürt wenig Lust, Alains Freundin zu begegnen, schließlich ist er selbst in Alain verliebt und sieht Romy nur als störende Nebenbuhlerin an. Romy selbst jedoch ist mittlerweile schon ein wenig neugierig auf den Mann geworden, von dem Alain so begeistert ist, und träumt insgeheim fraglos davon, auch einmal mit einem Regisseur wie Visconti zusammenarbeiten zu können. Viscontis hochherrschaftlichen Palazzo in Rom betritt sie dennoch mit großer Befangenheit. Der Regisseur umgibt sich hier trotz seines Liebäugelns mit dem Marxismus mit purem Luxus, wertvollen Antiquitäten, erlesener Kunst und üppigen Blumenbouquets; gutaussehende, livrierte Diener lesen ihm jeden Wunsch von den Augen ab. Romy ist von Viscontis Heim ebenso eingeschüchtert wie von der Tatsache, daß der Regisseur äußerst kühl auf sie reagiert und kein Geheimnis daraus macht, daß er lieber alleine mit Alain wäre. Einerseits ist Visconti in Hinsicht auf Alain eifersüchtig auf Romy, andererseits repräsentiert die junge Frau für ihn durch ihre süßlichen *Sissi*-Filme eine Art von Kino, mit dem er absolut nichts anfangen kann – Visconti hält Romy fraglos für einen reinen Schnulzen-Star, nicht für eine ernstzunehmende Schauspielerin.

Romy hingegen ist jetzt, wo sie Alains neuem Freund und Mentor gegenübersteht, hingerissen von dem gutaussehenden und eloquenten Regisseur; sein Lebensstil imponiert ihr, und natürlich muß sie zugeben, daß sie auch seine Filme liebt und seine Arbeit schätzt. Mit einem Mal begreift sie, warum Alain sich derart zu Visconti hingezogen fühlt, denn der Italiener hat auch sie in nur wenigen Minuten in seinen Bann gezogen. Romy gibt ihre ablehnende Haltung schnell auf und beginnt ihren Charme spielen zu lassen. Die Tatsache, daß der Regisseur sich ihr gegenüber so ablehnend verhält, ihr seine Geringschätzung so offen zeigt und sie als eine Konkurrentin um die Liebe Delons zu betrachten scheint, stachelt ihren Ehrgeiz an, Visconti für sich zu gewinnen. Romy will ihm zeigen, daß sie nicht nur ein lästiges Anhängsel von Alain ist, sondern eine ernst zu nehmende

Frau und Schauspielerin. Daß der Regisseur genauso alt ist wie ihr stets schmerzlich vermißter Vater, daß er für Alain durchaus auch so etwas wie väterliche Gefühle zu hegen scheint, macht Visconti für sie sicherlich nur noch interessanter. »Ich registriere: Wahrscheinlich ist er eifersüchtig auf mich. Alain ist sein Schützling, er will etwas aus ihm machen, er duldet niemand neben sich, der Alain ablenken könnte.«[124]

Nach einigen Tagen bereits betrachtet Visconti Romy mit anderen Augen. Irgendwie gefällt ihm ihre kleinmädchenhafte Schüchternheit, mit der sie ihm gegenübertritt, aber auch die Art, wie sie um seine Aufmerksamkeit und Freundschaft buhlt und sich von seiner Ablehnung nicht zurückschrecken läßt. Als Visconti merkt, daß Romy ihm in Hinsicht auf Alain nicht in die Quere zu kommen scheint, und er die beiden als Geschwisterpaar anzusehen beginnt – »Man könnte glauben, sie seien Bruder und Schwester«[125] –, erliegt er schließlich doch noch Romys Charme; immerhin verbindet sie die gemeinsame Liebe zu Alain. Für Visconti, der bisher kein Interesse daran hatte, längerfristige Beziehungen einzugehen, und seine Sexualität vor allem in flüchtigen Abenteuern ausgelebt hat,[126] ist es kein Problem, daß Alains Herz Romy gehört, daß er ihn mit ihr teilen muß. Seine Eifersucht auf Romy schmilzt dahin, und er schließt die junge Deutsche in sein Herz. Visconti nennt sie nun zärtlich »Romina« und entwickelt so etwas wie Vatergefühle für sie. Romy, die ihn fortan mit dem Kosenamen »Luca« anspricht, erzählt ihm stundenlang von ihrem bisherigen Leben, von ihrem Beruf, von der für sie alptraumhaften Festlegung auf Sissi, ihrer Sehnsucht, anspruchsvolle Rollen zu spielen, und ihrem Schmerz, gegenwärtig nicht arbeiten zu können. Visconti hört ihr aufmerksam zu, und Romy hat zum ersten Mal in ihrem Leben das Gefühl, wirklich verstanden zu werden. Sie ist Visconti zutiefst dankbar für seine aufmunternden Worte, auch wenn sie noch nicht ahnen kann, daß er längst beschlossen hat, ihr in beruflicher Hinsicht wieder auf die Beine zu helfen. Visconti, Alain und Romy gelten bald schon als unzertrennliches Trio, was, wie mittlerweile alles in Romys Privatleben, wieder einmal die Gerüchteküche brodeln läßt. Von einer Beziehung zu dritt ist die Rede. Romys Mutter Magda goutiert selbstverständlich auch diese neue Entwicklung im Leben ihrer Tochter nicht und wird noch nach Romys Tod verbittert über diese Episode schreiben: »Romy teilt Delon mit einem Mann. Romy wußte, daß Alain nicht nur sie liebte. Sie hielt das für normal. Sie hielt es auch für normal, daß Alain weiter Männer liebte – wenn sie ihm etwas zu bieten hatten. Jetzt ging es ihm nicht mehr um Geld – es ging um Ruhm. Alain liebte – unter anderem – einen Italiener, Luchino Visconti di Modrone.«[127]

Visconti beabsichtigt, Alain nicht nur im Film groß rauszubringen, sondern ihn unter seiner Regie auch auf der Theaterbühne debütieren zu lassen. Für das Théâtre de Paris bereitet er zu dieser Zeit die Inszenierung des elisabethanischen Dramas *Schade, daß sie eine Hure ist* vor, das aus der Feder des Shakespeare-Zeitgenossen John Ford stammt und die skandalöse Geschichte einer inzestuösen Geschwisterliebe erzählt. Die Handlung des Stücks, die eigentlich im London des Jahres 1626 angesiedelt ist, verlegt Visconti ins Parma der Renaissance-Zeit. Für die männliche Hauptrolle des Giovanni ist Alain vorgesehen; auch die Nebenrollen sind bereits hochkarätig besetzt. Nur die passende Schauspielerin für die weibliche Hauptrolle ist noch immer nicht gefunden. Doch jetzt, wo er Romy kennengelernt hat und der Meinung ist, daß das Liebespaar Alain und Romy wie ein Geschwisterpaar wirkt, ist er in seinem untrüglichen Gespür für Talent fest davon überzeugt, daß nur sie die Rolle der Anabella, Giovannis Schwester, spielen kann: »Wie wär's denn, Romina, wenn du die Partnerin von Alain in dem Stück spielen würdest? Du wärst die ideale Besetzung.«[128]

Romy fällt aus allen Wolken. Mit allem hätte sie gerechnet, aber nicht mit einer solchen Offerte. Dennoch sind es erst einmal höchst widersprüchliche Gefühle, die sie bei Viscontis Angebot umtreiben. Einerseits schießt ihr der Gedanke in den Kopf, daß sie abgesehen von den Schüleraufführungen in Goldenstein noch nie auf einer Theaterbühne gestanden hat und zudem bei ihrem Bühnendebüt ja auch noch französisch sprechen müßte, was sie zu dem Schluß kommen läßt, daß sie sich keinesfalls auf dieses Wagnis einlassen darf. Andererseits ist sie natürlich auch überwältigt, daß Visconti ihr eine solch anspruchsvolle Aufgabe überhaupt zutraut. Doch die Skepsis überwiegt. Sie beherrscht die französische Sprache einfach noch nicht perfekt genug, um vom anspruchsvollen Pariser Publikum ernst genommen zu werden, schließlich ist sie in ihren französischen Filmen bislang stets noch synchronisiert worden. Als sie nach den Dreharbeiten für *Die schöne Lügnerin* Axel von Ambesser bekniete, sich bei den französischen Co-Produzenten dafür einzusetzen, ihre Rolle selbst synchronisieren zu dürfen, ist sie aufgrund ihres starken deutschen Akzents auf scharfe Ablehnung gestoßen. Ambesser erinnert sich, daß die Franzosen der Meinung gewesen seien, daß Romys Französisch viel zu schlecht sei, und sie prophezeit hätten: »Selbst wenn sie noch so fleißig wäre, Romy wird nie in der Lage sein, in Frankreich in einem Film französisch zu sprechen.«[129] Und nun soll sie plötzlich in einem Ensemble, das aus der Crème de la crème der Pariser Theaterschauspieler besteht, französisch sprechen? In einem der bekanntesten Theater von Paris und zudem noch in der teuersten Inszenierung, die Paris je erlebt hat? Ein Ding der Unmöglichkeit.

Romy lehnt ab, doch Visconti läßt ihr Nein nicht gelten. Er garantiert ihr, daß sie Sprachunterricht bekommen würde und die Proben erst beginnen würden, wenn sie fehler- und akzentfrei Französisch sprechen und sich in der Sprache sicher fühlen würde. Doch Romy ist nicht so leicht zu überzeugen und bringt ein Argument nach dem anderen vor, warum sie das Stück nicht spielen kann. Visconti aber bleibt hartnäckig und versteht Romys Ehrgeiz anzustacheln: »Du hast also keinen Mut, Romina?«[130] Damit hat er Romys wunden Punkt getroffen, denn jetzt will sie erst recht beweisen, daß sie den Mut hat, die Sache zu wagen und durchzuziehen, zumal sie heimlich schon lange davon träumt, einmal Theater zu spielen, so wie ihre Eltern, ihre Großmutter, ihre Urgroßväter und schon ihr Ururgroßvater es getan haben. Die Familientradition lockt sie, keine Frage. Trotz ihrer großen Vorbehalte und ihrer enormen Angst vor dem Versagen entschließt sie sich, Viscontis Angebot anzunehmen. Ohnehin hat sie keine andere Wahl. Ein anderes Engagement zeichnet sich nicht ab, und seit vielen Monaten schon wartet sie ungeduldig auf die Chance, endlich wieder arbeiten zu können. Alle Bedenken beiseite wischend, spricht sie sich Mut zu: »Wenn ich an mich selbst nicht mehr glaube, kann ich einpacken gehen und Platzanweiserin werden.«[131] Sicherlich ist nicht zuletzt auch die Aussicht, zum ersten Mal seit drei Jahren wieder gemeinsam mit Alain arbeiten zu können, ein großer Anreiz für sie. Ihre unterschiedliche berufliche Entwicklung hat in der letzten Zeit so manches Mal zwischen ihnen gestanden, und Romy hat oft eifersüchtig auf Alains Erfolge reagiert. So ist es naheliegend, wenn sie sich nun verspricht, daß sich ihre Beziehung wieder vertiefen könnte, wenn sie sich gemeinsam in dieses Abenteuer stürzen.

Und Visconti wird recht behalten, das ganze Unternehmen wird für Romy trotz aller zu durchstehenden Strapazen ein großer Erfolg werden. In seinen ausführlichen Gesprächen mit ihr hat er schnell gemerkt, daß in ihr mehr steckt als die süßliche Märchenkaiserin, die sie in den *Sissi*-Filmen zu verkörpern hatte, daß sie durchaus das Zeug dazu hat, eine bedeutende, wandlungsfähige Charakterschauspielerin zu werden, wenn man die richtigen Rollen für sie auswählt und sie ein Regisseur an die Hand nimmt, der das Talent hat, sie zu formen. Und Visconti weiß, daß er der richtige Mann dafür ist. Der Italiener ist für seine Strenge und beinahe brutale Härte, mit der er seine Darsteller schon bei den Proben anpackt, bekannt und gefürchtet. Für Alain und Romy, die beide zum ersten Mal auf der Bühne stehen werden und beide noch nie eine einzige Stunde Schauspielunterricht genommen haben, wird die Zusammenarbeit mit Visconti ein ebenso fruchtbares wie nervenaufreibendes Unterfangen.

Beide sind aufgeregt, weil die Situation völlig neu für sie ist und sie sich fragen, ob es ihnen tatsächlich gelingen wird, die Sache zu meistern. Die Arbeit schweißt Alain und Romy in der Tat zusammen. Beide spornen sich gegenseitig an, die Strapazen zu ertragen. Der Zuspruch Alains ist für Romy ebenso wichtig wie die Unterstützung durch Visconti, denn ihre Familie läßt sie wieder einmal im Stich. Als Magda von Romys Theaterplänen erfährt, schreibt sie ihr wütend nach Paris: »Du ruinierst Dich – ich kann das nicht zulassen.«[132] Doch Romy läßt sich nicht irritieren; sie hat sich in den Kopf gesetzt, es zu schaffen, und schlägt Magdas Ratschläge in den Wind: »Ich schrieb empört zurück, ich sei mein eigener Herr, die Bevormundung habe ein Ende, ich könne mich ruinieren, wo, wann und wie immer ich wollte.«[133] Aber nicht nur Magda ist skeptisch, sondern auch die Öffentlichkeit. Die Stimmung in Paris ist gegen sie; man glaubt, daß Romy sich auf der Bühne, noch dazu in einer tragischen Rolle und in einer ihr nach wie vor fremden Sprache, nur blamieren könne. Angesichts dieser Unkenrufe ist ihr die Unterstützung durch Alain und Luchino um so wichtiger. Die beiden stärken Romy den Rücken und verleihen ihr die Kraft, die Aufgabe anzupakken. Und sie weiß, daß sie es schaffen muß, daß viel vom Gelingen des Unternehmens abhängt. Dann würde man sie nämlich endlich ernst nehmen, und vielleicht würde dann sogar auch die französische Filmindustrie auf sie aufmerksam werden.

Wie sie es von ihrer Filmarbeit gewöhnt ist, stürzt sich Romy auch jetzt Hals über Kopf in die Arbeit; sie lernt von früh bis spät, möglichst akzentfrei Französisch zu sprechen, und ist überglücklich, endlich wieder etwas zu tun zu haben. Anfang 1961 beginnen die Proben. Romy und Alain sehen sich mit der Situation konfrontiert, als Theaterneulinge neben den berühmtesten französischen Theaterschauspielern bestehen zu müssen. Ihre Anspannung vor dem ersten Probentag ist enorm, doch Visconti versteht es, den beiden die notwendige Sicherheit zu geben und sie behutsam an ihre Aufgabe heranzuführen. Alain erinnert sich: »Wir waren wie zwei aus dem Nest gefallene Küken. Am ersten Tage hatten wir eine Lesung auf italienisch, um einen großen Tisch auf der Bühne saßen fünfundvierzig Personen, worunter all jene Berühmtheiten waren, die beim französischen Theater Rang und Namen hatten, lauter Profis. Es war fürchterlich! Dann wurde gelesen und da saßen Romy und ich voller Angst und Beklemmung. Es war entsetzlich, die reinste Panik! Jedoch im

Laufe der Repetitionen half uns Luchino langsam und behutsam über unsere Befangenheit hinweg.«[134]

Visconti erweist sich als unerbittlicher Perfektionist und strenger Lehrmeister, der bis zur Besessenheit probt. Er behandelt seine Schauspieler gnadenlos, beinahe wie Sträflinge, und fordert mit nahezu diktatorischer Beharrlichkeit, daß sie alles geben und bis an den Rand der Erschöpfung und ihrer schauspielerischen Möglichkeiten gehen, um der Inszenierung zum Erfolg zu verhelfen. Visconti zeigt sich erst zufrieden, wenn er das Gefühl hat, daß alle im Ensemble mit voller Konzentration bei der Sache sind. Ihm ist klar, daß er seinen Darstellern manches Mal Unmögliches abverlangt, aber er weiß auch, daß es ihm nur so gelingen kann, die Schauspieler unter seiner Regie Außergewöhnliches vollbringen zu lassen. Romy ist bei den Proben oft am Rand des Nervenzusammenbruchs, Visconti scheint ihr brutal, ja unmenschlich zu sein, und sie gewinnt beinahe schon das Gefühl, daß ihre Begabung für dieses Unterfangen nicht ausreicht. Für sie, die bislang im Filmstudio immer so zuvorkommend behandelt worden ist und die alle schauspielerischen Aufgaben mit spielerischer, fast traumwandlerischer Sicherheit bewältigt hat, sind die Proben zu *Schade, daß sie eine Hure ist* eine wahrlich harte Lehrzeit. Oftmals fühlt sie sich wie ein gescholtenes Kind. Gerade Romy gegenüber tritt Visconti streng und herrisch auf, denn er hat es sich zum Ziel gesetzt, sie zu Höchstleistungen anzuspornen. Schließlich war er es, der sie zu diesem Abenteuer überredet hat, also muß auch er dafür Sorge tragen, daß sie auf der Bühne brillieren wird.

Romy kann vor lauter Anspannung kaum noch etwas essen und nachts nicht schlafen; ihre Ängste betäubt sie abends mit Unmengen von Champagner, Whiskey und Rotwein. Doch trotz seines diktatorischen Auftretens bei den Proben akzeptiert sie Visconti als Freund und begreift, daß er sie uneingeschränkt als Schauspielerin ernst nimmt: Sie ist überglücklich und dankbar, daß er es versteht, die Leidenschaft einer dramatischen Heldin in ihr zu wecken, und ihr die Gelegenheit gibt, endlich einmal ihr ganzes schauspielerisches Können zu entfalten. Sie weiß, daß sie sich bei Visconti in den besten Händen befindet, daß er ein hervorragender Lehrmeister ist, und knüpft insofern die allergrößten Erwartungen an das Ergebnis, denn sie ist sich im klaren, daß die mit größter Spannung erwartete Theaterinszenierung eine Feuerprobe ist, die sie einfach bestehen muß, wenn sie als Schauspielerin akzeptiert werden und auch weiterhin in Frankreich arbeiten will. Trotz vielfältiger Zerwürfnisse bei den Proben ist Romys Kämpfernatur geweckt, und sie ist bis zur völligen Erschöpfung und Selbstaufgabe dazu bereit, sich in die Rolle der Anabella zu stürzen. Sie wird, ja sie muß gut sein. Romy ist Wachs in den Händen Viscontis; sie spürt das Vertrauen, das er in sie setzt, und lernt schnell, sich von ihren Launen, die sie sich während ihrer *Sissi*-Zeit im Filmstudio zugelegt hat, zu verabschieden, denn Luchino macht ihr unmißverständlich klar, daß bei ihm nur Leistung zählt, daß er auch von der berühmten Romy Schneider höchste Disziplin und Konzentration erwartet. Visconti ist unerbittlich, fordert alles von ihr, bis zur Erschöpfung. Als sie ihn einmal spätabends bittet, die Proben am nächsten Tag fortsetzen zu können, explodiert der Regisseur: »Wenn du diesen Raum verläßt, kannst du ebensogut deine Koffer packen und zu deiner Mutter zurückkehren.«[135]

Romy wird allmählich sicherer; sie lernt, wie man sich auf einer Theaterbühne zu bewegen hat, wie man laut genug spricht, um auch die Zuschauer in der letzten Reihe zu erreichen. Sie taucht immer tiefer in die Rolle der Anabella ein, die am tragischen Ende des Stücks von ihrem Bruder erstochen wird. Dennoch hat sie nach wie vor Angst zu versagen. Die Familientradition der Albach-Rettys lastet schwer auf ihr. Die Angst, es nicht zu schaffen und sich zu blamieren, ist angesichts der langen Ahnenreihe von Theaterstars sicherlich noch größer als bei Alain, der familiär völlig unvorbelastet ist. Romy hingegen fühlt sich »beladen mit Tradition«.[136] Der psychische Druck ist so groß, daß Romys Körper zu rebellieren beginnt. Kurz nach der Generalprobe, wenige Tage vor der geplanten Premiere, bricht sie mit heftigen Schmerzen im Unterleib zusammen. Mit Blaulicht wird sie ins Krankenhaus gebracht, wo eine akute Blinddarmentzündung diagnostiziert wird. Die bereits ausverkaufte Premiere muß abgesagt und auf unbestimmte Zeit verschoben werden, was schnell zu hämischen Kommentaren führt, denn die Presse will die Geschichte von Romys plötzlicher Blinddarmentzündung nicht so recht glauben und unkt, daß es sich wohl um eine »diplomatische Erkrankung« handele, daß Romy gekniffen habe und Viscontis Inszenierung wohl nie zur Aufführung kommen wird. Doch es gibt auch Menschen, die ihr Mut zusprechen. Jean Cocteau schreibt Romy in die Klinik: »Frankreich befiehlt dir, wieder gesund zu werden!«[137]

Der Zuspruch gibt Romy enorme Kraft, ebenso die aufmunternden Worte von Visconti und besonders von Alain, der ihr keine Minute von der Seite weicht und sich rührend um sie kümmert. Entgegen allen Unkenrufen wird Romy schneller als erhofft wieder gesund. Nach nur fünf Tagen kann sie das Krankenhaus verlassen und ruht sich dann noch zehn Tage von den Strapazen der Operation aus. Bald schon steht sie, mit fest bandagierter Narbe unter ihrem Kostüm, wieder auf der Bühne und probt; der Uraufführung von *Schade, daß sie eine Hure ist* steht nichts mehr im Weg.

Bei der Premiere am 29. März 1961 sitzen Ingrid Bergman und Curd Jürgens, Anna Magnani und Simone Signoret, Jean Cocteau und Jean Marais sowie Shirley McLaine und Edith Piaf im Zuschauerraum. Außerdem ist alles, was in Paris Rang und Namen hat, anwesend, darunter, sehr zu Romys Freude, auch eine ganze Reihe bekannter französischer Filmregisseure und Produzenten. Sogar ihre Mutter ist in Begleitung von Romys Bruder Wolfi angereist, dieses Mal aber ohne den immer noch erzürnten Blatzheim, über dessen Kommen Romy sich auch sicherlich kaum gefreut hätte. Magda hatte ursprünglich nicht die Absicht, zu diesem wichtigen Ereignis im Leben ihrer Tochter nach Paris zu reisen; erst nach Romys Brief, in dem sie ihrer Mutter drohend geschrieben hat, an den Premierentag »ohne Dich werde ich mich wohl mein Leben lang erinnern«,[138] bequemt sich Magda nach Paris. Romys Vater Wolf glänzt wie immer durch Abwesenheit.

Romys Lampenfieber vor Beginn der Vorstellung ist enorm. Die

Kollegen drücken ihr die Daumen, sie und Alain wünschen sich gegenseitig Glück. Aber sie ist sich im klaren, daß genügend Leute im Zuschauerraum sitzen, die darauf warten, daß sie versagt – Kritiker, die sie im Fall ihres Scheiterns mit Hohn und Spott übergießen würden und sich darin bestätigt sähen, daß Romy eben nichts anderes spielen kann als hübsch lächelnde Operettenkaiserinnen. Doch sie haben unrecht; Romy bewältigt die Aufgabe, nachdem sie durch Viscontis Schule gegangen ist, mit Bravour. Das Premierenpublikum ist hellauf begeistert. Als der Vorhang nach dem letzten Akt fällt, springen viele auf und spenden tosenden Beifall – ganz besonders der Hauptdarstellerin. Romy ist überglücklich, und auch Alain kann seinen Stolz auf seine Freundin nicht verbergen. In der Garderobe nimmt er sie in die Arme und ruft aus: »Sie ist die Königin von Paris!«[139] Romy kann es nicht fassen. Niemand zerreißt sie in der Luft, alle sind überfreundlich und gratulieren ihr überschwenglich. Endlich gehört sie dazu. Endlich hat sie es geschafft. Frankreich hat sie als Künstlerin akzeptiert. Blumengrüße und Glückwunschtelegramme aus allen Ecken der Welt erreichen sie.

Sosehr man Romy auch feiert, die Inszenierung und auch Alain als männlicher Hauptdarsteller werden von den meisten Kritikern in der Luft zerrissen. Es wird bemängelt, daß Alain hölzern und wenig überzeugend spiele, daß Visconti das Tabuthema Inzest in seiner Inszenierung verharmlose und das Stück mit einer Aufführungsdauer von dreieinhalb Stunden zudem auch viel zu lang sei. Hauptkritikpunkt ist jedoch die enorme Geldsumme, die die Produktion von *Schade, daß sie eine Hure ist* verschlungen hat, denn Visconti hat in seinem Perfektionsdrang und in seiner Versessenheit auf historische Genauigkeit Unmengen von Geld für die imposante Bühnenausstattung ausgegeben. Alleine die Kostüme haben ein kleines Vermögen gekostet. Die bemalten Leinwände, die kostbaren Stoffe, die Tapeten, die brokatseidenen Vorhänge, die Pelze und die echten Juwelen von Cartier haben sechshunderttausend alte Francs gekostet; insgesamt hat die Inszenierung unglaubliche fünfzig Millionen verschlungen. Die Üppigkeit und Verschwendungssucht, mit der Visconti hier ans Werk gegangen ist, entspricht beileibe nicht dem Zeitgeist der beginnenden sechziger Jahre, so daß die scharfe Kritik kaum verwundern kann.

Romy jedoch wird auch von den Rezensenten als Lichtblick des ganzen Unternehmens betrachtet. Im Gegensatz zum Stück und zur Inszenierung kommt sie bei der Kritik durchweg gut weg und ist die einzige, die Gnade vor der Presse findet: »Nur Romy Schneider mit einem leichten, aber charmanten Akzent läßt uns vergessen, wie hohl und grotesk die Dialoge sind. Sie ist lieblich und ein wenig blaß anzuschauen, aber durch ihre Adern fließt Blut. Ihre klare Stimme berührt uns mehr als die Worte, die sie sagen muß. Sie ist eine hervorragende Schauspielerin.«[140] Selbst den deutschen Zeitungen bleibt nichts anderes übrig, als von Romys »Triumph in Paris« zu berichten. Nach den beruflichen Tiefen, die sie in letzter Zeit durchschreiten mußte, sind die positiven Kritiken wahrlich Balsam für ihre Seele. Zeitlebens wird sie die Visconti-Inszenierung als den Beginn ihrer »ernsthaften Karriere« betrachten. Überglücklich, daß sie die Feuertaufe bestanden hat und man sie als Schauspielerin, die eine enorme Leistung erbracht hat, ernst nimmt, erklärt sie rückblickend: »Ich war glücklich, glücklich. Es war einer der ganz großen Augenblicke in meinem Beruf. Denn es war mir, als hätte der Herrgott mir alles, aber auch alles geschenkt. An einem einzigen Abend!«[141]

Im Théâtre de Paris werden trotz der launischen Kritiken alle Zuschauerrekorde gebrochen, der Andrang ist überwältigend. Das Stück ist das Ereignis der Saison, auf Wochen hin sind die Vorstellungen ausverkauft – sehr zum Ärger von Alain Delon, der Visconti bittet, die Zahl der Aufführungen zu kürzen, damit er in David Leans Prestigeprojekt *Lawrence von Arabien* mitwirken kann. Doch als der zutiefst gekränkte Visconti ihn angesichts dieser Bitte mit Grobheiten und Beleidigungen überhäuft und ihm Undankbarkeit vorwirft, verzichtet Delon auf die offerierte Filmrolle. Ganze einhundertzwanzig Mal stehen Romy und er als inzestuöses Geschwisterpaar Giovanni und Anabella auf der Bühne und beweisen dem Pariser Publikum, daß sie mehr können, als nur gut auszusehen. Eine im Anschluß geplante Gastspielreise nach New York, Berlin und Moskau kommt jedoch nicht zustande.

Romy hat allen Grund zur Freude. Keine Frage, sie ist wieder da. Nach dem beruflichen Tief hat sie etwas geschafft, was selbst für jede noch so etablierte Bühnenschauspielerin ein großes Wagnis gewesen wäre – sie hat in einer fremden Sprache in einer Hauptrolle auf der Bühne bestanden, zudem noch als Theaterdebütantin. Zugleich hat sie damit auch unter Beweis gestellt, daß sie nicht nur schauspielerisch wesentlich mehr zu leisten vermag, als die *Sissi*-Filme ihr jemals abverlangt haben, sondern daß sie mit ihrem mittlerweile bühnenreifen Französisch auch für die französische Filmindustrie interessant geworden ist. Doch noch bleiben die Filmproduzenten zurückhaltend. Dafür hagelt es Theaterangebote – aus Paris und Brüssel, aus London und sogar aus New York. Romy lehnt jedoch all diese Offerten ab, denn sie sieht ihre Zukunft in Frankreich, was natürlich nicht zuletzt auch mit Alain zusammenhängt: »Für mich war Paris vor allem und in erster Linie Alain Delon.«[142]

Es gibt jedoch noch einen weiteren Beweggrund für Romys Ablehnung von weiteren Bühnenengagements; Luchino Visconti, dem sie zutiefst dankbar für den neuen Karriereschub ist, will mit ihr filmen. Nach der Leistung, zu der er sie in *Schade, daß sie eine Hure ist* angespornt hat, ist er von ihrem schauspielerischen Talent und ihrer Persönlichkeit mehr denn je überzeugt und fest dazu entschlossen, Romy auch auf der Leinwand groß rauszubringen. Seine dankbare Schülerin zögert keine Sekunde, sein neues Angebot anzunehmen. Romy kann es nach der langen Durststrecke kaum abwarten, endlich wieder vor der Kamera zu stehen. Zudem schlägt man einem Genie wie Luchino Visconti keinen Wunsch ab: »Wer mit Visconti gearbeitet hat, dem kann nichts mehr passieren. Er ist der härteste Regisseur, den man sich denken kann, und der beste Lehrmeister. Ihm verdanke ich es, wenn ich heute jedes Atelier ohne Angst betrete. Ich bin ein anderer Mensch geworden.«[143] Und auch Visconti geizt nicht mit Komplimenten: »Romy ist eine der genialsten Schauspielerinnen Europas, einer der letzten echten Weltstars.«[144]

Boccaccio '70 heißt das bereits im Vorfeld für viel Aufmerksamkeit sorgende Filmprojekt, für das Visconti Romy engagiert. Der Episodenfilm, der sich im komödiantischen Ton den Themen Liebe und Erotik in modernen Zeiten widmen wird, soll für die frühen sechziger Jahre so freizügig und seiner Zeit so weit voraus sein, daß die Produzenten angeblich erst mit einer Freigabe des Streifens im Jahre 1970 oder gar später rechnen – ein geschickter Reklamegag, der auch gleich in den Titel des Films einfließt. Zwei der Episoden werden jeweils von Federico Fellini und Vittorio de Sica in Szene gesetzt; in ihnen spielen Sophia Loren und Anita Ekberg die Hauptrollen. Daß Visconti die Hauptrolle seiner Episode *Der Job* mit Romy besetzt, zeigt deutlich, daß er seine Neuentdeckung auf der Leinwand ganz bewußt als erotischen Star aufbauen will. Er beabsichtigt, die auf der Maupassant-Novelle *Am Rande des Bettes* basierende Geschichte der jungen, frivol-lasziven Bankierstochter Pupé zu erzählen. Pupé ist mit dem flatterhaften, verarmten Mailänder Grafen Ottavio verheiratet, der sie ständig mit Prostituierten aus seinem Edelbordell betrügt. Als er eines Tages in einen Callgirl-Skandal verwickelt wird und der Vater von Pupé ihr deswegen den Geldhahn zudreht, beschließt die in ihrem Stolz Gekränkte kurzerhand, von nun an ebenfalls nur noch gegen Bezahlung mit ihrem Mann ins Bett zu gehen, um sich an ihm zu rächen – eine messerscharfe Satire auf das dekadente Großbürgertum.

Bereits im Sommer 1961 steht Romy während der Pariser Theaterferien für *Boccaccio '70* vor der Kamera. Gedreht wird in Rom, vorher jedoch hat Visconti seiner Hauptdarstellerin in Paris noch einen vollkommen neuen Look verpassen lassen, für den vor allem seine alte Freundin und Weggefährtin Coco Chanel verantwortlich ist. Luchino Visconti schwebt vor, Romy im neuesten Pariser Chic auf der Leinwand erscheinen zu lassen; sie soll für ihre Rolle elegant, zugleich aber auch aufreizend erotisch wirken. Angesichts dieses Plans ist er bei Coco Chanel, die seit Jahrzehnten Mode für moderne, emanzipierte Frauen macht, genau an der richtigen Adresse: »Chanels Krieg war der um die Befreiung der Frau aus der Abhängigkeit vom Mann, die Waffe ihrer Wahl war Chic und ihre Strategie purer Voodoo.«[145] Coco Chanel entwirft Kleider, die den weiblichen Körper sexuell attraktiv erscheinen lassen, ohne ihn jedoch auf vulgäre Art und Weise bloßzustellen. Sie verkauft Romy mit ihren zeitlosen Kreationen nicht nur ein neues Lebensgefühl, sondern zeigt ihr zugleich auch, wie man sich in ihren Kreationen am besten bewegt. Der neue Chanel-Look wird durch ein völlig neues Make-up mit dramatisch schwarz geschminkten Augen ergänzt sowie natürlich auch durch eine vollkommen neue Frisur, die Romy dem Star-Coiffeur Alexandre de Paris zu verdanken hat. Er frisiert die Schönen und Reichen und war beispielsweise für die berühmte Cleopatra-Frisur Elizabeth Taylors zuständig: »Sie wollte damals, daß ich ihr die alten Zöpfe abschneide, die Vergangenheit. Das Bild von Sissi. Das war auch wichtig, ihr diese historische Aura zu nehmen. Visconti wollte sie schön, aber modern, sophisticated. Dazu gehörte ein leichter natürlicher Haarschnitt, bewegliche Haare, die nicht starr sind.«[146]

Und alte Zöpfe gilt es für Romy auch in *Boccaccio '70* abzuschneiden, denn zum ersten Mal steht sie nackt vor der Kamera, in einer atemberaubenden und raffiniert gefilmten Striptease-Szene, die von der *New York Times* später als der »gewagteste Striptease in der Geschichte des Films«[147] bezeichnet wird. Für das Jahr 1961 handelt es sich tatsächlich um eine äußerst freizügige Szene, wenn sie auch durch das Eingreifen der Zensurbehörden noch etwas züchtiger auf die Leinwand kommen wird, als von Visconti geplant – im deutschsprachigen Kino jedenfalls wäre eine solche erotische Freizügigkeit zu der Zeit noch völlig undenkbar. Für Romy ist es alles andere als einfach, ihre anerzogene bürgerliche Sittsamkeit über Bord zu werfen, ihre anfängliche Zurückhaltung zu überwinden und ungeniert, nur noch mit einer Perlenkette bekleidet, vor der Kamera zu agieren, so daß sie sich erst mit einigen Gläsern Champagner Mut antrinken muß. Doch Romy vertraut Visconti blindlings. Durch die gemeinsame Theaterarbeit ist sie sich im klaren, daß er genau weiß, was er tut und was gut für sie und für die Rolle ist. Zudem ist sie sich bewußt, was für sie als Schauspielerin von dieser Produktion abhängt: »Es war meine

Chance, nun auch im Film zu neuen Formen durchzustoßen.«[148] Und wiederum behält Visconti recht, Romy wirkt in *Boccaccio '70* intensiver und lebendiger als jemals zuvor auf der Leinwand.

Rund um die Welt feiert der Film Triumphe, wobei die Visconti-Episode mit Romy in der Hauptrolle mit Abstand am besten ankommt. Ein amerikanischer Kritiker schwärmt: »Romy Schneider ist als eine jener wunderbaren Kreaturen von der Spezies der kultivierten und dabei sexuell erregenden Frau perfekt besetzt.«[149] Ein französischer Kritiker geht sogar soweit, sie als »deutsche Brigitte Bardot« zu feiern, während *Der Spiegel* einfallslos kommentiert: »Aus ›Sissi‹ wurde ›sexy‹«. In der Tat gelingt Romy mit *Boccaccio '70* das, wovon sie schon zu *Sissi*-Zeiten immer geträumt hat – ein grundlegender Imagewandel. In Viscontis Streifen erscheint sie zum ersten Mal als Frau, die ihre Naivität abgelegt hat und sich ihrer selbst, ihres Körpers und ihrer Wirkung auf Männer sicher ist. Sie ist sinnlich und verführerisch, elegant und selbstbewußt, erotisch, jedoch ohne ordinäre Ausstrahlung – eine Frau, die weiß, ihre Weiblichkeit gezielt und mit Raffinesse einzusetzen. Während gerade in Frankreich, wo man über Romys neues Image und ihren neuen Look ins Schwärmen gerät, solche Frauenfiguren im Kino heiß begehrt sind, stößt Romy in Deutschland und Österreich mit ihrem neuen Erscheinungsbild und Auftreten auf Ablehnung. Hierzulande ist auch bei jungen Frauen damenhafter Chic à la Sonja Ziemann gefragt – im deutschsprachigen Kino dominieren angepaßte, immer etwas bieder und angestaubt wirkende Frauengestalten, die alles andere als erotisch selbstbestimmt sind. Besonders die Tatsache, daß Romy strippt und nackt auf der Leinwand zu sehen ist, empört viele ehemalige *Sissi*-Fans, die sich verstört fragen: Was ist bloß aus unserer Romy geworden? Auch Romys Familie ist alles andere als begeistert von der »neuen Romy«. Magda und »Daddy« Blatzheim können ebensowenig Verständnis für Romy aufbringen wie deren Großmutter Rosa Albach-Retty, die befindet: »Je mehr sie sich auszieht, desto mehr Reiz hat das fürs Publikum, aber mit Kunst hat das nichts zu tun.«[150]

Rosas Urteil repräsentiert die vorherrschende Meinung in Deutschland und Österreich. Die alten Romy-Fans, die nach wie vor verärgert sind, daß Romy aus ihrem *Sissi*-Klischee ausgebrochen ist und ihrer Heimat den Rücken gekehrt hat, interessiert es wenig, daß Romy mit ihrem neuen Film eindrucksvoll unter Beweis gestellt hat, welch große Fortschritte als Schauspielerin sie in der Zusammenarbeit mit Visconti gemacht hat. Auf internationalem Parkett jedoch sieht die Sache völlig anders aus. Beim Filmfestival in Cannes, wo *Boccaccio '70* mit großem Erfolg läuft, wird Romy von den Kritikern als kommender Weltstar gefeiert, als Verkörperung eines neuen, erotisch-selbstbestimmten Frauenideals. In Romys Heimat vermag man diese Begeisterungsstürme nicht so recht nachzuvollziehen. Zum Weltruhm emigriert sei Romy, schreibt Gregor von Rezzori etwas pikiert.[151]

Für Romy jedenfalls ist ein Traum in Erfüllung gegangen, und sie ist sich im klaren darüber, wem sie die Verwandlung vom bodenständigen, braven, angepaßten, naiven, jungfräulichen Mädchen in eine selbstsichere, verführerische Frau zu verdanken hat: »Drei Menschen haben mein Leben von Grund auf verändert: Alain, Visconti und Coco Chanel.«[152] Und tatsächlich haben diese drei Menschen ihr eine neue, hoffnungsfrohe Zukunft beschert – jeder auf seine Weise. Romy hat zum ersten Mal das Gefühl, im Einklang mit sich selbst zu leben. Coco Chanel hat ihr einen neuen Look verpaßt, der zum Ausdruck bringt, wie sie wahrgenommen werden will, und Luchino Visconti hat in ihr die schauspielerischen Fähigkeiten geweckt, von denen sie immer geahnt hat, daß sie in ihr schlummern. Er war an einem absoluten Tiefpunkt ihres Lebens und ihrer Karriere der einzige, der bereit gewesen ist, ihr zu helfen: »Dieser Mann hat mehr für mich getan als irgendein anderer nach der sauren Zeit.«[153] Und Alain? Trotz aller Schwierigkeiten in ihrer Beziehung ist sie froh, ihn an ihrer Seite zu haben. Zum ersten Mal in ihrem Leben muß sie das Gefühl gewinnen, es endlich geschafft zu haben, ihr berufliches und ihr privates Leben doch noch unter einen Hut zu bringen. Die gemeinsame Theaterarbeit hat sie zusammengeschweißt, und die Tatsache, daß Romy nicht länger nur als die Frau an Delons Seite wahrgenommen wird, sondern im Hinblick auf die Karriere wieder mit Alain gleichziehen kann, läßt in ihren Augen die Beziehung zu ihm entspannter wirken als jemals zuvor. Da kann Romy freilich noch nicht ahnen, daß dieser Zustand nicht lange anhalten wird, denn es wird sich schon bald als ernsthaftes Problem erweisen, daß sie durch die viele Arbeit immer weniger Zeit miteinander verbringen werden. Nun ist sie jedenfalls rundherum glücklich und freut sich auf neue Herausforderungen als Schauspielerin.

Bevor Romy nach *Boccaccio '70* ihre Filmkarriere fortsetzen wird, kehrt sie erst noch ein letztes Mal auf die Bühne zurück. 1962 wird sie von der Pariser Theater-Compagnie Sacha Pitoëff als Nina in Tschechows *Die Möwe* engagiert. Das Stück lief zeitgleich zu *Schade, daß sie eine Hure ist* in Paris, jetzt soll es auf eine großangelegte Tournee gehen, für die die ursprüngliche Darstellerin der Nina aufgrund einer Erkrankung jedoch nicht zur Verfügung steht – Romy soll sie ersetzen. Ursprünglich ist geplant, ihr wiederum Alain als Bühnenpartner zur Seite zu stellen, doch der wird vom italienischen Regie-Star Michelangelo Antonioni für den Film *Liebe 1962* engagiert und steht insofern nicht zur Verfügung. Romy bleibt jedoch bei ihrer Zusage, wohl nicht zuletzt, weil sie sich in die Rolle der Nina verliebt hat, eines kleinen Mädchens vom Lande, das davon träumt, eines Tages zur Bühne zu gehen, dieses schließlich auch schafft, aber letztlich doch am Versuch, ihren Traum zu leben, verzweifelt.

Viel Zeit für Proben bleibt dieses Mal nicht, was sich für Romy schnell als Problem erweist. Trotz ihres Erfolgs in Viscontis Inszenierung ist sie als Bühnenschauspielerin noch nicht versiert genug, um ohne intensive Proben auf der Bühne bestehen zu können, zumal sie dieses Mal auf die Lenkung durch einen genialen Regisseur wie Visconti verzichten muß. Die Folge ist, daß Romy die Rolle nicht in den Griff bekommt und als Tschechows tragische Heldin nicht so recht überzeugen kann. Aber für einen Rückzieher ist es zu spät. Die Verträge sind gemacht, der Tourneeplan steht, und ein solches Unternehmen, das durch die Lande tingeln soll, braucht einen zugkräftigen Star, der die Menschen in die Vorstellungen lockt. Im Januar 1962 beginnt die fünfmonatige Tournee durch Frankreich, die Schweiz, Belgien und Luxemburg, Portugal, Marokko und den Libanon. Gereist wird per Bahn und Bus. Die Aufführungen finden nicht nur in Theatern statt; gerade in der Provinz wird immer wieder auch auf improvisierten Bühnen gespielt. Der Andrang ist überall groß, der Name Romy Schneider erweist sich als so zugkräftig, wie man ihn eingeschätzt hat. Beinahe jeden Abend spielt die Truppe vor ausverkauften Häusern, in den großen Städten ebenso wie in der Provinz. Romy ist sich bewußt, daß ein Großteil der Zuschauer vor allen Dingen kommt, um die berühmte Sissi endlich einmal in Fleisch und Blut sehen zu können: »Ich wünschte, sie kämen wegen Nina und nicht wegen Sissi. Dann hätte ich etwas erreicht!«[154] Spätestens jetzt müßte Romy einsehen, daß sie zeitlebens im Schatten dieser Rolle stehen wird, egal, wie sehr sie sich auch dagegen wehrt.

Die Tournee ist mit erheblichen Strapazen verbunden. Der Stress durch das viele Reisen und die ständigen Belastungen eines solchen Unternehmens kosten Romy viel Kraft. Zudem vermißt sie Alain, ohne den sie sich verloren vorkommt. Sie ist überarbeitet und fühlt sich sowohl körperlich als auch seelisch erschöpft. Wie schon kurz vor der Premiere von *Schade, daß sie eine Hure ist* rebelliert ihr Körper auch dieses Mal wieder gegen die Überbelastung. Während eines Auftritts in Avignon erleidet sie einen Schwächeanfall. Die Vorstellung muß abgebrochen werden, und Romy wird umgehend in eine Klinik nach Genf gebracht, wo ein Freund von Alain Chefarzt ist. Dieser hatte sie schon des öfteren gewarnt: »Romy ist viel zu zart für diese Theatertournee. Aber sie hat nun mal einen Dickschädel.«[155] Den hat sie wirklich, denn sie schlägt alle Warnungen ihrer Ärzte in den Wind. Nach wenigen Tagen steht sie bereits wieder auf der Bühne und führt die Tournee wie geplant fort – begleitet von gegenstandslosen Pressespekulationen, der Schwächeanfall in Avignon sei in Wirklichkeit eine vertuschte Fehlgeburt gewesen.

Die Nina in Tschechows *Die Möwe* ist Romys letzte Bühnenrolle; ihre Zukunft wird alleine dem Film gehören, obwohl es in der ersten

Hälfte der sechziger Jahre durchaus eine ganze Reihe weiterer Angebote von namhaften Theatern gibt – auch aus Deutschland. Sowohl Gustaf Gründgens als auch Fritz Kortner, der 1960 mit Romy das umstrittene Fernsehspiel *Lysistrata* realisiert hat, bieten ihr unabhängig voneinander an, die Viola in Shakespeares *Was ihr wollt* zu spielen. Doch Romy lehnt ab, in Deutschland wird sie nie auf der Bühne stehen.[156] So wie sie einst instinktiv begriffen hat, daß sie sich von Sissi befreien muß, wenn sie als Schauspielerin ernst genommen werden will, so spürt sie auch jetzt instinktiv, daß der Film ihr Medium ist, nicht das Theater – was sie nicht daran hindert, in der Folgezeit immer mal wieder davon zu träumen, auf die Bühne zurückzukehren und auch einmal in Deutschland oder am Wiener Burgtheater zu spielen: »Ich möchte Theater spielen – aber ich hab eine Scheiß-Angst davor.«[157] Die Angst ist allerdings nur die eine Seite, ausschlaggebend für ihre Abkehr vom Theater sind sicherlich auch die verlokkenden Filmangebote, die sich nun wieder häufen.

Noch vor dem Start der Tschechow-Tournee hat Romy erneut vor der Kamera gestanden, im Debüt-Film des ehemaligen Louis-Malle-Assistenten Alain Cavalier – *Der Kampf auf der Insel.* In dem politisch engagierten Film hat Romy zum ersten Mal neben ihrem späteren zeitweiligen Geliebten Jean-Louis Trintignant vor der Kamera gestanden, der seinen Durchbruch 1956 erlebte, als er in Roger Vadims Film ... *und ewig lockt das Weib* den schüchtern verkrampften Ehemann von Brigitte Bardot spielte. Romy ist stolz darauf, daß sie nach ihrem überzeugenden Theaterdebüt zum ersten Mal nicht synchronisiert werden muß, sondern selbst französisch sprechen darf. Zudem spiegelt sich in *Der Kampf auf der Insel* durchaus auch ihr eigenes Schicksal wider; sie verkörpert eine Schauspielerin, die sich von ihrer Vergangenheit löst, um sich mit dem Mann, den sie liebt, eine neue Zukunft aufzubauen. Auch wenn der Streifen aufgrund seiner übereifrigen politischen Botschaft kein Kassenerfolg geworden ist, hat Romy die Chance ergriffen, erneut ihr Können unter Beweis zu stellen. Ihre Rolle entspricht wiederum ihrem neuen Image. »Weit weg von dem jungfräulichen deutschen Hascherl spielt

Romy hier eine selbstbewußte junge Frau, die auf alle Konventionen pfeift, wenn es um das eigene Glück, die Verwirklichung der eigenen Gefühle, Gedanken, Vorstellungen geht.«[158]

Der Film ist ganz nett, aber sicherlich kein Highlight in Romys Karriere. Doch nun wird Romy ein Angebot unterbreitet, das sie, ohne zu zögern, annimmt und das für ihre weitere Laufbahn mindestens ebenso wichtig sein wird wie die Zusammenarbeit mit Visconti. Niemand anders als der legendäre Orson Welles, einer der künstlerisch einflußreichsten Regisseure des Hollywoodkinos, will sie für seine Verfilmung von Franz Kafkas Romanklassiker *Der Prozeß* engagieren, die als französisch-italienisch-deutsche Co-Produktion realisiert werden soll. Welles, der neben dem Kino auch fürs Theater, das Radio und das Fernsehen arbeitet, hatte bereits 1941 mit seinem allerersten Film *Citizen Cane* für Furore gesorgt – viele Kritiker halten Welles' Film für den bedeutendsten Streifen der Filmgeschichte. Der ehrgeizige und visionäre Regisseur, dessen Arbeit Romy schon in ihrer Jugend bewundert hat, ist dafür bekannt, daß er sich in alle kreativen Arbeitsschritte seiner Filme selbst einbringt. Er schreibt am Drehbuch mit, produziert die Streifen, führt Regie, spielt die Hauptrolle und überwacht den Schnitt. 1948 ist Welles in der Hoffnung auf größere künstlerische Freiheit von Amerika nach Europa übergesiedelt, wo er in Carol Reeds Verfilmung von Graham Greenes Erzählung *Der dritte Mann* brillierte. Die folgenden Jahre waren vor allem durch zahlreiche Mißerfolge und Rückschläge geprägt gewesen. Zwar drehte er Meisterwerke wie *Othello*, *King Lear* oder *Im Zeichen des Bösen,* diese jedoch werden meist nur von der Kritik und von eingefleischten Cineasten gefeiert, finden aber kaum Zuspruch beim breiten Publikum. Dennoch ist es zweifellos ein künstlerischer Ritterschlag für Romy, daß der berühmte Welles mit ihr arbeiten will. Dieses neue Engagement ist zudem ein überdeutliches Zeichen dafür, daß man sich nach *Boccaccio '70* nachhaltig für die ernsthafte Schauspielerin Romy Schneider zu interessieren beginnt.

Welles gibt Romy die Rolle der Leni, der lasterhaften, verkommenen und etwas undurchschaubaren Assistentin des kranken Rechtsanwalts, den der in einen undurchsichtigen Prozeß verstrickte Josef K. zu seiner Rettung aufsucht und den Welles auf Romys Anregung hin selbst verkörpern wird. Romy ist gleich Feuer und Flamme von dieser Rolle, die erneut eine echte schauspielerische Herausforderung für sie darstellt. Und es ist ihr auch egal, daß sie im *Prozeß* zum ersten Mal seit *Mädchenjahre einer Königin* lediglich in einer Nebenrolle vor der Kamera stehen wird. Hauptsache sie kann in diesem Film mitwirken. 1962 finden die Dreharbeiten in Boulogne, Paris und in Jugoslawien statt. Die Zusammenarbeit mit Orson Welles ist ähnlich strapaziös wie die mit Luchino Visconti. Immer wieder schärft Welles ihr ein: »Vergiß nicht, du bist Leni!« Während der ganzen Dreharbeiten spricht er sie konsequent nur mit »Leni« an, da er wünscht, daß sie voll und ganz in ihrer Rolle aufgeht. In seinem Perfektionswahn läßt er Romy manche Szenen stundenlang wiederholen, bis er mit dem Resultat voll und ganz zufrieden ist. Besonderes Augenmerk schenkt er der zentralen Szene, in der Leni den von Anthony Perkins verkörperten, unschuldig in die Mühlen der Justiz geratenen Josef K. zu verführen hat. Welles verlangt von Romy für diese Szene absolute Schamlosigkeit, und seit er *Boccaccio '70* gesehen hat, ist er überzeugt davon, daß sie hierzu auch fähig ist. Mit seiner Einschätzung behält er recht, denn Romys lasterhafte, ungeschminkte Leni wird zu einer ihrer bislang besten schauspielerischen Leistungen. Sie ist sogar so gut, daß es ihr selbst fast die Sprache verschlägt, als sie sich zum ersten Mal als Leni auf der Leinwand sieht: »Einmal, während einer Vorführung der ersten Kopie des Films, habe ich mich auf dem Streifen selbst nicht mehr erkannt. Und das erfüllt mich mit tiefster Zufriedenheit.«[159]

Als der Film im Dezember 1962 in Paris uraufgeführt wird, erhält er enthusiastische Besprechungen und wird als Welles' neues Meisterwerk gefeiert. Die Kritiker zeigen sich verwundert, daß die Frau, die über Jahre im Zwangskorsett des lieblichen Sissi-Images gefangen war, eine solche Rolle derart überzeugend spielen kann, und sie müssen kleinlaut einräumen, daß man Romy lange Zeit zu wenig zugetraut hat, als man ihr schauspielerisches Talent weitgehend absprach.

In Frankreich zeichnet man sie für die Darstellung der Leni als beste ausländische Schauspielerin mit dem Kristallstern der Académie du Cinéma aus. Romy ist auf dem besten Weg, eine überzeugende Charakterdarstellerin zu werden, und fühlt sich Orson Welles zu größtem Dank verpflichtet. Aus ihrer gemeinsamen Arbeit resultiert eine lebenslange Freundschaft, die auf gegenseitiger Hochachtung vor der Professionalität des anderen beruht. Orson Welles erklärt Romy zur mit Abstand besten Schauspielerin ihrer Generation, und die so Gelobte bekennt freiheraus: »Wenn Orson Welles mich bitten würde, eine unbedeutende kleine Rolle zu spielen oder die Hauptrolle ohne Gage – ich würde sofort alles stehen- und liegenlassen und akzeptieren. Wann er will oder wo er will. Meine zehn Drehtage mit ihm beim *Prozeß* gehören zu den größten Erinnerungen meines Lebens.«[160]

Endlich befindet sich Romys Karriere wieder im Auftrieb. Spätestens durch Orson Welles' Film stehen ihr alle Türen zur großen internationalen Karriere offen. Zahllose Angebote folgen, auch in Deutschland will man mit einem Mal wieder mit ihr arbeiten. Doch keins der deutschen Filmangebote erscheint Romy akzeptabel, denn im deutschsprachigen Kino gibt es einfach keine Frauenfiguren, wie Romy sie jetzt verkörpert. Ihre Absagen an deutsche Produzenten werden ihr in der alten Heimat als Hochmut und Arroganz ausgelegt, aber Romy braucht sich um diese kleinkarierten Angriffe nicht weiter zu kümmern. Für sie ist der Weltruhm zum Greifen nahe. Schließlich ist nun endlich auch Hollywood auf sie aufmerksam geworden. Die Zusammenarbeit mit Luchino Visconti und Orson Welles haben sie auch für den internationalen Filmmarkt interessant gemacht. Während man vier Jahre zuvor mit der noch im Schatten von *Sissi* stehenden Romy in Amerika nicht sonderlich viel anzufangen wußte, sieht die Sache angesichts ihres gewandelten Images und ihrer deutlicher als je zuvor erkennbaren Star-Qualitäten mittlerweile völlig anders aus. In Hollywood ist man nach dem überraschenden Tod Marilyn Monroes im Sommer 1962 fieberhaft auf der Suche nach neuen Filmdiven und Weiblichkeitsidolen. Und noch anders als vor ein paar Jahren, als man in erster Linie auf »All-American-Stars« gebaut hat, schielt man dabei nun auch wieder verstärkt nach Europa und bemüht sich, vielversprechende europäische Schauspielerinnen mit interessanten Angeboten nach Hollywood zu lokken. Aus Italien holt man Sophia Loren, Gina Lollobrigida und Claudia Cardinale, aus Griechenland Melina Mercouri, aus Schweden Ingrid Bergman und Anita Ekberg, aus Frankreich Jeanne Moreau und Catherine Deneuve, aus England Audrey Hepburn, aus der Schweiz Ursula Andress und aus Deutschland Maria Schell, Elke Sommer, Christine Kaufmann und Senta Berger – sowie nun auch noch Romy Schneider, die als »neuer Vamp« aufgebaut werden soll. Die meisten Europäerinnen folgen den verlockenden Angeboten nur allzu gerne, schließlich ist Hollywood imstande, weitaus höhere Gagen zu zahlen als die europäische Filmindustrie. Nur bei Brigitte Bardot beißen die amerikanischen Produzenten auf Granit; sie schlägt alle Offerten aus und bleibt in Frankreich, wo sie konsequent ihren Status als Sex-Symbol des europäischen Kinos behauptet.

Anfang 1963 reist Romy nach Hollywood – ohne Alain, der in Europa vor der Kamera steht. Die Möglichkeit, in amerikanischen Produktionen mitzuwirken, betrachtet sie nach ihren Erfolgen in Frankreich als eine große Chance und freut sich von ganzem Herzen auf die Herausforderung, sich nun auch in der amerikanischen Filmmetropole einen Platz zu erobern. Die ersten Filmpläne in Hollywood zerschlagen sich jedoch zu ihrer Enttäuschung schnell wieder. Ursprünglich war Romy als Hauptdarstellerin für Robert Rosens Film *Lilith* an der Seite von Peter Fonda und dem jungen Warren Beatty vorgesehen – die Rolle wird dann jedoch an die Amerikanerin Jean Seberg vergeben, die durch ihr Mitwirken in der Françoise-Sagan-Verfilmung *Bonjour Tristesse* und in Jean-Luc Gordards *Außer Atem* berühmt geworden ist. Auch eine Verfilmung von Marguerite Duras' Roman *Mademoiselle* kommt nicht zustande. Das Buch wird erst 1966 in Europa verfilmt werden, dann wird Jeanne Moreau die Rolle spielen, für die Romy vorgesehen war.

Trotz der Anlaufschwierigkeiten, von denen Romy sich jedoch nicht entmutigen läßt, nehmen die Columbia Studios sie unter Vertrag – ihr Freund und Agent Georges Beaume handelt auch in Hollywood ihre Verträge aus. Zwei Filmstoffe für Romy sind ebenfalls schnell gefunden. Zunächst steht sie in dem zu Zeiten des Zweiten Weltkriegs spielenden Soldatenepos *Die Sieger* vor der Kamera. Regie führt Carl Foreman, der Mitte der fünfziger Jahre mit seinen Drehbüchern zu Filmen wie *Die Brücke am Kwai* und dem Western-Klassiker *Zwölf Uhr mittags* wahre Triumphe gefeiert hat und nun zum ersten und einzigen Mal in seinem Leben als Regisseur fungiert. Der Film erzählt in einzelnen Episoden von der Situation der amerikanischen Soldaten auf verschiedenen europäischen Kriegsschauplätzen, so etwa im britischen Southampton, auf Sizilien, in Belgien und schließlich im von den Alliierten befreiten Berlin. Romy spielt in der hochkarätig besetzten Produktion, in der neben George Hamilton und Peter Fonda auch Melina Mercouri und Jeanne Moreau sowie die deutschen Schauspielerinnen Elke Sommer und Senta Berger mitwirken, eine charmante belgische Geigerin, die sich als Kriegswaise mit ihrer Musik über Wasser hält, von einem amerikanischen Soldaten jedoch zur Prostitution getrieben wird. Der Film ist alles andere als eine glücklich Wahl, um Romy auf dem amerikanischen Markt zu positionieren. Ihre Rolle ist zu klein, im Staraufgebot geht sie unter. Zudem ist *Die Sieger* schon vom Thema her ein reiner Männerfilm. Der Streifen fällt bei der Kritik durch, Regisseur Foreman aber ist dennoch hellauf begeistert von Romys Leistung und zeigt sich beeindruckt von ihrer Professionalität: »Romy ist eine vielversprechende europäische Schauspielerin, die das Zeug zu einem internationalen Star hat. Sie spielt so gut, daß die Kollegen in Hollywood noch einiges von ihr lernen können. Romy ist ein wirklicher Profi, der alle Kameraeinstellungen kennt und sie zu nutzen versteht.«[161]

Romy fühlt sich in den amerikanischen Studios pudelwohl. Die hier herrschende Pünktlichkeit und Disziplin kommen ihr ebenso entgegen wie die große Ernsthaftigkeit und Konzentration, mit der alle ans Werk gehen. Sie hat im Gegensatz zu manch anderem europäischen Schauspieler kein Problem, sich an die harte Arbeitsdisziplin und den strikt einzuhaltenden Zeitplan zu gewöhnen, dem sich selbst die größten Stars in den Studios zu unterwerfen haben. Ihr macht es nichts aus, um fünf Uhr in der Früh aufzustehen, stundenlang in der Maske auszuharren und Einstellung um Einstellung zu wiederholen, bis die Szene perfekt im Kasten ist. Durch ihre Zusammenarbeit mit Visconi und Welles hat sie gelernt, wie wichtig es ist, an jedem noch so kleinen Detail eines Films so lange zu feilen, bis alles stimmt. Und so freut Romy sich auch gleich auf ihr nächstes Filmprojekt bei der Columbia. Gleich im Anschluß an *Die Sieger* dreht sie den politisch überambitionierten Film *Der Kardinal.* Regie führt Otto Preminger, ein gebürtiger Österreicher, der auf der Flucht vor den Nazis nach Amerika emigrierte und längst zu einem der renommiertesten Regisseure Hollywoods aufgestiegen ist. Sein Film hat ebenfalls den Zweiten Weltkrieg zum Thema und erzählt die Geschichte eines kleinen amerikanischen Priesters, der in den zwanziger Jahren als Sprachlehrer nach Wien kommt, wo er sich in die hübsche, von Romy gespielte Annemarie verliebt, die ihn beinahe dazu treibt, sich von seinem Priestereid entbinden zu lassen. Doch im letzten Moment findet er doch noch den Weg zur Kirche zurück, die ihn 1939, knapp vor Ausbruch des Zweiten Weltkriegs, zum Kardinal ernennt – zur gleichen Zeit endet seine einstige Freundin, die in der Zwischenzeit einen Juden geheiratet hat, als Opfer der Gestapo.

Die Außenaufnahmen finden zunächst in Boston und dann in Wien statt, wo Romy zum ersten Mal seit langem ihren Vater Wolf Albach-Retty wieder trifft. Wie mittlerweile alles in Romys Leben, findet auch dieses familiäre Zusammentreffen vor den Linsen der Pressephotographen statt. Romy ist es gelungen, Otto Preminger dazu zu überreden, ihrem Vater eine kleine Rolle in dem Film zu geben, so daß Tochter und Vater zum ersten und einzigen Mal zusammen vor der Kamera stehen, so wie Romy sich das als Vierzehnjährige schon in ihren Tagebüchern ausgemalt hatte. Doch die Realität ist wieder einmal ernüchternder als Romys Träume. Wiederum haben Wolf und sie sich nicht viel zu sagen; die unausgesprochenen Vorwürfe über die ständige Abwesenheit des Vaters im Leben seiner Tochter stehen nach wie vor zwischen ihnen. Immerhin kommt es, nachdem Wolf und seine Ex-Frau sich seit ihrer Scheidung nicht mehr gesehen haben, am Rande der Dreharbeiten zu einer Aussöhnung zwischen Wolf und Magda. Zwanzig Jahre nach ihrer Trennung scheint endlich genug Zeit verstrichen zu sein, daß die beiden sich wieder zusammen an einen Tisch setzen können. Zukünftig werden Wolf und seine zweite Frau Trude Marlen, die Romy immer noch nicht leiden kann und insgeheim als »Zimtzicke«[162] bezeichnet, an den Familienfesten der Schneider-Blatzheims teilnehmen. Für Romy ist das Wiedersehen mit ihrem Vater dennoch enttäuschend verlaufen. Als ein Journalist sie auf ihre »Versöhnung« mit ihrem Vater anspricht und wissen will, ob sie ihn in ihrer Kindheit sehr vermißt hat, antwortet sie abgeklärt: »Meine Kindheit? Basta, aus, vorbei, eh nichts mehr zu ändern – vergessen!«

Der Kardinal ist ein Film, der trotz Premingers Ruf, einer der vielseitigsten Regisseure Hollywoods zu sein, nicht besonders gelungen ist. Romy jedoch bietet er die Möglichkeit, ein weiteres Mal die ganze Palette ihrer schauspielerischen Ausdrucksmöglichkeiten unter Beweis zu stellen. Die amerikanische Presse feiert sie bereits als »die neue Marlene Dietrich«, auch wenn Romy völlig andere Rollen spielt und im Grunde überhaupt nicht mit der Dietrich zu vergleichen ist. Außerdem ist Romy trotz ihrer ersten amerikanischen Filme beileibe noch kein durchgestylter, maßgeschneiderter Hollywoodstar, wie es Marlene in den dreißiger Jahren durch ihren Mentor Josef von Sternberg geworden ist. Die Columbia Studios jedoch beabsichtigen genau dies und wollen Romy konsequent zum amerikanischen Star aufbauen. Die Presseabteilung des Studios arbeitet eifrig daran, Romys Popularität zu steigern, und schickt sie in die wichtigsten Talkshows des Landes. Zudem bietet Columbia Romy einen Siebenjahresvertrag an, der ihr die stattliche Gage von einer Million Dollar für jeden der sieben geplanten Filme garantiert und sogar mit der Option verknüpft ist, den Vertrag im Anschluß auch noch zu verlängern.

Romy akzeptiert und ist damit einer der letzten europäischen Stars, der einen Vertrag in der großen alten Tradition Hollywoods unterschreibt. Zu diesem Zeitpunkt ist sie noch uneingeschränkt enthusiastisch und glaubt, daß ihre berufliche Zukunft in Amerika liegt, wo sie mit offenen Armen empfangen worden ist. Der Siebenjahresvertrag ist zweifellos ein Zeichen von Wertschätzung; sie fühlt sich in Amerika als Schauspielerin ernst genommen und wird auch von der Presse durchweg höflich und zuvorkommend behandelt. Romy ist fest entschlossen, in Amerika neue Gipfel des Ruhms zu erklimmen. Eigentlich könnte sie rundherum glücklich sein, zumindest für einen ganz kurzen Augenblick, denn noch ahnt sie nicht, daß sie langsam, aber sicher auf eine private Katastrophe hinsteuert. Doch schon bald folgt das, was sie rückblickend als »das scheußlichste Jahr«[163] ihres Lebens bezeichnen wird.

Romys Beziehung zu Alain entwickelt sich durch die jetzt immer länger werdenden Zeiten der Trennung zunehmend problematischer. Alain steht in Europa vor der Kamera, bei Romy zeichnet sich ab, daß sie zukünftig hauptsächlich in Amerika filmen wird. Folglich werden die beiden fortan noch stärker als bisher getrennte Wege gehen. Alain, der Romy schon nicht treu war, als sie zusammen in Paris lebten, betrügt sie immer häufiger und hemmungsloser. Da Romy nicht mehr ständig an seiner Seite ist und die beiden nur noch wenig Zeit zusammen in ihrer gemeinsamen Wohnung in der Avenue Messine oder auf Alains Landsitz in der Île de France verbringen, driftet das Paar immer mehr auseinander, auch wenn Romy dies nicht wirklich wahrhaben will und verzweifelt versucht, die Augen vor dieser Tatsache zu verschließen.

Der schöne und erfolgreiche Alain wird nach wie vor heftig umworben, von Männern wie Frauen. Da er Romy immer wieder zu verstehen gegeben hat, daß er kein Mann ist, der nur einem Menschen treu sein kann, sieht er auch keinen Grund, die Avancen, die ihm gemacht werden, zurückzuweisen, und stürzt sich in ein Abenteuer nach dem anderen. Schon bevor Romy nach Hollywood gegangen ist, hat Alain bei Dreharbeiten zu den ersten Szenen einer geplanten, aber nie abgeschlossenen Verfilmung von Marco Polos Leben in Belgrad etwa den jungen, gutaussehenden Jugoslawen Milos Milosevic kennengelernt, »auf den er offensichtlich seine Vorstellung vom idealen Freund projizierte«.[164] Milos, der als Filmdouble gejobbt hat und Alain zum Verwechseln ähnlich sieht, folgt Delon nach Paris, wo er ihm kaum noch von der Seite weicht, so daß die Presse ihn in Unkenntnis seiner wahren Rolle in Alains Leben konsequent als seinen »Leibwächter« zu bezeichnen beginnt. In Romys Abwesenheit quartiert Alain ihn sogar in der Wohnung in der Avenue Messine ein, auch Milos' zwielichtige Freunde, die im Prostituierten- und Drogenmilieu zu Hause sind, heißt Alain hier willkommen. Während Romy in Hollywood filmt, nutzen Milos und seine Kumpane schamlos die großzügige Gastfreundlichkeit Delons aus: »Wir haben alles bekommen, was wir wollten. Trotzdem haben wir Delon immer beklaut. Und er hat nie was gesagt.«[165]

Wieviel Romy von der ganzen Geschichte erfährt oder ahnt, bleibt unklar. Es kann jedoch vermutet werden, daß die Freundschaft Alains zu Milos unter anderem der Grund für ein kurzzeitiges Zerwürfnis des Paares ist. Im Streit hat Romy die Wohnung verlassen und sich ein Hotelzimmer in Paris genommen. Da sie außer Alains Freunden keine wirklichen Vertrauten hat, mit denen sie über ihre Sorgen und Nöte sprechen kann, ruft sie ihre Mutter an und berichtet dieser, was sich ereignet hat. Der schadenfrohe Blatzheim scheut keine Sekunde davor zurück, die Neuigkeit an die Presse weiterzugeben und damit noch Öl in Romys Wunden zu gießen. Der *Bild-Zeitung* offenbart er: »Die Verlobung zwischen Alain Delon und Romy Schneider ist aufgelöst, und ich hoffe, es ist endgültig.«[166] Die Nachricht von Romys Liebes-Aus wird nach Blatzheims gehässiger Indiskretion in die Welt hinausposaunt. Romy ist außer sich über diese Geschmacklosigkeit und telegraphiert ihrem Stiefvater: »Wenn jemand geschieden wird, dann sind es wir beide. Du widerst mich an. Ich hasse Dich. Ich kannte bisher nie dieses Gefühl.«[167] Auch in der Öffentlichkeit will sie Blatzheims Behauptung nicht so ohne weiteres stehenlassen. Einen Tag nachdem die deutschen Zeitungen Romys Trennung von Alain verkündet haben, läßt sie in *Paris-Jour* ein Dementi abdrucken, das endgültig den Bruch mit ihrem Stiefvater besiegeln soll: »Monsieur Blatzheim, der zweite Mann meiner Mutter, hatte weder das Recht noch die mindeste Veranlassung, die gestern veröffentlichte Erklärung abzugeben. Ich widerspreche den Äußerungen dieses Mannes aufs entschiedenste. Zwar trifft es zu, daß ich im Augenblick allein bin, aber der Grund dafür ist, daß ich meine beiden nächsten Rollen, die sehr schwierig sind, sowie meine Abreise nach New York vorbereiten muß. Eine Trennung dieser Art ist leider im Leben von Schauspielern nur allzu normal, jeder weiß das, und es ist deshalb sinnlos, darüber auch nur ein Wort zu verlieren. Ich versichere hiermit, daß das, was Monsieur Blatzheim bekanntgegeben hat, nicht zutrifft. Hier die Wahrheit: Monsieur Blatzheim wäre nur zu glücklich, wenn seine Ankündigung begründet wäre. Wenn es eine Trennung gibt, und zwar für immer, dann die zwischen Monsieur Blatzheim und mir.«[168]

Trotz des öffentlichen Bekenntnisses zu Alain kriselt es hinter den Kulissen heftig. Alain, dessen Leidenschaft für Romy allmählich zu erlöschen scheint, versucht sich mehr und mehr von Romy zu lösen – einerseits durch sein verletzendes Verhalten ihr gegenüber, andererseits, indem er ihr vor Augen führt, wie unterschiedlich ihre Charaktere sind und wie sehr sie sich auseinanderleben. Doch Romy ist nicht dazu bereit, sich von Alain zu trennen, und klammert sich in ihrer Verzweiflung und ihrer kindheitsbedingten, geradezu panischen Trennungsangst an ihre Liebe zu ihm. Obwohl Alain sie immer wieder vor den Kopf stößt, versucht sie noch, ihn zu einer Heirat zu überreden, und träumt davon, ein Kind von ihm zu bekommen. Romy flüchtet sich in Illusionen. Sie kann sich nicht eingestehen, daß sie den Mann, für den sie so viel aufgegeben hat und der ihr alles bedeutet, verlieren wird. Aus Gründen des Selbstschutzes muß sie einfach an eine glückliche Liebe glauben, daran, daß es irgendwie doch noch eine Zukunft für sie und Alain geben wird. Ansonsten würde sie ihr ganzes Leben in Frage stellen.

Erst im nachhinein wird sie sich eingestehen können, daß es naiv war, sich so lange an die längst gescheiterte Beziehung zu klammern: »Wenn es nach mir gegangen wäre – ich hätte ihn nicht aufgeben können. Manchmal spürte ich voller Verzweiflung, daß unsere Beziehung in Quälerei ausartete, und dann wollte ich Schluß machen. Aber ich konnte es nicht. Wenn Alain von einer Reise zurückkam, stand ich doch wieder am Flughafen und erwartete ihn. Gut, ich war schwach, ich liebte ihn, und ich verzieh ihm immer wieder. Mehr möchte ich über diese Zeit nicht sagen. Nur noch eins: Ich bereue nichts. Nichts. Aber ich möchte das Ganze nicht noch mal erleben, ich könnte es nicht ertragen.« [169]

Und so bleibt Alain nichts anderes übrig, als ihr diese Entscheidung abzunehmen. Im Frühjahr 1963 lernt er in einem Nachtclub die zweiundzwanzigjährige, ursprünglich aus Marokko stammende Nathalie Barthélemy kennen, die ihm so ähnlich sieht, daß man sie für seine Zwillingsschwester halten könnte. Noch am gleichen Abend landen die beiden im Bett, doch Nathalie bleibt keine flüchtige Eroberung, sondern weicht Alain fortan kaum noch von der Seite. Die junge Frau, um deren Vergangenheit sich zahllose wilde Gerüchte ranken, ist äußerst ehrgeizig und bestrebt, in Paris als Schauspielerin zu reüssieren. Eine Affäre mit Alain kommt ihr daher wie gerufen. Als er in Madrid für den Mantel-und-Degen-Streifen *Die schwarze Tulpe* vor der Kamera steht, folgt sie ihm und sorgt dafür, von Paparazzi an seiner Seite abgelichtet zu werden, was schnell zu mancherlei Klatsch führt – schließlich ist Alain offiziell immer noch mit Romy verlobt.

Während diese im Spätsommer 1963 im Anschluß an eine Mittelmeerkreuzfahrt mit Freunden aus Hollywood einen entspannten Urlaub mit ihrem mittlerweile in Basel Medizin studierenden Bruder Wolfi in Monte Carlo verbringt, tauchen die ersten Photos von Alain und Nathalie in den französischen Zeitungen auf. Unter einem Photo, das Nathalie am Rande der Dreharbeiten zu *Die schwarze Tulpe* auf Alains Schoß sitzend zeigt, wird spekuliert: »Flirt oder Liebe?«[170] Romy glaubt an eine von Alains vielen flüchtigen »Begegnungen«, jedoch nicht an etwas Ernstes. Am Telephon stellt sie ihn zur Rede, doch Alain hat nicht den Mut, Romy die Wahrheit zu sagen; er zieht die ganze Angelegenheit ins Lächerliche und erinnert sie daran, daß sie selbst doch wohl am besten wisse, wie die Presse Gerüchte und Klatsch verbreitet und Dinge aufbauscht, die sich in Wirklichkeit ganz anders verhalten. Romy glaubt ihm – sie will ihm wohl auch glauben – und redet sich ein, daß sie die einzige Frau ist, an der er wirklich ernsthaft interessiert ist. Neugierigen Journalisten erklärt sie: »Wenn es um mein Privatleben geht, bin ich stumm. Ich glaube, daß die vielen Gerüchte um Alain und mich die Leute allmählich langweilen. Mich langweilen sie schon lange. Es geht niemanden etwas an, wie zwei Menschen ihr Privatleben gestalten.«[171] Bevor Romy nach Hollywood abreist, um ihren nächsten amerikanischen Film zu drehen, treffen Alain und sie noch ein letztes Mal in Rom zusammen. Alles ist wie immer. Alain wirkt gänzlich unbefangen, nichts und niemand scheint zwischen ihnen zu stehen. Nichts deutet auf das hin, was folgen wird.

Halbwegs beruhigt, reist Romy nach Amerika ab. Da sie das ständige Leben in Hotels nicht länger ertragen kann und davon ausgeht, daß ihre berufliche Zukunft in Hollywood liegen wird, bezieht sie eine prunkvolle Villa in Beverly Hills, die von einem ganzen Heer von Bediensteten versorgt wird. Romy beschäftigt unter anderem einen Butler und eine Haushälterin, eine Kammerzofe und einen Gärtner, eine Sekretärin und einen Chauffeur. Sie beginnt Freundschaften mit einflußreichen Größen der amerikanischen Filmmetropole zu knüpfen, so etwa mit dem erfolgreichen Filmproduzenten Sam Spiegel, der nach Ehrungen für seine Streifen *Die Faust im Nacken* und *Die Brücke am Kwai* für seinen Film *Lawrence von Arabien* gerade mit seinem dritten Oscar ausgezeichnet worden ist. Freundschaftlich verbunden ist sie auch mit dem Starregisseur William Wyler, der mit seinem mit elf Oscars gekrönten Film *Ben Hur* alle Kassenrekorde gebrochen hatte, sowie mit dem aus Frankreich stammenden Regisseur Henri-Georges Clouzot. Doch hierbei handelt es sich um Freundschaften, die Romy wirklich wichtig sind und die sie bewußt pflegt. Ansonsten interessiert sie sich nicht für »Scheißhollywood«;[172] sie meidet die meisten Empfänge und Events, auf die sie eingeladen wird, denn die oberflächlichen Hollywood-Partys erinnern sie an all die Filmbälle, auf die Mammi und »Daddy« sie einst geschleppt haben und auf denen sie sich stets zu Tode gelangweilt hat: »Was sollen all diese Einladungen? Gelage, auf denen man angeblich zum Star gemacht wird, lehne ich ab. Denn langweilen kann ich mich besser alleine.«[173]

Doch viel Zeit für Langeweile bleibt ihr ohnehin nicht. Wenn Romy in Hollywood weilt, hat sie meist einen randvollen Terminkalender. Es müssen Besprechungen über anstehende Filmstoffe absolviert werden, ebenso Pressetermine, Talkshowauftritte und Photo-Shootings. Bald schon steht Romy auch wieder vor der Kamera; in der turbulenten Verwechslungskomödie *Leih mir deinen Mann* spielt sie erstmals eine Amerikanerin, die attraktive Janet Lagerlof, die ihrem von Jack Lemmon gespielten Nachbarn, dem Mann ihrer früheren Schulfreundin, hoffnungslos den Kopf verdreht. Die Columbia Studios verpassen Romy für diesen Film einen völlig neuen Look und stylen sie mit starkem Make-up, künstlicher Frisur und gewagter Kleidung zur Hollywood-Sirene. Romy ist kaum wiederzuerkennen, ihr gesamtes Erscheinungsbild ist amerikanischen Vorstellungen angepaßt worden; sie soll also konsequent zu einem amerikanischen Star aufgebaut werden, so wie man es einst mit Marlene Dietrich oder Ingrid Bergman gemacht hat.

In *Leih mir deinen Mann* wird Romy ähnlich wie Doris Day inszeniert. Das Problem ist nur, daß Romy ihre amerikanische Kollegin zwar im höchsten Maße schätzt, sie aber nicht Doris Day ist. Sie hat keinen Sinn für die Art von spöttischem Humor, den der Film transportieren soll, und ist daher eine glatte Fehlbesetzung, was sie auch instinktiv spürt. Am Set fühlt sie sich nicht wohl; sie merkt, daß die Komödie einfach kein Genre für sie ist, und ahnt wohl, daß das Hollywoodabenteuer eine Sackgasse sein könnte. Zwar ist das amerikanische Publikum zufrieden, der Film entwickelt sich zum Kassenschlager und heimst gute Kritiken ein. Selbst die deutsche Presse stellt anerkennend fest, daß »unter der Kosmetik Hollywoods europäischer Charme spürbar«[174] bliebe, aber Romy ist dennoch unsicher, ob sie sich einen Gefallen damit tut, sich zu einem genormten Produkt Hollywoods machen zu lassen. Allerdings vermag sie noch keine Konsequenzen aus ihren Zweifeln ziehen, denn erst einmal hält sie ihr Privatleben in Atem.

Denn noch während sie für *Leih mir deinen Mann* vor der Kamera gestanden hat, sind in der europäischen Presse neue Gerüchte um Alain und Nathalie aufgetaucht. Nun zweifelt kaum noch jemand daran, daß Alain und sie ein Paar sind und der schöne Franzose Romy abgeschrieben hat. Sogar von einer bereits stattgefundenen Verlobung wird jetzt gemunkelt, vermutlich nachdem Nathalie selbst dieses Gerücht gestreut hat. Romy treffen die Neuigkeiten aus Europa hart; in ihren täglichen Telephonaten versucht Alain sie jedoch wieder zu besänftigen und ihr etwas vorzumachen. Erst in einem langen Brief, den er ihr durch den gemeinsamen Freund Georges Beaume aushändigen läßt, offenbart er Romy, daß es keine gemeinsame Zukunft für sie beide mehr geben wird. Doch selbst jetzt scheint Romy noch nicht zu realisieren, daß Alain sie tatsächlich verlassen hat, und versucht sich einzureden, daß sich alles wieder einrenken lassen wird, wenn sie Alain in Paris gegenübersteht, so wie es schon so oft zuvor nach ihren zahlreichen Zerwürfnissen der Fall gewesen ist. Was auch immer in Romy beim Rückflug nach Europa im Dezember 1963 vorgeht, all ihre Hoffnungen werden bei ihrer Ankunft in Paris zunichte gemacht.

Als sie am Flughafen nicht von Alain abgeholt wird, versucht sie sich noch einzureden, daß er im Filmstudio ist oder sonstigen Verpflichtungen nachgeht, die ihn vom Kommen abgehalten haben. Doch als sie in ihrer gemeinsamen Wohnung ankommt, fällt ihr erster Blick auf einen gewaltigen Strauß roter Rosen, vor dem ein schlichter Zettel liegt, auf dem lapidar steht: »Ich bin mit Nathalie nach Mexiko, alles Liebe, Alain.« Da sie sich nun nicht mehr der Illusion hingeben kann, daß ihre Beziehung doch noch zu kitten ist, und Alain sie vor vollendete Tatsachen gestellt hat, bricht für sie eine

Welt zusammen. Romy fühlt sich gedemütigt und einsam. Auch wenn sie schon seit langem gespürt haben muß, daß die Trennung unvermeidlich ist, hat sie jetzt das Gefühl, daß sie mit ihren fünfundzwanzig Jahren plötzlich vor dem absoluten Nichts steht, vor den Trümmern ihres Lebens. Sie weiß nicht, wie es ohne Alain weitergehen soll, wie sie es ohne ihre große Liebe weiterleben soll. In ihrer Verzweiflung und unsäglichen Trauer greift sie zum Rasiermesser und schneidet sich die Pulsadern auf. Doch glücklicherweise wird sie noch rechtzeitig gefunden. Ein befreundeter Arzt behandelt Romy und verschreibt ihr das Beruhigungsmittel Librium, um ihre Seelenqualen ein wenig zu lindern und ihr über die nächsten Tage zu helfen. Es gelingt, die ganze Angelegenheit zu vertuschen und den Skandal zu vermeiden. Auch von Romys zweitem Selbstmordversuch erfährt niemand etwas.

Von der Trennung jedoch bekommt die Presse schnell Wind. Die Nachricht verbreitet sich wie ein Lauffeuer. Ein Reporter von *France Soir* erwischt Romy am Telephon und fragt sie, ob die Neuigkeit, die man sich erzähle, stimme. Romy stammelt völlig verstört: »Es ist wahr … Was soll ich sagen … Er ist einfach weggeflogen … Die Verlobung … Ich glaube, ja, die ist aus … Entschuldigen Sie mich …«[175] Die Presse in ganz Europa stürzt sich auf die Neuigkeit und verkündet in riesigen Lettern, daß Alain Delon Romy Schneider vier Jahre, acht Monate und vierundzwanzig Tage nach der von Blatzheim initiierten Verlobung verlassen hat: »Romy weint um ihre verlorene Liebe.« Während die französische Presse sich in erster Linie enttäuscht zeigt, daß die Liaison zwischen Romy und Alain beendet ist, sieht die Reaktion in Deutschland anders aus. Hier changieren die Zeitungen zwischen zumeist scheinheiligen »Arme Romy!«-Meldungen und schadenfrohen und rechthaberischen Kommentaren. Hatte man Romy schließlich hierzulande nicht von Anfang an prophezeit, daß dieser Mann sie unglücklich machen werde? Na also, das hat sie nun davon. Tagelang kann man alle möglichen Gerüchte und Spekulationen über die »verlassene Verlobte«, die Schwierigkeiten der Beziehung sowie Alains neues Liebesglück lesen. Da sowohl Alain als auch

Romy sich bedeckt halten, hat das meiste, was dieser Tage geschrieben wird, wenig mit der Realität zu tun – was aber kaum jemanden interessiert. Die Presse schlachtet die Story regelrecht aus, und die Leser verschlingen begierig jedes neu veröffentlichte Detail. Romy haßt es, daß ihre Beziehung zu Alain derart in den Schmutz gezogen und auf Boulevardzeitungsniveau zurechtgestutzt wird: »Sie machen aus einer zweifellos komplizierten Beziehung zwischen zwei Menschen verschiedener Herkunft eine Schnulze – und aus Menschen selber machen sie Schießbudenfiguren, auf die man dann lustig knallen kann.«[176] Für die breite Leserschaft gewinnt Romys Image als strahlender, unnahbarer Weltstar in diesen Tagen jedoch menschliche Züge. Millionen von Menschen leiden mit Romy; sie drücken ihr in rührenden Briefen ihr Mitgefühl aus oder werfen Alain haßerfüllt vor, Romy verletzt zu haben.

Romy wird seit Bekanntwerden der Trennung auf Schritt und Tritt von Reportern und Paparazzi verfolgt, die darauf hoffen, daß sie in aller Öffentlichkeit die Fassung verliert. Doch diesen Gefallen tut sie niemandem. Sie verkriecht sich, so gut es geht – wie ein verwundetes Tier, das sich vor der Pressemeute in Sicherheit zu bringen versucht. Im Januar 1964 reist Romy nach Mariengrund zu Mammi und »Daddy« Blatzheim, die erleichtert aufgeatmet haben dürften, als sie von Romys und Alains endgültiger Trennung gehört haben. Romy kann sich denken, daß Magda froh ist, ihre Tochter endlich nicht mehr an der Seite des Mannes zu sehen, den sie von Anfang an abgelehnt hat. Da Romy es nicht ertragen könnte, sich in dieser Situation Belehrungen anhören zu müssen, hat sie Magda im Vorfeld ihres Besuchs in Briefen gebeten, ihr gegenüber nicht zu triumphieren, nur weil sie am Ende mit ihren Warnungen vor Alain doch recht behalten hat. Bei Blatzheim, den Romy eigentlich nie wiedersehen wollte und dem sie noch wenige Monate zuvor telegraphiert hatte, daß sie ihn haßt, braucht sie sich keine Illusionen zu machen. Sie weiß, daß seine Anteilnahme geheuchelt ist und er in Wirklichkeit seinen Triumph genießt.

Trotz der gemischten Gefühle, mit denen sie nach Berchtesgaden reist, fällt ihr in der Situation nicht viel anderes ein, als sich in den Schoß der Familie zu flüchten, mit der sie einst wegen Alain gebrochen hatte. Schließlich ist Mariengrund der Ort ihrer Kindheit, hierhin kann sie sich zurückziehen, ohne zur Kenntnis nehmen zu müssen, was die Presse über sie schreibt. Doch auch das Eintauchen in die Sphäre ihrer Kindheit vermag sie nicht aufzuheitern. Romy ist niedergeschlagen und hat kaum einen Blick übrig für das verschneite Alpenpanorama. Lange hält sie es nicht aus in Mariengrund. Sie reist weiter ans Mittelmeer, wo sie einige Zeit fernab von neugierigen Blikken im Haus ihres guten Freundes Curd Jürgens an der Côte d'Azur verbringt, um in Ruhe ihre Wunden lecken zu können, bevor sie nach Paris zurückkehrt. Ihren Lebensmittelpunkt sieht sie trotz der Trennung weiterhin an der Seine; eine weitere Veränderung könnte sie jetzt nicht ertragen, zumal sie sich in dem Gefühl bestärkt, daß sie der Stadt sehr viel zu verdanken hat: »Paris hat mich frei gemacht. Paris hat mir etwas gegeben, was ich vorher nicht hatte.«[177]

Nach außen hin gibt Romy schon bald vor, daß es ihr wieder gutgeht und es ihr nichts ausmacht, nun alleine zu sein – wozu ist sie schließlich Schauspielerin? Doch wie sieht es in ihrem Innern aus? Romy spürt, daß es nicht weitergehen kann wie bisher, daß sie vieles in ihrem Leben wird ändern müssen, um wieder glücklich zu werden. Auch wenn sie keine Ahnung hat, wie sie dies bewerkstelligen soll, nimmt sie sich vor: »Ich muß lernen zu leben.«[178] Doch wie soll sie ihr seelisches Gleichgewicht wiedererlangen? Sie weiß ja nicht einmal, wie sie ihre Tage durchstehen soll. Doch es muß etwas geschehen. Romy zieht aus der gemeinsamen Wohnung in der Avenue Messine aus und nimmt sich ein Appartement in der Avenue Hoche, einer der nobelsten Straßen von Paris. Wie sie es aus Hollywood gewöhnt ist, wird sie auch hier von einem Hausmädchen und einer Privatsekretärin, einer Pressereferentin und einem Chauffeur umschwirrt, die »Mademoiselle« jeden Wunsch von den Augen ablesen. Doch der Komfort und der Luxus, mit dem sie sich umgibt, vermögen sie nicht darüber hinwegzutäuschen, daß sich nach Alains Weggang eine deprimierende Leere in ihr auftut. Romy fühlt sich erschöpft und ausgelaugt. Der strahlende Filmstar hat den Eindruck, nichts weiter als ein lebensuntüchtiges Häufchen Elend zu sein. Sie vertrödelt halbe Tage im Bett, bringt für nichts Energie auf und hat nicht einmal Lust, spazierenzugehen oder einen Einkaufsbummel zu machen – deutliche Anzeichen einer erneuten schweren Depression.

Romy kann diese Leere nicht ertragen und gibt sich einem immer exzessiveren Lebensstil hin. Um sich abzulenken, stürzt sie sich in zahllose oberflächliche Affären mit attraktiven Männern – schon in Internatszeiten hatte Romy in ihr Tagebuch geschrieben: »Ach! Da wird dann meine schönste Zeit beginnen! Wenn einen viele Männer lieben! Und zwar fesche, schöne Männer. Andere will ich ja nicht – nur fesche, schöne!«[179] So hat sie etwa eine heftige, fast sechs Monate andauernde Liaison mit ihrem Filmpartner Serge Reggiani, außerdem werden ihr für diese Zeit Abenteuer mit Sammy Davis junior, dem Rennfahrer Giovanni Volpi sowie ihrem einstigen Schwarm Horst Buchholz nachgesagt. Ebenso ist immer wieder auch von Liebesabenteuern mit Frauen die Rede. Romy glaubt, diese Affären und flüchtigen Abenteuer zu brauchen, denn seit Alains Weggang hat sie ein übersteigertes, fast nicht zu befriedigendes Bedürfnis nach einer Schulter zum Anlehnen, einem Arm, der sie hält, einem Körper, der sie nachts wärmt. Sie will all dies, ohne jedoch Zugeständnisse machen zu müssen, denn für eine neue Beziehung ist sie zweifellos noch nicht reif. An die Stelle ihrer Liebessehnsucht läßt sie die Leidenschaft treten, so wie Alain es sie gelehrt hat: »Mit Alain Delon, das war Leidenschaft. Es war wunderbar, und ich bereue nichts. Man sollte viele Leidenschaften im Leben haben, das viel zu kurz ist für nur eine große Liebe.«[180] Zwar versüßen ihr die Affären für kurze Zeit ihre Einsamkeit, letztlich steigern sie jedoch das Gefühl der inneren Leere, was zur Folge hat, daß sie nun verstärkt nach anderen Mitteln sucht, die sie von ihrem Kummer ablenken. Tabletten, Schmerzmittel und Alkohol werden nun ihre ständigen Begleiter.

Keinem, der Romy in diesen Tagen näher erlebt, kann entgehen, daß es ihr alles andere als gutgeht, daß sie die Trennung von Alain tiefer verletzt hat, als sie es zu geben konnte. Und es fällt ihr mitunter schwer, die Fassung zu bewahren. Als der Journalist Will Tremper Romy in ihrer Pariser Wohnung besucht und sie vor ihm und dem Photographen ausgelassen-überdreht tanzt, trinkt, weint und grölt, ist er entsetzt, eine völlig veränderte Romy anzutreffen. In seinem Artikel über seinen Paris-Besuch stellt er sich die Frage: »Wie konnte aus dieser Schauspielerin jenes verworrene Bündel Mensch werden, das wie kopflos durch die Wohnung in der Avenue Hoche flatterte?«[181] Romy fühlt sich durch Trempers schonungslose und indiskrete Schilderung vor den Kopf gestoßen und schwört sich nach dieser Erfahrung – wie noch so oft in ihrem Leben –, nie wieder ein Interview zu geben. Doch was letztlich schwerer wiegt als derartige Pressebereichte, ist die Tatsache, daß sie diese Trennung völlig ratlos zurückgelassen hat und sie ihren ganzen bisherigen Lebensentwurf in Frage gestellt sieht. Romys größtes Problem ist wohl, daß sie sich selbst die Schuld daran gibt, von Alain verlassen worden zu sein, denn sie meint, fatalerweise ihre Karriere über die Liebe gestellt zu haben, so als hätte sie Alain halten können, wenn sie weniger Filme gedreht hätte: »Für mich ist bis jetzt das wichtigste die Arbeit, aber das wird sich ändern. Ich will nicht eines Tages nur meinen Beruf haben; ich bin sowieso schon zu selbständig geworden – und das ist gefährlich für eine Frau.«[182]

Nun hat Romy nichts anderes als ihren Beruf, und so versucht sie, sich in gewohnter Weise möglichst schnell wieder in die Arbeit zu stürzen, um sich vom Trennungsschmerz und der inneren Leere so gut wie möglich abzulenken. Doch auch beruflich folgt nun erst einmal eine Phase, die von Rückschlägen und von Stagnation geprägt ist. Gleich zwei Filmprojekte, von denen sich Romy für ihre Weiterentwicklung als Schauspielerin äußerst viel versprochen hat, scheitern sehr zu ihrem Verdruß. Der mit Romy befreundete französische Regisseur Henri-Georges Clouzot plant, mit Romy in der Hauptrolle sein wohl ehrgeizigstes und kühnstes Filmprojekt *Die Hölle* zu realisieren. Der Streifen soll das Psychogramm einer zerstörerischen Eifersucht liefern, die mit ihrem Wahn und ihrer Besessenheit das

Leben eines jungverheirateten Paares im wahrsten Sinne des Wortes zur Hölle ausarten läßt. Romy fragt sich zwar, wie sie die achtzehnwöchigen Dreharbeiten mit dem despotischen und äußerst schwierigen Clouzot überstehen soll, da sie sich aber angesichts seines übersteigerten Perfektionsdranges an Visconti erinnert fühlt und zudem instinktiv begreift, daß der Film ein Meilenstein in ihrer Karriere werden könnte, stürzt sie sich dennoch in das Abenteuer und macht in Nizza umfangreiche Probeaufnahmen für das Projekt.

Clouzot scheint mit seinem Filmprojekt *Die Hölle* den Ehrgeiz zu verknüpfen, das Kino neu zu erfinden. Er beabsichtigt, mit den Mitteln des Experimentalfilms an das klassische Erzählkino heranzugehen und die vertraute Grammatik des Kinos aus den Angeln zu heben: »Auf hundertfache Weise verfremdet er in den Szenen, in denen er den Wahnvorstellungen seines Helden Marcel Ausdruck verleihen wollte, die Realität. Er verbiegt sie, splittert sie auf, die Konturen und Farben scheinen verrückt zu spielen.«[183] Von Beginn an scheint jedoch ein Fluch auf dem Projekt zu liegen. Zwar beginnen die Dreharbeiten im Frühjahr 1964 wie geplant in der Auvergne, doch dann kommt es Schlag auf Schlag. Zunächst erleidet der erste Drehbuchautor einen Herzinfarkt, dann erkrankt Romys Filmpartner und Geliebter Serge Reggiani, woraufhin die Dreharbeiten unterbrochen werden und der Produktionsleiter händeringend nach Ersatz sucht. Als schließlich mit Jean-Louis Trintignant ein geeigneter Kandidat für die männliche Hauptrolle gefunden ist und die Arbeiten am Film wieder aufgenommen werden könnten, erleidet Clouzot in der dritten Produktionswoche einen Herzinfarkt. Da die Ärzte ihm eine mindestens einjährige Arbeitspause verordnen und die Versicherungsgesellschaft es rigoros ablehnt, das Risiko des unseligen Projekts weiter zu tragen, muß Clouzots Produktionsfirma Konkurs anmelden, worauf jedem Beteiligten klar ist, daß *Die Hölle* damit nie vollendet wird. Erst 1994 wird Claude Chabrol den Stoff unter dem gleichen Titel mit Emmanuelle Béart und François Cluzet in den Hauptrollen realisieren. Die einhundertdreiundachtzig Filmbüchsen mit den fünfzehn Stunden Filmmaterial, das Clouzot im Frühjahr

1964 abgedreht hat, werden aufgrund der ungeklärten rechtlichen Situation über Jahrzehnte streng unter Verschluß gehalten. Erst Ende 2007 wird man anläßlich des einhundertsten Geburtstags des Regisseurs erstmals Szenen aus Clouzots *Die Hölle* in Paris uraufführen. Die Kritiker sind sich einig, daß der Streifen, wäre er damals vollendet worden, unzweifelhaft das Zeug dazu gehabt hätte, ein Meisterwerk der Filmgeschichte zu werden. Auch Romys Image als wandlungsfähige Charakterdarstellerin wäre durch Clouzots Film zweifellos erheblich gefestigt worden: »Die Probeaufnahmen, die er über Monate hinweg mit Romy Schneider machte, sind atemberaubend. Die damals Vierundzwanzigjährige strahlt eine ungekannt anzügliche Sinnlichkeit aus. Sie wirkt mitunter so verrucht, als wollte sie mit einem Schlag ihr *Sissi*-Image ablegen. Ihre Gesten, ihr Gang sind von provozierender Freizügigkeit.«[184]

Nicht nur *Die Hölle* scheitert, auch der Plan, einen weiteren Film mit Luchino Visconti zu realisieren, verläuft im Sande. Visconti, der auch nach Alains Trennung von Romy unverändert zu seiner »Romina« steht, beabsichtigt, ihr die Hauptrolle in der Verfilmung von Hans Habes Roman *Die Tarnowska* zu geben. Habe erzählt in seinem Buch die authentische Geschichte der skrupellosen, männermordenden russisch-irischen Gräfin Marie Tarnowska, die unzählige Liebschaften hatte und dadurch zur Berühmtheit gelangt ist, daß sie einige ihrer Geliebten dazu angestachelt hat, andere, ihr unliebsam gewordene Geliebte umzubringen, was dazu führte, daß sie ihren Lebensabend im Frauengefängnis von Venedig zubringen mußte. Visconti mit seiner Vorliebe für Tabuthemen ist überzeugt: »Das ist die schönste Rolle für eine Schauspielerin seit Scarlet O'Hara.« Obwohl die Pläne schon sehr konkret sind und neben Romy und Viscontis aktuellem Geliebten Helmut Berger auch schon Tanzlegende Rudolf Nurejew für das Projekt gewonnen werden konnte, kommt der Film, dessen Dreharbeiten im Januar 1965 starten sollten, schließlich nicht zustande, weil sich keine Geldgeber finden. Da sich Romy sehr viel von dieser Rolle versprochen hat, kauft sie daraufhin für einhunderttausend Dollar selbst die Filmrechte an Habes Buch, in der Hoffnung, das Projekt, zu einem späteren Zeitpunkt noch realisieren zu können, was jedoch nie zustande kommen wird.

Emotional nach wie vor stark angeschlagen vom Schock, Alain verloren zu haben, beginnt Romy schon ernsthaft an eine Pechsträhne zu glauben und befürchtet, daß sich nun auch im Beruf wiederholen könnte, was sie im Privaten in letzter Zeit durchleiden mußte. Nach dem Scheitern der beiden vielversprechenden Filmprojekte muß sie unweigerlich das Gefühl gewinnen, daß im Moment einfach alles, was sie anpackt, schiefgeht. Neue Hiobsbotschaften verstärken ihre Niedergeschlagenheit noch. Im August 1964 muß sie, die sich nichts sehnlicher gewünscht hat, als mit Alain vor den Traualtar zu treten, aus den Zeitungen erfahren, daß Alain seine Nathalie geheiratet hat. Nur eineinhalb Monate nach der Hochzeit wird ihr gemeinsames Kind Anthony geboren, und Romy kann in der Presse Alains Bekenntnis zu seinem neuen Familienglück lesen: »Ich bin jetzt Vater, ich habe eine Frau und versuche ein guter Ehemann zu sein.«[185] Diese Worte müssen in Romys Ohren wie Hohn klingen. Hatte sie nicht genau das gewollt? Warum hat er nicht sie geheiratet? Warum wollte er nicht mir ihr ein Kind? Die Nachrichten von den neuen Entwicklungen in Alains Leben schlagen auf ihre Stimmung. Gepaart mit den beruflichen Rückschlägen fühlt sich Romy am Ende. Im Januar 1965 schreibt sie in ihr Tagebuch: »Ich bin müde. Mein Leben ist die Hölle.«[186]

Erneut beschließt Romy, sich so schnell wie möglich wieder in die Arbeit zu stürzen. In dieser Situation ist ihr jedes Angebot recht, wenn es sie nur von ihren düsteren Gedanken und ihren Depressionen ablenkt. Aus England erreicht sie die Anfrage, ob sie im Lustspiel *Was gibt's Neues, Pussy?* mitwirken möchte. Obwohl sie in Hollywood schon erkannt hatte, daß komödiantische Themen nicht gerade ihre Stärke sind, sagt sie ohne langes Zögern zu. Es tut ihr gut, wieder zu arbeiten – sobald sie für einen Film vor der Kamera steht, kehrt sie zur gewohnten eisernen Disziplin zurück. Der Film wird als britisch-französische Co-Produktion realisiert und in Paris gedreht. Regie führt der junge Clive Donner, das Drehbuch hat der bislang noch kaum bekannte Woody Allen geschrieben. Neben Romy wirken Peter O'Toole, Peter Sellers und Ursula Andress mit, der kurz zuvor als Bond-Girl in *James Bond jagt Dr. No* der internationale Durchbruch gelungen war. Beim Publikum und bei der Kritik kommt die beschwingte, temporeiche Filmkomödie hervorragend an, doch Romy bereut es im nachhinein, sich auf diesen Film eingelassen zu haben, und urteilt etwas harsch: »Es war ein Fehler, diese Rolle anzunehmen. Für mich ist dieser Film nichts anderes als ein Porno.«[187]

Mehr denn je hat Romy das Gefühl, beruflich auf dem falschen Weg zu sein. So kann, nein so darf es nicht weitergehen. Romy will keine Fehler mehr machen und wenigstens ihre Filmkarriere wieder in den Griff bekommen, wenn es ihr schon nicht gelingen mag, ein glückliches Privatleben zu führen. Was ist schiefgelaufen? Ihre zweite, ihre »ernsthafte« Karriere hatte mit den Filmen von Luchino Visconti und Orson Welles, die nach wie vor die wichtigsten Filme ihres Schauspielerlebens sind, doch so hoffnungsfroh begonnen. Warum hat sie an diese Erfolge nicht anknüpfen können? Warum ist ihr ihre Karriere in den letzten zwei Jahren mehr und mehr entglitten? Romy geht auf, daß sie zu viele Filme gemacht hat, daß sie sich zudem für Streifen entschieden hat, die sie weder künstlerisch noch karrieremäßig weitergebracht haben und auf die sie, wie im Falle von *Was gibt's Neues, Pussy?*, wohl besser verzichtet hätte. Andererseits hat sie Filme wie diese nur angenommen, weil anspruchsvolle Projekte wie Clouzots *Die Hölle* oder Viscontis *Die Tarnowska* nicht zustande gekommen sind.

Romy kommt zu dem Schluß, daß sie Bilanz ziehen und sich über ihre Ziele klarwerden muß. Und hierfür muß sie zunächst einmal die grundlegende Entscheidung treffen, ob sie nach Hollywood zurückkehren soll oder nicht. Natürlich wäre es das Bequemste, weiter in Amerika zu filmen; schließlich hat sie einen Siebenjahresvertrag unterschrieben, der ihr gutes Geld einbringen würde. Aber will sie das wirklich? Ihre ersten beiden amerikanischen Filme waren nicht sonderlich erfolgreich und haben sie in den USA nicht zum Star gemacht. Und bei ihrem dritten US-Film *Leih mir deinen Mann* hat sie das Gefühl gewonnen, daß Hollywood sie in ein strenges Korsett pressen will, daß sie mittels festgefahrener Erfolgsstrategien zur normierten Hollywood-Standardschönheit umgemodelt werden soll, um künftig belanglose Filmkomödien drehen zu können und vom amerikanischen Publikum akzeptiert zu werden.

Wenn sie sich weiterhin darauf einläßt, stupide Hollywood-Stereotype zu bedienen, wird alles darauf hinauslaufen, daß sie in Amerika wie einst in Deutschland nur noch die gleichen Rollen angeboten bekommt – Rollen, die sie schauspielerisch um nichts weiterbringen und die sie nicht interessieren. Aber dafür hat sie nicht gekämpft. Das ist nicht das, was ihr die Zusammenarbeit mit Regisseuren wie Visconti und Welles verheißen hat. Sie hat dafür gekämpft, als wandlungsfähige Schauspielerin ernst genommen zu werden und anspruchsvolle, moderne Charakterrollen zu spielen. Sie will Schauspielerin, nicht Star sein, will nicht austauschbar sein, sondern um ihrer Individualität willen geschätzt werden. Romy kommt nach langem Nachdenken zu dem Schluß, daß sie nach nur drei amerikanischen Filmen den Absprung schaffen und Hollywood den Rücken kehren muß, da sie unter den Gegebenheiten der amerikanischen Filmindustrie stets nur Mittelmäßiges würde leisten können. Auch wenn es einfacher und finanziell wesentlich ertragreicher wäre, ihre amerikanischen Verpflichtungen zu absolvieren, entschließt sie sich, wieder nach Europa zurückzukehren, um ihre Karriere wieder in die richtige Richtung zu lenken. Daß sie der Weg statt nach Frankreich erst einmal wieder nach Deutschland führen wird, kann sie noch nicht ahnen.

Harry & David

Ihren künftigen Mann, den Schauspieler und Theaterregisseur Harry Meyen, lernt Romy am 2. April 1965 kennen, als sie zur feierlichen Eröffnung des Europa-Centers nach Berlin reist. Das neue, unmittelbar neben der Gedächtniskirche liegende Einkaufszentrum gilt als bislang waghalsigstes Nachkriegsbauprojekt der Spree-Metropole und wird schon jetzt als neues Wahrzeichen West-Berlins angesehen. Berlins Regierender Bürgermeister Willy Brandt eröffnet es an diesem Tag. Über tausend Prominente sind zu dem Spektakel geladen, um sich einen ersten Eindruck vom neuen Einkaufsparadies zu verschaffen. Romys Stiefvater Hans Herbert Blatzheim weiht an diesem Tag gleich zehn neue Gastronomiebetriebe im Europa-Center ein. In altbewährter Weise hat er dafür gesorgt, daß seine berühmte Stieftochter dem Ereignis den gewünschten Glanz verleiht. Romy, die es haßt, sich für Blatzheims geschäftliche Interessen einspannen zu lassen, hat sich zunächst strikt geweigert, aus diesem Anlaß nach Berlin zu reisen. Nur die drängenden Bitten ihrer Mutter haben sie schließlich umschwenken lassen. Magda erinnert sich: »Sie ist extra aus Paris gekommen – mir zuliebe. Für Blatzheim hätte sie es nicht getan.«[188]

Ganz Star von Welt, mit allen Wassern Frankreichs und Hollywoods gewaschen, erscheint Romy perfekt geschminkt und frisiert im hocheleganten Chanel-Kostüm und lächelt an der Seite ihres Stiefvaters artig in die Kameras der Photographen, genauso wie »Daddy« Blatzheim es sich gewünscht hat. Da sie lange nicht in Berlin gewesen ist, wird sie von vielen Menschen umlagert; alle wollen mit ihr sprechen oder sich an ihrer Seite ablichten lassen. Doch Romy verspürt wenig Lust, sich Blatzheim zuliebe mit Leuten abzugeben, die sie nicht interessieren, und empfindet die ganze Angelegenheit als lästigen und langweiligen Pflichttermin, dem sie so bald wie möglich entkommen will. Schlagartig jedoch ändert sich ihre

Stimmung, als sie einem Mann gegenübersteht, dem sie bislang nur ein einziges Mal flüchtig begegnet ist, zwölf Jahre zuvor auf einem Filmball in Berlin – Harry Meyen, Schauspieler, erfolgreicher Theaterregisseur und Intendant der Komödie in Berlin. Gerade reüssiert er als Hauptdarsteller in seiner eigenen Inszenierung von Herb Gardners Lustspiel *Tausend Clowns,* die seit Wochen dem Theater am Kurfürstendamm ein volles Haus beschert. Die gemeinsamen beruflichen Erfahrungen liefern genügend Gesprächsstoff. Romy, die heimlich immer noch davon träumt, auch einmal in Deutschland auf der Bühne zu stehen, hängt an Harrys Lippen, als dieser voller Begeisterung von seiner Theaterarbeit in Berlin erzählt. Die beiden unterhalten sich so angeregt miteinander, daß sie nur noch Augen füreinander haben und zu vergessen scheinen, daß um sie herum noch eine Welt existiert.

Romy interessiert nicht nur der Kollege, sondern auch der Mann Harry Meyen. Und Harry geht es umgekehrt nicht viel anders. Natürlich hat er Romys Karriere von ihren Anfängen an verfolgt. Einmal hat er sogar, wie er ihr gesteht, einen erbosten Leserbrief an eine Zeitung geschrieben, die Romy seiner Meinung nach ungerecht

behandelt hat: »Für mich ist Fräulein Schneider eine ganz große Künstlerin.«[189] Jetzt, wo er ihr persönlich gegenübersteht, interessiert ihn jedoch nicht mehr nur die aus der Ferne angehimmelte Schauspielerin, sondern auch die Frau aus Fleisch und Blut. Harry findet Romy höchst attraktiv und anziehend. Mit ihrem lässigen Pariser Chic und ihrer Chanel-Eleganz wirkt seine Gesprächspartnerin so ganz anders als die Frauen der Berliner Gesellschaft. Harry ist hin und weg, die beiden verschwinden zusammen in einer Bar, tanzen ausgelassen bis zum frühen Morgen – niemandem, der die beiden beobachtet, kann entgehen, daß es auf Anhieb zwischen ihnen gefunkt hat. Da Romy nicht abgeneigt ist, sich auf ein kleines Abenteuer mit Harry einzulassen, beschließen sie, die Feier im Europa-Center zu verlassen und sich statt dessen in Romys Hotelzimmer im Kempinski zu vergnügen.[190]

Romy, die mittlerweile auf eine ganze Reihe flüchtiger und folgenloser Affären zurückblicken kann, mag, als sie sich auf einen Flirt mit Harry eingelassen hat, zunächst noch gedacht haben, daß es auch in seinem Fall auf ein oberflächliches Abenteuer hinauslaufen wird, das schnell wieder vergessen ist. Doch nach der gemeinsam verbrachten Liebesnacht sieht sie die Sache bereits anders. Obwohl sie ihn erst wenige Stunden kennt und noch keine Ahnung hat, was für ein Mensch er eigentlich ist, eröffnet sie ihm freiheraus: »Harry, ich will ein Kind!«[191] Harry wird Romys impulsive und etwas unpassende Offenbarung im ersten Moment sicherlich zutiefst verwundern, aber er fühlt sich fraglos auch geschmeichelt, daß eine so attraktive, berühmte und faszinierende Frau wie Romy Schneider sich für ihn interessiert, daß er tatsächlich bei ihr landen konnte, obwohl er vierzehn Jahre älter ist als sie, und Romy sich scheinbar sogar eine gemeinsame Zukunft mit ihm vorstellen kann. Auch für ihn ist die Begegnung von Anfang an mehr als ein flüchtiges Abenteuer – auf Anhieb hat er sich unsterblich in Romy verliebt. Doch Harry hat allen Grund, erst einmal geheimzuhalten, was in ihm vorgeht, denn er ist seit zehn Jahren verheiratet. Seine Frau ist die Theater- und Filmschauspielerin Anneliese Römer, die einst gemeinsam mit Hildegard Knef die Schauspielschule der Ufa besucht hat und seit 1944 erfolgreich auf der Bühne steht sowie in einer ganzen Reihe von Filmen mitgewirkt hat. Nach Stationen in Zürich und Hamburg gehört sie zur Zeit dem Ensemble der Staatlichen Schauspielbühnen Berlins unter der Leitung von Boleslaw Barlog an und spielt am legendären Schillertheater. Ihre Ehe mit Harry gilt als glücklich, ihr gemeinsames Leben läuft in ruhigen, geordneten Bahnen – wenn Anneliese wissen oder ahnen sollte, daß Harry sie unentwegt mit anderen Frauen betrügt, so scheint sie die Augen davor zu verschließen.[192]

Für Harry ändert sich die Situation schlagartig; ihn hat es heftig erwischt. Nach nur einer Nacht denkt er bereits ernsthaft über eine gemeinsame Zukunft mit Romy nach. Da er sich mit jemandem über die ganze Angelegenheit austauschen muß, sucht er gleich am nächsten Tag seinen Freund und Vertrauten, den Journalisten Will Tremper, auf und fragt ihn unumwunden: »Was würdest du davon halten, wenn ich Romy heiraten würde?«[193] Trempers ebenso naheliegenden wie unbequemen Hinweis, daß er sich für dieses Unterfangen wohl erst einmal von seiner Frau scheiden lassen müßte, schiebt der im siebten Himmel schwebende Harry unwirsch beiseite. An so etwas Unangenehmes will er jetzt nicht denken, denn er hat keine Ahnung, wie er Anneliese das Ganze beibringen soll. Nein, solange er noch nicht weiß, was werden soll und was Romy tatsächlich von ihm will, soll erst einmal alles im geheimen weiterlaufen.

Romy, die eigentlich nur für einen Sprung nach Deutschland gekommen war, verlängert ihren Berlin-Aufenthalt spontan um einige Tage, um möglichst viel mit Harry zusammensein zu können. Dieser verbringt tatsächlich jede freie Minute mit Romy, die es nach ihrer turbulenten Beziehung mit Alain und ihrer Schulung in französischer Libertinage nicht stört, daß Harry verheiratet ist. Schließlich hat sie über Jahre von Alain eingetrichtert bekommen, daß die Ehe eine überkommene bürgerliche Institution ist, die man nicht allzu ernst nehmen sollte. Außerdem hat sie die Erkenntnis, daß Männer ohnehin nicht treu sein können, schon in frühen Jahren in ihrem

Tagebuch festgehalten, nachdem sie miterleben mußte, wie schnöde ihr Vater seine Frau verlassen hat, um mit einer anderen zusammenleben zu können. Ist es ihre Schuld, daß Harry seine Frau betrügt? Warum also sollte sie ein schlechtes Gewissen haben? Romy genießt ihre Affäre in vollen Zügen und ohne Gewissensbisse. Die Tatsache, daß Harry noch mit Anneliese verheiratet ist und er dieser seine Romanze mit Romy verschweigt, soll nicht zwischen ihnen stehen. Als Romy nach Paris aufbrechen muß und ihre Mutter sie noch zum Flughafen begleitet, versäumt Magda es nicht, den Finger in die Wunde zu legen und ihre Tochter vorwurfsvoll darauf hinzuweisen, daß sie sich mit einem verheirateten Mann eingelassen hat. Doch Romy wischt den Einwand schnippisch beiseite: »Na und! Das wird sich wohl erledigen lassen!«[194]

Wer ist der Mann, in den Romy sich Hals über Kopf verliebt hat? Harry wurde im August 1924 als Harald Haubenstock geboren. Sein Vater war ein jüdischer Kaufmann, der in den dreißiger Jahren von den Nationalsozialisten in ein Konzentrationslager verschleppt wurde, aus dem er nie wieder zurückkehrte. Auch Harry war gefährdet, denn er galt als »Halbjude« und damit nicht als vollwertiges Mitglied der deutschen Volksgemeinschaft. Harrys Mutter, die den Nazi-Kriterien entsprechend als »arisch« eingestuft wurde, gewann trotz des Schicksals, das ihr erster Mann erleiden mußte, schnell ihre Lebenslust wieder und ließ sich auf eine Beziehung mit Will Meyen ein, dem Pressesprecher des Berliner Varietés Scala, das 1920 von jüdischen Unternehmern gegründet und nach 1933 »arisiert« wurde und in der Folge zur größten Varieté- und Revuebühne Deutschlands aufstieg. Meyen gab sich nach außen hin als Harrys Vater aus und machte ihn damit fälschlich zum »Arier«, der keinerlei Gefährdungen durch die »Nürnberger Rassegesetze« mehr zu fürchten brauchte. Da Harry blond und blauäugig war und in nichts dem Bild eines Juden entsprach, wie es im Dritten Reich propagiert wurde, flog der Schwindel vorerst nicht auf, und Harry konnte wie alle seine Altersgenossen die Uniform der Hitlerjugend tragen. 1942 wurde seine wahre Abstammung dann aber doch noch bekannt, was für den gerade Achtzehnjährigen fatale Folgen haben sollte. Die Gestapo verhaftete ihn. Der Haftbefehl kam zum Schluß: »Er gefährdet nach dem Ergebnis der staatspolizeilichen Feststellungen durch sein Verhalten den Bestand und die Sicherheit des Volkes und des Staates, indem er durch sein zersetzendes und staatsabträgliches Treiben erhebliche Unruhe und Erregung in die Bevölkerung trägt.«[195] Harry wurde in das Hamburger Polizeigefängnis Fuhlsbüttel überstellt, das sich auf dem Gelände der Fuhlsbüttler Justizvollzugsanstalt befand und 1933 als unter Leitung der SS stehendes Konzentrationslager errichtet worden war. Ab 1936 verwaltete die Gestapo die ehemalige Justizvollzugsanstalt als Polizeigefängnis, erst ab dem Winter 1944 wurde Fuhlsbüttel als Außenstelle des KZ Neuengamme erneut zum Konzentrationslager. Insgesamt fanden an diesem Ort des Schreckens rund zweihundertfünfzig Hinrichtungen von Juden, Regimegegnern und Widerstandskämpfern statt, nochmals so viele Menschen kamen durch Mißhandlungen oder Schikanen ums Leben. Harry überlebte die Haft; am 3. Mai 1945 wurde er nach drei Jahren Gefängnis von amerikanischen Soldaten befreit. Über sein Schicksal als Verfolgter des NS-Regimes sollte er später niemals öffentlich sprechen.

Trotz allem, was er im Dritten Reich durchleiden mußte, hing Harrys Herz auch nach dem Ende des Kriegs am Theater, das er schon vor seiner Inhaftierung durch den zweiten Mann seiner Mutter intensiv kennenlernen durfte. Will Meyen hatte seinen Adoptivsohn schon früh Bühnenluft schnuppern lassen. Durch seinen Beruf als Pressesprecher des Varietés Scala hatte Harry bereits in jungen Jahren Einblick in die Welt des Theaters und vor allem der Kleinkunst nehmen können. Besonders von der Arbeit der Varietékünstler war Harry beeindruckt. Er liebte die messerscharfe Präzision, mit der diese ans Werk gehen müssen. Jeder Handgriff muß stimmen, alle müssen perfekt aufeinander eingespielt sein. Bei den Nummern kommt es teils auf jede Sekunde an, niemand kann es sich leisten, unkonzentriert oder fahrig ans Werk zu gehen. Was er hinter den

Kulissen des Varietés erlebte, prägte ihn fürs Leben: »Präzision, das wurde sozusagen zu einem Lebensgesetz für Harry, und als er später zur Bühne ging, zuerst als Schauspieler und später auch als Regisseur, machte diese Präzision, die sekundengenaue Reaktion auf das, was Schauspieler gesagt oder getan hatten, sowohl seinen Erfolg als Schauspieler als auch als Regisseur aus.«[196]

Als er alt genug ist, geht Harry selbst zur Bühne, allerdings landet er nicht beim Varieté, sondern auf der Theaterbühne, während sein Adoptivvater mittlerweile beim Rundfunk und beim Fernsehen reüssiert und sich auf seine Wurzeln als Schauspieler besinnt. Will Meyen wirkt in einigen der ersten Fernsehspiele mit, die in der Nachkriegszeit realisiert werden, und gestaltet zusammen mit Heinz Erhardt für den NWDR in Hamburg die wöchentliche Sendereihe *So was Dummes*. Nach der Übersiedlung der Meyens von Berlin nach Hamburg startet auch Harrys Theaterlaufbahn in der Hansestadt. Das renommierte Thalia-Theater engagiert ihn, und es folgen Engagements an andere Bühnen. Schnell kristallisiert sich heraus, daß Harry eine besondere Begabung für Boulevardstücke hat. Als er einmal im Stadttheater Aachen in der Titelrolle von Heinrich von Kleists *Der Prinz von Homburg* auf der Bühne steht, ist er wenig erfolgreich, da man Harry die ernsten klassischen Charakterrollen nicht so recht abnehmen mag. Also konzentriert er sich in der Folgezeit vor allem auf das Boulevardtheater, wo er sich zunächst als Schauspieler, dann auch als Regisseur einen Namen macht.

Als er Romy kennenlernt, spielt und inszeniert er seit Jahren in Berlin an der Komödie und am Theater am Kurfürstendamm. In Berlin gilt Harry als feste Institution. Wenn eine seiner neuen Inszenierungen Premiere hat, berichten alle Berliner Zeitungen ausführlich darüber. Was er einst in den Kulissen des Varietés gelernt hatte, setzt er nun in seiner eigenen Theaterarbeit um. Als Regisseur drängt er seine Schauspieler akribisch zur größtmöglichen Präzision. Harry hat ein untrügliches Gespür für Timing und Effekte und hämmert seinen Darstellern wieder und wieder ein, wie wichtig es ist, daß jede Dialogzeile und jede noch so kleine Geste exakt sitzt, wenn ein bestimmter Effekt und eine bestimmte Publikumsreaktion erreicht werden soll. Wenn er ein Stück einstudiert, arbeitet er wie ein Besessener, drängt auf höchste Konzentration und eiserne Disziplin und probt so lange, bis jede Bewegung und jeder Dialog punktgenau funktionieren. Improvisation, Ungenauigkeit und Fahrigkeit sind ihm ein Greuel. Zwar fordert Harrys Arbeitsweise allen Beteiligten viel ab, aber sein Erfolg, der ihn längst auch weit über die Grenzen Berlins hinaus Beachtung finden läßt, gibt ihm recht. Harry gilt als einer der besten, wenn nicht gar als der beste Boulevardtheaterregisseur in ganz Deutschland. Die Presse feiert ihn als »König der Boulevardbühne«; der gefürchtete Theaterkritiker Friedrich Luft bezeichnet ihn als den »Jungen mit den goldenen Händen«.

Auf den ersten Blick verbindet Romy und Harry nicht sonderlich viel. Er ist fraglos beruflich erfolgreich, doch mit der Weltkarriere, die Romy sich aufgebaut hat, kann er beileibe nicht mithalten – außerhalb Deutschlands kennt kein Mensch den Namen Harry Meyen. Beide leben in völlig verschiedenen Welten und haben unterschiedliche Erfahrungshorizonte. Romy lebt ein freies, unstetes Leben, das sich nicht nach bürgerlichen Konventionen richtet, und gibt sich ganz ihren ständig wechselnden Emotionen und Launen hin. Harry hingegen ist zutiefst im Bürgertum verwurzelt. Er gilt als enger Freund von Verleger Axel Springer und damit als strikt konservativ; er ist ein Mensch, der sowohl im Beruflichen als auch im Privaten ein Übermaß an Selbstdisziplin und Pedanterie an den Tag legt. Zudem ist da noch der nicht unerhebliche Altersunterschied. Romy ist sechsundzwanzig, Harry vierzig Jahre alt. Doch trotz all dieser Differenzen üben die beiden eine ungeheure Anziehungskraft aufeinander aus. Was fasziniert sie so aneinander? Bei Harry ist die Sache recht einfach. Romy ist schön und elegant – ein Weltstar; sie wird von vielen Männern umschwärmt und gibt ihm mit ihrer mitreißenden Impulsivität zudem das Gefühl, noch einmal jung zu sein. Viele werden ihn um seine neue Freundin beneiden.

Und Romy? Warum verliebt sie sich plötzlich in einen Mann wie Harry Meyen, der in jeder Hinsicht wie ein Gegenentwurf zu Alain wirkt? Während Alain alles Bürgerliche verachtet und sämtliche Konventionen mit Füßen tritt, scheint Harry zumindest auf den ersten Blick ein Kavalier der alten Schule zu sein, dem gepflegte Umgangsformen äußerst wichtig sind. Während Alain unanständig enge Jeans und offene Hemden trägt, um seine Unangepaßtheit zu demonstrieren, sieht man Harry stets nur korrekt gekleidet in der Öffentlichkeit – mit maßgeschneidertem Anzug, Hemd, Krawatte und Manschettenknöpfen. Auf viele wirkt er wie ein unnahbarer Snob. Wenn Alain von den Deutschen als Bürgerschreck mit wildem Haar, gefährlichem Charme und zweifelhaftem Ruf wahrgenommen worden ist, so kann man Harry als das genaue Gegenteil ansehen – der stets perfekt frisierte Brillenträger ist geradezu das Inbild eines erfolgsorientierten Spießers, die Verkörperung des vergeistigten und in höheren Sphären schwebenden Intellektuellen, der über jede Zweifel erhaben ist und ganz in seiner Kunst lebt. Nichts an ihm ist erotisch oder gar sinnlich, beinahe wirkt er sogar asexuell. Ist Alain ganz Körper, so ist Harry ganz Geist.

Aber wohl genau das reizt Romy an ihm. Während sie Alain im nachhinein als flatterhaften, »unfertigen Jungen« betrachtet, der ihr im Leben letztlich wenig zu bieten hatte, ist Harry in ihren Augen eine Art von Mann, mit dem sie glaubt, den Rest ihres Lebens verbringen zu können. Gerade weil das Experiment Alain gescheitert ist und das aufreibende Leben an seiner Seite sie so manches Mal zutiefst verstört und verunsichert hat, verspricht sie sich nach den stürmischen und nervenaufreibenden Jahren nun von einer Beziehung mit Harry Sicherheit und Geborgenheit, die sie bisher so schmerzlich vermißt hat. Romy ist nach der »offenen Beziehung« mit Delon ganz bewußt auf der Suche nach einem Mann, dem sie sich unterordnen kann, der sie beschützt, der die Führung übernimmt und ihr sagt, wo es langgeht, der weiß, was gut und richtig für sie ist und was nicht. Ist Harry etwa dieser Mann, den sie sich wenige Monate zuvor noch in ihrem Tagebuch herbeigesehnt hat? Damals schrieb sie: »Ich brauche Stärke. Einen Mann, der mich gewaltsam in die Knie zwingt.« Während Alain viel zu sehr mit sich selbst und mit seinen unzähligen Liebschaften beschäftigt gewesen ist und sich viel zu wenig um sie gekümmert hat, verspricht sie sich von dem idealen Partner, daß er sie dazu zwingt, sich ihm aus Liebe voll und ganz unterzuordnen: »Mich müßte ein Stärkerer in die Hand nehmen, mich zurechtbiegen, mich bis in die Knochen zerstören. Aber gibt es so einen Mann?«[197]

In Harry Meyen glaubt sie, genau diesen herbeigesehnten Mann gefunden zu haben. Es darf vermutet werden, daß sie sich viel stärker in die Projektion verliebt – in ihren Entwurf von Harry – als in den wirklichen Harry, den sie erst nach und nach kennenlernen wird. Harry erscheint ihr wie ein gestandener und verläßlicher Mann, der sich nichts mehr beweisen muß, der mitten im Leben steht, eine Gelassenheit ausstrahlt, die ihr fehlt, der beruflich erfolgreich und künstlerisch begabt ist und dem sie sich, wie sie sich das in ihren Phantasien ausmalt, bedenkenlos unterordnen kann: »Meyen ist mir so überlegen, er gibt mir eine ganz neue Sicherheit. Ich brauche einen Mann, der bestimmt, was mir guttut, und nicht irgendeinen Jungen.«[198] Auch die Tatsache, daß Harry ein gebildeter und belesener Intellektueller ist, macht ihn für Romy so attraktiv. Was ihre Bildung anbelangt, wird Romy zeitlebens Komplexe haben – sie, die mit vierzehn die Schule verlassen mußte, um Filmkarriere zu machen, hatte nie Zeit und Gelegenheit, sich weiterzubilden, was ihr als ein großer Mangel erscheint und sie in der stetigen Angst leben läßt, daß man sie für dumm oder schlicht halten könnte. Romy gefällt sich in der Beziehung zu Harry sicherlich auch in der Rolle der Schülerin und erhofft sich, daß er ihr Dinge vermitteln und beibringen wird, die sie benötigt, um die Frau und Schauspielerin werden zu können, die sie gerne wäre. Diese auf Harry projizierten Hoffnungen sind es sicherlich auch, die sie derart rückhaltlos in die neue Beziehung treiben und an ein dauerhaftes Glück glauben lassen: »Ich schätze seine Ironie und seinen feinen Sinn für Humor, seine Intelligenz, seinen Charme und seine Überlegenheit – kurz gesagt, ich liebe einfach alles an ihm.«[199] Romy, die bislang stets so große Schwierigkeiten gehabt hat, berufliches und privates Glück unter einen Hut zu bringen, verspricht sich, dies nun mit Harry endlich einmal zu schaffen. Ihn an ihrer Seite zu wissen beflügelt sie und bestärkt sie in der Überzeugung, daß er in der Lage sein wird, ihrem Leben endlich einen Sinn und ihrer Karriere eine völlig neue Richtung zu geben: »Bei Harry bin ich endlich geborgen. Ich bin ruhiger geworden. Ich habe nicht mehr denselben krankhaften Ehrgeiz wie früher.«[200] Sie, die Anfang des Jahres noch in ihr Tagebuch notiert hatte, daß ihr Leben ihr wie die Hölle erscheint, ist mit einem Mal zufrieden und ausgeglichen: »Ich halte mich für einen absolut glücklichen Menschen, und es geht mir sehr gut.«[201]

So schnell wie möglich kehrt Romy nach Berlin zurück, um Harry wiederzusehen. Sie mietet sich in einem kleinen Hotel im Grunewald ein, das sich nur wenige Meter von Harrys und Annelieses Villa befindet. Abends sieht sie den Angebeteten wiederholte Male auf der Bühne stehen, vor und nach den Vorstellungen treffen sie sich heimlich in Romys Hotel oder auch bei Meyens Freund Will Tremper, den die beiden ins Vertrauen gezogen haben, während Harrys Frau Anneliese immer noch nichts ahnt. Daß Harry so wenig zu Hause ist, wundert sie nicht sonderlich. Schließlich steht sie selbst auch beinahe jeden Abend auf der Bühne, und zudem ist es nicht ungewöhnlich, daß ihr Mann bis tief in die Nacht probt oder nach den Vorstellungen noch mit Kollegen zusammensitzt. Romy und Harry geben ihre anfängliche Heimlichtuerei bald auf und werden immer häufiger gemeinsam in Bars und Restaurants gesehen. Die Presse, die einen Skandal wittert, hält sich zwar mit Gerüchten über eine mögliche Liaison der beiden noch diskret zurück, hinter vorgehaltener Hand führt es aber durchaus zu Getuschel, daß man Romy und Harry jetzt so oft gemeinsam sieht.

Wird Harry hierauf angesprochen, erklärt er, daß die häufigen Zusammentreffen mit Romy im Zusammenhang mit gemeinsamen Theaterplänen stehen – und diese gibt es tatsächlich. Harry, der sich auch außerhalb des Boulevardtheaters einen Namen machen möchte, beabsichtigt, mit Romy als Schauspielerin neues Terrain zu erobern und sich als Regisseur ernsthafter Stücke zu etablieren. Natürlich weiß er, daß es eine kleine Sensation wäre, wenn Romy endlich einmal auch in Deutschland auf der Bühne stünde; eine bessere Publicity könnte er sich kaum wünschen. Romy, die wiederholt erklärt hat, daß sie nur auf ein sie ansprechendes Stück und einen geeigneten Regisseur für ihr deutsches Theaterdebüt wartet, ist fest davon überzeugt, dem durch ihre Begegnung mit Harry nähergekommen zu sein. An seiner Seite fühlt sie sich endlich stark genug, das Wagnis einzugehen, in Deutschland Theater zu spielen. Sie ist Feuer und Flamme von den Plänen ihres Geliebten, und auch Harry scheint die Aussicht zu beflügeln, mit Romy gemeinsam arbeiten zu können. Beide schwelgen in Träumen und malen sich den gemeinsamen beruflichen Triumph aus, der ihre erste Zusammenarbeit krönen soll. Romy freut sich unbändig darauf, in Berlin unter Harrys Regie auf der Bühne zu debütieren, und redet sich gar ein, daß damit die Chance verknüpft sein könnte, vielleicht ganz zum Theater zu wechseln: »Wenn ich doch nur die Willenskraft hätte, das Filmen aufzugeben und eine ernsthafte Bühnenschauspielerin zu werden.«[202] Doch die Vorfreude ist vergebens, zur Realisierung dieses Traums wird es nie kommen. Wohl angeregt durch Romys Erzählungen von Viscontis opulenter Inszenierung von *Schade, daß sie eine Hure ist,* hat Harry einen übermäßig kostspieligen Aufwand an Dekorationen und Kostümen gefordert, um Romy angemessen in Szene setzen zu können, was dazu führt, daß seine Direktion den Etat für die geplante Inszenierung nicht genehmigt und dankend abwinkt. Wieder einmal sind privates Glück und beruflicher Erfolg für Romy nicht miteinander zu vereinbaren, denn zu einer gemeinsamen Theaterarbeit des Paares wird es nie kommen.

Wenn die beruflichen Pläne auch zum Scheitern verurteilt sind, soll wenigstens die private Situation geklärt werden. Während Harry immer noch zu feige ist, Anneliese seine Liebe zu Romy zu gestehen, und aus Bequemlichkeit am liebsten ewig so weitermachen würde wie bisher, scheint Romy nun geradezu forcieren zu wollen, daß Harry sich endlich auch öffentlich zu ihr bekennt, um die ganze

Welt an ihrem neuen Glück teilhaben zu lassen – und sicherlich auch um zu demonstrieren, daß sie die Trennung von Alain endgültig überwunden und ebenfalls einen neuen Partner an ihrer Seite hat. Sie sorgt dafür, daß Harry sich leidenschaftlich küssend mit ihr im Tiergarten zeigt – natürlich sind Photographen zur Stelle. Die Photos werden begierig von den Zeitungen abgedruckt und lassen die Bombe platzen. Doch auf die Liaison mit Romy angesprochen, dementiert Harry, der kalte Füße bekommen hat, auch weiterhin und bestreitet, daß an den Gerüchten etwas dran sei. Doch Romy macht ihm unmißverständlich klar, daß sie nicht dazu bereit ist, die ewige Geliebte zu spielen, und er eine Entscheidung treffen müsse, mit wem er fortan zusammenleben will – mit ihr oder mit Anneliese. Obwohl Harry Romy liebt und sie nicht verlieren will, bringt er es nicht übers Herz, seiner Frau die Wahrheit zu sagen. Konfliktscheu wie er ist, bringt Harry, seinen Absprung vorbereitend, heimlich nach und nach seine gesamten Kleidungsstücke und persönlichen Dinge in Will Trempers Wohnung, um so die gefürchtete Aussprache mit seiner Frau noch so lange wie möglich hinauszögern und sie schließlich vor vollendete Tatsachen stellen zu können.

Die Gerüchte über ihre Liebesbeziehung mit einem verheirateten Mann bringen Romy in Deutschland wieder einmal erzürnte Schlagzeilen ein. Große Teile der deutschen Öffentlichkeit, die Romy ihre *Sissi*-Absage und ihren Weggang nach Frankreich nach wie vor nicht verziehen haben und sich nicht sonderlich für den Weltstar Romy Schneider interessieren, beschimpfen sie nun auch noch als Ehebrecherin und scheinen sie, aufgehetzt von der Boulevardpresse, alleine dafür verantwortlich machen zu wollen, was zwischen ihr und Harry läuft, so als habe sie sich bewußt zum Ziel gesetzt, eine Ehe zu zerstören und Unfrieden im Hause Meyen zu stiften. Wiederum bricht die Presse den Stab über Romy. Diese jedoch versucht nach außen hin den Eindruck zu vermitteln, daß sie solche Angriffe kaltlassen, und verbittet sich jegliche Einmischungen in ihr Privatleben. Ihr Glück mit Harry wird sie sich durch die Hetze der deutschen Presse, die ihr ohnehin ablehnend gegenübersteht, nicht kaputtmachen lassen. Damit folgt sie dem Beispiel ihrer Kollegin Hildegard Knef, die sechs Jahre zuvor die gleiche Erfahrung machen mußte. Als die Knef, der man ihre Karriere im Ausland auch nie so recht verzeihen wollte und die als erste deutsche Leinwandnackte im Film *Die Sünderin* die Gemüter der Republik erhitzt hatte, im Jahr 1959 eine Beziehung mit dem noch verheirateten britischen Schauspieler David Cameron einging, wurde sie ebenso gescholten wie nun Romy.

Die *Bild*-Zeitung verkündete damals entrüstet: »Sünderin nun auch Ehebrecherin«. Doch die Knef ging daraufhin in die Offensive, weil sie keine andere Möglichkeit sah, ihre Privatsphäre zu schützen und sich ihre große Liebe nicht durch einen von den Medien hochgekochten Skandal zunichte machen lassen wollte. Selbstbewußt erklärte sie, daß sie sich nicht von der Presse oder der Öffentlichkeit vorschreiben lassen würde, was schicklich sei und was nicht: »Ich möchte meine Gegner nur eins wissen lassen: Fast zehn Jahre habe ich allein gelebt. Wenn ich jetzt entschlossen bin, wieder zu heiraten, so handelt es sich nicht um ein vorübergehendes, frivoles Filmabenteuer. Ich folge der Stimme meines Herzens, und das ist meine Privatangelegenheit. Wie es die Leute auffassen, darf mich nicht kümmern.«[203] Und auch Romy, die noch die marktschreierischen und sie anwidernden Schlagzeilen und Klatschgeschichten nach der Trennung von Alain vor Augen haben muß, verbittet sich ein Einmischen in Dinge, die nur sie etwas angehen: »Ich mag es nicht, wenn sich die Leute in mein Privatleben einmischen, es macht mich rasend.«[204]

Romy und Harry lassen den Wirbel in Deutschland hinter sich und reisen im Frühsommer 1965 zum ersten Mal gemeinsam nach Paris, wo Harry auf Romys Vermittlung hin eine kleine Rolle in dem Anti-Kriegsdrama *Brennt Paris?* übernehmen konnte, einem Film über die Befreiung der französischen Hauptstadt von der deutschen Besatzung im August 1944. Es ist das erste Mal, daß Harry im Ausland vor der Kamera steht. Die Beziehung zu Romy wirkt sich für ihn also durchaus karrierefördernd aus, während Romys Hoffnungen, durch Harry endlich auch in Deutschland auf der Theaterbühne Fuß zu fassen, sich zu ihrem größten Bedauern zerschlagen. Der mit Stars wie Jean-Paul Belmondo, Charles Boyer, Kirk Douglas, Yves Montand, Anthony Perkins, Gert Fröbe und Alain Delon hochkarätig besetzte Streifen wird jedoch ein Flop und verhilft Harry nicht dazu, sich als international gefragter Schauspieler zu etablieren. Schon kurze Zeit später muß Romy nach Spanien abreisen, wo sie neben Melina Mercouri und Peter Finch in der Marguerite-Duras-Verfilmung *Halb elf in einer Sommernacht* vor der Kamera stehen wird. Bei den Dreharbeiten für die amerikanisch-spanische Co-Produktion in Madrid und in Kastilien vermißt sie Harry schmerzlich; sie schreibt ihm lange, sehnsuchtsvolle Briefe und telephoniert stundenlang mit ihm. Romy ist, plötzlich wieder allein auf sich gestellt, unkonzentriert und fahrig; sie raucht und trinkt zuviel. Lange hält sie es ohne ihn nicht aus, und Harry macht sich auf den Weg, um sie bei den Dreharbeiten zu besuchen. Romy braucht in ihrer Unsicherheit und ihrer ständigen Angst vor der Einsamkeit diesen Liebesbeweis. Aber hat diese Sehnsucht nach einem Partner an ihrer Seite tatsächlich etwas mit Harry zu tun, oder geht es einfach darum, nicht alleine sein zu wollen oder zu können? Als Melina Mercouri sie eines Abends fragt, ob Alain tatsächlich die große Liebe ihres Lebens gewesen ist, gibt sie das jedenfalls kleinlaut zu.[205]

Zur Entspannung von den Dreharbeiten hat Romy für den Sommer eine Traumvilla oberhalb von Saint-Tropez angemietet, die ihren romantischen Vorstellungen gemäß das gemeinsame Liebesnest sein soll. Doch ganz so romantisch, wie Romy sich das im Vorfeld ausmalt, wird es dann nicht, denn Harry hat sich Arbeit mitgebracht und insofern keine Zeit, sich von früh bis spät nur um Romy zu kümmern. Natürlich imponiert ihm das Luxusleben, das seine neue Freundin ihm bietet. Die für den stolzen Preis von fünfzigtausend Franc pro Monat gemietete Villa mit ihrer großen Terrasse zum Meer hin ist ein regelrechter Palast, in dem man die Seele baumeln lassen kann. Zudem ist Romy so bekannt, daß die anderen Prominenten, die sich in den Sommermonaten an der Côte d'Azur tummeln, nahezu Schlange stehen, um Romy zu sehen, sie zu sich einzuladen und mit ihr auszugehen. Dem kleinen Boulevardtheaterregisseur aus Westberlin steht mit einem Mal das internationale Jet-set-Leben offen; an Romys Seite eröffnen sich ihm ganz neue Welten.

Romy hat sich vorgenommen, den ersten Sommer mit Harry in vollen Zügen zu genießen. Sie, die sich sonst nie entspannen kann, wenn sie einmal Urlaub macht, und nervös auf den Beginn der nächsten Dreharbeiten wartet, wirkt nun sehr entspannt, fröhlich und ausgelassen und würde am liebsten die ganze Welt umarmen und jede freie Minute mit Harry verbringen. Doch dieser spielt nicht so mit, wie Romy sich das wünscht. Er zieht sich oft in sein Zimmer zurück, um an seiner nächsten Inszenierung zu arbeiten, denn die Zeit drängt. Harry hat sich auf ein waghalsiges Unterfangen eingelassen, das ihm einiges abfordert und von dem sehr viel für seine weitere Karriere abhängt. Im August soll er ein Stück inszenieren, mit dem die Salzburger Festspiele eröffnet werden – Romys Mutter Magda wird später behaupten, ihre Tochter habe ihm diese Chance durch ihre Bekanntschaft mit Herbert von Karajan verschafft.[206] Belege für diese Behauptung gibt es nicht. Der ehrgeizige Harry weiß, was auf dem Spiel steht, und ist sich bewußt, daß er alles geben muß, um einen Erfolg zu landen, denn wenn er es in Salzburg schafft, stehen ihm zukünftig ganz andere Möglichkeiten offen als zuvor. Daß Harry arbeiten will und muß, Romy aber immer wieder penetrant versucht, ihn davon abzulenken, führt zur ersten großen Belastungsprobe für das frischverliebte Paar. Romy fordert und erwartet von Harry, rund um die Uhr von ihm beachtet zu werden, da sie es in ihrem übersteigerten und letztlich wohl kaum zu stillenden Bedürfnis nach Aufmerksamkeit nicht ertragen kann, wenn Menschen, die sie liebt, nicht ständig verfügbar sind und nicht nach ihrer Pfeife tanzen. Sie ist so hungrig nach Liebe und ungeteilter Aufmerksamkeit, daß dieses Bedürfnis in diesem Leben wohl kaum zu stillen ist.

Harry liebt Romy nach wie vor, aber die nahezu tyrannische Art und Weise, wie sie ihn jetzt mit Beschlag belegt, irritiert und verärgert ihn so manches Mal. Er begreift nicht, warum Romy nicht akzeptieren kann, daß er sich auch anderen Dingen zuwenden will und sie nicht vierundzwanzig Stunden am Tag an erster Stelle kommen kann. Er versucht ihr immer wieder klarzumachen, daß er seine Arbeit nicht ihr zuliebe gänzlich vernachlässigen kann, daß er Freiräume braucht, um sich der Vorbereitung seiner Inszenierung widmen zu können. Doch Romy ist in ihrer kindlichen Sturheit einfach nicht bereit, die Bedürfnisse ihres Freundes zu akzeptieren. Weil Harry genau das schon vorausgesehen hat, war es ihm wichtig, in keinem Fall alleine mit Romy an die Côte d'Azur zu reisen. Mit Engelszungen hat er auf seinen Freund Will Tremper eingeredet und darauf bestanden, daß dieser das Paar begleitet: »Du darfst mich nicht im Stich lassen! Das ist nicht irgendein Stück, auf das ich mich vorbereiten muß, das ist meine erste Inszenierung in Salzburg! Du mußt dich in Saint-Tropez um Romy kümmern! Sie ist wie ein Kind und begreift nicht, was ich da vor mir habe – mir genügt aber, daß ich nachts mit ihr schlafe …«[207]

Aber auch Trempers Anwesenheit ändert nicht viel. Zwar kümmert er sich rührend um Romy, damit Harry in Ruhe arbeiten kann, doch auch diesen Bemühungen ist nur kurzfristiger Erfolg beschieden, da Romy nun einmal Harrys und nicht Trempers Aufmerksamkeit will. Immer wieder versichert sie, ihren Freund nicht mehr zu stören und in Ruhe arbeiten zu lassen, doch die Versprechungen sind meist schnell wieder vergessen. Romy ist sprunghaft, impulsiv und ganz ihren spontanen Einfällen und Launen ausgeliefert. Sie will sich endlich einmal mit Leichtigkeit und Unbeschwertheit ins Leben stürzen. Das Wetter ist herrlich, und man kann so viele Dinge erleben; soll er doch endlich diesen blöden roten Schnellhefter aus der Hand legen und sich um sie kümmern. Doch so manches Mal klopft sie vergebens an die Tür des Schlafzimmers, in das Harry sich immer öfter einschließt, um Romys Zudringlichkeiten zu entgehen: »Herrgott! Begreifst du nicht, daß ich arbeiten muß?«[208] Nein, Romy begreift nicht, will nicht einmal angesichts einer solch schroffen Abfuhr begreifen und wirft Harry an den Kopf, spießig zu sein: »Sei nicht so bürgerlich!«[209]

Romy will aller Welt zeigen, wie glücklich sie ist. Deshalb nimmt sie unzählige Einladungen an, zu denen Harry sie begleiten soll – und es dann meist auch zähneknirschend macht. Fast jeden Abend sind sie woanders zum Essen eingeladen, mal in der Villa des Musikproduzenten Eddie Barclay, mal auf der Yacht von Herbert von Karajan. Die Nachmittage verbringen sie oft am Privatstrand von Brigitte Bardot, aber Romy lädt auch Gäste in ihre Traumvilla ein, so etwa Stars wie Paul Hubschmid und Michèle Morgan, die gerade einen Film in Nizza drehen. Harry genießt es einerseits natürlich auch, die glitzernde Welt der Stars und der High Society hautnah zu erleben und an Romys Seite Teil von ihr zu sein, andererseits sieht er aber auch in Hinblick auf die anstehende Inszenierung seine Felle davonschwimmen, da er einfach nicht zum Arbeiten kommt und Angst hat, unvorbereitet in Salzburg einzutreffen und seiner Aufgabe nicht gewappnet zu sein.

Er begreift, daß ihm nichts anderes übrigbleibt, als die Notbremse zu ziehen. Er beschließt, alleine nach Salzburg zu reisen, und bittet Romy inständig, den Rest des Sommers in Saint-Tropez zu genießen und ihm erst zu folgen, wenn im August die Premiere ansteht. Romy verspricht ihm hoch und heilig, an der Côte d'Azur zu bleiben, doch erneut bricht sie ihr Wort. Bereits am zweiten Probentag entdeckt Harry sie plötzlich im Zuschauersaal. Auch wenn er zunächst glaubt, seinen Augen nicht trauen zu können – Romy ist ihm tatsächlich nachgereist, weil sie es ohne ihn in Saint-Tropez nicht ausgehalten hat. Um ihn milde zu stimmen, überreicht sie ihm zur Begrüßung eine sündhaft teure goldene Armbanduhr. Es kommt, wie es kommen muß. Auch in Salzburg weicht Romy ihrem Freund nicht mehr von der Seite. Tag für Tag begleitet sie ihn zu den Proben und versteht es wieder sehr geschickt, ihn an sich zu binden und davon abzuhalten, abends und nachts an seiner Inszenierung zu feilen. Harry gleicht schon bald einem Nervenbündel; er weiß aber nicht, wie er Romy in die Schranken weisen soll, ohne sie zu verletzen und vor den Kopf zu stoßen. Selbst als er sie einmal voller Wut vor den Augen anderer äußerst schlecht behandelt, erreicht er damit nicht, daß sie die Koffer packt und ihn in Ruhe arbeiten läßt – für Romy scheint es allein wichtig zu sein, daß sie Harrys Aufmerksamkeit bekommt, die sie so nachdrücklich einfordert und die er ihr eigentlich gerade gar nicht zu geben bereit ist. Die Situation ist aussichtslos.

Noch vor der Premiere spürt Harry, daß seine Inszenierung ein furioser Flop werden wird, und entschuldigt sich bereits bei seinen Schauspielern für den bevorstehenden Reinfall. Seine Einschätzung wird im vollen Maß bestätigt. Das Premierenpublikum ist alles andere als angetan, und auch die Kritiken sind vernichtend. Das Stück, das mit so großer Spannung erwartet worden ist und an das Harry so viele Hoffnungen geknüpft hatte, ist grandios gescheitert. Für den erfolgsverwöhnten Meyen, den »Jungen mit den goldenen Händen«, der bislang mit all seinen Inszenierungen bei Publikum wie Kritik gut angekommen war, muß die erste wirkliche berufliche Niederlage ein herber Schlag und eine geradezu traumatische Erfahrung sein. Meyen ist deprimiert und hat das Gefühl, daß er die Sache so schnell wie möglich abhaken und schleunigst nach Berlin zurückkehren sollte. Zurück zum vertrauten Boulevardtheater, wo er bislang immer höchst erfolgreich gewesen ist, und zurück zu Anneliese, die ihm in beruflichen Dingen stets eine wichtige – und wie es nun scheint auch unverzichtbare – Ratgeberin gewesen ist. Mit ihr an seiner Seite, so mag er sich einreden, wäre ihm dieses Debakel erspart geblieben. Romy, die sein bisher so streng geordnetes Leben gründlich durcheinandergebracht und ihn in den vorhergehenden Wochen mit ihrem besitzergreifenden Auftreten dermaßen bedrängt hat, daß er nicht zum Arbeiten gekommen ist, scheint er die alleinige Schuld an diesem Desaster zu geben. Er glaubt, die Intensität, mit der Romy die Beziehung leben will, nicht länger ertragen zu können, und reist Hals über Kopf ab, ohne sich von seiner noch schlafenden Freundin zu verabschieden. Ebenso wie Alain hinterläßt auch Harry ihr lediglich einen schlichten Zettel, der sie vor vollendete Tatsachen stellt: »Du bringst mir Unglück. So kann ich nicht mehr. Ich liebe dich. Harry.«[210]

Romy fühlt sich vor den Kopf gestoßen, doch sie muß schnell realisieren, daß Harry tatsächlich ohne sie abgereist ist und sie verlassen hat. Wiederum hegt sie Selbstmordabsichten, aber dieses Mal beschließt sie, zu kämpfen und Harry zurückzugewinnen. Doch zunächst ist er weg. Noch von Salzburg aus hat er seine Frau Anneliese angerufen und ihr erklärt, daß er das Verhältnis mit Romy als beendet betrachte und zu ihr zurückkehren möchte. Reumütig gesteht er ein, einen Fehler gemacht zu haben. Anneliese, die von Anfang an davon ausgegangen ist, daß es sich nur um ein Strohfeuer handelt und er schließlich zu ihr zurückkommen würde, atmet erleichtert auf und ist bereit, Harry wieder aufzunehmen. In ihrer gemeinsamen Villa empfängt sie ihn mit seinen Lieblingsspeisen. Na also, dann hat sie ja doch recht gehabt. Doch Anneliese freut sich zu früh, denn Harry befindet sich in einer miserablen Verfassung und scheint mit sich zu hadern, wie es weitergehen soll. In den folgenden Wochen ist er mürrisch und wortkarg; auf Annelieses Fragen antwortet er nur das Allernotwendigste und vermag kaum etwas zu essen. Die meiste Zeit sitzt er niedergeschlagen in der Ecke und leidet still vor sich hin. Einerseits hat er das Gefühl, daß er es an Romys Seite nicht aushält, aber ohne sie scheint es auch nicht zu gehen.

Harry weiß, daß er Romy, die tief betrübt über die Entwicklung ist und wiederholt versucht hat, sich mit ihm auszusprechen, wiedersehen muß, um Klarheit zu gewinnen, was er wirklich will. Aber er weiß auch, daß er Anneliese nicht wissen lassen darf, was in ihm vorgeht. So erzählt er ihr, daß er die Weihnachtstage bei seinem Freund Axel Springer verbringen will, um einmal durchzuatmen. Doch schon bald erfährt seine Frau ebenso wie die ganze Nation, was er wirklich treibt. Als die *Bild*-Zeitung am Tag nach Weihnachten Photos von Harry und Romy in Kitzbühel veröffentlicht und über das Wiederaufflackern ihrer Liebe berichtet, muß ihr klar sein, daß ihr Mann zu ihrer Konkurrentin zurückgekehrt ist. Im Dezember 1965 sind damit die Würfel gefallen, und Harry beschließt, sich von seiner Frau scheiden zu lassen, um Romy heiraten zu können. Doch die zutiefst verletzte und in aller Öffentlichkeit gedemütigte Anneliese ist nicht bereit, Harry so ohne weiteres ziehen zu lassen, und droht die Scheidung so lange wie möglich hinauszuzögern, was durch das geltende Scheidungsrecht durchaus erreichbar ist. Wenn sie ihn früher freigeben soll, will sie eine Abfindung in Höhe von zweihunderttausend Mark von ihrem Mann. Harry, der als beinahe krankhaft geizig verschrien ist, lehnt dies schlichtweg ab, so daß die in Gelddingen völlig unbekümmerte Romy sich zum Beweis ihrer Liebe dazu bereit erklärt, das Geld zur Verfügung zu stellen, um die Sache zu bereinigen und den Weg zur Hochzeit mit Harry zu ebnen. Die Scheidung wird daraufhin auf den Mai 1966 terminiert, kurz darauf soll geheiratet werden. Doch in der Zeit bis dahin ist noch einiges an Arbeit zu bewältigen, denn Romy hat Verträge für zwei weitere Filme unterschrieben.

Aus Enttäuschung darüber, daß die gemeinsamen Theaterpläne mit Harry sich nicht haben realisieren lassen, hat Romy ihre Mitarbeit an Jean Chapots Film *Schornstein Nr. 4* zugesagt, der wie schon *Halb elf in einer Sommernacht* auf einer Romanvorlage von Marguerite Duras basiert und die Geschichte einer Frau erzählt, die ihr Kind zunächst zur Adoption freigibt und dann wie eine Löwin darum kämpft, es den Adoptiveltern wieder abzujagen. Auch wenn Romy von einer »Traumrolle« schwärmt und sich viel von diesem Film verspricht, erlebt sie hier wiederum einen totalen Mißerfolg. Für Romys Karriere hat der Streifen nur insofern Bedeutung, als daß sie hier erstmals mit Michel Piccoli, ihrem später bevorzugten Filmpartner, vor der Kamera steht. Romy hatte sich ja nach ihrer Entscheidung gegen Hollywood vorgenommen, ihre Karriere wieder in den Griff zu bekommen und die Filme, an denen sie künftig mitwirkt, sorgfältiger auszuwählen, doch scheint sie beruflich wieder einmal völlig auf dem Holzweg zu sein. Auch wenn man ihr zugestehen muß, daß sie selbst in filmischen Mißerfolgen noch schauspielerisch überragende Leistungen liefert und jedes Mal unter Beweis stellt, daß sie ihr Handwerk beherrscht, kann sie doch mit keinem einzigen der belanglosen Streifen, den sie in dieser Zeit dreht, an ihre großen Erfolge von einst anknüpfen oder gar ihrer Karriere einen neuen Impuls geben. Die filmischen Fehlgriffe haben zudem zur Folge, daß interessante neue Rollenangebote ausbleiben und führende internationale Regisseure erst gar nicht auf die Idee kommen, sie zu engagieren. Romy muß mit ihrem untrüglichen Gespür in beruflichen Dingen begreifen, daß ihre Karriere ernsthaft in Gefahr ist, doch zeichnet sich für sie kein Ausweg ab.

Je stärker Romys Karriere stagniert, desto mehr mischt Harry sich in die beruflichen Angelegenheiten seiner Freundin ein und spielt sich als ihr Impressario auf. Romy ist auch in diesen Dingen bedingungslos dazu bereit, auf ihn zu hören. Er schärft ihr ein, daß sie sich schauspielerisch weiterentwickeln und alles daransetzen muß, Vielseitigkeit zu erlangen und ihren Horizont zu erweitern. Er hält ihr vor Augen, sie sei »aufgewachsen mit einer dummen Mutter, die nie Interessen in dir geweckt hat«.[211] Harry gefällt sich darin, Romy gegenüber den Professor Higgins zu spielen, der der unbedarften jungen Frau erklärt, wie die Welt funktioniert und was sie tun muß, um Erfolg zu haben. Romy liest die Bücher, die Harry ihr in die Hand drückt, und geht ganz in der Rolle der gelehrsamen Schülerin auf. An Harrys Seite kommt Romy ihr Leben mit einem Mal so viel sinnvoller und bedeutsamer vor als jemals zuvor: »In der Zeit nach Alain, als ich todunglücklich war, rannte ich in Paris von Modenschau zu Modenschau, von Anprobe zu Anprobe. Einmal ging ich zu Chanel, um ein Kostüm zu kaufen, und kam heraus mit sieben! Meine ganze Zeit verbrachte ich mit den Fetzen.«[212] Jetzt nutzt sie ihre freie Zeit, um sich weiterzubilden, Bücher zu lesen, die ihr bislang noch niemand nahegebracht hat, und ihr schauspielerisches Repertoire zu erweitern.

Alle Ratschläge Harrys greift sie begierig auf und setzt sie sofort in die Tat um. Auf sein Geheiß hin nimmt sie Gesangsunterricht, Tanz- und Reitstunden, holt also viele der Dinge nach, die sie in jungen Jahren gelernt hätte, wenn sie auf eine Schauspielschule gegangen wäre. Angeregt durch Harry träumt Romy davon, irgendwann einmal eine Rolle in einem Musical übernehmen zu können, vielleicht sogar einmal am Broadway aufzutreten. Überhaupt sieht sie nun aufgrund von Harrys Einflüsterungen ihre Zukunft vor allem beim Theater. Plötzlich erscheint es ihr als erstrebenswertes Ziel, das Filmen einmal ganz an den Nagel hängen zu können und nur noch auf der Bühne zu stehen, denn Harry redet unablässig auf sie ein, wieviel höher das Theater, sein Metier, doch über ihrem Metier, dem Filmen, stünde. Verächtlich bezeichnet er sie als »Filmfräulein«, wischt all ihre Welterfolge und gefeierten Leinwandleistungen mit einigen despektierlichen Bemerkungen beiseite und impft ihr ein, daß sie alles daransetzen müsse, eine große Theaterschauspielerin zu werden.

Romy macht sich Harrys Sichtweise in beruflichen Dingen immer mehr zu eigen. Die Sätze, die sie in diesen Tagen niederschreibt, klingen so, als hätte Harry sie ihr in die Feder diktiert: »Das einzig Wahre für einen Schauspieler ist die Bühne. Da steht man allein, auf sich angewiesen, da kommt es heraus, was einer kann. Das ist nicht wie beim Film, wo eine Szene eben wiederholt wird, wenn der Schauspieler schlecht war. Mein größter Wunsch ist es, bald wieder auf der Bühne zu stehen.«[213] Romy träumt von einer Zusammenarbeit mit Boleslaw Barlog in Berlin oder mit Fritz Kortner in München. Beide wären alles andere als abgeneigt, mit ihr zu arbeiten, aber Harry torpediert diese Pläne und bringt sie schließlich zum Scheitern. Er will es sein, der Romy groß herausbringt, das gönnt er keinem anderen. Und Romy glaubt an Harry; sie redet sich ein, daß sie es gemeinsam mit ihm tatsächlich schaffen könnte, der neue Stern am Theaterhimmel zu werden und weltweit zu triumphieren: »Ich möchte endlich einmal in meiner eigenen Sprache Theater spielen. Dieses Stück allerdings würde ich nicht nur in deutsch, sondern später auch in französischer Sprache in Paris und danach in englisch in einem Theater am Broadway spielen.«[214] Doch Harrys und Romys hochtrabende Ziele lassen sich niemals realisieren, und letztlich unternimmt Harry in der Praxis auch nichts, um sie tatsächlich in die Tat umzusetzen. Alle gemeinsamen Theaterpläne bleiben Hirngespinste, Chimären, an die nur das verliebte Paar glaubt. Alle Hoffnungen, die Romy in beruflicher Hinsicht in ihren Freund setzt, werden bitter enttäuscht werden. Nichts wird aus den dahingeworfenen Ideen; Harrys wortreiche Versprechungen und Beteuerungen, sie groß am Theater rauszubringen, erweisen sich als heiße Luft, so daß Romy nichts anderes übrigbleibt, als auch weiterhin Filmangebote anzunehmen. Doch auch ihrem nächsten Film ist nur ein mittelmäßiger Erfolg beschieden.

Im Sommer 1966 steht Romy für eine Episode der englisch-französisch-deutschen Co-Produktion *Spion zwischen zwei Fronten* vor der Kamera, für die auch Yul Brynner und Gert Fröbe engagiert worden sind. Die Rolle, die sie spielen soll, war ursprünglich für Ursula Andress vorgesehen, die jedoch dankend abgelehnt hatte, so daß Regisseur Terence Young auf Romy verfallen ist, die allerdings nur unter der Bedingung zugesagt hat, daß wenigstens auch eine kleine Nebenrolle für Harry Meyen herausspringt, der auf diese Weise dank Romy zum zweiten Mal in einer internationalen Produktion mitwirken darf. Romy hat aus einem ganz besonderen Beweggrund dafür gesorgt, Harry während der Dreharbeiten in Paris und Nizza ständig um sich zu haben, denn seit Ende April weiß sie, daß sie schwanger ist. Sofort haben die beiden beschlossen zu heiraten, wozu nun durch Harrys Scheidung von Anneliese auch der Weg frei ist.

Um dem öffentlichen Trubel einer von Reportern und Paparazzi umlagerten Hochzeit zu entgehen, machen es Romy und Harry wie Alain und Nathalie; sie heiraten heimlich, ohne vorher jemanden einzuweihen. Aus Angst, daß »Daddy« Blatzheim die Information wiederum an die Presse weitergibt, informiert Romy nicht einmal ihre Mutter. Harry ist das nur recht, da er Romys Mutter und ihren Stiefvater ohnehin als Unpersonen betrachtet, für die er nur Verachtung und eisige Ablehnung übrig hat. Nur Romys zum Schweigen verurteilter Bruder Wolfdieter reist an die Côte d'Azur, um neben Romys Sekretärin als Trauzeuge zu fungieren. Am 15. Juli 1966 geben sich Romy und Harry in einer schlichten, nur wenige Minuten dauernden Zeremonie im Standesamt der kleinen Halbinsel Saint-Jean-Cap-Ferrat das Jawort – Romy trägt von nun an den bürgerlichen Namen Rosemarie Haubenstock, doch wird sie in der Öffentlichkeit natürlich weiterhin Romy Schneider heißen. Nach ihrer Rückkehr geben Romy und Harry ihre Hochzeit den deutschen Medien bekannt. Die Zeitungsjournalisten überschlagen sich. Auch wenn hinter vorgehaltener Hand daran gezweifelt wird, daß es sich um eine Liebesheirat gehandelt hat, und man rätselt, ob das ungleiche Paar tatsächlich zusammenpaßt, wird doch zum ersten Mal seit vielen Jahren wieder positiv über Romy berichtet. Die wiederum ist sich ihrer Sache dieses Mal ganz sicher und erklärt immer wieder, wie glücklich sie mit Harry ist: »Jetzt habe ich endlich einen Mann, der mich bis ans Ende meiner Tage lieben wird.«[215]

Weitere Sympathiepunkte bringt Romy die Offenbarung ein, daß sie gemeinsam mit Harry ein Kind erwartet, daß sie bereits im vierten Monat schwanger ist und zudem beschlossen hat, ihre Zelte in Paris abzubrechen. Zunächst beabsichtigt sie noch keine Rückkehr nach Deutschland, sondern spielt mit dem Gedanken, in die Schweiz zu ziehen: »Ich habe Paris gründlich satt. Es ist eine zauberhafte Stadt, aber sie frißt die Nerven. Sie macht einen einfach fertig. Übrigens habe ich das Appartement verkauft. Ich gehe jetzt nach Zürich. Ich brauche Ruhe, Ruhe, Ruhe.«[216] Doch die Schweiz bleibt nur eine kurze Zwischenstation. Romy und Harry beschließen, fortan gemeinsam in Berlin zu leben, denn Harry ist durch seine Theaterarbeit beruflich an die Stadt gebunden. Reportern erklärt Romy: »Wir haben nicht geheiratet, um fast ständig getrennt zu leben wie andere Schauspieler-Ehepaare, die sich bestenfalls fünfmal im Jahr sehen. Das kommt für uns gar nicht in Frage.«[217] Harry findet eine ruhig gelegene Vier-Zimmer-Wohnung im Stadtteil Grunewald. Angesichts von Romys bisherigen Bleiben, ihrer Luxusvilla in Beverly Hills, ihren exklusiven Wohnungen in Paris und ihrem Leben auf Alains herrschaftlichem Landsitz in der Île de France, ist ihr neuer Lebensstil äußerst bescheiden zu nennen. Anstatt ihrer acht Hausangestellten in Hollywood und ihrer vier Angestellten in Paris gibt es jetzt nur noch eine Haushälterin, die das Kochen und Einkaufen übernimmt. Harry brüstet sich Reportern gegenüber mit Romys neuer Bodenhaftung: »Sie findet es selbstverständlich, selber die Brötchen zu holen und keinen Chauffeur und keine Sekretärin mehr zu haben.«[218]

Romy will ihr Leben, wie sie es sich vorgenommen hat, ganz nach den Bedürfnissen ihres Ehemanns ausrichten. Beinahe gewinnt man das Gefühl, daß sie im Privaten eine neue Rolle ausprobieren und schauen will, wie sie mit dieser zurechtkommt und ob die neue Lebensweise ihr mehr Glück bringt als ihr Rebellinnendasein an Alains Seite. Nun also ihr Auftritt als Hausfrau und Mutter. Und wie im Filmstudio geht Romy auch im Leben voll und ganz in ihrer Rolle auf. Bodenständigkeit ist angesagt – und eine rüde Absage an alle emanzipatorischen Bestrebungen, die gerade in der Luft liegen. Journalisten gegenüber erklärt Romy: »Ich lasse mich gerne von meinem Mann führen. Harry ist mir so überlegen. Er gibt mir eine ganz neue Sicherheit.«[219] Harry gefällt sich darin, die Rolle zu spielen, die Romy ihm zugedacht hat. Gerne stellt er zur Schau, daß er der Herr im Hause ist, indem er die hochschwangere Romy etwa bei einer häuslichen Party durch die Gegend hetzt, um Getränke für die Gäste herbeizuschaffen. Immer wieder beteuert er selbstgefällig, wie »anpassungsfähig« Romy sei, und bringt in Interviews unmißverständlich zum Ausdruck, daß er sich seiner Macht über sie durchaus bewußt ist: »Ich glaube, daß sie sich sehr verläßt auf das, was ich ihr sage. Ich würde nie eine Frau haben wollen, die selbständig und fertig ist.«[220] Daß er derjenige ist, der den Ton in der Beziehung angibt, gibt er unumwunden zu: »Ich hatte meine Vorstellungen vom Leben – deshalb mußte sich Romy unterordnen. Für mich hat sich nichts verändert, seit wir verheiratet sind.«[221]

Tatsächlich überläßt Romy ihrem Mann das Kommando; sie übernimmt seine Wertmaßstäbe und Prinzipien, ohne diese jemals zu hinterfragen. Alles, was er sagt und macht, hält sie für richtig. Bissig kommentiert ihre Mutter rückblickend: »Romy war Meyen fast sklavisch ergeben. Sie tat fast alles für ihn, sie war's ja von Delon gewöhnt.«[222] Dabei gibt es keine Gemeinsamkeiten zwischen Romys Beziehung zu Harry und ihrer leidenschaftlichen Liebe zu Alain, ja sie ist eigentlich der genaue Gegenentwurf zu ihrem Leben an Delons Seite. Parallelen gibt es hingegen zu der Verhaltensweise von »Daddy« Blatzheim Romy gegenüber. Ähnlich wie sie einst unfreiwillig von ihrem Stiefvater manipuliert und bevormundet worden ist, so manipuliert und bevormundet nun Harry Meyen seine Frau – mit dem Unterschied, daß sie sich dieses Mal freiwillig unterwirft.

Nachdem Romys Bekenntnis zu Alain ein Befreiungsschlag gegen die ständige Bevormundung durch Mammi und »Daddy« war, die Partnerschaft aber eigentlich von Beginn an zum Scheitern verurteilt gewesen ist, so scheint sich Romy nun ganz bewußt wieder nach dem Gegenteil zu sehnen und sich in ihrer Ratlosigkeit, wie sie privates Glück erlangen soll, in die Illusion einer bürgerlichen Ehe und Familie zu flüchten.

In ihrer Selbstherrlichkeit und Arroganz sind Blatzheim und Meyen sich in der Tat nicht gerade unähnlich. Kein Wunder, daß die beiden Männer, die sich nur zweimal persönlich begegnen, heftig aneinandergeraten. Hatte schon Romys Beziehung zu Alain zu schweren Spannungen und zum zeitweiligen Zerwürfnis mit Blatzheim geführt, so setzt ihre Ehe mit Harry dem noch die Krone auf, denn Alain war letztlich nur ein Mann, der sich für sich selbst interessierte und den es gelangweilt hätte, sich auf die Dauer Grabenkämpfe mit Romys Stiefvater zu liefern. Doch Meyen ist aus anderem Holz geschnitzt. Er ist gewieft und intelligent; er vermag Blatzheim etwas entgegenzusetzen und ihm Kontra zu geben – und scheut auch nicht davor zurück, die Auseinandersetzung mit ihm zu suchen. Blatzheim sieht voraus, was kommen wird, und machte von Anfang an Stimmung gegen Harry. Und erneut wurde er dabei voll und ganz von seiner Frau Magda unterstützt, die sich wie gewohnt auf die Seite ihres Mannes schlug und Romy böse in den Rücken fiel. Für sie ist Harry ein Snob, den sie nicht leiden kann.[223] Ausgerechnet nach Bekanntwerden der Affäre von Harry und Romy, als die Presse wieder einmal gnadenlos über ihre Tochter herfiel und sie als Ehebrecherin beschimpfte, hatte Magda nichts Besseres zu tun, als Journalisten ihr Herz auszuschütten und auszuplaudern: »Ich warnte Romy: ›Laß die Hände von einem vierzehn Jahre älteren und verheirateten Mann.‹«[224] Romy ist derartige Geschmacklosigkeiten schon ihr ganzes Leben lang gewöhnt, doch Harry kann Magda ihre öffentliche Stellungnahme wohl nicht verzeihen, jedenfalls entwickelt sich nicht gerade ein herzliches Verhältnis zwischen den beiden – schließlich wird Harry seiner Schwiegermutter sogar Hausverbot erteilen.

Nicht anders sieht es bei Romys Stiefvater aus, der von Anfang an strikt gegen diese Beziehung war – wie er bisher gegen jeden Mann im Leben seiner Stieftochter gewesen ist. Jetzt, wo Harry Romys Mann ist, kann Blatzheim sich denken, daß Meyen sich auch um die Finanzen seiner Frau kümmern will und Rechenschaft von ihm verlangen wird. Er, der sich seit Jahren schamlos an seiner Stieftochter bereichert hat, schreckt nicht davor zurück, Harry als Mitgiftjäger darzustellen, der nur hinter dem Geld seiner Frau her ist und Romy nur aus diesem Grund heiraten wollte. Er gibt sich alle Mühe, dieses Gerücht zu streuen: »Alle Welt glaubt, daß Harry Meyen, der als sparsam, eitel und eiskalt verschrien ist, es doch nur auf Romys Vermögen abgesehen hat. Diese Feststellung ist ja nicht auf meinem Mist gewachsen. Viele Freunde von Harry Meyen, die ihn schon jahrelang kennen, fragen immer in einem spöttischen Tonfall: ›Na, hat Harry schon das Geld von Romy in Händen?‹«[225] Doch auch dieses Mal schlagen die Versuche der Schneider-Blatzheims, ihre Tochter wieder auf Kurs zu bringen, fehl. Romy stellt sich hinter ihren Mann und überläßt es diesem auch, sich zukünftig um ihre Finanzen zu kümmern.

Wie erwartet beginnt Harry, der Blatzheim als spießigen, neureichen Emporkömmling betrachtet, Fragen nach Romys Vermögen und den angeblich so krisensicher angelegten Filmgagen zu stellen. Es kommt hinter den Kulissen zu erbitterten Streitigkeiten, in denen Blatzheim seine Stieftochter in einem Wutanfall einmal als einen »fotogenen Haufen Scheiße«[226] bezeichnet. Harry setzt sich sehr genau mit Blatzheims Machenschaften auseinander, sichtet die Romy zur Verfügung stehenden Papiere und wundert sich sehr darüber, daß seine mittlerweile achtundzwanzigjährige Frau immer noch mit von Blatzheim festgesetzten monatlichen Zahlungen abgespeist wird, statt selbst über ihr Vermögen zu verfügen oder doch zumindest zu wissen, wie ihre Filmgagen überhaupt angelegt worden sind und verwaltet werden. Aufgrund seiner Recherchen kommt er zu dem Schluß, daß Romy rund zwei Millionen Mark von ihrem Stiefvater zu bekommen habe.[227] Ob die Summe tatsächlich stimmt, muß dahingestellt bleiben, da niemand genau sagen kann, wieviel Geld bereits aus dem Vermögen an Romy geflossen ist – Blatzheims Sohn Jochen jedenfalls wird später von einer Boulevardzeitung dahingehend zitiert, daß seine Stiefschwester mit sieben- bis zehntausend Schweizer Franken eine wesentlich höhere monatliche Apanage ausgezahlt bekommen habe, als sie zeitlebens immer behaupten wird.[228] Zudem sind auch die zweihunderttausend Mark Abfindung an Harrys Ex-Frau aus Romys Vermögen geflossen.

Meyen jedenfalls schreibt Blatzheim einen erbosten Brief und fordert in deutlichen Worten die schonungslose Offenlegung von Romys Finanzen: »Ich will nicht von Ihrem Geltungsbedürfnis sprechen, das in den *Sissi*-Jahren volle Befriedigung fand, sondern nur über die unglaubliche Tatsache, in welcher Weise Sie die Karriere Ihrer Stieftochter zu Ihrem finanziellen Vorteil ausgenutzt haben. Sie wußten natürlich genau, daß jeder neutrale Finanzberater verhindert hätte, daß Sie die Gagen Ihrer Stieftochter in die (Ihre) Firma Thyrsos einfließen ließen, anstatt sie, wie es selbstverständlich gewesen wäre, bei einer Bank mündelsicher anzulegen. Sie haben es nicht nur verstanden, Ihre Stieftochter zu veranlassen, ein Schriftstück zu unterschreiben, das sie nicht nur völlig entmündigte, sondern Ihnen alle Rechte garantierte, während Ihre Stieftochter nur Pflichten zu erfüllen hatte. Ich glaube, es dürfte sich mit Anwälten und Steuerprüfern unschwer der Beweis erbringen lassen, daß Sie der hauptsächliche, wenn nicht der alleinige Nutznießer der Thyrsos sind. Machen Sie sich endlich klar, daß Sie nur noch die Verpflichtung haben, einwandfrei zu belegen, wo das Geld meiner Frau geblieben ist.«[229] Wie recht Harry mit seinen Einschätzungen und Forderungen hat, wird sich wenige Monate später nach Blatzheims Tod herausstellen.

Doch von den privaten Querelen dringt dieses Mal nicht allzuviel an die Öffentlichkeit, denn die Presse hat bald schon ein anderes Thema, auf das sie sich stürzen kann – die Geburt von Romys erstem Kind. Bereits im Vorfeld verknüpft Romy mit der Mutterschaft die

Absicht, ihrem Leben eine völlig neue Richtung zu geben und ganz bewußt andere Prioritäten zu setzen als bisher: »Ich will nicht mehr meine ganze Kraft und meine ganzen Nerven nur für diesen Beruf hergeben. Es ist mir nicht mehr genug. Es gab nur die Arbeit, nur den Beruf – aber ich will nicht mehr.«[230] Das erwartete Kind soll ein ruhender Pol sein und endlich ein Stück Normalität in ihr Leben bringen, das ab dem Alter von fünfzehn Jahren nahezu ausschließlich durch ihre Karriere beherrscht wurde. Auch hier entwickelt Romy wieder völlig übersteigerte Vorstellungen. Sie hofft, daß das Kind eine andere Frau aus ihr machen wird, eine Frau, die endlich auch im Privaten glücklich sein wird und die ihren Beruf nicht mehr braucht, um Momente des Glücks zu empfinden.

Am Abend des 2. Dezember 1966 ist es soweit. Die Wehen setzen ein, und Harry fährt seine Frau ins Rudolf-Virchow-Krankenhaus, wo Romy sich, um die Journalisten fernzuhalten, unter falschem Namen angemeldet hat. Obwohl sie schreckliche Angst davor hat, alleine mit den Ärzten und Geburtshelfern zu sein, fährt Harry wieder nach Hause, wo er sich, um seine angespannten Nerven zu beruhigen, mit Schlaftabletten ins Bett legt und das freudige Ereignis verschläft. In den Morgenstunden des 3. Dezember bringt Romy ihr erstes Kind zur Welt, einen Sohn, dem sie den Namen David-Christopher geben wird. Harry ist so benommen von den vielen Tabletten, daß ihn nicht einmal das stundenlange, aufgeregte Klingeln des Telephons zu wecken vermag. Erst spät bequemt er sich in die Klinik und gratuliert Romy mit einem riesigen Strauß roter Rosen. Die deutschsprachige Presse berichtet ausführlich über das Ereignis. Bei einem Blick in die Zeitungen kann man beinahe das Gefühl gewinnen, als handele es sich bei Romys Sohn um den Sproß eines der europäischen Königshäuser, so breiten Raum nimmt die Berichterstattung ein. Immer wieder werden Photos der glücklich strahlenden Mutter, des stolzen Vaters und ihres Neugeborenen abgedruckt.

Um genügend Platz für den Neuzugang in der Familie zu haben, mieten Harry und Romy noch eine zweite Wohnung im gleichen Haus an, in der David und das Kindermädchen untergebracht werden, das zu Romys Unterstützung engagiert worden ist. Romy genießt ihr junges Mutterglück in vollen Zügen und geht leidenschaftlich in ihrer neuen Rolle auf. Gerade weil ihre eigene Mutter sie schon in den ersten Lebensmonaten so oft alleine gelassen hatte, um wieder vor der Kamera zu stehen, ist es Romy enorm wichtig, möglichst rund um die Uhr für ihren Sohn dazusein. Um jeden Preis will sie mitbekommen, wie er zu krabbeln beginnt, wie er seine ersten Schritte macht, seinen ersten Zahn bekommt, sein erstes Wort spricht – Entwicklungsschritte, die Magda bei ihren Kindern verpaßt hat. Romy fasziniert es, ihren Sohn heranwachsen zu sehen: »Die ersten Monate im Leben eines Babys sind so großartig.«[231] Sie hat das Gefühl, daß ihr Leben eigentlich erst jetzt, mit der Geburt ihres Sohnes, so richtig begonnen hat, und ist der festen Überzeugung, daß David ihr eine Form von Glück beschert, die ihr auch die größten Erfolge im Beruf so nie hätten bescheren können. Jeglichen Emanzipationsbestrebungen eine Absage erteilend, erklärt sie Journalisten: »Ehe und Mutterschaft können einen Menschen nur verbessern. Erst sie machen einen zu einer richtigen Frau.«[232] Auf die Frage, ob und wie die Geburt ihres Kindes ihr Leben verändert habe, antwortet sie: »Ob sich mein Leben verändert hat? Sagen wir, ich habe endlich eins. Ich bin ruhiger geworden. Ich habe nicht mehr denselben krankhaften Ehrgeiz wie früher.« Im Überschwang der Gefühle äußert Romy jetzt sogar erstmals, daß sie ernsthaft mit dem Gedanken spiele, ihre Filmkarriere zu beenden.

Auch wenn niemand, der Romy näher kennt, ernsthaft daran glaubt, daß sie sich für alle Zeiten mit der Rolle einer Vollzeitmutter und einem beschaulichen Familienleben zufriedengeben wird, und es auf der Hand liegt, daß eines Tages das Schauspielerblut wieder in ihr zu brodeln beginnen wird, will sie zu dieser Zeit nichts davon hören. Interviewanfragen lehnt sie strikt ab und begründet dies damit, daß sie nicht mehr filme und jetzt eine Privatperson sei, es also nichts mehr zu fragen und zu sagen gebe. Es folgt eine ruhige und unbeschwerte Zeit, in der Romy sich erstmals seit Jahren wieder ausgeglichen und glücklich fühlt und auf die nur ein Wermutstropfen fällt: Am 21. Februar 1967 stirbt Romys Vater im Alter von nur sechzig Jahren an den Folgen seines zweiten Herzinfarkts. Kurz zuvor war Romy nach Wien gereist, um ihn am Krankenbett zu besuchen und noch ein letztes Mal zu sehen. Er, der nie wirklich für seine Tochter dagewesen war, wird nun auch für seinen Enkel David nicht dasein. Wolf bleibt in Romys Leben der ewig Abwesende, der nie Erreichte, der nicht Erreichbare. Wiederum bleibt ihr nichts anderes übrig, als ihre unerfüllten Hoffnungen auf ihn zu projizieren, auch jetzt noch nach seinem Tod: »Mein wirklicher Vater war wirklich kein Vater. Leider. Heute meine ich aber, er ist zu früh gestorben. Vielleicht wäre er später mehr ein Vater für mich gewesen, als ich ihn brauchte.«[233]

Romy genießt es, an Davids Wiege zu sitzen und ihren schlafenden Sohn zu beobachten oder im Kinderwagen mit ihm spazierenzugehen. Zeit für ihn zu haben und ihn langsam heranwachsen zu sehen erscheint ihr als purer Luxus. Da Romy sich nun vornehmlich auf ihr Kind konzentriet und somit nicht mehr alleine auf Harry fixiert ist, entspannt sich auch das Verhältnis zu ihrem Mann. Die beiden verbringen die meiste Zeit in ihrer Wohnung: »Wir sind für manche bestimmt ein ganz spießiges Ehepaar geworden, finden es zu Hause am schönsten und sehen viel fern.«[234] Alle Pläne für eine berufliche Zusammenarbeit, die ihnen vor wenigen Monaten noch so wichtig gewesen sind, haben sie ad acta gelegt: »Eine gemeinsame berufliche Zukunft sehen wir noch nicht.«[235]

Die Deutschen, die Romy ihren Weggang nach Frankreich und ihr wildes Leben an der Seite von Alain übelgenommen und sie lange Zeit wie eine Vaterlandsverräterin behandelt haben, betrachten es nun mit Genugtuung, daß Romy in den Schoß der Heimat zurückgekehrt ist, daß sie sich jetzt primär als Hausfrau und Mutter versteht und ihr Leben durch ihre Ehe mit dem angesehenen Harry Meyen wieder in »geordnete Bahnen« gebracht hat. Besonders die Tatsache, daß Romy bei ihrer Rückkehr aus Paris erklärt hat, in ihrem Herzen immer Deutsche geblieben zu sein, stimmt ihre Landsleute versöhnlich. Sie gewinnt neues Ansehen. Man verzeiht ihr und gönnt es ihr, die nach ihren Eskapaden und ihrer wilden, rebellischen Phase an Alains Seite nun wieder brav und bodenständig geworden ist, daß sie ihr neues Familienglück in Berlin genießt. Romy nutzt die versöhnliche Stimmung, um zu erklären, warum sie vor acht Jahren aus Deutschland weggehen mußte und seitdem keine Filmangebote aus der Heimat mehr annehmen konnte: »Ich hatte Angebote. Immer wieder dasselbe. Bis ich dick und fett geworden wäre und in keine Reifröcke mehr reingepaßt hätte. Ich hätte immer nur ›Ja‹ sagen brauchen. Aber ich will das nicht, das langweilt mich. Mir hat es natürlich auch gefallen. Ich war selig. Ich war die Prinzessin – nicht nur vor der Kamera. Ich war sieben Jahre lang die Prinzessin, aber dann wollte ich es halt eines Tages nicht mehr sein. *Davor* bin ich geflohen.«[236]

Während Romy sich ganz auf ihr Privatleben konzentriert und ihren Sohn als Lebensmittelpunkt betrachtet, muß Harry immer häufiger berufliche Mißerfolge verbuchen. Nichts will ihm mehr so recht glücken. War er in der Zeit vor seiner Beziehung mit Romy der erfolgsverwöhnte, von Kritikern wie vom Publikum gleichermaßen gefeierte Theatermacher und Schauspieler, der als Garant für volle Häuser galt, so scheint ihm nun alles, was er anpackt, zu mißlingen. Sein vormals so untrügliches Gespür für Stoffe, die beim Publikum ankommen, scheint er mit einem Mal verloren zu haben. Dies liegt nicht zuletzt wohl auch daran, daß er nun keine erfahrene Theaterschauspielerin wie Anneliese mehr an der Seite hat, die in früheren Zeiten seine wichtigste und kompetenteste Ratgeberin war, mit der er jedes noch so kleine Detail seiner anstehenden Inszenierungen besprochen hat und die ihm in sämtlichen beruflichen Belangen mit Rat und Tat zur Seite gestanden hat. Romy, die viel zu wenig Theatererfahrung hat, um Harry Ratschläge zu geben, kann sie nicht ersetzen, was viele hinter vorgehaltener Hand darüber tuscheln läßt, daß die gefeierten Theatererfolge von Harry Meyen tatsächlich wohl Erfolge von Anneliese Römer gewesen sind. Wie auch immer – die beruflichen Mißerfolge schlagen auf Harrys Gemüt, denn die Flops, für die er die Verantwortung trägt, sorgen dafür, daß der vor kurzem noch vielbeschäftigte »König des Boulevardtheaters« keine Engagements mehr in Berlin bekommt.

Romy läßt wieder einmal ihre Beziehungen spielen, um Harry zu helfen. Auf ihre Vermittlung hin erreicht ihn ein Angebot, in Hamburg zu inszenieren. Romys Mann schöpft neue Hoffnung und beschließt, Berlin den Rücken zu kehren und sich mitsamt seiner kleinen Familie in der Hansestadt niederzulassen, weil er nun hier seine berufliche Zukunft zu sehen glaubt. Doch auch in Hamburg ist ihm wenig Erfolg beschieden. Erneut versucht Harry sich auch außerhalb des Boulevardtheaters einen Namen zu machen, und erneut scheitert er mit diesem Unterfangen. Denn ausgerechnet zwei Opern soll er inszenieren, obwohl er keine Ahnung von Opern-Regie hat und als »König des Boulevardtheaters« fraglos der völlig falsche Mann für solch eine Aufgabe ist. Gleich beide Hamburger Inszenierungen, sowohl sein *Barbier von Sevilla* als auch Wagners *Tannhäuser,* fallen bei Kritik und Publikum gnadenlos durch, so daß Harry auch in Hamburg vor dem beruflichen Aus steht. Folglich sinkt das Stimmungsbarometer im Hause Meyen immer tiefer. Tatenlos sitzen Romy und Harry nun in ihrer schönen Sieben-Zimmer-Altbauwohnung mit Blick auf die Außenalster; ihr einziger Lebensinhalt bleibt ihr gemeinsamer Sohn. Die beruflichen Mißerfolge beginnen die Beziehung nachhaltig zu belasten. Harry trinkt zuviel; er betäubt sich mit Alkohol und Tabletten, die ihn von seiner Misere ablenken sollen, und er läßt seine Unzufriedenheit mit sich selbst und mit seiner Situation zunehmend an Romy aus. Die nach Davids Geburt so harmonisch verlaufende Beziehung entwickelt sich immer problematischer. In heftigen Auseinandersetzungen gibt Harry seiner Frau, die sein Leben so gründlich durcheinandergebracht habe, indirekt die Schuld an seinem beruflichen Niedergang. Noch hält Romy den Mund, noch versucht sie krampfhaft an ihrer kleinen Familienidylle festzuhalten, die längst schon keine mehr ist.

Romy und Harry sehen sich mit einer völlig neuen Situation konfrontiert. Vor ihrer Ehe waren sie beide vielbeschäftigte Menschen, die sich in erster Linie über ihre Arbeit und ihre Erfolge definiert haben. Doch nun sind beide zur Untätigkeit verdammt. Um zu erkennen, daß das nicht lange gutgehen kann, muß man kein Hellseher sein. Noch weist Romy es weit von sich, daß ihr etwas fehlen könnte: »Ich vermisse nichts. Überhaupt nichts.«[237] Doch sehr bald schon beginnt sie durchaus etwas zu vermissen. Harrys Unruhe und sein ständiges Hadern mit seinem Schicksal übertragen sich auf sie. Gerade weil sie spürt, daß sich ihr Mann in seinem Kummer und seiner Frustration mehr und mehr von ihr entfernt und ihre Ehe immer tiefere Risse bekommt, werden ihr die nach außen hin noch strikt verleugneten Defizite in ihrem eigenen Leben nur um so deutlicher bewußt. Fehlt ihr die Arbeit nicht genauso wie Harry? Hat die Ehe mit ihm wirklich eine Zukunft? Sind sie nicht doch zu unterschiedlich? War die vielbeschworene Seelenverwandtschaft zwischen ihnen nur Illusion? Romy wird sich diese Fragen sicherlich stellen, doch angesichts ihrer beinahe irrealen Angst vor dem Verlassenwerden, die sie in Alains Fall dazu getrieben hat, viel zu lange an einer längst gescheiterten Beziehung festzuhalten, lassen auch dieses Mal den Gedanken an eine Trennung von Harry erst gar nicht aufkommen. Schließlich hat sie sich vorgenommen, daß David – anders als sie selbst – in einer glücklichen Familie aufwachsen soll. Ihr Sohn braucht seinen Vater; er soll ihn nicht entbehren müssen, so wie sie den ihren ihr ganzes Leben lang hat vermissen müssen. Ihr Traum vom kleinen Familienglück darf um keinen Preis der Welt platzen. Je größer die Schatten werden, die auf ihre Beziehung mit Harry fallen, desto stärker und leidenschaftlicher klammert Romy sich an David. Auf ihn fokussiert sie ihre ganze Liebe; schließlich ist er der einzige Mensch, der sie noch nie enttäuscht hat.

Doch auch in Romy nagt die Unzufriedenheit mit der Situation. Reicht es ihr wirklich auf Dauer, nur noch Ehefrau und Mutter zu sein? Nachdem sie mehr als ein Jahr zuvor noch so vollmundig erklärt hatte, daß sie ihren alten Ehrgeiz abgelegt habe und die Mutterrolle sie völlig ausfülle, spürt sie nun, wo es in ihrer Ehe kriselt, daß sich eine innere Leere in ihr breitmacht. So schön die Mutterfreuden auch sind, für alle Zeiten können sie wohl kein vollkommener Ausgleich für die Befriedigung sein, die sie einst gespürt hat, wenn sie vor der Kamera gestanden hat. In Romy fließt Schauspielerblut; sie ist von ganzem Herzen Schauspielerin und geradezu süchtig danach, in immer neue Rollen zu schlüpfen. Die Rolle als Ehefrau und Mutter – das spürt sie – hat sie voll und ganz ausgeschöpft. Sie dürstet nach neuen Aufgaben. Das bürgerliche Leben und der Alltagstrott beginnen sie zu langweilen. Alles, was sie kurz zuvor noch in höchsten Tönen gelobt hat, erscheint ihr plötzlich öde und fad. Sie hat genug davon, in den Tag hinein zu leben. Sie spürt, daß ihre Selbstachtung dahin schwindet und sie etwas dagegen unternehmen muß. Als Romy Harry kennenlernte, galt sie als Inbegriff von Stil und Eleganz, jetzt achtet sie nicht mehr auf sich. Sie hat zugenommen, schminkt sich nicht mehr, und ihre Kleider und Kostüme von Coco Chanel und Yves St. Laurent schlummern unbeachtet in den Kisten auf dem Speicher: »Ich begann langsam fett zu werden. Mein einziger Auslauf war, mit dem Kinderwagen […] spazierenzugehen. Nach einer Weile spürte ich, daß ich mein wahres Ich unterdrückte.«[238] Romy glaubt die Enge nicht länger ertragen zu können. Immer häufiger denkt sie darüber nach, wie es wäre, wenn sie wieder eine Rolle annehmen würde. War sie nicht immer glücklich, wenn sie im Filmstudio gestanden hat? Schauspielerin zu sein war ein solch zentraler Bestandteil ihres einstigen Lebens, daß sie auf Dauer nicht darauf verzichten kann. Sie spürt unweigerlich, daß die Zeit des Ausruhens vorbei ist, daß sie ausbrechen und wieder arbeiten muß, wenn sie nicht verrückt werden will. Romy beschließt, das zu machen, was sie immer getan hat, wenn sie im Privaten nicht mehr weiterwußte; sie flüchtet sich vor ihren Schwierigkeiten und Problemen in Rollen, die sie von ihrem eigenen Leben ablenken. Der Traum vom bürgerlichen Leben ist ausgeträumt.

Romy merkt jedoch schnell, daß es gar nicht so einfach sein wird, beruflich wieder Fuß zu fassen. Die schnellebige Welt des Films hat sie beinahe schon vergessen. Keiner rechnet mehr wirklich damit, daß sie jemals auf die Leinwand zurückkehren wird. In Deutschland sieht man Romy jetzt in allererster Linie als Ehefrau und Mutter an, als Frau an der Seite von Harry Meyen. Und in Frankreich findet sie höchstens noch als »ehemalige Schauspielerin« Erwähnung. Doch haben sie Herausforderungen nicht immer angestachelt? Das Gefühl, daß die Filmindustrie und das Publikum sie abgeschrieben zu haben scheinen, treibt sie erst recht dazu an, einen neuen Anlauf zu wagen und sich ihren alten Platz zurückzuerobern. Ihr Ehrgeiz ist geweckt, sie will um jeden Preis wieder vor der Kamera stehen. Und seit neuestem hat sie zudem auch das Gefühl, dringend wieder ins Berufsleben zurückkehren zu müssen, um Geld zu verdienen, denn ihr Vermögen ist, wie sich nun herausstellt, nicht so groß, wie sie immer gedacht hatte. Im Mai 1968 ist Hans Herbert Blatzheim zweiundsechzigjährig in seiner Villa am Luganer See an Herzversagen gestorben. Von Reportern auf den Tod ihres Stiefvaters angesprochen, antwortet Romy kühl: »Herr Blatzheim ist für mich ein Fremder!«[239]

Abgesehen vom Umstand, daß sie ihren Stiefvater noch nie ausstehen konnte, hat ihre unversöhnliche Haltung auch noch einen aktuellen Anlaß. Denn jetzt, nach seinem Tod, erfährt Romy, warum Blatzheim ihr die größeren Geldsummen, die sie in der Vergangenheit wiederholt von ihm gefordert hatte und die er ihr aus »erzieherischen Gründen« nicht aushändigen wollte, verweigert hat. Er hätte ihr das Geld gar nicht auszahlen können, denn sein Unternehmen stand kurz vor dem Ruin. Auch wenn Blatzheim in der Familie als der Finanzexperte galt, scheint er in geschäftlichen Dingen nicht so versiert gewesen zu sein, wie es nach außen hin immer gewirkt hat. Bei seinen Höhenflügen hat der »deutsche Hilton« immer mehr Restaurants, Cafés, Bars und Vergnügungslokale eröffnet; auf dem Höhepunkt soll sein Gaststättenimperium rund achtzig Betriebe umfaßt haben.[240] Doch nicht alle von ihnen erwirtschafteten Gewinne: »Manche liefen so schlecht, daß die betreffende Firma eigentlich hätte bankrott gehen müssen. Das vermied Blatzheim, indem er anderswo Geld auftrieb, um die entstandenen Löcher zu stopfen.«[241] Im

Stopfen von Finanzlöchern bewies er großen Einfallsreichtum. Unter anderem trieb er das Geld bei der Firma Thyrsos auf, die er eigentlich gegründet hatte, um die Filmgagen seiner Stieftochter zu verwalten. Nach seinem Tod hinterläßt Blatzheim einen immensen Berg an Schulden. Die Traumvilla am Lago Maggiore ist mit Hypotheken belastet, Gläubiger pfänden den Schmuck, den Blatzheim Magda geschenkt hatte – in ihren schönfärberischen Memoiren erwähnt Romys Mutter den Konkurs ihres zweiten Mannes und dessen unangenehme Folgen für sie und ihre Tochter mit keinem Wort. Nach einer von Harry Meyen initiierten Bestandsaufnahme wird festgestellt, daß Thyrsos Romy rund 1,2 Millionen Schweizer Franken schuldet. Harry besteht darauf, daß Romy sich Anwälte nimmt, um die Summe einzuklagen. Erst im Februar 1969 wird es nach zähen Verhandlungen zu einem Vergleich kommen: Romy werden achthundertsechzigtausend Schweizer Franken zugesprochen, wovon schließlich nur siebenhundertfünfzigtausend Franken auf Romys Konten eingehen werden; mehr ist durch den Verkauf von Grundstücken und Mietshäusern, die Thyrsos gehören, aus der Konkursmasse nicht herauszuholen. Fortan überläßt Romy es ihrem Mann, sich um ihre Finanzen zu kümmern. Meyen legt Romys Geld in der Schweiz an, in Immobilien und Wertpapieren.

Die Sieben-Zimmer-Wohnung in Hamburg, die Haushälterin und das Kindermädchen wollen bezahlt werden, und da Harry momentan beruflich kaltgestellt ist und keinen Ausweg aus seinem Karrieretief findet, bleibt es an Romy hängen, Geld zu verdienen: »Jeder glaubt, ich bin eine Millionärin, aber niemand weiß, daß ich in der letzten Zeit sehr viel Geld verloren habe.«[242] Romy glaubt, angesichts ihrer selbstverordneten zweijährigen Pause nicht wählerisch sein zu dürfen, und sagt ihr Mitwirken an der banalen englischen Agentenpersiflage *Otley* zu, mit der sie die Reihe belangloser Filme fortsetzt, die sie vor Davids Geburt gedreht hat. Harry und David begleiten sie Anfang 1968 zu den Dreharbeiten nach London, womit Romy einen erneuten Versuch startet, Beruf und Privates unter einen Hut zu bringen. Auch wenn sie während der Dreharbeiten kaum Zeit für

David hat, ist es ihr enorm wichtig, ihn in ihrer Nähe zu wissen: »Ich bin in meinen Sohn vernarrt. Ich brauche den Jungen ebenso, wie er mich braucht.«[243] Am Set von *Otley* fühlt sie sich anfangs noch unwohl und gehemmt. Nach dem langen Rückzug ins Private kann sie sich noch nicht so recht vorstellen, ihr altes »Zirkusleben« wieder aufzunehmen. Auch ihr altes Selbstvertrauen in beruflichen Dingen ist noch nicht wiederhergestellt. Überkritisch befindet sie: »Wenn ich mir nichts aufs Gesicht schmiere, sehe ich nach nichts aus.«[244] *Otley,* in dem Romy eine Geheimagentin verkörpert, wird ein Reinfall; es ist einer der uninteressantesten Filme in Romys Karriere. In Deutschland und Frankreich schafft er es nicht einmal in die Kinos. Rückblickend wird Romy eingestehen: »Es war ein sehr schlechter Film, aber ich hatte ja seit Davids Geburt nichts mehr gedreht, und irgendwann mußte ich ja einmal wieder anfangen.«[245] Sie will wieder dazugehören, fühlt aber, daß es schwer werden wird, an mittlerweile bereits lange zurückliegende Erfolge wie *Boccaccio '70* und *Der Prozeß* anzuknüpfen. Desillusioniert stellt sie fest: »Ich wollte immer ein Weltstar werden, aber ich bin es nie geworden.«[246] Doch bald schon wird ein Mann in ihr Leben zurückkehren, der ihr beruflich auf die Beine helfen wird und der das schafft, was Romy sich eigentlich von Harry versprochen hatte – sie erneut zum Star zu machen und groß rauszubringen. Eines Tages klingelt das Telephon, und Alain ist am Apparat.

TEIL III
ROMY

6 *Die Vollblutschauspielerin*

Wenn es auch im Privaten nicht geklappt hat – auf der Leinwand werden sie das ideale Liebespaar abgeben: Romy und Alain. Der ehemalige Geliebte wird zum Retter in der Not und reißt Romy aus ihrer Lethargie heraus, indem er sie als seine Filmpartnerin in dem Eifersuchtsdrama *Der Swimmingpool* vorschlägt. Die Produzenten des Streifens sind anfangs nicht gerade begeistert von Alains Idee. Trotz Romys grandiosen, aber lange zurückliegenden Auftritten in *Boccaccio '70* und *Der Prozeß* sehen sie in ihr nach wie vor die süßliche Märchenkaiserin, als die Romy einst auch Millionen von Franzosen betört hat. Regisseur Jacques Deray beabsichtigt, Alain eine englische oder amerikanische Schauspielerin zur Seite zu stellen, doch dieser pocht vehement darauf, daß Romy genau die Richtige für die Rolle sei. Mit ihr will er den Film machen und mit keiner anderen. Sein Wort hat Gewicht, schließlich gilt Delon längst als *das* Talent des französischen Kinos. Mittlerweile hat er als Partner von Stars wie Brigitte Bardot, Danielle Darieux und Claudia Cardinale vor der Kamera gestanden und ist selber zum hochkarätigen Star avanciert. Bereits im Jahr 1964 hat die Pariser Cinémathèque eine »Hommage à Alain Delon« veranstaltet, was eine besonders hohe Ehre für einen derart jungen Schauspieler wie den damals erst neunundzwanzigjährigen Alain bedeutete. Im Jahr zuvor hat er mit seiner brillanten Verkörperung des skrupellosen Berufskillers Jeff Costello in *Der eiskalte Engel* den vorläufigen Höhepunkt seiner Karriere erreicht. Obwohl er fünf Jahre später zum Film gestoßen ist als Romy, kann er durch sein unermüdliches Arbeiten mittlerweile auf ebenso viele Filme zurückschauen wie sie. Für beide wird *Der Swimmingpool* der dreißigste Film ihrer Laufbahn.

Der Produzent und der Regisseur hören auf Alain und beschließen, Romy zu engagieren. Ihnen muß klar sein, wie werbewirksam es schon im Vorfeld für ihren Film sein wird, die spektakuläre Wiedervereinigung des ehemals schlagzeilenträchtigen Liebespaares auf der Leinwand ankündigen zu können – denn im Film soll Romy die Marianne verkörpern, die schöne, verführerische Freundin des von Alain gespielten Draufgängers Jean-Paul. Die reißerischen Schlagzeilen und die Neugier, die dies hervorrufen wird, kann man sich vorab schon ausmalen. Begierig werden die Journalisten und Kinogänger sich fragen, ob es zwischen den »ewig Verlobten« Alain und Romy bei den Dreharbeiten wieder geknistert hat und ob es eine Neuauflage der »größten Romanze des Jahrhunderts« geben wird, die genau zehn Jahre zuvor, bei den Dreharbeiten zu *Christine,* begonnen hatte. Als Alain Romy den Vorschlag unterbreitet, zögert sie keine Sekunde und ergreift die Chance mit beiden Händen. Sie weiß, daß sie sich in beruflichen Dingen auf sein Urteil verlassen kann, daß er ihr trotz allem, was zwischen ihnen vorgefallen ist, nichts anbieten würde, was ihr schaden könnte. Und Romy wird recht behalten. Die Story ist spektakulär, das Drehbuch hervorragend. Der Film ist gut besetzt, und Regisseur Jacques Deray wird von den Kritikern als »Hitchcock des französischen Kinos« gefeiert. Romy spürt, daß die Rolle der Marianne eine der besten, wenn nicht gar die beste ist, die sie bislang zu spielen hatte.

In den zurückliegenden Jahren, seit Delon sie verlassen und Nathalie geheiratet hat, haben Alain und Romy sich nicht wiedergesehen. Ihr letztes Treffen liegt insofern fast fünf Jahre zurück. Allerdings haben die beiden hin und wieder miteinander telephoniert, sich wieder ausgesöhnt. Romys Bitterkeit von einst ist verflogen; sie hat sich vorgenommen, nicht nachtragend zu sein und der verlorenen Liebe nicht länger nachzutrauern, sondern dankbar zu sein, daß sie sie erleben durfte. In ihrem Tagebuch notiert sie: »Ich bin nicht geboren, ein Leben lang zu weinen. Ich bin ein Mensch, der nur das Gute zurückbehält. Neulich habe ich mit Alain telephoniert. Wir sind gute Freunde.«[1] Das Wiedersehen der beiden findet, noch bevor die Dreharbeiten in Südfrankreich starten, in Romys Heimat statt, wie Alain sich nach Romys Tod erinnern wird: »Ich bin nach Deutschland gefahren, um dich zu holen. Ich habe David, deinen Sohn, kennengelernt. Seit diesem Film bist du meine Schwester, ich bin dein Bruder. Alles war rein und klar zwischen uns. Keine Leidenschaft mehr. Besser als das: Unsere Freundschaft lag im Blut, in der Ähnlichkeit und in den Worten.«[2] Ganz so, wie Alain es im Rückblick darzustellen versucht, ist es jedoch wohl nicht gewesen, denn im Gegensatz zu Romy, für die es trotz aller nach wie vor vorhandenen Sympathie für Alain kein Thema ist, sich auf eine erneute Affäre mit ihm einzulassen, hat dieser, der sich gerade frisch von seiner Frau Nathalie getrennt und die Scheidung eingereicht hat, sich anfangs offensichtlich durchaus die Hoffnung gemacht, neben der beruflichen Zusammenarbeit auch im Privaten wieder mit Romy anbandeln zu können. Ihrem Schauspielkollegen Helmut Berger hat Romy später jedenfalls gestanden, daß Alain sie anfänglich regelrecht bedrängt habe, mit ihm ins Bett zu gehen, und immer wieder zurückgewiesen werden musste: »Entschuldige mal, ich bin eine verheiratete Frau.«[3] Auch Brigitte Bardot, in dessen Anwesen Alain für die Zeit der Dreharbeiten wohnt, erinnert sich daran, daß ihn die Wiederbegegnung mit Romy in diesem Sommer wohl »etwas aus dem Gleichgewicht« gebracht hat.[4] Romys Entscheidung, Alains Avancen zurückzuweisen und auf eine strikt platonische Beziehung zu pochen, wird sich jedenfalls als goldrichtig erweisen, denn so kommt es zu keinen neuen Verletzungen und Zurückweisungen, und Alain wird Romy fortan ein enger Freund und Ratgeber sein, ein Schutzengel, auf den sie sich hundertprozentig verlassen kann und der ihr auch in den schwierigsten Situationen treu zur Seite stehen wird. Und Romy ist glücklich, wenigstens einen Menschen zu haben, auf den sie in der oberflächlichen, schnellebigen und von Neid und Mißgunst geprägten Welt des Films immer bauen kann.

Harry Meyen wiederum wird es mit gemischten Gefühlen aufgenommen haben, daß seine Frau in ihrem nächsten Film ausgerechnet mit Alain Delon zusammenarbeiten wird und die beiden auch noch ein Liebespaar darzustellen haben. Hat er Angst, daß alte Gefühle wiederaufflackern könnten? Daß Romy zu Alain, der großen Liebe ihres Lebens, zurückkehren wird? Jedenfalls läßt er es sich nicht nehmen, Romy zu den Dreharbeiten nach Südfrankreich zu begleiten, auch wenn er ihr noch kurz zuvor, am Set von *Otley,* Vorhaltungen gemacht hatte, wie sehr es ihn langweile, ihr bei der Arbeit zuzuschauen: »Harry sagt immer: Ich komme nicht, wenn du drehst, das langweilt mich zu Tode, ich kann nicht da sitzen und meine Frau anschauen, wenn sie Filme dreht.«[5] Doch obwohl Romy ihm versichert, daß kein Wiederaufleben ihrer Beziehung mit Alain zu befürchten sei und daß er und die Familie ihr über alles gehen, reist Harry mit an die Côte d'Azur, was Romy nur recht ist, da sie auf diese Weise wiederum auch ihren Sohn in der Nähe haben kann. Schnell merkt Harry, daß Romy tatsächlich nur noch ein rein platonisches Verhältnis zu Alain pflegt. Zudem ist er fest davon überzeugt, daß ihn und Romy das gemeinsame Kind zusammenschweißt und daß diese Bindung insofern stärker ist als die Gefühle, die seine Frau tief im Innersten vielleicht immer noch für Alain hegen mag.

Romy ist voller Enthusiasmus und glücklich, dank Alains Vermittlung endlich wieder in einem Film mitwirken zu können, der vielversprechend erscheint und ihr, wenn alles mit rechten Dingen zugeht, ein furioses Comeback bescheren könnte. Im Gegensatz zu *Otley*, wo sie sich am Set noch unwohl und gehemmt gefühlt hat, stürzt sie sich bei den Dreharbeiten zu *Der Swimmingpool* wie in früheren Tagen mit großer Begeisterung in die Arbeit. Schon im Vorfeld hat sie alles darangesetzt, um der Rolle einer bildschönen, verführerischen Frau, die sie an Alains Seite zu spielen hat, gerecht zu werden. Da sie schon in der Eingangsszene des Films in einem knappen Bikini einem Pool zu entsteigen und leicht bekleidet ihren Freund zu verführen hat, für einige wenige Einstellungen auch oben ohne und ganz nackt vor der Kamera zu stehen hat, will sie eine gute Figur machen. In Deutschland hat sie sich einer konsequenten Diät und einem strengen Trainingsprogramm unterzogen, um die überschüssigen Pfunde, die sie während ihrer Zeit als Hausfrau und Mutter zugelegt hat, wieder loszuwerden. Als sie an der Côte d'Azur eintrifft, wo die Außenaufnahmen stattfinden werden, hat Romy, die in diesem Jahr dreißig wird, wieder ihr Idealgewicht und ist schöner und weiblicher denn je zuvor. Spätestens jetzt müssen Produzent und Regisseur einsehen, daß Romy tatsächlich die Idealbesetzung für die weibliche Hauptrolle ist. Sie verkörpert genau das, was die Rolle erfordert – eine sinnliche Frau mit enorm großer erotischer

Ausstrahlung, der sich kaum jemand entziehen kann. Weder Mariannes bildschöner Freund Jean-Paul noch der unerwartet im Feriendomizil an der Côte d'Azur auftauchende gemeinsame Bekannte Harry, ein früherer Geliebter von Marianne, der ihr erneut verfällt, was zu heftigen Eifersuchtsdramen führt und in einem tödlichen Streit endet. Jean-Paul rächt sich an seinem Rivalen, indem er dessen frühreife achtzehnjährige Tochter Penelope verführt, die von Jane Birkin gespielt wird, und bringt ihn schließlich um, indem er ihn brutal im Swimmingpool ertränkt. Marianne macht er zur Mitwisserin; diese beschließt zu schweigen und wird damit zu Jean-Pauls Komplizin. Fortan wird sie das dunkle Geheimnis nur noch fester aneinanderschweißen.

Die Außenaufnahmen finden ab August 1968 im kleinen Ort Ramatuelle in der Nähe von Saint-Tropez statt, wo lähmende Hitze herrscht. Schon vor Beginn der Dreharbeiten wird ein unglaublicher Medienrummel um das Wiedersehen von Romy und Alain gemacht. Zahlreiche Pressevertreter und Photographen belauern das Paar. Da der erhoffte Skandal ausbleibt und beide Schauspieler nachdrücklich erklären, daß sie außer einer Freundschaft nichts mehr verbinde und sie sich auf die Zusammenarbeit freuen, werden Gerüchte und Spekulationen gestreut, die an die Schlagzeilen anknüpfen, die Romy und Alain einst geliefert haben. Auch Harry wird nach seiner Meinung gefragt und erklärt abwiegelnd: »Delon, das ist eine alte Geschichte und bringt ausgezeichnete Publicity.«[6] Romy diktiert den Reportern ins Mikrophon: »Nichts ist kälter als eine tote Liebe.« Und dies ist tatsächlich ihre Sichtweise, nicht nur die offizielle Version für die Presse. Eine enge Freundin läßt sie wissen, daß sie die Wiederbegegnung mit Delon zu ihrem eigenen Erstaunen tatsächlich vollkommen kaltgelassen habe: »Ob du's glaubst oder nicht – ich finde an dem Jungen nichts mehr.«[7]

Die Dreharbeiten finden trotz der großen Hitze und der lauernden Reporter in entspannter Atmosphäre statt. Romy und Alain harmonieren wunderbar vor der Kamera. Selbst die leidenschaftlichen und betont sinnlichen Liebesszenen, die sie zu drehen haben, bereiten ihnen keine Schwierigkeiten, da beide sehr professionell an die Sache herangehen; schließlich sind sie trotz aller früheren Gefühle als Schauspieler absolute Profis. Rückblickend wird Romy erklären: »Die Dreharbeiten von *Swimmingpool* verliefen völlig unproblematisch. Ich hatte mit Alain immer das Gefühl, mit einem Schauspieler, einem Partner wie jemand anderem zu arbeiten. [...] Ich empfinde nichts mehr, es ist, als ob ich eine Mauer umarme.«[8] Doch diese Empfindungen sind nicht für die Öffentlichkeit bestimmt. Reporter läßt sie wissen: »Für diese Art Szenen ist es besser, die Haut eines Freundes statt der eines Fremden zu berühren.«[9] Das Wissen um die Tatsache, daß Romy und Alain einst wirklich ein Liebespaar waren, alles voneinander wissen und keine Geheimnisse haben, läßt sie im Zusammenspiel jedenfalls nur noch überzeugender und authentischer wirken. Der zunächst so skeptische Regisseur Jacques Deray muß eingestehen, daß die Besetzung des Liebespaares mit Romy und Alain ein genialer Schachzug war: »Was den Erfolg des Films ausmacht, ist, daß da zwei Menschen sind, die sich mal sehr geliebt haben.«[10]

Und ein Erfolg wird *Der Swimmingpool* in der Tat. Die Rechnung geht auf – alle wollen den Film sehen und sind neugierig, Romy und Alain, das Traumpaar von einst, auf der Leinwand wiedervereint zu sehen. Der atmosphärisch dichte und durchaus spannende Streifen wird ein großer Kassenerfolg, und die Kritiker überschlagen sich mit Lob, wobei man nahezu übereinstimmend der Meinung ist, daß Romys nuancierte und feinfühlige schauspielerische Leistung die ihrer Kollegen bei weitem in den Schatten stellt und sie als Marianne so überzeugend ist wie schon lange nicht mehr. Alle wichtigen französischen Zeitungen und Illustrierten drucken Photos von Romy, loben sie in den höchsten Tönen und feiern sie als »grande actrice«. Ein Kritiker schreibt gar: »Sie ist das schönste Geschenk, das uns die Deutschen seit Marlene Dietrich gemacht haben.«[11] Romy muß sich fast an die überschwenglichen Reaktionen auf ihren Triumph mit Viscontis Theaterstück erinnert fühlen, so wird sie auch dieses Mal wieder von den Franzosen auf Händen getragen. Und wiederum ist bei einem ihrer größten Erfolge Alain an ihrer Seite. Als *Der Swimmingpool* Ende Januar 1969 in Paris seine Uraufführung erlebt, müssen die Horden von Fans und Schaulustigen, die Romy und Alain zujubeln wollen, von der Polizei in Schach gehalten werden, so überwältigend ist der Ansturm. Im Blitzlichtgewitter von achtzig Pressephotographen treten Romy und Alain lächelnd vor die Menge und geben Autogramme.

Alain wirkt am Tag der Gala-Premiere sichtlich angespannt. Das erste Mal seit Monaten tritt er wieder öffentlich auf, nachdem sein Leben im Herbst durch einen aufsehenerregenden Skandal erschüttert worden ist. Zum zweiten Mal in kurzer Zeit hat ein mysteriöser und nie aufgeklärter Mord in seinem Umfeld für Schlagzeilen gesorgt; Alains Freund und Mitbewohner Stefan Markovic ist mit zertrümmertem Schädel aufgefunden worden. Delon hatte den blendend aussehenden Jugoslawen vier Jahre zuvor durch seinen Freund und Vertrauten Milos Milosevic kennengelernt. Damals saß Markovic im belgischen Verviers wegen Juwelendiebstahls im Gefängnis, und Alain übernahm auf Milos' Vermittlung hin die Kosten für die Verteidigung. Markovic kam daraufhin schnell frei. Er war dann von Alain als »Mädchen für alles« eingestellt worden und wohnte mit ihm in seiner Wohnung in der Avenue Messine, in der Delon einst auch mit Romy gelebt hatte. In der Presse wurde Stefan Markovic wie vormals auch Milos als Alains »Leibwächter« bezeichnet. Gerüchte wollen wissen, daß Alains Ehe mit Nathalie nicht zuletzt aus dem Grund gescheitert sei, daß diese sich auf eine Affäre mit Markovic eingelassen hatte, worauf Alain mit heftigen Eifersuchtsattacken reagiert haben soll. Daß Markovic nun nur wenige Wochen nach Alains Trennung von Nathalie ermordet aufgefunden und Delon in dieser Angelegenheit auch wiederholt ausführlich von der Polizei vernommen und einmal gar sechsunddreißig Stunden in Polizeigewahrsam genommen worden ist, sorgt in den Klatschspalten für allerlei Spekulationen. Es wird nicht nur die Frage aufgeworfen, was Delon mit Markovics Ermordung zu tun hat, sondern auch, welche Rolle er zwei Jahre zuvor gespielt hat, als sein anderer jugoslawischer

Freund Milos Milosevic ermordet aufgefunden worden ist – ebenfalls unter nie geklärten Umständen. Milos hat damals in Hollywood gelebt, wo er als Leibwächter des Schauspielers Mickey Rooney engagiert worden war. Milos kümmerte sich nicht nur um Rooneys Sicherheit, sondern auch etwas zu intensiv um dessen Frau Barbara. 1966 sind Milos und seine Geliebte Barbara erschossen aufgefunden worden. Die Tatsache, daß Alain damals ausgerechnet in Hollywood weilte und angeblich am Abend vor der Ermordung noch mit Nathalie auf einer Party in Rooneys Haus gewesen sein soll und im Anschluß zudem Sorge dafür getragen hat, daß Milos' Leichnam in seine jugoslawische Heimat überführt worden ist, läßt nun, nach dem bereits zweiten mysteriösen und undurchschaubaren Mordfall in seinem Umfeld, die Gerüchteküche ordentlich brodeln. Unter anderem wird das Gerücht kolportiert, daß auch Milos einst eine Affäre mit Nathalie gehabt haben soll und er in Wirklichkeit der Vater von deren Sohn Anthony sei, daß Alain also allen Grund gehabt habe, auch auf ihn eifersüchtig zu sein.[12] Daß Alain in seinem aktuellen Film *Der Swimmingpool* dann auch noch ausgerechnet einen kaltblütigen Mörder aus Eifersucht zu spielen hat, macht die Geschichte für die Klatschspalten perfekt. Der Skandal um Delon kurbelt jedenfalls den Erfolg seines neuen Films noch weiter an. *Der Swimmingpool* wird zum Renner der Saison. Ganze dreizehn Wochen läuft er in Paris.

Keine Frage, Romy ist wieder da, und ihre Vorsätze, ein ruhiges, bürgerliches Leben zu führen, läßt sie bald fallen. Sie hat wieder Feuer gefangen und zu ihrem alten Ehrgeiz zurückgefunden. Romy genießt es, erneut im Blitzlichtgewitter der Photographen zu stehen, Autogramme zu geben, und will möglichst bald den nächsten Film drehen. Endlich fühlt sie sich wieder wohl in ihrer Haut. In *Der Swimmingpool* ist sie als selbstbewußte, sinnliche und verführerische Frau, als schillernde Leinwandgöttin und völlig neuartiges Sexsymbol wiedergeboren worden, so daß ihr jetzt ein wesentlich breiteres Spektrum an Rollen offensteht als in der Zeit vor Davids Geburt. Sie wirkt moderner als je zuvor, und sie hat die Rolle der Marianne mit einer solchen Leichtigkeit und Selbstverständlichkeit gespielt, daß viele erstaunt waren und ihr mit einem Mal schauspielerische Aufgaben zutrauen, die man zuvor mit ihr vielleicht nicht unbedingt in Verbindung gebracht hätte. Mit seinem Vorschlag, Romy die weibliche Hauptrolle in *Der Swimmingpool* zu geben, hat Alain seine ehemalige Verlobte nicht nur ins Filmgeschäft zurückgeholt, sondern auch nach Frankreich. Der Film läutet für Romy die zweite Phase ihrer französischen Karriere ein, denn in Zukunft sind es vor allem französische Regisseure, die Interesse an einer Zusammenarbeit mit ihr bekunden, auch wenn sie zusätzlich immer wieder auch noch Angebote aus anderen Ländern erreichen, so etwa aus England oder Italien. Nach *Der Swimmingpool* steht sie erst einmal in dem völlig mißglückten britischen Film *Inzest* vor der Kamera, in dem sie die ebenso gelangweilte wie lasterhafte Ehefrau eines reichen Geschäftsmannes spielt, die sich in ihren eigenen siebzehnjährigen Sohn verliebt, weil dieser einem ehemaligen Liebhaber von ihr mehr und mehr zu gleichen beginnt. Romy hat sich in ihrer neu geweckten Lust, künstlerische Risiken einzugehen, aufgrund des gewagten, skandalösen Themas und der durchaus faszinierenden Rolle anfangs viel von diesem Film versprochen, doch die überzeugende Umsetzung des Stoffes scheitert schon alleine daran, daß Romy eine totale Fehlbesetzung für den Streifen ist, da sie mit ihren gerade einmal dreißig Jahren viel zu jung erscheint, um die Mutter des vom einundzwanzigjährigen, aber wesentlich älter wirkenden britischen Schauspieler Dennis Waterman verkörperten Sohnes zu sein, der im Film eher wie ihr Bruder wirkt. Zudem kommt auch das Tabuthema der Mutter-Sohn-Liebe bei den zeitgenössischen Kritikern alles andere als gut an. Ein französischer Rezensent schreibt: »Nur Romy Schneider mit ihrem wunderbaren Gesicht ragt aus diesem unglaublichen Abschaum heraus.«[13] Fast unbemerkt verschwindet der Film wieder aus den Kinos.

Hatte die Agentenpersiflage *Otley* Romy bereits gezeigt, daß sie für Komödien einfach nicht geschaffen ist, so führt ihr nun der totale Reinfall von *Inzest* vor Augen, daß sie im britischen Kino offenbar genauso fehl am Platz ist wie einst in Hollywood. Romy wird klar, daß sie vielleicht besser damit fahren würde, sich fortan auf Angebote aus Frankreich zu konzentrieren, wo sie mit Viscontis *Boccaccio '70*, Orson Welles' *Der Prozeß* und mit *Der Swimmingpool* die bislang besten und wichtigsten Filme ihrer Karriere gedreht hat. Sie hat keine Lust mehr, in zweitklassigen Filmen belanglose Rollen zu spielen, sondern möchte mit den nächsten Produktionen lieber an die Erfolge von einst und an den durchschlagenden Erfolg von *Der Swimmingpool* anknüpfen, der ihr Selbstbewußtsein in beruflichen Dingen enorm gestärkt hat: »Ich fühle mich endlich sicher, ich weiß, was ich will, und ich verliere das nicht mehr. In meiner Arbeit war ich noch nie so sicher wie jetzt.«[14] Mit ihrem untrüglichen Gespür in beruflichen Dingen muß sie bald feststellen, daß die Zukunft ihrer Schauspielkarriere in ihrer einstigen Wahlheimat Frankreich liegt, daß ihr hier die Rollen angeboten werden, die sie gerne spielen möchte, daß die französischen Kinogänger und Kritiker ihre Arbeit anscheinend am meisten zu schätzen wissen und sie zudem einen Frauentypus zu verkörpern scheint, der in Frankreich am besten ankommt.

Für Romy geht ein Lebenstraum in Erfüllung. Die führenden Regisseure Frankreichs stehen mit einem Mal Schlange, um mit ihr zu arbeiten. Claude Sautet und Jacques Rouffio, Joseph Losey, Michel Deville und Pierre Granier-Deferre – alle würden gerne Filmprojekte mit ihr realisieren. Auf Romys Schreibtisch stapeln sich Drehbücher und Angebote; sie muß sich nur entscheiden, mit wem sie zusammenarbeiten möchte. Ein glücklicher Zufall nimmt ihr jedoch die Entscheidung ab. Als sie im März 1969 für die deutsche und englische Synchronisation von *Der Swimmingpool* nach Paris zurückkehrt, lernt sie Claude Sautet kennen, der sich sofort zu Romy hingezogen fühlt: »Ich hatte nie einen der *Sissi*-Filme gesehen, aber ich hatte natürlich schon von Romy gehört und habe mir immer gewünscht, sie einmal persönlich kennenzulernen. Als ich sie dann sah, war ich überrascht, weil ich sie mir ganz anders vorgestellt hatte. Sie war fröhlich, plapperte munter und gestikulierte dabei. Sie hatte so etwas Unerschrockenes an sich.«[15] Claude Sautet ist angetan von der Offenheit und der freundlich-natürlichen, unverstellten Art und Weise, mit der Romy ihm begegnet, und auch Romy schätzt den französischen Regisseur, dessen Arbeit sie seit langem bewundert, auch wenn französische Kritiker ihm wiederholt vorwerfen, daß er mit seinen melancholischen, ganz im alltäglichen Leben verhafteten Beziehungsgeschichten allzu konventionelles Kino mache.

Sautet hat in der französischen Filmszene den Ruf, ein nichtavantgardistischer »Edelkonfektionär« zu sein, dessen Streifen in einem zeitenthobenen Raum spielen, die Probleme der bessergestellten, von allen materiellen Sorgen befreiten Kreise behandeln und die politischen und gesellschaftlichen Umwälzungen der Zeit nach 1968 völlig unberücksichtigt lassen. Doch Romy, die für politisch aufgeladene und intellektuell verstiegene Filme ohnehin nichts übrig hat und sich auch nicht scheut, in einem Interview einzugestehen, die Streifen eines Jean-Luc Gordard nicht zu mögen, weil sie sie schlichtweg nicht verstehe, verläßt sich wie immer auf ihren Instinkt und spürt, daß sich zwischen Sautet und ihr so etwas wie eine Seelenverwandtschaft entwickeln könnte. Sofort ist klar, daß Sautet und sie auf einer Wellenlänge liegen und einander auch durchaus inspirieren. Ihre Beziehung ist von Anfang an von gegenseitigem Respekt und Vertrauen, aber fraglos auch von gegenseitiger erotischer Anziehung geprägt. Auch wenn Romy dem Regisseur gleich im ersten Gespräch offenbart, daß sie der Ansicht sei, keine große Schauspielerin aber immerhin fotogen zu sein, scheut Sautet nicht davor zurück, ihr spontan die Hauptrolle in seinem nächsten Film anzubieten. Romy akzeptiert und freut sich mit ganzem Herzen auf die Zusammenarbeit. Noch kann sie nicht ahnen, daß sie mit Claude Sautet fünf Filme realisieren wird, die ihr Image in Frankreich nachhaltig prägen werden, und daß er neben Luchino Visconti und Orson Welles zum wichtigsten und einflußreichsten Regisseur ihrer Filmkarriere werden wird.

Eins ist Romy klar – nach dem Triumph von *Der Swimmingpool* und angesichts der verlockenden Angebote, die sie aus Frankreich erreichen, will sie sich nicht länger in Deutschland vergraben, wo man sie nur als Ehefrau und Mutter betrachtet und wo sich niemand großartig für sie als Schauspielerin zu interessieren scheint. Nein, sie muß zurück nach Frankreich. Noch im Sommer 1969 mietet sie sich, nachdem sie sich zunächst ein Haus im schweizerischen Lugano eingerichtet hat, eine Wohnung in Paris. Harry bleibt mit David vorerst in Hamburg wohnen, Romy pendelt zwischen Deutschland und Frankreich hin und her. Halten sie berufliche Dinge in Paris fest, telephoniert sie jeden Tag mit ihrem Sohn und ihrem Mann und erkundigt sich nach deren Wohlbefinden. Sicherlich wird sie so manches Mal das schlechte Gewissen plagen, David nun doch so oft alleine lassen zu müssen, aber bleibt ihr eine andere Wahl? Wenn sie an die Zeit des lähmenden Nichtstuns zurückdenkt, muß ihr klar sein, daß sie endlich wieder arbeiten will. Die Rolle als Ehefrau und Mutter alleine vermag sie nicht mehr auszufüllen. Durch den beruflichen Neuanfang wird sie wieder derart mit Beschlag belegt, daß Harry und David zwangsläufig nicht immer an erster Stelle kommen können, so wie dies in den letzten zwei Jahren der Zurückgezogenheit der Fall gewesen ist. Doch noch kann und möchte Romy sich nicht so recht eingestehen, daß nun der Beruf wieder Vorrang hat. Noch stellt sie die Ehe mit Harry nicht in Frage und versucht, ihr Berufs- und ihr Privatleben in ein harmonisches Gleichgewicht zu bringen – wohl nicht zuletzt, weil sie im Hinblick auf ihre eigene Kindheit möchte, daß David in geordneten Familienverhältnissen aufwächst: »Ich halte wenig davon, wenn ein Kind ohne Vater aufgezogen wird. Ich finde, dazu gehören wirklich zwei.«[16]

Romy gibt sich der Illusion hin, daß das, was in ihrem ganzen Leben bislang noch nie miteinander zu vereinbaren gewesen ist, sich nun endlich unter einen Hut bringen lassen wird. Sie will fest daran glauben, daß sie ihr Leben künftig aufteilen kann in Zeiten, in denen sie vor der Kamera steht und arbeitet, und in Zeiten, in denen sie sich voll und ganz auf ihre kleine Familie konzentriert. Auch wenn sie spüren muß, daß diese beiden Welten immer wieder miteinander kollidieren werden, will sie ein letztes Mal den Versuch wagen, ihr Leben als Schauspielerin mit der bürgerlichen Existenz, die sie sich mit Harry aufgebaut hat, in Einklang zu bringen: »Früher dachte ich, daß sich Beruf und geordnetes Privatleben nicht vereinbaren lassen. Heute weiß ich, daß das sehr wohl möglich ist. Mein Mann hat mich das gelehrt.«[17] Wie aus der Berliner und Hamburger Zeit gewöhnt, beabsichtigt sie, ihr Privatleben nach wie vor ganz nach ihrem Mann auszurichten: »Wenn ich nicht arbeite, versuche ich eigentlich schon ganz automatisch, meinen Tagesablauf nach dem meines Mannes einzurichten.«[18] Trotz ihrer beruflichen Erfolge und dem neugewonnenen Selbstbewußtsein bleibt sie, was ihr Privatleben angeht, vorerst auf der gleichen Linie, die sie zwei Jahre zuvor schon mit ihren leidenschaftlichen Bekenntnissen zu Ehe und Mutterschaft eingeschlagen hat: »Ich ordne mich ihm vollkommen unter. Ich bin nicht für Gleichberechtigung. Ich brauche die Ruhe und die Geborgenheit meines eigenen Heimes, in die ich mich zurückziehen und vor der Außenwelt abschirmen kann.«[19]

Doch wenn Romy ehrlich zu sich wäre, würde sie sich eingestehen müssen, daß all die Beschwörungen eines heilen Privatlebens und einer harmonischen Verknüpfung von Privatem und Beruflichem nichts weiter als verzweifelte Versuche sind, sich mit aller Macht an eine Beziehung und einen Lebensentwurf zu klammern, die längst als gescheitert angesehen werden können. Aber macht sie das nicht letztlich auch, damit Harry nach außen hin das Gesicht wahren kann? Schon ihre Entscheidung, ihren Lebensmittelpunkt wieder nach Paris zu verlegen, ist ein deutliches Zeichen dafür, daß Romy wieder beginnt, das Kommando über ihr Leben in die eigene Hand zu nehmen und die Entscheidungen nicht länger alleine Harry zu überlassen. Nur ihm zuliebe war sie von Frankreich nach Deutschland zurückgekehrt. Doch was hat ihr diese Rückkehr gebracht? Beruflich hat sie der Weggang aus Paris ins Aus manövriert, und ihr Versuch, nur noch die Rolle einer Ehefrau und Mutter zu spielen, ist ebenfalls gescheitert. Und nur Harry zuliebe macht es wenig Sinn, weiterhin in Deutschland zu bleiben, da ihr Mann dort mittlerweile beruflich völlig kaltgestellt ist. Nein, sie will nach Frankreich zurück –

und dieses Mal soll es für immer sein. Harry bleibt nichts anderes übrig, als ihr zu folgen und sich zum ersten Mal nach seiner Frau zu richten, wenn er sie nicht verlieren will.

Durch die teilweise Übersiedlung nach Frankreich kehrt sich das Verhältnis in der Ehe der Meyens endgültig um. Während Romy in Deutschland trotz all ihrer internationalen Erfolge als Schauspielerin vor allem als Frau an Harrys Seite und als Mutter seines Sohnes betrachtet worden ist, wird in Paris mit einem Mal Harry als bloßes Anhängsel seiner Frau angesehen. Insofern widerfährt ihm nun genau das, was er von vornherein eigentlich immer völlig ausgeschlossen hatte: »Die Position, als Mann von Romy Schneider rumzulaufen, kann ich mir nicht vorstellen. Daran würde unsere Ehe sofort scheitern.«[20] In Frankreich stehen die Chancen, eine Arbeit und Beschäftigung zu finden, für ihn noch schlechter als in Deutschland, da Harry weder hinlänglich Französisch noch Englisch spricht und ihn zudem niemand kennt. Insofern ist es verständlich, daß er sich in Romys Wahlheimat, in der diese sich nach ihrer Pariser Zeit Anfang der sechziger Jahre mit großer Selbstsicherheit und Selbstverständlichkeit bewegt, nie so recht wohl fühlen kann. Er weiß nicht, was er mit sich anfangen soll, und muß zudem unterbewußt spüren, daß er von Romys französischen Freunden nicht wirklich akzeptiert und ernst genommen wird. Sitzt Romy mit ihren Bekannten in Paris zusammen, dann hockt Harry schweigend und mürrisch daneben, weil er sich aufgrund der sprachlichen Barriere nicht an der Unterhaltung beteiligen kann. Für den im Deutschen so wortgewandten und diskutierfreudigen Meyen, der sich immer so gerne als Herr von Welt aufgespielt hat, muß das eine Höllenqual sein. War es in Deutschland immer Romy, die in solchen Situationen die Unterlegene war, wenn Harry mit seinen Freunden und Bekannten stundenlange intellektuelle Unterhaltungen führte, bei denen er immer wieder durchblicken ließ, daß Romy nicht belesen und gebildet genug ist, um sich ernsthaft daran zu beteiligen, so befindet er sich nun selbst in der peinlichen Situation, an den Gesprächen nicht richtig teilnehmen zu können. Romys Pariser Freunde beginnen,

Harry hinter vorgehaltener Hand spöttisch »Monsieur Schneider« zu nennen.

Dem sensiblen, hochmütigen und so stark auf sich selbst bezogenen Harry kann nicht entgehen, daß er mittlerweile der Unterlegene in der Beziehung ist. Doch war er dies eigentlich nicht von Anfang an? Auch wenn Romy ihm seit ihrem Kennenlernen die Rolle des Überlegenen zugedacht und Harry diese Position auch nur allzu gerne eingenommen hat, war doch in Wirklichkeit sie es, die von Beginn an die Stärkere gewesen ist. Alle Pläne Harrys, Romy am Theater groß herauszubringen, haben sich als bloße Tagträume erwiesen. Ja, er hat noch nicht einmal einen ernsthaften Versuch unternommen, Romy – wie er ihr das am Anfang ihrer Beziehung vollmundig versprochen hatte – zum Theaterstar in Deutschland zu machen, auch nicht als sein Ruf als Theatermacher noch unbeschädigt war und er die Möglichkeit dazu gehabt hätte. Von Anfang an war Romy es, die ihre Bekanntheit und ihre Verbindungen dazu genutzt hat, ihrem Partner zu helfen. Schenkt man Magda Schneider Glauben, so hatte Harry die Chance, bei den Salzburger Festspielen zu inszenieren, seiner Freundin zu verdanken. Sein Mitwirken in den beiden einzigen internationalen Filmproduktionen seiner gesamten Karriere geht ebenso auf Romys Intervention zurück wie der vielversprechende, aber von Harry in den Sand gesetzte Neuanfang im Hamburger Theaterleben. Was hat Harry in der ganzen Zeit aus eigenem Antrieb auf die Beine gestellt? Nichts. Seine Karriere als Theaterregisseur ist durch seinen Spleen, sich um jeden Preis von der leichten Muse und vom Boulevardtheater abwenden zu wollen, vollkommen zum Erliegen gekommen. Auch alle Versuche, wieder als Schauspieler Fuß zu fassen, sind gescheitert. Seit *Spion zwischen zwei Fronten* hat Harry in keinem einzigen Film mehr vor der Kamera gestanden. Niemand hat ernsthaft noch die Absicht, zukünftig mit ihm zusammenzuarbeiten, da Harry sich durch seine aufbrausende und arrogante Art viele Feinde gemacht hat. Der einzige Strohhalm, an den Meyen sich in beruflicher Hinsicht jetzt noch klammern kann, besteht darin, hin und wieder als Synchronsprecher und Synchronregisseur beim

Film engagiert zu werden. Aber selbst diese Engagements hat er in der Regel der Intervention seiner Frau zu verdanken. Die Machtverhältnisse im Hause Meyen müßten eigentlich klar sein. Während Harry zunehmend den Boden unter den Füßen verliert, die meiste Zeit untätig und in Selbstmitleid versunken zu Hause sitzt und über sein Schicksal lamentiert, arbeitet Romy unermüdlich und verdient mit ihren Filmen das Geld, von dem die Familie lebt.

Je mehr Harry in Romys Abhängigkeit gerät, desto schlechter behandelt er sie. Hatte er ihr nicht schon nach dem Mißlingen der Salzburger Inszenierung vorgeworfen, daß sie ihm Unglück bringe? Ist es nicht naheliegend, daß er die Schuld für seinen beruflichen Niedergang seiner Frau in die Schuhe schiebt? Zudem kann er es nicht ertragen, Romy aufblühen zu sehen und mitzubekommen, mit welcher Freude ihre Arbeit sie erfüllt, jetzt, wo sie endlich die Rollen spielen kann, von denen sie schon ihr ganzes Leben lang geträumt hat. Während seine Karriere in Trümmern liegt, erlebt Romy beruflich größere Erfolge als je zuvor. Und das hat sie sehr zu Harrys Ärger nicht seinen Ratschlägen zu verdanken, sondern Männern wie Alain Delon und Claude Sautet, die im Gegensatz zu ihm höchst erfolgreich im Berufsleben stehen und Romy zum endgültigen Durchbruch in Frankreich verhelfen. An ihrem neuen beruflichen Erfolg ist er als Mann an ihrer Seite völlig unbeteiligt. Harry bleibt in Romys Leben immer häufiger außen vor. Die Tatsache, daß er selbst deprimiert zu Hause sitzt, während seine Frau wieder filmt und Triumphe feiert, von denen er nicht mal mehr zu träumen wagt, treibt einen immer tieferen Keil zwischen die beiden und macht das Miteinander immer schwieriger, ja beinahe unerträglich.

Und je unerträglicher die Situation wird, desto häufiger greift Harry zu Alkohol und Tabletten. Unter dem Vorwand, an heftigen Migräneattacken zu leiden, betäubt er sich zunehmend mit schweren Schmerzmitteln und Schlaftabletten; er verbringt manchmal ganze Tage vollgepumpt im Medikamenten- und Alkoholrausch in abgedunkelten Zimmern und will von niemandem gestört werden. Zu seinen bevorzugten Medikamenten zählen das gegen Schlafstörungen eingesetzte Hypnotikum Staurodorm, das eigentlich nur für eine kurze Zeit bei akuten Schlafstörungen eingenommen werden darf und dessen regelmäßige Einnahme zu Abhängigkeit führen kann, sowie ganz besonders das in Form von Zäpfchen verabreichte Schmerzmittel Optalidon, ein sogenanntes Kombinationspräparat, das die Wirkung eines Schmerzhemmers mit der eines Beruhigungsmittels verbindet, gleichzeitig aber auch eine stimulierende Wirkung hat und ebenfalls abhängig machen kann. Da er die gefährliche Tablettenmixtur mit Whiskey und Champagner kombiniert, verstärkt der Alkohol noch die Wirkung der Mittel. Oft fällt Harry in einen stundenlang anhaltenden Rauschzustand, auf den eine lange Phase der Benommenheit folgt. Nur ganz am Anfang versucht er seinen Medikamentenmißbrauch noch zu verheimlichen; bald gibt er sich diese Mühe aber nicht mehr, und überall in der Wohnung liegen unübersehbar für jeden Besucher Tablettenschachteln herum. Der Konsum des Schlafmittels Staurodorm wird für ihn zu solch einer Selbstverständlichkeit, daß es hierfür im Hause Meyen sogar einen eigenen Ausdruck gibt: »Er schluckt sie so regelmäßig, daß sie als ›Stauries‹ in die Familiensprache eingehen: ›It's Staurie-time.‹«[21]

Der kontinuierliche und sich immer noch steigernde Tablettenmißbrauch zeigt schnell seine Wirkung: Harry entfernt sich immer stärker von seinem alten Ich. Viele ehemalige Freunde und Bekannte wenden sich angewidert von ihm ab; bald will kaum noch jemand etwas mit ihm zu tun haben. Niemand will zusehen, wie er sich zugrunde richtet und im Selbstmitleid ertrinkt. Die häusliche Situation belastet fraglos auch Romy. Sie, die sich in den sechziger Jahren, an Delons Seite, angewöhnt hatte, ihre innere Zerrissenheit und ihre Anspannung bei Dreharbeiten mit Rotwein, Whiskey und Champagner zu betäuben, greift nun wieder häufiger zur Flasche. Fatalerweise konsumiert nun aber auch sie, angeregt durch Harrys Vorbild, zusätzlich zum Alkohol noch Tabletten, um den häuslichen Spannungen zu entfliehen, um ihre Verzweiflung über das Scheitern ihrer Ehe zu betäuben, oder wenn sie bei Dreharbeiten vor besonderen schauspielerischen Herausforderungen steht – beispielsweise wenn sie nackt vor die Kamera tritt oder eine gewagte Liebesszene zu drehen hat. Alkohol und Optalidon bleiben von nun an ihre häufigen Begleiter – bis ganz zum Schluß. Nur enge Freunde wissen oder ahnen, was im Hause Meyen vor sich geht. Die Öffentlichkeit hingegen erfährt nichts von solchen Problemen. Wozu sind Romy und Harry schließlich Schauspieler? Romy ist der festen Überzeugung, daß ihr ins Wanken geratene Privatleben niemanden etwas angeht, sollen die Leute sich doch lieber den Kopf über die Filme zerbrechen, die sie dreht.

Der erste Film, den Romy mit ihrem künftigen Lieblingsregisseur Claude Sautet realisiert, ist *Die Dinge des Lebens* nach dem gleichnamigen Roman von Paul Guimard. Gleich in dieser ersten Zusammenarbeit spielt sie, wie noch so oft in den Filmen Sautets, eine moderne junge Frau, die abgeklärt ist und sich keinen falschen Illusionen hingibt, sich aber dennoch einen Rest von Utopie bewahrt hat und still und heimlich vom großen Liebesglück träumt. Sautet bemüht sich während der Dreharbeiten, die im Sommer 1969 in Paris und La Rochelle stattfinden, in Romy Erinnerungen und Gefühle aus ihrer Kindheit zu wecken; er spricht viel über diese Zeit mit ihr und versucht auszuloten, was diese Frau ausmacht, was ihre Persönlichkeit geprägt hat, um zu begreifen, wie er sie als Schauspielerin anzufassen hat. Romy fühlt sich ernst genommen und bedingungslos akzeptiert von Sautet, der sie zärtlich »Rominette« zu nennen beginnt und sie als eine Künstlerin ansieht, »die schon alles wußte, es aber nicht hatte ausdrücken können«.[22] Romy liebt diese langen, intensiven Gespräche mit ihm, die eine tiefe Verbundenheit zwischen dem Regisseur und seiner Hauptdarstellerin begründen. Sind es nicht genau solche Gespräche, die sie bei Harry vermißt? Da Claude Sautet ein Mensch ist, dem sie ein beinahe grenzenloses Vertrauen entgegenbringt, kann sie sich bei den Dreharbeiten unter seiner Führung auf Anhieb total fallenlassen und ganz in ihrer Rolle aufgehen, so wie sie sich dies schon immer gewünscht hat. Bereits nach dem Abschluß der Dreharbeiten zu *Der Swimmingpool* hatte sie phantasiert: »Einmal eine Szene so spielen, daß ich nicht mehr ich selbst bin, sondern ganz die Rolle, die vollkommene Identifizierung.«[23] Jetzt, mit Sautet als Regisseur, ist Romy überzeugt, genau das schaffen zu können. Sie stürzt sich bis zur Selbstaufgabe in ihre Rolle, da sie von keinerlei Zweifeln geplagt wird, daß Claude nicht genau wüßte, was er tut, auch wenn er ihr gegenüber völlig anders auftritt als die bei der Arbeit geradezu diktatorisch anmutenden Regisseure Luchino Visconti und Orson Welles. Romy genießt die Intensität, mit der Sautet sich ihrer annimmt, und ist wild entschlossen unter Beweis zu stellen, daß sein Vertrauen in sie gerechtfertigt ist, daß sie genau die Schauspielerin ist, die er gesucht hat. Die Zusammenarbeit mit Sautet erscheint ihr wie eine Offenbarung. Genau so hat sie sich immer die perfekten Dreharbeiten vorgestellt. Bei ihm fühlt sie sich in den besten Händen, und auch mit ihrem männlichen Filmpartner versteht sie sich geradezu blendend.

In *Die Dinge des Lebens* trifft Romy Michel Piccoli wieder, mit dem sie bereits drei Jahre zuvor in Jean Chapots Streifen *Schornstein Nr. 4* zum ersten Mal zusammen gespielt hatte. Zwischen Romy und dem brillanten Charakterschauspieler entwickelt sich eine große Freundschaft, die bis zu Romys Tod anhalten wird. Allerdings ist es eine Freundschaft, die in erster Linie an die Arbeit gebunden sein wird. Die beiden werden immer wieder zusammen vor der Kamera stehen, dann auch am Rande der Dreharbeiten lange, intensive Gespräche führen. Sobald die letzte Klappe gefallen ist, reißt der Kontakt aber meist gänzlich ab, bis die nächste Zusammenarbeit ansteht. Privat sehen sie sich so gut wie nie. Und doch ist es Romy enorm wichtig zu wissen, daß Michel Piccoli da ist, daß sie sich auf ihn verlassen kann und in ihm einen wahren Freund gefunden hat, der ihr ohne Hintergedanken begegnet. Zwar wird immer wieder über eine angebliche Affäre der beiden getuschelt, doch in Wirklichkeit bleibt es bei einer platonischen Beziehung. Rückblickend wird Michel Piccoli gestehen: »Das war eine Freundschaft, als ob wir Bruder und Schwester gewesen wären: eine große Intimität, ein sehr großer Respekt und eine große Leichtigkeit, sich zu verstehen. Ohne daß man ein Wort sagt. Solche Beziehungen sind selten, können aber stärker sein als un amour fou zwischen Mann und Frau.«[24]

Niemand, der die beiden bei gemeinsamen Dreharbeiten erlebt, kann übersehen, daß Michel Piccoli und Romy sich prächtig verstehen und nicht nur vor der Kamera gut miteinander harmonieren. Piccoli wirkt so manches Mal beruhigend auf Romy ein und kann mit ihr auch umgehen, wenn sie schwierig ist und von ihren ungestümen Launen beherrscht wird. Er spürt nämlich, daß sie trotz aller Erfolge ein völlig einsamer und verunsicherter, innerlich zerrissener Mensch ist, der händeringend nach einem Halt sucht. Obwohl Romy bereits in so vielen Filmen vor der Kamera gestanden hat und auf eine fast zwanzigjährige Berufserfahrung zurückblicken kann und obwohl sie immer perfekt vorbereitet am Set erscheint, befällt sie bei Dreharbeiten immer noch ein unsägliches Lampenfieber. Claude Sautet erinnert sich: »Romy hatte ständig Angst zu versagen. Sie hatte schreckliches Lampenfieber, war unsicher und zweifelte an sich selbst. Aber Michel Piccoli hat es verstanden, ihr Selbstbewußtsein zu stärken.«[25] Piccoli muß oftmals als Mittler zwischen seiner Kollegin und dem restlichen Team auftreten. Romy verlangt in der Zusammenarbeit eigentlich die ungeteilte Aufmerksamkeit von Sautet, was so manches Mal zu heftigen Spannungen zwischen ihr und den anderen am Film beteiligten Schauspielern führt. Dann ist es meist Michel Piccoli, der um Verständnis für Romy wirbt und es versteht, die Situation wieder ins Lot zu bringen.

In *Die Dinge des Lebens* spielt Romy die Geliebte des von Piccoli verkörperten Architekten Pierre, der sich in der Midlife-crisis befindet und aus seiner Ehe in die Arme einer jüngeren Frau geflüchtet ist. Doch so ganz hat er mit seiner Vergangenheit noch nicht abgeschlossen und schwankt zwischen seiner Geliebten und seiner Ex-Frau, mit der er einen gemeinsamen Sohn hat und an der er ebenfalls noch hängt. Ausgerechnet in dem Moment, in dem er sich entschließt, seine Geliebte zu verlassen und zu seiner Ex-Frau zurückzukehren, wird er in einen Autounfall verwickelt, an dessen Folgen er kurz darauf im Krankenhaus stirbt. Am Ende der verschachtelt und betont unsentimental erzählten Geschichte steht die von Romy verkörperte Hélène an Pierres verunglücktem Wagen und trauert ihrer großen Liebe hinterher, ohne zu ahnen, daß ihr Geliebter kurz vor seinem Tod beschlossen hatte, sie zu verlassen und zu seiner Familie zurückzukehren. Romy wird von Sautet als Ikone des Schmerzes gezeigt, als Frau in tiefster Verzweiflung – und genau so wollen die Kinozuschauer in Frankreich sie sehen, als große Tragödin, nicht in Komödien, deren aufgesetzte Fröhlichkeit nicht wirklich zu Romy paßt. Und auch Romy hat das Gefühl, durch Sautets Film endgültig im Hier und Jetzt angekommen zu sein, denn ihre Hélène ist eine zeitgemäße, moderne Frau. *Die Dinge des Lebens* wird immer einer von Romys Lieblingsfilmen bleiben: »Ich hatte das Bedürfnis, ihn mir immer wieder anzusehen, und das ist der einzige meiner Filme, bei dem ich dieses Verlangen verspürte.«[26] Und auch Regisseur Claude Sautet schwärmt in höchsten Tönen: »Das ist ihre einzigartige Kunst, dem Alltäglichen ihre menschliche Größe zu verleihen.«[27]

Ihr erster Film unter Sautets Regie, den Frankreich bei den Filmfestspielen in Cannes als nationalen Beitrag ins Rennen schickt, wird zu einem durchschlagenden Erfolg an den französischen Kinokassen und kommt auch bei den Kritikern gut an. *Le Monde* befindet etwa, daß Romys und Claude Sautets erste Zusammenarbeit auf unnachahmliche Weise die Schönheit, Zerbrechlichkeit und Lächerlichkeit des Lebens zum Ausdruck bringe. Und *Paris Match* spricht von einem Film von »untadeliger Schönheit«. Romy fühlt, daß sie endlich auf dem richtigen Weg ist, und auch ihr Kollege Michel Piccoli kann mehr als zufrieden sein, denn durch *Die Dinge des Lebens* wird er, dessen Karriere bislang vor allem auf Frankreich beschränkt gewesen ist, international bekannt. Sautet ist mit Romys Leistung so zufrieden, daß er ihr schließlich auch die weibliche Hauptrolle in seinem nächsten Film *Das Mädchen und der Kommissar* gibt, auch wenn er anfangs noch etwas skeptisch gewesen ist, ob sie die richtige Besetzung für die Rolle der Prostituierten Lilly ist. Doch Romy fasziniert die Aufgabe; sie ist fest entschlossen, zum ersten Mal in ihrem Leben eine Hure zu spielen, die auf der Straße Männer anspricht, eine Frau also, die so ganz anders ist als sie selbst. Sautets Zweifel spornen sie regelrecht an. Nahezu unermüdlich leistet sie Überzeugungsarbeit in eigener Sache, wie Sautet sich später erinnern wird: »Ich konnte sie mir einfach nicht vorstellen als Lilly. Aber wenn Romy sich in eine Rolle verliebt hatte, bearbeitete sie einen so lange, bis man selbst davon überzeugt war, daß sie die ideale Besetzung wäre. Und so hat sie mir immer wieder geschrieben und mich täglich angerufen, um mir zu sagen: ›Ich will die Lilly spielen!‹«[28]

Es ist wohl nicht nur die provokante Rolle, die Romy reizt, sondern auch die Tatsache, daß sie wieder neben Michel Piccoli vor der Kamera stehen soll. Eigentlich war Sautets Projekt ganz auf ihn und auf den von ihm zu verkörpernden Kommissar Max zugeschnitten und sollte *Max und die Schrotthändler* heißen, während die Prostituierte Lilly in dem reinen Männerfilm eigentlich eher als Randfigur vorgesehen war. Doch nun, wo Romy mitwirken wird, entscheidet sich Sautet, der Frauenrolle mehr Gewicht zu verleihen und den Titel in *Das Mädchen und der Kommissar* abzuändern. Lillys Rolle wird erheblich erweitert; es werden mehrere Szenen geschrieben, die in der ursprünglichen Fassung nicht vorgesehen gewesen sind. Romy, die längst eine geheime Liebschaft mit dem verheirateten und rund fünfzehn Jahre älteren Sautet verbindet, läßt es sich nicht nehmen, den Regisseur bei dieser Arbeit zu unterstützen. Einer Freundin in Berlin schreibt sie schwärmerisch: »Heute mit Claude am Drehbuch gearbeitet. Man darf richtig mitschöpfen. Gleichberechtigt, das bin ich mit ihm. Schon in der Vorarbeit fließt jede Geste von mir, jede Stimmung mit ein. Ganz ineinander verflochten sind wir. Selbst im Tiefschlaf weiß ich, es ist er, der neben mir liegt, ruhig, traumlos, schlafe ich daneben. Nie gekannt so was in der Arbeit. Überglücklich.«[29]

Doch bevor die Dreharbeiten zu *Das Mädchen und der Kommissar* beginnen können, hat Romy noch eine ganze Reihe anderer Projekte zu realisieren, die sie im Enthusiasmus, wieder arbeiten zu können, vielleicht etwas zu spontan zugesagt hat und mit denen sie sich nicht unbedingt einen Gefallen tut. In Frankreich dreht sie unter der Regie von Léonard Keigel den wirren und belanglosen Kriminalfilm

Die Geliebte des anderen, der beim Publikum komplett durchfällt und zu Recht kaum Beachtung findet. In Israel steht sie für Richard Harris' britisch-israelische Co-Produktion *Bloomfield* vor der Kamera, ein rührseliges Drama um einen alternden Fußballstar, in dem Romy eine unwichtige Nebenrolle übernommen hat. Ebenso wie zuvor schon *Otley* und *Inzest* wird auch diese dritte britische Produktion, bei der sie mitwirkt, ein totaler Flop. Alles andere als ein Meisterwerk ist der italienische, im Fabrikarbeitermilieu spielende Streifen *La Califfa,* in dem Romy allen Ernstes eine südländische Gewerkschafterin verkörpert. Da der Klassenkampf im Film vor allem als Kampf der Geschlechter inszeniert wird, ist zumindest der Vorwand gegeben, Romy eine laszive Nacktszene drehen zu lassen. In Italien wird der wenig glaubwürdige Film verrissen, und in Frankreich findet er kaum Beachtung. Alle drei Streifen, die sie nach dem Erfolg mit Sautets Film dreht, sind also Flops und müssen Romy daher unweigerlich vor Augen führen, daß sie zukünftig ihre Rollen wieder besser auswählen muß und daß sie sich zudem stärker auf Angebote aus Frankreich konzentrieren sollte, denn das französische Kino scheint ihr am ehesten zu entsprechen. Nach dem durchschlagenden Erfolg von *Die Dinge des Lebens* liegt es nahe, daß Romy die hoffnungsvoll begonnene Zusammenarbeit mit Sautet fortsetzt.

In Sautets Psychodrama *Das Mädchen und der Kommissar* spielt Romy, grell geschminkt und aufreizend gekleidet, die verzweifelte Vorstadtprostituierte Lilly, die lebenshungrige, aus Hamburg stammende Geliebte des französischen Ganoven Abel, den der von Michel Piccoli verkörperte Kriminalbeamte Max, ein ehrgeiziger Starrkopf und skrupelloser Einzelgänger, auf frischer Tat ertappen will. Um dies zu schaffen, knüpft er Kontakt mit Lilly, bei der er sich als reicher Bankier ausgibt. Er versucht sie auszuhorchen und an Informationen über Abel und dessen Raubzüge zu gelangen. Zwar gelingt es ihm auf diese Weise, Lillys Geliebten und dessen Bande zu schnappen, doch seinen Plan, die unwissende Lilly aus der ganzen Sache herauszuhalten und ungeschoren davonkommen zu lassen, will ein übereifriger Kollege vereiteln. Max beschließt, die Prostituierte, die er in sein Herz geschlossen hat und die ihn anrührt, zu verschonen, und opfert sich selbst, indem er seinen Kollegen, der Lilly wegen Mittäterschaft verhaften will, kaltblütig erschießt und so selbst im Gefängnis landet, Lilly dieses Schicksal jedoch erspart. Romy begeistert in diesem Film durch ihr ebenso sensibles wie vielschichtiges und nuanciertes Spiel. Sie ist auf der einen Seite ganz die ordinäre, vulgäre und erotisch-provozierende Hure, wie die Rolle es von ihr verlangt; sie verleiht der Figur der Lilly aber auch zutiefst menschliche Züge und stellt sie trotz ihres Lebenswandels als eine verletzliche und aufrichtige Frau dar. Während ihre bisherigen französischen Erfolge in ihrer alten Heimat wenig Beachtung gefunden haben, bringt ihr die schauspielerische Leistung, die sie in *Das Mädchen und der Kommissar* zeigt, selbst in Deutschland Anerkennung ein. Ponkie, die Filmkritikerin der *Münchner Abendzeitung,* urteilt: »Romy Schneiders Nutte Lilly ist ein Bravourstück schauspielerischer Disziplin: Balanceakt zwischen angetünchter Gossenkühle und verkapptem Gefühl.«[30]

Mit ihrem Insistieren, diese Rolle unbedingt spielen zu wollen, hat Romy wieder einmal ihren großen Instinkt in beruflichen Dingen unter Beweis gestellt, denn sie hat ihre Aufgabe tatsächlich mit Bravour gelöst. Glücklich erklärt sie einem Reporter: »Nichts ist aufregender, als eine Figur zu spielen, die weit vom eigenen Ich entfernt ist.«[31] Auch Sautet ist nun froh, auf Romy gehört und ihr die Rolle gegeben zu haben, und befindet sogar: »Für mich ist Romys Auftritt der Lichtblick des Films.«[32] Die erneute Zusammenarbeit des Teams Schneider-Sautet-Piccoli macht Romy endgültig zum Topstar in Frankreich, auch wenn sie angesichts solch hochtrabender Einschätzungen bekennt: »Ich mag das Wort Star nicht, ich will nur gut arbeiten können.«[33] Dennoch wird Romy fortan in einem Atemzug mit Stars wie Catherine Deneuve genannt und tatsächlich mehr und mehr als französische Schauspielerin anerkannt. Auf idealtypische Weise verkörpert sie das moderne Frauenideal der aufziehenden siebziger Jahre, wobei man in Frankreich wohl am meisten darüber begeistert ist, daß sie sich zu einer Schauspielerin entwickelt hat, die sich trotz ihrer Modernität in ihren Rollen und ihrer darstellerischen Leistung geradezu nahtlos in die Traditionen des französischen Kinos einfügt. Trotz ihrer Herkunft und ihres deutschen Passes wirkt sie in ihrem Auftreten und ihrem Erscheinungsbild mittlerweile beinahe französischer als viele Schauspielerinnen, deren Wiege tatsächlich in Frankreich gestanden hat. Während man ihr 1958, als sie mit *Christine* ihren ersten französischen Film gedreht hatte, noch nicht zutraute, jemals Frauenfiguren zu verkörpern, wie man sie in Frankreich auf der Leinwand sehen will, gilt sie nun unbestritten als eine der besten Filmschauspielerinnen des Landes und wird vom Publikum wie von den Kritikern nicht nur voll und ganz akzeptiert, sondern beinahe auf Händen getragen. Während sie in Deutschland und Österreich nach wie vor als deutschsprachige Schauspielerin angesehen wird, der man ihre Erfolge im Ausland nicht so richtig zu gönnen scheint, wird Romy in Frankreich als Darstellerin von Weltformat angesehen. *Paris Match* stellt »la Schneider« endgültig auf eine Stufe mit den großen Diven der Filmgeschichte: »Vierzig Jahre nach Greta Garbo und Marlene Dietrich, fünfzehn Jahre nach Marilyn Monroe, hat die Filmwelt wieder einen Star: Romy Schneider!« *Le Figaro* konstatiert: »Ihre Schönheit und ihr Talent wachsen von Jahr zu Jahr.« Und *L'Express* jubelt: »Sie ist eine absolute Schönheit und zudem eine ganz große Schauspielerin.«

Die Lobeshymnen der Kritiker und die Einspielergebnisse von Romys Filmen haben zur Folge, daß sich unzählige bedeutende Regisseure um sie reißen und sie sich vor ebenso interessanten wie anspruchsvollen Angeboten kaum retten kann. Romy schwebt im siebten Himmel und ist wieder ganz die alte. Sie lechzt nach beruflichen Herausforderungen, träumt von schönen Rollen und genießt es, wieder als Star behandelt zu werden. Sie, die fünf Jahre zuvor noch erklärt hatte, sich für alle Zeiten ins Privatleben zurückzuziehen und ihren Ehrgeiz in beruflichen Dingen ein für allemal ihrem privaten Glück unterordnen zu wollen, bekennt nun einem Reporter gegenüber wieder das genaue Gegenteil und ist voller Pläne: »Ich fühle mich wohl bei der Arbeit, wohl in meiner Haut! Ich habe den Ehrgeiz entdeckt, den wahren. Ich will in diesem Jahr drei Filme drehen, im nächsten Jahr zwei. Ich möchte nach Hollywood gehen, aber diesmal nicht auf gut Glück.«[34]

Je größere Erfolge Romy feiert und je stärker ihr Ehrgeiz in beruflichen Dingen wieder in den Vordergrund drängt, desto problematischer wird die ohnehin schon starken Belastungsproben ausgesetzte Ehe mit Harry. Während seine Karriere auf Eis liegt und all seine Versuche, beruflich wieder Fuß zu fassen, gescheitert sind, ist Romy zum vielgefragten Star aufgestiegen, um den sich alle reißen. Die Kluft zwischen Harry und Romy könnte größer nicht sein. Und gerade weil Romy Triumphe feiert, während er untätig und mit seinem Schicksal hadernd zu Hause sitzt und nur noch als Mann an Romys Seite wahrgenommen wird, versucht Harry in altbewährter Weise Romys Erfolge kleinzureden. Schon ganz am Anfang ihrer Beziehung hatte er ihr eingeimpft, wie minderwertig und lächerlich die Erfolge seien, die sie in ihrem bisherigen Leben erreicht hat. Romy, die zu diesem Zeitpunkt tatsächlich wenig glücklich mit der Entwicklung ihrer Karriere war und in der Tat eine ganze Reihe unbedeutender Filme gedreht hatte, war damals für Harrys Einflüsterungen empfänglich, hing an seinen Lippen und glaubte ihm, daß sein Metier, das Theater, so viel wichtiger und wertvoller sei als der Film, der sie groß gemacht hat. Harrys wortgewaltige Haßtiraden auf das Kino haben ihre Wirkung bei Romy gezeigt. Filme bezeichnet er abschätzig als »Buntbilderverwahrlosungen«, die das Denken abgeschafft und der Phantasie den Garaus gemacht hätten. Außerdem hält er nicht mit seiner Meinung hinter dem Berg, daß Filmschauspieler seines Erachtens zumeist dämlich seien und man zudem beim Film weniger Schauspieler sein müsse als beim Theater. Auf die Idee, daß sein Haß auf das Kino von der Verbitterung herrühren könnte, daß Harry selbst in seiner Filmkarriere, die man nicht ernsthaft als eine Karriere bezeichnen kann, meist nur in drittklassigen Streifen wie *Skandal in Ischl* oder *Frauenarzt Dr. Sibelius* vor der Kamera gestanden hat, ist Romy offensichtlich nie gekommen.

Unermüdlich gibt Harry seiner Frau zu verstehen, daß er alles banal findet, was sie macht. Lange Zeit konnte er damit Romys ohnehin leicht ins Wanken zu bringendes Selbstbewußtsein systematisch untergraben; er verstand es, seine Frau immer wieder aufs neue zu verunsichern. Rückblickend wird sie eingestehen: »Warum ich Angst hatte? Das kam durch die vierzehn Jahre Altersunterschied. Entweder dachte ich, ich verletze ihn. Oder ich dachte, er sagt einfach, was ist denn das für ein dummes Geschwätz, was die redet – und dann haben sich meine Komplexe aufgebaut.«[35] Von Harry angestachelt, hat Romy davon zu träumen begonnen, einmal ein vielbeachteter Theater- oder Musicalstar zu werden, der rund um die Welt Triumphe feiert. Doch jetzt, nachdem sie solch durchschlagende Erfolge beim Film feiert und zum beliebtesten Kinostar Frankreichs aufgestiegen ist, muß sie unweigerlich spüren, daß ihre Zukunft beim Film liegt und Harrys Einflüsterungen allein dazu angetan waren, ihr Ziel aus den Augen zu verlieren. Der Triumph, den ihr die französischen Kritiker und Kinogänger bereiten, stärkt ihr Selbstbewußtsein und läßt sie anders über das Urteil ihres Mannes denken.

Harry versucht immer noch, Romy zu verunsichern, doch seine Macht über sie gleitet ihm langsam aus den Händen. Ihn wurmt es, daß er keinen Anteil an den Erfolgen seiner Frau hat, daß sie ihr berufliches Fortkommen nicht ihm zu verdanken hat und auf seine Ratschläge nicht angewiesen ist. Denn obwohl seine Theaterkarriere grandios gescheitert ist, ist er davon überzeugt, ein genialer Regisseur zu sein. Und Romy ist mittlerweile die einzige, der gegenüber er diesem Gefühl noch Ausdruck verleihen kann – doch auch sie beginnt sich ihm mehr und mehr zu entziehen. Wenn Harry Romy zu Dreharbeiten begleitet, macht er ihr immer wieder Vorhaltungen, wenn sie seiner Meinung nach eine Szene falsch spielt oder eine Rolle nicht der Figur entsprechend anlegt. Unermüdlich gibt er ihr Tips, mit denen Romy nichts anzufangen weiß, da der pedantische Meyen, der einst dafür bekannt war, von seinen Schauspielern größtmögliche Disziplin und Präzision zu verlangen, mit der Impulsivität, mit der Romy sich in ihre Rollen fallenläßt, nichts anzufangen weiß.

Daß Harry der einzige im Studio ist, dem Romys Arbeitsweise suspekt ist, gibt dem allein auf seine eigene Sichtweise fixierten Meyen bezeichnenderweise nicht zu denken. Sehr zum Verdruß Romys und zum Ärger der jeweiligen Regisseure verkündet er mit dem Brustton der Überzeugung seine Ansichten. Romy reagiert zunehmend gereizt auf die unerwünschten und nervtötenden Einmischungen, die angesichts ihres geradezu schlafwandlerischen Könnens ebenso überflüssig und unsinnig sind wie einst die Versuche ihrer Mutter, ihrer wesentlich begabteren Tochter Ratschläge zu geben: »Er wollte immer Professor Higgins spielen, und ich sollte seine Fair Lady sein, und damit konnte ich nicht leben.«[36]

Nicht selten kommt es in solchen Situationen vor den Augen des ganzen Filmteams zu heftigen Auseinandersetzungen zwischen Romy und ihrem Mann, denn sie ist längst nicht mehr dazu bereit, all seinen Einflüsterungen Glauben zu schenken und wie ein kleines Mädchen zu kuschen, wenn er versucht, sie vor den Augen anderer zu maßregeln. Die Zeit, in der sie an seinen Lippen hing und ihn für ein Genie hielt, ist endgültig vorbei. Seit ihrem fünfzehnten Lebensjahr steht sie vor der Kamera; sie hat es mehrfach aus eigenem Antrieb geschafft, ihre Karrieretiefs zu überwinden, und befindet sich schließlich nicht aufgrund von Harrys Ratschlägen gerade auf der beruflichen Überholspur. Warum also sollte sie sich von ihm etwas sagen lassen? Nein, mit Harrys ständigen überheblichen Bevormundungen ist jetzt endgültig Schluß. Soll er sie doch in Ruhe ihre Arbeit machen lassen. Während Romy ihn am Anfang ihrer Beziehung geradezu gedrängt hat, sie zu Dreharbeiten zu begleiten, haßt sie es jetzt, wenn er in den Kulissen steht und versucht, ihr Anweisungen zu geben, oder wenn er sich mit dem ganzen Team überwirft: »Da steht er immer rum und versucht, meinen Regisseuren gute Ratschläge zu geben. Und das mögen die nicht. Er macht mich nur nervös. Es ist gar nicht wahr, daß er mir was beibringt.«[37]

Während Harry unermüdlich versucht, Romys Erfolge kleinzureden und sie zu verunsichern, hat Romy in Männern wie Claude Sautet und Michel Piccoli Menschen kennengelernt, die sie akzeptieren, wie sie ist, die sich mit ihren Gedanken, Wünschen und Gefühlen auseinandersetzen und sie ernst nehmen, anstatt ständig an ihr herumzumäkeln oder ihr Halbbildung vorzuwerfen, wie Harry das von Beginn an macht. Die intensiven Begegnungen mit Claude und Michel werden Romy immer wichtiger und unentbehrlicher, weil sie hier eine Anerkennung als Mensch, als Frau und Schauspielerin erfährt, die ihr Mann ihr seit Jahren verweigert. Während Harry sie grob behandelt, sie immer wieder vor anderen zu demütigen versucht und auf ihren Gefühlen herumtrampelt, behandeln Claude und Michel sie äußerst einfühlsam und geben ihr auf diese Weise neues Selbstvertrauen. Im Einklang mit den Filmen, die sie in letzter Zeit gedreht hat und in denen sie ausnahmslos selbstbestimmte Frauen spielte, blüht nun auch im wirklichen Leben Romys Selbstbewußtsein wieder auf. Warum sollte sie im Privatleben noch länger dazu bereit sein, sich ihrem Mann unterzuordnen, wenn sie in der Öffentlichkeit als selbstbestimmte, erfolgreiche Frau wahrgenommen wird? Es kann daher kaum verwundern, daß Harry mit der »neuen« Romy seine Probleme hat. Alle seine Versuche, Romys aufblühende Selbstsicherheit zu untergraben, scheitern, weil er sie mit seinen Einschüchterungsversuchen nicht mehr erreicht. In beruflichen Dingen ist Romy nicht auf ihn angewiesen, und fatalerweise erkennt sie erst jetzt, daß sie es in Wirklichkeit auch nie gewesen ist. Und im Privaten? Auch hier verspürt sie keine Lust mehr, sich von Harry klein machen und sich einreden zu lassen, daß sie als »Filmfräulein« nicht ernst zu nehmen sei. Selbstbewußt stellt sie fest: »Jemand, der kein Talent, keine Persönlichkeit und nicht eine gewisse Portion Intelligenz besitzt, kann auch beim Film auf Dauer nichts werden.«[38]

Wenn Harry denkt, daß Romy für alle Zeiten dazu bereit ist, die Frau an seiner Seite zu spielen, so täuscht er sich gewaltig. Offenbar ist er zu diesem Zeitpunkt noch nicht in der Lage einzusehen, daß sich die Situation in ihrer Ehe grundlegend geändert hat und alles unweigerlich auf eine Trennung hinausläuft. Romy ist nicht mehr die Frau, der es reichen wird, abends mit einer Schüssel Kartoffelsalat neben ihm auf dem Sofa zu sitzen und Fernsehen zu schauen, oder die sich damit zufriedengibt, Tag für Tag am Bettchen ihres Sohnes zu sitzen und ihm Gutenachtgeschichten vorzulesen. Romy ist eine vielgefragte Schauspielerin, die sich binnen kürzester Zeit eine steile Karriere in Frankreich aufgebaut hat und sich voller Dankbarkeit darüber freut, endlich die Rollen spielen zu können, die sie schon ihr ganzes Leben lang hatte spielen wollen.

Aber nicht nur die beruflichen Erfolge, die Anerkennung als ernstzunehmende Charakterdarstellerin, die sie jetzt erfährt, und die ihr unverzichtbar gewordenen und ihr Kraft gebenden Freundschaften mit Claude Sautet und Michel Piccoli sind es, die Romys Selbstsicherheit gestärkt haben. Auch daß sie wieder angefangen hat, sich am Rande der Dreharbeiten, ohne daß Harry das mitbekommen würde, auf Flirts und Abenteuer einzulassen, stärkt ihr lange Zeit von ihrem Mann mit Füßen getretenes Selbstwertgefühl. Nachdem sie Harry jahrelang treu war und es ihr noch während der Dreharbeiten zu *Der Swimmingpool* unmöglich erschienen war, ihren Mann zu betrügen, sieht sie das seit geraumer Zeit wieder völlig anders. Bereits im Sommer 1969 hatte sie ihrem Tagebuch anvertraut: »Die Lust am Flirten ist ungebrochen.«[39] Ob ihre neue Lust an Abenteuern eine Antwort darauf ist, daß in Hamburg seit geraumer Zeit über gewisse Liebesabenteuer ihres Mannes getuschelt wird, ist nicht verbürgt, wenn man auch mit ziemlicher Sicherheit davon ausgehen kann, daß Romy die Gerüchte zugetragen worden sind.[40] Es mag auch sein, daß die Phase des biederen Daseins als Ehefrau und Mutter ihre Lust geweckt hat, sich neben Harry auch auf andere Männer einzulassen.

Vermutlich hat ihre Affäre mit Claude Sautet den Anfang gemacht, doch handelt es sich hierbei nicht um den letzten Seitensprung. Bei den Dreharbeiten zu *Bloomfield* in Israel war Romy mit Regisseur und Hauptdarsteller Richard Harris liiert, und als sie für Sautets Film *César und Rosalie* vor der Kamera steht, lässt sie sich, sehr zu Yves Montands Ärger, auf eine Affäre mit dessen Frau Simone Signoret sowie auf eine kurzfristige Liaison mit ihrem gutaussehenden Filmpartner Sami Frey ein. Danach stürzt sie sich bei den Dreharbeiten zu *Le Train* und *Das wilde Schaf* in eine leidenschaftliche Beziehung mit ihrem Filmpartner Jean-Louis Trintignant. Romy genießt ihre Liebschaften und sexuellen Abenteuer in vollen Zügen. Sie geben ihr Selbstbestätigung als Frau und verleihen ihr im Privaten zum ersten Mal seit Jahren wieder eine Leichtigkeit und Unbeschwertheit, auch wenn sie so manches Mal noch ein schlechtes Gewissen plagt, Harry zu betrügen. Während ihrer Affäre mit Richard Harris schreibt sie einer Freundin über ihre Schuldgefühle: »Ich liebe Harry wirklich sehr, sehr! Wirklich! Und sobald ich etwas tue, was ihm schrecklich weh tun würde, dann weiß ich um so mehr, wie sehr ich ihn liebe und respektiere!«[41] So manche Affäre Romys führt in der Presse zu entsprechenden Spekulationen, worüber sie, die solche Einmischungen in ihr Privatleben haßt, sich echauffiert: »Ist es denn nicht möglich, abends auszugehen, ohne am nächsten Tag zu lesen, daß ich eine Ehebrecherin bin oder meinen Mann betrogen habe?«[42] Ahnt Harry, daß Romy Beziehungen mit anderen Männern hat? Ist es ihr vielleicht längst gleichgültig, ob er von ihren Seitensprüngen ahnt oder weiß? Bedeutet er ihr überhaupt noch etwas? Sein Einfluß auf sie sinkt jedenfalls dramatisch. Was Harry sagt, ist nicht länger Gesetz für sie. Romy hört ihm längst nicht mehr zu, wenn er versucht, seine angebliche Überlegenheit zu demonstrieren; darüber kann sie nur noch lachen.

Angesichts der vielfältigen positiven Veränderungen in ihrem Leben muß Romy beinahe zwangsläufig dämmern, daß sie sich bezüglich Harry gründlich getäuscht, daß sie ihn womöglich nie geliebt hat. Als sie ihn kennenlernte, war sie ganz bewußt auf der Suche nach einem Mann gewesen, dem sie sich unterordnen, dem sie ihre ganze Aufmerksamkeit schenken kann und der die Führung in der Beziehung übernimmt. Mit genau so einem Mann wollte sie eine Familie gründen. Harry war nach dem Scheitern ihrer turbulenten und leidenschaftlichen Beziehung mit Alain in gewisser Weise ein Experiment. Er sollte das Gegenteil von Delon sein, der sichere Hafen, den sie sich angesichts ihres hektischen und unstetigen

Beruflebens immer gewünscht hat – ein Mann, an dessen Seite sie sich wenigstens im Privaten sicher und geborgen fühlen konnte. Jahrelang hat sie alles darangesetzt, dieses Bild, das sie sich von Harry gemacht hat, aufrechtzuerhalten und keinesfalls die Rolle zu hinterfragen, die sie ihm am Anfang ihrer Beziehung zugedacht hat. Nun muss sie sich jedoch fragen, ob sie sich nicht grundlegend in Harry getäuscht hat. Ist er wirklich der Mensch, in den sie sich einst verliebt hat? Hat sie sich denn tatsächlich in *ihn* verliebt, oder ist sie eher dem Bild erlegen, das sie sich von ihm gemacht hat?

Der Harry, den sie Mitte der sechziger Jahre kennengelernt hatte, war ein beruflich höchst erfolgreicher Mann, zu dem sie glaubte aufschauen zu können. Doch nun, acht Jahre später, ist aus Harry ein sich im Selbstmitleid suhlender und im Selbsthaß versinkender Mann geworden, auf den sie nur noch mitleidig hinabblicken kann. Was hat dieser Mensch noch in ihrem Leben zu suchen? Er weiß nicht, was gut für sie ist. Er bemüht sich ja nicht einmal zu begreifen, was in ihr vorgeht. Er ist so mit sich selbst beschäftigt, daß er eigentlich keine Ahnung hat, was die Frau an seiner Seite bewegt. Warum sollte sie ihren Stolz und ihr Selbstbewußtsein noch länger von ihm untergraben lassen? Warum sollte sie sich von einem Mann, der seine Karriere in den Sand gesetzt hat und Stunde um Stunde von nebulösen Projekten phantasiert, die sich niemals realisieren lassen werden, weiterhin wie ein dummes kleines Mädchen behandeln lassen? Warum sollte sie sich seine aus der eigenen Verbitterung getränkten Bosheiten länger gefallen lassen? Ist nicht sie es, die Karriere macht? Die das Geld verdient, von dem sie leben? Sie ist eine Frau, die mitten im Leben steht, die beruflich erfolgreich ist, viele Fans hat und von Frauen wie Männern begehrt wird. Und was ist Harry? Ein Häufchen Elend, dem nicht viel anderes im Leben bleibt als der Alkohol und seine Tabletten, an die er sich verzweifelt klammert.

Romy reicht es. Sie hat ihren Mann anderen gegenüber lange genug verteidigt, wenn er sich danebenbenommen hat, wenn er sie vor den Augen aller heruntergeputzt und gedemütigt hat. Und sie hat ihm mit ihren öffentlichen Bekenntnissen zu ihrer Ehe und ihrer

Selbstdarstellung als gegängelte, unterordnungsbereite Ehefrau lange genug dazu verholfen, wenigstens nach außen hin sein Gesicht zu wahren. Nun kann sie vor der Ausweglosigkeit ihrer Ehe nicht länger die Augen verschließen. Romy wendet sich enttäuscht von Harry ab. Enttäuscht darüber, daß Harry nicht der Mann ist, der er tatsächlich nie gewesen ist, den sie aber in ihrer Phantasiewelt aus ihm zu machen versucht hat – ein Mann, der sie beschützt und der ihr Kraft gibt. Sie hatte ihn für stark gehalten, doch in Wirklichkeit war er hinter der Maske der Arroganz und Überheblichkeit eigentlich von Beginn an schwach und verletzlich. Wieder einmal ist Romy im Privaten letztlich an ihren Illusionen gescheitert. In der Psychoanalyse würde man in diesem Zusammenhang vom Brunhilde-Komplex sprechen, der den Drang einer Frau bezeichnet, in ihrem männlichen Partner um jeden Preis ein perfektes Wesen sehen zu wollen, die ihn dann aber fallenläßt, sobald sie sich von ihm enttäuscht fühlt.

Jedenfalls ist es längst nicht mehr so, wie Harry es ihr immer noch höhnisch einzureden versucht: daß sie ohne ihn nicht leben kann. Damit geht er zu weit. Hat sie es nicht schließlich auch geschafft weiterzuleben, nachdem Alain, die Liebe ihres Lebens, sie verlassen hat? Warum sollte sie es da nicht überleben, wenn Harry nicht mehr an ihrer Seite ist? Nein, sie braucht ihn nicht mehr. Im nachhinein erscheint es ihr geradezu absurd, daß sie ausgerechnet für einen solchen Mann einmal alles aufgegeben hat, was ihr bisheriges Leben ausgemacht hat. Romy ist nicht länger bereit, ihm zuliebe Zugeständnisse zu machen und ihre eigenen Bedürfnisse hintanzustellen. Sie geht zunehmend auf Konfrontationskurs. Immer häufiger kommt es zu Streitigkeiten. Die Phasen, die Harry und sie gemeinsam verbringen, werden immer unerträglicher und vor allem durch gegenseitige Vorhaltungen geprägt. Der Ton zwischen ihnen wird immer schärfer. Benebelt von Alkohol und Tabletten schreien sie sich an, erreichen sich jedoch mit ihren Argumenten und Beschimpfungen schon längst nicht mehr. Eigentlich ist David das einzige noch bindende Glied zwischen ihnen. Kaum jemand, der Romy näher kennt, kann daran zweifeln, daß sie ihre Ehe nur noch David zuliebe aufrechterhält.

Während Romys Ehe vor dem Scheitern steht, reiht sich in ihrer Karriere in der ersten Hälfte der siebziger Jahre nahezu Erfolg an Erfolg. Sautets Filme *Die Dinge des Lebens* und *Das Mädchen und der Kommissar* haben sie zum absoluten Topstar gemacht; sie kann nun unter den interessantesten Rollen und zwischen den besten Regisseuren wählen. 1971 steht sie unter der Regie von Joseph Losey in der französisch-italienisch-britischen Co-Produktion *Das Mädchen und der Mörder* vor der Kamera. Der Film widmet sich den letzten Monaten im Leben des russischen Revolutionärs Leo Trotzki und seiner Ermordung, um die sich mannigfaltige Legenden, Vermutungen und Verdächtigungen ranken. Ein drittes und letztes Mal steht Romy hier gemeinsam mit Alain vor der Kamera. Sie spielt Gita, die Dolmetscherin und fanatische Bewunderin des von Richard Burton verkörperten Trotzki, des einstigen Führers der Roten Armee, der sich nach Lenins Tod mit Stalin überworfen hatte und aus der Sowjetunion flüchten mußte. Im Privaten ist Gita die beinahe hörige Geliebte eines von Delon gespielten Mannes, der sich als interessierter Journalist ausgibt, in Wirklichkeit aber ein sowjetischer Agent ist, der auf Stalins Geheiß Trotzkis Ermordung im mexikanischen Exil plant und schließlich auch ausführt, nachdem seine Geliebte ihm, auf seine Täuschung hereinfallend, den Zugang zu ihm beschafft hat. Als Gita erkennt, daß sie in die Falle gelockt worden ist und durch ihre Liebesaffäre unwissentlich zu Trotzkis Ermordung beigetragen hat, bricht sie erschüttert zusammen. Von der Kritik wird Loseys Film mit eher gemischten Gefühlen aufgenommen. Den meisten Rezensenten erscheint der Streifen wenig überzeugend, vielleicht auch etwas zu kolportagehaft und zu skurril, wobei vor allem seine zweifelhafte politische Aussage kritisiert wird.

Gleich im Anschluß an *Das Mädchen und der Mörder* gibt es eine Neuauflage der einst so erfolgreichen und für Romys Karriere so bedeutenden Zusammenarbeit mit Luchino Visconti. Ihr Lehrmeister und väterlicher Freund plant die Verfilmung des tragischen Lebens und Sterbens von Bayerns Märchenkönig Ludwig II. und bittet Romy in diesem Streifen ein weiteres Mal in die Rolle der Kaiserin von Österreich zu schlüpfen, also in die Rolle, die Romy einst weltberühmt gemacht, sie aber auch auf ein Rollenklischee festgelegt hat, von dem sie sich nur unter Aufbietung aller Kräfte lösen konnte. Auch wenn Romy ihrem Luca wohl nie einen Wunsch abschlagen würde, ist sie anfänglich alles andere als begeistert von Viscontis Plänen. Soll sie wirklich nach achtzehn Jahren ein weiteres Mal als Elisabeth vor der Kamera stehen? Ist das wirklich eine gute Idee? Doch Visconti redet ihr gut zu und verspricht ihr, daß sie ihre Zusage nicht bereuen wird: »Die Zeiten haben sich geändert. Du bist keine kleine Sissi mehr. Jetzt spielst du Elisabeth von Österreich. Vertraue mir, du bist in meinen Händen. Fang an, gerade zu gehen. Zu gehen wie eine Kaiserin.«[43] Romy sagt schließlich zu, einerseits, weil sie ihrem Luca aus alter Verbundenheit und Dankbarkeit ohnehin keinen Wunsch abschlagen könnte, andererseits aber sicherlich auch, um das falsche Bild, das sich die Öffentlichkeit nicht zuletzt durch Ernst Marischkas Filme von Elisabeth macht, zurechtzurücken, und weil sie sich zudem verspricht, durch Viscontis Hilfe mit dem Rollenklischee von einst abrechnen und mit einer ihr ungeliebten Vergangenheit, von der sie sich mittlerweile Lichtjahre entfernt hat, endgültig abschließen zu können. Die Nachricht, daß Romy erneut in die Rolle der österreichischen Kaiserin schlüpfen wird, die sie einst berühmt gemacht hat, schlägt wie eine Bombe ein. Die Erwartungen sind groß.

Im Februar 1972 beginnen die Dreharbeiten. Sämtliche Außenaufnahmen finden an Originalschauplätzen in Bayern statt, auch in den Märchenschlössern von König Ludwig wird gedreht. Der einzelgängerische und in seinen Phantasiewelten lebende Bayernkönig wird von Viscontis Geliebtem Helmut Berger verkörpert – Romy und er verstehen sich auf Anhieb gut. Berger, der von Visconti unentwegt zu Höchstleistungen angetrieben wird und alles geben muß, um vor den Augen seines Mentors bestehen zu können, findet in Romy eine Freundin und Vertraute, die ihm schnell ans Herz wächst.

Gemeinsam machen sie sich abends nach Ende der Dreharbeiten bei Wein und Champagner über Luchinos übersteigerten Perfektionsdrang lustig; sie lernen zusammen ihre Texte und hören sich gegenseitig ab, spielen Karten, lachen viel miteinander und plaudern halbe Nächte zusammen. Romy beginnt ihren Kollegen liebevoll »meinen kleinen Bruder« zu nennen, und Berger wird sich nach Romys Tod zurückerinnern: »Sie bot mir einen Schoß der Geborgenheit. Wir waren Seelenverwandte. Wir tickten einfach im Gleichklang. Oh, ich liebte Romy.«[44]

Luchino Visconti inszeniert Romy in seinem opus magnum *Ludwig II.* wie versprochen vollkommen anders, als sie einst von Marischka gezeigt worden ist. Seine Sissi ist keine süßlich lächelnde Operettenkaiserin in bonbonfarbenen Ballkleidern, sondern hat viel mehr mit der wirklichen Kaiserin Elisabeth zu tun. Er zeigt Romy als tragische Heldin in schwarzen Gewändern, ihr Gesicht von Schleiern umflort, als eine abgeklärte und zynische Frau, die von zahlreichen harten Schicksalsschlägen geprägt ist. Seine innerlich zerrissene Kaiserin Elisabeth ist fraglos facettenreicher und wesentlich näher am historischen Original, als es Marischkas Filme je gewesen sind. Dennoch zeigt Romy sich vom fertigen Film enttäuscht, auch wenn sie in ihrer Rolle ihren *Sissi*-Erfolg von einst kritisch kommentieren kann: »Triumphe sind schnell vergessen, oder sie rufen später die heftigste Kritik hervor.« Was Romy jedoch stört, ist die Tatsache, daß Visconti ihr im Film so wenig Raum zugesteht, um ihre Neuinterpretation von Sissi vorzuführen. *Ludwig II.* ist fraglos auf Helmut Berger zugeschnitten und soll ein filmisches Denkmal für Luchinos Geliebten werden. Auch wenn Romy in einigen wichtigen Szenen zu sehen ist, bleibt sie eine Randfigur. Sie findet ihre Rolle zu klein, um damit wirklich das übermächtige Sissi-Image ein für allemal abwischen zu können, wie sie sich das bei ihrer Zusage erhofft hatte. Auch das Publikum und die Kritiker vermögen mit Viscontis ambitioniertem Streifen nur wenig anzufangen. Die meisten Rezensionen sind eher launisch und empfinden *Ludwig II.* als zu abgehobenes »akademisches Machwerk«. Nur wenige begreifen auf Anhieb, um welches Meisterwerk der Kinogeschichte es sich hierbei handelt. Auch Romys grandiose schauspielerische Leistung wird nur von den wenigsten goutiert. In Frankreich möchte man Romy nicht als Kaiserin von einst, sondern lieber als moderne, mitten im Leben stehende Frau sehen. Und in Deutschland verlangt man nach wie vor nach der durch unzählige Fernsehwiederholungen immer noch präsenten alten, lieblichen Sissi. Viscontis Film jedoch ist beileibe keine *Sissi IV,* sondern stellt im Gegenteil all das in Frage, was Marischkas Darstellung der österreichischen Kaiserin einst ausgemacht hat. Nur die *Süddeutsche Zeitung* befindet, »daß Viscontis *Ludwig II.* ein Sieg Romy Schneiders ist, der nicht genug bewundert werden kann«.[45]

Nach dem Abenteuer mit Visconti kehrt Romy zu dem Regisseur zurück, der ihr in Frankreich zum ganz großen Durchbruch verholfen hat – Claude Sautet. Gemeinsam mit seiner mittlerweile liebsten Schauspielerin realisiert er 1972 die ebenso amüsante wie nachdenkliche Dreiecksgeschichte *César und Rosalie,* in der Romy zum ersten Mal an der Seite des italienischstämmigen Schauspielers und Chansonniers Yves Montand zu sehen sein wird. Dessen extrovertierte und großsprecherische Art mag Romy nicht, was während der Dreharbeiten zu mancherlei atmosphärischen Störungen zwischen den beiden führt. Womanizer Montand ärgert sich darüber, daß er trotz wiederholter Avancen nicht bei Romy landen kann, die sich, wie bereits erwähnt, während der Dreharbeiten statt dessen auf Affären mit Montands Frau, der Schauspielerin Simone Signoret, sowie dem zweiten männlichen Hauptdarsteller Sami Frey einläßt. *César und Rosalie* erzählt die Geschichte der von Romy dargestellten Rosalie, die in die Liebe verliebt ist und unbefangen mit zwei Männern gleichzeitig flirtet – mit dem übermütigen und vor Selbstbewußtsein strotzenden, von Yves Montand dargestellten César und mit dem schüchternen und introvertierten, von Sami Frey gespielten David, ihrer plötzlich wieder aufgetauchten Jugendliebe. Rosalie vermag sich nicht zwischen den beiden Männern zu entscheiden; mal fühlt sie sich zu dem einen, mal zum anderen hingezogen. Immer wieder fragt sie sich, ob sie nicht vielleicht beide gleichermaßen liebt und ob sie sich überhaupt entscheiden muß. César und David belauern sich voller Eifersucht und kämpfen um die Frau, der sie verfallen sind. Mal gewinnt der eine, dann der andere. Mal zieht Rosalie zu David, mal lebt sie mit César zusammen. Doch egal ob sie sich für den einen oder für den anderen entscheidet, immer fehlt ihr etwas, so daß sie, die sich ihrer Macht über die beiden Männern voll und ganz bewußt ist, es schließlich ausprobiert, mit beiden gleichzeitig zusammenzuleben. Und tatsächlich geschieht das, womit wohl nicht einmal Rosalie gerechnet hat: David und César freunden sich langsam, aber sicher miteinander an – immerhin ist es die gleiche Frau, in die sie verliebt sind. Das ständige Hin und Her der Gefühle scheint nie ein Ende zu nehmen.

Sautet hatte das Drehbuch zu dieser Liebes- und Eifersuchtsgeschichte bereits 1964 geschrieben und zunächst daran gedacht, Catherine Deneuve die Hauptrolle zu geben. Doch seit er Romy kennt, kann er sich keine andere Schauspielerin mehr vorstellen, die seine Rosalie sein könnte, eine Frau, die von vielen begehrt wird, aber letztlich keine Kompromisse zu machen bereit ist, die nur sich selbst gehört und auf ihre Unabhängigkeit pocht. Romys Vertrauen in Sautet ist längst grenzenlos, sie hatte bereits zugesagt, am Film mitzuwirken, ohne zuvor auch nur eine Seite des Drehbuchs gelesen zu haben. Sie weiß, daß sie sich hundertprozentig auf Claude verlassen kann. Er ist der Regisseur, mit dem sie sich auf jedes Wagnis einlassen würde. Und wieder einmal wird sie nicht enttäuscht. *César und Rosalie* wird ein grandioser Erfolg. Ein Kritiker jubelt: »Der Film ist in jeder Hinsicht perfekt – eine moderne Liebesgeschichte ohne Kitsch oder Vulgarität.«[46] Und auch Romys brillante Leistung, zu der Sautet sie angestachelt hat, wird hinreichend gewürdigt: »Romy Schneider ist absolut überzeugend. Das ›Fräulein‹ von einst hat nun Reife, ihr Kindergesicht ist größer, aber auch strahlender geworden und erinnert bisweilen an die sinnliche Schönheit der Simone Signoret in deren Nachkriegsfilmen.«[47] *César und Rosalie* steigt zum Kinohit der Saison auf, und Sautet wird für den Film mit dem Grand prix du cinéma français ausgezeichnet.

Romy befindet sich auf dem Höhepunkt ihrer Karriere. Endlich kann sie es sich leisten, nur noch Drehbücher zu akzeptieren, die ihr wirklich gefallen – was natürlich nicht automatisch bedeutet, daß Romy immer die richtigen Entscheidungen trifft und jeder Streifen, den sie in diesen Tagen dreht, auch ein Erfolg wird. Wohl nicht zuletzt um den sich zuspitzenden häuslichen Spannungen zu entfliehen und sich von ihrer privaten Misere in die Arbeit flüchten zu können, dreht sie auch jetzt noch so manchen Film, bei dem sie ihr Talent vergeudet. Doch sie steht lieber im Filmstudio, taucht in eine neue Rolle ab und läßt sich auf einen Flirt oder eine Affäre am Rande der Dreharbeiten ein, statt sich mit ihrem deprimierenden Privatleben und ihrer mittlerweile desaströsen Ehe mit Harry Meyen beschäftigen zu müssen. 1973 laufen daher gleich drei Filme mit Romy in der Hauptrolle an. So wirkt sie in Pierre Granier-Deferres wenig überzeugendem, klischeehaftem Kriegs- und Flüchtlingsdrama *Le Train – Nur ein Hauch von Glück* nach einem Roman von Georges Simenon mit, in dem sie als eine von den Nazis verfolgte Jüdin an der Seite von Jean-Louis Trintignant vor der Kamera steht. Außerdem spielt sie in der harmlos-seichten, handlungsarmen Romanze *Sommerliebelei* mit, bei der ihr alter Freund und Weggefährte Jean-Claude Brialy Regie führt. Auch dieser Film, der von den Kritikern als äußerst langatmig empfunden wird, stößt auf wenig Gegenliebe beim Publikum und verschwindet schnell wieder aus den Kinos.

Einzig Michel Devilles bittersüße Gesellschaftstragödie *Das wilde Schaf,* in der Romy wiederum mit Jean-Louis Trintignant auftritt, bekommt bessere Kritiken und wird auch zum Erfolg an den Kinokassen. Besonders hervorgehoben werden die gewagten Liebesszenen des Films, die wohl um so authentischer erscheinen, weil Romy und Jean-Louis auch im Privaten eine leidenschaftliche Liaison miteinander verbindet. Romy geben ihre Liebesaffären nicht nur Selbstbestätigung als Frau, sondern steigern fraglos auch ihr Selbstbewußtsein in beruflichen Dingen: »Ich weiß, daß ich schön bin, ich kann mir erlauben, mich nackt zu zeigen. Und es macht mir Spaß, darum tue ich es.«[48] Daß ihr Arbeitspensum enorm ist, daß es einem Star eigentlich nicht angeraten ist, in derart vielen Filmen mitzuwirken, wie sie das in dieser Phase macht, ist Romy durchaus bewußt. Doch daß ihre geradezu inflationäre Leinwandpräsenz theoretisch zum Problem werden könnte, kümmert sie letztlich wenig. Einerseits ist es ihr wichtig, sich vor den privaten Problemen und dem bevorstehenden Auseinanderbrechen ihrer kleinen Familie in immer neue Filmprojekte zu flüchten, um nicht zur Ruhe und damit zum Nachdenken zu kommen. Andererseits sieht sie sich mit der Tatsache konfrontiert, daß ihr so viele interessante Rollen angeboten werden wie noch nie zuvor. Trotz ihrer Beteuerungen »keine Angst vor dem Alter oder einigen Falten im Gesicht«[49] zu haben, wird die bald Fünfunddreißigjährige insgeheim wohl doch von der Befürchtung getrieben, eines Tages einmal nicht mehr gefragt zu sein, so daß es ihr angeraten erscheint, momentan so viele interessante Filme wie möglich zu realisieren: »Ich durchlebe gerade eine sehr gute Epoche und nutze sie aus. Vielleicht wird man mir eines Tages vorwerfen, daß ich zuviel drehe. Niemals aber wird man mir nachsagen können, daß ich es mir leichtmache und keine interessanten Rollen spiele.«[50]

In den ersten Monaten des Jahres 1973 zeichnet sich die Trennung von Romy und Harry immer deutlicher ab. Da Romy und ihr Mann immer seltener miteinander gesehen werden und beide sich auch auffallend häufig in anderweitiger Begleitung zeigen, ist es naheliegend, daß sich in der Gerüchteküche der Boulevardzeitungen langsam, aber sicher etwas zusammenbraut. Mittlerweile ist es eigentlich ein offenes Geheimnis, daß Romy und Harry sich auseinandergelebt haben, daß sie immer häufiger getrennte Wege gehen, sich in anderweitige Affären stürzen und offenbar nur noch wegen des gemeinsamen Sohnes an der Ehe festhalten. Doch weder Harry noch Romy beabsichtigen, zu diesem Zeitpunkt eine Trennung offiziell bekanntzugeben, und dementieren zunächst alle kursierenden Gerüchte. Als Harry seine Zelte in Paris abbricht und sich wieder eine Wohnung in Hamburg mietet, erklärt er neugierigen Journalisten kurzerhand, die zukünftige räumliche Trennung von Romy und ihm habe rein berufliche Gründe: »Wir können auch getrennt sein – wir mögen es gar nicht so sehr, ständig beieinander zu hocken. Ich glaube nicht, daß man, auch wenn man miteinander verheiratet ist, die Karriere des anderen stören darf. Sie ist nun mal im Film und ich bin im Theater zu Hause.«[51]

Harry beteiligt sich sicherlich nicht zuletzt an diesen Täuschungsmanövern, weil ihm bewußt ist, wie sehr Romy es haßt, wenn sich die Presse in ihr Privatleben einzumischen versucht. »Was wollen die Leute eigentlich von mir? Ich bin eine Schauspielerin. Mehr nicht.«[52] Nur ihre engsten Freunde, wie etwa ihr Pariser Vertrauter Jean-Claude Brialy, wissen etwas Genaueres. Nur mit ihnen spricht Romy über ihre Gefühle und Absichten. Wenn sie jedoch von Reportern auf eventuelle Trennungs- oder gar Scheidungsabsichten angesprochen wird, verweigert sie lange Zeit jede Antwort. Dieses konsequente Schweigen der Presse gegenüber ist ihr enorm wichtig. Anders als bei der Trennung von Delon will sie dieses Mal den Zeitpunkt bestimmen, wann über das Ende ihrer Ehe berichtet wird. Allerdings wird durchaus registriert, daß keine leidenschaftlichen Bekenntnisse zu den Themen Ehe und Familie mehr von ihr zu hören sind, von flammenden Liebesbezeugungen für Harry einmal ganz zu schweigen. Doch je strikter Romy sich in dieser Phase weigert, über Privates zu sprechen, desto geringer scheinen die Skrupel ihrer Mutter zu sein, der Presse gegenüber auszuplaudern, wovon sie eigentlich keine Ahnung hat, weil sie wieder einmal nicht wirklich weiß, was im Leben ihrer Tochter vorgeht: »Nur Magda Schneider, mit der Romy gelegentlich telefoniert und der sie manchmal noch Briefe schreibt, verbreitet in bunten Blättern großmamaselige Zitate über das glückliche Familienleben mit ihrer berühmten Tochter. Sie redet gern und viel, nach Romys Meinung zuviel. Immer wieder, auch und besonders in den folgenden Jahren, kommt es zu lautstarken Auseinandersetzungen, wenn die Tochter staunend und wütend erfahren muß, was Magda Schneider angeblich mit ihr alles erlebt hat.«[53]

Doch im Sommer 1973 platzt die Bombe. Romy und Harry geben ihre eigentlich schon vor Monaten vollzogene Trennung offiziell bekannt. Für Romy ist die Situation so unerträglich geworden, daß sie die Notbremse ziehen musste, nachdem auch der letzte Versuch, in Paris zusammenzuleben, gescheitert ist. Obwohl sie ihrem Sohn David die Trennung seiner Eltern und ein ständiges Hin-und-her-Pendeln zwischen Deutschland und Frankreich ersparen wollte, sieht sie einfach keine andere Möglichkeit mehr, als sich aus dieser Ehe, die ihr zur Folter geworden ist, zu befreien. Romy kann Harrys Gegenwart einfach nicht mehr ertragen. Anfang Juni 1973 notiert sie in ihr Tagebuch: »Ich kann das nicht mehr aushalten. Schon früh könnte ich den Kerl an die Wand werfen. Ich glaube, es ist nicht mehr zu reparieren.« Die Zeit, in der sie bereit war, sich ihrem Mann unterzuordnen und ihm das Kommando zu überlassen, ist endgültig vorbei. Sie hat mittlerweile das Gefühl, daß Harry für sie nur noch ein Klotz am Bein ist: »Ich will nicht ewig unter der Knute von Herrn Meyen leben.«[54]

Um Davids willen ist zunächst keine Scheidung geplant: »Wir wollten unseren Sohn David Christopher nicht traumatisieren.«[55] Ihrem Sohn zuliebe halten beide notgedrungen lockeren Kontakt und telephonieren hin und wieder miteinander, auch wenn sie sich in Wirklichkeit kaum noch etwas zu sagen haben. Unmittelbar nach Bekanntgabe der Trennung ist zwischen den beiden ein erbitterter Streit um die Finanzen entbrannt. Harry hat Anwälte eingeschaltet, um die Modalitäten der Trennung zu regeln, und läßt Romy im Juni 1973 einen Gütertrennungsvertrag unterzeichnen. Diese unterschreibt das von Harrys Anwälten aufgesetzte Dokument in ihrer grenzenlosen Unbedarftheit in geschäftlichen Dingen, weil sie denkt, daß es in dem Schriftstück lediglich um Davids künftiges Erbe geht, und nicht begreift, daß sie Harry soeben attestiert hat, daß ihm generell die Hälfte des Vermögens zusteht, das vor allem sie durch ihre Filmarbeit in den letzten sieben Jahren erwirtschaftet hat und das auf rund drei Millionen Mark geschätzt wird. Romy fühlt sich von ihrem Mann hintergangen und schaltet ihrerseits Anwälte ein, um das Dokument, das sie unter falschen Voraussetzungen unterzeichnet hat, anzufechten und sich gegen Harrys Geldforderungen zu wehren. Schnell wird der Streit um das Geld in die Öffentlichkeit getragen. Die Presse berichtet genüßlich über die Auseinandersetzungen und die bevorstehende »Scheidungsschlacht des Jahres«, so wie man sich zwei Jahre später auch auf die spektakuläre Trennung von Hildegard Knef und ihrem Mann David Cameron stürzen wird.

Harry bleibt stur bei seinen Forderungen und besteht auf der Hälfte des Vermögens, was er damit begründet, daß er Romy zuliebe auf seine eigene Karriere verzichtet habe und es notwendig gewesen sei, daß er zu Hause blieb, um sich um ihr gemeinsames Kind zu kümmern, während Romy einen Film nach dem anderen gedreht hat. Erbost schreibt Romy in ihr Tagebuch: »Harry will mein ganzes Geld. Ich habe ja schon viel Geld für Männer ausgegeben. Aber daß einer alles will, ist neu.«[56] Was Harry in der Rechnung, die er jetzt aufmacht, unter den Tisch fallenläßt, ist nicht nur der Umstand, daß er beileibe nicht freiwillig und großzügig auf seine Karriere verzichtet hat, sondern auch, daß es nahezu ausschließlich das von Romy verdiente Geld gewesen ist, von dem sie in den sieben Jahren seit ihrer Eheschließung gelebt haben. Nicht nur die teils luxuriös ausgestatteten Wohnungen sind von Romy bezahlt worden, sondern auch die traumhaften Villen an der Côte d'Azur, in denen das Paar Urlaub gemacht hat; selbstverständlich hat Romy auch die Kosten für die vielen Reisen getragen. Und Harry vergißt auch, daß Romy es war, die die von seiner Ex-Frau Anneliese geforderten zweihunderttausend Mark Abfindung zur Verfügung gestellt hat, um den Weg zu seiner Scheidung zu ebnen.

Trotz allem fühlt Harry sich im Recht. War nicht er der erste Mensch, der sich wirklich ernsthaft um Romys Finanzen gekümmert hat? Er hat die Auseinandersetzung mit Blatzheim gesucht und nach dessen Tod dafür gekämpft, daß seine Frau soviel Geld wie möglich aus der Konkursmasse erhält. Und er war es, der dafür gesorgt hat, daß Romys Geld fortan krisensicher in Immobilien und Wertpapieren angelegt worden ist. Er argumentiert, daß Romy am Beginn ihrer Ehe durch die von Blatzheim veruntreuten Gelder über ein wesentlich niedrigeres Vermögen verfügt hat, als alle gedacht haben, und seine Frau es zudem ihm zu verdanken habe, daß sie jetzt einiges mehr an Geld auf dem Konto hat als vor sieben Jahren. Er wirft Romy nicht zu Unrecht vor, nichts vom Geld zu verstehen, und mutmaßt, daß sie ihr Vermögen mit beiden Händen zum Fenster hinausgeschmissen hätte, wenn er nicht dafür gesorgt hätte, daß sie ihr Geld beieinanderhält. Auch wenn man im ersten Moment geneigt ist, Harry puren Egoismus vorzuwerfen – handelt er nicht tatsächlich im Sinne ihres gemeinsamen Kindes? Noch kann er nicht ahnen, daß er mit seinen Prophezeiungen recht behalten wird, daß Romy all das Geld, das ihre Filmarbeit ihr in Zukunft einbringen wird, so schnell zum Fenster rauswerfen wird, wie sie es verdient. Aber kennt er seine Frau nicht mittlerweile gut genug, um zu wissen, daß diese Gefahr besteht? Geht es ihm letzten Endes nicht wirklich darum, wenigstens die Hälfte des jetzt vorhandenen Vermögens für ihren Sohn zu retten? In der polarisierenden Darstellung der Presse werden solche Beweggründe natürlich erst gar nicht in Erwägung gezogen. Hier wird Harry als Schmarotzer dargestellt, der seiner Frau das Geld aus der Tasche ziehen und sie ausnehmen will. Daß es sich in Wirklichkeit anders verhält, wird sich erst Jahre später herausstellen, wenn Harry Selbstmord begehen und er das von Romy gezahlte Geld, unangetastet und krisensicher angelegt, seinem Sohn hinterlassen wird.

Zum Erstaunen vieler läßt Romy sich nicht auf einen monatelangen Rechtsstreit ein und gesteht Harry die geforderten 1,4 Millionen Mark in voller Höhe zu. Sie wird sich nicht zuletzt zu diesem Schritt entschlossen haben, weil sie begreift, daß sie in diesen sauren Apfel beißen muß, wenn sie möchte, daß David bei ihr bleibt. Denn Harry, der wenige Monate zuvor in Interviews noch öffentlich gelobt hatte, wie gut Romy ihre Mutterpflichten trotz ihres Berufes erfülle, hat nun plötzlich das Sorgerecht für David beantragt und begründet dies damit, daß Romy durch ihre viele Arbeit und ihre beruflichen Verpflichtungen gar keine Zeit habe, sich um ihren Sohn zu kümmern, weswegen ja auch er, unterstützt von einem Kindermädchen, in den letzten Monaten und Jahren Davids wichtigste Bezugsperson gewesen sei. Harry weiß ganz genau, wie sehr Romy an ihrem Sohn hängt und daß sie wie eine Löwin um ihn kämpfen und alles daransetzen wird, daß ihr Sohn in ihrer Obhut aufwachsen kann. Auch wenn sie David in den zurückliegenden Jahren durch ihre Arbeit immer nur selten und stets zu kurz zu Gesicht bekommen hat, so ist sie doch nach wie vor dankbar für jeden Augenblick, den sie mit ihm verbringen kann. Das Zusammensein mit David erscheint ihr geradezu lebensnotwendig. Er ist für sie der einzige noch verbleibende ruhende Pol in ihrem hektischen, unsteten Leben. Für Harry ist der angedrohte Streit um das Sorgerecht das perfekte Druckmittel in den leidigen Auseinandersetzungen um das Geld – und wie er es sich ausgerechnet hat, lenkt Romy angesichts der Gefahr, David verlieren zu können, auch blitzschnell ein. Der Verlust des Geldes und Harrys Erpressung schmerzen Romy zwar sehr, doch der Öffentlichkeit gegenüber wiegelt sie ab: »Daß man sich über unsere finanzielle Trennung den Mund zerreißt, ist logisch. Ich finde, wenn man so gelebt hat wie wir, dann wird geteilt, wer da mehr verdient, ist völlig egal. Mehr habe ich zu dem Thema nicht zu sagen.«[57]

Für Romy zählt in diesen Tagen nur, den Kampf um David gewonnen und sich aus den Fesseln einer Ehe befreit zu haben, die sie nur noch gelähmt hat. Sie setzt es sich zum Ziel, ihrem Sohn eine neue Zukunft und ein neues Zuhause in Frankreich zu bieten, fortan in Paris mit ihm zu leben, wo der Sechsjährige ab Herbst 1973 die Schule besuchen soll. Aber sie nimmt sich darüber hinaus auch vor, mehr für David dazusein als in der Vergangenheit: »Ich möchte in Zukunft kürzertreten, weniger arbeiten und ein Haus auf dem Land kaufen, wo ich mit meinem Sohn David leben will! Und noch ein zweites Kind haben – das ist im Moment mein größter Wunsch.«[58] An ihre Schwierigkeiten, alleine zu sein, mag sie jetzt erst einmal ebenso wenig denken wie an die Tatsache, daß sie sich bislang ohne Partner an ihrer Seite immer unsicher und schutzlos gefühlt hat. Romy scheint sich in die Illusion zu flüchten, daß jetzt, wo sie für ein Kind zu sorgen hat, sich alles ändern wird. Dank David ist sie nicht mehr alleine; zudem läuft beruflich gerade alles glänzend, so daß ihr offenbar zum ersten Mal in ihrem Leben die Aussicht, ohne Partner dazustehen, keine Angst bereitet. Schon vor der Trennung, als sie mit dem Gedanken zu spielen begann, Harry zu verlassen, hatte sie sich Mut zugeredet und bekannt, daß sie die Einsamkeit nicht mehr fürchte und nun das Gefühl habe, auch mit sich alleine sein zu können: »Ich bin nicht ein Mensch, der mit einem anderen völlig verwachsen kann. Ich will für mich leben können.«[59] Jetzt, wo sie die Trennung tatsächlich vollzogen hat, bekennt sie euphorisch: »Ich fühle mich wieder frei.«[60] Doch handelt es sich, wenn man ein Mensch wie Romy ist, nicht um eine trügerische Freiheit?

Daniel

Daniel Biasini ist nicht gleich als Geliebter, sondern zunächst einmal als »Mädchen für alles« in Romys Leben getreten. Und das, noch bevor Romy sich endgültig von ihrem Mann getrennt hat. Nachdem Harry im Spätsommer 1972 nach Deutschland zurückgekehrt ist, hat Romy übergangsweise eine kleine, möblierte Zweizimmerwohnung im exklusiven Pariser Vorort Neuilly-sur-Seine gemietet und mit ihrem Sohn und dessen Kindermädchen bezogen. Gleich nach ihrer Ankunft begibt sie sich auf die Suche nach jemandem, der bereit dazu ist, ihr für ein monatliches Gehalt all die kleinen lästigen Dinge des Alltags abzunehmen, für die sie aufgrund ihrer Arbeit keine Zeit findet und um die sich bislang Harry gekümmert hat. Im September 1972 wird ihr Daniel Biasini vorgestellt. Welche Rolle er einmal in Romys Leben spielen wird, kann zu diesem Zeitpunkt noch niemand ahnen.

Der gutaussehende Sohn einer französischen Mutter und eines italienischen Vaters ist über zehn Jahre jünger als Romy. Sie hat gerade ihren vierunddreißigsten Geburtstag gefeiert, er ist zweiundzwanzig. Nach seiner Kindheit in Paris, seinem Abitur, dem Militärdienst und einer kurzen Zeit, in der er aushilfsweise in einem Restaurant in Saint-Tropez gekellnert hat, ist Biasini nach Amerika gegangen, wo

er sich an der New Yorker Columbia University eingeschrieben hat. Allerdings weniger mit dem Vorsatz, sich in den Staaten tatsächlich wissenschaftliche Meriten zu verdienen, sondern weil er sich für Amerika begeistert. Viel mehr als die Universität interessiert ihn das Land der unbegrenzten Möglichkeiten, das er erkunden und für sich erobern will. Doch bald ist sein angespartes Geld aufgebraucht, und er muß nach Paris zurückkehren, um sich die nötigen Finanzmittel für seinen weiteren USA-Aufenthalt zu verdienen. Schnell findet er Anstellung in einer Pariser Filmproduktion, in der er in der Buchhaltung arbeitet, von der er aber zum Auszahlen der Spesen oftmals auch zu Dreharbeiten geschickt wird, wo er unter anderem Stars wie Jean-Paul Belmondo hautnah erlebt. Im September 1972 wird er von den Chefs seiner Firma, die Romys Film *Le Train – Nur ein Hauch von Glück* produzieren, gefragt, ob er bereit sei, einige Dinge für Romy Schneider zu erledigen. Wenig später steht er vor Romys Tür: Sie engagiert den jungen, sympathischen Mann auf Anhieb.

Daniel hat vor allem dafür zu sorgen, daß Romys Haushalt reibungslos funktioniert, daß ein Hausmädchen eingestellt und eine vernünftige Schule für David gefunden wird, denn seine Einschulung steht unmittelbar bevor. Zudem öffnet er die Post, bezahlt ihre Rechnungen, besorgt ihr Tabletten, organisiert ihre Reisen und fungiert als Romys Fahrer, da diese es haßt, selbst am Steuer zu sitzen, und seit je eine katastrophal schlechte Autofahrerin ist. Daniel erledigt all diese Aufgaben zuverlässig und sehr zu Romys Zufriedenheit, während sie sich ganz ihrer Arbeit widmen kann. Denn auch wenn Romy sich kurz zuvor noch geschworen hatte, ihrem Sohn zuliebe beruflich kürzerzutreten, hat sie wieder einmal alle Hände voll zu tun. Seit ihrer Trennung steht Romy nahezu ununterbrochen im Filmatelier. Ihr Leben spielt sich zunehmend vor der Kamera ab, das Filmen wird wieder einmal zum Lebensersatz: »Das Alleinsein zwischen den Filmen fällt mir schwerer als früher.«[61] Binnen kürzester Zeit dreht sie *Le Train – Nur ein Hauch von Glück, Sommerliebelei* und *Das wilde Schaf* ab; die Verträge für ihre nächsten beiden Streifen *Trio Infernal* und *Nachtblende* sind auch schon unterschrieben.

Fünf Filme in zehn Monaten. Hinzu kommen unzählige Tage im Synchronstudio, da Romy darauf besteht, die deutschen und englischen Synchronisationen ihrer französischen Rollen selbst zu sprechen. Und auch Presse- und Promotiontermine zum Start ihrer neuen Filme wollen bewältigt werden. Beinahe gewinnt man das Gefühl, daß Romy sich geradezu in die Arbeit stürzt, um möglichst nicht zum Nachdenken und zur Besinnung zu kommen. Sie scheint mittlerweile panische Angst vor dem Ende von Dreharbeiten zu haben und unterschreibt ihre Verträge so, daß sich ein Film nahezu nahtlos an den anderen reiht. Freimütig bekennt sie: »Ohne Arbeit kann ich nicht leben.«[62] Vor der Kamera zu stehen hat ihr bislang in ihrem Leben immer eine Sicherheit gegeben, die sie im Privaten so noch nie erfahren hat. Insofern ist es nur folgerichtig, wenn sie sich auch dieses Mal vor dem Kummer über ihre gescheiterten Hoffnungen und unerfüllt gebliebenen Träume in die Arbeit flüchtet. Sich in eine Rolle zu vertiefen ist ihr eine höchst willkommene Ablenkung, nach der sie ebenso süchtig wird wie nach dem Alkohol und den Tabletten, die sie braucht, um ihre inneren Dämonen im Zaum zu halten: »Niemals zuvor in meinem Leben habe ich soviel gearbeitet, doch ich finde das sehr gut! Ich habe nicht einmal drei Tage Pause zwischen den einzelnen Dreharbeiten eingelegt. Ich fühle mich keineswegs überanstrengt. Ich amüsiere mich bei der Arbeit. Ich lebe vor der Kamera.«[63]

Doch nicht alle, die in diesen Tagen an Romys Filmen mitwirken, amüsieren sich, denn die Zusammenarbeit mit ihr gestaltet sich aufgrund ihrer nervlichen Anspannung immer schwieriger, da Romy sich nicht scheut, ihre Launen an anderen auszulassen und immer tyrannischer auftritt. Wenn sie einen Film dreht, verlangt sie mehr als je zuvor die ungeteilte Aufmerksamkeit des Regisseurs, was oftmals zu erheblichen Spannungen mit dem ganzen Team führt. Je größer ihre Schwierigkeiten im Privaten werden, desto mehr Aufmerksamkeit verlangt Romy am Set. Claude Sautet machte diese Erfahrung ebenso wie auch Romys Regisseur Joseph Losey, der sich an die Dreharbeiten von *Das Mädchen und der Mörder* zurückerinnert:

»Es war manchmal schwierig, ihr so viel Aufmerksamkeit zu schenken, wie sie forderte. Sie klammerte sich Tag und Nacht an einen, verzehrte einen förmlich. Die Momente ihrer Verzweiflung waren schrecklich und schienen mir oft ein Ausdruck dafür zu sein, wie sehr sie der Zuneigung und der Liebe der sie umgebenden Personen bedurfte.«[64]

Für Romy, die sich fraglos in keiner guten Verfassung befindet, ist es schon schlimm genug, wenn sie abends, nach dem Ende eines Drehtags, mit sich alleine sein muß. Dann betäubt sie sich mit Alkohol und Tabletten. Zum Einschlafen braucht sie Schlaftabletten, zum Wachwerden Aufputschmittel; beides kombiniert sie mit Unmengen von Wein, Whiskey und Champagner. Claude Sautet erinnert sich: »Sie trank recht viel am Abend nach dem Drehen. Für sie war das die einzige Möglichkeit, ihre ständige Angst auszuschalten.«[65] Daß sie trinkt, kann kaum noch jemandem entgehen, auch wenn sie, darauf angesprochen, das weit von sich weist. Die wenigsten jedoch wissen, daß Romy mittlerweile zusätzlich längst von Tabletten abhängig ist, die es ihr erst ermöglichen, zu arbeiten und vor der Kamera zu stehen. Das bleibt Romys gut gehütetes Geheimnis. Sie verliert sich immer mehr in ihren Rollen, taucht immer intensiver in die Figuren ein, die sie zu verkörpern hat, so daß es immer schwieriger für sie wird, aus der Traumwelt ihrer Filme wieder ins richtige Leben zurückzufinden. Sie, die als Schauspielerin vor der Kamera bis zur Selbstaufgabe alles von sich zu geben vermag und zunehmend bereit dazu ist, sich körperlich wie seelisch bis zum letzten Zipfel zu entblößen, hat immer größere Schwierigkeiten, den ganz normalen Alltag in den Griff zu bekommen, der für einen Filmstar eben so normal gar nicht ist. Die Diskrepanz zwischen der Souveränität, mit der sie auf der Leinwand erscheint, und ihrer im Privaten immer größer werdenden Unsicherheit gibt ihr so manches Mal selbst zu denken: »Wie soll man zwei so widersprüchliche Dinge unter einen Hut bringen: Einerseits macht es einem Freude, sich zu zeigen, andererseits wagt man sich kaum ins nächste Café.«[66]

So erfreulich die beruflichen Erfolge auch sind – Romy ist seit der endgültigen Trennung von Harry enormen Stimmungsschwankungen unterworfen und fühlt sich einfach nicht mehr wohl in ihrer Haut. Mal ist sie fröhlich und aufgedreht, mal am Boden zerstört, grüblerisch und depressiv. Sie, die noch nie gut allein sein konnte und ihre Partner am liebsten vierundzwanzig Stunden am Tag um sich gehabt hätte, fühlt sich im Privaten wieder einmal schutzlos und einsam. Schnell stellt sich heraus, daß ihre überschwenglich beteuerte Freude darüber, wieder frei zu sein und einen neuen Lebensabschnitt beginnen zu können, vielleicht doch etwas voreilig war. Natürlich fühlt sie sich nach wie vor von der Last einer zur Qual gewordenen Ehe befreit, aber die zunächst gefeierte Freiheit ist schnell wieder der nahezu grenzenlosen Angst vor dem Alleinsein gewichen. Zwar ist jetzt ihr Sohn David da, aber der Partner an ihrer Seite, der ihr Kraft gibt und ihr den Rücken stärkt, fehlt ihr doch. Plötzlich als alleinerziehende Mutter dazustehen frustriert Romy. Das Leben hat sie wieder einmal bitter enttäuscht, ihr ist elend zumute: »Ich bin wie eine einsame Frau, eine besiegte Frau.«[67] Ebenso drückt auf ihre Stimmung, daß sie sich in stillen Stunden immer wieder selbst die Schuld am Scheitern ihrer Ehe gibt. War es nicht letztlich doch der Umstand, daß sie ab einem bestimmten Zeitpunkt ihrer Karriere so kompromißlos den Vorrang vor allem anderen gegeben hat, der Harry und sie auseinandergetrieben hat? Daß sie unzählige gute Gründe hatte, ihren Mann zu verlassen, und die Beziehung eigentlich von Anfang an keine wahre Chance gehabt hat, verliert sie in solchen Momenten aus den Augen. Auch wenn sie eigentlich keinen Grund hat, Harry nachzuweinen, der sie über Jahre so schlecht behandelt und ihr Selbstbewußtsein untergraben hat, gewinnt sie das Gefühl, ihrem Sohn gegenüber versagt zu haben. Hatte sie sich nicht vorgenommen, ihn in geordneten Familienverhältnissen aufwachsen zu lassen? Hat sie nicht am eigenen Leib erfahren, wie schlimm es sein kann, ohne Vater groß zu werden? Gut, Harry ist da, und David kann ihn von Zeit zu Zeit besuchen. Aber eine richtige Familie kann sie ihm nun nicht mehr bieten. Ist es nicht doch ihre Schuld, daß er jetzt ohne Vater aufwächst? Kleinlaut gesteht sie: »Man hat keine Ahnung davon, wie ein kleiner Junge von zehn Jahren den moralischen Mangel des Vaters büßen kann. David hängte sich an mich, weinte ganz verstört. Ich hatte ein schlechtes Gewissen, fühlte mich schuldig, ihm nichts als meine Anwesenheit bieten zu können.«[68]

Die Schuldgefühle, in die sie sich mehr und mehr hineinsteigert, aber auch die Trauer über die wieder einmal gescheiterten Illusionen lassen sie zusammenbrechen. Romy wird mit der belastenden Situation einfach nicht fertig. Sie erleidet einen schweren Nervenzusammenbruch, weigert sich aber standhaft, sich in eine Klinik einliefern zu lassen. Ihr Bruder Wolfdieter, der mittlerweile selbst Arzt ist, bewertet Romys Zustand als bedenklich und sorgt dafür, daß seine Schwester ins Universitätskrankenhaus Hamburg-Eppendorf gebracht wird, um dort unter ärztlicher Hilfe und mittels Medikamenten zur Ruhe kommen zu können. Nach einigen Tagen verläßt Romy die Klinik bereits wieder auf eigene Verantwortung – sie hat panische Angst, daß die Presse von der Sache Wind bekommt und Harry die Angelegenheit dazu nutzen könnte, das Sorgerecht für David an sich zu reißen, was ihr den Todesstoß versetzen würde. Ihrem Bruder, mit dem sie bislang trotz der räumlichen Trennung immer noch eine besonders innige Bindung hatte, wird Romy noch lange über seine Intervention böse sein. Mit einem Mal spricht sie von einem »Bruder, der sich seit längerer Zeit in einen ›blökenden bayrischen Ochsen‹ verwandelt hat.«[69] Romy hat das Gefühl, erst jetzt zu merken, wie verschieden sie und Wolfi in Wirklichkeit sind, wobei sie unfairerweise außer acht läßt, wie unterschiedlich ihre Lebenswege sich entwickelt haben – sie, der weltberühmte umjubelte Filmstar, er, der bodenständige Arzt und Familienvater. Doch bis es zur Versöhnung kommt, wird es noch dauern. Zwei Jahre lang gibt es »nur Böses, harte schlimme Worte – und Schweigen und nichts mehr«.[70] Wieder einmal fühlt Romy sich von ihrer Familie im Stich gelassen. Wieder einmal scheinen die Menschen, die sie doch am ehesten verstehen müßten, sich nicht in sie einfühlen zu können. Romy spürt unweigerlich, daß sie ganz auf sich allein gestellt ist und selbst einen Ausweg aus dem Tief finden muß, in dem sie sich gerade befindet – wenn sie auch noch keine Ahnung hat, wie sie das anstellen soll.

Daniel Biasinis Funktion ist es, dafür Sorge zu tragen, daß wenigstens das häusliche Privatleben Romys in ruhigen Bahnen verläuft. Zu seiner wichtigsten Aufgabe wird es, sich um Romys Sohn David zu kümmern. Daniel wird neben dem Kindermädchen zur wichtigsten Bezugsperson für den mittlerweile Sechsjährigen. Als Muttersprachler sorgt er dafür, daß Romys Sohn, der bis dato noch keinen Brocken Französisch gesprochen hat und von einem deutschsprachigen Kindermädchen aus der Schweiz betreut wird, die Sprache schnell beherrschen lernt, um in der Schule bestehen zu können. Mit der École Bilingue Parc Monceau, einer zweisprachigen Ganztagesschule, hat Daniel die ideale Schule für David gefunden. Da Romy nahezu ununterbrochen arbeitet, fährt meist Daniel den kleinen David morgens zur Schule und holt ihn abends wieder ab. Die beiden verbringen viel Zeit miteinander und freunden sich schnell an. Daniel gelingt es problemlos, Zugang zu dem bisher eher verschlossenen und in sich gekehrten David zu finden. Er schließt den intelligenten, aufgeweckten Jungen in sein Herz und kümmert sich aufopferungsvoll um ihn, wenn Romy verhindert ist. Sie gehen gemeinsam ins Kino; Daniel liest ihm aus Büchern vor, hilft ihm bei den Schularbeiten, repariert sein Fahrrad, besucht mit ihm eine Judo-Schule und unternimmt sogar Motorrad-Spritztouren mit ihm, womit er Davids Herz im Sturm erobert: »Ich hatte es bei ihm ziemlich leicht, da ich der einzige Mann in seiner Umgebung war. Innerhalb weniger Wochen sprach er fließend französisch, und innerhalb weniger Tage waren wir beide schon ein Herz und eine Seele.«[71] Seinen wirklichen Vater beginnt David auf diese Weise immer seltener zu vermissen. Er sieht ihn ohnehin nur wenige Male im Jahr, wenn er ihn in Hamburg besucht oder Meyen ins ungeliebte Paris kommt. Aus Harry ist ein verbitterter Mann geworden, der seinem Sohn nur noch wenig zu sagen hat und ihn unermüdlich daran erinnert, daß Daniel »nur der Sekretär« seiner Mutter ist. David kommt von diesen Besuchen zunehmend verstört nach Paris zurück und braucht immer einige Zeit, bis er wieder der alte ist. Von sich aus spricht er immer weniger über seinen Vater. Wenn Harry am Telephon ist, um mit Romy zu sprechen, weigert sich David strikt, den Hörer in die Hand zu nehmen.

Da Romy oft wochenlang abwesend ist, um vor der Kamera zu stehen, erkundigt sie sich täglich beim Kindermädchen, wie es David geht – so, wie es einst auch ihre eigene Mutter gehandhabt hat. Wenn sie bei Dreharbeiten außerhalb von Paris weilt, telephoniert sie nun zusätzlich auch noch täglich mit Daniel, der ihr ebenfalls über Davids Wohlergehen Bericht zu erstatten hat. Und durch die gemeinsame Sorge um Romys Sohn kommen auch Daniel und sie sich näher. Romy kann nicht übersehen, wie sehr ihr Sohn Daniel Biasini mag. Sie merkt, wie gut es David tut, wieder eine ständig verfügbare männliche Bezugsperson im Haus zu haben. Sie begleitet David und Daniel hin und wieder an den Wochenenden zu Daniels Eltern, die in Saint-Germain-en-Laye in der Île de France wohnen, einem idyllischen, westlich von Paris gelegenen Städtchen. Sehr zu ihrer Freude merkt sie, daß die Biasinis ihren Sohn ebenso schnell ins Herz geschlossen haben, wie Daniel es getan hat. Biasini erinnert sich: »David und meine Eltern – das war eine Liebe auf den ersten Blick. Meine Eltern vergötterten den Jungen und erfüllten ihm jeden Wunsch, wie richtige Großeltern.«[72] Die Biasinis werden zu Davids heißgeliebten »Wahl-Großeltern«, und Romys Sohn freut sich unbändig auf jeden Besuch bei ihnen. Die sonntäglichen Ausflüge aufs Land zu Daniels Eltern werden bald zu so etwas wie einem festen Ritual, und Romy genießt die unaufgeregte, unbeschwerte Atmosphäre bei den Biasinis. Immer wenn es sich von ihrer Arbeit her einrichten läßt, begleitet sie Daniel und David bei diesen Landpartien und ist glücklich darüber, daß ihr Sohn die Trennung von seinem Vater schneller überwunden zu haben scheint, als sie gedacht hat. Wenn David mit ihr und Daniel in Saint-Germain-en-Laye ist, wirkt er fröhlich und ausgelassen; dann blüht er regelrecht auf und scheint sein neues Leben in Frankreich in vollen Zügen zu genießen: »Romy war sehr dankbar für die wundersame Verwandlung ihres geliebten Kindes vom stillen, introvertierten Einzelgänger zum aufgeweckten, perfekt französisch sprechenden Buben.«[73]

Vielleicht nicht zuletzt angeregt von der behaglichen Atmosphäre im Hause Biasini entscheidet sich Romy, ihr bisheriges Nomadenleben aufzugeben und sich endgültig in Paris niederzulassen. Ihr Wunsch, nun gänzlich in der Stadt Wurzeln zu schlagen, die sie einst gemeinsam mit Alain erobert hat, stellt für sie sicherlich auch ein Zeichen dar, mit dem sie die Trennung von Harry zementieren und zudem deutlich machen kann, daß es für sie kein Zurück geben wird und daß sie Frankreich, das Land, das sie als Künstlerin ernst nimmt, als ihre neue Heimat ansieht. Doch die viel zu teure Zweizimmerwohnung im noblen Neuilly, die ohnehin nur als Übergangslösung gedacht war, erscheint ihr auf Dauer nicht repräsentativ und groß genug, zudem ist sie alles andere als zentral gelegen. Daniel wird damit beauftragt, eine neue, ansprechendere Bleibe zu finden, und wird schließlich in der Rue Bonaparte fündig, mitten im angesagten Quartier Saint-Germain-des-Prés. Romy ist sofort begeistert von der eleganten, dreihundert Quadratmeter großen Wohnung und bezieht sie Ende 1972. Da genug Platz ist, bekommt Daniel von ihr neben seinem Büro auch noch ein eigenes Zimmer zugewiesen, für den Fall, daß es einmal notwendig sein sollte, über Nacht zu bleiben.

Auch wenn sie Daniel sympathisch und liebenswürdig findet und es genießt, daß er ihren Alltag reibungslos organisiert und ihr Sohn sich so blendend mit ihm versteht, hat sie zu diesem Zeitpunkt noch keine weitergehenden Absichten, da ihr turbulentes Liebesleben sie ohnehin schon genug in Atem hält. Auf ihre kürzeren Liaisons mit Claude Sautet, ihren Filmpartnern Richard Harris und Sami Frey, ihrer heimlichen Affäre mit Simone Signoret und ihrer mit Unterbrechungen rund ein Jahr dauernden Romanze mit ihrem Filmpartner Jean-Louis Trintignant folgt eine kürzere, aber um so leidenschaftlichere Affäre mit dem Schauspieler Bruno Ganz. Romy findet den Schweizer nicht nur attraktiv, sondern hält ihn auch noch für einen herausragenden Schauspieler, dessen enorme darstellerische Kraft sie bewundert. Verliebt hat sie sich schon Monate zuvor in ihn, als sie in Hildegard Knefs Hamburger Wohnung die Aufzeichnung einer *Peer Gynt*-Inszenierung im Fernsehen sah, in der Ganz die Hauptrolle spielte. Als er an der Berliner Schaubühne in Peter Steins Inszenierung *Kleists Traum vom Prinzen Homburg* auf der Bühne steht, sucht Romy den drei Jahre jüngeren Schauspieler spontan in seiner Garderobe auf. Obwohl Bruno Ganz seit fast zehn Jahren verheiratet ist, läßt er sich nur allzu gerne auf eine Affäre mit Romy ein, die in den deutschen Boulevardblättern auch schnell für Schlagzeilen sorgt: »Nach einer Vorstellung wollte sie Ganz mit auf ihr Zimmer im Hotel Steinplatz nehmen. Der Nachtportier, ein stämmiger Ägypter, erklärte, der Herr dürfe nicht auf das Zimmer der Dame. Es kam zum Handgemenge. Eine Glasscheibe ging zu Bruch.«[74] Weder die verpatzte Nacht noch die Tatsache, daß die Presse genüßlich in allen Einzelheiten darüber berichtet, wie und warum Romy dem Portier ihren Schlüssel an den Kopf geworfen hat, können verhindern, daß die Affäre ihren weiteren Lauf nimmt. Beide scheinen die gemeinsame Zeit in vollen Zügen genießen zu wollen und versuchen, soviel wie möglich zusammenzusein. Sie sehen sich in Hamburg und Wien; zeitweilig zieht Romy sogar in die Berliner Wohnung von Bruno Ganz ein, der zu diesem Zeitpunkt bereits von seiner Frau getrennt zu leben scheint. Außerdem reisen sie gemeinsam nach Agadir, wo Romy einen luxuriösen Bungalow mitsamt Privatstrand als romantisches Liebesnest mietet. Als Bruno Ganz aus beruflichen Gründen für einige Zeit nach Berlin zurückmuß, legt Romy sich für die Zeit seiner vorübergehenden Abwesenheit einen heißblütigen arabischen Liebhaber zu.[75] Das Gefühl, alleine zu sein, ist ihr unerträglich; ein Liebhaber folgt dem anderen, so wie ein Film dem anderen folgt. Selbstbewußt nimmt sie eine nach wie vor noch als »männlich« etikettierte Freiheit für sich in Anspruch und erklärt: »Ich liebe und schlafe, mit wem und wann ich will.«[76]

Mit Romys Rückkehr nach Paris ist die Liaison mit Bruno Ganz bereits wieder Geschichte, und sie stürzt sich Hals über Kopf in weitere Affären, Liebschaften oder flüchtige Abenteuer, so etwa mit Jacques Dutronc, ihrem Filmpartner in *Nachtblende,* oder mit dem amerikanischen Filmproduzenten Bob Evans. Aber nicht nur mit Männern läßt Romy sich ein, auch Frauen sollen über weite Strekken ihres Lebens immer wieder zu den Auserwählten gehört haben. Als »rechtes Mischimaschi«,[77] wie sie es einmal formulierte, fühlt sich Romy von Zeit zu Zeit durchaus auch zum eigenen Geschlecht hingezogen. Neben der Begegnung mit Simone Signoret und einigen Namenlosen wird etwa immer wieder auch über Romys geheimgehaltene Freundschaft mit Marlene Dietrich getuschelt, von der die Öffentlichkeit erst nach dem Tod der beiden Frauen erfahren wird. Die *Bunte* spricht gar reißerisch von »Marlenes Affäre mit Romy Schneider«, muß dann aber kleinlaut hinzufügen: »Niemand weiß, ob Marlene und Romy miteinander geschlafen haben. Daß beide auch Frauen liebten, ist kein echter Beweis.«[78] Tatsächlich gibt es stark abweichende Aussagen darüber, welcher Art die Beziehung der beiden denn nun tatsächlich war. Nach Marlenes Tod im Jahr 1992 wird ihr langjähriges Dienstmädchen Anne Marie ausplaudern: »Romy und Madame haben sich geliebt, auf eine zarte, seltsame Art.« Allerdings ist die Frau auch der Meinung: »Ich glaube, Frau Dietrich und Romy sind sich nie begegnet. Sie haben nur telephoniert. Jahrelang, täglich. Manchmal sogar alle paar Stunden. Sie haben sich gegenseitig beschenkt – Schmuck, Bücher. Ich war der Bote dieser kleinen Liebesbekundungen.« Gerade auch in schweren Momenten ihres Lebens soll Marlene für Romy dagewesen sein: »Als ihr Sohn David am Gartenzaun verunglückte, war Frau Dietrich den ganzen Tag für sie da. Wieder nur am Telephon.« Romys früher Tod soll die Dietrich schwer getroffen haben, was ebenfalls für eine tiefe Freundschaft der beiden Frauen sprechen würde: »Am Tag als Romy Schneider starb, mußte ich die Fensterläden herunterlassen. Madame Dietrich hat den ganzen Tag im Dunkeln verbracht. Sie wollte mit niemandem sprechen, niemanden sehen.«[79] Es gibt aber durchaus auch Aussagen, die von wiederholten Begegnungen von Romy und Marlene wissen wollen. Eine Berliner Freundin, die bei Treffen mit

Romy und der Dietrich dabeigewesen sein will, sagte nach Marlenes Tod aus: »Marlene hat Romy doch getroffen, heimlich, viele Jahre lang. Marlene verbarg ihr Gesicht mit einem großen Schal, besuchte Romy in deren Pariser Wohnung.«[80] Und auch Daniel Biasini bestätigt, daß es wiederholte Treffen der beiden Frauen gegeben habe.[81] Möglich ist dies durchaus, da die Dietrich sich erst 1979 für den Rest ihres Lebens in ihr Bett zurückgezogen hat.[82] Welcher Art die Beziehung der beiden nun aber war, wird sich wohl nie restlos aufklären lassen. Beachtenswert ist, daß sich in Marlene Dietrichs Nachlaß ein Exemplar des Buches findet, das Hildegard Knef nach Romys Tod über sie geschrieben hat und in dem sie sich mehr oder weniger als einzige darstellt, die versteht, was in Romys Leben schiefgelaufen ist. Voller Empörung schrieb Marlene auf das Cover: »Chutzpah! Sie kannte sie gar nicht! Sorgt dafür, daß sie nicht über mich schreibt!«[83] – was wiederum ein Hinweis darauf sein könnte, daß sie selbst durchaus das Gefühl hatte, Romy gut zu kennen, und sich eben deshalb über Knefs verlogenes Buch aufregte.

Es sind beileibe nicht nur Prominente und Filmpartner, mit denen Romy in dieser Zeit anbandelt. Neben ihren meist einige Wochen andauernden Affären mit Schauspielern, mit denen sie gerade zusammenarbeitet, gibt es durchaus auch noch eine ganze Reihe flüchtiger, oberflächlicher Abenteuer – meist wohl einmalige Geschichten. Romy gewährt ihre Gunst Chauffeuren, Kabelträgern oder Regieassistenten. Es scheint ihr Selbstbestätigung zu geben, wenn sie als Mittdreißigerin von jungen, gutaussehenden Männern begehrt wird, denn für ihre kleinen Abenteuer zwischendurch wählt sie sich »immer nur sehr gutaussehende Burschen, die sehr viel jünger waren als sie selbst. Und manchmal waren sie auch Beleuchter oder Bühnenarbeiter aus dem Atelier – das dauerte dann wohl nur ein paar Stunden.«[84] Wenn sie die Nacht bei einem anderen Mann verbringt, ist es Daniel Biasinis Aufgabe, sie am nächsten Morgen diskret dort abzuholen und entweder nach Hause oder ins Filmstudio zu fahren, wobei sie sich meist schnell in der Limousine umkleidet: »Da stand ich dann mit dunkler Sonnenbrille auf dem Gehsteig und schirmte mein Auto vor den Augen etwaiger Frühaufsteher ab. Denn Romy fand nichts dabei, sich im Fond meines Wagens umzuziehen.«[85] Biasini wird zum Komplizen von Romys ausschweifendem Liebesleben, und Romy weiß, daß sie sich auf Daniels Diskretion verlassen kann, und beginnt ihm blindlings zu vertrauen. Auch er will in dieser Zeit noch keine weitergehenden Gefühle für seine Chefin gehegt haben und erinnert sich: »Ich betrachtete sie damals ausschließlich als meine Arbeitgeberin, deren Stärke und Ausstrahlung ich bewunderte. Und sie hat in mir nur einen Manager ihres Haushalts gesehen, der trotz seiner Jugend ganz offensichtlich perfekt funktionierte.«[86]

In der Filmbranche ist es bald ein offenes Geheimnis, daß man gut daran tut, Romy für die Dauer der Dreharbeiten einen Liebhaber zu organisieren, wenn man will, daß sie halbwegs ausgeglichen und umgänglich ist. Nachwuchsregisseur Andrzej Zulawski, der mit Romy den Film *Nachtblende* realisiert, wird genau dies machen: »Zulawski weiß, was alle in der Branche wissen: Wenn Romy problemlos funktionieren soll, braucht sie in jedem Team einen, der Tag und Nacht für sie da ist. Zulawski selbst will derjenige nicht sein. Er hat Frau und Kind und überhaupt: Mit Schauspielerinnen will er sich nicht einlassen. Also ›arrangiert‹ Zulawski etwas. Im Interesse eines reibungslosen Produktionsablaufs inszeniert er für seinen Star eine Liebschaft. Romy merkt nichts. Sie verliebt sich programmgemäß in den beauftragten Kümmerer, einen jungen Schauspieler, der auch mit Eifer bei der Sache ist. Neun Wochen lang. Dann, am letzten Drehtag, gibt er sich die Ehre: Madame, letzte Klappe, das war's.«[87] Ob Romy weiß oder ahnt, daß ihre Affäre mit ihrem jungen Kollegen Jacques Dutronc auf diese Weise zustande gekommen ist? Daß solche Liebschaften arrangiert werden, damit sie so funktioniert, wie man es von ihr wünscht? Vermutlich ist sie viel zu sehr mit der Rolle, die sie zu spielen hat, und der neuen Liebschaft, in die sie sich stürzt, beschäftigt, um sich Gedanken zu machen, daß sie auf diese Weise schamlos ausgenutzt wird. Romys Regisseure hingegen haben wenig Skrupel, sie derart zu manipulieren. Zulawski gesteht rückblickend: »Was wollte ich denn von der? Daß sie gut ist. Wenn sie gut ist, bin ich glücklich, weil es mein Film ist, in dem sie gut ist. Also habe ich sie benutzt, wie wir sie alle benutzt haben.«[88]

Wie auch immer ihre Affären, Liebschaften und Abenteuer im einzelnen zustande kommen, Romy scheint das Spiel der Verführung, das sie meisterhaft beherrscht, zu lieben und zu brauchen, wie die Luft zum Atmen. Es fasziniert sie, Menschen immer wieder aufs neue mit ihrem Charme zu umgarnen. Sie will spüren, begehrt zu werden, und wird geradezu süchtig danach, »zu wissen, daß ich reizvoll bin, für alle!«.[89] In ihrem Liebesleben scheint Romy sich ebenso verschwenden zu wollen wie in ihrem Beruf. Jetzt, wo sie niemandem gegenüber mehr Rechenschaft abzulegen hat und kein schlechtes Gewissen zu haben braucht, wenn sie sich auf Affären und flüchtige Abenteuer einläßt, nimmt ihr Liebesleben immer exzessivere Formen an. Ganz bewußt setzt sie sich über alle moralischen Bedenken hinweg: »Wer hat eigentlich erfunden, daß Nymphomanie eine ganz verdammte Krankheit war? Ich finde das vorübergehend […] so gesund, so ganz ungemein gesund.«[90] Das einzige, was für sie zu zählen scheint, ist ihr eigenes Vergnügen. Hat sie genug von ihren zeitweiligen Partnern, so hat sie keinerlei Bedenken, sie fallenzulassen und sich dem nächsten oder der nächsten zuzuwenden. Geben ihr die vielen Affären und Abenteuer Selbstbestätigung? Stürzt sie sich in sie, weil sie es nicht ertragen kann, allein zu sein? Hat sie nach der Zeit mit Harry das Gefühl, etwas verpaßt zu haben und dies jetzt nachholen zu müssen? Braucht sie das ausschweifende Liebesleben, um das Gefühl zu haben, noch am Leben zu sein?

Vermutlich spielen alle diese Gründe eine Rolle. Zudem wird Romy die grenzenlose Freiheit, mit der sie ihre Sexualität auslebt, aber auch ein Zeichen dafür sein, daß sie ihr Leben wieder selbst in die Hand genommen hat und sich von nichts und niemandem mehr etwas vorschreiben lassen wird. Ab jetzt, so scheint sie sich selbst bestätigen zu wollen, gelten nur noch ihre eigenen Regeln, denn was hat es ihr gebracht, sich auf die Spielregeln von Alain und Harry eingelassen zu haben? Sie ist zur Frau geworden, die ganz in der Gegenwart, im Hier und Jetzt lebt, die die verlorenen Illusionen der Vergangenheit beiseite wischt und vorgibt, sich um die Zukunft nicht zu scheren. Romy betrachtet sich ganz bewußt als Frau, »die sich die Freiheit herausnimmt, ungezwungener als andere Frauen zu leben«.[91] Ungezwungen ist sie, aber machen sie die vielen Affären und Abenteuer wirklich glücklich? Sie, die sich schon früh nach der einen, großen, alles verschlingenden Liebe gesehnt und sich bislang stets vorbehaltlos in ihre Partnerschaften gestürzt hat, können die flüchtigen Liebschaften nicht wirklich befriedigen. Sind sie nicht letztlich nur Mittel zum Zweck? Will Romy mit ihren Affären nicht ebenso wie mit ihrer exzessiven Filmarbeit, dem Alkohol und den Tabletten vor der inneren Leere fliehen, die sie spürt? Regisseur Alberto Bevilacqua, der mit Romy *La Califfa* realisiert hat und damals auch eine Affäre mit ihr hatte, bringt es mit seiner Einschätzung wohl auf den Punkt: »Ihre Nächte gebrauchte sie wie Amulette gegen eine Angst, für die es keine Heilung gibt!«[92]

Es kann kaum verwundern, daß nicht alle Affären Romys unbemerkt bleiben. Immer wieder kursieren hinter vorgehaltener Hand oder in den Schlagzeilen der Boulevardblätter Gerüchte und Spekulationen über diese und jene Liebschaft Romys – über tatsächliche wie erfundene. Auch wenn sie sich konsequent weigert, zu diesen Gerüchten Stellung zu nehmen oder eine ihrer Romanzen offiziell zu machen, sieht Romy es nicht ein, Versteck zu spielen. Es gibt durchaus auch Affären, aus denen sie kein großes Geheimnis macht, wie etwa aus ihrer Liaison mit Bruno Ganz oder ihrer Liebschaft mit dem amerikanischen Filmproduzenten Robert »Bob« Evans, mit dem sie sich wiederholt öffentlich zeigt, auch wenn beiden bewußt ist, daß es sich nur um eine Affäre auf Zeit handelt und Evans bald wieder nach Amerika zurückkehren wird. Angesichts der Vertrautheit, mit der sie sich an der Seite von Männern wie Bruno Ganz oder Bob Evans zeigt, kann kaum jemand übersehen, daß Romy mit ihren Begleitern mehr verbindet als lediglich gemeinsame berufliche Interessen. Die Presse stürzt sich nur allzu gerne auf die jeweils neuen Gerüchte um Romys turbulentes Liebesleben. Besonders in

Deutschland, wo man sich ohnehin mehr für Romys Privatleben als für ihre Filme interessiert und sich schon lange über ihre »unmoralischen« Filmrollen echauffiert, sorgt Romys unkonventionelle Lebensweise für so manche Schlagzeile und aufgeregte Diskussionen an der heimischen Kaffeetafel. Der *Stern,* der eine barbusige Romy auf dem Cover zeigt, vermeldet genüßlich: »Romy liebt jetzt, wen sie will«, und kommentiert süffisant: »Die Presse hat aufgehört, ihre Liebhaber zu zählen.« Da Romy Einmischungen in ihr Privatleben haßt und immer allergischer auf neugierige Journalistenfragen reagiert, weigert sie sich, über ihre Liebesaffären und Abenteuer zu sprechen, und lehnt es ab, die kursierenden Gerüchte zu kommentieren. Was soll sie auch sagen? Daß sie sich nur in diese Affären stürzt, weil sie eine übermenschliche Angst davor hat, alleine zu sein, geht schließlich niemanden etwas an. Während sie nach außen hin den lebenslustigen, nur noch sich selbst verpflichteten und nach den eigenen Spielregelen lebenden Filmstar mimt, blickt sie in Wirklichkeit resigniert auf ihr wieder einmal gescheitertes Privatleben: »Ich weiß, daß man nicht alles auf einmal haben kann: die große Liebe und die große Karriere. Die Einsamkeit ist wahrscheinlich die Hauptwaffe im Kampf für den Erfolg.«[93] Und sie ist sich durchaus im klaren darüber, daß ihr die Affären nicht viel weiterhelfen würden, sollte sie erneut in eine berufliche Sackgasse geraten: »Wenn der Erfolg einmal aufhört, werde ich eine unermeßliche Einsamkeit kennenlernen.«[94]

Was den beruflichen Erfolg anbelangt, braucht Romy sich jedoch auch weiterhin nicht zu beklagen. Auf ihrem Schreibtisch stapeln sich immer noch unzählige Angebote und Drehbücher. Sie ist nach wie vor eine gefragte Schauspielerin. Obwohl ihr Image in diesen Tagen stark durch die Filme geprägt ist, die sie mit Claude Sautet gedreht hat, unterbreitet man ihr zu ihrer großen Freude dennoch nicht nur immer die gleichen Rollenvorschläge, sondern traut ihr durchaus zu, auch einmal gänzlich andere Figuren zu verkörpern, als sie es bislang getan hat. Und Romy giert geradezu nach neuen schauspielerischen Herausforderungen und ist bereit, auch einmal Rollen zu spielen, die nicht ihrem derzeitigen Image entsprechen – und das, obwohl sie sich bewußt ist, daß so etwas durchaus ihre Karriere ernsthaft gefährden könnte, weil die Möglichkeit besteht, daß sie auf diese Weise ihr Stammpublikum vor den Kopf stößt. Doch Romy liebt das Risiko in jeder Hinsicht: »Für mich gilt im Leben wie im Film die Devise: alles oder nichts. Risikobereitschaft ist etwas, was mir immer weitergeholfen hat.«[95]

Sicher ist nicht zuletzt die frühe und als traumatisch empfundene Festlegung auf das *Sissi*-Klischee die Ursache dafür, daß sie jetzt so bereitwillig Rollen annimmt, die man eigentlich nicht von ihr erwarten würde. Romys nächster Film jedenfalls wird genügend Zündstoff bieten, um unter Beweis zu stellen, daß sie schauspielerisch noch wesentlich mehr kann als das, was ihr von Regisseuren wie Sautet abverlangt wird. In *Trio Infernal,* einer äußerst makabren Komödie des jungen Regisseurs Francis Girod, steht sie erneut an der Seite ihres Freundes Michel Piccoli vor der Kamera und spielt eine Frau, die reihenweise mit reichen Männern anbandelt und sie gekonnt verführt, um sie anschließend gemeinsam mit ihrem von Michel verkörperten Geliebten und ihrer zur Komplizin gemachten Schwester ermorden zu können – die Leichen werden zerstückelt und in Schwefelsäure getränkt, um alle Spuren restlos zu beseitigen. Die schockierende Geschichte der von Romy verkörperten Philomène Schmidt beruht auf einer wahren Begebenheit, die sich in den dreißiger Jahren in der Gegend von Marseille zugetragen und damals, als das mörderische Trio zum Tode verurteilt und hingerichtet worden ist, für viele Schlagzeilen gesorgt hat. Anfangs hat Romy noch kurz gezögert, die Rolle anzunehmen, weil sie sich unsicher war, ob es ihr Image tatsächlich verkraften wird, wenn sie eine kaltblütige Mörderin spielt. Doch dann hat sie zugesagt, weil die Rolle nach den vielen melancholischen Frauenrollen à la Claude Sautet eine wirkliche schauspielerische Herausforderung für sie darstellt. Vermutlich hat sie sich nicht auch zuletzt deshalb für den Film entschieden, weil sie die Philomène Schmidt an die männermordende Gräfin Tarnowska erinnert hat, deren spektakuläre Lebensgeschichte Luchino Visconti einst mit ihr hatte verfilmen wollen.

Romy geht mit diesem Film ein doppeltes Wagnis ein. Einerseits ist ihre überzeugende Verkörperung der durch und durch bösen Philomène dazu in der Lage, ihr Stammpublikum vor den Kopf zu stoßen, andererseits steht Regisseur Francis Girod noch ganz am Anfang seiner Karriere – *Trio Infernal* ist sein erster abendfüllender Film. Doch obwohl Kritik und Publikum wie erwartet zwiegespalten auf den ebenso makabren wie morbiden Film reagieren und die einen ihn beklatschen, während die anderen ihn nahezu haßerfüllt ablehnen, schafft er es immerhin auf die Filmfestspiele in Cannes, wo er 1974 für eine kleine Sensation sorgt. *Le Nouvel Observateur* befindet: »Ein ehrgeiziger Film, und, was selten ist, oft auch auf der Höhe seines Ehrgeizes.« Absurderweise wird immer wieder die Frage aufgeworfen, wieviel von der sich über jegliche moralische Grenzen hinwegsetzenden Philomène Schmidt in der Frau steckt, die sie verkörpert und die immerhin einst die liebliche Märchenkaiserin Sissi gewesen ist. Romy tritt solch unsinnigen Überlegungen entschieden entgegen und erklärt: »Mit dem *Trio Infernal,* das gerade überall läuft, habe ich privat nicht das geringste zu tun. Ich spiele diese Rollen, um mich als Schauspielerin zu profilieren. Diese Rollen sind für mich eine Mutprobe. Manchmal habe ich auch Angst davor, so etwas zu spielen. Aber dann packt mich der Ehrgeiz. Ich will es wissen. Und der Erfolg gibt mir recht. Ich kann solche Rollen spielen, ohne mein Profil als Schauspielerin zu verlieren.«[96]

Trio Infernal hat Romys Karriere weder den Todesstoß versetzt noch hat er ihr geschadet. Ihre Risikofreude ist belohnt worden, was Romy darin bestärkt, auch zukünftig unter Beweis stellen zu wollen, daß sie in der Lage ist, alles spielen zu können, was sie spielen möchte. Spätestens jetzt hat sie das Gefühl gewonnen, daß sie sich vor keiner Rolle mehr zu fürchten braucht. Girods Film hat Romys Lust am Ausgefallenen und am Exorbitanten geweckt, was in den Beschluß mündet, häufiger Frauen zu spielen, die alles andere als durchschnittlich sind, um immer wieder aufs neue die Grenzen des

Darstellbaren auszuloten: »Der Reiz dabei ist, etwas zu fabrizieren, von dem die Leute glauben: Das schafft die nicht. Und ich schaffe es sehr wohl, das hab' ich bewiesen.«[97]

Auch wenn sie sich im Privaten stark angeschlagen fühlt – im Beruflichen ist sie jetzt mehr denn je dazu bereit, aufs Ganze zu gehen. Und der Zuspruch der Kritiker und des Publikums geben ihr recht. Selbst wenn sie in so außergewöhnlichen und provokanten Filmen wie *Trio Infernal* mitwirkt, steigen ihre Beliebtheitswerte in Frankreich nach wie vor von Streifen zu Streifen. Ein französischer Kritiker gerät regelrecht ins Schwärmen, wenn er über Romy spricht: »Sie ist ein Spiegel, eine kristallene Woge, eine Stradivari, unmöglich noch besser zu spielen.«[98] Das finden auch die Jurymitglieder des wichtigsten Filmpreises Frankreichs angesichts von Romys nächstem Film *Nachtblende,* für den sie den César erhalten wird.

Regie führt der bis dato noch gänzlich unbekannte, polnischstämmige Andrzey Zulawski, der ebenso wie Girod ein junger, aufstrebender Nachwuchsregisseur ist, dem Romy durch ihr Mitwirken an seinem Film zum Durchbruch verhelfen wird. Jetzt, wo sie in der Position dazu ist und ihre Stimme Gewicht hat, liebt sie es, Regisseure und Schauspieler, an die sie glaubt, zu fördern und zu unterstützen, indem sie sich für sie einsetzt. Das Drehbuch, das Zulawski ihr vorlegt, findet Romy vorzüglich; die Rolle sieht sie als erneute Herausforderung an, so daß sie sein Angebot, ohne zu zögern, annimmt. *Nachtblende* ist ein schonungslos pessimistischer, äußerst bedrückender Film, in dem Romy die heruntergekommene, am Leben gescheiterte und dem Alkohol verfallene Schauspielerin Nadine Chevalier verkörpert, die langsam, aber sicher immer tiefer sinkt und schließlich sogar Pornos drehen muß, um ihren Lebensunterhalt zu verdienen. Die Tragik dieses gescheiterten Lebens wirkt sich deutlich negativ auf Romys Gemüt aus. Die Rolle verlangt ihr sehr viel ab. Bei den Dreharbeiten leidet sie, wie wohl noch nie zuvor bei einem Film. Sie hat Szenen zu spielen, gegen die sich alles in ihr sträubt. Was die Stimmung zusätzlich zu den polternden Auftritten von Romys exaltiertem Filmpartner Klaus Kinski noch verdüstert, ist der Umstand, daß Zulawski bewußt immer wieder Konflikte am Set provoziert, die Romy in die notwendige Stimmung am Rande des Nervenzusammenbruchs versetzen sollen. Zwar stachelt er sie durch dieses ungewöhnliche Vorgehen zu den Höchstleistungen an, die die Rolle von ihr erfordern, aber Romy verausgabt sich auf diese Weise bis zur totalen Erschöpfung und geht schonungslos bis an den Abgrund ihrer schauspielerischen Möglichkeiten – ihr ungeschminktes, in Tränen gebadetes Gesicht im Film zeugt davon.

Doch diese Arbeitsweise hat ihren Preis. Romy befindet sich in einem furchtbaren Zustand. Jeden Morgen kommt sie mit einer Plastiktüte zu den Dreharbeiten, in der sich eine Flasche Champagner und zwei Flaschen Bordeaux befinden, die sie zu brauchen glaubt, um die intensive Arbeit am Film überstehen und sich in die Rolle stürzen zu können, die sie zutiefst deprimiert. Der Alkoholkonsum jedoch hat zur Folge, daß sie meist nur an den Vormittagen zu gebrauchen ist und die Dreharbeiten sich insofern ungeplant hinziehen. Als Zulawski ihr deshalb eines Morgens ihren Alkoholvorrat aus den Händen reißt, reagiert sie wie eine Furie und schreit ihn an: »Ohne das Zeug kann ich nicht drehen.«[99] Oft erscheint sie morgens in einem jämmerlichen Zustand; manches Mal ohne nachts überhaupt im Bett gewesen zu sein, so daß es den Maskenbildner wirkliche Anstrengung kostet, sie soweit herzurichten, daß sie vor die Kamera treten kann. Nach der Mittagspause hat sie meist schon so viel getrunken, daß ihre Stimmung unberechenbar ist. Sie bekommt immer wieder Wutanfälle oder weigert sich plötzlich strikt, eine bestimmte Szene zu drehen, weil sie ihr mit einem Mal »saublöde« erscheint. Die Nerven beim ganzen Team liegen blank; die Arbeit mit ihr wird nahezu unmöglich, was ihr durchaus auch selbst bewußt ist: »Ich weiß, daß ich unausstehlich sein kann. Aber meine Aggressionen sind nur ein Schutzwall vor der Angst, daß ich vielleicht nicht das Optimale gebe.«[100]

Bald ist Romy am Ende ihrer Kräfte. Die psychische Belastung ist so groß, daß es eines Morgens zum körperlichen Zusammenbruch kommt und sie sich nicht mehr in der Lage fühlt, das Bett zu verlassen. Romys Arzt wird gerufen und weist sie ins Krankenhaus ein, wo sie einige Tage bleiben muß, bis ihr Zustand die Fortsetzung der Dreharbeiten erlaubt. So nervenaufreibend die Arbeit am Film auch gewesen ist – das Ergebnis kann sich sehen lassen: »Man hat mir gesagt, daß das meine beste Arbeit seit meinem Einstieg ins Kino sei, und ich glaube es.«[101] Entstanden ist ein Film, der wohl niemanden kaltläßt und den keiner so schnell vergißt, der ihn gesehen hat. *Nachtblende* ist fraglos ein Höhepunkt in Romys Karriere, *Paris Match* befindet: »Dieser Film ist aggressiv, düster, stellenweise unerträglich, aber stark und schön.« Für ihre hervorragende Leistung – vielleicht ihre beste schauspielerische Leistung seit Orson Welles' Kafka-Verfilmung *Der Prozeß* – wird Romy 1974 als beste Schauspielerin mit dem César, dem französischen Oscar, ausgezeichnet. Den Preis nimmt sie mit Tränen in den Augen in Empfang: »Es ist die höchstmögliche Anerkennung, die man mir als Künstlerin zuteil werden ließ.«[102]

Nach ihrem durchschlagenden Erfolg mit *Nachtblende* steht Romy 1974 für ein weiteres mit Spannung erwartetes Projekt vor der Kamera – Claude Chabrols Thriller *Die Unschuldigen mit den schmutzigen Händen*. Es ist das erste Mal, daß Romy mit Chabrol zusammenarbeitet. Sie hatte schon lange davon geträumt, einen Film mit dem Kultregisseur zu machen, mittlerweile aber kaum noch an ein Angebot von ihm geglaubt. Um so mehr freut sie sich auf die Zusammenarbeit. Und auch Chabrol ist, ebenso wie die meisten seiner französischen Kollegen, hellauf begeistert von Romy und gesteht offenherzig: »Für mich ist Romy die Inkarnation der Frau. Sie ist schön, hat eine starke erotische Ausstrahlung und eine außergewöhnliche Persönlichkeit.«[103] In Chabrols Film spielt Romy einen kaltblütigen Vamp, eine Frau, die – angestachelt von ihrem Geliebten – unter dem Verdacht steht, ihren Mann getötet zu haben, und die viel zu spät merkt, daß sie sich auf ein teuflisches Spiel eingelassen hat, in dem eigentlich sie das Opfer ist. Die Rolle einer Frau zwischen Selbständigkeit und Unterwerfung, die letztlich an den Fallstricken der Männerwelt zugrunde geht, ist gut, doch hinter den Kulissen beginnt es schon bald zu kriseln, denn schnell stellt sich heraus, daß Regisseur und Hauptdarstellerin absolut nicht auf einer Wellenlänge liegen. Chabrol ist ein Regisseur der kargen Regieanweisungen, der seinen Schauspielern viele Freiheiten läßt. Romy, die detaillierte Anweisungen braucht, wie sie die Rolle anzugehen hat, fühlt sich von ihm allein gelassen und kann es nicht ertragen, daß er während der Dreharbeiten Schach spielt, statt sich intensiv um sie zu kümmern. Da sich Romys Nervosität und ihr Lampenfieber in den letzten Jahren kontinuierlich gesteigert haben, kommt sie mit Chabrols Arbeitsweise und dem Laisser-faire, das an seinem Set herrscht, einfach nicht zurecht. Sie braucht Regisseure wie Visconti, Welles oder zur Not auch Zulawski, die sie an die Kandare nehmen und ihr klipp und klar sagen, was zu tun ist und wie sie eine bestimmte Szene zu spielen hat. Oder einen Mann wie Claude Sautet, der sich während der Dreharbeiten nahezu ununterbrochen die Zeit nimmt, die Untiefen der Rolle gemeinsam mit ihr zu erkunden. Doch Chabrol, so empfindet sie es, läßt sie vollkommen allein mit der Last ihrer Aufgabe. Romy beginnt ihre Rolle zu hassen und bereut es, sich auf dieses Projekt eingelassen zu haben – und zum ersten Mal seit langem ist sie auch als Schauspielerin nicht wirklich überzeugend. Trotz aller Vorschußlorbeeren verreißen die meisten Kritiker den Film, und auch das Publikum läßt *Die Unschuldigen mit den schmutzigen Händen* kalt.

Doch der nächste Film, für den sie vor der Kamera steht, gibt ihr die Freude am Beruf schnell wieder zurück, auch wenn er wiederum eine wirkliche schauspielerische und psychische Herausforderung für sie darstellt. Unmittelbar nach Abschluß des Chabrol-Streifens beginnen die Dreharbeiten für Robert Enricos packendes Weltkriegsdrama *Das alte Gewehr,* das als französisch-deutsche Co-Produktion realisiert wird und in dem neben Romy auch noch Philippe Noiret mitwirkt, einer der mit Abstand beliebtesten französischen Schauspieler. Wie zuvor schon in *Le Train – Nur ein Hauch von Glück* verkörpert Romy auch hier eine Frau, die im besetzten Frankreich zum Opfer des Nazi-Terrors wird: die Französin Clara, die von Deutschen vergewaltigt, brutal gefoltert und schließlich gemeinsam mit ihrer dreizehnjährigen Tochter ermordet wird, indem man sie bei lebendigem Leib mit einem Flammenwerfer verbrennt. Die Szene, in der Clara von mehreren SS-Männern vergewaltigt wird, spielt Romy mit einer solch erdrückenden Intensität, daß sie bei den Dreharbeiten wie in Trance wirkt und das Schicksal der Gemarterten regelrecht selbst durchzumachen scheint. Romy geht so in ihrer Rolle auf, daß ihre Filmpartner, die die Vergewaltiger zu verkörpern haben, den Drehort mit Schürfwunden und blauen Flecken verlassen. Die aufwühlende Szene, bei der viele Team-Mitarbeiter den Atem anhalten, geht ihr so nahe, daß sie mehrere Tage pausieren muß, bis die Dreharbeiten fortgesetzt werden können. Doch die Strapazen machen sich bezahlt: *Das alte Gewehr* wird ein wahrer Triumph, für Romy wie für ihren Filmpartner Philippe Noiret, der in der Rolle von Claras Mann durch sein grausames Schicksal zum unerbittlichen Rächer seiner Frau wird. Der Film, der eine ebenso überzeugende wie gefühlvolle Anklage gegen die Schrecken des Krieges geworden ist, kann zweifellos als einer von Romys größten Erfolgen in Frankreich angesehen werden. Er läuft sensationelle sechs Monate in den Kinos von Paris und bricht damit sogar die Rekorde der *Sissi*-Filme. Die Kritiker feiern ihn als durch und durch geniales Meisterwerk und fordern sogar, daß sein Studium zum Pflichtprogramm in Schauspielschulen gehören sollte. *Das alte Gewehr* erhält den César als bester Film des Jahres 1975, Philippe Noiret wird als bester Schauspieler ebenfalls mit einem César geehrt. Auch wenn Romy bei der Preisverleihung dieses Mal leer ausgeht, gebührt der Applaus des Publikums auch und vielleicht gerade ihr für ihre unglaublich intensive und wahrhaftige Darstellung der Clara. Regisseur Robert Enrico jedenfalls ist begeistert von seiner Hauptdarstellerin: »Sie ist eine sehr große Schauspielerin, vielleicht die größte. Die einzige, die meiner Meinung nach in die Geschichte des Films eingehen wird.«[104] Trotz der Erfolge, die sie verbuchen kann, und des enthusiastischen Zuspruchs, den sie immer wieder erfährt, beginnt Romy sich langsam, aber sicher zu fragen, ob sie in ihrer Ruhelosigkeit nicht vielleicht doch zuviel arbeitet: »Ich habe langsam Angst, daß ich zuviel drehe und mich das Publikum eines Tages über hat.«[105]

Das Geld, das sie mit ihrer nahezu unermüdlichen Filmarbeit verdient, gibt ihr trotz der großen Summe, die sie Harry nach der Trennung zu zahlen hatte, wieder die Möglichkeit, auf größerem Fuß zu leben. Die gemietete Wohnung in der Rue Bonaparte, der sie bereits schon wieder überdrüssig ist, ersetzt sie durch eine luxuriöse, sich über zwei Etagen erstreckende und zweihundertfünfzig Quadratmeter große Eigentumswohnung in der Rue Berlioz – gleich nebenan wohnt Schauspieler Jean Marais. Stolze eine Million Francs kostet die neue Bleibe. Zusätzlich gibt Romy in ihrem Wunsch, sich endlich ein gemütliches, behagliches Heim zu schaffen, Unsummen von Geld aus, um die Wohnung von den angesagtesten Pariser Innenarchitekten umbauen und einrichten zu lassen. Das neue Heim soll ihr nach dem Hin und Her der letzten Jahre ein wirkliches Zuhause werden – ein Nest, in dem sie sich geborgen fühlen und in dem sie sich von der Welt zurückziehen kann. Romy scheut keine Kosten. An den Wänden hängen Picassos und Mirós.

Zwar bezieht Daniel Biasini in der Nähe von Romys neuem Domizil ein kleines, von Romy angemietetes Junggesellenappartement, die meiste Zeit aber verbringt er doch in ihrer Wohnung, in der ihm wiederum auch eigene Räumlichkeiten zugewiesen worden sind. Daniel ist gewissermaßen längst zu einem Teil der Familie geworden und erscheint Romy mittlerweile unverzichtbar. Da diese oft noch bis spät in die Nacht vor der Kamera steht oder gar nicht nach Hause kommt, wenn sie sich auf flüchtige Abenteuer einläßt, gewöhnt Daniel es sich an, abends immer häufiger in der Wohnung zu bleiben, um Romys Sohn Gesellschaft zu leisten. Beide verbindet nach wie vor eine geradezu kumpelhafte Vertrautheit. Daniel ist so ganz anders als sein besserwisserischer, ständig meckernder Vater. Er spielt sich David gegenüber nie als Respektsperson auf, sondern verhält sich mit seinen Anfang Zwanzig eher so, wie ein großer Bruder sich verhalten würde. Und wohl genau deshalb wird er von David auch so rückhaltlos akzeptiert. Nein mehr als das: Bald wird er von ihm geradezu abgöttisch geliebt. Romy weiß es zu schätzen, daß Daniel sich so liebevoll um David kümmert, der ihr immer wieder von seinem neuen Freund vorschwärmt. Zudem mag sie Daniels Art. Er ist zurückhaltend und diskret, und sie weiß, daß sie sich hundertprozentig auf ihn verlassen kann. Einer Freundin schreibt sie gerührt: »Es klingt echt, wenn er sagt: ›Madame, kann ich noch etwas für Sie tun?‹«[106]

Neben ihrem Sohn David wird Daniel langsam, aber sicher zu einem zweiten ruhenden Pol in Romys Leben. Sie mag es, daß er nie schlecht gelaunt ist oder unhöflich auftritt, daß er nie gestreßt wirkt, sondern immer gelassen und fröhlich. Sie bewundert seine jugendlich-unbekümmerte Art, seine geradezu »größenwahnsinnige Unbekümmertheit«,[107] die ihr selbst so fremd ist. Seine gute Laune färbt so manches Mal auf sie ab, wenn sie selbst in einer depressiven Stimmung ist und an der Welt zu verzweifeln droht. Daniel stellt eine wichtige Stütze für sie dar, und Romy genießt es, Zeit mit ihm zu verbringen. Die Tatsache, daß beide David so sehr lieben, ist ein weiteres wichtiges Bindeglied zwischen ihnen beiden. Daniel freut es, mitzubekommen, wie sehr Romy trotz ihres aufreibenden Lebens doch an ihrem Sohn hängt, welch zentrale Rolle er in ihrem Leben spielt und wie liebevoll sie mit ihm umgeht: »Das größte Glück dieses Stars war ihre Mutter-Rolle. An jenen Tagen, an denen sie keine beruflichen Verpflichtungen hatte, drehte sich alles nur um David.«[108]

Immer häufiger kommen Romy und Daniel miteinander ins Gespräch. Sie reden über Gott und die Welt und gehen vom steifen »Sie« zum vertrauten »Du« über. Wenn Romy spät von Dreharbeiten nach Hause kommt und David schon lange schläft, ist Daniel es, mit dem sie sich austauscht, mit dem sie über ihre Arbeit und über ihr Leben spricht. Und natürlich ist auch David immer wieder ein Gesprächsthema für sie. Romy spürt in den langen und intensiven Gesprächen, die immer häufiger am Frühstückstisch fortgeführt werden, daß Daniel ihren Sohn mindestens ebenso liebt wie sie selbst. Romy will wissen, was für ein Mensch ihr Angestellter ist, und löchert ihn mit Fragen nach seinem Leben, seinen Träumen und Zielen. Die beiden lernen sich auf diese Weise immer besser kennen. Die Grenzen zwischen der Chefin und ihrem Angestellten verwischen sich mehr und mehr. Romy fühlt sich immer stärker angezogen von Daniel, er wird nach und nach zu ihrer wichtigsten Bezugsperson. Mit ihm kann sie sich tatsächlich über ihr Leben, ihre Erfolge, aber auch ihre Ängste austauschen. Er hört ihr zu und nimmt sie ernst – anders als Harry Meyen, der sich letztlich immer nur für sich selbst interessiert hat. Und ist nicht er es, der mittlerweile rund um die Uhr dafür sorgt, daß sie sich zu Hause wohl fühlen kann, daß ihr Heim zu einem wirklichen Rückzugsort geworden ist, an dem sie sich, geschützt vor der Außenwelt, entspannen und neue Kraft schöpfen kann? Daniel wimmelt lästige Besucher an der Tür ab und stellt nur ihre wirklichen Freunde am Telephon zu ihr durch: »Ich war ihr Vermittler zur Außenwelt.« Romy zweifelt keinen Moment an Daniels Loyalität. Aus dem Mitarbeiter ist längst ein Komplize geworden, mit dem sie viele Geheimnisse teilt und der eine immer größere Rolle in ihrem Leben spielt. Eigentlich kann es kaum verwundern, daß Romy langsam, aber sicher beginnt, sich auch für den Mann Daniel Biasini zu interessieren. Und auch Daniel ist zunehmend angetan von seiner Chefin, die auf ihn so ganz anders wirkt als die Frauen, die er bisher kennengelernt hat: »Eine Frau mit vielen faszinierenden Gesichtern. Voll wilder und intensiver Lebenslust, sensibel und ausdrucksstark.«[109]

Auch wenn Romy sich eine Zeitlang darin gefallen hat, sich in unzählige Affären und Liebschaften zu stürzen, flüchtige, oft nur eine Nacht dauernde Abenteuer zu haben und die Männer zu benutzen, wie es ihr gefällt – auf die Dauer erscheint ihr das Ganze öde und fad: »Satt hab' ich's. Halbheiten, die kurzen Nächte in andern Betten.«[110] Romy sehnt sich im Grunde ihres Herzens nach Geborgenheit, nach einem Mann, der ganz ihr alleine gehört. Sie braucht das Gefühl, zu lieben und geliebt zu werden: »Ich kann nicht alleine leben.«[111] Ja, sie nimmt sich sogar regelrecht vor, daß es nach den vielen Abenteuern und Affären an der Zeit ist, sich langsam wieder auf etwas Ernstes einzulassen. Im Juni 1974 notiert sie in ihr Tagebuch: »Man muß sich mal wieder verlieben.«[112] Und dieses Mal soll es ein Mann sein, der wirklich für sie da ist, der nicht von seinem eigenen Ego zu immer neuen Eroberungen getrieben oder von seinen eigenen Karriereplänen so sehr in Anspruch genommen wird, daß er keine Zeit für sie hat. Könnte Daniel so ein Mann sein? Alain, die Liebe ihres Lebens, hat ihr nie alleine gehört; von Anfang an hat er sie mit anderen betrogen. Und Harry? Er mag ihr lange Zeit, wenn auch nicht während der ganzen Ehe, treu gewesen sein, aber dennoch war er nie ein Mann, wie sie ihn sich gewünscht hat. Harry war viel zu sehr mit sich selbst beschäftigt, zunächst mit seiner Karriere und später mit dem Lamentieren über das Scheitern derselben. Dabei hat Romy sich in ihrem übersteigerten und unstillbaren Bedürfnis nach Aufmerksamkeit schon immer einen Mann ersehnt, der voll und ganz für sie da ist, der so auf sie fixiert ist wie sie auf ihn: »Ich will, daß der Mann, den ich liebe, nur für mich da ist.«[113] Daniel kommt wie gerufen. Er ist ungebunden, aufmerksam und einfühlsam, und er scheint jemand zu sein, der kein Problem damit hat, an der Seite einer berühmten und beruflich erfolgreichen Frau zu leben. Behandelt er sie nicht wie eine ganz normale Frau? Sieht er in ihr nicht wirklich den Menschen Romy statt den Star Romy Schneider?

Für Romy, die sich vorgenommen hat, sich neu zu verlieben und sich einen Mann zu suchen, der ihr helfen könnte, ihren Alltag und ihr Seelenleben wieder in den Griff zu bekommen, ist es naheliegend, sich auf eine Beziehung mit Daniel einzulassen. Er ist jung, liebenswürdig und charmant, gutaussehend und weiß sich zu benehmen. Er hat sie bislang nie enttäuscht und all seine Aufgaben in Romys Haushalt zu ihrer größten Zufriedenheit und zudem mit absoluter Diskretion erfüllt. Er scheint ein Mann zu sein, auf den man sich tatsächlich verlassen kann. Der Altersunterschied stört sie ebensowenig wie die Tatsache, daß er keine größeren Ambitionen oder Ziele im Leben zu haben scheint. Könnte Daniel vielleicht nach zwei gescheiterten Partnerschaften der Mann sein, der nur ihr gehört? Der nicht mehr von ihrer Seite weicht? Der sie beschützt, ihr beruflich den Rücken stärkt und immer für sie und David da sein könnte? Der sie zu Dreharbeiten begleitet oder, wenn nötig, zu Hause bleibt und sich um ihren Sohn kümmert – wie er es bisher schon als ihr Angestellter getan hat? Könnte er nicht vielleicht sogar der Mann sein, mit dem sie ein weiteres Kind bekommen kann, wie sie sich das bereits schon seit längerem wünscht? Und ist nicht zuletzt die Tatsache, daß ihr Sohn so vernarrt in ihn ist, ein Zeichen dafür, daß Daniel vielleicht der Richtige sein könnte? Was immer Romys Beweggründe im einzelnen auch sein mögen – aus Daniel und ihr wird ein Paar. Nicht in der häuslichen Vertrautheit der Rue Berlioz, sondern in der ausgelassenen Ferienstimmung von Saint-Tropez, wo Romy und Daniel im Spätsommer 1974 einen gemeinsamen romantischen Urlaub verbringen, während David bei seinem Vater in Hamburg weilt. Romy scheut nicht davor zurück, sich auch öffentlich an Daniels Seite zu zeigen. Paparazzi gelingt es, Photos von den beiden zu schießen – Romy liegt nackt an Deck einer Yacht, die Daniels Eltern gehört, und cremt ihrem neuen Liebhaber verliebt den Rücken ein. Wie gewohnt wird den geneigten Lesern der Boulevardblätter über Romys neuesten Flirt Bericht erstattet, doch nachdem Romy die entsprechenden Gerüchte unkommentiert läßt, verschwinden sie schnell wieder in der Versenkung. Als Romy und Daniel nach drei gemeinsamen Wochen in Saint-Tropez auseinandergehen, sind beide sich noch nicht sicher, wie es weitergehen soll und ob die so harmlos und unbeschwert begonnene Sommerliebelei an der Côte d'Azur auch in Paris fortgesetzt werden wird. Als sie sich im September in Paris wieder in die Arme schließen, ist auch diese Frage beantwortet.

Wenn man hört, wie Romy in diesen Tagen über Daniel zu sprechen beginnt, kann man das Gefühl gewinnen, daß sie schon wieder den gleichen Fehler begeht wie bei ihren früheren Beziehungen. Wie schon bei Alain und Harry steigert sie sich auch jetzt wieder in Illusionen hinein, die die Realität zu überlagern scheinen. Wiederum verliebt sie sich letztlich nicht so sehr in einen Menschen aus Fleisch und Blut als in das Bild, das sie sich in ihren romantischen Vorstellungen von ihm macht. In altbekannter Weise beginnt sie damit, Daniel zu idealisieren: »Daniel Biasini ist der einzige Mann seit Alain Delon, der mich mit Freuden eine Frau sein läßt. Er besitzt den gleichen harten Charakter und kann dennoch sehr zärtlich sein. Er ist genau der Mann, den ich brauche. Er hat den unabhängigen Charakter von Alain, den gleichen Charme und Humor, die gleiche Art, sich auf eine Frau zu konzentrieren.«[114] Wie sie es zuvor schon bei Alain und Harry getan hat, so versucht Romy auch Daniel zum »idealen Mann« und zum Märchenprinzen zu stilisieren. Vermutlich hofft sie, in einer Beziehung mit ihm das Leidenschaftliche und Impulsive aus ihrer Partnerschaft mit Alain mit dem Bodenständigen und Bürgerlichen aus ihrer Ehe mit Harry Meyen verbinden zu können – wobei sie beim ausgeglichenen Daniel nicht die Angst zu haben braucht, daß es mit ihm so schwierig und aufreibend werden wird, wie es bei Alain und Harry der Fall war. Wieder einmal geht Romy nicht von Realitäten aus, sondern von ihren eigenen Illusionen. Und wieder einmal interpretiert sie in ihren Partner etwas hinein, was vermutlich mit der Wahrheit nur wenig zu tun hat – und woran auch diese Beziehung letztlich wieder scheitern wird. Doch die Realität interessiert Romy herzlich wenig; die Illusionen, die sie sich macht, bedeuten ihr mehr: »Ich stelle mich gern blind, um allein in meinen Illusionen zu leben.«[115]

Zunächst erfahren nicht einmal Romys engste Freunde wie Jean-Claude Brialy davon, daß aus Romys »Sekretär«, wie Daniel offiziell bezeichnet wird, der neue Mann an ihrer Seite geworden ist. Biasini erinnert sich: »Obwohl wir nun endgültig ein Liebespaar waren, spielten wir nach außen hin die Situation weiter, die seit nahezu zwei Jahren zwischen uns bestand. Romy war der Star und ich ihr Privatsekretär.«[116] Warum hält die sonst so mitteilsame Romy ihre neue Liaison erst einmal geheim? Fürchtet sie, ihr neues Glück könnte zerbrechen, wenn sie zu früh darüber spricht? Will sie ihre neue Liebe nicht so schnell mit der Öffentlichkeit teilen? Oder fürchtet sie, daß ihre Freunde nicht so euphorisch über ihre Wahl sein werden, wie sie selbst es ist? Nach zweimonatigem Versteckspiel hat sie jedenfalls genug von der Heimlichtuerei und beschließt, an Daniels Seite eine vielbeachtete Filmpremiere zu besuchen: »Wen kümmert das schon, ob unsere Beziehung weiterhin heimlich bleibt oder bekannt wird?«[117] Mit dem gemeinsamen Auftritt ist die Sache offiziell, und die Presse kann lauthals verkünden, daß es einen neuen Mann in Romys Leben gibt.

Wieder einmal zerreißt man sich den Mund über Romys Privatleben und ist sich sicher, daß es auch dieses Mal nicht gutgehen wird. Wer ist dieser Mann überhaupt? Ihr Sekretär? Und jetzt ihr Liebhaber? Und ist er nicht viel zu jung? Ist er tatsächlich an Romy interessiert oder vielmehr an ihrem Ruhm und an ihrem Geld? Der Tenor in der Presse ist eindeutig: Romy scheint sich an einen dahergelaufenen jungen Mann verschwenden zu wollen, der bestimmt nur die Absicht hat, sie auszunehmen. Doch Romy ist längst im Bann ihrer Illusionen bezüglich Daniel und ihrer gemeinsamen Zukunft. Was die Presse schreibt oder was die Leute denken, interessiert sie nicht. Sollen sie doch schreiben, was sie wollen. Wenn fremde Menschen, die weder Daniel noch sie kennen, sich ein Urteil über ihr Privatleben herausnehmen, muß sie das einen Teufel scheren. Aber auch enge Freunde, die sie vor Daniel warnen, die ihn für einen blasierten, berechnenden Playboy und unreifen Blender halten und Romy die um ihn kursierenden Gerüchte zutragen, die von seinen vielen Besuchen in Pariser Nachtclubs, seinen flüchtigen Liebschaften mit Striptease-Tänzerinnen und Mannequins oder gar seinem Drogenkonsum vom Haschisch bis zum Kokain wissen wollen,[118] schiebt Romy in ihrer Verliebtheit beiseite. All das interessiert sie nicht. Die Leute haben doch alle keine Ahnung, wie Daniel wirklich ist. Romy hat einst hart für ihre Liebe zu Alain kämpfen müssen, die Mammi und »Daddy« Blatzheim mit allen Mitteln torpediert haben. Gerade deshalb, so scheint es, ist Romy nun nicht mehr dazu bereit, sich von anderen Vorschriften machen zu lassen, wie sie ihr Leben zu leben hat und in welchen Mann sie sich verliebt. Niemandem wird es gelingen, einen Keil zwischen Daniel und sie zu treiben.

Doch so kämpferisch Romy sich auch gibt – ganz folgenlos bleiben die Angriffe der Presse auf Daniel nicht. Es wurmt sie, daß ihr Freund in den Zeitungen immer wieder spöttisch als ihr »Sekretär« oder ihr »Mädchen für alles« bezeichnet wird, womit gleichzeitig unterstellt wird, daß Daniel kein »standesgemäßer« Mann für sie sei, und mehr oder weniger angedeutet wird, daß Romy es jetzt wohl nötig zu haben scheint, auch noch für die Liebe eines Mannes zu bezahlen. Sie will nicht, daß die Leute Daniel als Gigolo betrachten, den sie aushält, sondern daß er als gleichberechtigter Mann an ihrer Seite angesehen wird. Doch angesichts der gravierenden und eigentlich nicht zu verleugnenden Unterschiede zwischen ihnen ist diese Absicht gar nicht so einfach in die Tat umzusetzen, so daß Romy wieder einmal ihre Phantasien und Illusionen als Realität verkaufen muß. Da Daniel in seinem Leben bislang nicht viel anderes vorzuweisen hat, als Aushilfskellner in Saint-Tropez gewesen zu sein, ein Studium abgebrochen und eine Zeitlang als ihr Privatsekretär gearbeitet zu haben, wertet Romy ihn Journalisten gegenüber auf. Auch wenn sie immer wieder betont, daß es sie nicht interessiert, was die Leute von ihr denken, scheint sie doch das Gefühl zu haben, daß der neue Mann an ihrer Seite irgend etwas darstellen muß. Mal bezeichnet sie Daniel als ihren Manager, obwohl Biasinis Erfahrungen im Filmgeschäft sich mehr oder weniger darauf beschränken, Jean-Paul Belmondo mal seine Spesenquittung überreicht zu haben. Mal spricht sie von seinen Ambitionen, als Fernsehreporter arbeiten zu wollen, auch wenn Biasini bis dato nichts in dieser Richtung vorzuweisen hat. Ein anderes Mal träumt sie einem Journalisten gegenüber sogar davon, daß Daniel zukünftig als Filmproduzent arbeiten könne, mit dem sie eine Firma gründen wird, um dann später einmal eigene Filmideen realisieren und von ihrem Mann produzieren lassen zu können. Doch all das sind Illusionen, die Romy der Presse verkauft. Daniel wird weder Starreporter des französischen Fernsehens werden noch Produzent von Romys Filmen. Zwar mietet sie ihm auf ihre Kosten Büroräume auf der noblen Champs-Élysées, doch aus Daniels »Projekten« wird nicht viel. Sind all diese Behauptungen der Presse gegenüber, all diese unrealisiert gebliebenen, aber vollmundig verkündeten Pläne letztlich dazu da, daß Romy und Daniel ihr Gesicht wahren können? Hat Romy auch ihrem neuen Partner eine Rolle auf den Leib geschneidert, die er nach außen hin zu spielen hat, um nicht nur als »der Mann an der Seite von …« wahrgenommen zu werden?

Ein Jahr lang leben Romy und Daniel als Paar ohne Trauschein zusammen. Dieses Mal scheint Romy nichts überstürzen zu wollen und erst einmal nicht die Absicht zu haben, ihren neuen Lebensgefährten zu heiraten, wenn sie ihm bereits auch schon selbstbewußt verkündet hat: »Ich habe mich entschieden. Ich will ein Kind.«[119] Und genau aus diesem Grund forciert Romy nun auch die lange hinausgezögerte Scheidung von Harry Meyen, die Anfang Juli 1975 in Berlin ausgesprochen wird. Da sämtliche finanziellen Fragen bereits geklärt sind, einigen sich beide Parteien darauf, daß die Scheidung aufgrund beiderseitigen Verschuldens zustande gekommen sei. Das Sorgerecht für David wird Romy zugesprochen, wenngleich Harry auch ein Mitspracherecht in Erziehungsfragen eingeräumt wird. Romy ist glücklich, daß das Kapitel Harry Meyen damit endlich abgeschlossen ist. Daniel Biasini erinnert sich: »Romy wirkte ungeheuer befreit.«[120] Konkrete Heiratsabsichten hegt Romy erst, als sie im September 1975, zwei Tage vor ihrem siebenunddreißigsten Geburtstag, merkt, daß sie erneut schwanger ist. Ihr zweites Kind soll nicht unehelich zur Welt kommen; außerdem glaubt sie, daß es David guttun würde, in geordneten Verhältnissen zu leben, und so beschließt sie, Daniel zu heiraten. Ihre Schwangerschaft und die Freude auf ein weiteres Kind lassen Romy merklich aufblühen. Sie ist ausgelassen und fröhlich wie lange nicht. Aus Rücksicht auf das Kind verzichtet sie auf Alkohol und Zigaretten – alle Anspannung fällt von ihr ab: »Zu diesem Zeitpunkt konnte Romy nichts aufregen, nichts aus der Ruhe bringen.«[121]

Am 18. Dezember 1975, nur ein halbes Jahr nach der Scheidung von Harry, heiratet Romy Daniel Biasini – zum Erstaunen aller nicht in Paris, sondern in Berlin. Doch dazu hat Romy sich nicht so sehr entschlossen, weil sie sich aus alter Verbundenheit besonders nach Berlin hingezogen fühlt, sondern vielmehr, weil die französischen Behörden sich als wesentlich unflexibler erwiesen haben als die deutschen. In Paris hätten sie aufgrund der zu erledigenden Formalitäten, die für die Hochzeit zwischen einem Franzosen und einer Deutschen notwendig sind, wesentlich länger auf die Hochzeitserlaubnis warten müssen, so daß Romy sich kurzerhand entschlossen hat, die Eheschließung in Deutschland zu vollziehen. Angesichts ihrer Schwangerschaft will sie schnellstmöglich klare Verhältnisse schaffen: »Ich will, daß das Kind den Namen seines Vaters bekommt.«[122] Die Trauung findet in einem Hotel im Grunewald statt, dort, wo Romy sich zehn Jahre zuvor eingemietet hatte, als ihre Affäre mit Harry Meyen begann. Romy ist es gelungen, den zuständigen Standesbeamten in letzter Minute noch davon zu überzeugen, die Trauung im abgeschirmten Wintergarten des Hotels durchzuführen, nachdem ihr berichtet worden ist, daß vor dem Standesamt unzählige Schaulustige, Reporter und Fernsehteams Stellung bezogen haben. Die Zeremonie ist kurz und schlicht. Während Daniel auf deutsch »Ja« sagt, sagt Romy auf französisch »Oui«. Fortan trägt sie den Doppelnamen Biasini-Schneider. Im Anschluß hält das frischvermählte Paar nichts mehr in Berlin. Bereits am Nachmittag besteigen Romy, Daniel und ihre Hochzeitsgäste – darunter Daniels Eltern, Regisseur Claude Sautet und Star-Coiffeur und Romy-Freund Alexandre de Paris – ein Flugzeug nach Paris, wo am Abend eine große Party in Jean-Claude Brialys Restaurant *L'Orangerie* stattfindet, an der neben Freunden wie Sautet, Brialy und Schauspielkollege Helmut Berger auch Romys Mutter mit ihrem neuen Lebensgefährten Horst Fehlhaber teilnimmt. Magda hatte ihn 1967 bei ihrem Wiedereinstieg in den Beruf am Rande der Dreharbeiten zur Fernsehserie *Drei Frauen im Haus* kennengelernt, bei der Fehlhaber als Kameramann mitwirkte. Ein Jahr später, nach Hans Herbert Blatzheims Tod, ist Horst Fehlhaber ihr dann zu einer wichtigen Stütze geworden. Mittlerweile leben die beiden zusammen in Magdas Anwesen Mariengrund – schließlich findet Magda: »Eine Frau ohne männlichen Schutz ist wie ein schöner Blumengarten ohne Zaun.«[123]

Die Stimmung bei der Party ist gut und ausgelassen. Romy wirkt glücklich und zufrieden. Daniel und die Aussicht auf ihr zweites Kind scheinen ihr merklich gutzutun. So, als wolle sie erneut das dauerhafte Glück, das ihr bislang immer in den Fingern zerronnen ist, beschwören, erklärt sie Journalisten in blendender Laune: »Diesmal wird es für immer sein. Ich bin schrecklich in meinen Mann Daniel Biasini verliebt. Niemand hat mich je so geliebt wie er. Ich bin wirklich der Sinn seines Lebens.« Aber sie gesteht auch freimütig ein, daß es sich nicht um Liebe auf den ersten Blick gehandelt hat, daß sie sich beide am Anfang alles andere als sicher gewesen sind, was aus ihrer Beziehung werden würde: »Ich hatte meine Ängste, er hatte seine Ängste. Ich dachte, das wird etwas Kurzweiliges werden. Und nun haben wir uns heute die Ringe an den Finger gesteckt. Ich habe mein ganzes Leben lang versucht, Mann, Kinder, Beruf, Erfolg, Geld, Freiheit, Sicherheit, Glück unter einen Hut zu bringen. Das erste Mal bin ich gescheitert. Mit Daniel versuche ich es wieder.«[124] Einer Journalistin erklärt Romy, erstmals in dem Gefühl zu leben, daß die Schatten, die bislang ihr Leben beeinträchtigt haben, verschwunden seien: »Die Schatten der Männer, die mir gesagt haben, daß sie mich lieben, und die mir in Wirklichkeit nichts gegeben haben. Die Schatten der Neurosen, die mich gezwungen haben, Pillen zu schlucken, um sie zu überwinden und um den Kopf für die Arbeit freizuhaben. Ich bin nie so glücklich gewesen wie jetzt. Ich habe unter der Zwangsvorstellung gelebt, verraten zu werden, im Stich gelassen zu werden. Mein Glück war aus furchtbar vielen Gründen bedroht. Offenbar konnte mich niemand so lieben wie Daniel.«[125] Gemeinsam brechen sie zu einer kurzen Hochzeitsreise ins französische Seebad Deauville in der Normandie auf.

Doch das neue Glück steht unter keinem guten Stern. Nur dreizehn Tage nach der Hochzeit, in der Silvesternacht 1975/76, eine Stunde nach dem Jahreswechsel, erleidet Romy, die mittlerweile im fünften Monat schwanger ist, in einer Pariser Privatklinik eine Fehlgeburt. Das Kind, das die Ehe mit Daniel krönen sollte, ist tot. Über die möglichen Gründe für die Fehlgeburt wird seitdem gestritten. Während Daniel Biasini fest davon überzeugt ist, daß eine virale Infektion, ausgelöst durch einen eitrigen Weisheitszahn, der Romy schon seit Wochen zu schaffen gemacht hat, die Ursache war, werden andererseits die Gerüchte nie verstummen, daß Romys Fehlgeburt die Folge eines von Daniel verursachten Autounfalls gewesen sei. Kolportiert wird, daß Daniel mit seinem Bentley auf dem Rückweg von Deauville nach Paris einen Auffahrunfall gehabt habe, bei dem die nicht angeschnallte Romy mit dem Kopf gegen die Scheibe geprallt sei und einen Schock erlitten habe, der für die Fehlgeburt verantwortlich gewesen sein soll – eine Version, von der auch Romys Mutter Magda in ihren Memoiren berichtet.[126] Doch Biasini bleibt bei seiner Aussage und wird nicht müde zu versichern: »Ich habe keineswegs, schon gar nicht zu der fraglichen Zeit, einen Verkehrsunfall gehabt. Romy konnte deshalb auch nicht neben mir gesessen und eine Fehlgeburt erlitten haben.«[127] Die Spekulationen darüber, was sich an diesem Tag zugetragen hat, werden nie abreißen. Romy wird sich nicht zu ihnen äußern.

Was auch immer die Ursache für die Fehlgeburt gewesen sein mag, Romy trifft der Schlag hart. Eine Welt scheint für sie zusammenzubrechen, wo sie sich doch so sehr auf das Kind gefreut und es als das Symbol für eine glückliche Zukunft angesehen hat. Als die Nachricht von der Fehlgeburt bekannt wird, belagert die Presse Romy rund um die Uhr. Daniel schirmt seine Frau so gut wie möglich ab und sorgt dafür, daß sie nicht von lästigen Reportern oder Paparazzi belästigt wird, die um jeden Preis ein Photo von der am Boden zerstörten Romy schießen wollen. Er ist ihr in der für sie beide schwierigen Situation eine enorm wichtige Stütze. Romys seelisches Gleichgewicht droht durch das erlittene Schicksal erneut in bedrohliche Schieflage zu geraten, doch ihrem Mann gelingt es, sie aufzufangen und ihr neuen Mut zu machen. Drei Monate lang zieht Romy sich aus der Öffentlichkeit zurück. Sie unterzieht sich in Genf bei einem weltberühmten Gynäkologen einem operativen Eingriff, der sicherstellen soll, daß sie nach der Fehlgeburt erneut schwanger werden kann, denn ihr Wunsch nach einem zweiten Kind ist trotz der traumatischen Erfahrung ungebrochen. Anschließend brechen die beiden zu einer längeren Erholungsreise nach Jamaika auf, um sich der Presse zu entziehen.

Zurück in Europa macht Romy das, was sie in schwierigen Momenten ihres Lebens immer getan hat. Sie stürzt sich aufs neue in die Arbeit. Im April 1976 beginnen die Dreharbeiten für das während des Zweiten Weltkriegs im besetzten Griechenland spielende Liebesdrama *Die Frau am Fenster,* in dem Romy eine Diplomatengattin spielt, die sich in einen kommunistischen griechischen Widerstandskämpfer verliebt, für den sie ihr ganzes bisheriges Leben aufgibt, um ihm in den Untergrund zu folgen. Erneut ist Philippe Noiret ihr Partner. Regie führt wiederum Pierre Granier-Deferre, mit dem Romy bereits *Le Train – Nur ein Hauch von Glück* realisiert hat. *Le Nouvel Observateur* befindet: »Im Wirbel der Geschichte, zwischen Geliebtem, Freund und Ehemann, entfaltet sich die größte europäische Schauspielerin: Romy Schneider.«

Gleich darauf arbeitet Romy erneut mit Claude Sautet zusammen, auch wenn er ihr in seinem neuen, ganz auf Michel Piccoli zugeschnittenen Film *Mado* dieses Mal nur eine kleine Rolle zugestanden hat. Nur fünf Minuten dauert Romys Part, aber wer sie in diesen fünf Minuten gesehen hat, wird den Film so schnell nicht wieder vergessen. Romy verkörpert wiederum eine vom Leben enttäuschte Alkoholikerin, eine Frau, die mit aufgequollenem und ungeschminktem Gesicht im Bett liegt und jeglichen Halt und jegliche Illusionen verloren hat. Wieder einmal spielt Romy eine gescheiterte Frau mit solch großem Einfühlungsvermögen, daß die Kritiker begeistert von ihrem kurzen Auftritt sind. *France Soir* befindet: »Romy Schneider hat recht, wenn sie diese Szene als eine der schönsten bezeichnet, die je für sie geschrieben wurden.« Auf Claude Sautet kann Romy sich wie immer verlassen. *Paris Match* schwärmt: »Sautet und Romy Schneider, das ist ein bißchen wie Marlene Dietrich und Josef von Sternberg, dieses geniale Paar von einer berühmten Schauspielerin und einem berühmten Regisseur.«[128]

Für ihren nächsten Film, den fünfzigsten Streifen ihrer Karriere, kehrt Romy nach Berlin zurück. Es ist das erste Mal seit siebzehn Jahren, daß sie wieder in Deutschland vor der Kamera stehen wird – für die Verfilmung von Heinrich Bölls Roman *Gruppenbild mit Dame,* in der Romy die Leni spielen wird – eine Frau, die zur Zeit des nationalsozialistischen Rassenwahns jedes Risiko eingeht und ungeachtet aller Gefahren Kontakt zu ihrer ehemaligen, mittlerweile untergetauchten jüdischen Lehrerin Rahel hält. Leni verliebt sich dann im vom Bombenkrieg erschütterten Berlin in einen russischen Kriegsgefangenen und wird von ihm schwanger, was ihr das Leben in der deprimierenden Welt der Nachkriegsjahre alles andere als leicht macht. Das Thema fasziniert Romy ebenso wie die Gestaltungsmöglichkeiten, die die Rolle bietet: »Leni ist eine Person, die mir nahesteht. Mit dieser Rolle kann ich mich identifizieren. Ich empfinde für Böll eine große Sympathie. Das hängt damit zusammen, wie er diese ›schamlos‹ unschuldige Person schildert – die Art wie Leni in dem Inferno des Zusammenbruchs zu lieben lernt. Leni ist sehr deutsch. Sie holt nur aus sich selbst heraus. In diesem Sinne würde ich mich auch ›sehr deutsch‹ nennen. Hart, präzise, gut sein wollen, das sind Eigenschaften, mit denen es sich schwer leben läßt.«[129]

Romy hat großen Respekt vor der Rolle und vor dem Autor, der die Figur geschaffen hat. Im Vorfeld hat sie lange Briefe an Böll geschrieben, und einmal trifft sie auch mit ihm zusammen, um mit ihm über seinen Roman und die Hauptfigur Leni zu sprechen. Ihr liegt viel daran, die Rolle zu spielen, und das so überzeugend wie möglich. Da ihre Beliebtheitswerte beim deutschsprachigen Publikum erfreulicherweise wieder gestiegen sind und ihr gerade die Sautet-Filme auch in der alten Heimat Sympathien eingebracht haben, will sie sich auf das Abenteuer einlassen, erstmals seit langem wieder in Deutschland zu filmen. Dafür geht sie sogar das Wagnis ein, mit einem No-name-Regisseur wie dem aus Jugoslawien stammenden Alexandar Petrovič zusammenzuarbeiten. Doch sie merkt schnell, daß das ein großer Fehler war. Die Dreharbeiten zu *Gruppenbild mit Dame* werden zum Desaster, zur »Rundum-Schlamassel-Produktion«, wie Romy enttäuscht an Böll schreibt. Trotz des hohen Budgets, das ihm zur Verfügung steht, ist der Regisseur zu unerfahren, um einen überzeugenden Film abzuliefern. Weder zum Stoff noch zu seiner Hauptdarstellerin findet er den richtigen Zugang. Romy fühlt sich wieder einmal alleine gelassen und spürt instinktiv wohl auch schon, daß ihr der Film kein glorioses Comeback in Deutschland bescheren wird. Sie ärgert sich maßlos darüber, daß solch ein brillanter Stoff und so eine vielschichtige und vielversprechende Rolle durch einen dilettantischen Regisseur verschenkt werden. Zudem nervt es sie, daß sie anders als bei Dreharbeiten in Frankreich auf Schritt und Tritt von Klatschreportern und Paparazzi verfolgt wird, die herauszufinden versuchen, mit wieviel Gepäckstücken sie anreist, mit wem sie sich trifft, wo sie essen geht und wieviel Flaschen Wein sie am Abend trinkt. Romy kommt sich wie eine Außerirdische vor, die von der deutschen Presse und Öffentlichkeit begafft wird. Sie fühlt sich wie eine Fremde im eigenen Land, was sie die zehnwöchigen Dreharbeiten, bei denen sie teilweise bis zu sechzehn Stunden am Stück vor der Kamera zu stehen hat, nur schwer ertragen läßt. Ein Meisterwerk kann unter solchen Arbeitsbedingungen kaum entstehen. Als der Film 1977 in die Kinos kommt, stößt er nicht gerade auf Enthusiasmus. Für einen großen Wurf hält *Gruppenbild mit Dame* wohl niemand. Auch Petrovičs komplizierte Bildmontage trägt mit dazu bei, daß nur wenige einen Zugang zu dem kopflastigen Film finden. Viele Kritiker verreißen die Böll-Verfilmung, sprechen von einer »qualvollen Hinrichtung« von Bölls Roman, einer »ermüdenden Folge schlecht ausgeleuchteter Nahaufnahmen«, einer »konfusen und dilettantischen Regie« und einer Nachsynchronisation, die klinge, als sei sie in einer Waschküche entstanden. Romys Spiel wird jedoch souveränes Einfühlungsvermögen bestätigt – sie wird für die Rolle der Leni sogar als beste weibliche Hauptdarstellerin mit dem Deutschen Filmpreis, dem Filmband in Gold, ausgezeichnet. Die Teilnahme an der Preisverleihung sagt Romy aber mit fadenscheinigen Gründen ab, wie Daniel Biasini sich erinnert: »Ihr war einfach die Lust vergangen, sich für diesen Film in Deutschland auch noch zu verbeugen.«[130]

Die Auszeichnung ist eine späte Anerkennung in der Heimat. Doch entspricht die Entscheidung der Jury wirklich dem, was die Menschen hierzulande über Romy denken? Viele Journalisten und große Teile des Publikums haben nach wie vor ein eher gespanntes Verhältnis zu Romy. In Deutschland nimmt man es ihr immer noch übel, daß sie sich für Frankreich entschieden hat und zur französischen Schauspielerin avanciert ist. Lediglich in der Zeit, in der sie nach Deutschland zurückkehrte, Harry Meyen geheiratet und sich als Ehefrau und Mutter in Berlin und Hamburg niedergelassen hat, berichtete die deutsche Presse wieder freundlicher über Romy. Doch seit der Trennung von Harry, ihrer endgültigen Rückkehr nach Frankreich und der Nachricht, daß sie erneut mit einem Franzosen liiert ist und diesen sogar geheiratet hat, wird Romy von vielen erneut als Abtrünnige betrachtet und verunglimpft – woran auch die Tatsache nichts ändert, daß sie nach wie vor einen deutschen Paß besitzt. Das seit ihrer Abkehr von Sissi grundlegend gestörte Verhältnis zwischen Romy und ihren Landsleuten scheint tatsächlich irreparabel zu sein. Romy ist sich längst bewußt: »Was ich auch mache, in Deutschland wird man es mir ankreiden. Ich finde das zum Kotzen.«[131]

Nach wie vor betrachten viele Deutsche Romy als Vaterlandsverräterin. Man mag sich im deutschsprachigen Raum nicht damit arrangieren, daß sie in Frankreich lebt, einen Franzosen geheiratet hat, ihren Sohn auf eine französische Schule schickt und von den französischen Filmkritikern und Kinogängern als französischer Filmstar vereinnahmt wird. Romy scheint dem deutschen Publikum ein für allemal fremd geworden zu sein, woran nicht zuletzt das Bild schuld ist, das die deutsche Presse von ihr zeichnet: »Seit meinem Bruch mit Harry Meyen rangiere ich in Deutschland unter ›noch nackter, noch schöner, noch exzentrischer‹. Ich entnehme den Zeitungen, daß ich meine zurückgekaufte Freiheit mit Liebhabern fülle. Dieses Zeug lese ich überhaupt nicht mehr.«[132] Trotz solcher Erklärungen weiß Romy natürlich ganz genau, was die Zeitungen in Deutschland über sie schreiben und geschrieben haben – über ihr Privatleben wie über ihre Rollenwahl. In ihrer alten Heimat scheint man nicht begreifen und akzeptieren zu wollen, daß sie eine Schauspielerin ist, die sich in den unterschiedlichsten Rollen ausprobieren will und nichts dagegen hat, auch einmal in provokanteren Filmen auf der Leinwand zu erscheinen. Streifen wie *Trio Infernal* kommen bei den Deutschen und Österreichern, die Romy am liebsten nach wie vor in den Fernsehwiederholungen von *Sissi* sehen, schlecht an. Hier akzeptiert man sie höchstens in den melancholischen Filmen Sautets und fragt sich ernsthaft, wie eine Frau, die einst Sissi gewesen ist, es schafft, in einem Film wie *Trio Infernal* eine eiskalte Mörderin zu spielen, worauf Romy gereizt erwidert: »Ich bin nicht Philomène Schmidt, sondern Schauspielerin. Ich bin auch niemals Sissi gewesen. Die beiden Figuren haben nicht das geringste mit mir gemein.« Romy ist es unverständlich, warum man in ihrer alten Heimat so wenig Verständnis für sie aufbringt, während sie in ihrer Wahlheimat gerade dafür gefeiert wird, daß sie mittlerweile schauspielerisch ein so breites Spektrum zu bewältigen vermag, daß sie in den Alltagsgeschichten eines Claude Sautet ebenso überzeugt wie in den extremeren Rollen, die sie in Filmen wie *Trio Infernal, Nachtblende* oder *Mado* gespielt hat. In Deutschland hingegen versucht man immer wieder, Romys Filmrollen auf ihr Leben zu projizieren: »Filmrollen zu spielen ist mein Beruf. Ob ich eine Hure oder Heilige darstelle, ich engagiere mich voll und ganz. Aber deswegen bin ich persönlich doch weder eine Hure noch eine Heilige. Jeder, der glaubt, daß ich so bin wie in meinen Filmen, ist ein Idiot.«[133]

Romy regt es besonders auf, daß es in Deutschland immer wieder ihre frivolen Rollen und ihre Nacktszenen sind, auf die man sie anspricht, so als würde sich ihre ganze Arbeit darauf konzentrieren. Und wohl gerade weil es sie einerseits amüsiert, andererseits aber auch nervt, daß dies so ist, gefällt sich Romy zunehmend darin, die

Deutschen vor den Kopf zu stoßen, um nachhaltig zu demonstrieren, daß es mit der *Sissi*-Lieblichkeit vergangener Tage endgültig vorbei ist. Auch wenn sie immer wieder betont, daß es sie nicht interessiert, was die deutsche Presse über sie schreibt und was ihre Landsleute über sie denken, macht sie sich in Wirklichkeit sehr wohl ihre Gedanken, wie ihre Rollenwahl in Deutschland aufgenommen wird. Nach Ende der Dreharbeiten von *Trio Infernal* konstatierte sie etwa nüchtern: »Mein guter Ruf dürfte nach diesem Film in Deutschland endgültig dahin sein.«[134]

Aber nicht nur mit ihren Filmen findet Romy immer wieder Gelegenheiten, in ihrer alten Heimat zu provozieren – und gerade in der ersten Hälfte der siebziger Jahre nutzt sie diese Möglichkeiten auch allzu gerne. 1971 ist sie eine der Frauen, die ihr Konterfei auf dem berühmten *Stern*-Titelbild »Wir haben abgetrieben!« abdrukken läßt, eine Presseaktion, die in Deutschland für erheblichen Wirbel sorgt. 1973 erhitzt eine Strecke von Nacktphotos, ebenfalls im *Stern* abgedruckt, die Gemüter. Und im Oktober 1974 sorgt ihr in die Geschichte des deutschen Fernsehens eingehender Auftritt in Dietmar Schönherrs Talkshow *Je später der Abend* für aufgeregte Schlagzeilen. Als sie dem Ex-Bankräuber Burkhard Driest vor den Augen von Millionen Fernsehzuschauern gesteht: »Sie gefallen mir. Sie gefallen mir sogar sehr!«, ist der Skandal perfekt. Romy, der Frau, die im lasterhaften Paris lebt, die nicht davor zurückschreckt, Nacktphotos von sich zu veröffentlichen und auf der Leinwand unmoralische Frauen zu verkörpern, traut man in Deutschland anscheinend alles zu – auch daß sie vor laufenden Fernsehkameras eine Affäre beginnt. Ganz Deutschland redet über Romys angeblich so skandalösen Fernsehauftritt. Und am nächsten Tag bekommt man von den Boulevardzeitungen auch gleich bestätigt, daß man mit seinen Vermutungen wohl ganz richtig gelegen hat: »Romy blieb die ganze Nacht bei dem wilden Burkhard!« Daß Romy in Wirklichkeit alleine in einem Düsseldorfer Nobelhotel übernachtet hat,[135] interessiert in der ganzen Aufregung niemanden. Offenbar wird tatsächlich alles, was Romy im Privaten wie im Beruflichen tut, von ihren Landsleuten als Provokation empfunden. Unfreiwillig zum Gegenstand eines Skandals geworden, empört Romy sich: »Warum läßt man mich nicht in Ruhe?«[136] Wird sie auf die Schlagzeilen zu ihrer angeblichen Affäre mit Driest angesprochen, erwidert sie trotzig: »Es interessiert mich einen Dreck, was die Leute von mir halten. Sollen sie doch reden und sich über mich den Mund zerreißen.«[137]

Die Frage, warum man sich in Deutschland derart auf Romy einschießt, stellt sich tatsächlich. Dieser Unmut kann weder auf den alten Groll, daß Romy sich siebzehn Jahre zuvor nicht länger die Kaiserkrone auf den Kopf setzen wollte, zurückgeführt werden noch auf die Tatsache, daß sie in Frankreich so erfolgreich ist. Rührt die Ablehnung, auf die sie hierzulande stößt, vielleicht eher daher, daß sie derart mutige Rollen spielt wie beispielsweise in den Filmen *Le Train – Nur ein Hauch von Glück* und *Das alte Gewehr?* Offensichtlich kreidet man ihr an, daß sie Rollen übernimmt wie die der von den Nazis verfolgten Jüdin und der von SS-Männern brutal vergewaltigten und ermordeten Französin. In Deutschland, wo eine kritische Auseinandersetzung mit dem Nationalsozialismus in breiten Kreisen immer noch mit einer tendenziellen Deutschenfeindlichkeit verwechselt zu werden scheint, wirft man Romy allen Ernstes vor, daß sie als Deutsche mit solchen Rollen im Ausland eine antideutsche Stimmung schürt. Romy widern solche absurden Angriffe zutiefst an: »Verrat? Weil ich als Deutsche eine Jüdin spiele, die sich in einen Franzosen verliebt? Du lieber Himmel – über dieses entsetzliche Nationaldenken sind wir doch hinaus!«[138] Man kann Romy sicherlich nicht als einen politischen Menschen bezeichnen, aber solche Rollen wie in *Le Train* oder *Das alte Gewehr* nimmt sie durchaus ganz bewußt an, aus dem diffusen Gefühl heraus, als prominente Deutsche, zudem als Ex-Frau eines Mannes, der in seiner Jugend unter dem Nazi-Terror zu leiden hatte, und als Tochter einer Mutter, die Hitler auf dem Obersalzberg besuchte, ein Zeichen gegen Krieg, Gewalt, Rassenhaß und Neo-Nazismus setzen zu müssen: »Ich spiele das auch deshalb, um ein Signal zu setzen gegen die Nazitypen, die in Deutschland immer noch was zu sagen haben.«[139] In Frankreich begreift man Romys Engagement und betrachtet sie als eine Frau, die das »andere Deutschland« verkörpert. Film-Legende Jean Gabin ruft ihr zu: »Für mich bist du das gute Deutschland.«[140] In ihrer Heimat jedoch weiß es ihr kaum jemand zu danken, daß sie sich im Ausland derart für ihr Land einsetzt: »Ich habe das Gefühl, daß meine deutschen Landsleute mich förmlich hassen.«[141]

Nach den jüngsten Erfahrungen mit der deutschen Presse ist Romy heilfroh, nach Abschluß der Dreharbeiten zu *Gruppenbild mit Dame* wieder nach Frankreich zurückkehren zu können, wo man sich mehr für sie als Schauspielerin interessiert, als dies in Deutschland der Fall zu sein scheint: »Das Schöne ist, daß keiner einem mehr was tun will, wenn man es hier zu etwas gebracht hat. Das habe ich in Deutschland nie kennengelernt.«[142] So gelassen sie sich nach außen hin zu geben versucht, innerlich betrübt es sie doch sehr, wie man sie in Deutschland behandelt: »In Frankreich ist das ganz anders. Die Presse ist nicht so voreingenommen, und die Menschen auf der Straße lassen mich in Ruh'. Hier behandelt man mich wie deutsches Nationalgut. Ich könnte nie mehr hier leben. Ich kann ja keinen Schritt tun, ohne daß mich die Leute blöd angucken. Und die Paparazzi hetzen mich auf Schritt und Tritt. Das macht dich kaputt. In Deutschland hat man auf mich gespuckt – in Frankreich hat man mich mit offenen Armen empfangen.«[143]

Am Ende der strapaziösen Dreharbeiten zu *Gruppenbild mit Dame* hat Romy erfahren, daß sie erneut schwanger ist.[144] Aufgrund dessen beschließt sie, trotz der vielen verlockenden Angebote, die sich gerade auf ihrem Schreibtisch türmen, eine längere berufliche Auszeit zu nehmen. Dieses Mal will sie sich um jeden Preis schonen und keine Risiken eingehen, damit das Kind keinen Schaden nimmt. Eine erneute Fehlgeburt würde sie nicht ertragen. Romy spannt aus, liest viel, hört Musik und geht im Bois de Boulogne spazieren. Für einige Zeit mietet sie sich ein Chalet in den Schweizer Alpen und zieht sich mit Daniel und David dorthin zurück. Sie konzentriert sich voll und ganz auf das neue Leben, das in ihr heranwächst. Sie will ihr zweites

Kind fernab von aller Großstadthektik und allem Pressetrubel in Südfrankreich zur Welt bringen. Dort hat sie, die schon seit langem davon träumte, ein eigenes Haus auf dem Land zu besitzen, ein altes, idyllisches Bauernhaus in Ramatuelle, auf der Halbinsel von Saint-Tropez, erworben und aufwendig renovieren und umbauen lassen. Romys neues Anwesen ist nur einen Steinwurf von der Villa entfernt, in der neun Jahre zuvor *Der Swimmingpool* gedreht worden war, jener Film, mit dem sie als Schauspielerin wiedergeboren wurde und der als Startschuß für ihre Karriere in Frankreich angesehen werden kann. Das Grundstück, auf dem sich neben Romys Wohnhaus auch noch ein zweites kleines Häuschen für das Hausmeisterehepaar befindet, ist ganze vier Hektar groß, von Pinien und Korkeichen bewachsen, selbst einen eigenen kleinen Bachlauf gibt es – und natürlich einen großen Pool, den Romy hat bauen lassen und in dem sie nun jeden Tag schwimmt.

Ende Juni 1977 sind Daniel, David und sie nach Ramatuelle übergesiedelt. Romy beabsichtigt zu diesem Zeitpunkt, ihr neues Haus in Südfrankreich zum Hauptwohnsitz zu machen, und läßt ihre Pariser Wohnung in der Rue Berlioz zum Verkauf anbieten. David ist zunächst begeistert vom Leben unter der südlichen Sonne, und auch Daniel gefällt es hier, so nah am Jet-set-Paradies Saint-Tropez. Er schenkt Romy zwei Schäferhunde, die die Namen Lucas und César bekommen und das Grundstück bewachen sollen. Romy genießt das zurückgezogene Leben und das ungestörte Zusammensein mit ihrer kleinen Familie. Am meisten liebt sie die lauen Abende unter dem Himmel der Provence. Doch auch dieses kurze Glück wird bereits bald wieder gestört, da bei Romys Schwangerschaft im siebten Monat plötzlich Komplikationen auftreten, was sie nach der vor eineinhalb Jahren erlittenen Fehlgeburt gleich in größte Panik versetzt. Mitten in der Nacht muß sie Daniel wecken, ihre Fruchtblase ist geplatzt. Ein Rettungswagen bringt sie umgehend in die Klinik des kleinen Städtchens Gassin, die Romy sich im Vorfeld für die Geburt ihres zweiten Kindes ausgesucht hatte. Dort wird sie medizinisch versorgt und zur weiteren Beobachtung dabehalten. Doch ihr Zustand bleibt eine Woche lang unverändert. Trotz der geplatzten Fruchtblase setzen die Wehen nicht ein, weswegen die Ärzte sich dazu entschließen, das Kind per Kaiserschnitt zu holen. Am 21. Juli 1977 bringt die achtunddreißigjährige Romy ihr zweites Kind zur Welt, eine Tochter. Sie wird auf den Namen Sarah Magdalena getauft und bekommt den Nachnamen Biasini. Das Baby wiegt nur eintausendachthundert Gramm und muß umgehend in eine Klinik nach Nizza verlegt werden, in der es eine auf Frühgeburten spezialisierte Abteilung gibt. Für die aus der Narkose erwachende Romy ist es schlimm, daß sie ihre Tochter nicht gleich in den Arm nehmen kann und Sarah die ersten Wochen ihres Lebens im Brutkasten verbringen muß. Ihre größte Sorge ist es, daß ihre Tochter die kommenden Wochen gut übersteht: »Dieses Warten ist nicht leicht, ich habe noch nie in meinem Leben ein so schweres, hartes Warten erlebt.«[145]

Erst zwei Monate später können Daniel und Romy ihre Tochter nach Ramatuelle holen, wo ein französisches Kindermädchen engagiert wird, das Romy unterstützen soll. Diese erholt sich von den Strapazen der Geburt und den Aufregungen um Sarahs erste Lebenswochen und genießt die ruhige Zeit mit ihrem Mann und ihren beiden Kindern. Besonders freut es sie, daß David unübersehbar stolz darauf ist, ein kleines Schwesterchen bekommen zu haben, und seine Aufgaben als großer Bruder ernst nimmt. Romy macht es glücklich, zum ersten Mal seit langem wieder ganz privat zu sein und sich ganz auf ihren Mann und ihre Kinder konzentrieren zu können. Sie fühlt sich so wohl in Ramatuelle, daß sie sich tatsächlich vorstellen kann, fortan ganz hier zu leben. Ihre Pariser Wohnung in der Rue Berlioz ist mittlerweile verkauft worden; künftig will sie sich nur noch eine kleine Wohnung in Paris halten, für den Fall, daß Verhandlungen oder Dreharbeiten sie dort festhalten. In Ramatuelle hingegen will sie mit ihrer Familie leben, dort sollen ihre Kinder aufwachsen. Doch das Leben macht ihr wieder einmal einen Strich durch die Rechnung. David, der seit dem Spätsommer ein Gymnasium in Saint-Tropez besucht, fühlt sich plötzlich gar nicht mehr wohl in Südfrankreich. In der Klasse wird er gehänselt – als Junge aus der Großstadt und Sohn der großen Romy Schneider wird er nicht akzeptiert und ist todunglücklich. Zudem vermißt er seine alten Freunde aus Paris. Da Romy es nicht übers Herz bringt, ihren Sohn leiden zu sehen, ist damit der Traum vom Leben auf dem Land schon wieder ausgeträumt. Romy verkauft das aufwendig ausgebaute Anwesen für den stolzen Preis von zweieinhalb Millionen Francs und siedelt mit ihrer Familie wieder nach Paris über. Daniel und sie finden schnell eine neue Bleibe. Sie mieten eine hochherrschaftliche Altbauwohnung in der Rue Bugeaud – eine der feinsten Adressen von Paris ganz in der Nähe des Arc de Triomphe. Wiederum scheut Romy keine Kosten und Mühen; allein für die Inneneinrichtung ihres neuen Heims gibt sie umgerechnet sechshunderttausend Mark aus.[146]

Journalisten gegenüber beschwört sie ihr neues Familienglück: »Ich finde, wir vier – Daniel, Sarah, David und ich – sind wirklich eine perfekte Familie.«[147] Doch anders als nach der Geburt von David elf Jahre zuvor äußert Romy dieses Mal nicht die Absicht, sich künftig nur noch um ihr Privatleben zu kümmern. Dieses Mal besteht kein Zweifel, daß sie wieder in ihren Beruf zurückkehren wird, denn daß sie auf den Film nicht verzichten kann, hat sie spätestens in ihrer freiwilligen Zwangspause Ende der sechziger Jahre begriffen. Ihre flammenden Bekenntnisse zu Ehe und Mutterschaft von damals erscheinen ihr im nachhinein peinlich – zumindest erklärt sie jetzt das genaue Gegenteil: »Keine Frau ist in meinen Augen aufrichtig, die das höchste Glück allein in der Mutterrolle sieht.«[148] Bereits kurz nach Sarahs Geburt verhandelt sie schon wieder über neue Projekte. So wird ihr etwa die Hauptrolle in Liliana Cavanis Verfilmung von Frank Wedekinds Tragödie *Lulu* angeboten. Romy lehnt die Rolle jedoch ab, weil sie es lächerlich fände, mit ihren beinahe vierzig Jahren eine Siebzehnjährige zu spielen. Auch Pläne einer Zusammenarbeit mit Rainer Werner Fassbinder zerschlagen sich wieder, der kurzzeitig beabsichtigt hatte, Romy die Hauptrolle in seinem Film *Die Ehe der Maria Braun* zu geben, die dann an Hanna Schygulla geht. Und so rennt Claude Sautet bei Romy offene Türen ein, als er sie wissen läßt, erneut mit ihr zusammenarbeiten zu wollen. Enthusiastisch erklärt Romy der Presse: »Nachdem ich mich ein paar Monate nur um meine kleine Sarah gekümmert habe, möchte ich jetzt wieder arbeiten. Manchmal ist es schon schwierig, Beruf und Privatleben miteinander in Einklang zu bringen. Trotzdem freue ich mich darauf, meinen ersten Film nach der Pause mit Claude Sautet machen zu können. Endlich wird er eine richtige Frauengeschichte für mich schreiben! Irgendwie reicht es einem: Wo man hinschaut, wird Kino nur von Männern für Männer gemacht! Ich persönlich kann mich zwar nicht beklagen, aber ich habe Claude trotzdem gebeten, eine Frauengeschichte für mich zu schreiben.«[149]

Romy kann es kaum erwarten, bald wieder vor der Kamera zu stehen. Doch ihre Freude auf die Arbeit wird in der Folgezeit immer stärker mit dem schlechten Gewissen ihren Kindern gegenüber gepaart sein. Romy ist hin- und hergerissen. Einerseits erscheint es ihr unmöglich, gänzlich auf ihren Beruf zu verzichten, da sie eine geradezu panische Angst davor hat, wieder in ein Loch zu fallen, wie es ihr nach Davids Geburt widerfahren ist. Andererseits quälen sie jedoch immer wieder die Gedanken an ihre eigene, nie wirklich verarbeitete Kindheit, als sie unter der Abwesenheit ihrer stets arbeitenden Eltern gelitten hatte. Und nun ist sie selbst so eine Mutter, die ihre Kinder alleine läßt, um ihre Karriere fortzusetzen. Romy, die fortan in jeder Filmgarderobe und in jedem Hotelzimmer einen regelrechten kleinen Altar mit Photos ihrer Kinder aufbauen wird, weiß, daß der Widerspruch unlösbar ist, daß sie Beruf und Privates irgendwie unter einen Hut bringen muss. Sie weiß jedoch auch, daß ihr genau dies bisher im Leben noch nie gelungen und sie jedesmal kläglich gescheitert ist, wenn sie versucht hat, beides miteinander zu vereinbaren, so daß sie auch jetzt in der ständigen Angst lebt, als Mutter zu versagen. Genau in diese Wunde legt Romys Großmutter, Rosa Albach-Retty, zu der Romy wie zum Rest ihrer Familie immer weniger Kontakt pflegt, ihren Finger, als sie kurz vor ihrem einhundertdritten Geburtstag einem Journalisten gegenüber ihr Unverständnis darüber kundtut, daß ihre Enkelin tatsächlich noch ein zweites Kind bekommen hat: »Ich verstehe das nicht recht. Sie kann sich doch kaum um die Kinder kümmern, wenn sie soviel zu tun hat. Ich meine, ein Kind soll bei der Mutter sein.«[150] Romy, die ihre Großmutter in den letzten Jahren ohnehin kaum gesehen hat, stellt daraufhin ihre seltenen Besuche in Wien ganz ein.

Rosas kränkende Äußerung einem Journalisten gegenüber ist symptomatisch dafür, wie Romys Familie immer wieder ihre Privatsphäre mißachtet, indem ungeniert über Details aus ihrem Leben geplaudert wird – worauf die Zeitungen sich natürlich nur allzu gerne stürzen. Während sich Romy diesbezüglich immer hundertprozentig auf ihren Bruder Wolfdieter verlassen kann, der jegliches Gespräch mit Journalisten ablehnt und von dem niemand etwas über Romys Privatleben erfährt, sieht das bei Romys Mutter ganz anders aus. Schon zu Beginn von Romys Karriere hat Magda sich angewöhnt, mit Veröffentlichungen wie »Meine Tochter Romy« Privates auszuplaudern, wobei sie nicht immer unbedingt von Realitäten berichtet, sondern vielmehr geradezu notorisch ihre Sicht der Dinge, ihre persönliche Wahrheit, in die Welt hinausposaunt. In den Jahren, in denen sie dann gemeinsam mit ihrem zweiten Mann Blatzheim über Romys Image gewacht hat, sind ihre Statements über ihre Tochter immer schwülstiger geworden, um Romys Marktwert als »jungfräuliche Königin des deutschen Films« zu wahren. Und auch nachdem ihre Tochter sich von ihr abgenabelt hat, verkündete sie Journalisten gegenüber noch ungeniert, wie wenig sie von Romys Beziehungen zu Alain Delon und Harry Meyen hält. Daß sie ihrer Tochter damit öffentlich in den Rücken gefallen ist, hat sie offenbar wenig interessiert. Blatzheim hat vereinzelt nicht einmal davor zurückgeschreckt, Journalisten die Adresse und Telephonnummer vom Aufenthaltsort seiner Stieftochter wissen zu lassen, was Romy in ohnmächtige Wut versetzt hat. Empört schrieb sie damals nach Mariengrund: »Ich will meine Ruhe haben, mein privates Leben geht diese Schweine, die mir immer Dreckiges wollen – gar nichts an!«[151] Romys Bedürfnis, ihr Privatleben zu schützen, wird von Magda nahezu vollständig ignoriert. Romys Mutter lebt in der festen Überzeugung: »Sie liebte Wirbel um ihre Person. Schon als Kind stand sie gern im Mittelpunkt.«[152] Die Bitten ihrer Tochter, sich der Presse gegenüber zukünftig zurückzuhalten, prallen meist unbeachtet an ihr ab: »Kein Mensch wird schließlich gezwungen, Filmstar zu werden und sich dem Interesse der Öffentlichkeit auszusetzen.«[153]

Romy, der die ständigen Einmischungen der Presse in ihr Privatleben ohnehin zuwider sind, ärgert sich oft maßlos, wenn sie wieder einmal Magdas Geschichten in einer Zeitung lesen muß – wütende Anrufe in Mariengrund sind dann meist die Folge. Doch alle Interventionsversuche sind zum Scheitern verurteilt. Magda plaudert weiterhin ungehemmt Details aus Romys Privatleben aus, wobei diese in altbewährter Weise nicht immer der Realität entsprechen müssen, da Romy sie als Konsequenz für ihre Distanzlosigkeit der Presse gegenüber bewußt immer weniger an ihrem Leben teilnehmen läßt. Schon von der Hochzeit mit Harry hatte Romy ihre Mutter im Vorfeld nicht unterrichtet, damit sie ungestört von der Presse heiraten kann. Und auch über die Hochzeit mit Daniel hat sie Magda aus guten Gründen erst zwei Tage zuvor informiert. Doch noch bezeichnender ist der Umstand, daß Romy, obwohl sie überglücklich über ihre zweite Schwangerschaft war, ihre Mutter mit keinem Wort über dieses wichtige Ereignis in ihrem Leben in Kenntnis gesetzt hat – Magda erfährt erst, als sie Romy auf der Hochzeitsfeier in Paris zu Gesicht bekommt, daß ihre Tochter bereits im fünften Monat schwanger ist.[154] Zeugt es nicht überdeutlich von der Entfremdung zwischen Magda und Romy, wenn eine Tochter es unterlässt, ihre Mutter wissen zu lassen, daß sie ein Kind erwartet, während ihre Pariser Freunde alle schon seit langem informiert sind? Doch nur so kann Romy offenbar verhindern, daß Magda Dinge ausplaudert, die sie nicht an Dritte weitergeben soll. Die Art und Weise, wie die geltungssüchtige Magda sich nach wie vor bei der Presse anbiedert, widert Romy mittlerweile immer mehr an. Nach einem Geburtstagsfest mit ihrer Mutter schreibt sie einer Freundin: »Der Geburtstag meiner Mutter war das, was ich letztlich immer haßte – mir reicht's! Die hat mich doch glatt gezwungen, für diese Sau von Graeter (M.A.Z.) ein Photo mit

Mütterchen Magda zu machen – Ich hab' zu all der Kacke gegrinst.«[155] Da Romy die Wirklichkeit jedoch nur engen Freunden anvertraut, in ihrem Harmoniebedürfnis nach außen hin auch weiter gute Miene zum bösen Spiel macht und es nie zum offenen Bruch mit ihrer Mutter kommen läßt, kann Magda auch weiterhin das Märchen von der stets harmonischen Mutter-Tochter-Beziehung erzählen – auch über Romys Tod hinaus: »Das war und ist eine große Liebe.«[156]

Doch Magda ist trotz Romys herzzerreißender Briefe und regelmäßiger Anrufe nur noch eine Randfigur in Romys Leben. Viel wichtiger ist es Romy, ihr neues Familienglück zu bewahren und ihre Arbeit als Schauspielerin mit dem Alltag als Ehefrau und Mutter miteinander zu vereinbaren. Die Illusionen, die sie einst an der Seite Harry Meyens genährt hat, macht sie sich dieses Mal nicht: »Früher habe ich mich immer rasend selbst davon überzeugen wollen, daß ich, Romy Schneider, einen Alltag leben kann wie alle anderen. Solche Sprüche habe ich in Interviews von mir gegeben, behauptet, ich mache Ferien wie du und ich, verbringe einen Alltag wie jeder andere auch. Heute weiß ich, daß ich so einen Alltag gar nicht leben kann.«[157] Romy weiß, daß es an dieser Station ihres Lebens, wo sie nach der Geburt ihres zweiten Kindes wieder ins Berufsleben zurückkehren wird, enorm wichtig ist, nun das richtige Gleichgewicht zwischen Arbeit und Privatem zu finden. An die Gefahr, mit diesem Versuch erneut scheitern zu können, mag sie gar nicht denken. Sie will ganz im Augenblick leben und das Glück festhalten, solange es geht: »Wer weiß, wie lange das Glück noch dauert, ich lebe nur für den Augenblick. Es können noch furchtbare Dinge geschehen. Man könnte krank werden oder sterben.«[158]

7 *Ich schaffe es nicht*

Bevor es erneut zu heftigen Turbulenzen im Privaten kommen und Romys Leben mehr und mehr aus den Fugen geraten wird, verläuft ihre Karriere in der zweiten Hälfte der siebziger Jahre in verhältnismäßig ruhigen, aber nach wie vor höchst erfolgreichen Bahnen weiter. Der erste Film, für den sie nach Sarahs Geburt wieder vor der Kamera steht, ist wiederum ein Streifen ihres Lieblingsregisseurs Claude Sautet – Romy ist bei den Dreharbeiten entspannt wie lange nicht mehr, erscheint morgens ausgeschlafen am Set und trinkt wesentlich weniger als bei ihren letzten Filmen. Die neue Ehe und die Geburt von Sarah scheinen ihr sichtlich gutgetan zu haben. *Eine einfache Geschichte* erzählt von der attraktiven, geschiedenen Marie, die mitten im Berufsleben steht und für ihren sechzehnjährigen Sohn zu sorgen hat. Von ihrem zeitweiligen Freund, mit dem sie sich auseinandergelebt hat, will die Vierzigjährige sich trennen; das Kind, das sie von ihm erwartet, läßt sie abtreiben. Der Freund reagiert mit schrecklichen Eifersuchtsattacken auf die Trennung. Die wiederaufflackernden Gefühle für ihren Ex-Mann, der sich eine jüngere Geliebte genommen hat, bleiben hingegen vorerst unerwidert, und Marie fühlt sich einsam und unverstanden. Aufgefangen wird sie jedoch von ihren Freundinnen, die ebenso wie sie mannigfaltige Probleme mit ihren Männern, Ex-Männern, Freunden und Geliebten haben und sich gegenseitig den Rücken stärken, um sich gegen die ignorante Männerwelt zu solidarisieren.

Wieder einmal geht es Sautet um eine Bestandsaufnahme der Gefühle, um das Verhältnis zwischen Männern und Frauen und die Möglichkeiten oder Unmöglichkeiten der Liebe in den modernen Zeiten. Der Film ist ein weiterer Meilenstein für Romys Karriere; er kommt beim Publikum und bei der Kritik so gut an, daß Romy 1978, pünktlich zu ihrem vierzigsten Geburtstag, erneut mit dem César als beste Schauspielerin ausgezeichnet wird. *Le Monde* befindet: »Der schönste Film von Sautet. Ein großer französischer Film.« Und *Le Nouvel Observateur* urteilt: »Romy Schneider in ihrer schönsten Rolle, in der tiefgründigsten und aktuellsten.« Und auch Sautet schwärmt: »Sie ist nicht einfach eine Frau und auch nicht einfach eine Schauspielerin, sondern die Synthese aus allen Frauen.« Für ihn ist die Zusammenarbeit mit Romy nach wie vor etwas ganz Besonderes. Freimütig gesteht er: »Ich bin immer ein bißchen vernarrt in das, was ich gerade drehe, aber wenn ich mit der Schneider arbeite, werde ich buchstäblich verrückt nach ihr. Sie ist sich der Macht des Körpers und der ungemein ausgeprägten Sinnlichkeit sehr bewußt, die von ihrer Person ausgeht. Und sie besitzt eine Vielschichtigkeit, die alle großen Stars auszeichnet.«[159] Nach diesem großen Erfolg ereilen Romy natürlich schnell auch wieder zahlreiche neue Angebote, die sie nur allzugern annimmt: »Ich hab' Angst, mit dem Film kann es vorbei sein, von heute auf morgen. Ich will filmen, solange ich kann.«[160]

Und das tut sie, wenn auch nicht alle Filme, bei denen sie in dieser Phase mitwirkt, qualitativ so hochwertig und erfolgreich sind wie Sautets Streifen *Eine einfache Geschichte*. Ihr nächstes Projekt ist die eher mittelmäßige, phantasielos inszenierte und konfus erzählte anglo-amerikanische Co-Produktion *Blutspur* des Regisseurs Terence Young, mit dem sie während ihrer ersten Schwangerschaft den ebenfalls wenig überzeugenden Film *Spion zwischen zwei Fronten* gedreht hat. In der Verfilmung des Bestsellers von Sidney Sheldon wirken neben Romy auch Stars wie Audrey Hepburn, James Mason, Gert Fröbe und Omar Sharif mit. Trotz der Starbesetzung wird der Film ein Flop und führt Romy wieder einmal vor Augen, daß ihre Heimat der französische Film ist und daß sie, wie schon so oft zuvor, in britischen oder amerikanischen Produktionen fehl am Platze ist. Auf *Blutspur* folgt Constantin Costa-Gavras' klischeebeladenes Melodram *Die Liebe einer Frau,* in dem Romy erneut an der Seite von Frauenschwarm Yves Montand auftritt. Sie spielt eine Mutter, die zu sehr um ihren verstorbenen Sohn trauert. Costa-Gavras' Streifen wirkt gekünstelt und monoton und reicht mit seiner falschen Sentimentalität trotz seines ambitionierten Themas nicht an die Meisterwerke eines Claude Sautet heran.

Im Anschluß steht Romy in Schottland für Bertrand Taveniers Film *Der gekaufte Tod* vor der Kamera – ein anspruchsvolles Seelendrama, das in einer vom Fernsehen dominierten Gesellschaft der Zukunft spielt und sich vor allem der Frage widmet, welchen Einfluß die Medien haben werden. Romy verkörpert eine Frau, der aufgrund einer Krebsdiagnose nur noch eine Lebensspanne von wenigen Wochen vergönnt zu sein scheint und deren Verfall und Tod die Fernsehzuschauer am heimischen Bildschirm live mitverfolgen sollen. Da sie sich jedoch nach einem ruhigen Tod und einem Sterben ohne neugierige Blicke sehnt, versucht sie sich den Machern der zynischen Fernsehshow *Death Watch* zu entziehen, worauf ein Mann auf sie angesetzt wird, dem eine kleine Mini-Kamera eingebaut worden ist. Nachdem er sich das Vertrauen der Frau erschlichen hat, wird alles, was seine Augen sehen, live in die Fernsehshow übertragen. Als er sich in sein Opfer verliebt, begreift er, wie unmenschlich das Spiel ist, auf das er sich eingelassen hat. Gemeinsam fliehen die beiden – der Fernsehsender, der seine enorme Einschaltquote gefährdet sieht, beginnt eine gnadenlose Hetzjagd auf sie. Das gewagte Projekt stand im Vorfeld mehrfach auf der Kippe. Aufgrund des heiklen Themas sah sich Tavenier mit erheblichen Schwierigkeiten konfrontiert, eine Finanzierung für den Film auf die Beine zu stellen. Potentielle Co-Produzenten aus England und Frankreich hatten dankend abgelehnt und höchstens in Aussicht gestellt, über eine Beteiligung nachzudenken, wenn Tavenier die weibliche Hauptrolle mit einem zugkräftigen amerikanischen Star besetzen würde. Doch dieser will den Film nur machen, wenn, wie vorgesehen, Romy Schneider und Harvey Keitel die Hauptrollen spielen. Schließlich wird der Film nach langem Ringen als rein französische Produktion mit der vom Regisseur gewünschten Besetzung realisiert. Romy, die sich seit frühester Jugend selbst von der Presse verfolgt fühlt, geht in der Rolle der gnadenlos von den Medien gehetzten Frau voll und ganz auf. Bei den Dreharbeiten agiert sie höchst professionell, trinkt nicht, ist immer pünktlich und hochkonzentriert. Immer wieder hat sie Szenen zu spielen, die sie emotional stark fordern, doch dieses Mal lassen sie die psychischen Herausforderungen nicht zusammenbrechen. Sie spielt ihren Part großartig, wobei es ihr sichtlich gutzutun scheint, daß ihr Sohn

David sie zu den Dreharbeiten begleitet hat. Regisseur Tavenier gesteht einem Journalisten, daß ihn Romys Leistung zutiefst beeindruckt hat: »Sie schreckt vor nichts zurück, und manchmal geht sie soweit, daß man sie zurückhalten muß.«[161] Die Darstellung der von den Medien gehetzten Frau gelingt ihr erschreckend lebensecht. Romy ist zufrieden mit sich und der Welt. Selbstbewußt verkündet sie: »Es gibt echte Schauspieler und es gibt falsche. Ich selbst zähle mich zu den echten. Mit allen Fehlern, mit allen Qualitäten, mit aller Kraft und mit allem Ehrgeiz, mit allen Ängsten und mit allem Lampenfieber, das bei mir niemals aufhört.«[162] Die neuerlichen beruflichen Erfolge lassen sie jedoch nicht aus den Augen verlieren, daß in ihrem Leben potentiell immer alles auf der Kippe zu stehen scheint: »Ich habe vor nichts auf der Welt Angst. Nur vor mir.«[163]

Beruflich entwickeln sich die Dinge in dieser Phase zur vollen Zufriedenheit; Romy ist ein gefragter und hochdotierter Star, doch ihr Privatleben beginnt in den Jahren 1979 und 1980 zunehmend aus den Fugen zu geraten. Im April 1979 wird Romy, die sich gemeinsam mit Daniel und ihren beiden Kindern gerade im Urlaub im mexikanischen Seebad Puerto Valerta aufhält, vom Selbstmord Harry Meyens unterrichtet, der in der Presse für aufgeregte Schlagzeilen sorgt. Im Alter von nur vierundfünfzig Jahren hat Romys Ex-Mann sich mit einem Schal an der Feuertreppe seiner Hamburger Wohnung erhängt. Die Zeitungen sind sich schnell einig, daß man Romy mehr oder weniger direkt die Schuld an Harrys Freitod in die Schuhe schieben kann, und zeichnen das Bild eines Mannes, dem seine berühmte, karrieresüchtige Frau Unglück gebracht hat und der an der Trennung und vor allem am Verlust seines Sohnes zugrunde gegangen ist, der fernab von ihm, in Frankreich, aufwächst. Noch lange Zeit wird kolportiert werden, daß Harry am Ende seines Lebens körperlich und psychisch völlig am Ende gewesen sei, weil er sich nach der Trennung von Romy mit seinem immer noch gesteigerten Tabletten- und Alkoholmißbrauch gesundheitlich ruiniert habe, oftmals tagelang nicht ansprechbar gewesen sei und in einer Art

Dämmerzustand in seiner Hamburger Wohnung gelegen habe. Das mag durchaus stimmen, da kaum anzunehmen ist, daß Harry gegen seine Abhängigkeit von Alkohol und Tabletten außer einigen eher halbherzigen Entziehungskuren jemals ernsthaft etwas unternommen hat. Auch seine schweren Depressionen werden sich nicht gebessert haben, zumal es ihn geschmerzt haben wird, daß er auch nach seiner Rückkehr nach Deutschland nie mehr wirklich beruflich einen Fuß auf den Boden bekommen konnte. Zwar konnte er in der ersten Hälfte der siebziger Jahre als Regisseur einige Fernsehfilme inszenieren, darunter etwa das Fernsehspiel *Endspurt* mit Heinz Rühmann; er ist auch einige Male als Schauspieler in Krimiserien wie *Derrick* oder *Der Alte* aufgetreten, doch an seine alten umjubelten Erfolge aus der Zeit vor Romy hat er nie wieder anknüpfen können. Selbst seine Arbeit vermag ihn nicht von seinen depressiven Gedanken zu befreien; immer mehr sucht er Zuflucht im Alkohol – einmal ist er bei Dreharbeiten zu einem *Tatort* so betrunken, daß er vor den Augen aller am Boden einschläft.

Tatsächlich gab es aber wohl einen anderen Beweggrund für Harrys Selbstmord im Frühjahr 1975. Wie seine damalige Lebensgefährtin erst fast dreißig Jahre später offenbarte, war Harry todkrank. In den letzten Monaten seines Lebens hatte Harry mit der sechsundzwanzig Jahre jüngeren Schauspielerin Anita Lochner zusammengelebt, die 1950 als amerikanische Staatsbürgerin in Frankfurt am Main geboren worden war. Anita ist die Tochter des amerikanischen Journalisten und Dolmetschers Robert H. Lochner, der in den dreißiger Jahren in Berlin aufgewachsen war, weil sein Vater dort bis Kriegsausbruch als Journalist gearbeitet hatte. Aufgrund der Tätigkeit ihres Vaters hatte Anita ihre Kindheit teils in den Vereinigten Staaten und teils in Asien verbracht. 1961 war die Familie nach Berlin gekommen, wo Anita ein französisches Gymnasium besuchte. 1963 war es ihr Vater Robert H. Lochner, der in Willy Brandts Arbeitszimmer Präsident John F. Kennedy die berühmt gewordenen Worte »Ich bin ein Berliner« beigebracht hat. Nach Abschluß der Schule hatte Anita das Berliner Max-Reinhardt-Seminar besucht und war seitdem an Bühnen in Zürich, Salzburg, Hamburg, Frankfurt und schließlich in Berlin tätig. In der letzten Zeit hatte sie gemeinsam mit Meyen in dessen Hamburger Wohnung gewohnt, wo Anita ihren erhängten Lebensgefährten auch gefunden hatte. Erst im Jahr 2003 wird sie offenbaren, daß Harry ernsthaft erkrankt war und aus diesem Grund wohl keinen Lebensmut mehr aufbringen konnte: »Er war krank, sehr krank. Er hatte einen Gehirntumor, und die Trennung von seinem kleinen Sohn David konnte er einfach nicht verkraften.«[164]

Doch Romy, die nie von der verhängnisvollen Diagnose erfahren wird, trifft die Nachricht wie ein Schlag. Die ausgesprochenen und unausgesprochenen Vorwürfe Harrys Tod betreffend nagen schwer an ihr. Hat sie nicht tatsächlich Mitverantwortung an Harrys Schicksal? An seinem beruflichen Niedergang und seinem Tod? Haben die Zeitungen nicht recht, wenn sie behaupten, daß sie die Schuld an allem trage? Doch einerlei, was die Journalisten schreiben: Romy läßt es sich nicht nehmen, zur Beerdigung ihres Ex-Mannes nach Deutschland zu reisen. Auf Schritt und Tritt wird sie von sensationsgeifernden Photographen verfolgt, die begierig Bilder der sichtlich fassungslosen Romy schießen. Sie organisiert die Beerdigung so, daß nur sie alleine Harry zu Grabe trägt, ohne Musik, ohne Pfarrer, ohne Worte, ohne Presse, so als ginge Meyens Tod außer ihr niemanden etwas an. Auch wenn sie im Streit auseinandergegangen sind – Harry war einmal der Mann, von dem sie sich viel versprochen und der ihr viel bedeutet hatte. Zudem ist da noch das gemeinsame Kind, David, das sie immer verbinden wird – auch über Harrys Tod hinaus. Wenn das Verhältnis zu Meyen in den letzten Jahren auch sehr gespannt war und die beiden den Kontakt eigentlich nur noch David zuliebe aufrechterhalten hatten, bedauert Romy aus tiefstem Herzen, was aus Harry geworden ist und welches tragische Ende er genommen hat. Wäre es zu all dem vielleicht nicht gekommen, wenn sie sich in letzter Zeit mehr um ihn gekümmert hätte? Wenn sie seine Depressionen ernster genommen hätte? Ihr ist doch von gemeinsamen Hamburger Freunden immer wieder davon berichtet worden, wie schlecht es ihm geht. Doch hätte sie ihn in seiner Verbitterung wirklich noch erreichen können? Hat er nicht in den letzten Monaten alle Besuche Davids dazu genutzt, ihren gemeinsamen Sohn gegen sie aufzuhetzen? Hat er sie David gegenüber nicht gar als »Hure« und »Schlampe« bezeichnet? Und welche Basis für gemeinsame Gespräche hätte es noch gegeben, nach dem bitterbösen Brief, den Harry ihr eineinhalb Jahre zuvor geschrieben hatte: »Daß Du nach Deinen gescheiterten Affären bei einem Jungen gelandet bist [...] ist nicht unverständlich, denn zumindest ist durch die Tatsache, daß er fast zehn Jahre jünger ist, sein Intelligenzniveau Deinem angepaßt.«[165]

Nein, sie hätte Harry nicht helfen können. Er hat sie nie wirklich ernst genommen und sie zudem für seinen beruflichen Ruin verantwortlich gemacht. Von ihr hätte er sich weder etwas sagen lassen noch ihre Hilfe akzeptiert. Sie hätte nicht verhindern können, daß Harry in den Jahren seit ihrer Trennung unaufhörlich auf das Nichts zusteuerte. Auch wenn Romy dies vielleicht im Grunde ihres Herzens weiß, macht sie sich von nun ab unablässig Vorwürfe, die sie den Rest ihres Lebens begleiten werden. Nun, wo Harry tot ist, eignet er sich hervorragend für Romys Verklärungen. Im Rückblick beginnt sie, sich die gemeinsame Zeit mit ihm in den schönsten Farben auszumalen. Daß ihre Ehe mit Harry gründlich gescheitert ist, daß er jahrelang systematisch ihr Selbstbewußtsein untergraben und sie schlecht behandelt hat, daß es einen unappetitlichen, in der Öffentlichkeit ausgetragenen Streit um die Finanzen gegeben und sie erleichtert aufgeatmet hat, als endlich die Scheidung zwischen ihnen ausgesprochen worden ist – all das ist mit einem Mal vergessen. Plötzlich beginnt sie, die ersten drei Jahre als Harrys Ehefrau, die Zeit ihrer ersten Schwangerschaft und der zweijährigen Zurückgezogenheit als die mit Abstand glücklichsten Jahre ihres Lebens zu bezeichnen. Das hat vermutlich nicht zuletzt damit zu tun, daß mit Harry Meyen ein wichtiger Teil ihres Lebens und ihrer Vergangenheit gestorben ist – und zudem ein erheblicher Teil der Illusionen, an die sie sich einst so krampfhaft geklammert hat. Nach seinem Tod kann Romy ihren Ex-Mann wieder voll und ganz für ihre romantischen Illusionen vereinnahmen, in denen sie alles Negative ausblendet. Sie gewöhnt sich an, neben den Photos ihrer Kinder immer auch ein Photo von Meyen an ihren Garderobenspiegel zu heften, so daß Harry sie in Gedanken bis zu ihrem Lebensende begleiten wird. Sein Selbstmord ist ein schlechtes Omen für Romy. Durch ihn ist der Tod in ihr Leben getreten, und sie wird nun von einer Lebensangst erfaßt, die sie nie wieder loslassen wird. Romy fühlt sich nach diesem Ereignis so deprimiert und ausgelaugt, daß sie zum ersten Mal seit Sarahs Geburt wieder eine mehrmonatige Zwangspause einlegen muß.

Doch es kommt noch schlimmer. Zu den Schatten der Vergangenheit treten Sorgen, die sie ihre letzten drei Lebensjahre auf Tritt und Schritt begleiten werden – Sorgen um Geld. Romy, die sich noch nie im Leben selbst um ihre Finanzen gekümmert hat, ist mit den auftretenden Problemen völlig überfordert und scheint den Ernst der Lage lange Zeit nicht wirklich zu erfassen. Früher waren es Hans Herbert Blatzheim und Harry Meyen, die sich darum gekümmert haben, was mit ihren Gagen passiert ist, wie das Geld angelegt wird und daß Romy pünktlich ihre Steuern bezahlt. Für die Sorglosigkeit, mit denen sie beiden ihre Geschäfte anvertraut hatte, mußte Romy zweimal mit einem erheblichen finanziellen Aderlaß bezahlen. Seit der Trennung von Harry hatte die in allen geschäftlichen Dingen völlig unbedarfte Romy in Frankreich keinen Pfennig Steuern mehr bezahlt. Sämtliche finanziellen Angelegenheiten hat sie ab September 1973 einer Schweizer Firma, der in Chur ansässigen Cinecustodia, überlassen und sich nicht weiter um die Sache gekümmert. Auf Anraten der Firma hat Romy sich pro forma eine Wohnung in Zürich gemietet und diese, obwohl sie für jedermann nachvollziehbar in Paris wohnt, zu ihrem Hauptwohnsitz erklärt. In Zürich steht sie sogar, unbemerkt von der Presse, als Rosemarie Albach im Telephonbuch.

Wie auch viele andere Stars, unter anderem Lilli Palmer und Curd Jürgens, hat Romy einen Vertrag mit der Cinecustodia unterschrieben, die sie seitdem – gegen eine prozentuale Beteiligung an allen Einnahmen – in sämtlichen geschäftlichen Angelegenheiten vertritt.

Das hat zur Folge, daß immer dann, wenn Romy ein neues Engagement annimmt, die französischen, englischen, deutschen oder italienischen Produktionsfirmen mit ebendieser Schweizer Firma einen Vertrag abschließen und anschließend die Gage in voller Höhe in die Schweiz überweisen, auf die Konten der Cinecustodia. Der Vorteil dieser Verfahrensweise liegt auf der Hand, denn so versteuert Romy ihr verdientes Geld aufgrund des französisch-schweizerischen Steuerabkommens im Steuerparadies Schweiz statt in Frankreich, wo die Steuerforderungen wesentlich höher wären. Cinecustodia überweist Romy für die laufenden Kosten monatlich zwölftausend Schweizer Franken auf ein Konto in Frankreich, auf ein weiteres französisches Konto werden höhere Summen eingezahlt, mit denen Romy größere Ausgaben tätigt und auch ihre Immobiliengeschäfte abwickelt. Durch ihre unermüdliche Arbeit verdient sie im Laufe der siebziger Jahre eine Menge, alleine für das Jahr 1974 belaufen sich ihre Einnahmen auf rund 2,5 Millionen Francs. Insgesamt werden ihre Einnahmen auf rund zwanzig Millionen Francs geschätzt. In der Presse werden für einzelne Filme oftmals sogar noch höhere Gagen genannt, als Romy sie tatsächlich bekommt. Durch die Steuerersparnis kommen stattliche Summen zusammen; kein Wunder also, daß sich die Steuerfahndung für Romy zu interessieren beginnt. Der französische Fiskus ist nicht bereit, Romys Schweizer Adresse anzuerkennen, und argumentiert damit, daß Romys Hauptwohnsitz sich unzweifelhaft in Paris befindet. Die Cinecustodia sieht man zudem als Scheinfirma an, die einzig und alleine die Funktion habe, Gelder, die eigentlich in Frankreich versteuert werden müßten, aus steuerlichen Gründen in die Schweiz umzuleiten, womit man den Strafbestand der Steuerhinterziehung erfüllt sieht – immerhin hat Romy den Großteil ihrer Filme in den letzten Jahren in Frankreich gedreht. Die Pariser Finanzbehörden fordern von Romy nun die nicht gezahlten Steuern ein, hinzu kommen erhebliche Strafgebühren. Insgesamt belaufen sich die Forderungen des französischen Fiskus auf rund neun Millionen Francs, also umgerechnet rund drei Millionen Mark. 1979 sieht es so aus, als müßte Romy diese gewaltige Summe zahlen, erst viele

Jahre später werden die französischen Forderungen abgeschmettert werden. Die Cinecustodia wird nach jahrelangen Rechtsstreitigkeiten schließlich vom obersten französischen Gericht als legal anerkannt, woraufhin festgestellt wird, daß die Forderungen der Pariser Finanzbehörden nicht berechtigt gewesen sind. Doch zu diesem Zeitpunkt wird Romy bereits sieben Jahre tot sein.

Angesichts der hohen Gagen, die man ihr seit Jahren zahlt, und der vielen Filme, die sie unermüdlich dreht, scheint Romy in dem Glauben zu leben, daß ihre finanziellen Möglichkeiten unerschöpflich sind, daß sie ausgeben kann, was sie will, weil sie schließlich genug verdient. Da sie sich durch ihre frühen Filmerfolge seit frühester Jugend nie ernsthaft Sorgen um Geld machen brauchte und immer genügend Finanzmittel da waren, um sich alle Wünsche zu erfüllen, hat Romy fatalerweise nie einen Sinn für Geld entwickelt. Angesichts der hohen Steuerschulden werden Romys Konten gesichtet. Zu ihrer Verwunderung befinden sich dort weit geringere Summen, als sie angenommen hat, so daß sie sich ernsthaften Schwierigkeiten gegenübersieht, wenn die französischen Steuerbehörden bei ihren Forderungen bleiben. Naiv bekennt sie: »Ich dachte, es würde immer Geld dasein!«[166] Und genau diesem Glauben ist es wohl nicht zuletzt zu verdanken, daß Romy trotz der unermüdlichen Arbeit und ihres über Jahre hinweg konstant guten Verdienstes nach ihrem Tod einen Haufen Schulden hinterlassen wird. Im nachhinein wird viel darüber gemutmaßt werden, wohin Romys Geld verschwunden ist, wer sich an ihr bereichert hat und in welche dunklen Kanäle ihr Vermögen geflossen ist. Doch wieviel ist dran an solchen Spekulationen, die natürlich hervorragend dazu passen, wenn man Romy als ein zeitlebens von allen ausgebeutetes Opfer darstellen will? Doch war sie das wirklich? Ist sie tatsächlich um ihr Geld betrogen worden, oder hat sie es einfach mit beiden Händen ausgegeben? Seit der Trennung von Harry Meyen, der sehr darauf geachtet hat, daß seine Frau ihr Geld nicht sinnlos verschwendet, hat Romy, was ihre Finanzen angeht, eine Sorglosigkeit an den Tag gelegt, die Harry ihr bereits im Vorfeld prophezeit hatte und weswegen es ihm wichtig war, wenigstens die Hälfte des damals vorhandenen Vermögens für ihr gemeinsames Kind zu sichern.

Romy hat sich im Laufe der siebziger Jahre einen Lebensstil angewöhnt, der Unmengen an Geld verschlingt. Man denke alleine an all die neuen Wohnungen und Häuser, die sie in ihrem Verlangen nach Abwechslung und aus ihren Launen heraus für teures Geld angemietet oder gekauft hat, dann von den nobelsten Innenarchitekten von Paris für stattliche Summen mit edlen Möbeln und Picassos an den Wänden hat einrichten lassen, um sie dann nach kurzer Zeit wieder abzustoßen und durch immer neue zu ersetzen. Hinzu kommen die vielen Luxusurlaube in Saint-Tropez, Acapulco, Jamaika und vielen anderen Orten der Welt, auch hierfür hat Romy enorm viel Geld ausgegeben. Bevor sie ein Hotelzimmer betritt, läßt sie es, koste es, was es wolle, in ein wahres Blumenmeer verwandeln, weil sie sich dann wohler fühlt. Oft werden zudem wochen- oder gar monatelang für Unsummen Chalets in den Schweizer Alpen oder Traumvillen am Meer mit eigenem Privatstrand angemietet, was Romys Urlaube extrem teuer macht. Und auch ihr sonstiger Lebensstil ist nicht gerade auf Sparsamkeit ausgelegt. Sie besucht teure Restaurants und ist ihren Freunden gegenüber so generös, daß die Rechnungen natürlich jedesmal an sie geschickt werden. Wenn sie im Theater war und ihr das Stück gefallen hat, kann es schon einmal vorkommen, daß Romy hinter die Bühne geht und für das ganze Ensemble hundert Flaschen des teuersten Champagners spendiert, die »Madame Schneider« im nächstgelegenen Luxusrestaurant ordert. Überhaupt ist sie nahezu grenzenlos großzügig mit Geschenken. Und auch hier läßt sie sich nicht lumpen – wenn Romy schenkt, dann sind es teure Luxusuhren oder Cartier-Kettchen. Wenn sie jemandem eine Freude machen will, schaut sie nicht aufs Geld. Und nach einem durchfeierten Abend gibt sie schon mal Trinkgelder, die oft nicht mehr großzügig, sondern eher größenwahnsinnig sind.

Natürlich geizt Romy auch nicht, wenn es um ihre eigene Person geht. Sie liebt edle Pelze und schöne Kleider. Wenn sie bei den angesagten Couturiers und in den exklusivsten Modeateliers einkaufen geht, kann es schon mal vorkommen, daß sie dermaßen zuschlägt, daß sich die Rechnungen auf einige zehntausend Mark belaufen. Romy hat sich angewöhnt, sich selbst Schlafanzüge und Morgenmäntel nach Maß anfertigen zu lassen, einfach weil sie nun einmal das Geld dafür hat – und ihr ein solcher Luxus längst zur Selbstverständlichkeit geworden ist, auf den zu verzichten sie nicht mehr bereit ist. Und zudem liebt sie Schmuck. Bei ihrem Lieblingsjuwelier in der Rue Faubourg Saint-Honoré beschenkt sie sich nach überstandenen Dreharbeiten gern selber: »Seine alten Ringe, Broschen, Halsketten, Uhren und Medaillons zogen Romy magisch an.«[167] Auch die Rechnungen von den teuersten Pariser Friseuren können sich sehen lassen – ihren Freund, den Star-Coiffeur Alexandre de Paris, ließ sie sogar zu ihrer Trauung nach Berlin einfliegen. Hinzu kommen die ebenfalls nicht unerheblichen und über all die Jahre anfallenden Ausgaben für Romys Angestellte, für die Haushälterinnen, Sekretärinnen und Kindermädchen. Wenn man nicht wüßte, daß Romy nie einen Sinn für Geld entwickelt hat, könnte man behaupten, daß sie ihn in den Siebzigern vollends verloren hat. Oft scheint ihr das Leben so unerträglich zu sein, daß sie es sich durch Geldausgeben so angenehm wie möglich machen will. Auch in dieser Beziehung lebt Romy ganz im Hier und Jetzt. Eine finanzielle Absicherung ihrer Zukunft und der ihrer Kinder scheint ihr vollkommen gleichgültig zu sein: »Was ist schon Geld? Man lebt nur einmal«, antwortet sie, wenn jemand sie auf ihr verschwenderisches Verhalten anspricht.

Zweifellos trägt auch ihre Ehe mit Daniel Biasini, der an Romys Seite schnell Geschmack am Leben im Luxus gefunden hat, ihren Teil dazu bei, daß die Summen auf Romys Konten schrumpfen. Romy gefällt sich darin, ihrem Mann teure Geschenke zu machen: Uhren, Autos, Yachten. Alleine für eine Motoryacht, die sie ihm geschenkt hat, soll Romy den Aussagen ihrer Mutter zufolge umgerechnet eine halbe Million Mark ausgegeben haben.[168] Ganz zu schweigen von den Luxuskarossen, die Biasini fährt, seit er der Mann an der Seite von Romy ist. Auf einen Porsche folgen ein Jaguar und ein Bentley, ein Ferrari, ein Range Rover und ein Cadillac. Doch schon den Porsche, den er am Anfang seiner Affäre mit Romy gefahren hat, will er, so wird er es im nachhinein darstellen, aus eigener Tasche bezahlt haben, Romy habe damit rein gar nichts zu tun: »Reine Erfindung, wie alle anderen Geschichten von den teuren Autos, die sie mir angeblich geschenkt hat.«[169] Die Antwort darauf, wo er selbst denn das Geld für solche Luxuskarossen hergenommen haben will, bleibt er allerdings schuldig: »Was Biasini selbst verdient, reicht gerade für die Telefonrechnungen, wie er selbst zugibt.«[170] Nach Romys Tod wird er auf entsprechende Nachfragen lapidar erklären, daß er eine Romy Schneider schließlich nicht in einer Ente durch die Gegend hätte kutschieren können.[171] Auch wenn seine schnoddrige Antwort im ersten Moment provozierend wirkt – ist nicht letzten Endes doch ein Funken Wahrheit daran? Wollte Romy nicht einen Mann an ihrer Seite haben, der etwas darstellt? Der schicke Autos fährt und entsprechend gekleidet ist? Sie, die bei öffentlichen Auftritten größten Wert auf ihre Garderobe und ihr Erscheinungsbild legt, wollte jemanden neben sich haben, der als Mann von Welt erscheint. Ob es Romy wirklich bewußt ist, daß sie Daniels Ansprüche mit ihrer grenzenlosen Großzügigkeit immer noch höher schraubt und seine Hobbys, die teuren Autos, Motorräder und Yachten mit der Zeit immer mehr Geld verschlingen, oder ob sie sich in ihrer Gleichgültigkeit in finanziellen Dingen einfach nicht um solche in ihren Augen banalen Dinge kümmert, kommt letztlich aufs gleiche hinaus. Daniel jedenfalls ist auf den Geschmack gekommen. Und Romy bezahlt – ob sie es in jedem Fall weiß, wofür sie alles bezahlt, muß dahingestellt bleiben.

Romys Freunde, die Biasini von Anfang an ablehnten und ihn als Schmarotzer und berechnenden Playboy betrachten, sehen sich angesichts von Daniels neuem Lebensstil in ihren Verdächtigungen bestätigt. Daniel trägt nur noch teure Maßanzüge, sitzt tagsüber in seinem feinen Büro in den Champs-Élysées herum, fährt in teuren Luxusschlitten durch die Gegend und verbringt nach wie vor viel Zeit in den angesagten Bars und Nachtclubs von Paris, in denen er höchst spendabel auftritt. Er genießt sein Leben als Mann von Romy Schneider offensichtlich in vollen Zügen. Bevor er Romy kennenlernte, war er ein gescheiterter Student, dem es, wie er selbst eingesteht, ziemlich regelmäßig an Geld mangelte. Und nun führt er plötzlich ein Leben, in dem es keine Rolle mehr spielt, wieviel Geld er ausgibt, weil es seine Frau nicht zu interessieren scheint. Als Mann eines berühmten Filmstars öffnen sich ihm so manche Türen, die ihm ohne Romy wohl für immer verschlossen geblieben wären. Während er einige Jahre zuvor nicht einmal Geld genug hatte, seinen Amerikaaufenthalt länger zu finanzieren, und sich mit Aushilfsjobs über Wasser halten mußte, macht er mit einem Mal Urlaub an der Seite der Schönen und Reichen in Jet-set-Paradiesen wie Saint-Tropez und geht mit den Prominenten dieser Welt auf Tuchfühlung. Es gefällt Daniel, daß Romys Prominenz auf ihn abfärbt. Die Zeitungen drucken immer wieder Photos von den beiden, so daß auch er mit einem Mal auf der Straße erkannt wird. Geld auszugeben scheint ihm Freude zu bereiten – nur so kann man auch in den Kreisen, in denen er gerne verkehrt, bestehen und mithalten. Darüber, das es zumeist Romys Geld ist, das er so großzügig ausgibt und mit dem er sich seinen aufwendigen Lebensstil finanziert, wird in ganz Paris getuschelt. Zwar ist nach den Erfahrungen, die Romy nach ihrer Trennung von Harry gemacht hat, bei der Hochzeit mit Daniel Gütertrennung vereinbart worden, aber natürlich kann Daniel durchaus über Romys Geld verfügen – umstritten ist nur, in welchem Umfang er das kann. Während Romys Mutter in ihren Memoiren davon spricht, daß Biasini eine Generalvollmacht über Romys Konten hatte, macht Daniel selbst andere Angaben. Vor dem Beginn ihrer Beziehung, als er als Romys Privatsekretär gearbeitet hat, habe er lediglich über eine beschränkte Bankvollmacht verfügt, damit er anfallende Rechnungen bezahlen konnte, wenn Romy sich längere Zeit außerhalb von Paris zu Dreharbeiten befand. Nach ihrer Hochzeit soll seine Frau ihm dann die Vollmacht für nur eins ihrer französischen Konten gegeben haben, das Biasini als das »Haushaltskonto« bezeichnet, von dem die laufenden Rechnungen des Hauses

Biasini-Schneider bezahlt worden seien: »Keinen Zugang hatte ich auf jene Konten, über die der Löwenanteil von Romys Finanztransaktionen wie Filmgagen, Immobilienkäufe, Hausangestellte und ähnliche größere Ausgaben liefen.«[172] Umstritten ist, ob diese Aussage tatsächlich stimmt oder ob Daniel, wie immer wieder behauptet wird, auch für die restlichen Konten Vollmachten hatte und nach Belieben neues Geld auf das »Haushaltskonto« überweisen lassen konnte – eine Frage, die sich wohl nie mehr klären lassen wird.

Klar ist nur, daß Romy sich zeit ihres Lebens nicht für solch banale Dinge wie das Begleichen von Rechnungen interessiert und solche Angelegenheiten stets ihrem jeweiligen Partner überlassen hat – so auch Daniel Biasini. In ihrer Ehe ist von Beginn an er es, der die Hotel- und Restaurantrechnungen bezahlt, die Flüge bucht und dafür sorgt, daß Haushälterin und Kindermädchen rechtzeitig ihr Gehalt bekommen. Da Romy wie immer in ihrem Leben auch in dieser Zeit absolut keinen Überblick über ihre Einnahmen und Ausgaben hat, könnte es durchaus sein, daß Daniel dies für seine eigenen Interessen ausnützt – daß er all die Luxuskarossen aus eigener Tasche oder lediglich mit kleinen Zuschüssen von Romy gekauft hat, scheint jedenfalls eher unglaubwürdig. Daß Biasini Romys Gutmütigkeit und Unbekümmertheit in finanziellen Dingen großzügig für seine eigenen Zwecke genutzt hat, mag durchaus sein, aber hintergeht er Romy damit wirklich? Ist nicht letztlich auch in dieser Beziehung sie es gewesen, die die Regeln bestimmt und die Rollen zugeordnet hat? Sie wollte doch ganz bewußt einen Mann, der keinen Beruf ausübt, damit er voll und ganz für sie dasein kann. Daß sie es dann auch sein muß, die für seinen Lebensunterhalt aufzukommen hat, ist ihr doch von Beginn an klar gewesen. Und sie scheint sich ja durchaus auch lange Zeit in der Rolle wohl zu fühlen, ihrem über zehn Jahre jüngeren Mann all seine Wünsche erfüllen zu können. Erst als sie durch die Steuergeschichte alarmiert ist und begreift, daß sie nicht genügend Geld zu haben scheint, um in Ruhe leben zu können, beginnt sie sich Gedanken über Daniels hohe Ausgaben zu machen und schleichend das Gefühl zu entwickeln, von ihrem Mann ausgenutzt zu werden. Doch solange genügend Geld zum Ausgeben da ist, solange die Beziehung reibungslos läuft und Daniel ihr die Lasten des Alltags abnimmt und ihren Kindern ein guter Vater ist, scheint Romy keinerlei Problem damit zu haben, daß er ein Leben auf großem Fuß führt – Daniel hat all die Luxuskarossen schließlich nicht heimlich gekauft und vor Romy versteckt. Selbst wenn er Romys Großzügigkeit ausnutzen sollte, gehören auch hier zwei dazu.

Wer behauptet, Romy sei blindlings in die Falle des berechnenden Biasini getappt, sie sei Wachs in seinen Händen oder ihm gar sexuell hörig, sie habe sich von seinem Charme und seinem guten Aussehen um den Finger wickeln lassen, ohne jemals etwas davon mitzubekommen, daß es ihr Geld ist, welches er so großzügig ausgibt, hat nichts von Romy verstanden. Romy war vielleicht in finanziellen Dingen naiv, aber spätestens die Erfahrungen mit »Daddy« Blatzheim und Harry Meyen haben sie mißtrauisch werden lassen. Die Menschen, die ihr nahekommen, beobachtet sie genauestens: und selbst dann, wenn sie sich angesichts einer Beziehung in ihre Illusionen flüchtet, durchblickt sie alles sehr genau, wenn ihr auch sicherlich nicht im vollen Maße bewußt ist, in welchem Umfang ihr Vermögen in dieser Zeit schrumpft. Und ist sie Daniel gegenüber nicht zuletzt auch deshalb so großzügig, weil sie weiß, daß es oftmals alles andere als leicht ist, mit ihr zusammenzuleben? Sie, die sich ständig im Konflikt mit sich selbst befindet und sich oftmals selbst unerträglich findet, ahnt nur allzu gut, wie schwierig es manches Mal sein wird, der Mann an Romy Schneiders Seite zu sein. In einer stillen Stunde gesteht sie freimütig ein: »Ich bin wohl recht unlebbar für mich selbst – und schon gar für andere.«[173]

Romy hat ganz bewußt alle Warnungen ihrer Freunde in den Wind geschlagen und wollte nichts hören, was Daniel in ihren Augen diskreditiert hätte. Sie *will* daran glauben, daß Daniel sie liebt – um ihrer selbst willen liebt. So wie sie einst an die Liebe von Delon und die Liebe von Harry Meyen glauben wollte, so glaubt sie auch an Daniels Liebe und an die Beständigkeit ihrer Ehe. Nur das zählt für sie. Romy braucht das Gefühl, geliebt zu werden. Ohne diese

Zuneigung kann sie nicht leben. Und wenn das Geld kostet? Na und? Was ist schon Geld? Doch darf man sich bei einer solchen Einstellung und einem solchen Lebensstil dann hinterher nicht wundern, daß die Konten leer sind. Viel spricht dafür, daß Romy den Großteil ihres Vermögens einfach ausgegeben hat, weil sie sich niemals Gedanken gemacht hat, daß irgendwann kein Geld mehr dasein könnte. Das beste Beispiel dafür, daß grenzenlose Verschwendungssucht fatale Konsequenzen hat, bewies eindrucksvoll Romys Kollegin Hildegard Knef, der es gelang, in noch kürzerer Zeit als Romy ein noch wesentlich größeres Vermögen auf den Kopf zu hauen. Auf dem Höhepunkt ihrer Karriere, als ihr Bestseller *Der geschenkte Gaul* rund um die Welt für Furore sorgte, hatte die Knef nach eigenen Angaben fünfunddreißig Millionen Mark auf dem Konto. Als sie 1989 von Amerika nach Deutschland übersiedelte, vermochte sie das aufgrund ihrer mittlerweile aufgehäuften Schulden nur durch das Darlehen eines Künstlersozialwerks zu bewerkstelligen. Als sie 2002 starb, hinterließ sie fast zweihundertfünfzigtausend Euro Schulden.[174]

Niemandem, der Romy näher kennt und der, ob privat oder beruflich, in diesen Tagen mit ihr zu tun hat, kann entgehen, daß sie seit Harrys Selbstmord und den finanziellen Schwierigkeiten, in die sie geraten ist, ein Leben im ständigen Ausnahmezustand führt. Die Zeit der Schwangerschaft und die erste Zeit nach Sarahs Geburt, in der Romy in dem Gefühl lebte, daß es ihr vielleicht zum ersten Mal im Leben gelingen könnte, Berufliches und Privates in Einklang zu bringen, war eine Zeit der Ruhe und der Harmonie. Doch diese Phase des Atemholens ist bereits wieder vorbei, denn erneut werden die schlummernden Dämonen in ihr geweckt. Die Schuldgefühle und Gewissensbisse, die sie seit Harrys Tod umtreiben, die unerfreulichen Auseinandersetzungen mit den französischen Steuerbehörden, aber vermutlich auch die ersten aufkommenden Zweifel an Daniel belasten sie zunehmend, was sich auch im persönlichen Umgang mit ihr niederschlägt.

Romy fällt in alte Denkmuster zurück und flüchtet sich zunehmend wieder in Alkohol und Tabletten, um nicht am Leben zu verzweifeln: »Sie hatte für jede Tageszeit, für jede Situation irgendwelche Medikamente bei sich. Stets.«[175] Da sie nachts nicht schlafen kann und mit ihren inneren Dämonen ringt, nimmt sie nun wieder Schlaftabletten ein. Natürlich spült sie die Tabletten mit Alkohol herunter, um ihre Wirkung noch zu verstärken und in einen Dämmer des Vergessens abzugleiten. Der viele Alkohol und die Schlaftabletten haben zur Folge, daß Romy am nächsten Morgen kaum wach wird, was sie zu Aufputschmitteln wie dem von Harry bevorzugten Optalidon greifen läßt. Laut Daniel Biasini hatte sie in der zweiten Hälfte der siebziger Jahre das gefährliche Präparat erfolgreich abgesetzt, aber nun setzt wieder der verhängnisvolle Kreislauf ein.[176] Da Romy sich an die beruhigenden und aufputschenden Mittel gewöhnt, muß sie die Medikamentendosen immer weiter steigern und kann sich bald ein Leben ohne diese Mittel kaum noch vorstellen. Daniel Biasini erinnert sich: »Die Tage, an denen Romy – vollgepumpt mit Psychopharmaka und Wein – nicht mehr ganz Herr ihrer Sinne war, häuften sich.«[177]

Vor die Kamera zu treten fällt ihr immer schwerer, weil ihr Lampenfieber immer gewaltigere Dimensionen annimmt. Manches Mal muß sie sich vor lauter Aufregung sogar Mut antrinken, wenn sie nur photographiert werden soll. Erst wenn sie sich mit Alkohol und Tabletten in Stimmung gebracht hat, gelingt es ihr, ihre alte Professionalität an den Tag zu legen. Doch die zunehmende Abhängigkeit von Medikamenten und die immer größer werdenden Mengen Wein wirken sich auf ihre Konzentrationsfähigkeit und ihre Launen aus; so manches Mal ist sie unberechenbar und reagiert bei den kleinsten Anlässen überempfindlich und jähzornig. Sie, die früher die Crew ihres jeweiligen Films als eine Ersatzfamilie betrachtete und einen regelrechten Teamgeist entwickelte, kapselt sich nun bei Dreharbeiten immer mehr ab und zieht sich, sobald sie nicht vor der Kamera stehen muss, in ihre Garderobe zurück, die sie mit Photos all ihrer Lieben tapeziert hat; dort helfen ihr dann Wein und Tabletten, den

Drehtag zu überstehen. Angesichts des Zustandes, in dem sie sich befindet, ist es erstaunlich, daß keiner aus ihrem engeren Umfeld ernsthaft versucht zu haben scheint, Romy von ihrem selbstzerstörerischen Verhalten abzubringen. Nur Daniel Biasini will Vorstöße in diese Richtung unternommen haben, die jedoch zum Scheitern verurteilt gewesen sein und stets zu heftigen Auseinandersetzungen geführt haben sollen: »Ich suchte in der Wohnung in der Rue Bugeaud überall nach Tabletten. Oft wurde ich fündig, dann versteckte ich sie oder warf sie weg. Einmal gipfelte meine erfolgreiche Suche in einem wüsten Streit. Romy wollte mich daran hindern, den Inhalt ihrer Handtasche, in der sich fast nur Medikamente befanden, in die Toilette zu entleeren.«[178]

Romy wird in dieser Phase ihres Lebens immer mißtrauischer. Sie weiß nicht, wem sie noch trauen kann, und zieht sich mehr und mehr in sich zurück. Bei jedem, der sie umschmeichelt, fragt sie sich, ob er wirklich sie meint oder nicht vielmehr den Filmstar Romy Schneider. Wenn sie sich auf die Straße begibt oder auch nur eine Hotelhalle durchschreitet, fühlt sie sich unwohl. Obwohl sie es durchaus schätzt, erkannt zu werden, haßt sie es, angestarrt zu werden und sich unter ständiger Beobachtung zu fühlen. Sobald sie sich in die Öffentlichkeit begibt, gelingt es Romy nicht mehr, locker zu sein. Sie befindet sich in einem Zustand ständiger Angespanntheit. Wenn sie die Blicke fremder Menschen spürt, beginnt sie zu zittern. Immer häufiger verbirgt sie ihre Augen hinter riesigen Sonnenbrillen. Auch ihr ohnehin schon immer schwieriges Verhältnis zu Journalisten wird in dieser Zeit noch komplizierter. Als sie etwa 1980 zu den Filmfestspielen nach Berlin kommt, regt sie sich über jede tatsächliche oder eingebildete Provokation auf. Eine Frage nach dem *Sissi*-Ruhm von einst kann dazu angetan sein, ein Interview sofort abzubrechen. Überall wittert Romy in ihrer tiefen Verunsicherung Verrat und Niedertracht. Aus Angst, verletzt zu werden, stößt sie viele vor den Kopf – auch viele, die es gut mit ihr meinen. Sie verschließt sich immer mehr und scheint mit niemandem über ihren Kummer und ihre innere Zerrissenheit reden zu wollen.

Auch ihre Ehe mit Daniel bekommt zunehmend Risse. Immer häufiger streiten die beiden sich, meist nur über Banalitäten, nie über wirklich Existentielles. Nicht selten kommt es auch vor anderen oder bei gemeinsamen öffentlichen Anlässen zu unschönen Auseinandersetzungen. Schon wenn Daniel sich weigert, auf dem roten Teppich sein Jackett zuzuknöpfen, wie Romy das wünscht, kann es zu einem erbitterten Schlagabtausch kommen. Romy spielt sich in solchen Situationen dann nicht selten als Star auf und gibt Daniel deutlich zu verstehen, daß er ohne sie gar nicht auf dem roten Teppich stünde. Hinterher tut ihr dieses herablassende Verhalten meist leid, und sie versucht ihr schlechtes Gewissen mit teuren Geschenken zu beruhigen. Immer wieder kommt es zu Versöhnungen, auf die bald schon neue Streitigkeiten folgen: »Aber die Abstände zwischen Streit und Versöhnung werden kürzer, die gegenseitigen Verletzungen tiefer. Später, als die Ehe schon in einem Zustand dauernden Kampfes ist, gibt es nicht nur verbale wechselseitige Wutausbrüche. Zweimal wird der vor Schrecken völlig erstarrte David erleben, wie sich seine Mutter und sein geliebter Ersatzvater vor seinen Augen prügeln.«[179]

Besonders heftig reagiert Romy auf Daniels Zusammenarbeit mit ihrem Lieblingsregisseur Claude Sautet: Biasini hat ein Drehbuch geschrieben, das Sautet 1980 unter dem Titel *Der ungeratene Sohn* verfilmt. Romy ist zunächst stolz auf Daniel und hat den Kontakt zu Sautet nur allzugerne hergestellt, reagiert dann aber schon bald rasend eifersüchtig darauf, daß ihr Freund Sautet sich plötzlich mehr mit Daniel beschäftigt als mit ihr. Daß sie obendrein nicht mal für das Filmprojekt engagiert wird, läßt den Streit eskalieren. Das Argument, daß der Stoff einfach keine passende Rolle für sie bietet, läßt sie nicht gelten; in einem heftigen Streit wirft sie Sautet vor, daß sie ihm mittlerweile wohl zu alt sei und er deswegen nicht mehr mit ihr arbeiten wolle. Überhaupt scheint Romy das Thema Alter zunehmend zu beschäftigen, seitdem sie die Vierzig überschritten hat. Auch in Streitigkeiten mit Daniel spielt der Altersunterschied, der früher nie ein Thema gewesen ist, eine zunehmende Rolle. Immer wieder hält Romy ihrem Mann vor Augen, daß sie bald eine alte Frau sei und er sich dann sicherlich nicht mehr für sie interessieren und sie nicht mehr attraktiv finden werde.

Die ständigen Streitigkeiten zehren an den Nerven. Daniel scheint sich zunehmend von Romy zu entfernen; diese jedoch versucht in ihren Verlustängsten die Augen davor zu verschließen, daß die Ehe scheitern und auch ihr zweiter Versuch, ein glückliches Familienleben zu führen, mißlingen könnte. Doch die Gerüchte, daß Daniel sie reihenweise mit anderen Frauen betrügt, kursieren in ganz Paris und müssen auch ihr zu Ohren kommen – noch nach Romys Tod wird ihre Mutter sie nur allzu gerne kolportieren: »Biasini zog immer häufiger mit einem Rattenschwanz von schönen Mannequins los. Wenn ich Romy nach Daniel fragte, sagte sie oft: ›Ach der ist wieder bei seinen Mannequins.‹ Er betrog Romy oft. Das Leben in der Society, die er erst durch Romy kennengelernt hatte, war ihm zu Kopf gestiegen. Er wurde immer fauler, sie stritten sich wegen Kleinigkeiten.«[180] Doch was auch immer sich hinter den verschlossenen Türen des Ehepaars Biasini-Schneider abspielt, nach außen hin steht Romy voll und ganz hinter ihrem Mann und weist alle Spekulationen über eine Ehekrise oder gar eine bevorstehende Trennung weit von sich: »Was zwischen mir und meinem Mann ist, geht niemanden etwas an.«[181] Wieder einmal beschließt Romy, vor dem Unabwendbaren ganz bewußt die Augen zu verschließen, die Gerüchte über Daniels Affären, die er nicht einmal während ihrer Schwangerschaft eingestellt haben soll, verdrängt sie ebenso wie das Gerede, daß er in krumme Geschäfte verwickelt sein soll: »Solange Daniel jeden Abend zu mir zurückkommt und die Nacht mit mir verbringt, pfeif' ich darauf, was er tagsüber macht. Es geht mir privat so gut, daß es mir fast gleichgültig ist, was so alles über uns geschrieben wird. Unser Zusammenleben gibt mir Sicherheit.«[182] Daß es sich dabei jedoch lediglich um eine sehr trügerische Sicherheit handelt, wird sich schon bald herausstellen. Doch noch blendet Romy die Wirklichkeit in altbewährter Weise aus. So lange wie möglich versucht sie sich in ihren Illusionen einzurichten. Den Gedanken, daß auch ihre zweite Ehe scheitern wird, daß auch ihr erneuter Versuch, eine glückliche Partnerschaft zu führen und diese mit ihren Erfolgen als Schauspielerin in Einklang zu bringen, zum Scheitern verurteilt zu sein scheint, mag sie noch nicht zulassen. Und wieder einmal sucht sie Zuflucht in der Arbeit.

Nach mehrmonatiger Arbeitspause holt Francis Girod Romy wieder vor die Kamera, jener Regisseur, der einige Jahre zuvor den spektakulären Streifen *Trio Infernal* mit ihr realisiert hatte. Er verpflichtet sie für seinen neuen Film *Die Bankiersfrau*. Wiederum hat er einen authentischen Kriminalfall ausgewählt, dieses Mal die Geschichte der abgebrühten und geldgierigen, zudem bisexuellen und frivolen Geschäftsfrau Marthe Hanau, die in den dreißiger Jahren in Frankreich für einen handfesten Skandal sorgte, weil sie ihr Leben wie ein Mann lebte; schließlich landete sie im Gefängnis und wurde dann während der Berufungsverhandlung durch ein Attentat getötet. In seinem Film gibt Girod der von Romy gespielten Frau den Namen Emma Eckhert. Während der Dreharbeiten zur *Bankiersfrau* ist Romy launisch und schwierig wie lange nicht mehr; sie spürt wohl, daß ihre Ehe mit Daniel langsam, aber sicher dem Ende zugeht. Sie ist mit den Nerven am Ende, und sie raucht und trinkt zuviel, was die Zusammenarbeit mit ihr extrem schwierig macht. Ihre Ängste und Unsicherheiten verbirgt sie immer häufiger hinter Anfällen von Aggressivität; ihre Wutausbrüche sind bald gefürchtet in der Branche. Und dennoch ist Romy fest entschlossen, als Emma Eckhert gut zu sein, und verlangt sich Höchstleistungen ab. Sie ist perfektionistisch bis zum Wahnsinn, will Szenen unzählige Male wiederholen, selbst wenn alle anderen, einschließlich des Regisseurs, längst zufrieden sind. Das Gefühl, es immer noch bessermachen zu können, wird regelrecht zu einer fixen Idee für sie. Und in den meisten Fällen hat sie auch recht. Während andere Schauspieler von Wiederholung zu Wiederholung nervöser werden, verhält es sich bei Romy umgekehrt – je häufiger sie eine Szene spielt, desto sicherer wird sie. Die Atmosphäre im Studio ist äußerst angespannt und bessert sich auch im Laufe der Dreharbeiten nicht. Romy kapselt sich völlig ab, vermeidet, so gut es geht, jeglichen Kontakt zum Rest des Teams und verläßt ihren Wohnwagen nur, wenn sie tatsächlich vor der Kamera zu stehen hat. Der Umgang mit anderen Menschen scheint ihr immer unerträglicher zu werden. So schwierig und nervenaufreibend die Dreharbeiten unter den gegebenen Voraussetzungen auch sind, der beschwingt erzählte Film kommt bei den Kinogängern gut an und wird zu einem durchschlagenden Erfolg, der Romy wieder einmal beweist, daß sie zumindest als Schauspielerin immer noch den richtigen Riecher für die richtigen Rollen und Stoffe hat.

Kurze Zeit später bricht sie nach Italien auf, wo Dino Risis psychologische Liebesgeschichte *Die zwei Gesichter einer Frau* gedreht wird, in der Romy an der Seite von Marcello Mastroianni erstmals eine Doppelrolle zu spielen hat. Der Film erzählt die Geschichte eines Mannes, der im Bus eines kleinen italienischen Städtchens eines Tages einer Frau begegnet, in der er eine ehemalige Geliebte wiederzuerkennen glaubt, mit der er vor zwei Jahren eine leidenschaftliche Affäre hatte. Daß diese mittlerweile an Krebs gestorben ist und es sich lediglich um eine Frau handelt, die ihr erschreckend ähnelt, kann er nicht wissen. Wiederum ist Romy in äußerst schlechter Verfassung, vor ihrer Abreise aus Paris hatte es einen heftigen Streit mit Daniel gegeben, bei dem erstmals auch von einer möglichen Scheidung die Rede gewesen ist. Die Dreharbeiten gestalten sich aufgrund des Zustandes, in dem Romy sich befindet, ebenso strapaziös wie die zum vorangegangenen Film. Niemandem kann entgehen, wie schlecht es Romy geht; wieder spricht sie mit kaum jemandem ein Wort und sondert sich kontinuierlich vom restlichen Team ab. Zusätzlich verunsichert es sie, daß ihr Italienisch unzulänglich ist, woraufhin beschlossen wird, daß Romy und Mastroianni, der fließend französisch spricht, ihre gemeinsamen Szenen in Französisch drehen. Trotz dieser Hilfestellung plagen Romy schlimme Angstzustände, die sie wie immer durch Alkohol und Tabletten zu bekämpfen versucht. Sie trinkt nun so viel, daß sie wiederholte Male ihren Text vergißt, was bisher noch nie vorgekommen ist, und zweimal bricht sie sogar am Set zusammen. Romy ist kaum noch arbeitsfähig, Regisseur Dino Risi und sein Team haben keine Ahnung, wie sie den Film, bei dem es schon zu erheblichen Verzögerungen gekommen ist, unter diesen Umständen jemals abschließen sollen. Eines Morgens findet man Romy bewußtlos am Boden liegend vor, der »Cocktail« aus drei Flaschen Bordeaux und drei Optalidon-Zäpfchen, mit dem sie sich in ihrer unsäglichen Angst vor dem Leben, der Einsamkeit und dem Verlassenwerden betäuben wollte, hat eine fatale Wirkung gezeigt. Erst als Daniel Biasini eingeflogen wird und eine Woche bleibt, fängt Romy sich wieder einigermaßen, da sie sich durch Daniels Kommen wenigstens vorübergehend einreden kann, daß ihre Ehe doch noch eine Zukunft haben und alles gut werden wird. Nur mit dieser Illusion, an die sie sich mit beiden Händen klammert, vermag sie es, die Dreharbeiten doch noch abzuschließen. Da das Team dichthält, dringen keine Gerüchte von der erbärmlichen Verfassung, in der Romy sich befindet, nach außen, so daß Negativschlagzeilen, die Romy nur noch mehr belasten würden, vermieden werden können. *Die zwei Gesichter einer Frau* findet sowohl beim Publikum als auch bei den Kritikern nur eher verhaltenen Beifall. Doch es ist wie immer, wenn ein Film, in dem Romy mitgewirkt hat, floppt – ihre eigene schauspielerische Leistung wird anerkennend gelobt. Selbst in mittelmäßigen Filmen und selbst wenn es ihr im Privaten schlechtgeht, ist sie noch gut.

Auch wenn Romy die Arbeit zunehmend schwerer fällt und sich ihr Zustand nicht wirklich bessert, fällt ihr angesichts der Dämonen, vor denen sie zu flüchten versucht, nichts anderes ein, als so schnell wie möglich wieder vor die Kamera zu treten. Sie nimmt eine Rolle im Thriller *Das Verhör* des jungen Regisseurs Claude Miller an, in dem sie neben Stars wie Lino Ventura und Michel Serrault vor der Kamera steht. Ventura verkörpert einen Kriminalkommissar, der einen von Serrault gespielten, bislang ehrbaren Bürger verhören muß, der der Vergewaltigung und Ermordung zweier kleiner Mädchen bezichtigt wird. Der spannungsgeladene Film konzentriert sich ganz auf das packende Verhör, in dem die Wahrheit ans Licht gebracht werden soll. Romy hat nur einen kleinen Auftritt als Zeugin, sie spielt die Frau des Verdächtigen, eines reichen und angesehenen Notars, den sie geheiratet hat, ohne seine Liebe je erwidert zu haben, und folglich seinem nun drohenden Untergang gelassen entgegensieht. Wieder einmal erbringt sie eine schauspielerische Höchstleistung. Bei den Dreharbeiten wirkt Romy auf alle Beteiligten müde und abgespannt. Sie hat starke Schmerzen in der Nierengegend, denen bei einer nur oberflächlichen ärztlichen Untersuchung nicht wirklich auf den Grund gegangen wird; Romy erhält schmerzstillende Spritzen, damit sie weiter filmen kann.

Nach den deprimierenden Ereignissen der letzten zwölf Monate bietet Romy neben der Arbeit eigentlich nur noch ihre kleine Familie Halt – Daniel, David und Sarah. Doch auch diese soll bald zerbrechen. Daniel und sie entfremden sich immer mehr. Die Harmonie, mit der ihre Beziehung einst begonnen hat, ist erloschen. Doch was soll sie tun? Wenn sie sich von Daniel trennt, steht sie wieder einmal allein da. Und sie weiß, daß sie nicht alleine sein kann und gerade jetzt, wo sie sich stark angeschlagen fühlt, auch nicht alleine sein will. Zudem hat sie sich doch so sehr vorgenommen, ihr kleines Familienglück mit beiden Händen festzuhalten. Und kümmert sich Daniel nicht geradezu rührend um David und Sarah? Romy weiß, daß es David das Herz bräche, wenn sie sich von Daniel trennen, wenn sie ihm zum zweiten Mal den Vater nehmen würde. Doch welche andere Wahl bleibt ihr? Es gelingt ihr immer weniger, sich der Illusion einer intakten Ehe hinzugeben, an die sie sich so lange geklammert hat. Immer häufiger fragt sie sich, ob Daniel wirklich der richtige Mann für sie ist. Liebt er sie wirklich oder nur ihr Geld und das luxuriöse Leben an ihrer Seite? Warum betrügt er sie fortwährend? Warum entfernt er sich immer mehr von ihr? Ist er vielleicht nur mit ihr zusammen, um sie auszunehmen, wie alle es seit langem behaupten und wie in den Zeitungen immer wieder geschrieben wird?

Romy bekommt bald eine Antwort auf ihre Fragen. Im Februar 1981 hört sie durch Zufall ein Telephongespräch mit, das ihr Mann mit einem Freund führt. Daniel, der nicht mitbekommen hat, daß Romy das Zimmer betreten hat, erzählt seinem Gesprächspartner von einer neuen, luxuriösen Yacht, die er sich kaufen will, und fügt lachend hinzu, daß er sicher ist, daß Romy schon zahlen wird: »Sie tut ja alles, was ich will.«[183] Romy fühlt sich vor den Kopf gestoßen und zieht sich umgehend zurück, ohne Daniel zur Rede zu stellen. Hätte sie also doch auf die Warnungen ihrer Freunde hören sollen? Ist sie für ihn doch nur eine Weihnachtsgans, die man ausnehmen kann? Ihre nagenden Zweifel scheinen damit bestätigt zu sein, und sie sucht umgehend ihren Pariser Anwalt auf, bei dem sie das Gehörte zu Protokoll gibt und die Scheidung einreicht. Resigniert stellt sie fest: »Es ist genug. Das ist keine Ehe mehr. Immer habe ich mein Geld in Männer investiert. Jetzt zeigt es sich: Es hat sich nicht gelohnt.«[184] Drei Tage später wird Romys Mann die Scheidungsklage zugestellt. Daniel, der sich seiner Sache offenbar zu sicher gewesen ist, fühlt sich völlig überrumpelt und ist zunächst überzeugt davon, daß seine Frau das unmöglich ernst meinen kann. Aber Romy meint es durchaus ernst. Sie bleibt nicht nur bei ihrer Entscheidung, sondern hat dieses Mal, nach den Erfahrungen mit Harry, auch gleich Nägel mit Köpfen gemacht und Daniels Bankvollmachten sperren lassen. Nach sechs Jahren Beziehung und gerade einmal knapp drei Jahren Ehe ist damit Schluß zwischen Biasini und ihr. Es dauert nicht lange, bis die Nachricht, wie jede Neuigkeit in Romys Leben, an die Presse durchsickert. Wieder einmal sorgt Romys Privatleben für aufgeregte Schlagzeilen. Und wieder einmal reagieren nicht wenige schadenfroh. Gerade in Deutschland wird die Trennung und das Scheitern von Romys zweiter Ehe eher hämisch und mit einer gewissen Ironie kommentiert. Hatte man Romy schließlich nicht wie schon früher im Hinblick auf Alain Delon davor gewarnt, daß dieser Mann ihr nicht guttun und sie nur ausnehmen würde? Doch was Romy viel mehr betrübt als die bissigen Kommentare in den Zeitungen, ist die Tatsache, daß sie mit ihrem Traum, Privates und Berufliches miteinander zu vereinbaren, wieder einmal gescheitert ist: »Privates Glück und beruflicher Erfolg scheinen nicht zusammenzupassen. Ich habe es immer wieder versucht, aber irgendwie flutscht mir das private Glück immer wieder aus den Händen.«[185]

Da Romy einfach nicht alleine sein kann, dies noch nie konnte, und ihr das Alleinsein in der jetzigen, so gründlich aus den Fugen geratenen Lebenssituation erst recht unmöglich erscheint, ist bald schon Ersatz für Daniel da. Romy hat bei den für sie so schwierigen Dreharbeiten zu *Die zwei Gesichter einer Frau* den smarten zweiunddreißigjährigen Laurent Pétin kennen- und schätzengelernt. Damals, als sie in einem grauenhaften Zustand war und sich aufgrund der ständigen Streitigkeiten mit Biasini am Rande der Verzweiflung befand, hat er ihr als Seelentröster und guter Freund beigestanden; nächtelang hörte er ihr zu und ermöglichte es ihr, sich bei ihm auszuweinen. Laurent stammt aus begüterten Verhältnissen und geht einer geregelten Arbeit nach, womit er seit Alain der erste Mann an Romys Seite ist, der finanziell von ihr unabhängig ist, sein eigenes Geld verdient und an ihrem nicht interessiert ist. Pétin arbeitet als Produktionsleiter bei einer Filmgesellschaft, wo er für die Finanzfragen zuständig ist. In der Zeit nach den Dreharbeiten zu *Die zwei Gesichter einer Frau* haben Laurent und Romy kontinuierlich Kontakt gehalten. Er war es, mit dem sie über ihre Zweifel an Daniel gesprochen hat, der ihr die Augen zu öffnen versucht und unermüdlich auf sie eingeredet hat, die Beziehung zu beenden und sich von Biasini zu trennen – einerseits weil er wohl tatsächlich das Gefühl hatte, das Daniel Romy nicht guttut, andererseits aber zweifellos auch, weil er sich selbst auf Anhieb in Romy verliebt hat, wie er ihr erst jetzt gesteht.

Auch wenn Romy Laurent mag und sie spürt, daß es ihr guttut, Zeit mit ihm zu verbringen und sich mit ihm auszutauschen, ist sie zunächst noch skeptisch in Hinblick auf eine neue Beziehung. Nach ihrer zweiten gescheiterten Ehe und den ganzen Tiefschlägen der letzten Zeit könnte sie es nicht ertragen, erneut in einer Partnerschaft zu scheitern. Romy ist aufgrund ihrer Erfahrungen mit Daniel zutiefst verunsichert, daß Laurent sich ihr gegenüber so zurücknimmt, weil sie eine solche Selbstlosigkeit einfach nicht mehr gewöhnt ist. Doch allmählich begreift sie, daß Laurent es ernst meint und wirklich an ihr – Rosemarie Albach, nicht am Filmstar Romy Schneider – interessiert ist. Er braucht weder ihr Geld noch ihren Namen, und es liegt ihm auch nichts daran, sich bei offiziellen Anlässen an ihrer Seite zu zeigen, wie Biasini es geliebt hat. Laurent hält sich lieber im Hintergrund. Und er scheint instinktiv zu begreifen, daß Romy sich in einer sehr kritischen Situation befindet, daß sie durch ihre schmerzhafte Trennung von Daniel völlig den Halt verloren hat und Zeit braucht, um sich ihm zu öffnen. Romy gewinnt zunehmend das Gefühl, daß das Zusammensein mit Laurent ihr guttut, und genießt es, daß er keine Erwartungen an sie stellt, die sie nicht erfüllen kann, und zudem keine Forderungen stellt, wie Biasini dies immer getan hat. Ihn an ihrer Seite zu wissen gibt Romy wieder Lebensmut. Er stärkt ihr den Rücken und versucht sie behutsam aus ihren Depressionen herauszuführen. Laurent erscheint ihr nach den vielen Tiefschlägen der letzten Zeit wie ein Geschenk des Himmels. Wäre alles anders gekommen, hätte Laurent mit seiner Warmherzigkeit und Aufrichtigkeit vielleicht der Partner sein können, der Romy gewachsen gewesen wäre – ein Mann, mit dem sie sich eine gemeinsame Zukunft hätte aufbauen können. Doch hierfür scheint es zu spät.

Romy und Laurent, der in der Presse als Romys »neuer ständiger Begleiter« bezeichnet wird, beziehen eine gemeinsame Wohnung im siebten Pariser Arrondissement. Und einen kleinen Moment hat Romy das Gefühl, daß der Neuanfang funktionieren könnte, daß Laurent vielleicht tatsächlich der Mann ist, mit dem zusammen sie sich ein glückliches Leben aufbauen kann. Doch schnell fällt ein Schatten auf das neue Glück, denn Romys Sohn weigert sich mit Händen und Füßen, den neuen Mann im Leben seiner Mutter zu akzeptieren. Romys Trennung von seinem Stiefvater Daniel, an dem nach wie vor sein Herz hängt und immer hängen wird, ist geradezu traumatisch für ihn. Mit der neuerlichen grundlegenden Veränderung in seinem Leben will er sich nicht so einfach abfinden. Daniel ist längst zu einem Vater für ihn geworden; in der Schule läßt er sich auf eigenen Wunsch seit langem als David Biasini führen, was ihm gestattet wird, obwohl in seinem Paß nach wie vor Haubenstock steht – Harry Meyens bürgerlicher Name. David weigert sich standhaft, mit Laurent unter einem Dach zusammenzuleben, worauf Romy ihm schweren Herzens erlaubt, daß er vorerst bei Daniels Eltern, den Biasinis, in Saint-Germain-en-Laye wohnen darf. Immer wieder versucht sie, vernünftig mit ihrem Sohn zu reden, und bittet ihn eindringlich, Laurent eine Chance zu geben, doch David sieht dies gar nicht ein und verweigert sich dem neuen Partner in Romys Leben standhaft, was zu immer neuen Zusammenstößen zwischen der Mutter und ihrem Sohn führt, die für Romy ebenso belastend sind wie für David.

Auch mit Daniel kommt es in dieser Phase immer häufiger zu Streitigkeiten und Auseinandersetzungen, wobei es nicht immer nur um die Kinder geht, sondern auch und gerade um die Frage, wo Romys Geld geblieben ist und ob Daniel große Teile vom Vermögen seiner Frau veruntreut hat. Wie immer hat Romy es ihrem neuen Partner überlassen, sich um ihre finanziellen Angelegenheiten zu kümmern. Und Finanzfachmann Laurent Pétin, der sich bemüht, angesichts der immer drängender werdenden Forderungen der französischen Steuerbehörden Ordnung in Romys Finanzchaos zu bringen, stellt schnell fest, daß es einige Unregelmäßigkeiten gibt, die er gerne klären würde. Nachdem er sich einen Überblick über Romys Vermögen gemacht hat und seine neue Freundin auf einige höhere Abbuchungen angesprochen hat, für die diese keine Erklärungen hat, bezichtigt er Daniel Biasini der Veruntreuung. Der Großteil von Romys Gagen, so stellt Laurent schnell fest, scheint spurlos verschwunden zu sein; offenbar steht Romy finanziell wieder einmal vor dem Nichts. Doch Biasini fühlt sich auf der sicheren Seite, er kennt Romy gut genug und weiß um ihr Desinteresse in Geldfragen: »In diesem Punkt legte sie eine friedliche Gleichgültigkeit an den Tag, sie hatte nicht die geringste Absicht, sich jemals darum streiten zu wollen.«[186] Und Biasini weiß, ebenso wie es Harry Meyen einst wußte, wie er Romy trotz Laurents Anschuldigungen und Enthüllungen dazu bringen kann, klein beizugeben. Er muß sie nur an ihrem empfindlichsten Punkt treffen – und das sind ihre Kinder.

Zwar muß ihm klar sein, daß Romy als Mutter bei der Scheidung das Sorgerecht für ihre gemeinsame Tochter Sarah zugesprochen werden wird – wobei er selbst da noch Spielraum hätte, wenn er Romys Alkohol- und Medikamentensucht öffentlich machen und verbreiten würde, daß seine Frau psychisch nicht in der Lage sei, sich um ihre Kinder zu kümmern. Der wahre Trumpf in seinem Ärmel ist jedoch David, und genau diese Karte zückt Daniel, ohne lange zu zögern. Kurz nach der Trennung reist er, nachdem er sich noch dreißigtausend Francs von Romy ausgeliehen hat, die er nie zurückzahlen wird, nach Kalifornien, wo er sich angeblich niederlassen will, um in der dortigen Filmindustrie tätig zu werden. David drängt seine Mutter so lange, Biasini in Amerika besuchen zu dürfen, bis sie ihn schließlich zu ihm reisen läßt. Romy gewinnt immer stärker das Gefühl, daß Daniel seine Macht über ihren Sohn schamlos ausnutzt, um ihn gegen sie aufzuhetzen; allerdings möchte sie es ihrem Mann nicht mit gleichen Mitteln heimzahlen und verzichtet darauf, ihn ihrem Sohn gegenüber schlechtzumachen. Was immer zwischen ihr und Daniel vorgefallen ist, soll nicht auf dem Rücken der Kinder ausgetragen werden. Weder David noch Sarah sollen unter den Folgen des Ehekriegs leiden. Dennoch hat sie eine geradezu panische Angst davor, daß es Daniel gelingen könnte, einen Keil zwischen David und sie zu treiben. Das würde sie wohl nicht überleben.

Da David Laurent Pétin nach wie vor ablehnt, weigert er sich nach seiner Rückkehr aus Amerika strikt, zu Romy und ihm zu ziehen. Sein Wunsch ist es, fortan bei Daniels Eltern in Saint-Germain-en-Laye zu leben und das dortige Gymnasium zu besuchen. Die Biasinis liebt er nach wie vor so, als wären es seine leiblichen Großeltern. Romy schmerzt es enorm, von David derart zurückgestoßen zu werden; unermüdlich versucht sie, ihn zur Einsicht zu bringen. Da sie aber spürt, wie sehr ihr Sohn unter ihrer Trennung von Daniel leidet, gibt sie schweren Herzens nach und erlaubt ihm, vorerst bei den Biasinis zu bleiben. Einerseits versteht Romy durchaus, was in David vorgeht; andererseits überfordert sie die Situation aber auch völlig. Sie hat David trotz seiner gerade einmal vierzehn Jahre immer als beinahe erwachsen und als so vernünftig und reif betrachtet. Warum kann er es dann nicht akzeptieren, daß sie einfach nicht mehr mit Daniel zusammenleben kann, daß die Ehe gescheitert ist und Laurent ihr guttut? Sie fühlt sich von David zurückgestoßen und scheint einfach nicht begreifen zu wollen, daß auch ihr Sohn mit der Situation überfordert ist. Er ist eben mit seinen vierzehn Jahren noch kein Erwachsener, und es verunsichert ihn zutiefst, wie sehr sein Leben durch die Trennung seiner Eltern ins Ungleichgewicht geraten ist. Während David hofft, daß seine Mutter und sein Stiefvater wieder zueinanderfinden und alles so wird wie früher, wünscht sich Romy umgekehrt, daß ihr Sohn zur »Vernunft« kommt und ihre Entscheidung akzeptiert. Doch sie muß schnell begreifen, daß sie mit Argumenten bei ihm ebensowenig weiterkommt wie mit der Drohung, ihn auf ein Internat in der Schweiz zu schicken, wie sein leiblicher Vater es gewünscht hätte. David weiß vermutlich, daß seine Mutter es niemals übers Herz bringen würde, ihm dies anzutun, so daß auch dieser Schachzug Romys zu nichts führt. David bleibt sehr zum Kummer seiner Mutter bei den Biasinis. So wie es aussieht, scheint es keine Lösung für dieses Problem zu geben. Romy ist verzweifelt.

Laurent merkt, wie sehr Romy die Streitigkeiten mit ihrem Sohn mitnehmen, und überredet sie, sich eine Auszeit zu nehmen. Auf seinen Rat hin begibt Romy sich im Frühjahr 1981 in jene Kurklinik nach Quiberon, in der sie sich in den letzten Jahren immer wieder strengen Diätkuren unterzogen hat, um ihre Filmfigur zu halten; Sarah bleibt bei Laurent und dem Kindermädchen in Paris. Zum ersten Mal seit langem ist Romy ohne ihre Kinder, und sie fühlt sich zutiefst deprimiert, als sie auf der Halbinsel im Süden der Bretagne ankommt; ihr geht es so schlecht wie seit langem nicht mehr. Unablässig macht sie sich Gedanken über ihr verpfuschtes Leben und fragt sich, womit sie das verdient hat, was ihr in letzter Zeit alles widerfahren ist. Auch die neue Umgebung vermag Romy nicht aus ihren düsteren Gedanken zu reißen. Sie trinkt Unmengen von Wein und schluckt Tabletten. Das einzige, was sie im Moment noch aufrechtzuhalten vermag, ist der Gedanke an ihren nächsten Film *Die Spaziergängerin von Sans-Souci* – ein Projekt, das sie selbst vor einiger Zeit angestoßen hat und das ihr sehr am Herzen liegt. Vielleicht wird ihr die Arbeit neuen Halt geben. Doch das Projekt steht von Beginn an unter keinem guten Stern, denn zum Start der bevorstehenden Dreharbeiten soll es erst einmal nicht kommen. Als Journalisten vom *Stern* sie in Quiberon besuchen, um sie zu interviewen, springt Romy beim Photo-Shooting so unglücklich von einem Felsen, daß sie sich den linken Knöchel bricht. Die Dreharbeiten müssen um mindestens sechs Wochen verschoben werden, da Romys Fuß eingegipst werden muß.

Romy kehrt in einem dermaßen erbärmlichen Zustand nach Paris zurück, daß sie sich auf Laurents dringendes Anraten hin für zwei Wochen in eine psychiatrische Klinik einweisen läßt. Dort setzt man sich allerdings nicht wirklich mit den Gründen für Romys schlechte Verfassung auseinander, sondern begnügt sich damit, sie mit Psychopharmaka ruhigzustellen. Als sich daraufhin schwere Schlafstörungen und zunehmende Vergeßlichkeit einstellen, bricht Romy den geheimgehaltenen Klinikaufenthalt ab und kehrt nach Paris zurück. Nach diesem für sie erschreckenden Erlebnis schwört sie sich, nie wieder ein Krankenhaus zu betreten. Doch wieder einmal wird Romy ein Strich durch die Rechnung gemacht, denn schon kurze Zeit später liegt sie wieder in einem Krankenhausbett.

Wie schon oft zuvor in ihrem Leben reagiert auch dieses Mal wieder Romys Körper auf den enormen psychischen Streß, unter dem sie steht. Die starken Schmerzen im Unterleib, die sie schon bei den Dreharbeiten zu *Das Verhör* befallen hatten, kehren wieder. Dieses Mal sind sie so schlimm, daß Romy nicht daran vorbeikommt, sich in ärztliche Behandlung zu begeben und den Ursachen für die Schmerzen auf den Grund zu gehen. Romys Ärzte diagnostizieren einen Tumor in der Niere, der zwar gutartig sei, jedoch so schnell wie möglich operativ entfernt werden müsse; inwieweit Romys Nierenerkrankung mit ihrem jahrelangen Medikamentenmißbrauch zusammenhängt, wurde nie geklärt. Die Nachrichtenagenturen verbreiten die Eilmeldung: »Romy Schneider im Krankenhaus. Ihr Zustand ist sehr ernst.« Romy begibt sich in das American Hospital in Neuilly, wo ihr am 23. Mai 1981 in einer vierstündigen Operation die rechte Niere entfernt wird, was zur Folge hat, daß die Dreharbeiten zu *Die Spaziergängerin von Sans-Souci* erneut verschoben werden müssen.

Einmal mehr wird Romy von der Presse belagert. Die Paparazzi klettern gar in die Bäume des Krankenhausgartens, um ein Photo der berühmten Patientin zu erhaschen; sie haben jedoch kein Glück, da Romy die Vorhänge zuziehen läßt und, so gut es geht, abgeschirmt wird: »Ich weiß, daß es Höchstpreise für Photos gibt, die zu meiner Privatsphäre gehören. Ich finde das geschmacklos.«[187] Den Zeitungen und Fernsehsendern bleibt nichts anderes übrig, als täglich die ärztlichen Bulletins über Romys Gesundheitszustand zu verkünden. Wochenlang muß sie in der Klinik bleiben, um sich von der Operation zu erholen. Besuchern zeigt sie die riesige, fünfundzwanzig Zentimeter lange Narbe auf ihrem Oberkörper und stellt lakonisch fest, daß sie damit wohl nie wieder nackt vor die Kamera treten könne.

Obwohl die Ärzte ihr mit Nachdruck ans Herz legen, sich künftig zu schonen und nach der Operation, mit nur noch einer Niere, unbedingt auf Alkohol und die Einnahme starker Medikamente zu verzichten, macht Romy noch im Krankenhaus weiter wie bisher. Sie raucht, trinkt und nimmt auch weiterhin ihre Tabletten, nach denen sie längst süchtig ist – Helmut Berger will wissen, daß Romy am Schluß bis zu zehn Optalidon-Zäpfchen pro Tag gebraucht haben soll. Ein Leben ohne Alkohol und Tabletten ist ihr längst nicht mehr möglich. Ihr langjähriger Freund Jean-Claude Brialy erinnert sich: »Sie nahm Pillen zum Einschlafen, zum Aufwachen, zum Abnehmen.« Daß sie gerade jetzt, wo sie nur noch über eine Niere verfügt, mit diesem Verhalten Raubbau an ihrer Gesundheit betreibt und ihre fortgesetzte Flucht in Alkohol und Tabletten einem Selbstmord auf Raten gleichkommt, muß Romy bewußt sein. Aber sie hat schon längst keine Kraft mehr, gegen den destruktiven Lebenswandel, an den sie sich gewöhnt hat, anzukämpfen. Beinahe gewinnt man das Gefühl, daß es ihr gleichgültig ist, was mit ihr geschieht. Keinem, der sie in dieser Zeit erlebt, kann es entgehen, daß Romy eine Art Selbstzerstörung betreibt, die fatal enden muß. Ahnt sie, daß sie zu weit geht? Begreift sie, daß sie langsam, aber sicher den Boden unter den Füßen verliert und sich auf einer Schußfahrt ins Aus befindet? Und noch weiß sie nicht einmal, daß es noch schlimmer kommen soll, daß ihr schon sehr bald ein weiterer Schicksalsschlag bevorsteht, der sie endgültig aus der Bahn werfen wird: »Ich ringe mit meinem Leben, doch das Glück rinnt mir wie Sand durch die Finger.«[188]

Der 5. Juli 1981, ein strahlend schöner Sommertag, wird alles ändern. Am Ende dieses wohl schwärzesten Tages in Romys Leben ist nichts mehr so, wie es vorher war. Sie, die sich zeitlebens nach einem harmonischen Familienleben gesehnt hat, steht am Ende des Tages vor den Trümmern ihres Lebens. Es ist der Tag, an dem »das lange Sterben der Romy Schneider« beginnt, wie *Paris Match* es später formulieren wird.

Romys Sohn David verbringt nach wie vor seine Sommerferien im Haus der Biasinis in der Rue de Lorraine in Saint-Germain-en-Laye, da er sich weiterhin strikt weigert, zusammen mit Romys neuem Lebensgefährten Laurent Pétin unter einem Dach zu wohnen und lieber mit seinem Stiefvater zusammensein möchte. David hat am Vormittag mit Freunden Fußball gespielt. Gegen Mittag kehrt er mit hungrigem Magen nach Hause zurück, findet das große, zwei Meter hohe schmiedeeiserne Tor verschlossen. Wie immer hat er keinen Schlüssel mitgenommen. Noch ausgelassen und aufgedreht vom Spiel mit seinen Freunden beschließt er, nicht zu klingeln und zu warten, bis ihm geöffnet wird. Wie schon so oft zuvor klettert er auf die Mauer, um von dort aus über das Gitter zu springen. Unzählige Male ist es schon gutgegangen. Doch dieses Mal nimmt es ein schlimmes Ende. David bleibt mit einem Schuh in den Ranken der

Heckenrose hängen, verliert das Gleichgewicht, rutscht ab, fällt etwa einen halben Meter tief. Eine der Spitzen des massiven Eisenzauns durchtrennt dabei die Schlagader seines Oberschenkels. Irgendwie schafft er es, sich noch ins Haus zu schleppen. Kreidebleich erklärt er, was passiert ist. Daniels Mutter verständigt voller Panik den Notarzt, die Biasinis versuchen, den Jungen zu beruhigen, ihm die Angst zu nehmen und ihn abzulenken, auch wenn sie, starr vor Schreck, kaum übersehen können, wie schwer er verletzt ist, wie stark er blutet. Blitzschnell wird David ins Klosterhospital von Saint-Germain-en-Laye gebracht, wo die Ärzte sofort damit beginnen, um sein Leben zu kämpfen. Doch es sieht ernst aus, verdammt ernst. Alles wird für eine Notoperation vorbereitet. Fieberhaft versuchen die Biasinis Romy aufzuspüren, schließlich erreichen sie sie im Landhaus von Laurents Eltern in Fontenay-Trésigny in der Île de France.

Unter Schock rasen Laurent und sie ins Krankenhaus, in dem David gerade verzweifelt um sein junges Leben kämpft. Doch er schafft es nicht; die Notoperation kommt zu spät. Er hat zuviel Blut verloren, zudem sind durch den Unfall innere Organe verletzt worden. Nach vier Stunden hört sein Herz zu schlagen auf. Romy kommt zu spät. Als sie im Krankenhaus eintrifft, kann der behandelnde Arzt ihr nur noch mitteilen, daß er ihrem Sohn nicht mehr helfen konnte, daß jede Hilfe zu spät gekommen ist: »Es ist aus, es tut mir sehr leid.« Romy bricht zusammen, schreit. Schreit sich die Seele aus dem Leib. Daniel erinnert sich: »Es war der schrecklichste Schrei, den ich je gehört habe.«[189]

Niemand vermag Romy in diesem Moment zu erreichen, weder Laurent, ihr derzeitiger Lebensgefährte, noch Daniel, mit dem sie schon seit Wochen kein Wort mehr gewechselt hat. Sie fühlt sich allein, furchtbar allein. Wohl nie zuvor war sie so nahe daran, den Verstand zu verlieren, wie in dieser Situation. Sie will David sehen, wird zum Operationstisch geführt, auf dem ihr Sohn kurz zuvor gestorben ist. Er sieht ganz friedlich aus, so als würde er schlafen. Hysterisch weinend, streichelt sie sein Gesicht, sein Haar, umarmt und küßt ihn wieder und wieder. Abwesend hört sie Daniel erklären, was passiert ist, aber sie begreift nichts. Romy ist völlig empfindungslos; sie kann nicht fassen, daß sie tatsächlich ihren toten Sohn im Arm hält. Das Unvorstellbare ist eingetreten – das Schlimmste, was passieren konnte. Das Schlimmste, was einer Mutter widerfahren kann. David ist aus ihrem Leben verschwunden. David, ihr ein und alles, ist von ihr gegangen. Auch er hat sie verlassen, wie all die anderen vor ihm – ihr Vater, Alain, Harry, Daniel. Und jetzt er. Keinen, den sie liebt und der ihr etwas bedeutet, scheint sie halten zu können, alle lassen sie letzten Endes alleine.

Bisher hatte Romy sich irgendwie immer wieder aufgerafft, weitergemacht und weiter so funktioniert, wie man es von ihr erwartet hat. Doch dieses Mal hat sie das Gefühl, nicht mehr genügend Kraft zu besitzen, um gegen das Unglück und die Trauer anzukämpfen. Romy bricht zusammen. Laurent schirmt sie vollkommen ab und bringt sie ins American Hospital, wo sie unter starke Beruhigungsmittel gesetzt wird, um den Schmerz irgendwie zu ertragen. Die ersten zwei Tage nach Davids Tod verbringt sie im Dämmerzustand und registriert kaum etwas von dem, was um sie herum vorgeht. So bekommt sie wenigstens von der größten aller Geschmacklosigkeiten nichts mit: Reporter haben sich, als Krankenpfleger verkleidet, in Davids Sterbezimmer geschlichen und Photos von der Leiche geschossen. Die Bilder sind längst meistbietend versteigert worden und werden von zahlreichen Zeitungen abgedruckt, die ihre Leser in allen Einzelheiten von der »Tragödie von Paris« unterrichten. Nicht einmal mit ihren schlimmsten Alpträumen läßt man Romy alleine: »Diese verdammte Scheiß-Presse, die mich kaputtmacht.«[190]

Die wichtigsten Stützen in diesen schweren Tagen sind ihr Laurent, ihr Bruder Wolfi, der eigens nach Paris gereist ist, um seiner Schwester beizustehen, und nicht zuletzt Alain Delon, der sich nun als ein wahrer Freund erweist. Seit er ihr mit dem *Swimmingpool* zu einem glanzvollen Comeback in Frankreich verholfen hat, hat sie den Kontakt zu ihm nie einschlafen lassen, auch wenn mehrere Filmprojekte, die das Liebespaar von einst erneut auf der Leinwand zusammenbringen sollten, gescheitert sind – so wollte etwa Luchino

Visconti seinen letzten Film *Die Unschuld* mit Alain und Romy besetzen und auch für Bernardo Bertoluccis umstrittenes Meisterwerk *Der letzte Tango in Paris* sind die beiden im Gespräch gewesen. Alain versichert Romy, daß er jederzeit für sie da ist, daß er die Organisation der Beerdigung übernehmen und dafür sorgen wird, daß seine Bodyguards sie an diesem Tag abschirmen werden. Romy ist Alain zutiefst dankbar für seine Hilfe und seine Freundschaft, doch letztlich gelingt es ihm ebensowenig wie Laurent, sie in ihrem grenzenlosen Kummer zu erreichen. Immer wieder schweifen ihre Gedanken zu ihrem toten Sohn. Zu den schönen Erinnerungen, die sie an die gemeinsame Zeit mit ihm hat, aber immer wieder auch zu dem Bild, wie er leblos auf der Bahre im Krankenhaus liegt. Noch schlimmer für sie ist jedoch das Wissen, daß sie im Streit mit David auseinandergegangen ist und nie wieder die Chance haben wird, dies gutzumachen. An das letzte Zusammentreffen mit David zurückzudenken wird ihr zu Qual. Gar nicht lange her ist es, als er sie im Pariser Synchronstudio besucht hat, wo sie, noch stark angeschlagen von ihrer Nierenoperation, ihre Rolle in dem Film *Das Verhör* nachsynchronisiert hat. Am 24. Juni war das, nur elf Tage vor Davids Tod. Ihr ging es nicht gut, sie stand unter der Wirkung starker Schmerz- und Aufputschmittel, um die Arbeit bewältigen zu können. Aber wie stolz war sie auf ihren intelligenten, aufgeweckten David, der ihr so erwachsen erschien und der sie immer sofort korrigierte, wenn er auch nur einen Hauch von deutschem Akzent bei seiner Mutter wahrnahm. Voller Stolz hat sie an diesem Tag ein Interview gegeben, das nun erst nach Davids Tod veröffentlicht wird. Darin hat sie bekannt: »Zu meinem vierzehnjährigen Sohn David habe ich eine sehr tiefe Bindung aus Liebe und Achtung. Für mich ist er ein herrlicher Gefährte.«[191]

Alles sah bei diesem letzten Zusammentreffen zunächst nach der von Romys so lange herbeigesehnten Versöhnung aus. Wie sehr wünschte sie sich, daß David zu ihr zurückkommt und versteht, warum sie sich von Biasini getrennt hat. Doch als sie den geplanten Sommerurlaub angesprochen hat, bei dem David und seine Schwester sie und Laurent begleiten sollten, ist es erneut zum Streit gekommen. Schnell zeigte sich, daß die Krise, die Romy soviel Kraft kostet, noch lange nicht überwunden war. Egal welches Argument Romy auch ins Feld führte, ihr Sohn war unter keinen Umständen bereit, ohne seinen Stiefvater Daniel in Urlaub zu fahren. Romy und er waren im Streit auseinandergegangen, und auch ihr letztes Telephonat, am Abend vor seinem Tod, endete im Streit. Wütend wurde aufgelegt, weil David sich weiterhin weigerte, einzulenken und zu Romy zurückzukehren. Immer noch hört Romy die letzten Worte ihres Sohnes im Ohr: »Ich komme nicht heim. Solange dieser Mann mit dir unter einem Dach schläft, will ich nicht mehr in die Rue Bugeaud.«[192] Der wohl schlimmste und quälendste Gedanke für Romy ist es, daß sie sich nie wieder mit David aussprechen und versöhnen kann. Die bösen Worte, die Mißstimmung, mit der sie auseinandergegangen sind, ist das, was ihr immer bleiben wird. Und dabei würde sie David so gerne sagen, wie leid es ihr tut, wie sehr sie ihn braucht und wie undenkbar es ihr erscheint, ohne ihn zu leben. Nichts und niemanden hat Romy jemals so sehr geliebt und vergöttert wie ihren Sohn. Warum mußte ausgerechnet er sie verlassen? Für Romy ist Davids Tod der Anfang vom Ende. Er war das Symbol ihrer Zukunft, die ihr nun nicht mehr vergönnt zu sein scheint. Ihr Traum, jemals eine richtige, intakte Familie zu haben, ist endgültig ausgeträumt. »Wenn ich nicht mehr träumen kann, sterbe ich«,[193] hat Romy einmal gesagt. Davids Tod nimmt ihr alle Kraft, auch die Kraft zu träumen. Was soll sie jetzt noch mit ihrem Leben anfangen?

Am 7. Juli wird Romys einziger Sohn auf dem hermetisch von der Polizei und von Alains Leibwächtern abgeschirmten Friedhof von Saint-Germain-en-Laye beigesetzt. Romy wird von Alain, Laurent, ihrem engen Freund Jean-Claude Brialy und ihrem Bruder begleitet und ist nur ein Schatten ihrer selbst. Sie wirkt abwesend und steht immer noch unter dem Einfluß starker Beruhigungsmittel. Krampfhaft hält sie einen Strauß mit Feldblumen in den Händen, den sie auf den Sarg ihres Sohns werfen will; ihre Augen verbirgt sie hinter einer riesigen Sonnenbrille. Romy ist an diesem Tag so wenig Schauspielerin wie wohl noch nie zuvor in ihrem Leben. Sie vermag niemandem etwas vorzumachen. Jeder sieht, daß sie eine gebrochene Frau ist; der plötzliche und grausame Tod ihres Sohns hat ihr eine tiefe Wunde zugefügt, die wohl nie mehr verheilen wird. Trotz der Menschen, die sie umringen und sich um sie kümmern, wirkt sie unendlich einsam. Hinter den Polizeiabsperrungen wartet die unvermeidliche Paparazzihorde, die den Friedhof belagert und nach Bildern der trauernden Romy lechzt. Erbarmungslos richten die Photographen ihre Teleobjektive auf das Geschehen und scheinen beinahe darauf zu hoffen, daß Romy vor Kummer und Verzweiflung am offenen Grab zusammenbricht, wenn der Sarg ihres Sohnes in die Erde gelassen wird. Romy wird nach der Zeremonie sofort wieder abgeschirmt und vor den Photographen und Reportern in Sicherheit gebracht, die ihr auflagensteigerndes Opfer nicht einmal an diesem Tag in Ruhe lassen wollen: »Warum meint jeder, ich sei öffentliches Eigentum?«[194]

Ihr Kind zu Grabe tragen zu müssen war zu viel für Romy. Direkt nach der Beerdigung bricht sie erneut zusammen. Laurent bringt sie wiederum ins American Hospital, wo sie unter starke Beruhigungsmittel gesetzt wird. Als sie das Krankenhaus wieder verlassen kann, weigert sie sich strikt, in ihre Wohnung in die Rue Bugeaud zurückzukehren, in der sie so vieles an die glücklichen Stunden mit David erinnern würde. Romy beschließt, die Wohnung nie wieder zu betreten, so daß nach einer Übergangsbleibe gesucht werden muß, einem Ort, an dem sie in Ruhe trauern kann und nicht von Journalisten belästigt wird. Ein Onkel von Laurent Pétin stellt ihr ein abgelegenes Haus auf dem Land, im Städtchen Orgeval unweit von Paris, zur Verfügung, wohin Romy sich erst einmal verkriecht. Doch findigen Reportern gelingt es, sie hier aufzuspüren; sie lauern in den Büschen, brechen sogar durch eine Nebentür ins Haus ein, bekommen das heißersehnte Photo von der trauernden Romy jedoch nicht, da sie rechtzeitig entdeckt werden. Daraufhin zieht Romy mit Laurent und Sarah vorübergehend in das Landschloß ihres Freundes Jean-Claude Brialy, das sich in Meaux an der Marne befindet. Aber auch hier ist sie vor Reportern nicht sicher, denen es gelingt, in den Garten einzudringen – wiederum hocken sie mit Kameras und Teleobjektiven in den Büschen, so daß Romy erneut die Flucht antreten muß. Zunächst bezieht sie mit Laurent und ihrer Tochter eine Suite im Hotel Royal Monceau am Arc de Triomphe, doch dies ist nicht die letzte Bleibe. Aus ihrer Angst vor skrupellosen Reportern wechselt sie wiederholt ihren Aufenthaltsort und schlüpft immer wieder auch in den Wohnungen von Freunden und Bekannten unter. Romy führt in dieser Zeit das Leben eines gehetzten Tiers – doch um keinen Preis will sie sich im Moment der Öffentlichkeit und der Presse aussetzen. Neugierige und distanzlose Reporterfragen könnte sie in ihrem Schmerz einfach nicht ertragen.

Die Flucht vor der Presse ist zwar nervenaufreibend, doch Romy gewinnt den Kampf mit den Paparazzi und bestimmt selbst den Zeitpunkt, an dem sie wieder in die Öffentlichkeit zurückkehrt. Im September 1981 zeigt sie sich an Laurents Seite bei der Filmpremiere von Alain Delons neuem Film *Rette deine Haut, Killer*. Als Laurent und sie das Kino verlassen und zurück nach Hause fahren wollen, liefern sich Reporter eine regelrechte Verfolgungsjagd mit ihnen, weil sie um jeden Preis Romys aktuellen Aufenthaltsort ausfindig machen wollen. Laurent erweist sich jedoch wieder einmal als Romys guter Geist und hängt die Verfolger ab. Pétin weicht Romy in dieser Zeit so wenig wie möglich von der Seite. Er weiß, was in seiner Freundin vorgeht und wie schwer ihr nach dem Tod ihres Sohnes das Leben fällt. Sie weiß nicht einmal, wie sie mit ihrer Tochter Sarah über Davids Tod sprechen soll. Die Kleine stellt natürlich immer wieder Fragen nach ihrem Bruder und versteht einfach nicht, wo er geblieben ist. Doch wie soll Romy ihr das erklären? Wie soll man in Worte fassen, was passiert ist?

Jeder in Romys Umfeld spürt, wie schwer es für sie sein wird, wieder ins richtige Leben zurückzukehren. Zunächst einmal braucht sie Ruhe, viel Ruhe. Doch alle Ruhe der Welt wird nicht dazu führen, daß sie ihren Frieden wiederfindet. Romy spürt, daß der Schmerz über den erlittenen Verlust niemals vergehen wird. Stundenlang kann sie dasitzen und aus dem Fenster starren und ist in ihrer Verzweiflung kaum ansprechbar. Laurent bemüht sich sehr um sie, doch auch ihm gelingt es nicht, sie vor den Alpträumen, die sie gefangen halten, zu befreien. Sie kann nicht schlafen, nimmt Tabletten zum Einschlafen und Optalidon, um am nächsten Tag irgendwie funktionieren zu können. Und sie trinkt viel, wobei sie zuweilen Whiskey in den Rotwein mischt. Immer wieder schweifen ihre Gedanken zu David, aber auch zu seinem Vater Harry. Das schlechte Gewissen, mit ihrem Sohn im Streit auseinandergegangen zu sein, mischt sich mit den diffusen Schuldgefühlen, Harry nicht beigestanden zu haben. Ihre gescheiterte Ehe mit Meyen beginnt sie in ihrem Schmerz immer mehr zu verklären: »Ich habe den Vater begraben. Ich habe den Sohn begraben. Ich habe sie beide nie verlassen, und sie mich auch nicht.« Ihre Gedanken kreisen um Harry und David, immer und immer wieder. Sie ist unfähig, an etwas anderes zu denken. Sie betrachtet ihre Photos, schreibt ihnen Briefe und notiert auf einem Blatt Papier: »Wo seid Ihr? Merde!« Romy muß lernen, mit der Leere in ihrem Leben zurechtzukommen, doch das ist einfacher gesagt als getan.

Laurent bemüht sich, Romys Leben einen neuen Sinn zu geben, ihr neue Perspektiven aufzuzeigen, an die sie sich klammern kann. Er spricht von Hochzeit, von einem Haus auf dem Land, das man suchen kann. Um das Nomadenleben der letzten Wochen endlich aufzugeben, beziehen sie, bis eine endgültige Bleibe gefunden ist, eine neue Wohnung in einem modernen Appartementhaus in der Rue Barbet-de-Jouy, die einem gemeinsamen Freund, dem marokkanischen Filmproduzenten Tarak Ben Amar, gehört. Und da Laurent weiß, wie wichtig Romy zeitlebens ihre Arbeit gewesen ist und wie sehr sie an ihrem Beruf hängt, drängt er sie dazu, möglichst bald wieder vor die Kamera zu treten – einerseits weil er denkt, daß ein neuer Film die beste Therapie für Romy ist, andererseits weil er weiß, daß sie angesichts der immer nachdrücklicher vorgetragenen Forderungen der französischen Finanzbehörden dringend Geld verdienen muß. Und genau das vermittelt er Romy auch, die freimütig bekennt: »Ich muß Filme machen. Ich brauche das Geld.«[195] Aber Laurent weiß auch, daß die gigantischen Steuerforderungen nicht mit den anstehenden Filmgagen alleine zu bezahlen sein werden, so daß er auf die Idee verfällt, daß Romy mit Hilfe eines Ghostwriters ihre Lebenserinnerungen aufschreiben könnte. Da sie weiß, daß sie keine große Wahl hat, sagt Romy zu. Laurent handelt die Verträge mit einem großen deutschen Verlagshaus aus – in der Branche wird von einem Vorschuß von einer Million Mark gemunkelt. Romy unterschreibt zwar die Verträge, wird aber nie wirklich ernsthaft mit der Arbeit am geplanten Buch beginnen, da sie weiß, wie schmerzlich es für sie wäre, über all die dunklen Kapitel ihres Lebens zu schreiben. Während der Gedanke an Memoiren sie eher erschreckt, liebäugelt sie wesentlich stärker damit, wieder vor die Kamera zu treten.

Im Oktober sollen endlich die Dreharbeiten zu Jacques Rouffios Film *Die Spaziergängerin von Sans-Souci* beginnen, der Film von dem Romy sich so viel versprochen hatte und dessen Dreharbeiten durch ihren Knöchelbruch, ihre Nierenoperation und Davids Tod nun schon zum dritten Mal verschoben werden mußten. Kaum einer hat geglaubt, daß das Projekt jemals noch verwirklicht werden wird. Längst war die Rede davon, Romy umzubesetzen und die Rolle an Hanna Schygulla zu vergeben. Doch Regisseur Jacques Rouffio hat der von den Versicherungsfirmen geforderten Umbesetzung eine klare Absage erteilt: »Wenn Romy nicht an dem Film mitwirkt, dann werde ich das auch nicht tun.« Und auch Artur Brauner, der deutsche Co-Produzent des Streifens, glaubt weiterhin an eine Realisierung des Streifens mit Romy und verkündet in der Presse: »Ich werde auf sie warten, denn ich kann und will die Rolle nicht umbesetzen.« Daß die beiden so unverbrüchlich zu ihr stehen, rührt Romy und gibt ihr in ihrer schwierigen Lebenssituation enorm viel Kraft: »Dieser Film ist für mich ein Schritt nach vorn ins Leben.«[196] Sie will die Hoffnungen, die Rouffio und Brauner in sie gesetzt haben, nicht enttäuschen und signalisiert, daß die Dreharbeiten von ihrer Seite aus wie geplant im Oktober beginnen können. Aber sie plant bereits auch schon für die Zeit, die danach kommt. So gibt es Pläne, bald wieder gemeinsam mit Alain vor die Kamera zu treten, der ihr in den schweren Wochen und Monaten nach Davids Tod so tapfer beigestanden hat – Pierre Granier-Deferre plant unter dem Titel *Einer gegen den anderen* einen Film für die beiden. Und dann gibt es da noch das Vorhaben, endlich wieder Theater zu spielen. Bertold Brechts *Die heilige Johanna der Schlachthöfe* ist ein Stück, mit dem sie liebäugelt. Die Aussicht, wieder zu arbeiten, ist neben dem Gedanken an ihre Tochter in dieser Phase das einzige, was sie aufrecht hält.

Die Spaziergängerin von Sans-Souci basiert auf Motiven eines gleichnamigen Romans, den der in Argentinien geborene und in Frankreich aufgewachsene Journalist und Schriftsteller Joseph Kessel, ein Sohn russischer Juden, 1937 veröffentlicht hat. Der Film soll als deutsch-französische Co-Produktion realisiert werden. Zunächst war geplant, in Frankreich zu drehen; auf Druck der deutschen Geldgeber wird jedoch entschieden, daß die Dreharbeiten hauptsächlich in Berlin stattfinden sollen, worauf Romy zunächst ablehnend reagiert hat, wie Jacques Rouffio sich erinnert: »Als ich ihr gesagt habe, daß wir einen deutschen Co-Produzenten haben und in Berlin drehen werden, wollte sie um keinen Preis nach Berlin. Es schien geradezu paranoid. Aber es war damals besser, ihr keine Fragen zu stellen, weil sie einfach eine Person war, die dem Wahnsinn nahe war.«[197] Trotz des Gezeters bleibt Romy am Ende nichts anderes übrig als einzulenken – die Verträge sind unterschrieben, und zudem liegt ihr das Projekt sehr am Herzen. *Die Spaziergängerin von Sans-Souci* ist das erste Filmprojekt, das wirklich auf ihre eigene Initiative hin zustande gekommen ist. Sie hat nicht nur Kessels Roman wiederentdeckt und angeregt, ihn zu verfilmen, sondern auch Jacques Rouffio als Regisseur vorgeschlagen, dessen Arbeit sie seit vielen Jahren bewundert. Sie hatte Rouffio am Set von *Trio Infernal* kennengelernt; für diesen Film hatte er gemeinsam mit Francis Girod das Drehbuch geschrieben.

Auch dieses Mal wirkt Rouffio am Drehbuch mit. Er führt Kessels Roman, der vom Schicksal eines jüdischen Jungen im Dritten Reich erzählt, in die Gegenwart fort, um zu zeigen, daß auch heutzutage noch viele unter dem Unrecht von einst leiden. Da er die Geschichte des Max Baumstein somit auf zwei Ebenen erzählt und sie einmal in den dreißiger Jahren und einmal in den beginnenden achtziger Jahren ansiedelt, als Max zum Vorsitzenden einer international tätigen Organisation zur Unterstützung politischer Gefangener aufgestiegen ist, entschließt er sich dazu, Romy mit einer Doppelrolle zu betrauen. Auf der ersten, in der Gegenwart spielenden Ebene verkörpert Romy Lina Baumstein, Max' junge Frau, die nichts von der tragischen Vergangenheit ihres Mannes ahnt. Auf der zweiten, in Rückblenden geschilderten Ebene spielt sie Elsa Wiener, eine mutige Berlinerin, vor deren Augen SA-Männer Max' Vater auf offener Straße erschießen und den dreizehnjährigen Max mit Stiefeltritten malträtieren; Elsa geht dazwischen und nimmt den völlig verstörten Jungen bei sich auf. Sie und ihr von Helmut Griem gespielter Mann, ein den Nazis verdächtiger Verleger, entschließen sich dazu, dem kleinen Max zu helfen. Da ihnen klar ist, daß der verwaiste Junge nicht in Deutschland bleiben kann, wo ihm weitere Verfolgungen und Demütigungen erwarten würden, besteigt Elsa mit ihm den Zug nach Paris, wo sie sich als Sängerin über Wasser hält und sehnsüchtig auf ihren Mann wartet, der ihr versprochen hat nachzukommen, sobald er den Verkauf seines Verlags abgewickelt hat. Er kommt jedoch nie in Frankreich an; auf dem Weg nach Paris wird er von Gestapo-Beamten verhaftet und als Regimegegner in ein Konzentrationslager verschleppt. Elsa setzt von Paris aus alle Hebel in Bewegung, um ihren über alles geliebten Mann zu retten. Sie scheut nicht einmal davor zurück, mit einem in Paris stationierten hochrangigen deutschen Diplomaten ins Bett zu gehen, weil der vorgibt, ihr beizustehen. Doch das Opfer ist vergeblich; der Mann hat nur ein grausames Spiel mit ihr getrieben. Als Elsas Mann Michel tatsächlich in Paris ankommt und die beiden sich in die Arme fallen, läßt er Elsa und Michel kaltblütig vor den Augen von Max erschießen.

Vierzig Jahre später erkennt Max Baumstein Elsas Peiniger, den Mörder der Menschen, die ihm so selbstlos geholfen haben und bitter dafür bezahlen mußten, überraschend in Paris wieder. Nach wie vor arbeitet der Mann im diplomatischen Dienst, mittlerweile ist er

Botschafter von Paraguay. Auch wenn er sich nach dem Krieg einen neuen Namen zugelegt hat, erkennt Max ihn auf Anhieb. Er zögert keine Sekunde, greift zur Pistole und erschießt den Mann, um das grausame Verbrechen an seinen Beschützern zu rächen. Erst im Untersuchungsgefängnis und am Rande des aufsehenerregenden Prozesses erfährt seine Frau Lisa die ganze Wahrheit. Diese zeigt Verständnis für die Tat und steht ihrem Mann zur Seite. Max wird schließlich zu fünf Jahren Haft auf Bewährung verurteilt, kommt also wieder auf freien Fuß. Die deutsche Filmversion, die erst drei Monate nach Romys Tod in die Kinos kommt, endet versöhnlich – wohl weil man dem Publikum nicht zumuten wollte, daß Romy gleich zweimal im Film erschossen wird. Die französische Version, die im April 1981 und damit sechs Wochen vor Romys Tod in die Kinos kommt, endet hingegen ganz anders: Lina und Max Baumstein werden von Neonazis erschossen, womit Jacques Rouffio zum Ausdruck bringen will, daß sich seit der Zeit des Nationalsozialismus eigentlich nicht viel geändert hat.

Für die Dreharbeiten zu *Die Spaziergängerin von Sans-Souci* muß Romy, begleitet von ihrer Tochter Sarah und deren Kindermädchen, in die Stadt zurückkehren, mit der sie viele schmerzliche Erinnerungen verbindet. David ist im Dezember 1966 in Berlin geboren worden, und sie hat lange Zeit mit Harry Meyen dort gelebt – die gemeinsamen Jahre mit ihm verklärt sie zunehmend als die glücklichste Zeit ihres Lebens. Und nun, in einer Phase tiefsten Unglücks, schmerzt es natürlich, an vermeintliche Zeiten des Glücks erinnert zu werden. Aber auch die beiden Rollen, die sie zu verkörpern hat, fordern einiges von ihr ab. Im Film spielt sie einerseits die Frau eines Mannes, der genau wie Harry Meyen als Kind seinen Vater durch die Nazis verloren hat und selbst unter dem Rassenwahn der damaligen Zeit zu leiden hatte. Und sie hat die Beschützerin eines Jungen zu spielen, der ungefähr so alt ist wie David; lange Zeit hatte sie sogar mit dem Gedanken gespielt, die Produzenten zu bitten, ihrem Sohn die Rolle zu geben. Mehrfach hatte er schon den Wunsch geäußert, Schauspieler zu werden. Romy hat ihm darauf das Drehbuch zu *Die*

Spaziergängerin von Sans-Souci in die Hand gedrückt, aber das Thema hatte ihn nicht sonderlich interessiert, so daß die Idee wieder fallengelassen wurde. Den Film jetzt zusammen mit dem dreizehnjährigen Wendelin Weber drehen zu müssen, der an Davids Stelle den jungen Max Baumstein verkörpert, macht sie zutiefst nervös, zumal ihr Filmsohn große Ähnlichkeit mit ihrem verstorbenen Sohn hat. Sie ist sich bewußt, daß es während der Dreharbeiten viele schmerzhafte Momente geben wird, aber sie beschließt, die Zähne zusammenzubeißen und sich dieser Herausforderung zu stellen.

Als die Dreharbeiten beginnen, erklärt Romy: »Man stürzt sich in die Arbeit, weil man es tun muß – und es hilft auch ein wenig zu vergessen.«[198] Doch das genaue Gegenteil ist der Fall. Die Rolle beansprucht sie emotional so, daß sie mehr denn je an Harry und David denkt, weshalb sie Rouffio auch bittet, dem Film im Vorspann die Widmung »Für David und seinen Vater« voranzustellen. Sobald an einem Drehtag die letzte Klappe gefallen ist, flüchtet sie sich in die Isolation ihres Hotelzimmers, das sie über und über mit Photos der beiden dekoriert hat, und hält Zwiesprache mit ihren Toten. Nur selten verläßt sie das Hotel außerhalb der Drehzeiten. Einmal gelingt es Artur Brauner, sie zu einem Essen bei sich zu Hause einzuladen; ein anderes Mal besucht Romy ihren alten Freund Curd Jürgens. Aber auch diese seltenen Begegnungen vermögen sie in ihrer angespannten Situation nicht wirklich abzulenken. Die Erinnerung an ihren Sohn ist hier, in Berlin, und durch den Filmplot lebendiger als je zuvor. Abends und nachts schreibt sie David lange Briefe, so als würde er noch leben. Auch Freunden gegenüber spricht sie oftmals so von ihrem Sohn, als wäre er noch auf der Welt: »David geht es gut, er ist bei mir.«

Romy kann Davids Tod nicht verwinden. Sie verdrängt ihn und redet sich ein, er würde noch leben. Um nachts Schlaf zu finden, greift sie wieder zu Alkohol und Schlaftabletten, und am nächsten Tag setzt sich der Teufelskreis mit Aufputschmitteln fort. Doch nach außen gelingt es ihr, allen etwas vorzumachen – ihrer Mutter Magda ebenso wie ihrer Kollegin Maria Schell, die eine kleine Rolle in dem

Film spielt. Beide gewinnen in dieser Zeit den Eindruck, daß Romy sich wieder gefangen hat und langsam neuen Lebensmut schöpft. Romy spielt auch diese Rolle perfekt. Sie ist eben eine Schauspielerin und hat sich vorgenommen, allen eine Frau vorzuspielen, die es trotz der erlittenen Schicksalsschläge schaffen wird weiterzuleben. Und gerade auch Rouffios Film bezeichnet sie ganz konkret als ein Projekt, das ihr hilft, ins Leben zurückzufinden: »Für mich ist *Die Spaziergängerin von Sans-Souci* mehr als nur ein Film. Viel mehr.«[199]

Alle im Team wissen, wie schwer es für Romy ist, wieder vor die Kamera zu treten und ausgerechnet diesen Film zu drehen. Und alle haben Verständnis dafür, daß Regisseur Jacques Rouffio sich in dieser Situation vor allem um sie kümmern muß. Rouffio tritt Romy gegenüber geradezu väterlich auf und faßt sie mit Samthandschuhen an. Unermüdlich versichert er ihr, daß er an sie glaube und ganz genau wisse, daß sie durchhalten wird. Der Zuspruch des Regisseurs hilft Romy genauso wie der Umstand, in vielen Szenen des Films gemeinsam mit ihrem langjährigen Freund Michel Piccoli vor der Kamera zu stehen, der den älteren Max Baumstein spielt. Alle Beteiligten an der Produktion bringen unendlich viel Geduld mit Romy auf, auch wenn es mitunter schwierig ist, mit ihr zu arbeiten. Vor jedem neuen Drehtag hat sie eine geradezu panische Angst. Rouffio holt sie jeden Morgen im Hotel ab und fährt sie persönlich zum jeweiligen Drehort. Da er merkt, daß ihre Gedanken unablässig um David kreisen, impft er ihr wieder und wieder ein: »Romy, heute existiert David nicht, nur der Filmsohn.«

Irgendwie schafft Romy es, selbst die besonders schwierigen Szenen mit ihrem Filmsohn hinter sich zu bringen. Besonders schwer fallen ihr die Szenen, bei denen er von SA-Männern niedergetrampelt wird und sie ihn schützend in die Arme nehmen muß, sowie eine Szene im Restaurant, in der der kleine Max zu einer Geige greift und eine traurige Weise spielt; Romy wird von ihren Gefühlen überwältigt und bricht in Tränen aus. Rouffio drängt Romy zu nichts, da er weiß, daß er sie in ihrem Zustand nicht unter Druck setzen darf. Viele Szenen läßt er sie einfach instinktiv spielen. Sie, die früher möglichst exakte Regieanweisungen brauchte, lebt so stark in ihren beiden Rollen, daß sie trotz aller Anspannung äußerst konzentriert bei der Sache ist; keine einzige Einstellung mit ihr muß wiederholt werden. Aber vielleicht wird auch auf Wiederholungen verzichtet, weil jeder im Team zwangsläufig erkennen muß, wie sehr dieser Film an ihren Kräften zehrt. Laurent merkt in den täglichen Telephonaten mit Romy und bei seinen beiden Besuchen in Berlin, wie ausgelaugt seine Lebensgefährtin ist, gewinnt aber dennoch das Gefühl, daß nur noch der Film sie am Leben erhält. Nahezu jeden Tag meldet er sich telephonisch bei Jacques Rouffio und fleht ihn an: »Bitte drehe mit ihr, sonst stirbt sie.« Rouffio erinnert sich: »Laurent war in dieser Zeit außergewöhnlich, er war wunderbar. Er wollte sie retten, er wollte sie am Leben halten. Er war intelligent, er besaß Kraft und Energie. Ich habe ihn ein Jahr lang miterlebt, und wir sprachen oft von Romy. Er blieb an ihrer Seite und hat sie festgehalten.«[200]

Erleichtert darüber, die dreiwöchigen Dreharbeiten in Berlin hinter sich gebracht zu haben, kehrt Romy mit dem Entschluß nach Frankreich zurück, nie mehr deutschen Boden zu betreten. Wieder einmal ist sie auf Schritt und Tritt von neugierigen Reportern verfolgt worden, zudem haben sie die vielen schmerzlichen Erinnerungen an Harry und David erschüttert. Rouffio teilt sie ihre Entscheidung mit: »Als sie Berlin verließ und dieser Film zu Ende war, hat sie gesagt, sie wolle nie wieder nach Deutschland zurück, nicht einmal mehr, um ihre Filme zu synchronisieren.«[201] Im Anschluß an Berlin werden in der Vorweihnachtszeit noch einige Szenen in Paris gedreht. Nach dem ersten Weihnachtsfest, das Romy ohne David hinter sich gebracht hat, fällt Ende Dezember 1981 am Strand des Seebades Trouville-sur-Mer in der Normandie die letzte Klappe.

Nachdem Romy Anfang des neuen Jahres einen längeren Urlaub mit Laurent und Sarah auf den Seychellen verbracht hat, wird *Die Spaziergängerin von Sans-Souci* am 14. April 1982 in Paris uraufgeführt. Die meisten Kritiker rümpfen über Rouffios Film die Nase und kritisieren ihn als zu pathetisch und kolportagehaft. Außerdem wird zu Recht beanstandet, daß es einfach keinen Sinn macht, daß

Romy beide Frauenfiguren des Filmes spielt, weil dadurch Zusammenhänge suggeriert werden, die einfach nicht bestehen, und nur unnötige Verwirrung gestiftet wird. Auch wenn Romys schauspielerische Leistung in dieser extremen Lebenssituation sicherlich nicht so brillant ist, wie man es sonst von ihr gewöhnt ist, zollen die Kritiker ihr Anerkennung. *Jour de France* ruft ihr zu: »Wir wissen, daß der Film für Romy Schneider mehr als nur ein Film ist. Für uns ist er es auch. Wir lieben Sie, Romy Schneider!« Romy sagt ihre Teilnahme an der Filmpremiere ab, da sie sich dem öffentlichen Trubel nicht aussetzen will. Außerdem ist der Film schon wieder Geschichte für sie – sie will nach vorne schauen. Nur die Aussicht auf ein weiteres Filmprojekt vermag sie noch am Leben zu erhalten. Der Gedanke, für längere Zeit ohne Arbeit dazustehen, erscheint ihr unerträglich. Bald schon, am 1. Juni 1982, sollen die Dreharbeiten zu Romys nächstem Film beginnen – *Einer gegen den anderen* an der Seite von Alain Delon. Und es wird auch schon über ein Folgeprojekt verhandelt; Romy soll in Robert van Ackerens geplanter Literaturverfilmung *Die Tigerin* mitwirken. Noch weiß niemand, daß Romy nie wieder vor eine Kamera treten wird. Noch glauben die meisten, daß sie es schaffen könnte. Daß sie weiterleben und weiterarbeiten wird. Denn was soll sie auch sonst machen? »Life must go on«, sagt sie in ihrem letzten Interview in *Paris Match*.

In ihrem verzweifelten Ringen nach Gleichgewicht beginnt Romy, auch im Privaten wieder neue Pläne zu schmieden und versucht Kräfte für einen Neubeginn zu schöpfen. Auch wenn sie es nicht mehr vermag, ihren neuen Partner zu ihrer großen Liebe zu verklären, beabsichtigt sie, Laurent zu heiraten; er würde der erste Ehemann sein, der finanziell nicht abhängig von ihr wäre, sondern sein eigenes Geld verdient. Wird sie es schaffen, sich gemeinsam mit ihm eine Zukunft aufzubauen? Im November 1981 soll sie in Berlin von ihren Heiratsplänen mit Laurent Pétin gesprochen haben sowie von ihrem Traum, sich endgültig aufs Land zurückzuziehen, um dort endlich »richtig« leben zu können. Mit einem Mal kann sie sich sogar vorstellen, noch ein drittes Kind zu bekommen und somit, wie im Falle ihrer vorangegangenen Ehen, auch die geplante Ehe mit Laurent mit einem gemeinsamen Kind zu krönen.[202]

Am wichtigsten scheint es ihr jedoch zu sein, ihren Traum vom Landleben Wirklichkeit werden zu lassen. Laurent und sie begeben sich auf die Suche nach einem geeigneten Haus und werden auch bald fündig. Im weltabgeschiedenen, friedlichen Boissy-sans-Avoir, fünfzig Kilometer westlich von Paris gelegen, finden sie ein halbes Jahr nach Davids Tod ein zweihundert Jahre altes, efeuumranktes Bauernhaus mit einem verwilderten Garten, in dem Trauerweiden und Apfelbäume stehen; der abgeschirmte Innenhof wird von einer riesigen Platane beschattet. Romy hat auf Anhieb das Gefühl, daß sie sich an diesem Ort, fernab vom Lärm und der Hektik der Großstadt, zu Hause fühlen und neue Kraft schöpfen wird: »Hier will ich alt werden!« In Boissy-sans-Avoir will sie ein Nest schaffen, in dem Laurent, sie, Sarah und vielleicht ihr neues Kind glücklich werden sollen und in dem sie sich sicher und geborgen fühlen kann. Solange sie filmt, hat sie es von hier aus nicht weit bis nach Paris; wieder einmal spielt sie aber mit dem Gedanken, ihren Beruf eines Tages, wenn sie es sich finanziell leisten kann, an den Nagel zu hängen. In einem Interview sagt sie, daß sie nicht die Absicht habe zu filmen, bis sie achtzig sei, sondern sich vorstelle, einmal ganz im Grünen, am Ende der Welt, zu leben, um sich an ihren Kindern und Enkelkindern zu erfreuen. Und auch David soll mit von der Partie sein. Romy erwirbt auf dem kleinen Dorffriedhof von Boissy-sans-Avoir eine Grabstelle für drei Personen, für sich und ihre beiden Kinder. Noch am Tag vor ihrem Tod wird sie mit dem Bürgermeister des Städtchens telephonieren, um die Überführung von Davids Sarg vom Friedhof von Saint-Germain-en-Laye hierhin zu organisieren. Wieder einmal plant Romy ein neues Leben. Wieder einmal knüpft sie große Hoffnungen an den geplanten Neuanfang. Und wieder einmal sind ihre Träume zum Scheitern verurteilt.

Doch Zweifel kann Romy in dieser Situation nicht zulassen; sie muß sich an die geradezu trotzigen Zukunftshoffnungen klammern, die für sie mit dem Neuanfang in Boissy-sans-Avoir verbunden sind – koste es, was es wolle. Billig ist der Traum vom Landleben nicht zu erfüllen: Als Preis für das Haus werden einmal zwei Millionen Francs genannt, einmal gar über drei Millionen. Auch wenn die Kosten enorm sind, entschließen sich Laurent und Romy spontan, möglichst schnell eine Anzahlung zu leisten, damit ihnen niemand das Anwesen wegschnappt. Romy beabsichtigt, das Haus dann sehr schnell einzurichten. Wenn die Dreharbeiten zum geplanten Film mit Alain Delon im August enden werden, soll alles fertig sein – noch kann sie nicht wissen, daß sie niemals hier einziehen wird. Doch daß sich ihr Traum vom neuen Heim gar nicht so einfach wird realisieren lassen, wie sie gedacht und gehofft hat, das zeigt sich schnell. Gemeinsam mit Laurent fliegt Romy nach Zürich, um mit ihrem dortigen Anwalt abzuklären, ob sie für die benötigte Anzahlung über genug Geld verfügt. Doch bei einem Blick auf die Konten zeigt sich, daß kein Geld mehr da ist, daß Romy sogar Schulden hat. Die in die Schweiz überwiesenen Filmgagen scheinen restlos verschwunden zu sein. Für Romy, die ihr Leben lang so hart gearbeitet und gut verdient hat, ist das ein Schlag ins Gesicht. Angesichts der erschütternden Nachricht, daß sie nicht einmal das Geld dafür hat, das Anwesen in Boissy-sans-Avoir, in das sie sich so verliebt hat, auch nur anbezahlen zu können, macht Romy das, was sie immer macht: Sie verdrängt die Realität und flüchtet sich in Illusionen. So als habe sie die Nachricht von ihren desaströsen finanziellen Verhältnissen nicht erreicht, entschließt sie sich spontan, noch in Zürich ein Testament zu machen, in dem sie Besitztümer verteilt, die es gar nicht mehr gibt. Am 10. Mai 1982 bringt sie tief in der Nacht und nachdem sie Unmengen Alkohol getrunken hat, ihren Letzten Willen zu Papier: »Ich bitte Herrn Dr. H., alles, was ich – Romy Schneider – besitze: an Laurent Pétin und meine Tochter Sarah zu überweisen! Ich meine: Es ist, nochmals gesagt, mein Testament. All mein Besitz gehört, ist bestimmt für Mr. Laurent Pétin und Sarah! Dies ist mein Wille und bleibt meine Entscheidung. Romy Schneider.«[203] Nur neunzehn Tage später wird Romy tot sein.

Bei seiner Rückkehr nach Paris ahnt Laurent, wie schwer die Nachricht vom finanziellen Ruin auf seiner Freundin lastet. Nach all den Hiobsbotschaften und Katastrophen, die mit Harrys Selbstmord ihren Anfang genommen und mit Davids Tod ihren Höhepunkt erfahren haben, trifft Romy die Tatsache, plötzlich vor dem Nichts zu stehen, um so heftiger. Laurent weiß, wie enorm wichtig es jetzt ist, ihr eine Perspektive zu geben und ihren Glauben an eine gemeinsame, glückliche Zukunft zu festigen. Gerade deshalb setzt er alles daran, die Anzahlung für das Haus in Boissy-sans-Avoir alleine zu leisten. Obwohl er nur einem ganz normalen Beruf nachgeht und sich solche Höhenflüge eigentlich gar nicht erlauben kann, bringt er das Geld auf, indem er Aktien verkauft, die er von seinen Eltern geerbt hat; für den Rest der Summe nimmt er einen Kredit auf. Wie man das Haus dann später vollständig bezahlen wird, muß man sehen, aber auf Romys Schreibtisch türmen sich ja nach wie vor die Angebote, und Laurent schärft ihr und ihrem Agenten ein, daß Romy angesichts ihrer finanziellen Misere in Zukunft höhere Gagen und zudem eine Beteiligung an den Einspielergebnissen ihrer Filme aushandeln muß, wie das bei den anderen großen französischen Stars auch der Fall ist. Und so wird man sich, wenn man sich in vielen Dingen einschränkt und vernünftig wirtschaftet, das Haus eines Tages schon leisten können – schließlich würden alleine die Memoiren Romy mindestens eine Million Mark Vorschuß einbringen. Das Wichtigste in dieser Situation ist, daß dieser Traum jetzt nicht auch noch platzt.

Doch Laurents Bemühungen sind vergebens; und er kann auch nicht übersehen, daß Romy sich in einem schrecklichen Zustand befindet und immer weiter abdriftet. Ihr Lebensüberdruß ist unüberspielbar. Mit unendlicher Geduld versucht Laurent dafür zu sorgen, daß sie weniger trinkt, und läßt ihre Tablettenschachteln verschwinden. Doch mit beidem hat er wenig Erfolg, da Romy immer wieder neue Wege findet, heimlich an Alkohol und Tabletten zu kommen. Immer häufiger trinkt Romy nun auch Whiskey, und das, obwohl sie mit nur noch einer Niere so wenig Alkohol wie möglich trinken soll; die Ärzte haben ihr eigentlich nur ein Glas Wein hin und wieder erlaubt. Laurents Versuche, sie von den zerstörerischen Drogen abzubringen, kommen jedoch zu spät. Romys Abhängigkeit ist durch den jahrelangen Medikamenten- und Alkoholmißbrauch so groß, daß nur noch eine professionelle Entziehungskur helfen könnte. Doch in eine Klinik will sie nach ihrer letzten Erfahrung in der Psychiatrischen Anstalt um keinen Preis. Und so müssen alle Versuche Laurents, Romy zur Vernunft zu bringen, zwangsläufig scheitern. Immer wieder redet er auf sie ein: »Das hältst du nicht aus. Entweder du führst sofort ein anderes Leben, oder es wird mit dir zu Ende gehen.« Doch Romy will sich keine Vorschriften machen lassen, auch nicht von dem Mann, der sie liebt. Laurent ist zutiefst betrübt, daß Romy ihm immer mehr entgleitet: »Sie sucht ein Glück, welches es nicht gibt. Und weil sie es nicht finden kann, richtet sie sich selbst zugrunde.«[204]

Immer häufiger findet Romy nachts nicht ins Bett. Ist sie zu Hause, raucht und trinkt sie; sie hört Musik und hängt ihren Gedanken nach, während sie wieder und wieder die Photos von Harry und David betrachtet. Aber sie geht auch viel aus, um sich abzulenken, mal in Begleitung von Laurent, mal ohne ihn. Mitunter weiß er gar nicht, wohin sie geht. Dann besucht sie Freunde, ohne es ihm zu sagen, oder läuft stundenlang ziellos und gedankenverloren durchs nächtliche Paris, um irgendwann spät in der Nacht heimzukommen. Doch was sie auch unternimmt – letztlich vermag sie nichts auf andere Gedanken zu bringen. Die Erinnerungen an ihren toten Sohn und die quälende Frage, warum er sterben mußte, nehmen sie völlig gefangen. Als Kind hatte Romy damit leben müssen, daß ihr geliebter Vater sie verlassen hat – ein Verlust, den sie nie ganz überwunden hat, mit dem sie aber wohl oder übel zu leben lernen mußte. Doch daß nun auch ihr geliebter Sohn fortgegangen ist, übersteigt ihre Kräfte. Eines Nachts, etwa drei Wochen vor ihrem Tod, kommt sie um drei Uhr morgens in Begleitung ihres alten Freundes, des Pariser Star-Friseurs Alexandre de Paris, von einem Restaurantbesuch nach Hause. Vor Alexandres Augen greift sie zu einem Lippenstift und schreibt »Gebt mir meinen Sohn zurück!« auf einen Spiegel. Laurent gesteht sie in dieser Phase: »Ich habe das Gefühl, am Ende eines Tunnels angekommen zu sein.« Und in einem Telephonat mit ihrem Bruder Wolfdieter stammelt sie verzweifelt: »Ich schaffe es nicht, ich schaffe es nicht.«[205]

Auch am Abend des 28. Mai 1982 ist Romy unterwegs. Gemeinsam mit Laurent ist sie bei seinem Bruder Jérôme und dessen Frau Claude zum Essen eingeladen. Gegen ein Uhr in der Früh brechen Laurent und Romy auf. Da die Nacht frühlingshaft lau ist, beschließen sie zu Fuß nach Hause in die nahe gelegene Rue Barbet-de-Jouy zu gehen. Beim Spaziergang durch das nächtliche Paris sprechen sie noch über das bevorstehende Wochenende, das sie auf Jean-Claude Brialys Landschloß an der Marne verbringen wollen. Zu Hause angekommen, werfen die beiden noch einen Blick auf die schlafende Sarah, auch das Kindermädchen ist bereits zu Bett gegangen. Laurent ist müde und möchte gleich schlafen gehen. Doch Romy, die ohnehin keinen Schlaf finden würde, will noch aufbleiben: »Geh schon schlafen. Ich komme etwas später. Ich bleibe noch ein bißchen mit David und höre Musik.« Obwohl am Abend schon viel getrunken wurde, schenkt Romy sich noch ein Glas Rotwein ein, zündet sich eine Zigarette an und setzt sich an ihren Schreibtisch. Sie versucht einen Brief zu schreiben, aber immer wieder schweifen ihre Gedanken ab. Romy denkt an ihr totes Kind und hält Zwiesprache mit ihm. David ist längst derjenige, mit dem sie sich am liebsten austauscht. Sonst, so hat sie das Gefühl, ist ohnehin niemand in der Lage zu verstehen, was in ihr vorgeht. Niemand, der ihr dieses schreckliche Gefühl der Leere nehmen könnte. Irgendwann gegen fünf Uhr in der Früh kippt ihr Glas um, und der Rotwein ergießt sich über die nicht zu Ende geschriebenen Zeilen. Irgendwann hört Romys Herz zu schlagen auf.

In der Morgendämmerung des 29. Mai 1982 wacht Laurent auf und geht nach nebenan, wo er seine Lebensgefährtin zusammengesunken im Sessel vorfindet. Er geht davon aus, daß Romy, wie schon so oft in letzter Zeit, über ihren Grübeleien tief und fest eingeschlafen ist und wieder einmal nicht den Weg ins Bett gefunden hat. Schlaftrunken trägt er sie, ohne auch nur den Versuch zu unternehmen, sie aufzuwecken, nach nebenan ins Bett, legt sich neben sie und schläft gleich wieder ein – nicht ahnend, daß Romy tot ist. Um halb acht in der Früh schreckt er plötzlich hoch und merkt, daß etwas nicht stimmt, daß etwas anders ist als sonst. Romys Körper fühlt sich kalt an, kälter als gewöhnlich. Sie wirkt leblos. Als er sie hochzuheben versucht, sackt ihr Kopf zur Seite weg. Laurent fühlt ihren Puls, schüttelt Romy hektisch, schlägt auf ihre Wangen, versucht verzweifelt sie aufzuwecken, sie wieder zu Bewußtsein zu bringen. Doch langsam, aber sicher dämmert ihm, daß Romy nicht einfach nur eingeschlafen ist, sondern daß sie nie wieder aufwachen wird.

Wenig später versperren Krankenwagen und Polizeiautos die Straße. Da der Polizeifunk von Reportern abgehört wird, spricht sich blitzschnell herum, was geschehen ist. Bereits in den Frühnachrichten um acht Uhr wird die Nachricht vom Tod Romy Schneiders gemeldet. Vor dem Haus in der Rue Barbet-de-Jouy bleiben unzählige Passanten stehen, während in der Wohnung noch zwei Notärzte versuchen, Romy mit Hilfe von Sauerstoffgeräten und Herzmassagen wiederzubeleben. Doch alle Hilfe kommt zu spät. Schon kurz nach den Ärzten trifft der zuständige Staatsanwalt Laurent Davenas ein, der sich persönlich um den spektakulären Todesfall kümmern will. Als er den unter Schock stehenden Laurent verzweifelt stammeln hört »Warum hat sie das getan? Es war doch alles so schön! Wie konnte sie das tun?« und gleichzeitig eine leere Packung Schlaftabletten wahrnimmt, sieht er einen ausreichenden Verdacht auf einen möglichen Selbstmord gegeben und läßt die Leiche von einem von ihm beauftragten Arzt untersuchen. Dieser kommt trotz der Feststellung, daß Romy eine Mischung aus Alkohol und Barbituraten eingenommen hat, wie sich auch in den späteren Urin- und Blutanalysen bestätigen wird, zu dem Schluß: »Natürlicher Tod aufgrund eines Herzversagens.«

Der Staatsanwalt steht vor einer schweren Entscheidung: Ordnet er eine Autopsie an, um die genauen Umstände von Romys Tod aufklären zu lassen, oder verzichtet er auf diese Maßnahme, nachdem er feststellen konnte, daß es keine Zeichen von Gewaltanwendung gibt, und auch kein Abschiedsbrief vorliegt? Sorgfältig wägt er ab, was zu tun ist: »Ich hatte nicht viel Zeit, um mich zu entscheiden. Man würde diesen Todesfall immerhin offiziell melden müssen: Mit der Erklärung, sie sei eines natürlichen Todes gestorben? Oder aber unter der Ankündigung einer baldigen Autopsie des Leichnams der Schauspielerin? Falls ich letztere Lösung wählte, öffnete ich sämtlichen Gerüchten Tür und Tor. Auch wenn ich das gar nicht beabsichtigte, riskierte ich, diesen Tod zu einem Skandal werden zu lassen.« Davenas stellt sich die Frage: »Was würde es im Grunde schon ausmachen, ob sie nun Selbstmord begangen hatte oder nicht?« Er entschließt sich, auf eine Obduktion zu verzichten, und gibt Romys Leichnam zur Beerdigung frei: »Nichts rechtfertigte die Annahme, Romy Schneider habe den Tod gewählt und sich umgebracht, doch es berechtigte uns auch nichts zu der Behauptung, sie habe weiterleben wollen.« Auch im Rückblick ist Davenas sich sicher, die richtige Entscheidung getroffen zu haben, als er darauf verzichtete, die genauen Umstände von Romys Tod untersuchen zu lassen: »Was auch immer künftig noch geschieht, dieser Tod gehört ihr, nur ihr allein, für immer.«[206]

Doch die zahllosen herbeigeeilten Reporter und Fernsehteams, die sich vor dem Haus in der Rue Barbet-de-Jouy aufgebaut haben, interessiert nicht so sehr, was die staatsanwaltschaftliche Untersuchung ergeben hat. Noch bevor eine offizielle Erklärung zu Romys Tod veröffentlicht werden kann, erscheinen schon die ersten französischen Zeitungen, die auf den Titelseiten Romys Selbstmord verkünden: »Romy Schneider s'est suicidée.« Auch wenn die Meldung, daß Romy sich das Leben genommen habe, umgehend dementiert wird – die entsprechenden Gerüchte werden verständlicherweise niemals ganz verstummen. Vor dem Haus, in dem Romy gestorben ist, herrscht eine regelrechte Hysterie. Polizisten müssen das Haus hermetisch abriegeln, um die Reporter und Schaulustigen zurückzuhalten. Die Paparazzi sind außer sich, als es ihnen unerwartet gelingt, ein Photo von Laurent zu schießen, der von Romys Sterbezimmer aus auf die bizarre Szenerie blickt. Und bald gibt es noch mehr zu photographieren, denn viele von Romys Freunden, die die traurige Nachricht im Radio oder im Fernsehen gehört haben, lassen es sich nicht nehmen, in die Rue de Barbet-de-Jouy zu kommen, um Romy ihre letzte Ehre zu erweisen. Einer der ersten ist Romys wohl engster und ältester Freund Jean-Claude Brialy, der von ihr, obwohl nur fünf Jahre älter, zeitlebens »Papa« genannt wurde und über fünfundzwanzig Jahre einer ihrer wichtigsten Vertrauten war. Brialy legt dreiundvierzig rote Rosen auf Romys Bett – für jedes Lebensjahr eine. Noch kurz vor seinem eigenen Tod im Sommer 2007 wird er sich erinnern: »Sie lag da, wunderschön, schlafend, lächelnd. Man hatte Lust, sie in die Arme zu nehmen, sie tanzen zu lassen und ihr zu sagen: Bleib noch ein wenig! Sie war überwältigend.«

Bald kommt schon der nächste, der Abschied von Romy nehmen will – Alain wird, abgeschirmt von seinen Leibwächtern und im Blitzlichtgewitter der Photographen, mit steinerner Miene ins Haus geführt. Brialy erinnert sich an Delons Auftritt: »Wie in einem Western, mit einem ›Klack‹, stand plötzlich Delon im Zimmer. ›Laß uns‹, sagte er. ›Laß uns alleine, sie und mich.‹« Alain bleibt eine halbe Ewigkeit bei Romy und sitzt schweigend an ihrem Bett – ein letztes Mal sind die Liebenden von einst vereint. Mit rotgeweinten Augen tritt er aus dem Zimmer, dreht sich noch einmal zu einem letzten Adieu um und wirft der toten Romy einen Handkuß zu. Alain, der Romys große Liebe war und der selbst – auch wenn er unfähig gewesen ist, sein Leben mit ihr zu teilen – ebenfalls nie aufgehört hat, sie zu lieben, wird später bekennen, den Eindruck gehabt zu haben, Romy noch nie so friedlich, sorglos und heiter gesehen zu haben wie jetzt im Tod. Alle Sorgen scheinen von ihr abgefallen zu sein. Endlich hat sie die Ruhe gefunden, die sie im Leben nie zu finden vermocht hat.

Da Alain weiß, wie sehr Romy zeitlebens die Sensationspresse verachtete, faßt er den Entschluß, daß Romy zuliebe jeder unwürdige Rummel um ihren Tod und ihre Beerdigung vermieden werden soll. Jedem ist klar, daß einem Paparazzo, dem es gelänge, ein Bild der toten Schauspielerin zu schießen, Unsummen bezahlt würden. Das jedoch will Alain ebenso verhindern wie Photos und Fernsehaufnahmen davon, wie Romys Sarg aus dem Haus transportiert wird. Während Gérard Depardieu und Romys Lieblingskollege Michel Piccoli gerade von der toten Freundin Abschied nehmen, schmiedet Alain einen Plan, der die Presse austricksen soll. Romys Leichnam wird von der Wohnung in die Tiefgarage gebracht, in der ein bereitstehender Transporter wartet. Alain tritt mit einer kurzen Erklärung vor die Presse – begierig werden ihm Mikrophone entgegengestreckt, alle Kameras richten sich auf ihn. Viel sagt er nicht, nur daß Romy an gebrochenem Herzen gestorben sei und nun endlich ihre Ruhe gefunden habe. Während Alain seine kurze Erklärung abgibt, verläßt, unbemerkt von den Reportern, der Wagen mit Romys Leichnam die Tiefgarage des Hauses – das Ablenkungsmanöver ist geglückt, Romy kann ihre letzte Reise antreten, ohne von sensationsgierigen Reportern und Paparazzi verfolgt zu werden.

Am 2. Juni 1982 wird Romy nach einem Trauergottesdienst auf dem kleinen Dorffriedhof von Boissy-sans-Avoir beigesetzt, in ebenjenem Grab, das sie kurz zuvor erworben hatte, um Davids Leichnam hierhin umbetten zu lassen – wenig später wird David tatsächlich hierhin überführt werden, so daß Romy und ihr geliebter Sohn wenigstens im Tod wieder vereint sind. Die Beerdigung auf dem von der Polizei hermetisch abgeriegelten Friedhof ist ganz schlicht und ohne Pomp gehalten, so wie Romy sich das gewünscht hätte. Die Paparazzi, die eigentlich außen vor bleiben sollten, haben in den umliegenden Häusern Fensterplätze angemietet und liegen mit ihren Teleobjektiven auf der Lauer, um Bilder von der Trauergemeinde zu schießen. Über dem Friedhof kreist am strahlend blauen Himmel unentwegt ein Hubschrauber, den eine Pariser Photoagentur angemietet hat; mit seinen Rotorblättern macht er einen höllischen Lärm und stört die Zeremonie. Unter den rund einhundert Trauergästen finden sich auch viele Prominente – nur Alain hat es vorgezogen, im stillen Abschied von Romy zu nehmen. Michel Piccoli und Jean-Claude Brialy sind da, außerdem Roman Polanski und Jean

Rochefort, Romys Regisseure Bertrand Tavenier, Pierre Granier-Deferre und Robert Enrico sowie Vertreter des französischen Staatspräsidenten François Mitterrand und des Kulturministers Jack Lang. Von der Familie ist nur Romys Bruder Wolfdieter mit Frau und Kind angereist. Ihre Mutter Magda hat ihre Teilnahme aus Gesundheitsgründen absagen lassen.

Jacques Rouffio, der das Privileg hatte, als letzter Regisseur mit Romy zusammenzuarbeiten und einen Film mit ihr zu realisieren, der ihr sehr am Herzen lag und den nun viele als ihr Vermächtnis ansehen, hält am offenen Grab eine kurze, bewegende Rede, die sich den unvereinbaren Widersprüchlichkeiten widmet, die Romy ausgemacht und die es ihr letztlich unmöglich gemacht haben, ein glückliches Leben zu führen: »Ihr Instinkt trieb sie zu Extremen, wie ein Pendel. Sie war eine Flamme und sie war das Eis, sie war die Weisheit und sie war die Torheit, sie war die Großzügigkeit und sie war die Berechnung, sie war der Frieden und sie war der Krieg, die Freude und die Angst. Mit diesen Widersprüchen hatte sie alles, um die verschiedenen Persönlichkeiten in ihren Filmen zu spielen – und sie hatte nichts von dem, was man braucht, um ein friedliches, normales Leben zu führen, nach dem sie sich so sehnte ...«[207]

Sarah

Kurz nachdem Laurent Pétin feststellt, daß Romy tot ist, sorgt er trotz seines schweren Schocks umgehend dafür, daß Sarah der Anblick ihrer verstorbenen Mutter erspart bleibt. Er weckt die beinahe Fünfjährige und ihr Kindermädchen und schickt die beiden aufs Land, zu Sarahs Großeltern, den Biasinis, nach Saint-Germain-en-Laye. Laurent erklärt der Kleinen, daß ihre Mutter noch schlafe und sie später anrufen wird. Da das Wetter jedoch so schön sei, würde sich ein Ausflug zu ihren Großeltern anbieten. Sarah hat keinen Grund, der Notlüge zu mißtrauen; sie freut sich auf den Besuch bei Oma und Opa Biasini und stellt keine weiteren Fragen. Sie ist es

gewöhnt, daß ihre Mutter lange schläft und es Laurent und dem Kindermädchen überläßt, sich um sie zu kümmern. Noch bevor die Polizei und Rettungskräfte in der Rue Barbet-de-Jouy eintreffen, verlassen Sarah und ihr Kindermädchen die Wohnung. Auch nach ihrer Ankunft in Saint-Germain-en-Laye erfährt Romys Tochter erst einmal nicht, was geschehen ist und was der wahre Grund für den überstürzten Aufbruch gewesen ist. Die Biasinis bringen es tagelang nicht übers Herz, Sarah zu sagen, daß sie ihre Mutter niemals wiedersehen wird – daß ihre Mutter tot ist.

Daniel und seinen Eltern bleibt es fortan überlassen, sich um Sarah zu kümmern. Laurent, der nicht mit Romy verheiratet ist, kann keine Ansprüche auf Romys Tochter anmelden. Bei der im Oktober 1981 ausgesprochenen Scheidung von Daniel Biasini war Romy das alleinige Sorgerecht zugesprochen, Daniel war damals lediglich ein Besuchsrecht für jedes zweite Wochenende zuerkannt worden. Immer hat er dieses Recht nicht in Anspruch genommen; oft hat er seine Tochter auch nur an einem Sonntagnachmittag zu einem kurzen Spaziergang abgeholt. Seit der Trennung war Sarah häufiger bei ihrer Mutter als bei ihrem Vater, doch nun, nach Romys Tod, wird selbstverständlich Daniel als Sarahs leiblicher Vater das Sorgerecht für seine Tochter zugesprochen. Sarah wird fortan teils bei Daniel in Paris, teils bei dessen Eltern in Saint-Germain-en-Laye aufwachsen, in ebenjenem Haus, in dessen Vorgarten ihr Bruder David sich vor nicht einmal einem Jahr seine tödlichen Verletzungen zugezogen hat.

Daniels Eltern kümmern sich rührend um die Kleine, die allmählich begreifen muß, daß sie ihre Mutter niemals wiedersehen wird. Romys Abwesenheit, das Fehlen der Mutter, prägt sie bereits in frühester Kindheit. So wie Romy ihren Vater vermißt und sich ihr ganzes Leben lang nach ihm gesehnt hat, so hat Sarah fortan unter der Abwesenheit ihrer Mutter zu leiden; im Gegensatz zu Romy kann sie sich jedoch nicht der Illusion hingeben, daß es eines Tages doch noch zu einem Wiedersehen und einer Annäherung kommen wird. Romy ist für alle Zeiten aus ihrem Leben verschwunden. Indessen wird immer mehr offenbar, daß Sarah große Ähnlichkeiten mit ihrer verstorbenen Mutter aufweist, und je älter sie wird, desto deutlicher treten diese Ähnlichkeiten zutage. Ist sie Romy nicht wie aus dem Gesicht geschnitten? Ist das nicht Romys Lächeln? Sind das nicht Romys Augen? Die gleiche Nase? Wohl kaum einer, der Sarah mit dem Wissen begegnet, daß sie die Tochter der berühmten Romy Schneider ist, wird sich diesen Fragen entziehen können. Wieviel hat sie denn nun von Romy geerbt? Nur ihre Schönheit? Oder auch ihr Gemüt? Gar ihr Talent?

Daniel und besonders seine Eltern achten darauf, daß die berühmte Mutter keine dunklen Schatten auf Sarahs Kindheit wirft. Sie schirmen Sarah weitestgehend ab, damit sie unbehelligt von den Medien aufwachsen kann. Einerseits wollen sie, daß Sarah in aller Stille den Verlust ihrer Mutter verarbeiten und in ruhigen, geordneten Verhältnissen aufwachsen kann, andererseits wissen sie, daß Sarahs Mutter, die ihr ganzes Leben lang von Reportern und Photographen verfolgt worden ist, es ihnen danken würde, wenn sie ihr eine normale Kindheit ermöglichen würden. Und genau das gelingt ihnen auch. Rückblickend befindet Sarah: »Ich hatte großes Glück damit, wie ich aufgewachsen bin.«[208]

Auch wenn Sarah erst fünf Jahre alt war, als Romy starb, und sie eher vage Bilder als konkrete Erinnerungen mit ihrer Mutter verbindet, bleibt doch die Neugier darauf, was für ein Mensch ihre berühmte Mutter gewesen ist. Und je älter sie wird, desto größer wird ihre Neugier. Ihre Großeltern befragt sie ebenso wie ihren Vater. Alles will sie über ihre Mutter erfahren. Wie war sie im persönlichen Umgang? Wie als Schauspielerin? Sie bekommt die ersten Filme mit ihrer Mutter zu sehen und ist überwältigt, ihre tote Mutter auf diese Weise erleben zu können. Gemeinsam mit ihrem Vater stöbert sie in alten Photoalben und will wissen, wann die Bilder entstanden sind und wer da alles an der Seite ihrer Mutter zu sehen ist. Mit Daniel spricht sie viel über ihre tote Mutter, aber auch über ihren verstorbenen Bruder. Der Tod ist kein Tabuthema im Hause Biasini – wie könnte er es auch sein, nach allem, was geschehen ist. Ihr Vater ermutigt sie, die Erinnerung an ihre Mutter lebendig zu halten, und gibt ihr bereitwillig Auskunft über alles, was sie wissen möchte: »Ich habe ihr alles beantwortet. Ich habe ihr alles erklärt. Ohne etwas wegzulassen. Ohne etwas hinzuzufügen. Die Geschichte ihrer Mutter ist für Sarah eine Geschichte ohne Geheimnisse, ohne Verklärung.«[209]

Noch im Herbst nach Romys Tod kommt Sarah in die Vorschule, 1983 wird sie dann eingeschult. Jetzt, wo sie das heimische Nest regelmäßig verlassen muß, beginnt sich zunehmend auch die Presse dafür zu interessieren, was aus der Tochter von Romy geworden ist. Und nun ergeht es der Tochter wie der berühmten Mutter. Photographen beginnen Sarah zu verfolgen, um attraktive Schnappschüsse von ihr zu ergattern. Der Umstand, daß die Biasinis Sarah nach Romys Tod so hermetisch abgeschirmt haben, hat zur Folge, daß der Marktwert für Photos von Romys Tochter mittlerweile beträchtlich geworden ist, was skrupellose Reporter nicht davor zurückschrecken läßt, Sarah heimlich aufzulauern. Daniel Biasini erinnert sich an ein unschönes Ereignis in Sarahs erstem Schuljahr: »Als Sarah sieben Jahre alt war, kam sie eines Tages weinend von der Schule nach Hause. Was war geschehen? Paparazzi-Photographen hatten ihr vor der Schule aufgelauert und sie gezwungen, für diverse Motive zu posieren – mit Schultasche, ohne Schultasche, mit ihren Schulheften vor der Schule, ohne Schulhefte an einer Blume riechend und ähnliches mehr.«[210]

Daniel beratschlagt sich mit seinen Eltern, was zu tun ist. Wie kann man Sarah zukünftig vor solchen Übergriffen der Presse schützen? Seine Tochter soll unbehelligt zur Schule gehen können, ohne daß ihr Reporter und Photographen auf dem Schulweg auflauern. Zunächst erwägt er, juristisch gegen die Paparazzi vorzugehen, die Sarah belästigt haben, und zudem zukünftig jegliche Photos seiner Tochter verbieten zu lassen. Doch sein Anwalt macht ihm klar, daß mit solch einem Vorgehen das grundlegende Problem nicht gelöst wäre und es immer wieder zu ähnlichen Vorfällen kommen würde, da kaum damit zu rechnen sei, daß das Interesse an Photos von Romys Tochter so schnell versiegen wird. Auf Anraten seines Anwalts geht Daniel aus diesem Grund dazu über, von nun an einmal im Jahr mit Sarah zusammen ein Interview zu geben, bei dem sie auch für Photoaufnahmen posiert, um die verständliche Neugier der Presse und der Öffentlichkeit zu stillen.

Meist werden die Geschichten exklusiv in *Paris Match* abgedruckt, aber zahlreiche andere Zeitschriften, auch in Deutschland, drucken sie nach. Bei der ersten Story 1983 sieht man Vater und Tochter zusammen in Paris und Saint-Germain-en-Laye, wo Sarah aufwächst; in der Folgezeit sind es meist von der Presse bezahlte Urlaube, die den Hintergrund der jährlichen Sarah-Story bilden, die es zumeist dann auch auf die Titelseite schafft. Einmal reisen Daniel und sie nach Tirol und Wien, wo Sarah sich auf die Spuren ihrer berühmten Mutter begibt. Ein anderes Mal sieht man sie in Marokko, ein Jahr später am Rande einer Afrika-Safari, 1989 dann in Saint-Tropez. Die harmlosen Storys mit den gestellten Heile-Welt-Photos erfüllen ihren Zweck; die Preise für Paparazzi-Photos sinken enorm, so daß Sarah fortan weitgehend unbehelligt bleibt. In den deutschen Medien, die Daniel Biasini ohnehin als bösen Geist in Romys Leben abgestempelt haben, wird seine Presseoffensive so ausgelegt, als wolle er sich an seiner Tochter bereichern, als beute er nach der Mutter jetzt auch noch die Tochter aus. Deutsche Boulevardzeitungen, die selbst nur allzu gerne die neuesten Photos von Romys Tochter abdrucken, sprechen scheinheilig vom »großen Geschäft mit Romys süßer Tochter«[211] und behaupten undementiert, daß Biasini für jede seiner Sarah-Stories bis zu sechzigtausend Mark verdiene – womit sie gleichzeitig suggerieren, Romys Ex-Mann gehe es lediglich um Geld. Doch wichtiger als die eigentlich selbstverständliche Tatsache, daß die Exklusiv-Stories Geld einbringen, ist für Sarah, daß der Schachzug ihres Vaters aufgegangen ist und sie fortan von unschönen Paparazzi-Attacken verschont bleibt: »Es ist verständlich, daß die Zeitschriften berichten wollten, was aus mir wurde. Als ich erklärt habe, daß ich nicht in die Fußstapfen meiner Mutter treten will, hat man mich aber schnell in Frieden gelassen. Ab und an wurde ein Photo oder eine Reportage gemacht, dann war's das wieder. Die Ruhe hat mir gutgetan.«[212] Einerlei was andere Daniel Biasini vorwerfen mögen, Sarah ist ihrem Vater zutiefst dankbar: »Er hat mir eine normale Kindheit ermöglicht.«[213]

Nach der Grundschule besucht Sarah ein privates katholisches Gymnasium in Saint-Germain-en-Laye. Sie ist eine gute, aufgeweckte Schülerin. Besondere Begabung zeigt sie für die Fächer Französisch und Philosophie; mit der Mathematik hingegen vermag sie sich ebensowenig anzufreunden wie einst ihre Mutter. Neben ihrer Muttersprache Französisch lernt sie noch drei weitere Sprachen, Englisch, Italienisch und Spanisch – nur Deutsch, die Sprache ihrer Mutter, ist nicht darunter. Sarah hat viele Freundinnen, mit denen sie regelmäßig in dem nahe der Schule gelegenen Café eine Cola trinken geht und mit denen sie sich über die ganz alltäglichen Dinge im Leben einer Jugendlichen austauschen kann. Ihre Mitschüler behandeln sie trotz der jährlichen *Paris Match*-Storys wie eine von ihnen, Sarahs berühmte Mutter ist in der Schule kein großes Thema – bei den Jugendlichen kursieren andere Idole als Romy Schneider. Sarahs Leben in diesen Jahren verläuft in ruhigen Bahnen, die Presse läßt sie weitgehend in Ruhe. Nur als bekannt wird, daß sie mit knapp sechzehn ihre erste Teenagerliebe erlebt, ist das ein Thema für die Zeitungen. In Deutschland läßt es sich die *Bunte* nicht nehmen, Sarahs Romanze genauer unter die Lupe zu nehmen und ihre Leser detailliert über ihren Auserwählten zu informieren – nicht ohne abstruse Parallelen zu Romys Leben zu ziehen: »Jérôme, der schon siebzehn ist, eine Klasse über Sarah, und im nächsten Jahr Abitur macht: Groß, schlaksig, dunkelblondes Haare, ein Junge mit Geheimnis, ein Jüngling-Typ, wie ihn Romy Schneider einst liebte.«[214]

Im Laufe ihrer Schulzeit beginnt Sarah sich immer mehr für ihre berühmte Mutter zu interessieren. Immer und immer wieder schaut sie sich Romys Filme an. Daraufhin träumt sie nachts nicht nur von ihrer Mutter, sondern sie beginnt sich bereits sehr früh für den Beruf der Schauspielerin zu interessieren, wenn sie auch – ebenso wie einst ihre Mutter – erst einmal mit niemandem darüber spricht: »Jeder

Mensch hat doch eine besondere Beziehung zu dem Beruf seiner Eltern, man wächst damit auf. Und wenn deine Mutter eine Kinoschauspielerin ist, dann ist das natürlich besonders interessant.«[215] Zwar tauscht sie sich mit ihrem Vater Daniel über Romys Filme aus und spricht mit ihm gerade auch über die Streifen, deren Entstehung er an Romys Seite miterlebt hat; daß sie jedoch heimlich selbst mit dem Gedanken liebäugelt, einmal in die Fußstapfen ihrer berühmten Mutter zu treten, behält sie vorerst für sich. Ihrem Vater vertraut sie sich ebensowenig an wie Claude Sautet, den sie eines Tages kennenlernt und der ihrer Meinung nach die besten Filme ihrer Mutter inszeniert hat – *César und Rosalie* ist mit Abstand Sarahs Lieblingsfilm. Wenn sie mit ihm spricht, liegt ihr so manches Mal die Frage auf den Lippen: »Denken Sie, ich könnte Schauspielerin werden?« Doch Sarah bringt nicht den Mut auf, den berühmten Regisseur auf ihre Jungmädchenträume anzusprechen.

Trotz ihres Faibles für die Schauspielerei entscheidet Sarah sich, nach dem Abitur, das sie 1995 ablegt, zunächst einmal einen ganz anderen Weg einzuschlagen – einerseits, weil ihr klar ist, daß sie als Schauspielerin sofort an ihrer Mutter gemessen werden würde, andererseits aber wohl auch, weil sie nicht so unvorbereitet wie einst ihre Mutter in den Beruf stolpern will. Schließlich hatte Romy ihr ganzes Leben lang enorm darunter gelitten, daß sie schon als Vierzehnjährige die Schule verlassen mußte und ihre Bildung nie hatte vervollständigen können. Nein, in dieser Hinsicht will sie ihrer Mutter nicht nacheifern. Vielleicht gerade aufgrund des Wissens um Romys Schicksal ist es ihr wichtig, erst einmal ihren eigenen Weg zu finden: »Ich möchte meine eigenen Erfahrungen sammeln, ein ganz normales Studentenleben führen. Und ich möchte vor allem ich sein.«[216] Sie entscheidet sich dafür, sich Herausforderungen zu stellen, bei denen ihr der Umstand, die Tochter von Romy Schneider zu sein, keinen Vorteil bringt, wie es zweifellos der Fall wäre, wenn sie den Schauspielerberuf ergreifen würde. Rückblickend gesteht sie: »Es schien mir zu einfach, zu naheliegend, ja wie ein Mangel an Originalität.«[217]

Sarah will Kunstgeschichte studieren. Sie schreibt sich an der Pariser Sorbonne ein und wählt als Nebenfächer Wirtschaft und Englisch. Während des Studiums, dem sie sich mit großem Enthusiasmus und großer Ernsthaftigkeit widmet, absolviert sie verschiedene Praktika, so etwa als Gemälderestauratorin am renommierten Palazzo Spinelli in Florenz sowie bei den Auktionshäusern Christie's in Paris und Sotheby's in London. Als Examensthema wählt sie die französische Architektur der napoleonischen Ära. Doch auch wenn sie ihr Studium im Alter von fünfundzwanzig Jahren wie geplant abschließt, hat sich der Gedanke, daß die Kunstgeschichte vielleicht nicht alles in ihrem Leben sein wird, im Laufe der Zeit immer mehr in ihr verfestigt, auch wenn sie sich das erst allmählich einzugestehen vermag: »Schon an der Uni habe ich die ganze Zeit gespürt, daß in meinem Leben etwas fehlt.«[218] Nach ihrem Examen hat Sarah das Gefühl, an einem Wendepunkt angelangt zu sein, an dem sie endlich Farbe bekennen muß. Hatte sie, Hand aufs Herz, nicht eigentlich schon immer Schauspielerin werden wollen? Und ist jetzt nicht die Zeit gekommen, dies in Angriff zu nehmen und eine grundlegende Kurskorrektur in ihrem Leben vorzunehmen? Sollte sie nicht endlich das tun, was sie tief in ihrem Innern schon seit langem will? Sarah hat das Gefühl, daß sie das Wagnis eingehen und ins kalte Wasser springen muß: »Nach meinem Studium stellte ich mir die Frage, was ich mit meinem Leben anfangen will. Und ich wußte, daß ich es bereuen würde, wenn ich nicht Schauspielerin werde. Der Wunsch steckte immer schon in mir.«[219]

Sarah beschließt, in die Fußstapfen ihrer Mutter zu treten und die lange Schauspielertradition ihrer Familie fortzusetzen, die ihr Ururgroßvater Adolf Retty einst begründet hat – nach ihrer weltberühmten Mutter ist Sarah nun bereits die sechste Generation der Schneider-Albach-Rettys, die diesen Beruf ergreift. Daß sie damit kein leichtes Erbe antritt und man hohe Erwartungen an sie richten wird, muß ihr bewußt sein. Dennoch ist sie fest entschlossen, es zu versuchen. Was ihr Kraft gibt, ist nicht zuletzt das Wissen, daß sie hinsichtlich ihres Vorhabens den Segen ihrer Mutter hätte. Das scheint sie zu spüren. Romy hatte bereits 1958, fast zwanzig Jahre vor Sarahs Geburt, davon geträumt, daß sie mal eine Tochter haben würde, die Schauspielerin werden wird. Damals, als sie gerade nach Paris gekommen war und von einem Journalisten nach ihren Zukunftsplänen gefragt wurde, erklärte sie, daß sie einmal zwei Kinder haben möchte, einen Sohn und eine Tochter, und daß sie alles andere als abgeneigt wäre, wenn ihre Tochter einmal in ihre Fußstapfen treten würde, so wie sie es einst selbst gemacht hat, als sie an Magdas Seite vor die Kamera getreten ist: »Wenn meine Tochter Schauspielerin wird, gut, dann werden wir einen Film mit Mama drehen, sie und ich. Das wäre wunderbar.«[220] Auch wenn es nie einen gemeinsamen Film mit Romy und Sarah geben wird – daß Romy stolz darauf gewesen wäre, wenn ihre Tochter in ihre Fußstapfen tritt, steht außer Frage.

Doch auch wenn nun die Würfel gefallen sind und Sarah sich über ihre berufliche Zukunft klargeworden ist, will sie sich doch nicht unvorbereitet in die Schauspielerei stürzen, so wie ihre Mutter das einst tun mußte. Im Gegensatz zu Romy möchte sie zunächst Schauspielunterricht nehmen, bevor sie eine Bühne oder ein Filmatelier betritt. Sarah ist sich offenbar bewußt, welche Aufmerksamkeit ihr Debüt als Schauspielerin auf sich ziehen wird, und will so gut wie möglich vorbereitet sein, bevor sie ans Licht der Öffentlichkeit tritt. Ihr scheint klar zu sein, daß man sie in Frankreich und auch in Deutschland unweigerlich mit ihrer berühmten Mutter vergleichen wird. Auch wenn sie vorhat, den Namen Biasini beizubehalten, so wird doch jeder sie als die Tochter Romy Schneiders wahrnehmen. Offenbar weiß sie aber auch, daß sie sich der Herausforderung stellen muß, wenn sie sich ihren Lebenstraum erfüllen will: »Schauspielerin zu werden – davon mußte ich mich erst selbst überzeugen. Aber am schlimmsten wäre es für mich, später auf mein Leben zurückzublicken und zu merken: Ich habe etwas verpaßt. Nur aus Angst vor der Reaktion anderer Leute.«[221]

Ihr Vater Daniel ist der erste, den Sarah ins Vertrauen zieht und dem sie die Neuigkeit mitteilt, daß sie nun Schauspielunterricht nehmen will. Biasini ist überrascht über den plötzlichen Sinneswandel seiner Tochter, reagiert aber souverän und gelassen und gibt ihr lediglich den Rat mit auf den Weg: »Überleg dir gut, ob es das ist, was du willst.«[222] Und Sarah weiß, was sie will. Ja, jetzt weiß sie es endlich. Im Frühjahr 2002 meldet sie sich am berühmten *Lee Strasberg Theatre & Film Institute* in Los Angeles an, in dessen New Yorker Zentrale einst – damals noch unter dem Namen *Actors Studios* – Stars wie Marlon Brando, Montgomery Clift, Paul Newman, Marilyn Monroe und James Dean die Grundlagen ihres Handwerks erlernt haben. Sarah genießt es, in Los Angeles eine von vielen zu sein. Hätte sie sich für eine Schauspielschule in Europa entschieden, so wäre sie wohl auf Schritt und Tritt mit dem Namen Romy Schneider konfrontiert worden. Doch in Amerika wird sie von niemandem als »die Tochter von« angesehen. Ihre Lehrer und Mitschüler behandeln sie völlig normal und interessieren sich nicht dafür, wer ihre Mutter gewesen ist. Sarah scheint sich frei und unbeobachtet zu fühlen; offenbar hat sie das Gefühl, daß sie sich ebenso unbefangen auf ihr Studium konzentrieren kann wie ihre Mitschüler. Dennoch merkt sie schnell, daß die Methoden Strasbergs – das sogenannte Method Acting, das hier unterrichtet wird und bei dem es darum geht, eine Rolle nicht einfach nur zu spielen, sondern sie richtig zu »durchleben«, indem man eigene Erfahrungen und Emotionen mit einbringt – nicht das Richtige für sie sind: »Die Lehrer, die mich unterrichtet haben, waren pervers. Sie haben versucht, mich abhängig zu machen von ihrer Methode. ›Gebt mir wenigstens die Chance, so zu arbeiten, wie ich es für richtig halte‹, habe ich gesagt, aber es hat überhaupt nichts geholfen.«[223] Sarah ist nicht bereit, sich in das Korsett der Strasberg-Methode pressen zu lassen, und bricht ihre Ausbildung nach nur einem Jahr ab, um nach Europa zurückzukehren.

Nachdem sie noch eine Zeitlang Schauspielunterricht in Frankreich genommen hat, geht Sarah für einige Zeit nach London, wo sie auch erstmals auf der Bühne steht. Ihre ersten Erfahrungen als Schauspielerin dort zu sammeln, wo man weniger Aufhebens um sie macht, als es in Frankreich oder Deutschland zweifellos der Fall wäre, ist eine äußerst positive Erfahrung für sie. Daß sie es in ihrer Heimat Frankreich wesentlich schwerer haben und ihr dortiges Schauspieldebüt viel stärker im Schatten ihrer Mutter stehen würde, muß ihr bewußt sein. Auch zwanzig Jahre nach ihrem Tod ist Romy Schneider in Frankreich höchst populär – ja, sie wird zur Legende verklärt. Ihre Filme werden regelmäßig im Fernsehen wiederholt und – da viele von Romys Rollen ihrer Zeit einst weit voraus gewesen sind – immer noch als äußerst modern und zeitgemäß empfunden, so daß sie auch unter den jüngeren Generationen durchaus neue Fans für sich zu gewinnen vermag. 1999, kurz vor der Jahrtausendwende, wird Romy von den Lesern der Zeitung *Le Parisien* zur »Schauspielerin des Jahrhunderts« gekürt. Alle anderen Stars hat sie in dieser Umfrage weit hinter sich gelassen – selbst Kino-Ikonen wie Marilyn Monroe und Brigitte Bardot. Ganze sechsundvierzig Prozent der Leser haben sich bei der Wahl für Romy ausgesprochen. Die Zweitplazierte, Catherine Deneuve, ist weit abgeschlagen und hat lediglich neunundzwanzig Prozent der Stimmen für sich verbuchen können. In Frankreich ist Romy auch fast zwanzig Jahre nach ihrem Tod noch ein Superstar – kann es da wirklich verwundern, daß Sarah zögert, sich dem Urteil des französischen Publikums zu stellen? Es bedarf einiger Zeit, bis sie es wagt, in Frankreich ihr Debüt als Schauspielerin zu geben, aber schließlich ringt sie sich doch dazu durch: »Ich weiß, daß man mich mit ihr vergleichen wird, aber davor habe ich keine Angst.«[224] Sarah ist fest entschlossen, trotz aller Vergleiche mit ihrer Mutter, die unweigerlich auf sie zukommen werden, als Schauspielerin ihren eigenen Weg zu finden: »Es ist nicht mein Ziel, so wie meine Mutter zu spielen. Ich habe meine eigenen Erfahrungen gemacht, und ich habe auch eine ganz andere Sensibilität als sie.«[225]

Ende 2003 wird angekündigt, daß Sarah das Erbe ihrer Mutter antreten und erstmals vor die Kamera treten wird. Romys Tochter ist zu diesem Zeitpunkt sechsundzwanzig Jahre alt – ihre Mutter stand in diesem Alter bereits kurz davor, mit ihrer Rückkehr nach Deutschland und ihrer Hochzeit mit Harry Meyen ihr drittes Leben anzufangen. Nach ihrer gigantischen Karriere in Deutschland und ihrer Übersiedlung nach Frankreich hat sie in diesem Alter bereits erfolgreich Theater in Paris gespielt, für Luchino Visconti und Orson Welles vor der Kamera gestanden und einen Siebenjahresvertrag in Hollywood unterschrieben. Während Romy mit sechsundzwanzig Jahren bereits ein Weltstar und eine gestandene Schauspielerin war, steht Sarah im gleichen Alter noch ganz am Anfang. Aber der Beginn ihrer Schauspielkarriere kann sich sehen lassen, denn ihr ist keine kleine Nebenrolle angeboten worden, sondern sie wird gleich als Hauptdarstellerin einer großen und teuren Prestigeproduktion starten, die sie auf einen Schlag berühmt machen wird – im Fernsehzweiteiler *Julie – Agentin des Königs,* der als französisch-deutsche Co-Produktion realisiert werden wird.

Der Fernsehzweiteiler, dessen Handlung im Frankreich des späten 17. Jahrhunderts angesiedelt ist, soll ein prachtvoll inszenierter Ausstattungsfilm werden – ganz auf seine Hauptdarstellerin zugeschnitten. Sarah verkörpert Julie, eine draufgängerische junge Frau, die bei Adoptiveltern aufwächst. Wer ihre wirklichen Eltern sind, weiß sie nicht – als Neugeborenes hatte sie in einem satanistischen Ritual dem Teufel geopfert werden sollen; nur in allerletzter Sekunde konnte ihr Leben gerettet werden. Nachdem ihr Ziehvater, der sich ihrer angenommen hat, auf brutale Weise ermordet worden ist, will Julie herausfinden, wer ihre wahren Eltern sind und wo ihre Wurzeln liegen. Sie macht sich, als Mann verkleidet, auf den abenteuerlichen Weg nach Paris, wo sie am Hof von Ludwig XIV. in eine gefährliche Intrige verwickelt wird. Schließlich findet sie ihre verschollene leibliche Mutter wieder, die ein berühmter Opernstar ist, dem ganz Paris zu Füßen liegt. Schnell stellt sich heraus, daß auch Julie das Talent ihrer Mutter geerbt hat und auch ihr die Begabung innewohnt, um auf der Opernbühne zu reüssieren.

Der Mantel-und-Degen-Film, dessen Handlung an einen Roman von Alexandre Dumas erinnert, erzählt die authentische, allerdings äußerst frei interpretierte Geschichte der Julie de Maupin, einer berühmten Opernsängerin – eine Lebedame, unerschrockene Abenteuerin und für ihre Zeit außerordentlich emanzipierte Frau. Natürlich ist es durchaus naheliegend, die Rolle einer Tochter, die sich auf die Suche nach ihrer Mutter macht und dabei herausfindet, daß diese ein berühmter Star ist, mit Sarah Biasini zu besetzen. Und ebenso ist sich das Publikum im klaren, daß diese aufwendige Produktion nicht mit einer sehr unerfahrenen Debütantin besetzt worden wäre, wenn es sich bei Sarah nicht um die Tochter von Romy Schneider gehandelt hätte. Der Münchner Co-Produzent Jan Mojto gibt unumwunden zu, daß Sarahs Ähnlichkeit mit ihrer Mutter nicht unwesentlich für die Entscheidung gewesen ist, ihr die Hauptrolle zu geben: »Wir sind froh, Sarah Biasini für dieses Projekt gewonnen zu haben. Wenn sie lächelt, denkt man: Das hab' ich doch schon mal gesehen.«[226]

Die Dreharbeiten, die teils an Originalschauplätzen in Paris und Marseille sowie im Schloß von Versailles stattfinden, machen Sarah enorm viel Spaß, wenn sie zunächst auch irrsinniges Lampenfieber verspürt. Doch schnell entdeckt sie eine geradezu kindliche Lust am Verkleiden: »Man fühlt sich auf einmal wieder wie ein zehnjähriges Mädchen, das sich verkleidet und Prinzessin spielt. Das macht einfach Spaß.«[227] Sarah erlebt zum ersten Mal das, was ihre Mutter schon als Vierzehnjährige genossen hat: daß das Team für die Zeit der Dreharbeiten zur Familie auf Zeit werden kann. Sie geht voll und ganz in ihrer Rolle auf, ist hochkonzentriert bei der Sache und lernt eigens Reiten und Fechten. Zum ersten Mal in ihrem Leben hat sie offenbar das Gefühl, das Richtige zu tun. Überglücklich erklärt sie: »Dieser Film ist das Beste, was mir bis jetzt in meinem Leben passiert ist.«[228] Dabei ist der Druck, der auf ihr liegt, nicht gerade gering, denn die zwölf Millionen Euro teure Produktion lastet zu nicht unwesentlichen Teilen auf Sarahs Schultern. Doch schnell zeigt sich, daß die Produzenten die richtige Entscheidung getroffen haben. In Frankreich wird *Julie – Agentin des Königs* mit seiner gelungenen Mischung aus Romantik und Abenteuer ein durchschlagender Erfolg. Stolze acht Millionen Zuschauer verfolgen den Zweiteiler, was einen gigantischen Marktanteil von fünfunddreißig Prozent bedeutet und die Erwartungen der Produzenten mehr als erfüllt. Zudem wird der Film für den Emmy, den wichtigsten amerikanischen Fernsehpreis nominiert. Sarah ist überglücklich. Sie hat ihre Feuertaufe bestanden, ihr Mut ist belohnt worden. Die Kritiker in Frankreich überschlagen sich mit Lob: »Sarah spielt wie eine Göttin. Sie sitzt perfekt auf dem Pferd und schwingt gekonnt das Schwert. Das Haar wild, der Blick scharf – und dazu dieses Lächeln!« Sarah ist stolz auf den Erfolg, den ihr Debüt ihr beschert hat: »Ganz untalentiert kann ich dann wohl nicht sein.«[229]

In Deutschland ist das Interesse am deutsch-französischen Fernsehzweiteiler wesentlich geringer. Als der Film im Januar 2005 gezeigt wird, bleiben die Einschaltquoten deutlich unter vier Millionen Zuschauern, und das, obwohl zahllose Zeitungen und Illustrierte im Vorfeld ausführlich über den Film berichtet haben, Sarah unzählige Interviews gegeben hat und sogar bei Thomas Gottschalk auf dem »*Wetten, daß …?*«-Sofa Werbung machen durfte. In Deutschland, wo Sarah von Journalisten und Fernsehteams geradezu umlagert worden ist, scheint man sich wesentlich mehr für die aus der Anonymität aufgetauchte Tochter Romy Schneiders zu interessieren als für den Film, den sie gedreht hat. Die Kritiker reagieren ebenso verhalten auf Romys Tochter wie die Fernsehzuschauer: »Sarah Biasini? Ein Weltstar wie ihre Mutter wird sie wohl nicht werden, doch es macht durchaus Spaß, ihr zuzuschauen. Im Fechten ist sie exzellent, ihr strahlendes Lächeln ist ansteckend, und singen kann sie auch noch.«[230] Trotz mancher Anerkennung kann sich in Deutschland kaum ein Kritiker die Bemerkung verkneifen, daß es wohl nicht so sehr Sarahs Talent als Schauspielerin als vielmehr der Umstand gewesen sei, die Tochter einer berühmten Mutter zu sein, dem sie die Hauptrolle in solch einer aufwendigen Produktion zu verdanken hat. Die *Berliner Zeitung* spricht von einem »nur halb mit dem eigenen Talent erzielten Erfolg« und unterstellt, daß Sarah den Zuschlag für die Rolle wohl nicht bekommen hätte, wenn sie nicht Romys

Tochter wäre: »Ohne den langen Schatten der Mutter hätte es für sie diesen Auftritt im Glanzlicht der Scheinwerfer kaum gegeben.«[231] Auch *Der Tagesspiegel* befindet schnoddrig: »Ähnlich wie viele andere die Arztpraxis ihres Vaters übernehmen, ist sie jetzt beim Film. Geht in Ordnung. Nur den Zauber ihrer Mutter hat sie nicht.«[232] Lobeshymnen aus Deutschland kann Sarah für ihre schauspielerische Leistung also nicht verbuchen. Nur einer, Romys ehemaliger Kollege Karlheinz Böhm, gerät geradezu ins Schwärmen, wenn er über Romys Tochter spricht: »Sarah spielen zu sehen war ein Erlebnis, wie ich es in Worten nur schwer schildern kann. Ich wäre der erste, der Sarah für einen Oscar vorschlagen würde. Sie ist eine echte Entdekkung. Genial wie Romy. Als Romy siebzehn war, sagte ich zu ihr: ›Du bist unheimlich begabt und wirst eine große Karriere machen.‹ Meine Prophezeiung stimmte. Bei Sarah hoffentlich auch.«[233]

In Deutschland wird Sarah weit eher als Tochter Romy Schneiders angesehen und weniger als eine Schauspielerin, die es schaffen wird, ihren eigenen Weg zu gehen. *Die Welt* und *Der Tagesspiegel* überschreiben ihre Artikel über Sarah und ihr Schauspieldebüt bezeichnenderweise schlicht mit »Die Tochter«.[234] Die Schauspielerin Sarah Biasini scheint ohne die berühmte Mutter in Deutschland kaum vorstellbar zu sein. Immer wieder wird sie mit Romy verglichen, wird die Frage aufgeworfen, ob sie neben der Schönheit denn wohl auch das Talent ihrer Mutter geerbt habe. Sarah muß insofern die gleichen Erfahrungen machen wie einst ihre Mutter. Während Romy in Frankreich immer wesentlich stärker aufgrund ihrer filmischen Leistungen Beachtung gefunden hat, standen in Deutschland stets andere Dinge im Vordergrund – zumeist ihr Privatleben. Bei Sarah ist es nicht anders. Während die französischen Journalisten sich viel mehr mit dem auseinandergesetzt haben, was Sarah tatsächlich in ihrem Debütfilm geleistet hat, fällt der deutschen Presse nicht viel anderes ein, als Parallelen mit der berühmten Mutter zu ziehen und der Frage nachzugehen, ob sie denn nun eine würdige Nachfolgerin Romy Schneiders ist oder nicht. Der Schatten ihrer Mutter ist in Deutschland so groß, daß Sarah es wohl nie gelingen wird, aus ihm herauszutreten. Angesichts ihres Kameradebüts hat die *Bunte* marktschreierisch »Romys Wiedergeburt«[235] verkündet. Die *Funk-Uhr* befindet, nachdem sie Photos von Romy und Sarah auf ihre Ähnlichkeiten hin abgeklopft hat, erleichtert: »Ganz die Mama!«[236] Die *Frankfurter Rundschau,* die gar von der »mit dem Muttermythos regelrecht überladenen Tochter« spricht, rechnet ihren Lesern vor: »In Sarah Biasini residieren fünfzig Prozent des Genoms von Romy Schneider. Und das schimmert durch.«[237] Hierzulande kommt kaum jemand auf die Idee, daß es unfair ist, die beiden ständig miteinander zu vergleichen, daß man Sarah damit eine Bürde auflastet, die sie niemals wird tragen können. Romy wird nach wie vor als Nationalheiligtum angesehen – und ihre Tochter Sarah hat sich diesem Erbe zu stellen, ob sie will oder nicht.

Auffällig oft wird Sarah in den Interviews mit deutschen Journalisten auf ihre Mutter angesprochen. Immer wieder will man hören, welche Erinnerungen sie an Romy habe. Sarah jedoch, die ihre Erinnerungen nicht mit der Öffentlichkeit teilen will, antwortet in diesen Fällen sehr zum Ärger der Reporter so manches Mal: »Das ist privat.«[238] Besonders allergisch reagiert sie, wenn sie auf Romys turbulentes Privatleben, die Tragödien in ihrem Leben und ihr trauriges Ende angesprochen wird statt auf die filmischen Leistungen Romys, auf die sie als ihre Tochter stolz ist: »Mit Debatten darüber, wie traurig meine Mutter wirklich war, kann ich nicht viel anfangen. Vielleicht will ich das auch gar nicht, weil ich das Bild, das ich von ihr habe, nicht zerstören möchte. Ich bin einfach stolz darauf, eine so tolle Mutter gehabt zu haben.«[239] Sarah reagiert nicht zuletzt so abweisend auf die drängenden Reporterfragen, weil sie die Erinnerungen an ihre Mutter als Teil ihrer Intimsphäre betrachtet, die sie für sich behalten und nicht mit anderen Menschen teilen möchte: »Als Schauspielerin gehörte sie der ganzen Welt, als Mutter möchte ich sie jedoch ganz für mich bewahren, in meinem Herzen.«[240] Nur selten gibt sie in Interviews zu, wie sehr sie ihre Mutter auch heute noch vermißt: »Meine Mutter fehlt mir. Ich wünschte, ich könnte sie wachküssen.«[241]

Was Sarah noch mehr nervt als die ständigen Vergleiche mit ihrer Mutter, die gerade in Deutschland gezogen werden, ist wohl die Tatsache, daß sie hierzulande nicht nur an ihrer Mutter gemessen wird, sondern auch noch im Schatten von Romys unverwüstlicher Paraderolle Sissi zu stehen scheint. Sarah muß in den Interviews mit deutschen Journalisten beinahe das Gefühl gewinnen, daß das Land auch fünfzig Jahre nach den *Sissi*-Filmen immer noch unter einem regelrechten Sissi-Komplex leidet, so präsent ist dieses Thema nach wie vor. Auffällig oft wird sie auf Romys *Sissi*-Filme angesprochen. Als bekannt wurde, daß Sarah erstmals vor die Kamera treten wird, hat die *Bild*-Zeitung bereits lauthals »Sissis Wiedergeburt«[242] verkündet. Die *Bunte* titelte: »Eine Sissi namens Sarah«.[243] Und selbst die *Frankfurter Allgemeine Sonntagszeitung* haut in die gleiche Kerbe, wenn sie ihren Artikel über Sarah Biasini mit »Sissis Götterkind«[244] überschreibt. Was die Deutschen angesichts von Sarahs Kameradebüt am meisten umzutreiben scheint, ist die Frage, ob Sarah dazu fähig wäre, als Märchenkaiserin Sissi schauspielerisch in die Fußstapfen ihrer Mutter zu treten. Ist Sarah vielleicht bereit, »wiedergutzumachen«, wogegen ihre Mutter sich so gesträubt hat? Könnte sie vielleicht eine ebenso liebreizende Sissi sein, wie Romy es einst gewesen ist? Nicht zuletzt der Umstand, daß Sarah in märchenhaften Kostümen und mit lockenprächtigen Perücken in einem Mantel-und-Degen-Film debütiert hat, scheint viele Deutsche in diesen Überlegungen zu bestärken. Ist die Tatsache, daß Sarah in ihrer ersten Rolle ausgerechnet in einem historischen Kostümfilm mitgewirkt hat, ein hinlängliches Zeichen dafür, daß sie vielleicht auch bereit wäre, als Sissi vor die Kamera zu treten? Kommt das deutsche Publikum nach so vielen Jahren doch noch zur einst so herbeigesehnten Fortsetzung der *Sissi*-Trilogie? Immer wieder wird Sarah mit Sissi in Verbindung gebracht – auch in der *Berliner Zeitung:* »Sissi heißt jetzt Julie.«[245] Und *Bild* analysiert eifrig: »Soviel Sissi steckt in Sarah.«[246] Sarah, der natürlich schnell klargeworden ist, welche Spekulationen es nach sich ziehen wird, daß sie ausgerechnet einen Kostümfilm für ihr Debüt ausgesucht hat, steht trotz der Erfahrungen, die sie in Deutschland machen muß, zu ihrer Entscheidung: »Sollte ich deswegen die Rolle ablehnen, nur aus Angst davor, was andere darüber sagen könnten? Das wäre doch dumm gewesen.«[247] Angesichts der aktuellen Überlegungen des Bayerischen Rundfunks, in Kooperation mit der italienischen Fernsehanstalt RAI den Sissi-Stoff neu zu verfilmen, wird Sarah wiederholt mit der Frage konfrontiert, ob sie die Absicht habe, eine Fortsetzung der *Sissi*-Filme zu drehen, worauf sie deutliche Worte findet: »Ich kann nur eines zu all den Mutmaßungen sagen: Ich möchte keine Sissi spielen, und ich möchte, daß überhaupt niemand Sissi spielt, weil ich nichts von Remakes halte.«[248]

In Interviews, in denen Sarah natürlich immer wieder danach gefragt wird, ob sie das Gefühl habe, als Schauspielerin im Schatten ihrer berühmten Mutter zu stehen, antwortet sie stets, daß sie mittlerweile keine Angst mehr vor dem Mythos ihrer Mutter habe. Sarah ist zu einer selbstbewußten jungen Frau herangewachsen, die alt genug ist, um souverän darauf reagieren zu können, wenn sie wieder und wieder mit Fragen nach ihrer Mutter konfrontiert wird: »Natürlich wird man mich weiterhin als Tochter von Romy Schneider sehen, aber eben nicht mehr ausschließlich. Ich denke, meine Schauspielerei wird künftig im Vordergrund stehen.«[249]

Nach der Promotiontour für *Julie – Agentin des Königs* kehrt Sarah nach Paris zurück, wo sie gemeinsam mit ihrem drei Jahre älteren Freund, dem Jungunternehmer Tristan Lecomte, lebt. Lecomte wird in französischen Wirtschaftskreisen als Shootingstar gefeiert – seine Im- und Exportfirma *Alter Eco* handelt nach dem Prinzip des fairen Handels ausschließlich mit Produkten, die zu angemessenen Preisen in Entwicklungsländern eingekauft worden sind, um die dortigen Bauern, Handwerker und Arbeiter ausreichend zu entlohnen und so die Wirtschaft in der Dritten Welt anzukurbeln. Über ihr Privatleben oder ihre Beziehung mit Tristan spricht Sarah bewußt nicht in der Presse. Die unschönen Erfahrungen, die ihre Mutter zeitlebens mit Journalisten gemacht hat, haben sie und ihren Freund gelehrt, daß es besser ist, keine Einblicke in das eigene Privatleben zu gewähren. »Wir haben vereinbart, das aus der Öffentlichkeit herauszuhalten, sonst verliert man zu leicht die Kontrolle darüber.«[250]

Nicht über ihr Privatleben, sondern über ihre Arbeit soll berichtet werden – so wie ihre Mutter sich das schon immer für sich gewünscht hatte. Noch im Jahr 2004, nachdem *Julie – Agentin des Königs* abgedreht worden war, hat Sarah für zwei weitere, jedoch wesentlich unspektakulärere Projekte vor der Kamera gestanden – für den Fernsehkurzfilm *Der Frühling des Lebens* sowie für die französische Agatha-Christie-Verfilmung *Lauter reizende alte Damen,* in der sie eine Nebenrolle übernommen hat. Im Herbst 2005 stellt Sarah sich dann noch einer ganz neuen Herausforderung; sie spielt erstmals in Paris Theater. Im Théâtre Marigny auf den Champs Élysées steht sie in der weiblichen Hauptrolle von Neil Simons romantischer Komödie *Barfuß im Park* auf der Bühne, einem alten Broadway-Klassiker, der in den sechziger Jahren bereits verfilmt wurde. Die Inszenierung kommt so gut an, daß das Stück im Frühjahr 2007 noch ein weiteres Mal aufgegriffen wird und Sarah mit dem gesamten Ensemble auf eine Tournee durch die französische Provinz, die Schweiz und Belgien geschickt wird. In der Folgezeit arbeitet sie abwechselnd für das Theater und für den Film und scheint sich auf der Bühne ebenso wohl zu fühlen wie im Filmstudio. 2006 kehrt Sarah in der österreichisch-französischen Co-Produktion *Wir sind so verhaßt* vor die Kamera zurück. In dem Film, der zu Beginn der fünfziger Jahre spielt und teils in Paris, teils in Wien gedreht wird, spielt sie eine junge französische Studentin, die sich in einen deutschen Journalisten verliebt. 2007 wirkt sie im Film *Der Ball der Schauspielerinnen* mit, bereitet sich aber auch schon wieder auf ihre nächsten Theaterengagements vor. Im Herbst 2007 spielt sie in Nizza, im Théâtre National de Nice, in dem modernen Stück *Niemand sieht das Video* mit, in dem sie eine junge Frau verkörpert, die zum Opfer einer Meinungsforscherin wird. Im Frühjahr 2008 steht sie dann erneut in Paris auf der Bühne, in dem Kostümstück *Das Vorzimmer,* das in den Pariser Salons unmittelbar nach dem Tod von Ludwig XIV. spielt. Im Sommer 2008 tritt sie beim Theaterfestival in Avignon in dem Stück *Maestro* auf.

Sarah genießt es offenbar ebenso wie einst ihre Mutter, als Schauspielerin in die unterschiedlichsten Charaktere zu schlüpfen, und sie freut sich auf immer neue Aufgaben. Nur für ein Projekt steht sie definitiv nicht zur Verfügung – für die seit vielen Jahren geplante Verfilmung des Lebens ihrer Mutter. Wiederholt ist sie darauf angesprochen worden, ob sie bereit sei, für eine große Kinoproduktion in die Rolle der Romy Schneider zu schlüpfen. »Nein, zu riskant. Meine Mutter war großartig. Ich möchte jetzt zeigen, was *ich* kann, und meinen eigenen Weg gehen.«[251] Doch in welche Rollen sie auch schlüpfen wird, die Vergleiche mit ihrer weltberühmten Mutter werden sie wohl zeit ihres Lebens begleiten, sobald sie auf die Bühne oder vor die Kamera tritt. Sarah hat jedoch gelernt, damit zu leben. Dennoch bleibt der Wunsch, eines Tages aus dem Schatten ihrer Mutter heraustreten zu können, auch wenn sie sich bewußt ist, daß dies noch eine Zeitlang dauern kann: »Bisher hat man mich ausschließlich als die Tochter Romy Schneiders wahrgenommen. Das bin ich ja auch. Aber ich hoffe, daß man mich auch als Schauspielerin annehmen wird.«[252] Auch wenn sie stolz ist, Romys Tochter zu sein, weiß sie, daß sie ihren eigenen Weg finden muß: »Ich bin nicht Romy Schneider – ich bin Sarah Biasini. Ich muß für mich alleine stehen.«[253]

Anmerkungen

TEIL I – ROSEMARIE

1 Adolf Hitler: Mein Kampf. 270. – 274. Aufl. München 1937, S. 1.

2 Vgl. Georg Marcus: Die Hörbigers. Biografie einer Familie. 2. Aufl. Wien 2006, S. 144.

3 Magda Schneider zitiert nach Bettina Dahse: Romy. »Ich hätte Ihnen so gern noch was gesagt …« Eine biographische Hommage. 2. Aufl. Hamburg 2002, S. 15.

4 Zitiert nach Magda Schneider: Meine Tochter Romy. In: Renate Seydel (Hrsg.): Ich, Romy. Tagebuch eines Lebens. 5. Aufl. Frankfurt a. M., Berlin 1992, S. 15.

5 Magda Schneider: Wenn ich zurückschau … Erinnerungen. Hrsg. von Renate Seydel. Frankfurt a. M., Berlin 1992, S. 68.

6 Magda Schneider: Wenn ich zurückschau … Erinnerungen. Hrsg. von Renate Seydel. Frankfurt a. M., Berlin 1992, S. 60.

7 Magda Schneider: Wenn ich zurückschau … Erinnerungen. Hrsg. von Renate Seydel. Frankfurt a. M., Berlin 1992, S. 75.

8 Rosa Albach-Retty: So kurz sind hundert Jahre. Erinnerungen. 2. Aufl. München, Berlin 1978, S. 241.

9 Géza von Cziffra: Es war eine rauschende Ballnacht. Eine Sittengeschichte des deutschen Films. Frankfurt a. M., Berlin 1987, S. 180.

10 Bundesarchiv Berlin, ehem. Berlin-Document-Center (RKK/Fachschaft Film), Personenakte Trude Marlen. In den Akten wird Trude Marlen, geborene Trude Posch, einmal als Trude Wolff geführt, verheiratet mit dem Filmschnittmeister Hans Wolff, ein anderes Mal (im Juni 1941) als Trude Schoper.

11 Anton Joachimsthaler: Hitlers Liste. Ein Dokument persönlicher Beziehungen. München 2003, S. 15.

12 Vgl. Anton Joachimsthaler: Hitlers Liste. Ein Dokument persönlicher Beziehungen. München 2003, S. 14.

13 Bundesarchiv Berlin, ehem. Berlin-Document-Center (RKK/Fachschaft Film), Personenakte Trude Marlen, Aufnahmebogen der Reichsfilmkammer und der Reichstheaterkammer.

14 Bundesarchiv Berlin, ehem. Berlin-Document-Center (RKK/Fachschaft Film), Personenakte Trude Marlen, handschriftliches Schreiben Trude Marlens an Hitler vom 13. 4. 1938.

15 Bundesarchiv Berlin, ehem. Berlin-Document-Center (RKK/Fachschaft Film), Personenakte Trude Marlen, Schreiben der Kanzlei des Führers der NSDAP an die Reichsfilmkammer Berlin vom 2. 5. 1938.

16 Magda Schneider: Wenn ich zurückschau … Erinnerungen. Hrsg. von Renate Seydel. Frankfurt a. M., Berlin 1992, S. 52.

17 Magda Schneider: Wenn ich zurückschau … Erinnerungen. Hrsg. von Renate Seydel. Frankfurt a. M., Berlin 1992, S. 81 f.

18 RS zitiert nach Alice Schwarzer: Romy Schneider. Mythos und Leben. Köln 1998, S. 39.

19 Magda Schneider: Meine Tochter Romy. In: Renate Seydel (Hrsg.): Ich, Romy. Tagebuch eines Lebens. 5. Aufl. Frankfurt a. M., Berlin 1992, S. 27.

20 Vgl. Michael Jürgs: Der Fall Romy Schneider. Eine Biographie. Reinbek 1993, S. 20.

21 RS zitiert nach Renate Seydel (Hrsg.): Ich, Romy. Tagebuch eines Lebens. 5. Aufl. Frankfurt a. M., Berlin 1992, S. 37.

22 Rosa Albach-Retty: So kurz sind hundert Jahre. Erinnerungen. 2. Aufl. München, Berlin 1978, S. 241 f.

23 Scheidungsurteil zitiert nach Bettina Dahse: Romy. »Ich hätte Ihnen so gern noch was gesagt …« Eine biographische Hommage. 2. Aufl. Hamburg 2002, S. 31.

24 Ilse Werner: So wird's nie wieder sein. Ein Leben mit Pfiff. Frankfurt a. M., Berlin 1996, S. 139.

25 Kritik aus *Die Presse* zitiert nach Magda Schneider: Wenn ich zurückschau … Erinnerungen. Hrsg. von Renate Seydel. Frankfurt a. M., Berlin 1992, S. 88.

26 Vgl. Bettina Dahse: Romy. »Ich hätte Ihnen so gern noch was gesagt …« Eine biographische Hommage. 2. Aufl. Hamburg 2002, S. 72.

27 Zitiert nach Bettina Dahse: Romy. »Ich hätte Ihnen so gern noch was gesagt …« Eine biographische Hommage. 2. Aufl. Hamburg 2002, S. 34.

28 Magda Schneider: Wenn ich zurückschau … Erinnerungen. Hrsg. von Renate Seydel. Frankfurt a. M., Berlin 1992, S. 85.

29 Magda Schneider: Wenn ich zurückschau … Erinnerungen. Hrsg. von Renate Seydel. Frankfurt a. M., Berlin 1992, S. 94.

30 *Weltwoche* zitiert nach Jürgen Trimborn: Hildegard Knef. Das Glück kennt nur Minuten. Die Biographie. München 2005, S. 130 f.

31 Magda Schneider: Wenn ich zurückschau … Erinnerungen. Hrsg. von Renate Seydel. Frankfurt a. M., Berlin 1992, S. 81.

32 Vgl. Ulrich Liebe: Verehrt, verfolgt, vergessen. Schauspieler als Nazi-Opfer. 2. Aufl., Weinheim, Berlin 1993, S. 50; sowie Fred Gehler: Zwischen Kabarett und KZ. Die Karriere Kurt Gerrons. In: Hans-Michael Bock, Michael Tötberg (Hrsg.): Das Ufa-Buch. Frankfurt a. M. 1992, S. 310 ff.

33 O. W. Fischer zitiert nach Géza von Cziffra: Es war eine rauschende Ballnacht. Eine Sittengeschichte des deutschen Films. Frankfurt a. M., Berlin 1987, S. 35.

34 Vgl. hierzu Camilla Horn: Verliebt in die Liebe. Erinnerungen. Frankfurt a. M., Berlin 1990, S. 171 ff. Der Name von Magdas Schauspielagentin war Frau Blumann.

35 Die ohne Nennung entsprechender Quellen aufgestellte Behauptung, Magda Schneider habe »gleich zwei jüdische Sekretärinnen in Berlin beschäftigt« (vgl. Bettina Dahse: Romy. »Ich hätte Ihnen so gern noch was gesagt ...« Eine biographische Hommage. 2. Aufl. Hamburg 2002, S. 15), läßt sich angesichts der überlieferten Aktenlage nicht nachvollziehen – sollte dies so gewesen sein, kann davon ausgegangen werden, daß es eine entsprechende Korrespondenz in der Personalakte Magda Schneider der Reichsfilmkammer gäbe, in der die Schauspielerin dazu aufgefordert worden wäre, sich von ihren jüdischen Sekretärinnen zu trennen. In ihrer Autobiographie erwähnt Magda Schneider ebenfalls nichts von »Fräulein Olga Boy« oder »Fräulein Bluman«.

36 Bundesarchiv Berlin, ehem. Berlin-Document-Center (RKK/Fachschaft Film), Personenakte Magda Schneider, diverse von Magda Schneider unterzeichnete Schriftstücke.

38 Diese Behauptung stellen Bettina Dahse und Horst Fehlhaber am 14. 1. 2008 in einem Schreiben an den Droemer-Verlag auf, um bereits im Vorfeld dieser Buchveröffentlichung darauf hinzuweisen, daß es »keine Nähe Magda Schneiders zum Nationalsozialismus« gegeben habe.

39 Vgl. Anna Maria Sigmund: Die Frauen der Nazis. Wien 1998, S. 159 ff.

40 Magda Schneider zitiert nach Alice Schwarzer: Romy Schneider. Mythos und Leben. Köln 1998, S. 36.

41 RS zitiert nach Daniel Biasini: Meine Romy. München 2000, S. 86.

42 RS zitiert nach Alice Schwarzer: Romy Schneider. Mythos und Leben. Köln 1998, S. 36.

43 Vgl. hierzu etwa Anton Joachimsthaler: Hitlers Liste. Ein Dokument persönlicher Beziehungen. München 2003, S. 23 ff.

44 Bundesarchiv Berlin, ehem. Berlin-Document-Center (RKK/Fachschaft Film), Personenakte Wolf Albach-Retty, von Albach-Retty handschriftlich ausgefülltes Formular mit dem Vermerk: »Mitglied der NSDAP seit 1940/Mitgliedsnummer: noch nicht erhalten.« Vgl. auch NS-Registrierungsakt im Wiener Stadt- und Landesarchiv; Mitteilung des Magistrats der Stadt Wien an den Autor vom 18. 12. 2007.

45 Bundesarchiv Berlin, ehem. Berlin-Document-Center (RKK/Fachschaft Film), Personenakte Wolf Albach-Retty, Fragebogen der Reichsfachschaft Film vom 3. 10. 1933. Handschriftlich ausgefüllt von Wolf Albach-Retty. Hier findet sich der Hinweis auf die Mitgliedschaft in der SS und im Deutschen Arbeitsdienst. Der Hinweis auf die Mitgliedschaft als Förderndes Mitglied der SS findet sich erneut in dem ebenfalls von Wolf Albach-Retty handschriftlich ausgefüllten Fragebogen der Reichsfilmkammer/Fachschaft Film/Außenstelle Wien vom 28. 6. 1938.

46 Vgl. Bundesarchiv Berlin, ehem. Berlin-Document-Center (RKK/Fachschaft Film), Personenakte Wolf Albach-Retty, Schreiben von Albach-Rettys Anwälten Dr. Reinhold Walch und Dr. Alfred von Seefeld, Berlin, 17. 4. 1937, unterzeichnet von Alfred von Seefeld.

47 Bundesarchiv Berlin, ehem. Berlin-Document-Center (RKK/Fachschaft Film), Personenakte Wolf Albach-Retty, diverse Schreiben von Wolf Albach-Retty.

48 Vgl. hierzu Jürgen Trimborn: Der Herr im Frack. Johannes Heesters. Biographie. Berlin 2003, S. 267 f.

49 Bundesarchiv Berlin, ehem. Berlin-Document-Center (RKK/Fachschaft Film), Personenakte Wolf Albach-Retty, Schreiben von Wolf Albach-Retty an den Vize-Präsidenten der Reichsfilmkammer vom 25. 1. 1936. In der Personenakte Magda Schneider findet sich ein gleichlautendes, auf den gleichen Tag datiertes Schreiben in der gleichen Angelegenheit, da auch Magda Schneider für den Film *Die Puppenfee* engagiert wurde.

50 Bundesarchiv Berlin, ehem. Berlin-Document-Center (RKK/Fachschaft Film), Personenakte Magda Schneider, Schreiben von Dr. A. Meier, Neues Deutsches Lichtspiel-Syndikat an den Präsidenten der Reichsfilmkammer vom 9. 3. 1935.

51 Bundesarchiv Berlin, ehem. Berlin-Document-Center (RKK/Fachschaft Film), Personenakte Magda Schneider, Schreiben von Dr. A. Meier, Neues Deutsches Lichtspiel-Syndikat an den Präsidenten der Reichsfilmkammer vom 16. 3. 1935.

52 Magda werden etwa für eine dreimonatige Pause im Sommer 1944 zehntausend Reichsmark Entschädigung gezahlt, Wolf bekommt Ende 1944 für eine fünfmonatige Drehpause fünfzehntausend Reichsmark zugeschrieben. Vgl. Bundesarchiv Berlin, ehem. Berlin-Document-Center (RKK/Fachschaft Film), Personenakten Wolf Albach-Retty und Magda Schneider-Albach, Schreiben des Sondertreuhänders der Arbeit für die kulturschaffenden Berufe vom 13. 7. 1944 (Magda Schneider) und vom 22. 12. 1944 (Wolf Albach-Retty).

53 Bundesarchiv Berlin, ehem. Berlin-Document-Center (RKK/Fachschaft Film), Personenakte Magda Schneider, Schreiben der Berlin-Film GmbH. an den Sondertreuhänder der Arbeit für die kulturschaffenden Berufe vom 8. 4. 1942.

54 Bundesarchiv Berlin, ehem. Berlin-Document-Center (RKK/Fachschaft Film), Personenakte Wolf Albach-Retty, Schreiben des Sondertreuhänders der Arbeit für die kulturschaffenden Berufe an die Berlin-Film GmbH. vom 17. 4. 1942.

55 Bundesarchiv Berlin, ehem. Berlin-Document-Center (RKK/Fachschaft Film), Personenakte Wolf Albach-Retty, Schreiben der Wien-Film GmbH. An Wolf Albach-Retty vom 25. 8. 1943.

56 Magda Schneider: Wenn ich zurückschau … Erinnerungen. Hrsg. von Renate Seydel. Frankfurt a. M., Berlin 1992, S. 18.

57 Magda Schneider: Wenn ich zurückschau … Erinnerungen. Hrsg. von Renate Seydel. Frankfurt a. M., Berlin 1992, S. 20.

58 Magda Schneider: Wenn ich zurückschau … Erinnerungen. Hrsg. von Renate Seydel. Frankfurt a. M., Berlin 1992, S. 25.

59 Adolf Hitler zitiert nach Rosa Albach-Retty: So kurz sind hundert Jahre. Erinnerungen. 2. Aufl. München, Berlin 1978, S. 237.

60 Magda Schneider: Wenn ich zurückschau … Erinnerungen. Hrsg. von Renate Seydel. Frankfurt a. M., Berlin 1992, S. 39.

61 Manfred Barthel: Als Opas Kino jung war. Der deutsche Nachkriegsfilm. Frankfurt a. M., Berlin 1991, S. 135.

62 Rosa Albach-Retty: So kurz sind hundert Jahre. Erinnerungen. 2. Aufl. München, Berlin 1978, S. 142.

63 Rosa Albach-Retty: So kurz sind hundert Jahre. Erinnerungen. 2. Aufl. München, Berlin 1978, S. 217.

64 Wolf Albach-Retty zitiert nach Rosa Albach-Retty: So kurz sind hundert Jahre. Erinnerungen. 2. Aufl. München, Berlin 1978, S. 219.

65 Rosa Albach-Retty: So kurz sind hundert Jahre. Erinnerungen. 2. Aufl. München, Berlin 1978, S. 220.

66 Rosa Albach-Retty: So kurz sind hundert Jahre. Erinnerungen. 2. Aufl. München, Berlin 1978, S. 221.

67 Bundesarchiv Berlin, ehem. Berlin-Document-Center (RKK/Fachschaft Film), Personenakte Wolf Albach-Retty, Aufnahmebogen der Reichsfilmkammer.

68 Wolf Albach-Retty zitiert nach Rosa Albach-Retty: So kurz sind hundert Jahre. Erinnerungen. 2. Aufl. München, Berlin 1978, S. 223.

69 Zitiert nach Uwe Kläckner-Draga: »Wirf weg, damit du nicht verlierst …« Lilian Harvey. Biographie eines Filmstars. Berlin 1999, S. 130.

70 Rosa Albach-Retty: So kurz sind hundert Jahre. Erinnerungen. 2. Aufl. München, Berlin 1978, S. 228.

71 Wolf und Rosa Albach-Retty zitiert nach Rosa Albach-Retty: So kurz sind hundert Jahre. Erinnerungen. 2. Aufl. München, Berlin 1978, S. 231.

72 Vgl. hierzu Jürgen Trimborn: Der Herr im Frack. Johannes Heesters. Biographie. Berlin 2003, S. 234 ff.

73 Bundesarchiv Berlin, ehem. Berlin-Document-Center (RKK/Fachschaft Film), Personenakte Wolf Albach-Retty, Schreiben von Frau Schulze an den Präsidenten der Reichsfilmkammer vom 26. 12. 1935.

74 Bundesarchiv Berlin, ehem. Berlin-Document-Center (RKK/Fachschaft Film), Personenakte Wolf Albach-Retty, Schreiben der Reichsfilmkammer/Reichsfachschaft Film an Wolf Albach-Retty vom 10. 1. 1936.

75 Bundesarchiv Berlin, ehem. Berlin-Document-Center (RKK/Fachschaft Film), Personenakte Wolf Albach-Retty, Schreiben Wolf Albach-Rettys an die Reichsfachschaft Film vom 14. 1. 1936.

76 Bundesarchiv Berlin, ehem. Berlin-Document-Center (RKK/Fachschaft Film), Personenakte Wolf Albach-Retty, Schreiben von Fräulein Strutz an die Reichsfachschaft Film vom 7. 1. 1936 und Rückantwort vom 13. 1. 1936.

77 Bundesarchiv Berlin, ehem. Berlin-Document-Center (RKK/Fachschaft Film), Personenakte Wolf Albach-Retty, Schreiben der Reichsfilmkammer/Abteilung Filmnachweis an Wolf Albach-Retty, vom 7. 9. 1934.

78 Vgl. Bundesarchiv Berlin, R 109 I/1033b, S. 89, Niederschrift 1349/16 vom 19. 1. 1939.

79 RS zitiert nach Bettina Dahse: Romy. »Ich hätte Ihnen so gern noch was gesagt …« Eine biographische Hommage. 2. Aufl. Hamburg 2002, S. 34.

80 RS zitiert nach Renate Seydel: Romy Schneider. Bilder ihres Lebens. München 1990, S. 32.

81 Zitiert nach Alice Schwarzer: Romy Schneider. Mythos und Leben. Köln 1998, S. 42.

82 RS zitiert nach Alice Schwarzer: Romy Schneider. Mythos und Leben. Köln 1998, S. 41.

83 Österreichisches Staatsarchiv, Wien: Personalia Wolf Albach-Retty (ÖSTA/AdR, 03/BMU: GZ 12 BK/1946; 03/BMU: GZ 35.431-II/1948; 03/ÖBThV), Schreiben Wolf Albach-Rettys vom 29. 3. 1946.

84 Magistrat der Stadt Wien, Wiener Stadt- und Landesarchiv, Gesuch Wolf Albach-Rettys an die Provisorische Staatsregierung in Wien vom Herbst 1945.

85 Österreichisches Staatsarchiv, Wien: Personalia Wolf Albach-Retty (ÖSTA/AdR, 03/BMU: GZ 12 BK/1946; 03/BMU: GZ 35.431-II/1948; 03/ÖBThV).

86 Magistrat der Stadt Wien, Wiener Stadt- und Landesarchiv, Magistratsabteilung 119, A43, 19. Bezirk/3717.

87 Zitiert nach Bettina Dahse: Romy. »Ich hätte Ihnen so gern noch was gesagt …« Eine biographische Hommage. 2. Aufl. Hamburg 2002, S. 55.

88 RS zitiert nach Renate Seydel (Hrsg.): Ich, Romy. Tagebuch eines Lebens. 5. Aufl. Frankfurt a. M., Berlin 1992, S. 48.

89 Magda Schneider: Wenn ich zurückschau … Erinnerungen. Hrsg. von Renate Seydel. Frankfurt a. M., Berlin 1992, S. 90.

90 RS zitiert nach Renate Seydel: Romy Schneider. Bilder ihres Lebens. München 1990, S. 32.

91 RS zitiert nach Renate Seydel (Hrsg.): Ich, Romy. Tagebuch eines Lebens. 5. Aufl. Frankfurt a. M., Berlin 1992, S. 39 f.

92 Schwester Augustina zitiert nach Bernard Pascuito: Romy. »Wem nichts mehr vom Leben übrig bleibt«. Biographie eines Abschieds. München 2003, S. 35.

93 RS zitiert nach Renate Seydel (Hrsg.): Ich, Romy. Tagebuch eines Lebens. 5. Aufl. Frankfurt a. M., Berlin 1992, S. 37.

94 RS zitiert nach Renate Seydel (Hrsg.): Ich, Romy. Tagebuch eines Lebens. 5. Aufl. Frankfurt a. M., Berlin 1992, S. 36.

95 RS zitiert nach Renate Seydel (Hrsg.): Ich, Romy. Tagebuch eines Lebens. 5. Aufl. Frankfurt a. M., Berlin 1992, S. 36.

96 Vgl. Renate Seydel (Hrsg.): Ich, Romy. Tagebuch eines Lebens. 5. Aufl. Frankfurt a. M., Berlin 1992, S. 35.

97 RS zitiert nach Renate Seydel (Hrsg.): Ich, Romy. Tagebuch eines Lebens. 5. Aufl. Frankfurt a. M., Berlin 1992, S. 45.

98 RS zitiert nach Renate Seydel (Hrsg.): Ich, Romy. Tagebuch eines Lebens. 5. Aufl. Frankfurt a. M., Berlin 1992, S. 40.

99 Magda Schneider: Wenn ich zurückschau … Erinnerungen. Hrsg. von Renate Seydel. Frankfurt a. M., Berlin 1992, S. 96.

100 RS zitiert nach Bettina Dahse: Romy. »Ich hätte Ihnen so gern noch was gesagt …« Eine biographische Hommage. 2. Aufl. Hamburg 2002, S. 48.

101 RS zitiert nach Renate Seydel (Hrsg.): Ich, Romy. Tagebuch eines Lebens. 5. Aufl. Frankfurt a. M., Berlin 1992, S. 46.

102 RS zitiert nach Renate Seydel (Hrsg.): Ich, Romy. Tagebuch eines Lebens. 5. Aufl. Frankfurt a. M., Berlin 1992, S. 41.

103 RS in ihrem Tagebuch, zitiert nach Robert Amos (Hrsg.): Mythos Romy Schneider. Ich verleihe mich zum Träumen. Isenburg 2006, S. 78.

104 RS zitiert nach Renate Seydel (Hrsg.): Ich, Romy. Tagebuch eines Lebens. 5. Aufl. Frankfurt a. M., Berlin 1992, S. 47.

105 Rosa Albach-Retty: So kurz sind hundert Jahre. Erinnerungen. 2. Aufl. München, Berlin 1978, S. 240.

106 Zitiert nach Rosa Albach-Retty: So kurz sind hundert Jahre. Erinnerungen. 2. Aufl. München, Berlin 1978, S. 47.

107 Rosa Albach-Retty: So kurz sind hundert Jahre. Erinnerungen. 2. Aufl. München, Berlin 1978, S. 35.

108 Rosa Albach-Retty: So kurz sind hundert Jahre. Erinnerungen. 2. Aufl. München, Berlin 1978, S. 35 f.

109 Rosa Albach-Retty: So kurz sind hundert Jahre. Erinnerungen. 2. Aufl. München, Berlin 1978, S. 17.

110 Joseph Kainz zitiert nach Rosa Albach-Retty: So kurz sind hundert Jahre. Erinnerungen. 2. Aufl. München, Berlin 1978, S. 18.

111 Käthe Retty zitiert nach Rosa Albach-Retty: So kurz sind hundert Jahre. Erinnerungen. 2. Aufl. München, Berlin 1978, S. 84.

112 Rosa Albach-Retty: So kurz sind hundert Jahre. Erinnerungen. 2. Aufl. München, Berlin 1978, S. 85.

113 Kolja Solowetschik zitiert nach Rosa Albach-Retty: So kurz sind hundert Jahre. Erinnerungen. 2. Aufl. München, Berlin 1978, S. 111.

114 Rosa Albach-Retty: So kurz sind hundert Jahre. Erinnerungen. 2. Aufl. München, Berlin 1978, S. 112.

115 Rudolf Retty zitiert nach Rosa Albach-Retty: So kurz sind hundert Jahre. Erinnerungen. 2. Aufl. München, Berlin 1978, S. 181.

116 Zitiert nach Boguslaw Drewniak: Das Theater im NS-Staat. Szenarium deutscher Zeitgeschichte 1933 – 1945. Düsseldorf 1983, S. 74.

117 Bundesarchiv Berlin, ehem. Berlin-Document-Center (RKK/Fachschaft Film), Personenakte Rosa Albach-Retty, Aufnahmebogen der Reichsfilmkammer/Fachschaft Film, handschriftlich ausgefüllt von Rosa Albach-Retty am 20. 8. 1939. Hier bestätigt Rosa Albach-Retty persönlich, Mitglied der *Vaterländischen Front* gewesen und Förderndes Mitglied der SS zu sein.

118 Rosa Albach Retty in *Kleine Volks-Zeitung*, 10. 4. 1938.

119 Rosa Albach-Retty: So kurz sind hundert Jahre. Erinnerungen. 2. Aufl. München, Berlin 1978, S. 236.

120 Schreiben von Walter Thomas, Reichspropagandaamt Wien, an das Reichspropagandaministerium in Berlin, 1943, zitiert nach Boguslaw Drewniak: Das Theater im NS-Staat. Szenarium deutscher Zeitgeschichte 1933 – 1945. Düsseldorf 1983, S. 160.

121 Bundesarchiv Berlin, ehem. Berlin-Document-Center (RKK/Fachschaft Film), Personenakte Rosa Albach-Retty, Telegramm an die Reichstheaterkammer Berlin vom 2. 3. 1943.

122 Österreichisches Staatsarchiv, ÖSTA/AdR, 02/BMI: Gauakt 320.827, Schreiben der Direktion des Burgtheaters vom 1. 9. 1944.

123 Adolf Hitler zitiert nach Oliver Rathkolb: Führertreu und gottbegnadet. Künstlereliten im Dritten Reich. Wien 1991, S. 166.

124 Bundesarchiv Berlin, R 109 II/30, Schreiben von Dr. Schlösser, Reichsministerium für Volksaufklärung und Propaganda an Rosa Albach-Retty vom 16. 9. 1944.

125 BMI, Gauakt Rosa Albach-Retty, zitiert nach Oliver Rathkolb: Führertreu und gottbegnadet. Künstlereliten im Dritten Reich. Wien 1991, S. 235.

126 Rosa Albach-Retty zitiert nach Georg Markus: Die ganz Großen. Meine Erinnerungen an die Lieblinge des Publikums. Wien, München 2000.

127 Rosa Albach-Retty zitiert nach Georg Markus: Die ganz Großen. Meine Erinnerungen an die Lieblinge des Publikums. Wien, München 2000.

128 Rosa Albach-Retty: So kurz sind hundert Jahre. Erinnerungen. 2. Aufl. München, Berlin 1978, S. 7.

129 Rosa Albach-Retty: So kurz sind hundert Jahre. Erinnerungen. 2. Aufl. München, Berlin 1978, S. 245.

130 Magda Schneider: Wenn ich zurückschau … Erinnerungen. Hrsg. von Renate Seydel. Frankfurt a. M., Berlin 1992, S. 102.

131 Magda Schneider zitiert nach Renate Seydel (Hrsg.): Ich, Romy. Tagebuch eines Lebens. 5. Aufl. Frankfurt a. M., Berlin 1992, S. 52.

132 RS zitiert nach Renate Seydel (Hrsg.): Ich, Romy. Tagebuch eines Lebens. 5. Aufl. Frankfurt a. M., Berlin 1992, S. 56.

133 RS zitiert nach Renate Seydel (Hrsg.): Ich, Romy. Tagebuch eines Lebens. 5. Aufl. Frankfurt a. M., Berlin 1992, S. 61.

134 RS zitiert nach Renate Seydel (Hrsg.): Ich, Romy. Tagebuch eines Lebens. 5. Aufl. Frankfurt a. M., Berlin 1992, S. 62.

135 RS zitiert nach Renate Seydel (Hrsg.): Ich, Romy. Tagebuch eines Lebens. 5. Aufl. Frankfurt a. M., Berlin 1992, S. 57.

136 RS zitiert nach Renate Seydel (Hrsg.): Ich, Romy. Tagebuch eines Lebens. 5. Aufl. Frankfurt a. M., Berlin 1992, S. 66.

137 RS zitiert nach Renate Seydel (Hrsg.): Ich, Romy. Tagebuch eines Lebens. 5. Aufl. Frankfurt a. M., Berlin 1992, S. 66.

138 RS zitiert nach Renate Seydel (Hrsg.): Ich, Romy. Tagebuch eines Lebens. 5. Aufl. Frankfurt a. M., Berlin 1992, S. 64.

139 Hans Deppe zitiert nach Curt Riess: Romy Schneider. Rastatt 1990, S. 16.

140 RS zitiert nach Johannes Thiele: Romy Schneider. Ihr Leben. Ihre Seele. Wien 2007, S. 27.

141 Willy Fritsch zitiert nach Bettina Dahse: Romy. »Ich hätte Ihnen so gern noch was gesagt …« Eine biographische Hommage. 2. Aufl. Hamburg 2002, S. 66.

142 RS zitiert nach Renate Seydel (Hrsg.): Ich, Romy. Tagebuch eines Lebens. 5. Aufl. Frankfurt a. M., Berlin 1992, S. 65.

143 *Filmforum*, zitiert nach Joe Hembus (Hrsg.): Romy Schneider und ihre Filme. München 1985, S. 26.

144 RS zitiert nach Renate Seydel (Hrsg.): Ich, Romy. Tagebuch eines Lebens. 5. Aufl. Frankfurt a. M., Berlin 1992, S. 69.

145 Lilli Palmer: Dicke Lilli, gutes Kind. München 1977, S. 8.

146 RS zitiert nach Renate Seydel (Hrsg.): Ich, Romy. Tagebuch eines Lebens. 5. Aufl. Frankfurt a. M., Berlin 1992, S. 73.

147 RS zitiert nach Renate Seydel (Hrsg.): Ich, Romy. Tagebuch eines Lebens. 5. Aufl. Frankfurt a. M., Berlin 1992, S. 51.

148 RS zitiert nach Renate Seydel (Hrsg.): Ich, Romy. Tagebuch eines Lebens. 5. Aufl. Frankfurt a. M., Berlin 1992, S. 74.

149 RS zitiert nach Renate Seydel (Hrsg.): Ich, Romy. Tagebuch eines Lebens. 5. Aufl. Frankfurt a. M., Berlin 1992, S. 75.

150 Lilli Palmer zitiert nach Alice Schwarzer: Romy Schneider. Mythos und Leben. Köln 1998, S. 56.

151 RS zitiert nach Renate Seydel (Hrsg.): Ich, Romy. Tagebuch eines Lebens. 5. Aufl. Frankfurt a. M., Berlin 1992, S. 82.

152 RS zitiert nach Renate Seydel (Hrsg.): Ich, Romy. Tagebuch eines Lebens. 5. Aufl. Frankfurt a. M., Berlin 1992, S. 97.

153 Hans Albers zitiert nach Jürgen Trimborn: Hildegard Knef. Das Glück kennt nur Minuten. München 2005, S. 194.

154 Hans Albers zitiert nach Alice Schwarzer: Romy Schneider. Mythos und Leben. Köln 1998, S. 56.

155 Ernst Marischka zitiert nach Bettina Dahse: Romy. »Ich hätte Ihnen so gern noch was gesagt …« Eine biographische Hommage. 2. Aufl. Hamburg 2002, S. 63.

156 Hans Herbert Blatzheim: Was ist schon tabu? Berlin 1966, S. 100.

157 Ludwig Blatzheim zitiert nach Hans Herbert Blatzheim: Was ist schon tabu? Berlin 1966, S. 23.

158 Hans Herbert Blatzheim: Was ist schon tabu? Berlin 1966, S. 74.

159 Hans Herbert Blatzheim: Was ist schon tabu? Berlin 1966, S. 38.

160 Hans Herbert Blatzheim: Was ist schon tabu? Berlin 1966, S. 43.

161 Max Schmeling zitiert nach Hans Herbert Blatzheim: Was ist schon tabu? Berlin 1966, S. 97.

162 Hans Herbert Blatzheim: Was ist schon tabu? Berlin 1966, S. 153.

163 Landesarchiv NRW/Hauptstaatsarchiv Düsseldorf, NW 1048-35-00273, Entnazifizierungsakte Hans Herbert Blatzheim. Fragebogen der Military Government of Germany vom 27. 6. 1947. Für wertvolle Hinweise in diesem Kontext bin ich Dr. Jürgen Müller vom NS-Dokumentationszentrum Köln zu größtem Dank verpflichtet.

164 Landesarchiv NRW/Hauptstaatsarchiv Düsseldorf, NW 1049-41027, Entnazifizierungsakte Ludwig Blatzheim.

165 Landesarchiv NRW/Hauptstaatsarchiv Düsseldorf, NW 1048-35-00273, Entnazifizierungsakte Hans Herbert Blatzheim. Fragebogen der Military Government of Germany vom 27. 6. 1947.

166 Landesarchiv NRW/Hauptstaatsarchiv Düsseldorf, NW 1048-35-00273, Entnazifizierungsakte Hans Herbert Blatzheim und NW 1049-41027, die Strafe von 200 000 RM wird später gnadenhalber auf eine Zahlung von 50 000 RM verringert.

167 Landesarchiv NRW/Hauptstaatsarchiv Düsseldorf, NW 1048-35-00273, Entnazifizierungsakte Hans Herbert Blatzheim und NW 1049-41027, Feldurteil, Gericht der Division Nr. 156, Zweigstelle Köln, 25. 10. 1941.

168 Vgl. Landesarchiv NRW/Hauptstaatsarchiv Düsseldorf, NW 1048-35-00273, Entnazifizierungsakte Hans Herbert Blatzheim und NW 1049-41027, Entnazifizierungsakte Ludwig Blatzheim.

169 Magda Schneider zitiert nach Bettina Dahse: Romy. »Ich hätte Ihnen so gern noch was gesagt …« Eine biographische Hommage. 2. Aufl. Hamburg 2002, S. 41.

170 Magda Schneider: Meine Tochter Romy. In: Renate Seydel (Hrsg.): Ich, Romy. Tagebuch eines Lebens. 5. Aufl. Frankfurt a. M., Berlin 1992, S. 29.

171 Magda Schneider: Wenn ich zurückschau … Erinnerungen. Hrsg. von Renate Seydel. Frankfurt a. M., Berlin 1992, S. 97.

172 Rosa Albach-Retty: So kurz sind hundert Jahre. Erinnerungen. 2. Aufl. München, Berlin 1978, S. 268.

173 Magda Schneider: Meine Tochter Romy. In: Renate Seydel (Hrsg.): Ich, Romy. Tagebuch eines Lebens. 5. Aufl. Frankfurt a. M., Berlin 1992, S. 29.

174 Magda Schneider: Wenn ich zurückschau … Erinnerungen. Hrsg. von Renate Seydel. Frankfurt a. M., Berlin 1992, S. 97 f.

175 Hans Herbert Blatzheim: Was ist schon tabu? Berlin 1966, S. 177.

176 RS zitiert nach Johannes Thiele: Romy Schneider. Ihr Leben. Ihre Seele. Wien 2007, S. 34.

177 Michael Jürgs: Der Fall Romy Schneider. Eine Biographie. Reinbek 1993, S. 30.

178 RS zitiert nach Renate Seydel (Hrsg.): Ich, Romy. Tagebuch eines Lebens. 5. Aufl. Frankfurt a. M., Berlin 1992, S. 162.

179 Magda Schneider zitiert nach Renate Seydel: Romy Schneider. Bilder ihres Lebens. München 1990, S. 43.

180 RS zitiert nach Martine Bartolomei: Romy Schneider. Eine Biographie. Erlangen 1992, S. 26.

181 RS zitiert nach Renate Seydel (Hrsg.): Ich, Romy. Tagebuch eines Lebens. 5. Aufl. Frankfurt a. M., Berlin 1992, S. 79.

182 RS zitiert nach Hildegard Knef: Romy. Betrachtung eines Lebens. Hamburg 1983, S. 40.

183 Magda Schneider zitiert nach Martine Bartolomei: Romy Schneider. Eine Biographie. Erlangen 1992, S. 29.

184 Zitiert nach Michael Jürgs: Der Fall Romy Schneider. Eine Biographie. Reinbek 1993, S. 32.

185 Vgl. Bettina Dahse: Romy. »Ich hätte Ihnen so gern noch was gesagt …« Eine biographische Hommage. 2. Aufl. Hamburg 2002, S. 81.

186 Magda Schneider: Wenn ich zurückschau … Erinnerungen. Hrsg. von Renate Seydel. Frankfurt a. M., Berlin 1992, S. 119.

187 Magda Schneider zitiert nach Curt Riess: Das gab's nur einmal. Das Buch der schönsten Filme unseres Lebens. Hamburg 1956, S. 754.

188 Erneut abgedruckt in Renate Seydel (Hrsg.): Ich, Romy. Tagebuch eines Lebens. 5. Aufl. Frankfurt a. M., Berlin 1992, S. 13 f.

189 Magda Schneider: Meine Tochter Romy. In: Renate Seydel (Hrsg.): Ich, Romy. Tagebuch eines Lebens. 5. Aufl. Frankfurt a. M., Berlin 1992, S. 20.

190 RS zitiert nach Michael Jürgs: Der Fall Romy Schneider. Eine Biographie. Reinbek 1993, S. 63.

191 Bescheid des Kreisjugendamts Berchtesgaden zitiert nach Bettina Dahse: Romy. »Ich hätte Ihnen so gern noch was gesagt …« Eine biographische Hommage. 2. Aufl. Hamburg 2002, S. 31.

192 Magda Schneider zitiert nach Michael Jürgs: Der Fall Romy Schneider. Eine Biographie. Reinbek 1993, S. 33.

193 Hans Herbert Blatzheim: Was ist schon tabu? Berlin 1966, S. 180.

194 Hans Herbert Blatzheim zitiert nach Alice Schwarzer: Romy Schneider. Mythos und Leben. Köln 1998, S. 78.

195 Vgl. Michael Jürgs: Der Fall Romy Schneider. Eine Biographie. Reinbek 1993, S. 39.

196 Hans Herbert Blatzheim: Was ist schon tabu? Berlin 1966, S. 215.

197 Hans Herbert Blatzheim: Was ist schon tabu? Berlin 1966, S. 197.

198 Hans Herbert Blatzheim: Was ist schon tabu? Berlin 1966, S. 202.

199 Hans Herbert Blatzheim zitiert nach Michael Jürgs: Der Fall Romy Schneider. Eine Biographie. Reinbek 1993, S. 32.

200 Vgl. Curt Riess: Romy Schneider. Rastatt 1990, S. 23.

201 Alice Schwarzer: Romy Schneider. Mythos und Leben. Köln 1998, S. 78.

202 RS zitiert nach Renate Seydel (Hrsg.): Ich, Romy. Tagebuch eines Lebens. 5. Aufl. Frankfurt a. M., Berlin 1992, S. 109.

203 RS zitiert nach Bettina Dahse: Romy. »Ich hätte Ihnen so gern noch was gesagt …« Eine biographische Hommage. 2. Aufl. Hamburg 2002, S. 97.

204 RS zitiert nach Hildegard Knef: Romy. Betrachtung eines Lebens. Hamburg 1983, S. 40 f.

205 Curt Riess: Romy Schneider. Rastatt 1990. S. 19.

206 Curt Riess: Romy Schneider. Rastatt 1990. S. 31.

207 Vgl. Hans Herbert Blatzheim: Was ist schon tabu? Berlin 1966, S. 8.

208 RS zitiert nach Alice Schwarzer: Romy Schneider. Mythos und Leben. Köln 1998, S. 80.

209 Magda Schneider: Leb wohl, Romy. In: *Bild*, 15. 10. 1982.

210 Hellmuth Karasek: Go west! Eine Biographie der fünfziger Jahre. Hamburg 1996, S. 69.

211 RS zitiert nach Renate Seydel (Hrsg.): Ich, Romy. Tagebuch eines Lebens. 5. Aufl. Frankfurt a. M., Berlin 1992, S. 139.

212 Hans Herbert Blatzheim zitiert nach Alice Schwarzer: Romy Schneider. Mythos und Leben. Köln 1998, S. 80.

213 Karlheinz Böhm zitiert nach Alice Schwarzer: Romy Schneider. Mythos und Leben. Köln 1998, S. 75.

214 RS zitiert nach Renate Seydel (Hrsg.): Ich, Romy. Tagebuch eines Lebens. 5. Aufl. Frankfurt a. M., Berlin 1992, S. 179.

215 RS zitiert nach Alice Schwarzer: Romy Schneider. Mythos und Leben. Köln 1998, S. 68.

TEIL II – SISSI

1 RS zitiert nach Michael Jürgs: Der Fall Romy Schneider. Eine Biographie. Reinbek 1993, S. 59.

2 Rosa Albach-Retty: So kurz sind hundert Jahre. Erinnerungen. 2. Aufl. München, Berlin 1978, S. 243.

3 Jürgen Trimborn: Der bundesdeutsche Heimatfilm der fünfziger Jahre. Motive, Symbole und Handlungsmuster. Köln 1998, S. 7.

4 Billy Wilder und Will Tremper zitiert nach Jürgen Trimborn: Hildegard Knef. Das Glück kennt nur Minuten. Biographie. München 2005, S. 12.

5 Karlheinz Böhm: Mein Weg. Erinnerungen. 2. Aufl., Bern, München, Wien 1991, S. 121.

6 Karlheinz Böhm: Mein Weg. Erinnerungen. 2. Aufl., Bern, München, Wien 1991, S. 128 f.

7 RS zitiert nach Renate Seydel (Hrsg.): Ich, Romy. Tagebuch eines Lebens. 5. Aufl. Frankfurt a. M., Berlin 1992, S. 108.

8 Ernst Marischka zitiert nach Johannes Thiele: Romy Schneider. Ihr Leben. Ihre Seele. Wien 2007, S. 43.

9 Magda Schneider: Wenn ich zurückschau … Erinnerungen. Hrsg. von Renate Seydel. Frankfurt a. M., Berlin 1992, S. 150.

10 *Abendzeitung*, 15. 5. 1957.

11 RS zitiert nach Renate Seydel (Hrsg.): Ich, Romy. Tagebuch eines Lebens. 5. Aufl. Frankfurt a. M., Berlin 1992, S. 125.

12 RS zitiert nach Renate Seydel (Hrsg.): Ich, Romy. Tagebuch eines Lebens. 5. Aufl. Frankfurt a. M., Berlin 1992, S. 127.

13 Ernst Marischka zitiert nach Bettina Dahse: Romy. »Ich hätte Ihnen so gern noch was gesagt …« Eine biographische Hommage. 2. Aufl. Hamburg 2002, S. 91.

14 RS zitiert nach Renate Seydel (Hrsg.): Ich, Romy. Tagebuch eines Lebens. 5. Aufl. Frankfurt a. M., Berlin 1992, S. 112.

15 Ernst Marischka zitiert nach Renate Seydel: Romy Schneider. Bilder ihres Lebens. München 1990, S. 79.

16 RS zitiert nach Renate Seydel (Hrsg.): Ich, Romy. Tagebuch eines Lebens. 5. Aufl. Frankfurt a. M., Berlin 1992, S. 91.

17 Karlheinz Böhm: Mein Weg. Erinnerungen. 2. Aufl., Bern, München, Wien 1991, S. 127.

18 RS zitiert nach Renate Seydel: Romy Schneider. Bilder ihres Lebens. München 1990, S. 53.

19 Karlheinz Böhm: Mein Weg. Erinnerungen. 2. Aufl., Bern, München, Wien 1991, S. 133 f.

20 RS zitiert nach Renate Seydel (Hrsg.): Ich, Romy. Tagebuch eines Lebens. 5. Aufl. Frankfurt a. M., Berlin 1992, S. 124.

21 Zitiert nach Bettina Dahse: Romy. »Ich hätte Ihnen so gern noch was gesagt …« Eine biographische Hommage. 2. Aufl. Hamburg 2002, S. 87.

22 Karlheinz Böhm: Mein Weg. Erinnerungen. 2. Aufl., Bern, München, Wien 1991, S. 129.

23 RS zitiert nach Johannes Thiele: Romy Schneider. Ihr Leben. Ihre Seele. Wien 2007, S. 64 f.

24 RS zitiert nach Alice Schwarzer: Romy Schneider. Mythos und Leben. Köln 1998, S. 87.

25 RS zitiert nach Renate Seydel (Hrsg.): Ich, Romy. Tagebuch eines Lebens. 5. Aufl. Frankfurt a. M., Berlin 1992, S. 125.

26 RS zitiert nach Renate Seydel (Hrsg.): Ich, Romy. Tagebuch eines Lebens. 5. Aufl. Frankfurt a. M., Berlin 1992, S. 128.

27 RS zitiert nach Renate Seydel (Hrsg.): Ich, Romy. Tagebuch eines Lebens. 5. Aufl. Frankfurt a. M., Berlin 1992, S. 126.

28 *Süddeutsche Zeitung*, 16. 9. 1957.

29 Manfred Barthel: Als Opas Kino noch jung war. Der deutsche Nachkriegsfilm. Frankfurt a. M., Berlin 1991, S. 243.

30 RS zitiert nach Renate Seydel (Hrsg.): Ich, Romy. Tagebuch eines Lebens. 5. Aufl. Frankfurt a. M., Berlin 1992, S. 131.

31 RS zitiert nach Renate Seydel (Hrsg.): Ich, Romy. Tagebuch eines Lebens. 5. Aufl. Frankfurt a. M., Berlin 1992, S. 129.

32 Alfred Weidenmann zitiert nach Renate Seydel (Hrsg.): Ich, Romy. Tagebuch eines Lebens. 5. Aufl. Frankfurt a. M., Berlin 1992, S. 125.

33 RS zitiert nach Johannes Thiele: Romy Schneider. Ihr Leben. Ihre Seele. Wien 2007, S. 43.

34 Karl Korn, *Frankfurter Allgemeine Zeitung*, zitiert nach Joe Hembus (Hrsg.): Romy Schneider und ihre Filme. München 1985, S. 46.

35 *Wiesbadener Tagesblatt*, 12. 1. 1957.

36 *Der Spiegel*, 14. 3. 1956.

37 Zitiert nach Manfred Barthel: Als Opas Kino noch jung war. Der deutsche Nachkriegsfilm. Frankfurt a. M., Berlin 1991, S. 243.

38 RS zitiert nach Johannes Thiele: Romy Schneider. Ihr Leben. Ihre Seele. Wien 2007, S. 58.

39 RS zitiert nach Renate Seydel (Hrsg.): Ich, Romy. Tagebuch eines Lebens. 5. Aufl. Frankfurt a. M., Berlin 1992, S. 153.

40 Magda Schneider: Wenn ich zurückschau … Erinnerungen. Hrsg. von Renate Seydel. Frankfurt a. M., Berlin 1992, S. 123.

41 RS zitiert nach Martine Bartolomei: Romy Schneider. Eine Biographie. Erlangen 1992, S. 33.

42 RS zitiert nach Michael Jürgs: Der Fall Romy Schneider. Eine Biographie. Reinbek 1993, S. 69.

43 Ernst Marischka zitiert nach Johannes Thiele: Romy Schneider. Ihr Leben. Ihre Seele. Wien 2007, S. 56.

44 RS zitiert nach Alice Schwarzer: Romy Schneider. Mythos und Leben. Köln 1998, S. 89.

45 Max Ophüls zitiert nach Catherine Hermary-Vieille: Romy. 3. Aufl. Düsseldorf 1988, S. 35.

46 Alain Delon zitiert nach Michael Jürgs: Der Fall Romy Schneider. Eine Biographie. Reinbek 1993, S. 52.

47 RS zitiert nach Renate Seydel (Hrsg.): Ich, Romy. Tagebuch eines Lebens. 5. Aufl. Frankfurt a. M., Berlin 1992, S. 178.

48 RS zitiert nach Renate Seydel (Hrsg.): Ich, Romy. Tagebuch eines Lebens. 5. Aufl. Frankfurt a. M., Berlin 1992, S. 178.

49 Edith Piaf zitiert nach Adolf Heinzlmeier: Alain Delon – Der eiskalte Engel. In: ders., Berndt Schulz, Karsten Witte: Die Unsterblichen des Kinos. Die Stars seit 1960. Frankfurt a. M. 1982, S. 92.

50 Zitiert nach *Stern*, 21. 10. 1982.

51 Alain Delon zitiert nach Rein A. Zondergeld: Alain Delon. Der eiskalte Engel. 6. Aufl. München 1995, S. 15.

52 Vgl. Curt Riess: Romy Schneider. Rastatt 1990. S. 32.

53 Rein A. Zondergeld: Alain Delon. Der eiskalte Engel. 6. Aufl. München 1995, S. 18.

54 *Stern*, 43/1975 zitiert nach Adolf Heinzlmeier: Alain Delon – Der eiskalte Engel. In: ders., Berndt Schulz, Karsten Witte: Die Unsterblichen des Kinos. Die Stars seit 1960. Frankfurt a. M. 1982, S. 92.

55 Rein A. Zondergeld: Alain Delon. Der eiskalte Engel. 6. Aufl. München 1995, S. 19.

56 Rock Hudson zitiert nach Robert Hofler: The Man Who Invented Rock Hudson. The Pretty Boys and Dirty Deals of Henry Wilson. New York 2005, S. 315.

57 Vgl. Robert Hofler: The Man Who Invented Rock Hudson. The Pretty Boys and Dirty Deals of Henry Wilson. New York 2005, S. 311 ff.

58 Adolf Heinzlmeier: Alain Delon – Der eiskalte Engel. In: ders., Berndt Schulz, Karsten Witte: Die Unsterblichen des Kinos. Die Stars seit 1960. Frankfurt a. M. 1982, S. 93.

59 RS zitiert nach Renate Seydel (Hrsg.): Ich, Romy. Tagebuch eines Lebens. 5. Aufl. Frankfurt a. M., Berlin 1992, S. 178.

60 Magda Schneider zitiert nach Catherine Hermary-Vieille: Romy. 3. Aufl. Düsseldorf 1988, S. 40.

61 RS zitiert nach Renate Seydel (Hrsg.): Ich, Romy. Tagebuch eines Lebens. 5. Aufl. Frankfurt a. M., Berlin 1992, S. 180.

62 RS zitiert nach Michael Jürgs: Der Fall Romy Schneider. Eine Biographie. Reinbek 1993, S. 58.

63 Pierre Gaspard-Huit zitiert nach Françoise Arnould, Françoise, Françoise Gerber: Romy Schneider. Bergisch Gladbach 1988, S. 64.

64 RS zitiert nach Renate Seydel (Hrsg.): Ich, Romy. Tagebuch eines Lebens. 5. Aufl. Frankfurt a. M., Berlin 1992, S. 180.

65 RS zitiert nach Renate Seydel (Hrsg.): Ich, Romy. Tagebuch eines Lebens. 5. Aufl. Frankfurt a. M., Berlin 1992, S. 181.

66 RS zitiert nach Renate Seydel (Hrsg.): Ich, Romy. Tagebuch eines Lebens. 5. Aufl. Frankfurt a. M., Berlin 1992, S. 181.

67 RS zitiert nach Renate Seydel: Romy Schneider. Bilder ihres Lebens. München 1990, S. 42.

68 Magda Schneider: Wenn ich zurückschau … Erinnerungen. Hrsg. von Renate Seydel. Frankfurt a. M., Berlin 1992, S. 182.

69 Hans Herbert Blatzheim: Was ist schon tabu? Berlin 1966, S. 183.

70 Hans Herbert Blatzheim: Was ist schon tabu? Berlin 1966, S. 183.

71 RS zitiert nach Renate Seydel (Hrsg.): Ich, Romy. Tagebuch eines Lebens. 5. Aufl. Frankfurt a. M., Berlin 1992, S. 179.

72 Hans Herbert Blatzheim: Was ist schon tabu? Berlin 1966, S. 183.

73 RS zitiert nach Renate Seydel (Hrsg.): Ich, Romy. Tagebuch eines Lebens. 5. Aufl. Frankfurt a. M., Berlin 1992, S. 182.

74 RS zitiert nach Bettina Dahse: Romy. »Ich hätte Ihnen so gern noch was gesagt …« Eine biographische Hommage. 2. Aufl. Hamburg 2002, S. 139.

75 Hans Herbert Blatzheim: Was ist schon tabu? Berlin 1966, S. 182.

76 Zitiert nach Bettina Dahse: Romy. »Ich hätte Ihnen so gern noch was gesagt …« Eine biographische Hommage. 2. Aufl. Hamburg 2002, S. 130.

77 Zitiert nach Laurence Schifano: Luchino Visconti. Fürst des Films. Gernsbach 1988, S. 374.

78 Alain Delon zitiert nach *Paris Match*, 11. 6. 1982 (erste Hälfte des Zitats); Alain Delon zitiert nach Michael Jürgs: Der Fall Romy Schneider. Eine Biographie. Reinbek 1993, S. 52 (zweite Hälfte des Zitats).

79 *Filmdienst* zitiert nach Joe Hembus (Hrsg.): Romy Schneider und ihre Filme. München 1985, S. 67.

80 Gustaf Gründgens zitiert nach Alice Schwarzer: Romy Schneider. Mythos und Leben. Köln 1998, S. 99 f.

81 RS zitiert nach Renate Seydel (Hrsg.): Ich, Romy. Tagebuch eines Lebens. 5. Aufl. Frankfurt a. M., Berlin 1992, S. 175.

82 RS zitiert nach Johannes Thiele: Romy Schneider. Ihr Leben. Ihre Seele. Wien 2007, S. 80.

83 RS zitiert nach Renate Seydel: Romy Schneider. Bilder ihres Lebens. München 1990, S. 105.

84 Hans Herbert Blatzheim: Was ist schon tabu? Berlin 1966, S. 184.

85 RS zitiert nach Renate Seydel (Hrsg.): Ich, Romy. Tagebuch eines Lebens. 5. Aufl. Frankfurt a. M., Berlin 1992, S. 185.

86 Hans Herbert Blatzheim zitiert nach Renate Seydel (Hrsg.): Ich, Romy. Tagebuch eines Lebens. 5. Aufl. Frankfurt a. M., Berlin 1992, S. 184.

87 RS zitiert nach Renate Seydel (Hrsg.): Ich, Romy. Tagebuch eines Lebens. 5. Aufl. Frankfurt a. M., Berlin 1992, S. 184.

88 Alain Delon zitiert nach Michael Jürgs: Der Fall Romy Schneider. Eine Biographie. Reinbek 1993, S. 53.

89 Alain Delon zitiert nach Michael Jürgs: Der Fall Romy Schneider. Eine Biographie. Reinbek 1993, S. 64.

90 Hans Herbert Blatzheim: Was ist schon tabu? Berlin 1966, S. 184.

91 Hans Herbert Blatzheim: Was ist schon tabu? Berlin 1966, S. 185.

92 Magda Schneider: Wenn ich zurückschau … Erinnerungen. Hrsg. von Renate Seydel. Frankfurt a. M., Berlin 1992, S. 183.

93 Magda Schneider zitiert nach Renate Seydel (Hrsg.): Ich, Romy. Tagebuch eines Lebens. 5. Aufl. Frankfurt a. M., Berlin 1992, S. 184.

94 Magda Schneider: Wenn ich zurückschau … Erinnerungen. Hrsg. von Renate Seydel. Frankfurt a. M., Berlin 1992, S. 184.

95 Magda Schneider: Leb' wohl, Romy. *Bild*, 16. 10. 1982. Fälschlich schreibt Magda Schneider hier von »Georges Baume« statt von Georges Beaume – der Fehler im Zitat wurde hier korrigiert.

96 RS zitiert nach Renate Seydel (Hrsg.): Ich, Romy. Tagebuch eines Lebens. 5. Aufl. Frankfurt a. M., Berlin 1992, S. 181.

97 RS zitiert nach Alice Schwarzer: Romy Schneider. Mythos und Leben. Köln 1998, S. 102.

98 Karlheinz Böhm: Mein Weg. Erinnerungen. 2. Aufl. Bern, München, Wien 1991, S. 130.

99 Magda Schneider zitiert nach Rein A. Zondergeld: Alain Delon. Der eiskalte Engel. 6. Aufl. München 1995, S. 29.

100 Alain Delon zitiert nach Renate Seydel (Hrsg.): Ich, Romy. Tagebuch eines Lebens. 5. Aufl. Frankfurt a. M., Berlin 1992, S. 184.

101 Alain Delon zitiert nach Alice Schwarzer: Romy Schneider. Mythos und Leben. Köln 1998, S. 105.

102 Alain Delon zitiert nach Renate Seydel (Hrsg.): Ich, Romy. Tagebuch eines Lebens. 5. Aufl. Frankfurt a. M., Berlin 1992, S. 184.

103 RS zitiert nach Renate Seydel (Hrsg.): Ich, Romy. Tagebuch eines Lebens. 5. Aufl. Frankfurt a. M., Berlin 1992, S. 185.

104 RS zitiert nach Alice Schwarzer: Romy Schneider. Mythos und Leben. Köln 1998, S. 105.

105 *Der Tag*, 18. 4. 1959.

106 Enno Patalas, *Filmkritik*, zitiert nach Joe Hembus (Hrsg.): Romy Schneider und ihre Filme. München 1985, S. 77.

107 Hans Herbert Blatzheim zitiert nach Renate Seydel (Hrsg.): Ich, Romy. Tagebuch eines Lebens. 5. Aufl. Frankfurt a. M., Berlin 1992, S. 182.

108 RS zitiert nach Johannes Thiele: Romy Schneider. Ihr Leben. Ihre Seele. Wien 2007, S. 70.

109 RS zitiert nach Renate Seydel (Hrsg.): Ich, Romy. Tagebuch eines Lebens. 5. Aufl. Frankfurt a. M., Berlin 1992, S. 183.

110 RS zitiert nach Renate Seydel (Hrsg.): Ich, Romy. Tagebuch eines Lebens. 5. Aufl. Frankfurt a. M., Berlin 1992, S. 185.

111 RS zitiert nach Renate Seydel (Hrsg.): Ich, Romy. Tagebuch eines Lebens. 5. Aufl. Frankfurt a. M., Berlin 1992, S. 186.

112 RS zitiert nach Bettina Dahse: Romy. »Ich hätte Ihnen so gern noch was gesagt …« Eine biographische Hommage. 2. Aufl. Hamburg 2002, S. 118.

113 RS zitiert nach Bettina Dahse: Romy. »Ich hätte Ihnen so gern noch was gesagt …« Eine biographische Hommage. 2. Aufl. Hamburg 2002, S. 138.

114 RS zitiert nach Renate Seydel (Hrsg.): Ich, Romy. Tagebuch eines Lebens. 5. Aufl. Frankfurt a. M., Berlin 1992, S. 182.

115 RS zitiert nach Renate Seydel (Hrsg.): Ich, Romy. Tagebuch eines Lebens. 5. Aufl. Frankfurt a. M., Berlin 1992, S. 182 f.

116 RS zitiert nach Alice Schwarzer: Romy Schneider. Mythos und Leben. Köln 1998, S. 105.

117 Jean-Claude Brialy zitiert nach *Der Spiegel*, Nr. 21/2007, S. 160.

118 RS zitiert nach Johannes Thiele: Romy Schneider. Ihr Leben. Ihre Seele. Wien 2007, S. 74.

119 RS zitiert nach Johannes Thiele: Romy Schneider. Ihr Leben. Ihre Seele. Wien 2007, S. 54.

120 Curt Riess: Romy Schneider. Rastatt 1990. S. 37.

121 Vgl. Helmut Berger: Ich. Die Autobiographie. 2. Aufl. Berlin 1998, S. 13 f.

122 Curt Riess: Romy Schneider. Rastatt 1990. S. 37.

123 RS zitiert nach Renate Seydel (Hrsg.): Ich, Romy. Tagebuch eines Lebens. 5. Aufl. Frankfurt a. M., Berlin 1992, S. 186.

124 RS zitiert nach Renate Seydel (Hrsg.): Ich, Romy. Tagebuch eines Lebens. 5. Aufl. Frankfurt a. M., Berlin 1992, S. 187.

125 Luchino Visconti zitiert nach Joe Hembus (Hrsg.): Romy Schneider und ihre Filme. München 1985, S. 87.

126 Vgl. Laurence Schifano: Luchino Visconti. Fürst des Films. Gernsbach 1988, S. 372 f.

127 Magda Schneider: Leb' wohl, Romy. *Bild*, 20. 10. 1982.

128 Luchino Visconti zitiert nach Renate Seydel (Hrsg.): Ich, Romy. Tagebuch eines Lebens. 5. Aufl. Frankfurt a. M., Berlin 1992, S. 188.

129 Zitiert nach Axel von Ambesser: Nimm einen Namen mit A. Berlin, Frankfurt a. M. 1985, S. 345.

130 Luchino Visconti zitiert nach Renate Seydel (Hrsg.): Ich, Romy. Tagebuch eines Lebens. 5. Aufl. Frankfurt a. M., Berlin 1992, S. 189.

131 RS zitiert nach Bettina Dahse: Romy. »Ich hätte Ihnen so gern noch was gesagt …« Eine biographische Hommage. 2. Aufl. Hamburg 2002, S. 137 f.

132 Magda Schneider zitiert nach Renate Seydel (Hrsg.): Ich, Romy. Tagebuch eines Lebens. 5. Aufl. Frankfurt a. M., Berlin 1992, S. 190.

133 RS zitiert nach Renate Seydel (Hrsg.): Ich, Romy. Tagebuch eines Lebens. 5. Aufl. Frankfurt a. M., Berlin 1992, S. 190.

134 Alain Delon zitiert nach Laurence Schifano: Luchino Visconti. Fürst des Films. Gernsbach 1988, S. 374.

135 Luchino Visconti zitiert nach Laurence Schifano: Luchino Visconti. Fürst des Films. Gernsbach 1988, S. 375.

136 RS zitiert nach Renate Seydel (Hrsg.): Ich, Romy. Tagebuch eines Lebens. 5. Aufl. Frankfurt a. M., Berlin 1992, S. 192.

137 Jean Cocteau zitiert nach Joe Hembus (Hrsg.): Romy Schneider und ihre Filme. München 1985, S. 88.

138 RS zitiert nach Bettina Dahse: Romy. »Ich hätte Ihnen so gern noch was gesagt …« Eine biographische Hommage. 2. Aufl. Hamburg 2002, S. 147.

139 Alain Delon zitiert nach Curt Riess: Romy Schneider. Rastatt 1990. S. 41.

140 *Paris Presse l' Intransigeant* zitiert nach Joe Hembus (Hrsg.): Romy Schneider und ihre Filme. München 1985, S. 88.

141 RS zitiert nach Renate Seydel (Hrsg.): Ich, Romy. Tagebuch eines Lebens. 5. Aufl. Frankfurt a. M., Berlin 1992, S. 201.

142 RS zitiert nach Joe Hembus (Hrsg.): Romy Schneider und ihre Filme. München 1985, S. 69.

143 RS zitiert nach Renate Seydel: Romy Schneider. Bilder ihres Lebens. München 1990, S. 115.

144 Luchino Visconti zitiert nach Renate Seydel: Romy Schneider. Bilder ihres Lebens. München 1990, S. 115.

145 Margit J. Mayer: Mademoiselle Chanel. In: Charlotte Seeling: Mode. Das Jahrhundert der Designer. 1900 – 1999. Köln 1999, S. 99.

146 Alexandre de Paris zitiert nach Robert Amos (Hrsg.): Mythos Romy Schneider. Ich verleihe mich zum Träumen. Isenburg 2006, S. 44.

147 *New York Times* zitiert nach Martine Bartolomei: Romy Schneider. Eine Biographie. Erlangen 1992, S. 68.

148 RS zitiert nach Renate Seydel (Hrsg.): Ich, Romy. Tagebuch eines Lebens. 5. Aufl. Frankfurt a. M., Berlin 1992, S. 203.

149 Ian Johnson, *Films and Filming*, zitiert nach Joe Hembus (Hrsg.): Romy Schneider und ihre Filme. München 1985, S. 93.

150 Rosa Albach-Retty zitiert nach Georg Markus: Die ganz Großen. Meine Erinnerungen an die Lieblinge des Publikums. Wien, München 2000.

151 Gregor von Rezzori, Revue, zitiert nach Joe Hembus (Hrsg.): Romy Schneider und ihre Filme. München 1985, S. 103.

152 RS zitiert nach Martine Bartolomei: Romy Schneider. Eine Biographie. Erlangen 1992, S. 60.

153 RS zitiert nach Renate Seydel (Hrsg.): Ich, Romy. Tagebuch eines Lebens. 5. Aufl. Frankfurt a. M., Berlin 1992, S. 187.

154 RS zitiert nach Pierre Benichou, Sylviane Pommier: Romy Schneider. Ihre Filme, ihr Leben. 10. Aufl. München 1981, S. 76.

155 Zitiert nach Joe Hembus (Hrsg.): Romy Schneider und ihre Filme. München 1985, S. 90.

156 Im Rahmen der *Möwe*-Tournee hatte es 1962 einen Auftritt in Baden-Baden gegeben, der jedoch für französischsprachiges Publikum gemeint war. Daß Romy auf einer deutschen Bühne stand, aber französisch sprach, ist ihr von der deutschen Presse stark angekreidet worden.

157 RS in dem Filmportrait *Romy – Portrait eines Gesichts* von Hans-Jürgen Syberberg, BRD 1965.

158 Joe Hembus (Hrsg.): Romy Schneider und ihre Filme. München 1985, S. 89.

159 RS zitiert nach Martine Bartolomei: Romy Schneider. Eine Biographie. Erlangen 1992, S. 64.

160 RS zitiert nach Joe Hembus (Hrsg.): Romy Schneider und ihre Filme. München 1985, S. 90.

161 Carl Foreman zitiert nach Martine Bartolomei: Romy Schneider. Eine Biographie. Erlangen 1992, S. 72.

162 RS zitiert nach Bettina Dahse: Romy. »Ich hätte Ihnen so gern noch was gesagt …« Eine biographische Hommage. 2. Aufl. Hamburg 2002, S. 170.

163 RS zitiert nach Alice Schwarzer: Romy Schneider. Mythos und Leben. Köln 1998, S. 119.

164 Rein A. Zondergeld: Alain Delon. Der eiskalte Engel. 6. Aufl. München 1995, S. 48.

165 Milos Milosevic zitiert nach Rein A. Zondergeld: Alain Delon. Der eiskalte Engel. 6. Aufl. München 1995, S. 49.

166 Hans Herbert Blatzheim zitiert nach Catherine Hermary-Vieille: Romy. 3. Aufl. Düsseldorf 1988 , S. 74.

167 RS zitiert nach Alice Schwarzer: Romy Schneider. Mythos und Leben. Köln 1998, S. 120.

168 RS, *Paris-Jour*, zitiert nach Catherine Hermary-Vieille: Romy. 3. Aufl. Düsseldorf 1988 , S. 75.

169 RS zitiert nach Renate Seydel (Hrsg.): Ich, Romy. Tagebuch eines Lebens. 5. Aufl. Frankfurt a. M., Berlin 1992, S. 218.

170 Zitiert nach Martine Bartolomei: Romy Schneider. Eine Biographie. Erlangen 1992, S. 72.

171 RS zitiert nach Renate Seydel (Hrsg.): Ich, Romy. Tagebuch eines Lebens. 5. Aufl. Frankfurt a. M., Berlin 1992, S. 217.

172 RS zitiert nach Bettina Dahse: Romy. »Ich hätte Ihnen so gern noch was gesagt …« Eine biographische Hommage. 2. Aufl. Hamburg 2002, S. 177.

173 RS zitiert nach Alice Schwarzer: Romy Schneider. Mythos und Leben. Köln 1998, S. 118.

174 Eduard Länger, *Filmecho*, zitiert nach Joe Hembus (Hrsg.): Romy Schneider und ihre Filme. München 1985, S. 113.

175 RS, *France Soir*, zitiert nach Magda Schneider: Wenn ich zurückschau … Erinnerungen. Hrsg. von Renate Seydel. Frankfurt a. M., Berlin 1992, S. 191.

176 RS zitiert nach Renate Seydel (Hrsg.): Ich, Romy. Tagebuch eines Lebens. 5. Aufl. Frankfurt a. M., Berlin 1992, S. 223.

177 RS zitiert nach Renate Seydel (Hrsg.): Ich, Romy. Tagebuch eines Lebens. 5. Aufl. Frankfurt a. M., Berlin 1992, S. 227.

178 RS zitiert nach Johannes Thiele: Romy Schneider. Ihr Leben. Ihre Seele. Wien 2007, S. 128.

179 RS zitiert nach Alice Schwarzer: Romy Schneider. Mythos und Leben. Köln 1998, S. 45.

180 RS zitiert nach Joe Hembus (Hrsg.): Romy Schneider und ihre Filme. München 1985, S. 69.

181 Will Tremper, *Stern,* zitiert nach Alice Schwarzer: Romy Schneider. Mythos und Leben. Köln 1998, S. 122.

182 RS zitiert nach Renate Seydel (Hrsg.): Ich, Romy. Tagebuch eines Lebens. 5. Aufl. Frankfurt a. M., Berlin 1992, S. 224.

183 Gerhard Midding, *Welt-Online*, 17. 12. 2007.

184 Gerhard Midding, *Welt-Online*, 17. 12. 2007. Romy Schneider war zum Zeitpunkt der Dreharbeiten fünfundzwanzig und nicht vierundzwanzig Jahre alt.

185 Alain Delon zitiert nach Rein A. Zondergeld: Alain Delon. Der eiskalte Engel. 6. Aufl. München 1995, S. 56.

186 RS zitiert nach Renate Seydel (Hrsg.): Ich, Romy. Tagebuch eines Lebens. 5. Aufl. Frankfurt a. M., Berlin 1992, S. 231.

187 RS zitiert nach Martine Bartolomei: Romy Schneider. Eine Biographie. Erlangen 1992, S. 75.

188 Magda Schneider: Wenn ich zurückschau … Erinnerungen. Hrsg. von Renate Seydel. Frankfurt a. M., Berlin 1992, S. 194.

189 Harry Meyen zitiert nach Will Tremper: Große Klappe. Meine Filmjahre. Berlin 1998, S. 161.

190 Vgl. Will Tremper: Große Klappe. Meine Filmjahre. Berlin 1998, S. 161.

191 RS zitiert nach Will Tremper: Große Klappe. Meine Filmjahre. Berlin 1998, S. 163.

192 Vgl. Will Tremper: Große Klappe. Meine Filmjahre. Berlin 1998, S. 157 ff.

193 Harry Meyen zitiert nach Will Tremper: Große Klappe. Meine Filmjahre. Berlin 1998, S. 161.

194 RS zitiert nach Bettina Dahse: Romy. »Ich hätte Ihnen so gern noch was gesagt …« Eine biographische Hommage. 2. Aufl. Hamburg 2002, S. 196.

195 Zitiert nach Michael Jürgs: Der Fall Romy Schneider. Eine Biographie. Reinbek 1993, S. 113.

196 Curt Riess: Romy Schneider. Rastatt 1990. S. 47.

197 RS zitiert nach Renate Seydel (Hrsg.): Ich, Romy. Tagebuch eines Lebens. 5. Aufl. Frankfurt a. M., Berlin 1992, S. 178.

198 RS zitiert nach Renate Seydel (Hrsg.): Ich, Romy. Tagebuch eines Lebens. 5. Aufl. Frankfurt a. M., Berlin 1992, S. 241.

199 RS zitiert nach Martine Bartolomei: Romy Schneider. Eine Biographie. Erlangen 1992, S. 76.

200 RS zitiert nach Renate Seydel: Romy Schneider. Bilder ihres Lebens. München 1990, S. 166.

201 RS zitiert nach Renate Seydel (Hrsg.): Ich, Romy. Tagebuch eines Lebens. 5. Aufl. Frankfurt a. M., Berlin 1992, S. 237.

202 RS zitiert nach Renate Seydel (Hrsg.): Ich, Romy. Tagebuch eines Lebens. 5. Aufl. Frankfurt a. M., Berlin 1992, S. 238.

203 Hildegard Knef zitiert nach *Wiener Wochenausgabe*, 7. 1. 1961. Vgl. hierzu auch: Jürgen Trimborn: Hildegard Knef. Das Glück kennt nur Minuten. Die Biographie. München 2005, S. 250 f.

204 RS zitiert nach Catherine Hermary-Vieille: Romy. 3. Aufl. Düsseldorf 1988, S. 96.

205 *Stern*, 21. 10. 1982.

206 Vgl. Magda Schneider: Wenn ich zurückschau … Erinnerungen. Hrsg. von Renate Seydel. Frankfurt a. M., Berlin 1992, S. 197.

207 Harry Meyen zitiert nach Will Tremper: Große Klappe. Meine Filmjahre. Berlin 1998, S. 166.

208 Harry Meyen zitiert nach Will Tremper: Große Klappe. Meine Filmjahre. Berlin 1998, S. 170.

209 RS zitiert nach Hildegard Knef: Romy. Betrachtung eines Lebens. Hamburg 1983, S. 37.

210 Harry Meyen zitiert nach Hildegard Knef: Romy. Betrachtung eines Lebens. Hamburg 1983, S. 144.

211 Harry Meyen zitiert nach Alice Schwarzer: Romy Schneider. Mythos und Leben. Köln 1998, S. 135.

212 RS zitiert nach Renate Seydel (Hrsg.): Ich, Romy. Tagebuch eines Lebens. 5. Aufl. Frankfurt a. M., Berlin 1992, S. 241.

213 RS zitiert nach Renate Seydel (Hrsg.): Ich, Romy. Tagebuch eines Lebens. 5. Aufl. Frankfurt a. M., Berlin 1992, S. 239.

214 RS zitiert nach Renate Seydel (Hrsg.): Ich, Romy. Tagebuch eines Lebens. 5. Aufl. Frankfurt a. M., Berlin 1992, S. 239.

215 RS zitiert nach Alice Schwarzer: Romy Schneider. Mythos und Leben. Köln 1998, S. 133.

216 RS zitiert nach Renate Seydel: Romy Schneider. Bilder ihres Lebens. München 1990, S. 158.

217 RS zitiert nach Renate Seydel (Hrsg.): Ich, Romy. Tagebuch eines Lebens. 5. Aufl. Frankfurt a. M., Berlin 1992, S. 251.

218 Harry Meyen zitiert nach Renate Seydel: Romy Schneider. Bilder ihres Lebens. München 1990, S. 168.

219 RS zitiert nach Alice Schwarzer: Romy Schneider. Mythos und Leben. Köln 1998, S. 133.

220 Harry Meyen zitiert nach Renate Seydel: Romy Schneider. Bilder ihres Lebens. München 1990, S. 168.

221 Harry Meyen zitiert nach Bernard Pascuito: Romy – »Wenn nichts mehr übrig bleibt«. Biographie eines Abschieds. München 2003, S. 105.

222 Magda Schneider: Wenn ich zurückschau … Erinnerungen. Hrsg. von Renate Seydel. Frankfurt a. M., Berlin 1992, S. 197.

223 Vgl. Magda Schneider: Wenn ich zurückschau … Erinnerungen. Hrsg. von Renate Seydel. Frankfurt a. M., Berlin 1992, S. 193.

224 Magda Schneider zitiert nach Bernard Pascuito: Romy – »Wenn nichts mehr übrig bleibt«. Biographie eines Abschieds. München 2003, S. 101.

225 Hans Herbert Blatzheim zitiert nach Daniel Biasini: Meine Romy. München 2000, S. 51.

226 Hans Herbert Blatzheim zitiert nach Michael Jürgs: Der Fall Romy Schneider. Eine Biographie. Reinbek 1993, S. 39.

227 Vgl. Curt Riess: Romy Schneider. Rastatt 1990. S. 50.

228 Vgl. *Express*, 24. 4. 1981.

229 Harry Meyen zitiert nach *Stern*, 14. 10. 1982.

230 RS in dem Filmportrait *Romy – Portrait eines Gesichts* von Hans-Jürgen Syberberg, BRD 1965.

231 RS zitiert nach Renate Seydel (Hrsg.): Ich, Romy. Tagebuch eines Lebens. 5. Aufl. Frankfurt a. M., Berlin 1992, S. 242.

232 RS zitiert nach Renate Seydel (Hrsg.): Ich, Romy. Tagebuch eines Lebens. 5. Aufl. Frankfurt a. M., Berlin 1992, S. 241.

233 RS zitiert nach Renate Seydel (Hrsg.): Ich, Romy. Tagebuch eines Lebens. 5. Aufl. Frankfurt a. M., Berlin 1992, S. 246.

234 RS zitiert nach Renate Seydel (Hrsg.): Ich, Romy. Tagebuch eines Lebens. 5. Aufl. Frankfurt a. M., Berlin 1992, S. 241.

235 RS zitiert nach Renate Seydel (Hrsg.): Ich, Romy. Tagebuch eines Lebens. 5. Aufl. Frankfurt a. M., Berlin 1992, S. 242.

236 RS in dem Filmportrait *Romy – Portrait eines Gesichts* von Hans-Jürgen Syberberg, BRD 1965.

237 RS zitiert nach Alice Schwarzer: Romy Schneider. Mythos und Leben. Köln 1998, S. 137.

238 RS zitiert nach Johannes Thiele: Romy Schneider. Ihr Leben. Ihre Seele. Wien 2007, S. 174.

239 RS zitiert nach Curt Riess: Romy Schneider. Rastatt 1990. S. 50.

240 Vgl. Curt Riess: Romy Schneider. Rastatt 1990. S. 50.

241 Curt Riess: Romy Schneider. Rastatt 1990. S. 46.

242 RS zitiert nach Renate Seydel (Hrsg.): Ich, Romy. Tagebuch eines Lebens. 5. Aufl. Frankfurt a. M., Berlin 1992, S. 252.

243 RS zitiert nach Renate Seydel (Hrsg.): Ich, Romy. Tagebuch eines Lebens. 5. Aufl. Frankfurt a. M., Berlin 1992, S. 251.

244 RS zitiert nach Renate Seydel (Hrsg.): Ich, Romy. Tagebuch eines Lebens. 5. Aufl. Frankfurt a. M., Berlin 1992, S. 252.

245 RS zitiert nach Pierre Benichou, Sylviane Pommier: Romy Schneider. Ihre Filme, ihr Leben. 10. Aufl. München 1981, S. 99.

246 RS zitiert nach Renate Seydel (Hrsg.): Ich, Romy. Tagebuch eines Lebens. 5. Aufl. Frankfurt a. M., Berlin 1992, S. 253.

TEIL III – ROMY

1 RS zitiert nach Renate Seydel (Hrsg.): Ich, Romy. Tagebuch eines Lebens. 5. Aufl. Frankfurt a. M., Berlin 1992, S. 237.

2 Alain Delon zitiert nach *Paris Match*, 11. 6. 1982.

3 RS zitiert nach Helmut Berger: Ich. Die Autobiographie. 2. Aufl., Berlin 1998, S. 176.

4 Vgl. Brigitte Bardot: B.B. Memoiren. Bergisch Gladbach 1996, S. 705.

5 RS zitiert nach Renate Seydel (Hrsg.): Ich, Romy. Tagebuch eines Lebens. 5. Aufl. Frankfurt a. M., Berlin 1992, S. 253.

6 Harry Meyen zitiert nach Martine Bartolomei: Romy Schneider. Eine Biographie. Erlangen 1992, S. 78.

7 RS zitiert nach *Stern*, 28. 10. 1982.

8 RS zitiert nach Renate Seydel (Hrsg.): Ich, Romy. Tagebuch eines Lebens. 5. Aufl. Frankfurt a. M., Berlin 1992, S. 253 und S. 256.

9 RS zitiert nach Pierre Benichou, Sylviane Pommier: Romy Schneider. Ihre Filme, ihr Leben. 10. Aufl. München 1981, S. 104.

10 Jacques Deray zitiert nach Robert Amos (Hrsg.): Mythos Romy Schneider. Ich verleihe mich zum Träumen. Isenburg 2006, S. 23.

11 Zitiert nach Martine Bartolomei: Romy Schneider. Eine Biographie. Erlangen 1992, S. 81.

12 Zu den Mordfällen Milosevic und Markovic vgl. Rein A. Zondergeld: Alain Delon. Der eiskalte Engel. 6. Aufl. München 1995, S. 87 und S. 96 f.

13 Jean-Claude Guignet, *La Saison Cinématographique*, 1971, zitiert nach Joe Hembus (Hrsg.): Romy Schneider und ihre Filme. München 1985, S. 145.

14 RS zitiert nach Renate Seydel (Hrsg.): Ich, Romy. Tagebuch eines Lebens. 5. Aufl. Frankfurt a. M., Berlin 1992, S. 254.

15 Claude Sautet zitiert nach Françoise Arnould, Françoise Gerber: Romy Schneider. Bergisch Gladbach 1988, S. 119 f.

16 RS zitiert nach Renate Seydel (Hrsg.): Ich, Romy. Tagebuch eines Lebens. 5. Aufl. Frankfurt a. M., Berlin 1992, S. 255.

17 RS zitiert nach Alice Schwarzer: Romy Schneider. Mythos und Leben. Köln 1998, S. 143.

18 RS zitiert nach Renate Seydel (Hrsg.): Ich, Romy. Tagebuch eines Lebens. 5. Aufl. Frankfurt a. M., Berlin 1992, S. 255.

19 RS zitiert nach Renate Seydel (Hrsg.): Ich, Romy. Tagebuch eines Lebens. 5. Aufl. Frankfurt a. M., Berlin 1992, S. 258.

20 Harry Meyen zitiert nach Renate Seydel: Romy Schneider. Bilder ihres Lebens. München 1990, S. 168.

21 *Stern*, 28. 10. 1982.

22 Claude Sautet zitiert nach Johannes Thiele: Romy Schneider. Ihr Leben. Ihre Seele. Wien 2007, S. 188.

23 RS zitiert nach Renate Seydel (Hrsg.): Ich, Romy. Tagebuch eines Lebens. 5. Aufl. Frankfurt a. M., Berlin 1992, S. 256.

24 Michel Piccoli zitiert nach Heiko R. Blum: Michel Piccoli. Seine Filme, sein Leben. München 1993, S. 33.

25 Claude Sautet zitiert nach Françoise Arnould, Françoise Gerber: Romy Schneider. Bergisch Gladbach 1988, S. 121.

26 RS zitiert nach Françoise Arnould, Françoise Gerber: Romy Schneider. Bergisch Gladbach 1988, S. 197.

27 Claude Sautet zitiert nach Martine Bartolomei: Romy Schneider. Eine Biographie. Erlangen 1992, S. 82.

28 Claude Sautet zitiert nach Françoise Arnould, Françoise Gerber: Romy Schneider. Bergisch Gladbach 1988, S. 122.

29 RS zitiert nach Alice Schwarzer: Romy Schneider. Mythos und Leben. Köln 1998, S. 155.

30 Ponkie, *Die Abendzeitung*, zitiert nach Joe Hembus (Hrsg.): Romy Schneider und ihre Filme. München 1985, S. 161.

31 RS zitiert nach Martine Bartolomei: Romy Schneider. Eine Biographie. Erlangen 1992, S. 86.

32 Claude Sautet zitiert nach Françoise Arnould, Françoise Gerber: Romy Schneider. Bergisch Gladbach 1988, S. 123.

33 RS zitiert nach Johannes Thiele: Romy Schneider. Ihr Leben. Ihre Seele. Wien 2007, S. 185.

34 RS zitiert nach Catherine Hermary-Vieille: Romy. 3. Aufl. Düsseldorf 1988, S. 116.

35 RS zitiert nach Renate Seydel: Romy Schneider. Bilder ihres Lebens. München 1990, S. 167.

36 RS zitiert nach Bernard Pascuito: Romy – »Wenn nichts mehr übrig bleibt«. Biographie eines Abschieds. München 2003, S. 157.

37 RS zitiert nach Renate Seydel (Hrsg.): Ich, Romy. Tagebuch eines Lebens. 5. Aufl. Frankfurt a. M., Berlin 1992, S. 280.

38 RS zitiert nach Renate Seydel (Hrsg.): Ich, Romy. Tagebuch eines Lebens. 5. Aufl. Frankfurt a. M., Berlin 1992, S. 261.

39 RS zitiert nach Renate Seydel (Hrsg.): Ich, Romy. Tagebuch eines Lebens. 5. Aufl. Frankfurt a. M., Berlin 1992, S. 253.

40 Vgl. Hildegard Knef: Romy. Betrachtung eines Lebens. Hamburg 1983, S. 164.

41 RS zitiert nach *Stern,* 28. 10. 1982.

42 RS zitiert nach Renate Seydel (Hrsg.): Ich, Romy. Tagebuch eines Lebens. 5. Aufl. Frankfurt a. M., Berlin 1992, S. 275.

43 Luchino Visconti zitiert nach Helmut Berger: Ich. Die Autobiographie. 2. Aufl. Berlin 1998, S. 175.

44 Helmut Berger: Ich. Die Autobiographie. 2. Aufl. Berlin 1998, S. 179.

45 Siegfried Schober, *Süddeutsche Zeitung*, zitiert nach Joe Hembus (Hrsg.): Romy Schneider und ihre Filme. München 1985, S. 167.

46 Zitiert nach Pierre Benichou, Sylviane Pommier: Romy Schneider. Ihre Filme, ihr Leben. 10. Aufl. München 1981, S. 128.

47 Pauline Kael zitiert nach Joe Hembus (Hrsg.): Romy Schneider und ihre Filme. München 1985, S. 170.

48 RS zitiert nach Martine Bartolomei: Romy Schneider. Eine Biographie. Erlangen 1992, S. 92.

49 RS zitiert nach Renate Seydel (Hrsg.): Ich, Romy. Tagebuch eines Lebens. 5. Aufl. Frankfurt a. M., Berlin 1992, S. 281.

50 RS zitiert nach Renate Seydel (Hrsg.): Ich, Romy. Tagebuch eines Lebens. 5. Aufl. Frankfurt a. M., Berlin 1992, S. 281.

51 Harry Meyen zitiert nach Bernard Pascuito: Romy – »Wenn nichts mehr übrig bleibt«. Biographie eines Abschieds. München 2003, S. 150 f.

52 RS zitiert nach Renate Seydel (Hrsg.): Ich, Romy. Tagebuch eines Lebens. 5. Aufl. Frankfurt a. M., Berlin 1992, S. 268.

53 Michael Jürgs: Der Fall Romy Schneider. Eine Biographie. Reinbek 1993, S. 149.

54 RS zitiert nach Renate Seydel (Hrsg.): Ich, Romy. Tagebuch eines Lebens. 5. Aufl. Frankfurt a. M., Berlin 1992, S. 280.

55 RS zitiert nach Renate Seydel (Hrsg.): Ich, Romy. Tagebuch eines Lebens. 5. Aufl. Frankfurt a. M., Berlin 1992, S. 281.

56 RS zitiert nach Renate Seydel (Hrsg.): Ich, Romy. Tagebuch eines Lebens. 5. Aufl. Frankfurt a. M., Berlin 1992, S. 280.

57 RS zitiert nach Renate Seydel (Hrsg.): Ich, Romy. Tagebuch eines Lebens. 5. Aufl. Frankfurt a. M., Berlin 1992, S. 282.

58 RS zitiert nach Renate Seydel (Hrsg.): Ich, Romy. Tagebuch eines Lebens. 5. Aufl. Frankfurt a. M., Berlin 1992, S. 281.

59 RS zitiert nach Johannes Thiele: Romy Schneider. Ihr Leben. Ihre Seele. Wien 2007, S. 172.

60 RS zitiert nach Renate Seydel (Hrsg.): Ich, Romy. Tagebuch eines Lebens. 5. Aufl. Frankfurt a. M., Berlin 1992, S. 281.

61 RS zitiert nach Renate Seydel (Hrsg.): Ich, Romy. Tagebuch eines Lebens. 5. Aufl. Frankfurt a. M., Berlin 1992, S. 287.

62 RS zitiert nach Renate Seydel (Hrsg.): Ich, Romy. Tagebuch eines Lebens. 5. Aufl. Frankfurt a. M., Berlin 1992, S. 280.

63 RS zitiert nach Renate Seydel (Hrsg.): Ich, Romy. Tagebuch eines Lebens. 5. Aufl. Frankfurt a. M., Berlin 1992, S. 283.

64 Joseph Losey zitiert nach Martine Bartolomei: Romy Schneider. Eine Biographie. Erlangen 1992, S. 93.

65 Claude Sautet zitiert nach Renate Seydel: Romy Schneider. Bilder ihres Lebens. München 1990, S. 187.

66 RS zitiert nach Martine Bartolomei: Romy Schneider. Eine Biographie. Erlangen 1992, S. 102.

67 RS zitiert nach Martine Bartolomei: Romy Schneider. Eine Biographie. Erlangen 1992, S. 105.

68 RS zitiert nach Renate Seydel: Romy Schneider. Bilder ihres Lebens. München 1990, S. 258.

69 RS zitiert nach Bettina Dahse: Romy. »Ich hätte Ihnen so gern noch was gesagt …« Eine biographische Hommage. 2. Aufl. Hamburg 2002, S. 271.

70 RS zitiert nach Bettina Dahse: Romy. »Ich hätte Ihnen so gern noch was gesagt …« Eine biographische Hommage. 2. Aufl. Hamburg 2002, S. 271.

71 Daniel Biasini: Meine Romy. München 2000, S. 25.

72 Daniel Biasini: Meine Romy. München 2000, S. 26.

73 Daniel Biasini: Meine Romy. München 2000, S. 80.

74 Curt Riess: Romy Schneider. Rastatt 1990, S. 65.

75 Vgl. Curt Riess: Romy Schneider. Rastatt 1990, S. 65.

76 RS zitiert nach Hildegard Knef: Romy. Betrachtung eines Lebens. Hamburg 1983, S. 183.

77 RS zitiert nach Alice Schwarzer: Romy Schneider. Mythos und Leben. Köln 1998, S. 165.

78 *Bunte*, 21. 5. 1992.

79 Zitiert nach *Bunte*, 21. 5. 1992.

80 Zitiert nach *Bunte*, 21. 5. 1992.

81 Vgl. Daniel Biasini: Meine Romy. München 2000, S. 124 ff.

82 In diesem Fall wäre davon auszugehen, daß die zitierten Aussagen des Dienstmädchens sich auf die Jahre nach 1979 beziehen, in denen Marlene Dietrich auch enge Freunde nicht mehr persönlich empfangen, sondern nur noch per Brief oder Telephon mit ihnen kommuniziert hat.

83 Marlene Dietrich zitiert nach Jürgen Trimborn: Hildegard Knef: Das Glück kennt nur Minuten. Die Biographie. München 2005, S. 422.

84 Curt Riess: Letztes Gespräch mit Romy. In: Hildegard Knef: Romy. Betrachtung eines Lebens. Zürich 1983, S. 15.

85 Daniel Biasini: Meine Romy. München 2000, S. 28.

86 Daniel Biasini: Meine Romy. München 2000, S. 28.

87 *Stern*, 21. 10. 1982.

88 Andrzej Zulawski zitiert nach *Stern*, 21. 10. 1982.

89 RS zitiert nach Alice Schwarzer: Romy Schneider. Mythos und Leben. Köln 1998, S. 167 f.

90 RS zitiert nach Michael Jürgs: Der Fall Romy Schneider. Eine Biographie. Reinbek 1993, S. 174.

91 RS zitiert nach Renate Seydel (Hrsg.): Ich, Romy. Tagebuch eines Lebens. 5. Aufl. Frankfurt a. M., Berlin 1992, S. 289.

92 Alberto Bevilaqua zitiert nach Bettina Dahse: Romy. »Ich hätte Ihnen so gern noch was gesagt …« Eine biographische Hommage. 2. Aufl. Hamburg 2002, S. 277.

93 RS zitiert nach Johannes Thiele: Romy Schneider. Ihr Leben. Ihre Seele. Wien 2007, S. 206.

94 RS zitiert nach Johannes Thiele: Romy Schneider. Ihr Leben. Ihre Seele. Wien 2007, S. 213.

95 RS zitiert nach Johannes Thiele: Romy Schneider. Ihr Leben. Ihre Seele. Wien 2007, S. 192.

96 RS zitiert nach Johannes Thiele: Romy Schneider. Ihr Leben. Ihre Seele. Wien 2007, S. 234.

97 RS zitiert nach Johannes Thiele: Romy Schneider. Ihr Leben. Ihre Seele. Wien 2007, S. 224.

98 Paul Vernon, *Ciné-Revue*, zitiert nach Pierre Benichou, Sylviane Pommier: Romy Schneider. Ihre Filme, ihr Leben. 10. Aufl. München 1981, S. 137.

99 RS zitiert nach Bernard Pascuito: Romy – »Wenn nichts mehr übrig bleibt«. Biographie eines Abschieds. München 2003, S. 187.

100 RS zitiert nach Renate Seydel (Hrsg.): Ich, Romy. Tagebuch eines Lebens. 5. Aufl. Frankfurt a. M., Berlin 1992, S. 285.

101 RS zitiert nach Johannes Thiele: Romy Schneider. Ihr Leben. Ihre Seele. Wien 2007, S. 238.

102 Daniel Biasini: Meine Romy. München 2000, S. 208.

103 Claude Chabrol zitiert nach Martine Bartolomei: Romy Schneider. Eine Biographie. Erlangen 1992, S. 98.

104 Robert Enrico zitiert nach Johannes Thiele: Romy Schneider. Ihr Leben. Ihre Seele. Wien 2007, S. 256.

105 RS zitiert nach Johannes Thiele: Romy Schneider. Ihr Leben. Ihre Seele. Wien 2007, S. 242.

106 RS zitiert nach Alice Schwarzer: Romy Schneider. Mythos und Leben. Köln 1998, S. 173.

107 RS zitiert nach Daniel Biasini: Meine Romy. München 2000, S. 83.

108 Daniel Biasini: Meine Romy. München 2000, S. 33.

109 Daniel Biasini: Meine Romy. München 2000, S. 20.

110 RS zitiert nach Alice Schwarzer: Romy Schneider. Mythos und Leben. Köln 1998, S. 168.

111 RS zitiert nach Johannes Thiele: Romy Schneider. Ihr Leben. Ihre Seele. Wien 2007, S. 262.

112 RS zitiert nach Renate Seydel (Hrsg.): Ich, Romy. Tagebuch eines Lebens. 5. Aufl. Frankfurt a. M., Berlin 1992, S. 287.

113 RS zitiert nach Curt Riess: Letztes Gespräch mit Romy. In: Hildegard Knef: Romy. Betrachtung eines Lebens. Zürich 1983, S. 16.

114 RS zitiert nach Johannes Thiele: Romy Schneider. Ihr Leben. Ihre Seele. Wien 2007, S. 262.

115 RS zitiert nach Renate Seydel (Hrsg.): Ich, Romy. Tagebuch eines Lebens. 5. Aufl. Frankfurt a. M., Berlin 1992, S. 301.

116 Daniel Biasini: Meine Romy. München 2000, S. 185 f.

117 RS zitiert nach Daniel Biasini: Meine Romy. München 2000, S. 186.

118 Vgl. Alice Schwarzer: Romy Schneider. Mythos und Leben. Köln 1998, S. 201.

119 RS zitiert nach Daniel Biasini: Meine Romy. München 2000, S. 192.

120 Daniel Biasini: Meine Romy. München 2000, S. 195.

121 Daniel Biasini: Meine Romy. München 2000, S. 200.

122 RS zitiert nach Renate Seydel (Hrsg.): Ich, Romy. Tagebuch eines Lebens. 5. Aufl. Frankfurt a. M., Berlin 1992, S. 299.

123 Magda Schneider: Wenn ich zurückschau … Erinnerungen. Hrsg. von Renate Seydel. Frankfurt a. M., Berlin 1992, S. 212.

124 RS zitiert nach Johannes Thiele: Romy Schneider. Ihr Leben. Ihre Seele. Wien 2007, S. 261.

125 RS zitiert nach Catherine Hermary-Vieille: Romy. 3. Aufl. Düsseldorf 1988, S. 187.

126 Vgl. Magda Schneider: Wenn ich zurückschau … Erinnerungen. Hrsg. von Renate Seydel. Frankfurt a. M., Berlin 1992, S. 224.

127 Daniel Biasini: Meine Romy. München 2000, S. 202.

128 *Paris Match*, zitiert nach Catherine Hermary-Vieille: Romy. 3. Aufl. Düsseldorf 1988, S. 138.

129 RS zitiert nach Johannes Thiele: Romy Schneider. Ihr Leben. Ihre Seele. Wien 2007, S. 269.

130 Daniel Biasini: Meine Romy. München 2000, S. 220.

131 RS zitiert nach Renate Seydel (Hrsg.): Ich, Romy. Tagebuch eines Lebens. 5. Aufl. Frankfurt a. M., Berlin 1992, S. 268.

132 RS zitiert nach Renate Seydel (Hrsg.): Ich, Romy. Tagebuch eines Lebens. 5. Aufl. Frankfurt a. M., Berlin 1992, S. 286.

133 RS zitiert nach Johannes Thiele: Romy Schneider. Ihr Leben. Ihre Seele. Wien 2007, S. 282.

134 RS zitiert nach Renate Seydel (Hrsg.): Ich, Romy. Tagebuch eines Lebens. 5. Aufl. Frankfurt a. M., Berlin 1992, S. 284.

135 Vgl. Daniel Biasini: Meine Romy. München 2000, S. 189.

136 RS zitiert nach Renate Seydel (Hrsg.): Ich, Romy. Tagebuch eines Lebens. 5. Aufl. Frankfurt a. M., Berlin 1992, S. 312.

137 RS zitiert nach Johannes Thiele: Romy Schneider. Ihr Leben. Ihre Seele. Wien 2007, S. 254.

138 RS zitiert nach Bernard Pascuito: Romy – »Wenn nichts mehr übrig bleibt«. Biographie eines Abschieds. München 2003, S. 174.

139 RS zitiert nach Michael Jürgs: Der Fall Romy Schneider. Eine Biographie. Reinbek 1993, S. 173.

140 Jean Gabin zitiert nach Johannes Thiele: Romy Schneider. Ihr Leben. Ihre Seele. Wien 2007, S. 311.

141 RS zitiert nach Renate Seydel (Hrsg.): Ich, Romy. Tagebuch eines Lebens. 5. Aufl. Frankfurt a. M., Berlin 1992, S. 289.

142 RS zitiert nach Renate Seydel: Romy Schneider. Bilder ihres Lebens. München 1990, S. 93.

143 RS zitiert nach Alice Schwarzer: Romy Schneider. Mythos und Leben. Köln 1998, S. 100.

144 Vgl. Robert Lebeck: Rückblenden. Erinnerungen eines Fotojournalisten. München, Düsseldorf 1999, S. 273.

145 RS zitiert nach Renate Seydel: Romy Schneider. Bilder ihres Lebens. München 1990, S. 260.

146 Vgl. Magda Schneider: Wenn ich zurückschau … Erinnerungen. Hrsg. von Renate Seydel. Frankfurt a. M., Berlin 1992, S. 228.

147 RS zitiert nach Renate Seydel: Romy Schneider. Bilder ihres Lebens. München 1990, S. 261.

148 RS zitiert nach Johannes Thiele: Romy Schneider. Ihr Leben. Ihre Seele. Wien 2007, S. 258.

149 RS zitiert nach Françoise Arnould, Françoise Gerber: Romy Schneider. Bergisch Gladbach 1988, S. 155.

150 Rosa Albach-Retty zitiert nach Georg Markus: Die ganz Großen. Meine Erinnerungen an die Lieblinge des Publikums. Wien, München 2000.

151 RS zitiert nach Bettina Dahse: Romy. »Ich hätte Ihnen so gern noch was gesagt …« Eine biographische Hommage. 2. Aufl. Hamburg 2002, S. 124.

152 Magda Schneider: Wenn ich zurückschau … Erinnerungen. Hrsg. von Renate Seydel. Frankfurt a. M., Berlin 1992, S. 182.

153 Magda Schneider: Wenn ich zurückschau … Erinnerungen. Hrsg. von Renate Seydel. Frankfurt a. M., Berlin 1992, S. 159.

154 Vgl. Magda Schneider: Wenn ich zurückschau … Erinnerungen. Hrsg. von Renate Seydel. Frankfurt a. M., Berlin 1992, S. 223.

155 RS zitiert nach Renate Seydel: Romy Schneider. Bilder ihres Lebens. München 1990, S. 286.

156 Magda Schneider: Wenn ich zurückschau … Erinnerungen. Hrsg. von Renate Seydel. Frankfurt a. M., Berlin 1992, S. 230.

157 RS zitiert nach Renate Seydel (Hrsg.): Ich, Romy. Tagebuch eines Lebens. 5. Aufl. Frankfurt a. M., Berlin 1992, S. 286.

158 RS zitiert nach Johannes Thiele: Romy Schneider. Ihr Leben. Ihre Seele. Wien 2007, S. 258.

159 Claude Sautet zitiert nach Bernard Pascuito: Romy – »Wenn nichts mehr übrig bleibt«. Biographie eines Abschieds. München 2003, S. 147 f.

160 RS zitiert nach Johannes Thiele: Romy Schneider. Ihr Leben. Ihre Seele. Wien 2007, S. 201.

161 Bertrand Tavenier zitiert nach Catherine Hermary-Vieille: Romy. 3. Aufl. Düsseldorf 1988, S. 192.

162 RS zitiert nach Johannes Thiele: Romy Schneider. Ihr Leben. Ihre Seele. Wien 2007, S. 278.

163 RS zitiert nach Johannes Thiele: Romy Schneider. Ihr Leben. Ihre Seele. Wien 2007, S. 198.

164 Anita Lochner zitiert nach *Berliner Morgenpost*, 15. 7. 2003.

165 Harry Meyen zitiert nach *Stern*, 14. 10. 1982.

166 RS zitiert nach Curt Riess: Romy Schneider. Rastatt 1990, S. 76.

167 Daniel Biasini: Meine Romy. München 2000, S. 67.

168 Vgl. Magda Schneider: Wenn ich zurückschau … Erinnerungen. Hrsg. von Renate Seydel. Frankfurt a. M., Berlin 1992, S. 228.

169 Daniel Biasini: Meine Romy. München 2000, S. 107.

170 Michael Jürgs: Der Fall Romy Schneider. Eine Biographie. Reinbek 1993, S. 270.

171 Vgl. *Stern*, 30. 4. 1998.

172 Vgl. Daniel Biasini: Meine Romy. München 2000, S. 61 und S. 252.

173 RS zitiert nach Renate Seydel (Hrsg.): Ich, Romy. Tagebuch eines Lebens. 5. Aufl. Frankfurt a. M., Berlin 1992, S. 308.

174 Vgl. Jürgen Trimborn: Hildegard Knef. Das Glück kennt nur Minuten. Die Biographie. München 2005, S. 326 ff. und S. 436 f. In der Zeitschrift *Die Aktuelle* vom 2. 2. 2008 wird Knef-Witwer Paul von Schell mit den Worten zitiert: »Als Hilde 2002 starb, stand ich plötzlich vor einem Schuldenberg von fast 250 000 Euro.«

175 Curt Riess: Romy Schneider. Rastatt 1990, S. 73.

176 Vgl. Daniel Biasini: Meine Romy. München 2000, S. 29 f.
177 Daniel Biasini: Meine Romy. München 2000, S. 264.
178 Daniel Biasini: Meine Romy. München 2000, S. 264.
179 Michael Jürgs: Der Fall Romy Schneider. Eine Biographie. Reinbek 1993, S. 244.
180 Magda Schneider: Wenn ich zurückschau … Erinnerungen. Hrsg. von Renate Seydel. Frankfurt a. M., Berlin 1992, S. 228.
181 RS zitiert nach Renate Seydel (Hrsg.): Ich, Romy. Tagebuch eines Lebens. 5. Aufl. Frankfurt a. M., Berlin 1992, S. 314.
182 RS zitiert nach Alice Schwarzer: Romy Schneider. Mythos und Leben. Köln 1998, S. 196.
183 RS zitiert nach Alice Schwarzer: Romy Schneider. Mythos und Leben. Köln 1998, S. 197.
184 RS zitiert nach Johannes Thiele: Romy Schneider. Ihr Leben. Ihre Seele. Wien 2007, S. 292.
185 RS zitiert nach Johannes Thiele: Romy Schneider. Ihr Leben. Ihre Seele. Wien 2007, S. 286.
186 Daniel Biasini: Meine Romy. München 2000, S. 59.
187 RS zitiert nach Renate Seydel (Hrsg.): Ich, Romy. Tagebuch eines Lebens. 5. Aufl. Frankfurt a. M., Berlin 1992, S. 313.
188 RS zitiert nach Martine Bartolomei: Romy Schneider. Eine Biographie. Erlangen 1992, S. 7.
189 Daniel Biasini: Meine Romy. München 2000, S. 9.
190 RS zitiert nach Renate Seydel (Hrsg.): Ich, Romy. Tagebuch eines Lebens. 5. Aufl. Frankfurt a. M., Berlin 1992, S. 307.
191 *Paris Match,* 10. 7. 1981, zitiert nach Johannes Thiele: Romy Schneider. Ihr Leben. Ihre Seele. Wien 2007, S. 297.
192 David Haubenstock zitiert nach Daniel Biasini: Meine Romy. München 2000, S. 12.
193 RS zitiert nach Johannes Thiele: Romy Schneider. Ihre Filme. Ihr Leben. Ihre Seele. Wien 2007, S. 32.
194 RS zitiert nach Françoise Gerber, Françoise Arnould: Romy Schneider. 4. Aufl. Bergisch Gladbach 1990, S. 15.
195 RS zitiert nach Renate Seydel (Hrsg.): Ich, Romy. Tagebuch eines Lebens. 5. Aufl. Frankfurt a. M., Berlin 1992, S. 325.
196 RS zitiert nach Françoise Arnould, Françoise Gerber: Romy Schneider. Bergisch Gladbach 1988, S. 177.
197 Jacques Rouffio zitiert nach Robert Amos (Hrsg.): Mythos Romy Schneider. Ich verleihe mich zum Träumen. Isenburg 2006, S. 25.
198 RS zitiert nach Alice Schwarzer: Romy Schneider. Mythos und Leben. Köln 1998, S. 205.

199 RS zitiert nach Johannes Thiele: Romy Schneider. Ihr Leben. Ihre Seele. Wien 2007, S. 305.

200 Jacques Rouffino zitiert nach Robert Amos (Hrsg.): Mythos Romy Schneider. Ich verleihe mich zum Träumen. Isenburg 2006, S. 29.

201 Jacques Rouffio zitiert nach Robert Amos (Hrsg.): Mythos Romy Schneider. Ich verleihe mich zum Träumen. Isenburg 2006, S. 24.

202 Vgl. Alice Schwarzer: Romy Schneider. Mythos und Leben. Köln 1998, S. 207.

203 RS zitiert nach Alice Schwarzer: Romy Schneider. Mythos und Leben. Köln 1998, S. 208.

204 Laurent Pétin zitiert nach Johannes Thiele: Romy Schneider. Ihr Leben. Ihre Seele. Wien 2007, S. 302.

205 RS zitiert nach Renate Seydel (Hrsg.): Ich, Romy. Tagebuch eines Lebens. 5. Aufl. Frankfurt a. M., Berlin 1992, S. 338.

206 Laurent Davenas zitiert nach Bernard Pascuito: Romy – »Wenn nichts mehr übrig bleibt«. Biographie eines Abschieds. München 2003, S. 252 f.

207 Jacques Rouffio zitiert nach Michael Jürgs: Der Fall Romy Schneider. Eine Biographie. Reinbek 1993, S. 46.

208 Sarah Biasini zitiert nach *Stern*, 10. 1. 2005.

209 Daniel Biasini: Meine Romy. München 2000, S. 18.

210 Daniel Biasini: Meine Romy. München 2000, S. 128.

211 *Express*, 22. 1. 1991.

212 Sarah Biasini zitiert nach *Welt am Sonntag*, 28. 3. 2004.

213 Sarah Biasini zitiert nach *Gong*, 8. 1. 2005.

214 *Bunte*, 24. 6. 1993.

215 Sarah Biasini zitiert nach *Gong*, 8. 1. 2005.

216 Sarah Biasini zitiert nach *Bunte*, 5. 1. 2000.

217 Sarah Biasini zitiert nach *Der Spiegel*, 17. 9. 2005.

218 Sarah Biasini zitiert nach *Stern*, 10. 1. 2005.

219 Sarah Biasini zitiert nach *Gong*, 8. 1. 2005.

220 RS zitiert nach Catherine Hermary-Vieille: Romy. 3. Aufl. Düsseldorf 1988, S. 95 f.

221 Sarah Biasini zitiert nach *Stern*, 10. 1. 2005.

222 Daniel Biasini zitiert nach *Berliner Morgenpost*, 2. 1. 2005.

223 Sarah Biasini zitiert nach *Berliner Morgenpost*, 2. 1. 2005.

224 Sarah Biasini zitiert nach *Süddeutsche Zeitung*, 10. 1. 2005.

225 Sarah Biasini zitiert nach *Berliner Morgenpost*, 2. 1. 2005.

226 Jan Mojto zitiert nach *Funk-Uhr*, 6. 12. 2003.

227 Sarah Biasini zitiert nach *Süddeutsche Zeitung*, 20. 11. 2004.

228 Sarah Biasini zitiert nach *Stern*, 10. 1. 2005.

229 Sarah Biasini zitiert nach *Der Tagesspiegel*, 19. 12. 2004.
230 *Epd Medien*, 15. 1. 2005.
231 *Berliner Zeitung*, 10. 1. 2005.
232 *Der Tagesspiegel*, 9. 1. 2005.
233 Karlheinz Böhm zitiert nach *Bild*, 10. 1. 2005.
234 *Die Welt*, 3. 1. 2005; *Der Tagesspiegel*, 19. 12. 2004.
235 *Bunte*, 25. 3. 2004.
236 *Funk-Uhr*, 6. 12. 2003.
237 *Frankfurter Rundschau*, 10. 1. 2005.
238 Sarah Biasini zitiert nach *Stern*, 10. 1. 2005.
239 Sarah Biasini zitiert nach *Focus*, 8. 1. 2005.
240 Sarah Biasini zitiert nach *Das Neue*, 10. 1. 2007.
241 Sarah Biasini zitiert nach *Funk-Uhr*, 6. 12. 2003.
242 *Bild*, 25. 3. 2004.
243 *Bunte*, 23. 10. 2003.
244 *Frankfurter Allgemeine Sonntagszeitung*, 25. 12. 2004.
245 *Berliner Zeitung*, 10. 1. 2005.
246 *Bild*, 10. 1. 2005.
247 Sarah Biasini zitiert nach *Gong*, 8. 1. 2005.
248 Sarah Biasini zitiert nach *Berliner Morgenpost*, 2. 1. 2005.
249 Sarah Biasini zitiert nach *Berliner Morgenpost*, 2. 1. 2005.
250 Sarah Biasini zitiert nach *Gong*, 8. 1. 2005.
251 Sarah Biasini zitiert nach *Bild*, 10. 1. 2005.
252 Sarah Biasini zitiert nach *Gong*, 8. 1. 2005.
253 Sarah Biasini zitiert nach *Super Illu*, 5. 1. 2005.

Bildnachweis

S. 3 © Sunset Boulevard/Corbis
S. 16 © Movie Picture Company (Postkarte im Privatbesitz)
S. 41 © ullstein bild
S. 83 © Hipp-Foto/Marianne Winkler
S. 105 © Interfoto/Karger-Decker
S. 129 © ullstein bild/ullstein bild
S. 153 © Interfoto/Archiv Friedrich
S. 188 © ullstein bild/Röhnert
S. 227 © Interfoto/Archiv Friedrich
S. 264 © ullstein bild/Kindermann
S. 323 © SV-Bilderdienst/Rue des Archives
S. 362 © Interfoto/Hug
S. 409 © Stern/Picture Press/Lebeck
S. 459 © Stern/Picture Press/Lebeck
S. 519 © ullstein bild/C.T. Fotostudio